中国科普作家协会资助项目

王晋康文集
第5卷

与吾同在

王晋康 著

科学普及出版社
·北京·

图书在版编目（CIP）数据

与吾同在 / 王晋康著 . -- 北京：科学普及出版社，2023.2

（王晋康文集；5）

ISBN 978-7-110-10466-8

Ⅰ. ①与… Ⅱ. ①王… Ⅲ. ①幻想小说 – 中国 – 当代 Ⅳ. ① I247.5

中国版本图书馆 CIP 数据核字（2022）第 122147 号

策划编辑	王卫英	
责任编辑	王卫英	
封面题字	张克锋	
装帧设计	中文天地	
责任校对	焦　宁　张晓莉　邓雪梅　吕传新	
责任印制	徐　飞	

出　　版	科学普及出版社
发　　行	中国科学技术出版社有限公司发行部
地　　址	北京市海淀区中关村南大街 16 号
邮　　编	100081
发行电话	010-62173865
传　　真	010-62173081
网　　址	http://www.cspbooks.com.cn

开　　本	710mm×1000mm　1/16
字　　数	7460 千字
印　　张	470.25
插　　页	1
版　　次	2023 年 2 月第 1 版
印　　次	2023 年 2 月第 1 次印刷
印　　刷	北京中科印刷有限公司
书　　号	ISBN 978-7-110-10466-8 / I·641
定　　价	2888.00 元

（凡购买本社图书，如有缺页、倒页、脱页者，本社发行部负责调换）

目　录

楔子一　神话　　　　　　　　　　　　　　　　　　　　/ 001
楔子二　现实　　　　　　　　　　　　　　　　　　　　/ 008
第一章　隐形飞球　　　　　　　　　　　　　　　　　　/ 013
第二章　复活的袋狼　　　　　　　　　　　　　　　　　/ 085
第三章　少年噩梦　　　　　　　　　　　　　　　　　　/ 103
第四章　外星上帝　　　　　　　　　　　　　　　　　　/ 132
第五章　恩戈星先遣军　　　　　　　　　　　　　　　　/ 171
第六章　密谋　　　　　　　　　　　　　　　　　　　　/ 200
第七章　临战　　　　　　　　　　　　　　　　　　　　/ 250
第八章　喋血　　　　　　　　　　　　　　　　　　　　/ 294
第九章　终极一搏　　　　　　　　　　　　　　　　　　/ 350
第十章　新的敌人　　　　　　　　　　　　　　　　　　/ 367

楔子一　神　话

话说人类纪元 21 世纪早期的一天，上帝从一次为时三十年的短觉中醒来，照例驾着他的太阳飞车，连同车上配置的"地狱火"——一种可以毁灭人类的神器，开始了对下界子民的例行巡视。巡视路线多年来一直不变，是沿袭他的人类子民第二次走出非洲的路线，亦即晚期智人的迁徙路线——从东非大裂谷附近开始，大致顺着地球旋转的方向向东走，行进中不时向南北扩散。十万年前，他的一小群子民就是沿这样的路线开枝散叶，最终繁衍如恒河沙数，成了这颗蓝色星球的主人。

东非大裂谷附近是人类的两次发祥之地。一百万年前的早期人类，十万年前的晚期智人，都是从这儿诞生并先后走出非洲，其中十万年前滞留未走的部分在此地繁衍生息，扩张到整个非洲，形成尼格罗人种。按说这群黑皮肤的子民才是上帝的嫡长子，手上沾的其他种族的鲜血也最少，偏偏他们的发展最为迟缓和落后。从总体上说，今天的非洲仍是地球的荒乡僻野，随处可见贫穷、愚昧、吸毒、贪贿横行、可怕的灾疫、少女割礼、军阀混战、部族仇杀和社会崩溃等。俯瞰着这些，上帝不免为他的嫡长子扼腕叹息。

太阳飞车随后驾临中东，这儿可以说是人类的第二摇篮。人类走出非洲后先在这儿逗留，在九万年前创立了中东新人文化。其中一部分长留中东，成为高加索种群即白种人中东型的祖先。中东其实也是上帝的诞生之地——这儿只是指"上帝"在人类心灵中的诞生，因为世界犹太教、基督教和伊斯兰教都诞生于此。当然，当上帝子民分化为不同的族群甚至种群、使用不同的语言、持有不同的信仰时，上帝的名字也时有变化：阿蒙神、耶和华、宙斯、朱庇特、奥丁、佛陀、安拉、梵天、玉皇大天尊玄穹高上帝，如此等等。对这些奇奇怪怪的名字，上帝不偏不倚一概笑纳。他从不在乎世俗的虚名。

中东自古就是多个民族争夺的"上帝应许之地",至今仍是世界的火药桶,犹太人与阿拉伯人、什叶派与逊尼派之间的千年世仇,一直延续到今天的国家政治和民众生活中。上帝摇头叹气,驾着飞车离开中东,在广阔的欧亚大陆上空大尺度地盘旋。

五万年前,中东新人的一部分进入东欧,成为白种人欧罗巴型的祖先;部分迁徙到东北亚,成为白种人乌拉尔型的祖先。中东新人另一个分支向东,经伊朗高原进入南亚印度次大陆,成为达罗毗荼种群的祖先。不过印度大陆后来被西北侵入的雅利安人所占领,后者也属白种人和印欧语族。三四万年前,南亚种群的一支进入东亚黄河流域和北亚草原地带,成为蒙古利亚种群即黄种人东亚型和北亚型的祖先;一部分沿孟加拉海湾北岸进入东南亚,成为黄种人南亚型的祖先。

欧亚大陆是地球上最广袤的大陆,也是数万年来人类的主战场,亿兆子民披荆斩棘茹毛饮血,杀伐征战血流漂杵,汗水和鲜血浸透了这儿每一寸土地。

人类子民的扩张中还有一些小的分支:南亚种群的一部分继续东迁到南太平洋群岛,距今约三万年前向南到达大洋洲,成为大洋洲种群即棕种人的祖先。而黄种人的一部分继续北进,距今约两万年前到达北极,成为黄种人北极型的祖先;又通过白令海峡陆桥进入美洲,成为黄种人印第安种群的祖先。在上帝的心目中这几支子孙最为不幸。他们的生存区域与世隔绝,文明进展过于缓慢,因而,当手执火枪和圣经的白人表兄弟登上新大陆后,孱弱的土著人只有引颈就戮的份儿了。那波惨烈的种族灭绝之潮是三四百年前的事儿,以上帝的时间表来说几乎是昨晚的事儿,他从长觉中醒来,嗅嗅鼻子,还能闻到新鲜的血腥味儿呢——偏偏是那些屠杀者和流放罪犯的后代建立了今天世界上最有活力、最人性化的国家,成了当今人类社会的主流!

天道就是这样诡谲,连上帝都捉摸不透。

上帝是一位非常尽职的神祇。他的巡行已经延续十万年之久,难免有职业疲劳,何况现在年迈力衰,精力不济。但他仍努力克服老年人的怠惰,认真对待着每一次巡视。近几百年人类的发展太快，上帝甚至不得不调整了作息时间，把数百年一次的长觉改为几十年一次的短觉。即便如此，每次从短觉中醒来，尘世的变化仍让他目不暇接。人工建筑已经汇成地球上最广袤的丛林，甚至改变了这个星球上大陆的基色。到处是高速路网、跨海大桥、越海隧道、百万吨巨轮、宇宙飞船、轨道卫星——卫星已经多达数千颗，害得上帝在巡行时不得不小心避让！还有留在月亮上的人类脚印、降落火星的探测器、流光溢彩的奥运会，等等。他的孩子们也多少懂事了，知道了一些起码的禁忌，比如：不能吃同类之肉、不能进行灭族战争、不能对野生动物斩尽杀绝，对大自然要有敬畏之心……这些律条虽说还未被人类全体所遵奉，但至少在主流文明国家中已经基本被接受。

不过——知子莫如父啊。上帝知道子民们的本性，那是他们隐藏在基因最深处的先天之根，轻易变不了。子民中不乏真心向善的个体，但也一定有很多内心邪恶的家伙。而且，当千万个个体汇成氏族、部族、民族、国家、利益集团时，那个大躯体内就会自动长出一根又粗又长的毒腺来，哪怕在这个集群中有众多善良个体。这是一条铁律，从古到今概莫能外，唯一的区别是——近代文明人会为这条毒腺罩上一层圣洁的羽毛。十万年来，他的子民们虽然多少懂事了，但并未真正洗心革面，仍把最高的种族智慧用在互相残杀上。石斧换成弓箭梭镖，换成青铜武器和铁制武器；冷兵器换成火药、来复枪、飞机坦克军舰航母、导弹核弹、生化武器、信息武器、基因武器、气象武器、地理武器……其才智之绚烂，真让上帝佩服得五体投地。就在此时此刻，就在他乘坐的太阳飞车的下面，数万件核武器仍在发射井、机动发射平台、战略轰炸机和核潜艇中蓄势待发，它们足够毁灭地球几次几十次，单等着一个火星来引燃了。

看着这些危险的玩具，上帝不免心情灰暗，因为它甚至威胁到上帝本人在哲理意义上的存在——有位人类哲人说过：既然人类中存在如此多的邪恶，那就证明，又仁慈又万能的上帝不可能存在！对这段雄辩严谨的逻辑推理上帝唯有苦笑，心想：孩子们还是幼稚啊，徒逞口舌之快啊，站着说话不腰疼啊。上帝倒是非常愿意根除尘世间一切邪恶，也有能力做到，至少在人类早期能做到吧，但既然邪恶深植在人类本性中，唯一永远有效的办法便是——把人类彻底族灭。

上帝老啦，硬不起这个心肠。他也年轻过，血气方刚时，曾对行事邪恶的子民使用过"地狱火"，那是仅有的一次，用过就后悔了，甚至在使用中途就罢手了——毕竟那是自己的孩子啊。那次出手差点夷灭了人类，也在上帝心灵上割了深深的一刀。自那之后的数万年中，上帝再也没有干涉尘世的进程，他只是待在天上，时时压抑着"出手"的冲动，尽量做一个冷静的旁观者。尘世上，本性邪恶的子民砍砍杀杀，多少次滑到整体绝灭的边缘，但总能很奇怪地化险为夷、由乱入治，全不知有一个旁观的老人为他们捏着一把冷汗。更奇怪的是，从长远来说，似乎这些血腥的战争并未影响文明的发展，反倒有促进作用！

看看地球上几个人种的兴衰就知道了，一位勇于自省的白人科学家说过，今天人类社会中最强势的印欧语族，恰恰在历史上犯过最血腥最肮脏的罪恶。这个结论未免令人沮丧，在"劝人行善"的布道中不好引用的；但如果把这个结论调一个个儿，其含意则更为不祥——也许正是由于印欧语族在历史上犯过最血腥最肮脏的罪恶，所以才造就了它最终的强势？！

也就是说，"邪恶"才是人类发展的原动力？

天道叵测啊，上帝思考了十万年，有了一些心得，但也不敢说已经参透天道。

这次巡视，他也照例在称作中国的地方多待了一会儿。这是地球古文明中唯一绵延至今的、没有全民宗教信仰的族群，又是人数最多的族群，因此在他的一众子民中相当独特。中国人向来以实用简单的办法来对待神祇：草根阶层把尘世中的皇帝一毫不差地照搬到天堂中，士大夫阶层则采取敬而远之的态度，所谓子不语怪力乱神。对此上帝并不以为忤，他虽然因"天命"坐上这个宝座，自我定位却是知识分子，即中国古人所谓的士大夫，是一个勤勉的人类学家、社会学家、动物行为学家、哲学家和历史学家，可惜的是，他一向不擅长物理学、数学、工程学这类硬学科。中国士大夫阶层对待神祇的模糊中庸的态度其实颇合他的脾胃。

其实上帝一直在向信徒们灌输这样一种开明的宗教观：

> 仁慈而万能的上帝是存在的；
> 他力求不干涉尘世的进程；
> 即使有不得已的干涉，也是不露行迹的。

你看，这和中国人的态度是不是异曲同工？

中国还有一个特质：社会结构非常稳定，保留着许多胚胎化的东西。不过，它在沉睡千百年之后突然梦醒，眼下的剧变也最让俯瞰者眼花缭乱。青藏铁路、三峡大坝、南水北调、西气东输、高速公路铁路网、神舟飞船、跨海大桥、夜晚的灿烂光海……当然也有环境污染、沙漠化、毒奶粉、血汗工厂、社会诚信缺失、为富不仁、前仆后继的贪官大军，等等。上帝——以他哲人的秉性——倒不太看重其中物质层面的变化，而更看重精神范畴的异象。在几乎所有民族中，宗教信仰都是最有效的族群黏合剂，帮他们在弱肉强食的黑暗丛林中同心协力杀出一条血路；如果遭逢乱世，它也常常是群体道德沦丧的最后一道堤坝。那么，没有全民宗教信仰的中国人又是用什么东西，维系了地球上人数最多、延续最久的古老族群？

上帝对此饶有兴趣，一直在仔细观察思考，而且有了一些心得。他准备在有生之年完成一篇研究报告，留给他的继任者——如果有继任者的话。

上帝确实老了，精力不济，巡视到这儿已经十分疲劳。他决定这次巡视不走完全球，就在这儿中止，下次巡视也将从这儿开始。离开之前他需要去尘世一趟，为自己补充一些给养，尤其是为他的"琼浆玉液"补充一些原料。这些年来上帝食量大减，但酒量不降反增。毕竟，十万年的守护生涯太漫长了，也太孤独了，杯中物是他唯一的慰藉。

此刻他位于中国的中原地带，也即这个古老族群最重要的文明发祥地。这会儿他的飞车还处于地球的阴影之中，脚下仍是沉沉的黑夜，但东方的天际已经射出第一束光剑，马上要照到他的太阳车上了。十万年来他一直隐迹匿踪，不想让尘世子民看见他的真身，便赶在第一缕阳光到来之前让他的座驾彻底隐形。

他驾着隐形飞车下降，重新进入夜幕中，开始寻找他的目标。由于某些历史因缘他对中原一带非常熟悉，很快找到一座国家粮库，趁夜静无人悄悄补充了给养，当然首先是制造琼浆的原料。"赖知禾黍收，已觉糟床注。如今足斟酌，且用慰迟暮。"一位籍贯中原的中国诗圣写的这几句诗正巧是对他的写照。想到这儿，他的唇边不由浮出笑意。

杂事已毕，该离开尘世了。他正要拉高飞车，忽然听到一阵嘹亮的儿啼。上帝侧耳细听，那是由两个婴儿的声音混合而成的，在万籁俱静的清晨，这声音显得极具穿透力。也是一时兴之所至吧，他改变了方向，驾着飞车向声音源头飞去。时下正是早春时分，是万物繁衍的季节，柳树刚绽出新绿，迎春花含苞欲吐，蛰伏的昆虫都醒来了，墙头上的公猫兴奋地追逐着异性。在飞车之下的众多房顶下面，也少不了有一对对男女在干着那种古老的勾当。飞车来到一株大柳树上空，树下是一家乡镇医院，产房的窗户泻出温馨的灯光，医护们忙成一片，因为一男一女两个婴儿几乎同时出生。两个小家伙都很强壮，竞相迸出他们来到人世间的第一声啼哭。上帝将飞车下降到树梢高度，悬停在那儿悄悄聆听着。他这会儿心情不错，想为俩小家伙送点小礼物。于是他驾飞车接近产房，悬停在窗户外，悄悄为两个婴儿做了施福。虽然他一向"力求不干涉尘世进程"，但小小的破例还是有的——既然他握有神力，一次小小的施舍就能提升某个子民的气运，好心的老人怎能完全拒绝诱惑呢。而且他对自己的小小违规也有自我辩解的理由：他的施福能否起作用，最终将取决于被施福者的福缘。如果这俩小不点儿福缘深厚也就是他们的基因结构与他的施福共鸣，其大脑就会加速发育，获得高于常人的智商。从这个角度说，归根结底，这点福缘本来就是他们的。

医院里一众凡人当然不知道有这桩"不露行迹"的天赐之福，产房里节奏照旧。两个新爸爸此刻进了产房，抱上各自的孩子，和产妇们兴奋地交谈着，两个婴儿止住了哭声，在爸爸怀里咿呀着。上帝满意了，微笑着离开这儿，驾飞车升入九天之上，回到他的驻留之地。这次他准备进入一次为时 20 年的短睡，相当于打个盹吧。

上帝老了，知道大限将至，不定哪次睡着后就不会醒来，撇下他守护了十万年的子民。当然，他的子民已经长大成人，没有他的守护照样能活下去。不过——他仍然难以排解心底的隐忧，要知道，他们可从来都不是让父亲省心的孩子。

他在隐忧中沉沉睡去。那时他还不知道，一场弥天灾难正悄悄向他的子民们逼近。

楔子二 现 实

产房里杨医生在喊："姜先儿，姜先儿，生啦，你媳妇生啦。"

姜宗周在本地小有名气，出自中医及武术世家，本人也是医生。姜家祖传的"济世堂"离镇卫生院不远，他与卫生院的医生都很熟。他个儿不高，身形偏瘦，中式褂子下藏着鼓突突的腱子肉。黑脸膛，短发，额头凸出，一双很聚光的小眼睛。他站在半开的产房门口，笑着问："杨姐生个啥？"

杨姐骂他："瞅你那连汤嘴！屎搅屁屁搅屎，啥子'杨姐生个啥'，是你媳妇生个啥！"

"对对，是我嘴巴连汤。杨姐我媳妇生个啥？——该死该死，又连汤了。杨姐你是我姐可不是我媳妇。"他笑着，这次咬清了字眼，"杨姐，我媳妇姚明芝生个啥？是不是小子？"

杨姐笑着说："没错，带茶壶嘴儿的，3750克，七斤半重。"

姜宗周自得地说："我断得咋样？早就号出这回是小子，我这号脉比B超还准呢。生个小子好，咱老姜家的济世堂和太极功夫又有传人了。"

里边又喊起来："严先生严先生，你媳妇也生啦。"

那位从北京来的白领严豪一直坐在长椅上专心看书，这会儿忙跑过来，凑到门边问："是男孩儿还是女孩儿？"

"是一朵花，白白胖胖的小闺女。真巧，也是七斤半，和姜家小子一样重。"

严豪高兴地说："好！我和姜兰就想要闺女。女儿家心细，长大了会疼爸妈。"

产房内传出两个小家伙的哭声。姜宗周长吁一口气，身上绷紧的弦松了劲儿。他虽然没有经历产妇的阵痛，但陪着产妇折腾已经两天三宿了。这会儿他衣冠不整，头发乱得像蓬草，两眼布满红丝。严豪倒是衣冠楚楚，神清气爽，腋下夹着一本书。他是一个小时前刚从北京乘飞机赶回来的，不像姜宗周已经熬了几夜。姜宗周掏出两支烟，给对方敬一支，又为对方点上，两人深吸一口，惬意地长呼一口气。姜宗周说：

"知道不？你媳妇姜兰是我远房叔伯妹子，我算是你的大舅哥哩。她和俺家姚明芝还是小学同学。"

"哟，是吗？失礼了失礼了，我不知道咱们是亲戚。"

"我看你一直在看书，这个时辰也能看得下去？"

严豪笑着说："咱们再操心，能替得产妇去疼？我一向是这样，不干那些没效果的事。"

"你倒是想得开。"姜宗周笑着用烟卷点点他的鼻子，"你可是坏了老规矩，哪有闺女到娘家生孩子的？照老话说……"他原想说"要妨娘家的"，但把这句不吉利话咽到肚里了，改口说，"照老规矩必须等满月后才能回娘家，俗话叫挪骚坡儿。"

严豪付之一笑："都21世纪了，谁还理这些旧规矩。"他解释道，"我妈是个老病秧子，虽然疼孙辈，但心有余而力不足。我只好来麻烦丈母娘。开始时丈母娘不乐意，我说，全当我是个倒插门不就得了？孩子生下来不管男女都随孩子妈的姓。老太太乐了，说：'只要你当倒插门，我闺女在娘家坐月子就不算坏规矩。'就大包大揽接下来了。"

"满月后打算咋办？孩子带北京还是留在这儿？"

"和丈母娘说好了，她跟我们去北京帮着带孩子。带到三四岁，然后把孩子带回姜营住几年，到了上学年龄再去北京。"

"对，这样安排最好。孩子先得跟爹妈一段，免得跟爹妈生分；再到乡下养一段，孩子长得泼实。不是我说嘴，你看如今的城里娃儿，那个不养得像豆芽似的。"姜宗周又说，"要按你这种安排，你家闺女和俺家小子还能在一块儿玩三年。"

"没错。到时候你多照应。"

"好说，应该的。刚才看的什么书？我看你那样入迷。"严豪把书的封面让他看，书名是《第三种猩猩》。"第三种猩猩？我只知道有黑猩猩和大猩猩。"

"不是那个意思。大猩猩与人类血缘稍远，这本书里没有提它。地球上所有动物和人类血缘最近的是两种猩猩：黑猩猩和倭黑猩猩，它们和人的基因相似度超过 98.4%。在进化树上，它们仅仅在 300 万年前才与人类分流。所以这个书名的意思是：人类只不过是第三种黑猩猩。"

"人类是黑猩猩？"

"自尊心受打击了是不是？这本书说的其实就是这个意思。人和动物并没有截然的界限，像黑猩猩就在很多方面和人类一样，它们同样有爱心、有羞耻心、会使用工具、会互相帮助、有初步的宗教感情、会发动同类间的战争——而且照样是由'男猩猩'负责打仗！可巧应了一句名言：战争让女人走开。"他把书塞给对方，"我正好看完了，书送你吧，闲时看看。这本书值得一看，作者是杰拉德·戴蒙德，美国科学院院士。他是白人，但他批判白人的历史罪恶时一点儿也不留面子。依我看，咱中国人还缺少这种自省意识。"

产房内拾掇好了，可以让当爸的进去了。这家镇卫生院比较简陋，没有专设的婴儿室，两张婴儿床就放在产妇旁边。两个产妇乏透了，头发湿漉漉的，但这会儿都不愿睡，幸福地盯着各自的孩子。两个小家伙很给老爸面子，这会儿都止了哭。两个当爸的笨拙地抱起婴儿，盯着襁褓上方皱巴巴的丑脸蛋，看得心醉神迷。姜宗周忽然说：

"噢，明芝你饿了吧。我这就给妈打电话。她估摸着你今晚要生，没睡，一直在候着呢。"怕手机信号对孩子不好，他把襁褓放回床上，走到门外用手机拨通家里："妈，明芝已经生啦，你做饭吧，我这就回去拿。噢对了，做成俩人的饭吧，同屋的姜兰也生了。"

电话那边忙不迭地问："生个啥？是不是小子？"

"不是，是个闺女。"

那边愣了一下，小声问："那你早先号脉……"

"失手了，这次没号准。"

"可你爹也号出是小子。"

"我爹也失手了,这叫老马也会失前蹄。"

这句话惹得产房里的人都笑,电话那边赶紧换了口气:"闺女也好,咱照样亲。"她在电话外说着什么,肯定在向老头子解释和安抚,然后回头郑重交代,"老头子放话啦,说不管是儿子闺女,不许给明芝冷脸子看,咱家可不是那种不明理的人。"

"老娘你就放心吧,我再不乐意,也不敢不听你和我爹的话。"姜宗周回过头对大伙儿挤眉弄眼,"我妈说生个闺女咱照样亲,还说,不准给明芝冷脸子看。"

满屋的人都给逗笑了。明芝说:"你个鳖犊子,别诓咱妈啦!把手机给我。"

姜宗周没有给她,对着手机大声笑道:"妈,你不用安抚我爸啦!我是骗你的,生的是个小子。"

那边一下子乐疯了:"你个王八犊子!好你个王八犊子!三十岁的人啦,全没个正经,这种大事也开玩笑。"她对老头子说了几句,又回过头说,"你爹可高兴了,说话都不照谱了。你猜他说啥?他说咱老姜家人老几辈子积福行善,他不信到这一代会断了香火。"

姚明芝这是第二胎,老大是闺女。农村里的计划生育政策虽然比城里松,但也只准二胎,所以这次生男生女可关乎着老姜家的根儿,当爷奶的早就牵肠挂肚了。老娘的话让姜宗周有点尴尬,因为手机音量很大,他怕同屋的严家小两口儿听见。严家夫妇都是北京户口,只准生一胎,这次生个闺女,意味着已经"断了香火"。他忙低声说:

"妈你高兴糊涂啦?还说咱家都是明理人呢,看你说的啥糊涂话。那是旧思想,生儿生女都是传咱家的香火。别说这些糊涂话了,赶紧做饭吧,我这就回去。"

"别慌别慌,你爹还有话呢。"电话里叽咕了几句,"你爹说他已经把娃儿的名字起好了,叫姜元善,就是人之初性本善的意思。这是大名,小名叫牛牛吧,是我起的,今年是牛年。你问问明芝同意不同意。"

"没啥不同意的,就依你们。"

老娘太兴奋,还想唠下去,笑着说:"知道不?咱们小慧可有小心眼啦!你六婶逗她,说有了小弟妹,爸妈就不会亲她了。小慧真上心了,一直到睡觉前都少言失语。我问她亲不亲弟弟，她木着脸，就是不回话。"

"没关系，赶明儿姐弟俩一见面，自然就亲了。"

姜宗周摁断电话，回头看看严家小两口儿，多少有点难为情。严豪看看产床上的妻子，笑着说：

"大舅哥你别怕我多心，没关系的，我和姜兰真的不在乎。谁说闺女不传香火？看吧，你姓姜，嫂子姓姚，这两个姓都带女字旁，说明它们都是母系留下来的姓氏，对不对？中国凡是最古老的姓氏都带女旁，像嬴姓、姒姓、妫姓、姬姓，多了去了。其实，连'姓氏'的'姓'也是女字旁！咱中国的方块字就有这条好处，单从字形上就能追到老祖宗那儿去。"

姜宗周高兴地拍拍严豪的肩膀："这话说得有学问！不愧是北京人，思想就是比俺们开通。噢，我得回家拿饭去了。是俩人的饭，你就别让家里做了。"他带上那本书，临出门又笑着对妻子说，"我回家这阵儿，明芝你跟他两口子商量一下，定个娃娃亲吧。俩小东西有缘，同年同月同日同时同地生，连体重都一样，太巧了。要能成一家，笃定能白头到老。"

明芝笑道："我肯定乐意啊，就怕人家北京公主看不上咱这穷旮旯的小姜先儿。"

严豪忙说："谁说的谁说的！大舅哥你放心走吧，我们这就商量，等你回来，大舅哥就变亲家公了。"

姜兰也凑趣："甭商量，我已经同意了。再说，你家小子长大后怕是留不到姜营吧，现在的年轻人心野，脚下路子又宽，你那个'济世堂'不一定拴得住他。"

"我倒不在乎，就怕他爷爷伤心。他非想让'济世堂'万古流传哩。好，我走啦。"

姜宗周笑着出门。天色刚刚放亮，东方天空露出一抹红云，田野中雾霭升腾。周围萌动着春天的气息，一如这位新父亲心里腾腾跃动着的兴奋。此刻这位新父亲对着朝阳用力舒展双臂，尽情地来一个深呼吸，然后步履轻快地跑步回家。

第一章　隐形飞球

一

早上，在"墨子号"航母的军官餐厅吃完饭，军事夏令营的副领队小赵对孩子们说："今天航母编队的陈司令特意不安排飞机起降，让大伙儿在船上好好参观。"因为，如果有起降，飞行甲板那块地方是相当危险的。小赵笑着说：

"我这肚子盛不住话，有一个秘密憋不住。告诉你们吧，陈司令跟咱何领队是中学的铁哥们儿，所以才对咱们额外照顾。"

孩子们回头朝何领队欢呼起来，老何将近50岁，方脸浓眉，中等个子，一身旅行装。他背着手站在孩子群的外边，笑着听小赵讲，对他的吹牛不置可否。孩子们中的姜元善今年16岁，个子不算低了，身架还没长开，瘦不拉叽的，但瘦胳膊上也有鼓突突的腱子肉，那是他从小练武练出来的。头发乱得像蓬草，赤脚穿着皮鞋——这是他的瘾习，他说不管冬天夏天一穿袜子就烧脚。他嬉笑着：

"何伯伯，你既然跟司令是铁哥们儿，对他说说，把'不准拍照'的禁令取消算了。飞行甲板上还有啥秘密？别说美国的锁眼，就是商业卫星也拍得清清楚楚。想查'墨子号'的资料，到网上一搜就行——不过得上国外网站。咱国家这保密工作做得，嘿，就保住自家人不能知道了。"

17岁的朱郁非是个小胖墩，圆脸圆脑袋，长得像个小罗汉，带着高度近视镜。他也凑上来说："对，求求陈司令吧。不让带照相机算啥夏令营？太没劲儿。"

老何朝小赵哼了一声，那意思是说谁让你吹牛？你看咋收场吧。小赵摇摇头，笑着劝大伙儿说："尽管何领队和司令是铁哥儿们，但咱们是客人，应该更好地遵守军队的保密规定啊,你们说是不是?"孩子们不愿意,仍在磨小赵,有的干脆过来磨老何。老何被他们磨不过,最后很干脆地放了一句话:

"行了,别磨了,我和司令说一下,放你们半天时间留影。"

孩子们爆出一阵欢呼。

这个夏令营只有十一个团员,年龄都在15岁到18岁之间。别看年龄不大,来头可不小。十年前,国际科学界综合了美国西屋奖和美国高中科学工程奖的宗旨,创办了一个"国际物理工程青年才俊奖",参加者限制在20岁以下。设立这个奖的目的是培养和发现最顶尖的年轻工程天才,这些天才必须目光敏锐,能将最前沿科学理论应用到工程技术上。换句话说,物理工程奖的获奖者应该做出世纪性的发明,如量子计算机、量子密码技术、隐形斗篷、氢氦冷聚变、太空升降机、电能大功率无线传输、基因纠错技术、基因改进技术,等等。理所当然,物理工程奖的得主成为各跨国公司竞相争夺的奇货,甚至有人开玩笑说这个奖比诺贝尔奖都吃香。

中国在前四届物理工程大赛中剃了光头,别说金银铜奖,连入围的都寥寥无几。好在中国人"知耻近乎勇",充分发挥了中国人特有的集体优势,由国家出面,设立国内物理工程大赛,在全国范围组织大赛培训梯队,进行一层层的选拔。在这件事上,军工部门没有公开出面,实际介入很深。国内大赛至今共举办了三届,今天这个夏令营的孩子全是各届国内物理大赛的前三名,包括:

第一届:金奖林天羽,银奖庄敏,铜奖孙可新;

第二届:金奖摆长有,银奖万玉民,铜奖刘涛;

第三届:金奖徐媛媛,银奖张如弓,铜奖严小晨。

这些工作成效显著。第五届到第八届国际物理工程奖中国人继续剃光头,但到了今年,即第九届国际物理工程大赛,中国人一鸣惊人,共斩获一个金奖,两个铜奖,姜元善获得金奖,朱郁非和严小晨并列获得铜奖,获奖比重在各国中名列第一。国内媒体把这件事都炒疯了。三个获奖者一回国,老何立马组织了这个夏令营,把十一个宝贝疙瘩抢先护到翼下。

当然，老何也不是旅行社的。他是新概念武器研究所的所长何世杰，少将军衔，与航母编队的陈司令倒真是学校里的铁哥们儿，不过不是在中学，而是在长沙国防大学。副领队小赵当然也不是旅行社的，而是他的私人秘书。在夏令营里，他们对自己的身份严格保密，因为何世杰想在完全自由的状态下观察这些孩子。在军工界拼搏几十年，他有一个深切的感觉：国内技术人员若论踏实苦干、基础深厚绝不亚于国外同行，如果在钱学森那样的"大家"领导下做助手，或者针对弄到手的武器样本搞逆向工程，个个都是好样的。但总的说来，他们中最缺的是"大家"，缺的是天马行空的独创性，缺的是先人一步的敏锐目光。

如果说在过去，"黄牛型"的研究人员为中国提升军力立了大功，那么依中国现在的雄厚基础，应该更重视"天马型"人才了，只有这样才能走在世界前列。这次中国孩子们在国际物理工程奖中大获全胜，何世杰非常欣喜。他知道那个奖最注重独创性，考题极刁钻，想获奖比骆驼过针眼还难。但——坦率说来何世杰还不能放心，他不敢确认，这次胜利究竟是代表中国孩子在独创性上有了突破，还是只代表了中国人的应试水平。中国在"应试"上有两千年优秀传统，那可是西方望尘莫及的。

所以，他提出建议并报高层批准，组织了这场特殊的第二次考试。目的是从这群小天才中悄悄选拔出十年后的专业带头人、二十年后的军工领导人、三十年后的军队或国家领导人。所以，放下全所的繁忙工作而与孩子们厮混二十天，完全值得。

"墨子号"航母编队此刻正行进在台湾东南的洋面上，也就是在"第一岛链"之外、"第二岛链"之内的海域。不包括用旧船改造的"施琅号"，"墨子号"是中国第二艘航母，也是第一艘核动力航母，满载排水量九万六千吨，最大航速 35 节。设计上基本走的是俄罗斯航母的路子，不过做了较大的革新。船体长 300 米，滑跃式飞行甲板，指挥塔上配备有水面搜索雷达、空中指挥搜索雷达和空中探索雷达。航母编队中包括两艘配备有三坐标相控阵雷达系统的中华神盾级驱逐舰、两艘中华现代级驱逐舰、两艘护卫舰、一艘远洋综合补给舰。八艘战舰破浪前进，搅起八条雪白的尾浪。在水面下，还有一艘096级核潜艇为编队护航。

附近没有陆地，水天一色。极目远眺，舰队被包在一个圆形的海面内，如果不看舰后翻卷的白色尾浪，似乎舰队与天和海、连同上空的一架空警3000预警机，全都静止不动，只有头顶的白云缓缓向后滑去。以浩瀚的海面为背景，舰队显得像一组小舢板；但站在航母的甲板上，你能充分体会这尊钢铁巨兽的伟岸。与它相比，飞行甲板上的几十个人显得小如蝼蚁。但航母这样的钢铁巨兽正是诞生于渺小的人，诞生于人的智慧、决心、集体力量和……同类相残的天性。可以说航母是一个非常典型的样板，同时代表着人类两个截然相反的属性——文明和野蛮。

飞行甲板上今天很静，几十架歼15舰载机和飞豹系列攻击机，一架空警3000预警机，两架电子对抗机，两架加油机，几架作战支援机、几架武装直升机和反潜直升机，今天都没有出窝儿，除了在地下机库里的，其余都整齐地排列在甲板两旁。由于陈司令的特意安排，今天甲板上人很少，只有十几名穿绿色军士服的维护员在检查阻拦索，中间夹杂着几名穿褐色服装的地勤人员。小赵领孩子们先参观前甲板，为大家介绍三条阻拦索、三个飞机升降机、塔台、航行舰桥、司令舰桥、几种雷达、着舰系统中心线指示发射机、近战武器系统、反空导弹系统等。其实在上舰之前，这些天才孩子们都从书上网上详细了解了航母的结构，个个都算得上半个航母专家了，现在只是补上实物教学这一环节。何世杰则照例站在圈子外边，不动声色地观察着孩子们。

快到中午，一位穿黄色军士服的飞机起降指挥军士来到甲板上，请孩子们暂时回避，因为天上那架空警3000预警机该轮休了，舰上这架预警机准备起飞。这是今天上午唯一的一次起降。小赵领孩子们离开飞行甲板，到船艉部参观一遍，在塔台之后聚齐。小赵说：

"看了一遍，直观印象有了，说说，你们都有什么感受。"

姜元善抢先说："我先说不中听的——'墨子号'这个名字听着太别扭，不说虚伪，至少也是迂腐。明明是战争武器，偏要和'非攻'拉到一块儿。

第一艘国产航母的名字'杜甫号'也是一样，取那个名字，当然是因为一句杜诗：苟能制侵陵，岂在多杀伤！"

平时话语不多的庄敏说："我看不算迂腐，就该向世界强调我们是以战止战嘛。我想咱国家是有意用文士哲人的名字来命名，为的是冲淡这些杀人武器必然蕴含的杀气。"

庄敏在这十一个孩子中年纪最大，文文静静的，是团队的老大姐。姜元善笑着反驳：

"那也不能太离谱，弄两个和兵家八竿子打不着的人来为航母命名。干吗不叫'孙子号'？万世兵家之祖也，而且孙子兵法中到处可见止战的思想。要不叫'王忠嗣号'也行，那也是历史上一个完人，一个热爱和平的军神，属于有绝世武功却绝不轻用的大侠，我对他非常敬仰。"

老何听见徐媛媛小声问严小晨："王忠嗣是什么人？"小晨低声说："是唐朝名将，曾任两镇节度使，其后安史之乱中唐朝的两位中兴名将，李光弼和哥舒翰，都曾是他的部下。此公智勇双全，谋略过人，更兼人品高尚，有清醒的政治眼光。那时国力强大，边将大多好战贪功，王忠嗣却藏大弓于袋子里，向部下明白警示要持重安边。后来唐玄宗命他进攻吐蕃石堡城，王忠嗣知道此城非常牢固，要想攻下非战死数万人不可，但攻下它又没有太大的军事用处，就拒不受圣命，这在封建时代可是杀头之罪！后来他确实被定了死罪，幸亏部下哥舒翰力保，才勉强保住性命，被贬为庶人。石堡城后来打下来了，确实死了数万兵士。安史之乱前，王忠嗣暴病而死，死因是一个千古疑案，有人怀疑是安禄山下的毒手。否则以王忠嗣的威望和才能，只要他一出山，安禄山应该成不了气候。姜元善说得对，这位王忠嗣真可称得上历史完人，一个热爱和平的军神。"

何世杰照旧悄悄听着，不加入他们的讨论。小赵笑着说：

"'杜甫号'和'墨子号'的名字肯定不会改啦，你再反对也没用。你们不妨为第三艘航母起个好名字，说不定真能用得上。第三艘大后年就要下水了，是十万吨级的。"

"舰名是不是还用中国历史人物的名字？"摆长有问。他的姓氏是回族特有的，但他从形貌上看已经完全汉化了。小赵说应该是吧，这个惯例既然已经形成，轻易不会变。"那我建议它叫'霍去病号'或'李靖号'，这两位也都是一代战神。亏得他们驱逐匈奴和突厥，才有了大中国的轮廓。"摆长有说。

"叫'张巡号'也行，那是我的同乡，也是我最敬仰的古人之一。安史之乱时他以数千疲兵抵抗十万叛军，屡战屡胜。他智勇过人，《三国演义》中'草船借箭'的故事其实是他的发明。他在睢阳坚守数年，把城里的老鼠都吃完了，最后力竭被擒，骂敌而死。同时牺牲的还有他的同僚和部下如许远、南霁云、雷万春等。我觉得他也是一个历史完人。"姜元善说。

何世杰注意到严小晨欲言又止，看来她不同意姜元善的观点又不愿挑起争论。这个姑娘长得小巧玲珑，容貌不算出色，但一双大眼非常有神。她的目光与何世杰相遇，老何努努嘴，示意她踊跃说出自己的看法。她点点头，温和地说：

"我也非常敬仰张巡，但很可惜，他有不小的人格污点，若说他是历史完人，有点过。"

姜元善不客气地反驳："你是说他在绝境中允许士兵以饿死者为食，甚至杀死小妾让士兵分食？这当然让正人君子厌恶，但咱们别站着说话不腰疼。你只须想想他当时这样做，是因为道德沦丧兽性发作，还是为了一个高尚的目的？肯定是后者，是为了在孤城中尽量多坚持一天。"他感慨地说，"其实正是这点让我格外钦佩。以他的智慧，难道就想不到这样会留下万世骂名？如果他的目的只是青史留名，他绝不会这样做的。但他不图虚名，而是尽其所能来保住唐朝的命脉，为此不惜赔上自己的清名！历史上能把事情做到如此极致的人不多，比如后世的史可法就没做到，史可法在绝境中只知道'一死报国'。如果把张史二人作为各自时代的代表，就会得出一个遗憾的结论：汉民族退步了，变得文弱了，失去了汉唐时期的强悍和野性。我不会赞美张巡的这种举动，但我想，在他所处的极端环境下这个'污点'应该被后人原谅。"停停他又加了一句，"说不定，咱们中哪一位的血脉的存在，就是因为他在睢阳城多坚守了一天！"

其他孩子没有参加争论。据何世杰的观察，他们可能不大了解这段历史。这出乎老何的意料，因为据初步接触，这群天才孩子知识面极广，绝不在老何和小赵之下；但细想也不奇怪。国内物理工程奖培训班实行的是军事化培训，每个孩子一般从八岁起就住进全封闭学校，每天进行繁重的思维训练，也像填鸭似的被填进大量知识。但这些知识都是经过精挑细拣的，那些肯定不会成为国际考试重点的内容，比如详细的中国历史，则难免被忽视。现在，何世杰看到了中国式速成培训的一个重要弱项：孩子们的中国历史知识相对薄弱，大概只有姜元善和严小晨例外。他不想埋怨培训班的老师和组织者，因为上级给他们下达的目标就是"十年内挺进国际物理大赛前三名"，为了完成这个目标难免有点功利主义，难免在施教内容上有所侧重。实际上，他们在短短几年中就取得突破，已经做得很不错了。

但何世杰还是觉得可惜。他认为，不能深刻了解中国历史的人，不可能胜任他和更高层想交付的重担。以后他要建议为孩子们恶补这一课。

严小晨属于外柔内刚的性格，她不愿意挑起争论，但既然争论已经开始她也不退缩。她温和地笑道：

"我不会苛责一个历史英雄。张巡守睢阳，保住了江南不受蹂躏，保住了唐朝中央政府的江南财赋通道，这是唐朝政府能平定叛乱的最重要原因。韩愈说他'守一城，捍天下。天下之不亡，其谁之功欤？'海外华人多为江南祖籍，所以格外铭记他的恩德，一直把他当神来敬。不过，无论如何，食人这样的恶行是不能原谅的。姜元善你说呢？不妨做这样的假设——假设你就是那个被分食的女人？"

她的笑容温婉，语气温和，但反问够犀利了。几个孩子七嘴八舌地插话，大都赞同她的观点。姜元善哼了一声，没有再争辩。过一会儿他忽然说：

"那我干脆再提一个名字：冉闵号。小晨你怕是更要反对吧？这个人也是我非常敬仰的历史人物，但他的污点更大。"

孩子们有些茫然，看来他们没听过这个名字。严小晨迅速看姜元善一眼，没有接他的话。但老何看出来，她显然知道冉闵这个历史人物，也知道此人的复杂性——五胡乱华时，北方汉人被屠戮殆尽，史书说"北地沧凉，衣冠南迁，胡狄遍地，汉家子弟几欲被数屠殆尽"。那时候胡人称汉人为"一钱汉"，意思是杀一个汉人只用赔一文钱。绝境中的汉人组成"乞活军"，在危境中艰难求活，冉闵之父是乞活军中一员虎将，在与羯人的激战中战死。父亲死后，小冉闵被杀父仇人、羯胡政权后赵皇帝石勒收养，长大后成为后赵的著名猛将，曾多次与父母之邦东晋作战，战功卓著。但谁也料不到，他最后却来了一个"浪子回头"，振臂而起，带领汉人反抗群胡。他作战勇猛，用兵如神，在与鲜卑的战斗中，以七千步兵和两千骑兵对十余万鲜卑骑兵，十二战连捷，威震天下。后来虽然兵败被杀，但他的抗争为北方汉人保存了最后的血脉。不过，他是以屠杀来对屠杀，公然向天下发布"讨胡令"，对胡人中的羯人杀戮尤重，几乎杀得寸草不留。所以在今天的多民族社会里，宣扬这个名字是比较犯忌的。小赵很机灵，发现孩子们的争论进入敏感区域，立即岔开话头：

"你们已经给第三艘航母起了这么多名字，这个问题可以跳过了。下面讨论一个新问题，也是最重要的问题：航母的自我防御能力。"

这是老何为夏令营准备的重要问题之一。虽然中国已经有了两支航母编队，并正在组建第三支，但在一流的军事专家中，关于"高科技时代航母是否过时"仍是争论不休的问题。何世杰很想听听这群天才孩子们的意见，听听圈外人的意见。这个问题与刚才不同，孩子们都不存在知识弱项，所以全员参与，讨论得很热烈。戴近视镜的小胖子朱郁非说：

"我不看好航母的前途。矛与盾的矛盾中，矛的技术突破总是相对容易一些，也廉价一些。现在，弹道导弹打航母的技术，包括再入控制和末端寻的，都已经非常成熟。别说是中国的航母编队，就是美国尼米兹级航母，虽然号称能抵御几个波次的饱和攻击，也难以抵挡这样高马赫数的导弹。此外还有高速鱼雷、太空动能武器、空天飞机等杀手锏，如果到了战争的生死关头核弹也敢用！那就更难防御了。我认为，在高科技时代，航母这样的庞然大物天生就是一个死靶子。"

18岁的林天羽是个帅小伙，老是一脸坏笑，爱和大伙儿捣蛋。他说："我不同意这个观点。航母的现有防御系统已经够厉害了，还有最新的舰载激光防御系统呢,航母有足够的空间和能量来配备足够数量的大激光炮,组成密集的火力网,对付高马赫的弹道导弹也绰绰有余。美国已经开始配备了,据说咱们的第三艘航母上也要配备。"

大个子张如弓瓮声瓮气地说:"我赞成天羽的意见。"

所有人都发表了意见,两派力量大致相等。姜元善一向口舌便给,这次却挨到最后才发言:

"我觉得嘛,航母的作用多少类似于中国的万里长城。"这个开头有些突兀,有点迂曲,何世杰和小赵互相看看,注意地听下去。"长城在汉强夷弱的情况下没用。有人向唐太宗建议修长城,唐太宗说他正要率将士北逐大漠,修长城干什么?他的话后来确实实现了,东西突厥被消灭和赶走,东突厥连可汗都被生擒。长城在夷强汉弱的情况下也没用,像南北朝、五代和元清两朝,胡人轻易就能越过长城。但在汉夷之势相对持平时还是非常有用的,如各个强大朝代的后期,如明朝,它有助于维持一种力量均势,把游牧区和农业区分开。航母呢,在高科技武器的今天,如果一个强大的敌人决心要炸沉它,再好的防御也是没用的,激光防御网也不行——激光能防住太空钨棒和核弹吗?但只要走到这一步,那就说明双方已经彻底撕破脸了,这场战争绝对没有退路了。我觉得,航母的最大作用就是提高大战爆发的阈值。而在终极之战爆发前,航母的实战效能和震慑作用是不容怀疑的。所以,中国还是得发展航母,必须大力发展,哪怕大战一开始它就被全部炸沉。"

这个观点得到了徐媛媛、万玉民、刘涛等人的赞同,何世杰也轻轻点头。当然这个观点有失偏颇,无论哪国在组建航母编队时,也不会把基点放到它将被全部炸沉这种估计上,但他的"阈值说"有相当合理的内核。何世杰对这些孩子已经观察了三四天,到目前为止,他最看好姜元善和严小晨。不过,小姜刚才谈论张巡和冉闵时,观点中似乎有某种……危险性,至少是有点偏激吧。何世杰还要继续观察。

讨论之后,小赵领孩子们去下层的船舱,准备参观舰船主机、近战系统和升降机等,何世杰仍然跟在队后,把所有孩子的言谈举止罩在视野里。这是普通的一天,正常的一天。天空晴朗,海面上很平静。一架空警3000预警机在蓝天上游弋,另一架刚刚降落,在阻拦索边停稳。那时,谁也不会想到他们很快将遭受一次震惊,而人类历史也从此走到分水岭。大家排队走过后甲板时,后边的何世杰发现队列中部的姜元善突然停下,抬头看着斜后方,目光无比震惊。顺着他的目光看过去,何世杰同样惊呆了。震惊之中首先冒出一个清晰的念头:

从这一刻起,武器史怕是要改写了。

在"墨子号"右后舷上方,安静地悬停着一个银白色的球形物,类似一个大型热气球,但没有吊篮。球形有点扁,可能是它离得太近,仰视中有视觉误差。球形物距甲板仅仅七八百米,其大小与波音777相当或稍大。虽然与航母相比它的体积不算大,但由于高度低,又出现得十分突兀,所以仍让目睹者有立马喘不过气的感觉。球形物下方有微弱的淡蓝色光芒,但在明亮的阳光下几乎看不到,也没有任何声音。

刹那间何世杰脑子中闪过两个念头:巨型气球?外星飞碟?这时球状飞行器动了,它的身体似乎没有倾斜,但喷火口却从下方移到了侧方,淡蓝色的焰流加强了,变成明亮的蓝色。飞行器以极快速度横掠过航母,在船的左舷上空再度悬停,高度离甲板更近,几乎悬在人们头顶上。横掠时仍然无声无息,但从超强的机动性上看,它显然不是气球或飞艇之类。

这个大球的机动让何世杰回到现实。他以军人的本能作出反应,迅速转身奔向司令舰桥方向,边跑边高声喊:

"警报!发空袭警报!"

奔跑时他一直侧身盯着空中。眼睛余光中看见姜元善右手高高举起,手中似乎有什么东西。还有几个孩子也觉察到空中的异常,纷纷抬头指看;前甲板上有两位绿衫军士也在向司令舰桥方向跑,边跑边喊,喊的似乎也是"警报"那两个字。然后——突然之间,悬停的球形物消失了。

何世杰在急跑中来了个急刹而停,震惊地盯着天上,盯着一秒之前还悬着大球的那片空域。事后回想起来,他总觉得那一刻不像在现实世界。天上突然出现的那个几何上完美的银色大球;它突然消失后的那片蓝色空域;空域中静止的白云;还有甲板上凝立不动的几十个人。他们都仰着脸,张着嘴巴，目光呆滞，就像无声电影中一个定格镜头。司令舰桥上到现在仍没有任何反应，无论是航母上配备的空中搜索雷达，是"中华神盾"上配备的相控阵雷达，还是在空中盘旋的预警机，都没有对这个球状飞行器作出任何反应。阳光温馨明亮，甲板上气氛安静祥和，一切似乎沉浸在梦幻色彩中。如果这个球状飞行器想要炸沉航母，它能轻而易举地做到，甚至用不上鱼雷、巡航导弹、空舰导弹这类东西，只用打开底舱门，把一颗普通的巨型炸弹推下来就行了。

何世杰没有再往司令舰桥跑，那样做已经没有意义了，眼下有更重要的事要去做。刚才在眼睛的余光中看见姜元善高举右手，似乎是在拍照？他跑回孩子们那儿，孩子们正在惊异地叽喳："刚才是咋回事？天上那个白色大球球？飞碟？这会儿咋突然没了，我是不是看花了眼？"没有看见银球的孩子们则好奇地问："什么球？我咋没看见？"姜元善没有参加讨论，他身在孩子群中，眼睛却一直盯着这边。这会儿他看见何世杰折回，便离开孩子群主动迎过来。他神情紧张，面色苍白，眼中闪着热病似的光芒。何世杰直截了当地问：

"你看清了那个球状飞行器？是你最先看见的？"

姜元善用力点头。

"你是否拍了照？"

姜元善伸出右手，掌心中果然藏有一个小巧的数码相机。这么做公然违犯团队严申的"不准拍照"的禁令，但这会儿无论是犯规者，还是何世杰，都根本没提这一点。

"快调出画面，让我看看。"

小姜把画面调出来，他用的是录像功能。画面有些抖动，有一段比较模糊，但画面质量总的说还不错，清楚显示了那架飞行器的形状：是银白色的球体，表面非常光滑，没有任何诸如舷窗、机翼、武器外挂点等外部特征，连喷火口也是内置的。当它掠过航母时，蓝色的喷焰清晰可见，并且增加了侧向喷焰。喷流细而多，犹如水母身后拖着的众多触手。这段影像资料中最难得的是，它清晰地录下了球状物消失的那个瞬间，那家伙是在悬停状态下突然消失的，没有任何中间过程，没有高速飞离的尾焰，没产生空气的抖动。它就那么突然消失，连喷焰也消失了，只在画面上留下一方宁静的蓝天。

这段仅有12秒钟的录像成了球状隐形飞行器确实存在的最重要实证，此后20年中，在中国高层领导、军事专家和研究人员那儿，不知道重放了多少遍。

何世杰低声说："孩子，这段资料太宝贵了，能交给我保存吗？"

其他孩子也跟了过来，走在前边的是庄敏、张如弓、严小晨、孙可新和徐媛媛，这几位刚才都看见那架飞球了，所以个个表情紧张，沉默不语，紧盯着老何和小姜。姜元善回头看看伙伴们，低声问何世杰：

"何伯伯，能告诉俺们你的真实身份吗？"

何世杰不再隐瞒了："我是军队的，是新概念武器研究所的所长。"他又加了一句，"少将军衔。"

"何伯伯，我早就觉得你不像旅游公司的。"姜元善想了想，谨慎地说，"何伯伯我信得过你，但我想当着陈司令的面把这架相机交给你，可以吗？"

老何很欣慰：这个头发乱蓬蓬、不穿袜子的家伙看似大大咧咧，但大事不糊涂！这孩子深知这段录像的重要意义，甚至是重要的战略意义，所以他在这份资料的处理上异常谨慎。但他做得非常对，无论怎么谨慎也不为过。就在这一刻，何世杰觉得那件事可以拍板了——在这次"挑选苗子"活动中，他将把姜元善作为第一人选推荐给上边。何世杰痛快地说：

"当然可以！我也得马上见他呢，走，我们现在就去。"他苦笑着说，"我估计，陈司令此刻还什么也不知道呢，他在那儿听不到甲板上的喊声。编队中所有雷达完全没有反应，说明球状物在目光可见的十几秒内，在雷达波段一直处于全隐状态。"他沉重地摇头叹息，"坦率地说，在那家伙面前，航母上的多重防御系统彻底瞎了。"

二

接下来的半天他们处于非常紧张的节奏中。他们赶到司令舰桥时，陈司令正在听两位绿衫军士关于球状飞行器的报告，他眉头紧皱，目光疑虑，想来正在怀疑这是不是目击者的幻觉。何世杰没有废话，直接把相机递过去让他看那段录像。看完后陈司令的脸色变白了。他用望远镜仔细搜索天空，当然什么也看不到，银色大球早就销声匿迹了。接下来，他同何所长关起门商量一会儿，做出了一个不同寻常的决定：航母编队继续按原定计划行进，但十几名目击者还有那份宝贵的录像资料要尽快送回国内。这个情报太重要，他不想用无线通信。但这份情报也不能留在航母上——有了这架鬼魅似的隐形飞球，没人敢保证航母能安然返回，也许明天它就会被击沉！可以想象，隐形飞球这次突然造访航母，当然不会是为了拍几张风景照。

当晚，夏令营十一名团员、两个领队加上目睹了球状飞行器的两名维修军士，分乘两架作战支援机离开航母返回国内。姜元善、严小晨等七位和小赵坐一架，老何领其他人坐另一架。姜元善坐的这架飞在前边，他从舷窗里看到，在他们的左右，茫茫云海之上有四条笔直的银线，那是四架歼15为他们护航。他知道舰载机航程有限，肯定不能直接飞回国内吧，那就应该有加油机伴飞。但仔细搜索天上，没有发现加油机的踪影。

晚上10点左右，飞机在一个机场降落。两架写着"中国民航"的波音737停在旁边，发动机轰鸣着，早已做好起飞的准备。一行人匆匆下机，同地面人员简单交接后，仍然按原来的分组，匆匆登上两架波音737。飞机立即轰鸣着起飞。因为看到了"中国民航"的字样，孩子们都以为到了中国内地。姜元善猜想，也许这是海南岛三亚机场？但方位不对。等飞机升到空中，看到两侧的四架护航战机后他才恍然大悟：看外形，护航机显然是美国产的F-16。再想想刚才交接时，机场人员的服装和言谈举止都有生疏感，原来刚才是在台湾的某个军用机场！

虽然两岸关系已经相当亲善，但像这么安排——让大陆两架军机降落在台湾军用机场，再让台湾军机为大陆客机护航——仍然是极不寻常的，肯定是出于两岸最高层的特殊安排，由此可见此行的分量。

机群很快到达台湾海峡中线，四架苏-27在空中盘旋等候。这边的F-16摆摆翅膀原路返回，接班者护送两架民航机继续北飞。进入内地后，护航机摆摆翅膀降落了，两架民航继续往北京方向飞去。

八个乘客散坐在737的机舱里，显得空落落的。摆长有大大咧咧地说："太浪费了！总共才十五个人，干吗不坐同一架飞机呢？"

姜元善看看他，看看大伙儿，没有吭声。他知道为什么这样安排，看严小晨的目光估计她也理解吧：这十五个人尤其是其中几个直接目击者太宝贵了，绝不能放在同一个篮子里。同样宝贵的还有那12秒钟的录像，在离舰之前已经复制了两份，一份存在航母，一份由另一架飞机上的何所长携带，包含原始录像的相机则由姜元善携带。这样安排虽不敢说万无一失——谁知道那架魔鬼飞球接着会干出什么勾当？但这也是他们能采取的最保险措施了。

途中小赵已经开始工作：把孩子们分别叫到头等舱单独询问，进行笔录和录像录音。另一架飞机上也在做着同样的事。何所长交代他要抓紧时间，趁着孩子们的记忆还清晰，尽量回忆当时看到的景象，也许某一个不起眼的细节最后会带来技术上的突破。姜元善被问得最仔细，包括他照相时右手举的高度、相机上仰的角度、他跟踪拍摄时转身的快慢等，都要求他尽可能准确地重做一遍，由小赵做了录像。这些细节对于确定那架飞球的诸参数可能有价值。至于采用分开询问方式是想尽量减少回忆中的误差，因为何所长担心孩子们有"从众"心理，某个人的回忆会不为人觉察地影响其他人的记忆。

等严小晨被问完回到普通舱时，见姜元善一个人坐在后排，默默地盯着舷窗外面，显然独坐很久了。在严小晨印象中，姜元善天生具有领袖气质，表现欲比较强，不管在什么场合总会成为人群的中心，像这么离群索居的时候是很少有的。她走过去，坐在姜元善身边：

"小姜你在想啥？"

姜元善回头看看她："我在想，这次夏令营虽然只过了几天就提前结束，不过能撞见这个飞球也算值了。用句武侠小说上的话，这是一次不世之遇。"

"我有一个猜想，不知道对不对。"

"什么猜想？"

"恐怕有了这次经历后，咱们的一生职业已经决定了——搞武器研究。所长大叔肯定不会放咱们走啦。"

姜元善点点头："我想也是这样。这种全隐形的武器太可怕了，不光是航母，连任何固定基地像指挥所啦，洲际导弹发射井啦，甚至核潜艇啦——核潜艇也不能永远待在深海里呀，它也得有固定船坞啊——在它的威力之下都成了完全的不设防。如果研制不出它的克星，那现代军事战略要彻底重写了。"

"不知道是哪个国家的新发明？我不相信它是外星飞碟。"

姜元善没理会"外星"这个茬，显然也不信。"不管是哪个国家研制的，咱国家一定得想法对付。你说何所长不会放咱们走，他撵我走我都不走。既然老天让咱们撞见这个怪飞球，对付它就成了咱们的职责。谁让咱们赶上了呢。"

"嗯，你说得对。就怕我爸妈舍不得——搞这种绝密研究肯定与世隔绝，比这些年的全封闭学习班还要隔绝，以后更不能在爹妈怀里撒娇了。"她笑着加一句，"少女之梦就要提前结束啦。"

她虽然是开玩笑，但语气中分明有怅然。姜元善说：

"我爹妈肯定支持我去。说真的，我是听着苏武牧羊、岳母刺字、王佐断臂、精忠报国这样的故事长大的，爷爷讲爸爸讲我妈也讲。这会儿要是征求他们的意见，他们肯定说，"他改用中原方言，"娃呀，去吧，国事为重，自古忠孝不能两全。"

又艮又重的方言惹得小晨笑了，笑过后认真地说："嗯，你全家人都是好人，是那种深明大义的老辈人。"

姜元善不在意地说："你又没见过他们。"

"我听你说的嘛。"

姜元善看看前边的几个伙伴："要不，对其他伙伴说说咱们的猜测吧，让大家都有个心理准备。"

"嗯——好吧。"

小晨把几个孩子拢到一块儿，姜元善说了自己的想法。这些伙伴都是聪明人，当然清楚这件事的重要性，全都爽快地答应了。徐媛媛说：

"说好了，十一个人都留下，一个不许走！凭咱十一名圣斗士，非把中国的隐形飞球弄出来不可！"

这件人生大事就这样定了，随后他们和另一架飞机上的孩子们通了气。人生是由许多意外组成的，因为在"墨子号"航母上的意外遭遇，这十一人后来都成了中国军工界的翘楚。不过那时候姜元善绝对想不到，对这个人生选择，自己"深明大义"的父母曾坚决地反对过，而且是站在一个他根本想不到的角度。

飞机降落在北京机场，两辆军用小客车接上他们。30分钟后，客车进入浅山区，在一个大院门口停下。门口有两名全副武装的军人警卫，一位值日军官过来，检查了司机的证件，又探头到车内查看一番，挥手让车辆通过。他们来到富丽堂皇的客房大厅，刚坐下，何所长和另外几个孩子脚跟脚到了。姜元善立即迎上去，低声问：

"航母没出事吧？"

老何点点头："平安无事。你放心吧，看来只是一次侦察行动。"

小赵从宾馆前台走过来，把所有孩子和两个军士拢到一起，匆匆交代着：

"大家抓紧时间。二楼咱们全包了，每人随便挑一个房间，赶紧洗漱一番就睡觉。这会儿已经是凌晨两点半，七点半要起床，八点半准时开会。这个会有多重要，不用我说你们也清楚。所以——赶紧睡觉！"

老何只说了一句："孩子们，今天你们辛苦了。"

孩子们都很懂事，打仗似的上楼、洗漱、睡觉，这个楼层很快安静下来。只有姜元善没有睡意，照例打了一路太极，然后在屋里转来转去地看。他是有名的夜猫子，上网、看书，熬个通宵是常事，还不影响第二天的精神头儿。何况有昨天的奇遇，亢奋劲儿还没有过去呢。

这家军队宾馆相当高档，比他去美国参赛时住的纽约尼克博克酒店还漂亮。每个房间都有卧室、卫生间、小客厅和小书房。客厅里摆着鲜花和水果，书房里有大屏幕电脑，打开看看，很可惜，网络是断开的，屏幕上显示：

使用网络请与总台联系。

有赵领队的严令，他当然不敢与总台联系，只好关了电脑。回到客厅打开电视，准备随便瞄几眼就睡觉。电视上，央视十台正在播放一部关于黑猩猩的电视片，片头已经过去了，所以不知道片名。影片内容很精彩，看了几分钟他就被吸住了。他怕赵叔叔查夜，起来反锁了门，把电视声音调低，兴致勃勃地看下去。

这部片子内容很丰富，包含了从珍妮·古德以来的观察资料，使用了大量的实拍镜头。资料表明了黑猩猩和人类的诸多相近之处。比如：

它们能使用工具，影片记录了一只名叫"白胡子"的雄猩猩最先学会用细树枝钓白蚁吃。这项技术开始只在本族群中使用，后来一只年轻雌猿外嫁到大湖对岸另一群落，于是就很快传开了。

黑猩猩族群内有合作倾向，雌猿们会合力抚养族群内的孤儿。看着"猩猩阿姨们"尽心照顾没有血缘关系的孤儿，姜元善颇为感动。

它们也有初步的羞耻心。族群中社会地位较高的雄猩猩会把雌猩猩拉到隐秘处交配。也许这不是因为羞耻心，而是缘于自私动机——不想刺激其他雄性，以便独揽与雌性交配的权力。但不管怎样，看着一对猩猩躲到隐秘处交配，然后若无其事地出来，就像小孩子偷吃糖果后佯作无辜的样子，姜元善又好笑又感慨。

更难得的是它们知道敬畏大自然！还是"白胡子"所在的那个族群，迁徙途中经过一个大瀑布。瀑布飞流直下，声震遐迩，空中的水雾映出清晰的彩虹，十分壮丽。黑猩猩们被自然奇观所震撼，个个手舞足蹈，昂着脑袋吼吼地长啸，像是一群激情难抑的人类哑巴。可以说，这种对大自然的敬畏是宗教感情的萌芽。

黑猩猩们尤其是母性对儿女有强烈的爱心，一点儿不亚于人类。一只年轻雌猩猩生了一个漂亮的淡色皮毛的儿子，它不幸被豹子咬死了，年轻母亲冒死从豹子口中夺过它，一直抱着不丢，不停地翻动它，焦急地唤它。她不让其他黑猩猩碰儿子，甚至在遭遇狮群仓皇逃命时也不丢弃。一直到尸体完全腐烂才不得不扔掉。那天晚上，那位母亲对着星空凄声长号，深切的悲痛如融雪般渗到姜元善心里。

当然，像人类一样，黑猩猩社会中也有很多"恶行"，它们会欺软怕硬，抢同伴的食物，把食物藏起来不与同伴分食。一只雄猩猩为争夺王位发明了一种方法：拾到一只汽油箱，把它像非洲战鼓一样哐哐地敲着，吓得其他雄猩猩仓皇逃跑……

这些小小的恶行让姜元善发笑，不过再看下去，他被震住了，笑不出来了。那是黑猩猩中的一场"雄性战争"，场面异常惨烈。

这是个很大的黑猩猩族群。今天族群中弥漫着躁动和亢奋，就像处在迁徙兴奋期的候鸟。黑猩猩没有语言，但它们不知道用什么方式会商出了"开战"的决定。然后族群成员自动分成两群，雌性和幼儿留在后边，成年雄猩猩在前边聚齐。这样的雄性"军人"共有50多只，排成一列，向另一个较小的黑猩猩群落的领地出发。夜幕降临时它们到了领地边界，队伍悄悄停下，凑到一块儿，用手势和目光商量。以下的事态让姜元善震惊，那是一次非常典型的战争。它们能组织这样完美的战争，完全可以定义为"智慧种族"了。先是一小群侦察兵悄悄越过边界，找到了敌方此刻的位置。后者只有40多个成员，正在安静地互相梳毛，幼猩猩偎在母亲怀里嬉闹，一点儿没有意识到灾难就要来临。这边的侦察兵没有惊动它们，悄悄返回，用手势向首领做了报告。

然后50多个雄性"军人"分成两拨，分头出发。一拨悄悄掩近，忽然厉声吼叫着发起进攻。在凶猛的攻势下，后者根本不敢做任何抵抗，凄声尖叫着四散逃命。但在它们逃去的方向，另一半"军人"早就埋伏好了，在树上树下严密地张网以待。双方你追我逃、拼死搏杀，树叶纷纷飘落，尖叫声响成一片。

这部分夜色中的战争场面是用红外镜头拍摄的，是在空中的俯瞰，不知道拍摄者乘坐的是直升机还是气球。影像比较模糊，猩猩的形体被点状化，一个个红色光点在茂密的枝叶中飞速移动，使这片战场恰似兵棋的棋盘。不过，虽然双方的个体都被点状化，但从一个个红点的移动态势上，能毫不困难地分辨出哪个是进攻一方，哪个是逃跑一方。

这场力量悬殊的战斗很快结束，那个小族群的大部分成员拼死逃脱了，有三个不幸者被捉住，包括一只雄性、一只雌性和一只幼崽。以下镜头转为清晰的近景。那只雄猩猩已经死了或是昏迷了，身体软塌塌的，被拉着尾巴在地上拖。它的睾丸被扯掉，胯间鲜血淋漓，可见杀手们下手之残忍。那只幼猩猩更可怜，它被捉到时还在哀哀地叫着，瞬间被活活撕开，变成红鲜鲜的肉。"军人"们尤其是立功者都抢到了鲜肉，**饕餮**大嚼。这时本部落的雌猩猩和幼儿赶到了，一个雌猩猩走上前，讨好地看着首领，伸出双爪讨要。首领正抱着一块红鲜鲜的肋排啃着，这时慷慨地送给雌性。其他雌性和幼儿也都乞讨到了肉食，族群中洋溢着欢乐的气氛。

影片末尾是对几位生物学家的采访。他们的表情都很沉重，有点茫然，甚至有点羞怯。其中一位茫然若失地说：不少动物种群有同类相残的天性，比如狮子和鲨鱼；也有能组织同类战争的物种，比如蚂蚁。但像这部影片中所展现的"雄性战争"，在整个地球生物界仅见于两个血缘相近的物种，即黑猩猩和人类。这是巧合，还是因为相近基因中藏着同样的天性？这种"雄性战争"特别惨烈特别可怕，只需回顾一下人类历史中绵延数万年的鲜血淋淋的战争，谁都不会怀疑这一点。由这场黑猩猩之战可轻易推延出一个阴暗的结论：这个发明了同类间战争的黑猩猩族群肯定会加速繁衍，成为黑猩猩社会的主流，因为它们既能轻松获得动物蛋白，又顺便扩大了本族群的生存空间，一举两得。这个过程不可逆转，因为它没有任何反向的制约。除非有一个上帝，有一个超越黑猩猩社会的惩恶扬善的好法官，社会之内的王者不行，它最多维持一个族群的秩序，而对于族群之间的残杀反倒会推波助澜。当然，在真实的生命史中，这个高高在上的法官是不存在的，那么，唯一的反向制约是——这个邪恶族群碰上另外一个同样擅长战争的残忍族群。孱弱的善之花最多萌生于恶与恶互相撕咬同归于尽的空隙之地。人类曾经奉为圭臬的"天道酬善""善恶有报"等律条显然与真实的历史截然相悖。

姜元善对影片中这些内容并不陌生。早在上小学时，他曾在老爹书柜里的医学书籍中发现一本旧书，书名是《第三种猩猩》，扉页上写着"严豪2009年1月购于北京"，书中内容和这部电影大致类似。当时他半懂不懂地读下去，倒也读得津津有味。不过文字毕竟赶不上视觉形象的震撼力，尤其是那段用红外镜头俯拍的、如兵棋般简洁的黑猩猩战争场面——他不由得想，人类历史也如一部兵棋啊，万一也有一双眼睛在天上俯瞰着这个大棋盘呢?!

这部片子结束了，时间已经将近五点。他虽然看得有点亢奋，但不敢再熬夜了，毕竟两三个小时后就有一个极重要的会议，可能军委副主席都要参加的。他熄了床头灯，闭上眼睛，强迫自己入睡。这是他的一个优点：既能高强度地熬夜，又能在任何情况下迅速入睡。这会儿虽然心绪难平，他仍然很快进入梦乡。

他做了一个梦。

现在我是那个胜利部落的一员，是一只幼小的黑猩猩。妈妈拖着我急急地走着，赶着去分一块儿肉。我们去晚了，肉已经分完，妈妈苦苦哀求，只讨到一根骨头。妈妈贪馋地啃了两口，到底还是疼我，恋恋不舍地把骨头给了我。这是一只前臂，上部被啃得只剩下白骨；下部还残存着一些肌肉，一些黑色皮毛，还有五只细小的手指。我平常的食物是野果，妈妈只给我吃过两次肉，一次是吃野鼠，一次是分食一只受伤的小瞪羚。我知道那是天下最美的美味，比青涩的野果好吃，比带着酸味的白蚁好吃，绵软香甜的香蕉也比不上它。我贪馋地接过来，张嘴去嚼那几只细手指……但我犹豫地停下了。

不知道为什么，我能看到其他猩猩看不到的东西。我知道，就在这一刻，在黑沉沉的天上，有一只红色的独眼在凝视着我们，带着怒火也带着痛楚。为啥会这样？因为我们今天吃的不是野鼠和瞪羚，而是和我们一样的黑猩猩，是我们的同类。为啥吃其他动物"他"不生气，而吃同类就惹"他"生气？不知道，没什么道理。但假如我们一直这样行事，总有一天我们也会被同类这样地生撕活啃。

妈妈见我拿着骨头发愣，很久不咬一口，很奇怪也很生气，对着我大声吼叫。可是我仍然不能咬下去，我在矛盾中煎熬。我很饿；我很馋美味的肉，不管它是不是同类的肉；我知道这样的美味很难得，多少年才能吃上一次；

我一直吃素的身体十分需要这点动物蛋白，当然，按说一只年幼的黑猩猩不该懂得这些"科学知识"，但不要紧，进化之神已经把"身体的需要"转化成对肉食的馋涎，我只用遵从本能就行了。我想吃，可是在那只红色独眼冷冷的凝视下，我又吃不下去，我害怕那只眼睛中的怒火，更怕目光中含的痛楚。

妈妈真的生气了，哇哇吼叫着跑了。现在只有我孤零零地留在这儿，手里攥着一只白森森血淋淋的断骨。我是吃，还是不吃？忽然我听到天上有人唤我的名字，还有笃笃的敲门声……

姜元善醒了，是赵叔叔在门外唤他。他睡得太熟，连服务员的唤醒电话都没听见。他迅速跳出梦境，连声答应着跳下床。等他匆匆洗漱后冲出去，其他孩子已经坐在餐桌前开吃了。

匆匆吃完早饭，小赵领着十一个孩子和两名海军战士乘一辆中型客车出发。自从离开航母以来，这是第一次"把所有鸡蛋放到一个篮子里"，只有何所长不在车上。客车后部与驾驶室之间被隔断，车侧拉着深色厚窗帘，不知道车子开往什么方向。20分钟后，外面的汽车行驶声突然放大，夹杂着扑扑的排气反射声。车身向前倾斜着，应该是进入了地下隧道。又开了十几分钟，客车停下，司机从外面打开门。眼前是一个很大的地下停车场，停了不少汽车，基本上全是军队编号。一位战士跑来，向赵秘书行了礼，带他们进入会场。

会议室不大，环形桌子加上后排座位可以坐五六十人。会场中已经有很多人，国防部、总参、总装、空司、海司、二炮、国防科工委等都来了，小小的会场成了各色军服的展厅。与会者事先都不知道这次重要会议的内容，直到进入会议室后每人才拿到一份材料，是有关这次与飞球遭遇的简报。与会者都紧张地阅读，考虑着这件事与本部门的关系。会场气氛紧张又沉闷。

孩子们进来时，大家都用微笑和目光同孩子们打招呼。何所长已经提前到会，在会议室门口迎接他们。他满眼红丝，肯定昨晚是个不眠之夜。屋子里的桌椅摆设都很普通，但姜元善注意到墙壁表层是软的，四堵墙上没有一个窗户。屋门厚得吓人，但推起来又轻巧异常。他对小晨低声说：

"肯定是绝密会议室,很高级,能防所有形式的窃听,像激光啦,微波啦。"

严小晨同样注意到这些细节,轻轻点头。

指引者把孩子们和两个军士都安排在前排。环形桌对面这会儿只有一个人,是一位肩上三颗金豆的上将,年龄有50多岁,那是今天的主持人,军队的杨总长。他特意绕过来,同十一个孩子和两个海军战士握手问好,简单寒暄几句,然后回到主持位,继续埋头看材料。事发突然,连他也是三个小时前才知道消息。快到开会时间时,秘书从外边进来,在杨总长的耳边低语:

"主席也来了。"

杨总长有点惊异:与会名单上原来是没有主席的,因为按照惯例,主席一般不会参加这种事务级别的会议,由此可见主席对这桩情报的极度重视。他起身到门口迎接,准八点半,最后一批人来到,打头一位是孩子们都熟悉的人物——国家主席兼军委主席。虽然孩子们事先已经知道这次会议会有高层参加,但没想到主席亲自与会,所以引发一波兴奋的骚动。但他们都很懂事,把骚动控制在礼貌的范围之内。主席在环形桌对面坐下,探过身子,笑着同孩子们和两位战士一一握手。厚重的屋门无声地关上了,主持人小声征求了主席的意见,宣布开会。

会议直奔主题,首先放映姜元善录下的那12秒钟录像,一共放了三遍,其中第三遍是慢镜头播放,可以应观众要求随时定格。与会人屏息静气地观看,屋里静得能听见心跳。放完后主持人说:

"这个隐形飞球的所有目击者,包括十一名孩子、何所长、赵秘书、两名航母维护战士,这会儿都在这里。大家有什么问题,可以向他们询问。"

与会者提了一些很具体的问题,多是影像和简报中未包括的细节,比如飞球掠过甲板时,在场人员有没有静电感、震感,是否感觉到磁现象和热度变化等。其中问姜元善的问题最多,毕竟他是第一个目击者,又是录下影像资料的人。孩子们和两名战士认真做了回答。询问过程持续了一个小时,大家没问题了。主持人说:

"下面开始专业讨论,两名战士可以离开会场了,外面有人安排你们返回航母。分手前再次谢谢你们。至于这十一名孩子……"

他用目光征求何所长的意见，老何立即说："我建议全部留下。"

十一个孩子互相看看，心照不宣。这句话可以证实大家的猜想：何所长确实打算留下他们了，此生要与武器为伍了。杨总长点点头，等两位战士离开，他请目击者之一的何所长发言。老何心头很沉重，这种沉重在发言中明显流露出来。他说：

"各位已经看过这段宝贵的资料，可惜是性能一般的单反相机，又没有可参照的背景，无法依据影像来确定飞球的诸参数。不过我们对各位目击者进行了情景模拟，又据此建立了数学模型。以下数据不敢说可靠，因为时间实在太仓促，但它是我们目前能定下的最可靠的参数。请注意听。"他缓慢地念下去，"这个魔鬼飞行器是标准球形，表面非常光滑，球直径为 80～90 米。在刚被发现时高度为 850～950 米，掠过航母时的最高速度是 2000～2500 千米每小时，零加速时间为两秒到三秒。飞球下方和侧方有淡蓝色喷流，估计是等离子驱动。飞球掠过航母后高度降为 700～750 米，然后在悬停状态突然消失，没有任何中间过程。整个时间段内它对雷达完全隐形，仅有约 17 秒钟目视可见，其中 12 秒钟被小姜录下。"

何所长停下来，让听众消化这些内容。然后说：

"昨晚我回京后，在尽可能广的范围内征求了各行专家的意见，以下就是这些意见的综合。从技术上说，这个性能超凡的飞球有两大突破。一是可自由变向的等离子驱动，这种可变向驱动不同于现有的可变矢量喷管技术，它的喷口全部内置，喷口很小也很多，我们已经见到其下方和左侧有喷口，估计球壁所有方位都有。驾驶者控制各方位喷口的开启就可以实现升降、转向或水平飞行。这种结构显然比较烦琐，从动力学角度看不是好的设计，我估计这是为了实现全隐形功能而不得不为之，这点下面就要说到。第二个，也是更重要的突破，是全波段全方位隐形技术。这与眼下的飞机隐形技术完全不同，后者只对某些波段隐形，只对某些方向隐形，所以在雷达短波波段并非绝对不可见，至于在雷达长波波段或可见光波段就更不具备隐身功能了。它也不同于各国正在研制的等离子隐形技术，因为飞球在十几秒钟内目视可见但对雷达波仍然隐形,等离子隐形技术肯定做不到这一点。至于它为什么会在十几秒内被人看见?估计有两个原因,一是操作失误,驾驶员无意中把可见光隐形功能取消了;二是有意的,意在恫吓我们。我个人认为,第一个原因的可能性大一些。"

但他马上苦笑着强调:"但第二种原因也不能排除,因为——这种全波隐形武器确实可怕,太可怕了!打个比方,敌我双方现在都是全副武装,但一方突然变成瞎子和聋子。我们辛辛苦苦研制出来的、用以对付 F-22 的米波无源超视距雷达和红外对抗系统都成了废物,连目视方法都完全失效!你说以后这仗该如何打?历史上只有少数新武器能一举改变战争态势,比如雷达、潜艇和核武器,现在恐怕要加上这种全隐形飞球。"他心情沉重地摇头,"昨天,飞球在航母上突然出现时,所有雷达毫无反应。在一艘性能先进的航母上,我们竟不得不靠肉眼发现敌情,用肉嗓子发空袭警报!而且连这也是借助于飞球的可见光隐形暂时失效!太丢人了!作为一名武器专家,我的挫折感很重的,实实在在无地自容。"

一时没人说话,屋内气氛相当沉闷。孩子们也真切感受到老军工心中的负罪感。何所长指指天花板,苦笑着说:

"我甚至怀疑,当我们乘飞机回家时它会不会尾随而至?我们让目击者分乘两架飞机,就是为了尽可能防范它,但其实只是心理上的自我安慰罢了。也许此时此刻,它正优哉游哉地悬停在我们头顶呢——反正它吃定我们看不见它!"

会场中仍是沉默。国家主席看看前后左右,笑着说:

"怎么,都被吓着了?何所长这么危言耸听,是想强调这件事的急迫性和严重性。咱们别让他给吓着。既来之则安之。只要这玩意儿是地球人干出来的,中国人也照样能搞出来——那么我的第一个问题是:它究竟属于人类的技术还是外星人的?有人对我说,这种隐形飞球远远高于现代科技水平,只能是外星人的玩意儿。"他做了一个强调的手势,"有无外星人我持完全开放的态度。早在公元前二世纪就有一位古希腊哲学家麦特多里斯说过:无限大的宇宙仅仅地球有人存在?其荒谬就像在一块田里撒下粟种却只有一粒发芽。

既然宇宙中有地球人类这株苗，谁敢断言它是一支独苗？"

这番话在会场没有激起涟漪。与会者都是脚踏实地的技术型人物，这个观点对他们来说过于邈远。只有几个孩子在点头，林天羽低声说：

"外星人肯定存在！"

主席听见了他的低语，笑着说："是吗？那我问问你，你如何猜测外星人的人性？他们的本性是善还是恶？"

林天羽没想到主席点了他的将，有点儿着慌："这个问题太大，我可说不好。"

主席环顾一下会场，侧脸对主持人低声说："今天的与会者都是硬技术派，还应该有几位社会学家或生物学家。"

杨总长迅速看主席一眼，没有接话。他想不到主席会提这样的建议。这是一次非常务实非常紧迫的专业会议，不是学者的清谈玄谈，这样的建议显然很不恰当。杨总长把这句话看成主席彻夜工作后的失言——有关航母遭遇飞球的消息实在太突然了，太令人震惊了，主席毕竟是文人出身，没有经历过真刀真枪的战斗，突然遭遇大变，一时有点方寸迷乱也情有可原。杨总长礼貌地保持沉默。会场静默片刻，这种静默表明，大家其实也持同样的想法。何世杰感觉到了会场的情绪，不想表现得太迎合主席，但昨晚向主席汇报时，主席已经说过类似的话，他必须对主席有所交代，便轻咳一声，说：

"昨晚我遵照主席指示，咨询了一些社会学家和生物学家。他们都说这个问题不好讲，因为在科学家的视野中至今只有地球生命一个孤例，无法用归纳法或统计法这类科学方法来作出可靠的推断。但他们还是谨慎地说了一些看法，概括起来有两种意见。"

主席饶有兴趣："哪两种？你讲讲。"

"第一种意见是：我们当然不能草率地以人类的人性为样本来推测外星人的人性，但毕竟这是目前条件下唯一可用的方法。"

"第二种呢？"

"第二种意见是：要想推测外星人的人性，首先要确定进化论是否在外星适用。如果适用，如果那儿同样有冷酷的生存竞争，那么外星生物也会有同样的天性。"他向杨总长歉意地点点头，以自嘲的口气匆匆做了个总结，"基本是天玄地黄的玄谈，聊备一说罢了。"

主席听得很认真，沉吟片刻后说："我觉得这两种意见其实是一种，而且言外之意都是：不能对外星人的善意抱有奢望。"

会场上仍是沉默。主持人杨总长觉得该把讨论拉回正题了，他在与会者中环视一遍，发现了一个很合适的突破口。便笑着点将：

"陈老，说说你的看法。"

陈老头发雪白，气质儒雅。他已经退休多年，今天仍被请来与会。他是军工界的元老，今天不少与会者都曾是他的学生或部下。虽然已经年迈，但陈老仍保持着清晰锋利的思维。他平素的工作风格十分务实，从不唯上。这会儿他——正如杨总长所料——摇摇头，温和地反驳主席：

"从理论上说我不否认外星人的存在，但我认为这架银球扯不到外星人身上。刚才小何说了隐形飞球的两大突破，第一，等离子可变向驱动技术，估计比国内水平要先进三四十年，最多50年吧。差距虽然大，蹦一蹦还是能追上的。咱们的登月技术可不比美国落后了40年？现在已经赶上了，我们从月球上开采氦3的进度不会比别人落后。"

主持人笑着说："中国人耐性好，咱们用的是乌龟与兔子赛跑的战术。"

"至于第二项突破，全波段全方位隐形技术。我让大家看一点资料。"他的笔记本电脑已经与投影仪事先连好，他把图像投到屏幕上，用激光鞭指点着解释，"20年前，即2006年10月，美国杜克大学、加州圣迭戈市塞索麦垂克公司及伦敦帝国学院宣布，他们的联合小组研究出一种'隐形斗篷'。是用超材料——金属和电路板、陶瓷、特氟隆、纤维合成物等——制成的，它们能使光波光滑地绕过去，既不反射又不阻断，观察者因而无法靠反射光看到该物体，但能看到它后面，就好像物体变成全透明了。从理论上说，这是真正的、彻底的隐形，与目前用于飞机军舰的隐形技术有质的不同。当然，当时的成就很有限，只能对二维物体隐形，隐形也不算彻底。若想把这种技术用到军用飞行器上，应当不是几十年内能实现的。你们想嘛，如果美英军方认为它能在三十年内转变成军事用途，怎么舍得让论文公开呢，绝不会的。

此后20年中我一直对那个研究小组保持着关注，他们一直在进步，比如说后来实现了三维隐形，但远远达不到实用层面的突破。但话说回来，不管它有多难，既然理论突破已经有了，它也不是遥不可及。说得形象一点，这不是蹦一蹦就能摘到的蟠桃，而是蹦三蹦才能摘到的人参果。"他加重语气，"但我仍然认为这是地球人的技术。宇宙是以百亿年来计算的。如果某个外星帝国派飞船来侦察地球，恰巧他们的技术只比我们先进几十年最多几百年？那才是小概率事件。"

大部分与会者微微点头，同意陈老的清晰分析。只有主席轻叹一声：

"我最担心的恰恰是你说的小概率事件——如果外星人与我们处在相近的文明层级可能更危险。不过我这是题外话，陈老你接着说。"

姜元善忽然插一句："陈爷爷，你说美英两国20年来对隐形斗篷的研究没有突破，是不是他们故意放的烟幕？"

在成人的讨论声音中忽然听见稚嫩的孩子声音，大家都把目光转向这边，包括国家主席。姜元善一点不发怵，两眼滴溜溜地看着大家。陈老对发问的孩子笑着点点头，肯定地说：

"当然有可能啊。国家之间斗心眼，搞博弈，欺骗与反欺骗，真真假假虚虚实实，就人类智慧而言都是九段级别的。现在既然隐形飞球已经出现，可以肯定某个外国已经蹦了三蹦，摘下了这枚人参果。最大可能是美国，但也不排除是其他国家，甚至第二世界国家。因为越是全新的技术，其突破模式越是不循常理。"

主持人同国家主席耳语一会儿，说："请情报部门的庞吉明同志发言。"

庞吉明是一个瘦小的中年人，穿着便服，大额头，有点儿秃顶。他从座位上站起来，先用两根指头碰碰额头，向孩子们这边行了一个随意的礼，笑着说："先得感谢你们十几位送来的这份情报，真正的雪中送炭，否则我都快要疯了。"他向大家解释，"我们不久前得到绝密情报，美国在今年年初启动了一项绝密的大工程，名为阿瑞斯工程——阿瑞斯是希腊神话中的战神。工程投入是天文数字，内容据说与隐形技术有关。我们当时相当怀疑：美国的隐形技术至今仍领先全球，似乎没有必要如此急迫地投巨资开发新技术吧，要知道，自打2008年经济衰退以来，这二十年来美国政府的腰包并不是很鼓。我担心他们以隐形技术为烟幕，在研究其他什么邪恶的玩意儿？但我们使出吃奶力气也没弄到进一步的情报。其后不久，印度也启动了一项绝密大工程，名为因陀罗工程——因陀罗是印度神话中的战神，显然印度的命名是仿效美国的。同样投入很大，可以说是倾全国之力，据说也与隐形技术有关！这两项云山雾罩的情报快把我逼疯了，现在有了小姜拍到的影像资料，可以断定这些情报是准确的，美印两国全力开发的，正是这种全波段全方位隐形的新技术。"

何所长怀疑地问："是今年年初才启动的？如果这个时间是真的，那最大的可能是：他们也像我们一样偶然遭遇了隐形飞球，在压力之下立即启动了应急研究，但满打满算也不过是半年前才开始的。可是，已经上天的隐形飞球又是哪个国家的？"

庞吉明苦着脸摇头："老何啊，我不是想不到这一点。但截至目前我只能说四个字：无可奉告。"

"那有没有这样的可能：所谓'刚刚启动'的阿瑞斯或因陀罗是个烟幕，其实美国或印度的飞球早上天了？"

"你说的可能性不能排除，但目前没有准确情报。"

姜元善又冒失地插一句："哼，不管是哪个国家的，哪怕是外星人的，反正他们造出这样先进的玩意儿绝不是为了研究蝙蝠。"

国家主席点点头："对，小姜说得对。记得苏联崩溃、美国军力一支独大时，一位美国右翼政治家曾公然说：这么超强的军力，如果闲置不用岂不太可惜！所以咱们拭目以待吧。掌握隐形飞球技术的国家，肯定不会缄默太久，一定会以某种方式来用它的——或是用于恫吓战，或是用于实战。"

讨论持续了两个小时，最后主席和杨总长低声说几句，对大家说：

"就现有的资料，讨论已经比较充分了，我来做个总结吧。第一点结论：这种全隐形飞球确实存在。这点不会有疑义了。我们很幸运啊，有那段录像作为确凿的证据。"他特别对姜元善点点头。严小晨用肘子顶顶姜元善，姜元善也回顶了一下，但没有回头。

"第二点结论：这种技术很可能是地球人的而非外星人的。或者这么说吧，在真相没有弄清之前我们宁可把它看成是地球人的技术。你说呢，陈老？"

陈老点点头。

"第三点结论就是小姜刚才说的：这种性能极先进的隐形飞球不会用来研究蝙蝠。"主席的神情和语调变得很凝重，"这种新武器将彻底改变战争态势，使敌国国土处于完全不设防状态，其对战争的影响，据我这个非专业人士看，恐怕不亚于雷达、潜艇和核武器的出现。它可以在不露行迹的情况下对敌方实施掏心战术，让你死都不知道什么时候死！何所长刚才表达的焦虑并非杞人忧天。"

他朝何世杰点点头，何苦涩地叹息一声。

主席略作停顿："那么，以下就是第四点结论了。不管我们愿意与否，中国已经被拖进一场新的军备竞赛中。我们只能应战，否则就是对国家对民族不负责任。我们绝不允许哪个国家的隐形飞球在中国国土上空，或中国航母上空，自由来往如入无人之境！这个蹦三蹦才能摘到的人参果，肯定需要很大的开发投入，但再大也要搞啊。甚至，如果不得不举国进入准战时经济，这个决心也必须下！"

他目光炯炯地扫视全场，与会人员，包括孩子们，都默默点头。杨总长很欣慰，会议开始时主席一再跑题，让他暗地担心主席的精神状态。但现在主席已经完全进入状态，思路清晰，强硬果决。严小晨历来观察力过人，那天她从主席的炯炯目光中看到一丝阴云，看出他内心的沉重。当时她并不能真正理解这些，一直到16年后，当一场浩劫拉开帷幕时，她才真正体会到主席当时的心境。

主席把目光停在何世杰身上："我们也要搞一个大工程，就命名为蚩尤工程吧——可能有些人还不知道，华夏先民传说中也有战神的，就是那位被炎黄二帝战败擒杀的蚩尤。我来兼蚩尤工程指挥长，配十位副长，由世杰同志主持日常工作。研究的第一步是能发现和打下它，因为这个目标相对容易一些；第二步是研制自己的隐形飞球，以攻为守，建立威慑平衡。国家将以所有人力、物力、财力、情报力量来支援你。世杰怎么样,敢不敢接下这个担子?"

何世杰简捷地说:"担子很重,但我责无旁贷。"

"那好。下面我最关心的是:要多少时间能至少实现第一步目标。要尽快啊,那个飞球的主人不会坐等我们追上它。当然,具体进度不是今天就能拍脑袋决定的,世杰你先找人合计一下,报一个十年规划。可以先搞一个粗线条的,军委要立即开会研究,研究后你再细化。"

"我会尽快。"他盘算一下,"半月之内交稿吧。"

主席叹息一声:"既然全力搞蚩尤工程,第三只航母编队恐怕不得不下马了。世杰,你的规划中要把这一点考虑在内。"

"好的。"

会议结束了,按杨总长安排,孩子们和两个"夏令营领队"留下,其他与会人员安静有序地离开会场。随后杨总长和主席低声说了几句,也离开了。主席走过来,坐到孩子群中,先拍拍姜元善的鸡窝脑袋:

"小姜,听说你违反团队纪律,把数码相机带上了航母甲板?"

姜元善嘿嘿笑着:"我愿意接受处罚。"

"何领队你说吧,打算怎么罚他?"

老何笑着说:"这次他歪打正着立了功,将功折罪,就不罚了。"

姜元善兴致勃勃地说:"主席,你知道吗?明年我上大二,打算竞争你的位置。"孩子们听见这话,都齐刷刷侧过脸,用目光杵着他。姜元善笑着把后半截包袱抖出来,"——竞争北大摄影协会主席的位置。我听别人说,你在30年前当过一届。"

"对,我当过。我在任时还举办过一次全国大学生摄影展,影响颇大,现在想起来都很自豪。那时最难的是四处拉赞助,凡能挂个边的商家我都跑遍了。小同窗,你想竞选主席,首先得练练拉赞助的本事。"

"啊呀,这种事我可最怵了!不行,我得放弃竞选了。"

"不过,也许你用不着竞争那个位置了,也许你们都要离开学校了。"他对大伙儿说,"孩子们,现在我代表蚩尤工程指挥部,也代表何所长,不,何指挥长，正式邀请你们参加这个工程。不是等毕业，而是现在就参加。因为开发这样全新的技术，迫切需要新的思维和新的血液——也需要十年二十年后的新领导。至于你们的学业肯定不会耽误，你们可以边干边学，指挥部将选派最优秀的专业老师来带你们。你们愿意吗？"

十一个孩子互相看看，因为此前已经有了共同意见，所以用目光促请姜元善出来表态。姜元善说：

"我们在飞机上就已经商量好了。用何伯伯的话：担子很重，但我们责无旁贷。"

"好，谢谢你们！谢谢你们的责任心！希望在我的有生之年能听到你们的好消息。"

徐媛媛、林天羽几个七嘴八舌地说："主席放心，我们绝不让你失望！"

他们把主席围在中间，兴高采烈地闲聊着。严小晨很机灵，悄悄退出会议室，少顷领着一个带照相机的工作人员回来。工作人员用目光向主席问询，得到同意后，笑着说：

"来，排成一排，我给大家来个合影！"

孩子们当然高兴，紧紧围着主席，留下一张珍贵的合影。

主席在门口与他们一一握手告别。严小晨注意到，主席的手筋骨粗壮，坚硬有力，不像学生的手，倒像工人农民的手，肯定是他坚持体育锻炼练就的吧。她还注意到一个旁人忽略的细节：主席同姜元善握手的时间稍长一些。看来，从何所长到主席，都已经暗暗选中姜元善作为"第一苗子"了。这少半是由于机缘，只有姜元善拍到了那段宝贵的录像，大半是由于姜元善本人的资质。作为国际大奖的金奖得主，姜元善确实是伙伴们中最出色的一个，至少是"最出色之一"吧。就拿他抢拍录像这件事来说，虽然是机缘凑巧，碰巧这个不遵守纪律的家伙手边有架数码相机，但也说明他的反应敏锐，常人不能及。

从进入夏令营开始，严小晨就对这位同龄伙伴保持着特别的关注。女孩子记性好，她一见面就认出姜元善是当年姜营的牛牛哥。她四岁到六岁随外婆回老家住时，两人是青梅竹马的玩伴，那段孩提时光是她最温馨的一段记忆。可惜这段温馨时光最后却急转直下，以一场邪恶的灾难结尾，在她的幼小心灵中割出一道深深的伤口。那场灾难之后，爸妈立即把她从老家接回北京，以后全家再没有回过姜营。爸妈甚至连她的姓都改了，由随妈改为随爸，就是为了让她彻底摆脱那场噩梦。但是直到今天，她心灵深处的伤口仍没有完全平复。

姜元善一直没认出她，连起码的印象也没有。看来老家传出来的消息是真的——自从那次摔伤头部，可能还要加上那一次精神打击，牛牛哥对受伤前的生活完全失忆。所以，这位头上罩着光环的金奖得主，这位意态飞扬的福将，这位连主席和何所长都看重的年轻天才，这个看起来乐天随和的阳光男孩，其实是很不幸的。六岁半之前的经历对他而言是完全的空白。他没有一个可资回味的温馨童年，人生和人格都是残缺的。

所以，小晨既关注他——带着童年友谊的余温，也带着女性的柔情；又下意识地躲着他——躲着逝去的噩梦，躲着曾经的邪恶。

那场在家乡河边发生的灾难……真是不堪回首啊。

三

姜宗周夫妇的诊所在宛市城乡接合部，依托着一个国营大厂。开业十年来，诊所已经初具规模，租了三间铺面，匾额上仍是在姜营用的老名字：济世堂。诊所里有西药柜台和中药柜台，屏风后边有五张床位和八个座位，可以同时给十三个病人输液。除了夫妇两人，另外雇了三个护士，负责司药和输液。这些年济世堂已经在附近闯出名声，每天病人络绎不断，有农村的，也有不少工厂职工。以这个诊所的规模，当然不可能具备"医保定点医院"资格，也就是说，在这儿看病是不能报销的。即便如此，还是有很多工厂职工来这儿看病，因为这儿的医术和医德好，药价便宜。

现在是盛夏，屋里两台壁挂空调都开着还不能赶走暑热，所有吊扇落地扇也全都大开着。姜先儿正给一个五六岁的小病人把脉，妈妈诉着孩子的病情。长椅上有七八个病号在排队，一个熟病号问柜台后的姚明芝：

"嫂子，听说你家牛牛，大名姜元善，最近可风光啦，得了什么国际大奖，市长都请你们吃饭了，是不是？"

一提到儿子，姚明芝就满脸放光。虽然很自豪，回答还是比较低调的："对，得了个国际物理工程赛的金奖。除了他，咱们中国这次还得了两个铜奖。市长请俺俩吃过一次饭，可惜牛牛没在家。"

"牛牛是在北大吧，几年级？"

"过了暑假就是大二。不过这会儿不在学校。几个得奖孩子一回国，就有人组织一个免费的军事夏令营，让他们到航空母舰上参观，已经去了十几天了。"她被勾起心事，低声嘟囔着，"十几天没来电话，打他的手机也不接。这个鳖犊子！"

正在把脉的丈夫回头插一句："瞎操心！你忘啦？牛牛走前就说过，出海后不能用手机，除非你用卫星手机。"

熟人笑着："你俩有福气啊，以后就等着吃香的喝辣的，跷着二郎腿当老太爷老太奶，干吗还在这儿辛苦啊？"

"嗨，俺俩生就是干活的命。甭说还得给牛牛挣学费，就是他真的长长了，发粗了，俺们也不会当太爷太奶，吃饱坐饿等着死，那多没劲儿。"牛牛妈说。

"那倒是。再说你们也不能走，俺们离不开你们的济世堂哩。"

电话响了，姚明芝拿起电话：

"谁？牛牛！"她喜出望外，"你个鳖犊子！十几天也不来个电话，想把你妈急死啊！啥？你参军了？别诓妈，你才上大一，参的哪门子军哪。啥？你说啥？"她把话筒拿开，茫然对丈夫说，"牛牛说他不是骗我，真的参军了。那个军事夏令营的十一个伙伴同时参军了。"

姜宗周皱着眉头："你听他往下说。"

电话中又说一会儿，姚明芝扭头对丈夫说："牛牛说，参军后纪律很严，他短时间不能回来探亲。领导特别批准，让各人的爹妈轮流去那儿住一个星期，吃住和路费都由部队管。咱家排第一位。"

满屋人都觉得很新奇，三个护士姑娘特别兴奋，叽叽喳喳地说："牛牛参军，肯定是去研究最尖端武器，太空鱼雷或者空天飞机什么的！"当妈的有

些惶然,她倒不是反对儿子参军,但毕竟这是一辈子的大事,来得太突然了,那小兔崽子,事先连个招呼也不打!她问丈夫:

"你说咋办?"

"那还有啥可说的。"姜宗周倒是相当平静,"参军是好事嘛。咱们就依部队的安排马上去看他。部队驻地在哪儿?"

"他说是北京。"

"咱们赶紧收拾收拾,今晚就坐火车走。济世堂歇业十天。至于你们仨丫头,趁这机会出去旅游吧,我给你们每人补助1000元路费。"三个姑娘一片欢呼。"明芝你问问牛牛,需要给他带啥东西?"

牛牛那边说:"啥也不用带,从头到脚用的东西部队全发了。妈你千万不要带!你就是带了,部队也不让用。要不,你带十几个辣椒茄子包子吧,我最爱吃妈的包子。噢对了,你们坐飞机来,别坐火车,火车时间太长,包子都捂坏了。"

挂了电话,姜宗周先把诊所的门关上,打发一个姑娘去买机票,他紧赶着把屋里几个病人看完。然后夫妻回家,收拾行李,买菜,发面,蒸包子。包子蒸好已经是凌晨六点。新出锅的包子摆在案板上,腾腾地冒着热气,它们要晾一阵子才能装到行李箱中,免得捂馊了。夫妻两个整整一夜没合眼,虽然忙,忙得高兴。天亮了,预订的出租车也快来了,两人干脆不睡了,并肩坐在门口等着。丈夫握着妻子的手,望着天边刚刚绽出的朝霞,听妻子絮絮说着有关牛牛的话头。"牛牛真幸运,有一个天才的脑袋瓜儿,他的前途就如这朝霞一样灿烂。咱小慧要是活着,也会为弟弟高兴,可惜她……今天是好日子,不说这件伤心事。儿子这么一参军,就不用爹妈再供养了,将来连房子什么的也不用操心,可以说咱两口子已经提前熬出来了,修成正果了。可惜牛牛的爷奶走得早,要能看到今天该多高兴。特别是牛牛爷,为这个小孙子受了多大憋屈……"

姚明芝突然住口。她今天太亢奋,说油了嘴,触到了夫妻俩一直避开的雷区。她小心地看看丈夫,丈夫沉默着,表面没什么反应。过一会儿丈夫说:

"我有一个感觉,牛牛可能要被国家重用了,还不是一般的重用。"

说这话时，丈夫的语气没什么异常，但姚明芝突然感到一阵砭骨的寒意。十年前，牛牛惹出那场灾祸之后，夫妻俩非常震惊。一个平素心地良善的、六岁半的孩子，怎么能突然做出这样邪恶的事？他把姜家人几辈子的名声全毁了！那一阵子，没脸出门的夫妻俩躲在屋里，对牛牛有过很多讨论，甚至包括要尽量限制他的前途，说："这辈子不能让他干大事。平安是福。事业干大了，谁知道会不会再出什么幺蛾子！"这样狠心的话绝对不是爹妈应该说的，想都不该想，但在那段令人窒息的日子里，他们确实认真讨论过。

非常"幸运"的是，牛牛在灾祸之后患上失忆症，完全忘了那段阴暗的日子。为了让"新牛牛"有一个全新的环境，他们舍弃了老家代代相传的济世堂，带牛牛来到城里。在新环境中长大的牛牛又变回那个心地良善的好孩子——而且，在夫妇俩看来，这才是真正的牛牛，而那个做坏事的牛牛只是一时邪魔附体。长大的牛牛绝对是个好孩子，极富正义感和社会责任感，这不奇怪，单说这十年来，他们也包括牛牛爷为牛牛讲了多少忠臣义士、子孝弟悌的历史故事啊，老辈人的苦心终于有了回报。

十年下来，夫妇俩已经快把那个噩梦忘却了。

当然，实际上不可能全忘。在那之后，牛牛仍有一个小小的怪癖让爹妈不安。这孩子夜里常常做梦，有时也把梦境说给爹妈。梦的内容倒也不怪，常常是把爹妈讲的某个历史故事搬到梦中重演一遍。问题是——他的梦常常相当阴暗。当然，真实历史中确实有太多血淋淋的东西，虽然当爹妈的讲故事时注意回避，但牛牛长大了，看书就像吞书，又每天上网，什么事能瞒得住他？比如牛牛爹讲过家乡一位历史名人、唐朝名将张巡的故事。这位忠烈英雄成了牛牛心目中的完人。但牛牛很快从网上知道了张巡人生中那极为阴暗的一面，而且当晚就把它编织到一个梦境中。不用说，那个梦境令人窒息。

当妈的常常对丈夫絮叨："牛牛咋老做这样阴气森森的梦呢？"但没办法，你不能把这些阴暗的梦从他脑海里抠出来，再把"光明"的梦硬塞进去。那不是爹妈所能控制的。也许牛牛对童年灾难并没有完全失忆，有一个恶鬼还藏在牛牛的心灵深处？

这会儿丈夫说"牛牛可能被国家重用"，他是什么意思？牛牛妈心中颇为不安，但她不想把这个问题说出口。

门外响起汽车喇叭声，出租车来接他们了。

四

去北京机场接站的部队专车把夫妻俩拉到京城西郊的一座军营。在他俩的想象中，军营里条件一定非常艰苦，他们完全想错了。牛牛和伙伴们住在一个漂亮的花园式大院里，每人一套单元房，虽然面积不太大，但有卧室、卫生间、书房和漂亮的大阳台，电器一应俱全，包括一台电脑。电脑显示器很古怪，后来才知道那是先进的发光二极管式。这幢大楼的一楼附有一个公共活动室，二百多平方米。活动室是金字塔型，玻璃屋顶，阳光直射入屋。屋里养有各种观赏植物，叶厚茎壮，浓绿欲滴，一株巨大的紫藤一直爬到高高的房顶。活动大厅里配有液晶大电视、皮沙发、棋桌。小区内还有专门的健身房、游泳池和球场，大院内一尘不染，鲜花似锦，路旁的黄杨树篱修剪得整整齐齐。孩子上班非常方便，研究所就在大院隔壁一个大院内，与这边有便门直接连通，便门口有军人昼夜值班。

夫妻俩看得眼花缭乱，心想天堂也就是这个水平了。当然也有不方便的地方。进门时检查很严，他们带的那袋包子被卡住，不让带进去。好说歹说，警卫用内线电话请示了某人后才放行。再一个不便是：虽然手机让带进去，但院内信号被屏蔽，手机成了摆设。

牛牛和伙伴们每天上午仍要按时上课，还要恶补历史课，就像仍在上大学。得知爹妈已经到了，牛牛从教室里一路跑回家，先抱着爹妈转悠一阵，然后立刻用微波炉加热了两个包子，大口大口吃完，连说好吃好吃，还是妈蒸的包子好吃。姚明芝有点心疼，问：

"食堂里饭菜不对口味？"

姜元善笑着说："妈你别冤枉食堂里的大师傅。这儿的营养餐好得不能再好了，你没看这十几天我已经长肉了？我就是馋妈的素馅包子。生就的穷命。"

他已经穿上军装，是军官装只是没有肩章。军装非常合身，但穿在他还没有长足的瘦弱身体上，还是有点"不大像"。姚明芝搬着儿子的肩膀，左看右看上下打量。没等爹妈问有关详情，姜元善事先把口子堵住：

"爹，妈，你们知道部队有保密纪律，有关工作的事你们就别问了。只用看看这儿一切都好，你们就放心了。"

俩人都说："好，好，真的一切都好，俺俩放心。"

中午何所长亲自为二老接风，就在大院食堂的小雅间。食堂里饭菜琳琅满目，人们把卡一刷，再在液晶屏幕上点几下，你要的饭菜就点齐了，方便得很。小雅间里的女服务员穿着红色的女侍装，围着白色绣花短裙，高挑漂亮，笑容可人，精致得像瓷娃娃。当妈的闪过一个念头：这么多漂亮女孩，牛牛找对象不用爹妈操心了。因为是中午，按纪律不准喝酒，何所长以果汁代替，非常热情地向两位客人敬了酒，"代表部队感谢二老，为我们培养了这么好的苗子。"

姚明芝看着儿子笑开了花："哪里哪里，俺们才该感谢你们哪。孩子交给部队，俺俩就放心啦。"

"我是不随便夸人的，"何所长笑着说，"不过你儿子确实很出色。具体情况我不细说，反正你儿子在参军之前已经做出一项很出色的贡献。"他扭过头对小姜说，"小姜，这句话我是对你爸妈说的，你这会儿应该是聋子。可别翘尾巴。"

姜元善一本正经："你们说啥？我真的没听见。再说我好像没尾巴吧，可能一生下来，尾巴就被我爹割掉了。"

"没听见，你咋知道我说你翘尾巴？"

一桌人都笑了，身后伫立不动的女服务员也忍俊不禁。席间何所长一再说："这儿有什么做得不周到的地方，请二老多提意见。"夫妇俩都说："没有，没有。这儿一切都好，安排得非常周到。"宴席结束时，何所长再次敬酒，说他工作忙，二老走时他就不来饯行了，然后把二老送到食堂门口。

下午牛牛没有陪爹妈，仍照常去研究所上班，看来他的工作节奏确实非常紧。晚饭后牛牛才有了空闲时间，带爹妈来到公共活动厅。其他孩子也都聚在这儿，像小胖墩孙可新、文静的庄敏、性格外向的徐媛媛和刘涛、大眼睛的严小晨、戴高度近视镜的朱郁非、肩宽体壮的张如弓等。今天是周末之夜，他们都换上便装，女孩子打扮得花团锦簇。虽然姜氏夫妇与这些孩子是第一次见面，其实很熟悉，只要一报名字，他们就知道这孩子是哪届大奖得主，是金奖银奖还是铜奖，是国内奖还是国际奖。这些年来，因为牛牛的缘故，他俩对有关物理工程大赛的事儿可是太熟悉了。

姜元善把爹妈带来的包子用微波炉加热，每人分一个。大伙儿虽然夸着包子好吃，但显然没有姜元善所期望的那种热烈，尤其是不大吃面食的南方籍孩子，夸奖只是礼节性的。姜元善看出来了，大为不平，说："我做出了多大牺牲，才狠心把这些包子拿出来共产，没想到你们是牛嚼大麦！可惜了可惜了。"严小晨笑着说："别把我划到他们中间，我是真觉得好吃。你还有没有？我还没过瘾呢。"姜元善说："好歹碰到一个知音。我还有三个，明早给你再分一个半。"

谈话氛围很和谐，只是基于保密的担心，姜宗周不敢随便扯起话题——也许孩子们的家庭、父母、住址都属于保密范围呢。所以他多半时间是笑着当听众，由着孩子们海侃。姚明芝好像有点心事，虽然与四个女孩聊得很热络，但时不时会下意识地停住话头，悄悄盯严小晨一眼，而严小晨也含笑回望。过一会儿，严小晨说：

"姚阿姨，到我屋里坐一会儿吧，我正好有件事要找大人请教。"回头对姜元善说，"你们别跟来，是女孩儿的问题，对男生保密。"

徐媛媛笑着说："我去行不行？"

严小晨略一迟疑，笑着说："行啊行啊，不对你保密。来吧。"

徐媛媛笑着摆摆手，等两人走后，她不为人觉察地撇撇嘴。从参加夏令营开始，相处一个月来，她已经悄悄盯上姜元善了，据她看来严小晨也是如此。这中间难免有一点竞争，有一点嫉妒。这会儿媛媛想，还是严小晨最聪明啊，知道曲线进攻，先同未来的婆母拉上关系。

两人来到严小晨的房间，小晨关好门，让阿姨在沙发上坐好，含笑看着她。姚明芝问：

"你是姜家晨晨?"

"是我,姚阿姨。我看姜叔叔没认出我。"

"男人都眼拙。再说女大十八变,十年没见你,你的模样变多了。这些年你爸妈没有回过老家,我和他们也断了联系。我记得你原来随妈的姓。"

"对,原来叫姜晨,我爸让我改了。"她不想让姚明芝悟出改名的真实原因,笑着解释,"我爸是超级大赖皮!当年我妈生我时,他为了哄岳母照顾我妈,谎说要倒插门,让我随妈的姓。等我长大后他就耍赖,要我转回头姓严。我妈懒得和他理论,就随他了。"

"我早知道物理工程大赛得奖人中有一个严小晨,北京人,还是唯一的国内国际双料奖,没想到是你。你真了不起。"

"牛牛哥是金奖,他才了不起呢。"严小晨直视着阿姨的眼睛,平静地说,"姚阿姨,刚到夏令营我就吃了一惊,原来得国际金奖的姜元善就是当年的牛牛哥!不过我没有告诉他。他没认出我,一点儿印象也没有。我知道他患有失忆症,童年的事都忘了。"

她没有解释为什么要瞒着牛牛哥,为了避免尴尬,立即把话题扯开,兴致勃勃地回忆往事。她说小时候,在姜营住的那三四年,和牛牛哥玩得最好。牛牛虽然只比她大几分钟,但把哥哥的样子做得很足,凡事都让着她。带她去逮蝴蝶,捉蛐子。"阿姨你记得不?有次我俩到枣园里玩,不知咋的惹着蜜蜂,一只蜜蜂钻到我的头发里,我吓得直着嗓子哭。牛牛哥帮我赶蜜蜂,结果自己挨了蜇,虽然疼得龇牙,还一个劲儿地说没事没事。"

"我记得。你那时也很知道惦记他。知道他爱吃巧克力,从北京回来总要带一大包,瑞士进口的。后来他问我,'为啥晨晨给的巧克力比你买的好吃?'他不知道两种巧克力价钱差老远啦。"姚明芝说。

"现在还爱吃不?"

"不吃了。失忆之后,他似乎把这个癖好忘了。"

两人都顿住了,心里发苦。这些童年花絮,哪怕是很甜蜜的,回忆起来也带着很重的苦味。牛牛永远失去了童年记忆,他的一生注定是残缺的。

她们在谈话中一直小心避开不愉快的话题。但这件事终究是避不开的。

姚明芝叹息一声，准备把话说透：

"晨晨……"

严小晨知道她要说什么，立即截断："阿姨，有句话不知道我当说不？有些事别看得太重，一个人很小时偶然干一件错事，并不代表他天性就坏，更不能让他还有家人一辈子为此赎罪。那就太过分了。其实严格说来，那件坏事我也参加了，我也有份啊。阿姨，牛牛哥患失忆症，其实是件好事，可以忘掉心理上的阴影。至于我，肯定不会告诉牛牛这些事，也不会告诉他我过去认识他。更不会对别人提，一辈子都不会。我建议你们也瞒着他。"

姚明芝眼睛湿了，严小晨这样成熟出乎她的意料，她和牛牛同岁同生日，此刻还不足17岁呢。也许天才孩子都早熟吧，或者是童年的挫折让她早熟了。"晨晨，谢谢你的苦心。你真是个懂事的好孩子，我听你的。"她又说，"有你在这儿阿姨就放心了。麻烦你多操心，凡事关照他。如果牛牛有什么……行差踏错的地方，及时通知我和你叔叔。"

"放心吧，我们一定会互相关照。不过不会有什么事的，牛牛哥非常非常出色，我这话绝非夸大。说句自我吹嘘的话吧，凡能得到物理工程奖的个个都不是笨蛋，但牛牛哥还是比我们高一个数量级，又天生有领袖气质，可以说是我们十一个人的核心，大伙儿都挺佩服他。而且据我观察，连何所长甚至国家主席都很欣赏他。我敢说，他的前途不可限量。"

她给出这样高的评价，但姚阿姨并没有为此而兴奋，只是摇摇头，声音低沉地说："你姜叔叔说过，这辈子不指望牛牛长长发粗，只要平平安安就行。"

严小晨笑着："但他一定会长长发粗的，你们想挡也挡不住。不管咋说，咱们可……千万不能……"严小晨谨慎地斟酌着用词，"往他心里硬塞进去一块阴影。"

"我知道，我知道。谢谢你，晨晨。"

两人怕别人多心，没在屋里多停，返回活动大厅。徐媛媛飞快地扫了两人一眼，猜度她们刚才谈了什么。但两人表情平和，看不出什么端倪。活动大厅里正进行每周一次的"沙龙玄谈"，谈兴正浓。今天的主题是姜元善提的，要把"人类历史上的著名古迹分类"，看有多少是"本质良善"的，有多少是"本质邪恶"的，有多少是"中性"的。姜元善正说道：

"依我看，历史名胜的建造动机绝大部分是'恶'的。比如中国的大运河，虽然建成后有助于社会经济特别是南方漕运，但隋炀帝开掘运河的初衷却是为了享乐，为了南下巡幸；比如著名的长城，虽然站在华夏民族的角度来说是为了防御，是正义的，但站在全人类的高度来说，只能说它是同类相残的产物，更不用说它的墙基下堆了太多修城苦力的尸骨；秦始皇陵、兵马俑、汉唐陵、明十三陵等，都是为了帝王的私欲，活着时穷奢极欲，死了，一堆臭肉还要占用那么大的空间；龙门石窟、云冈石窟，顶多只能算是中性的吧，云冈的佛母像和龙门的卢舍那佛，分别以当时权倾天下的北魏冯太后和唐朝武则天为模特，光看这一点，建造动机就不用说了。外国也是一样啊，埃及金字塔和狮身人面像、巴比伦空中花园、印度泰姬陵，等等，几乎很难举出反例。不妨算一算，如果把'本质邪恶'的古迹都删掉，整个人类历史还能剩下多少东西？"

这个结论让人心里不舒服，不过很难驳倒。姜元善接着说："这就是历史的悖论。正因为有了这些榨尽民力、穷奢极欲的帝王，人类历史上才留下这么多让后人骄傲的名胜；可是，究其动机却是充盈着'恶'念。所以，我提出一个观点——人类历史的车轮是由'恶'来推动的。"

"我来提一个反例，都江堰。李冰建造它的初衷是完全无私的。"朱郁非说，"你们参观过没有？太伟大了。那时没有炸药，甚至没有铁制工具，凿山开河用的是很笨的办法：先架火烧，再用水激，石头被激裂后再用青铜凿子凿掉。难以想象，用这种方法竟能把一座山劈开！参观之后，我对李冰父子还有秦国先民佩服得五体投地。"

"对，这算一个反例。还有没有反例？"

严小晨说："阿育王塔应该也算吧。"她估计在场的姜叔叔姚阿姨不一定了解这段史实，主动加了解释，"阿育王是印度孔雀王朝第三任国王，他的一生可以明显分成两个部分：黑阿育王和白阿育王。早年的黑阿育王杀戮无度，据说父王病重时他为争夺王位，杀了 99 个兄弟。这虽是传说，但手段之血腥可见一斑。他夺得王位后仍凶狠嗜杀，发动一系列对外战争。规模最大的一次是公元前，大概是 261 年吧，率大军远征孟加拉海沿岸的国家。这次战争基本统一了印度，武功达到顶峰，但征战中 10 万人被杀，15 万人被掳。伏尸成山、血流成河！连铁石心肠的阿育王也被战争的惨烈震撼，恻隐之心被唤醒，于是放下屠刀，立地成佛。"

"黑阿育王从此变成白阿育王了。"庄敏说。

"没错，而且转变得很彻底，从此不再发动战争，提倡仁爱慈悲，众生平等，对百姓非常宽厚。又大力推广佛教。向周边国家派遣了很多佛教使团，赠送和平信物如佛骨舍利和佛牙舍利。还出资在各国大建佛塔，即后世称作阿育王塔的，像斯里兰卡啦，缅甸啦，叙利亚啦，埃及啦，都有。中国共有十九座之多。陕西扶风法门寺的原名就是阿育王寺，原建的塔是一座木塔，叫阿育王塔。1987 年法门寺地宫被发掘，发现了阿育王送的佛骨舍利，发掘那天是四月初八，可巧是佛诞节，当时轰动了全世界。"

姜元善承认："对，小晨说的没错，阿育王塔的建造动机确实是无私的。阿育王可以说是帝王之中的异数，由凶狠残暴到真心向善，而且完全是基于内心感召，基于仁爱天性的复归，没有任何外界的压力，确实难得！不过，小晨你还没说他的身后事呢。"

"他的身后事倒是令人扼腕。因为向各国广遣使团，大大消耗了国力；再加上提倡仁爱和平，社会不再尚武，军事实力也下降。他死后 15 年孔雀王朝就分崩离析，再没有恢复。印度和中国不一样，中国在历史上，尤其是秦始皇一统天下、车同轨书同文之后，基本是统一的，即使是非汉族政权也同样遵奉中华大一统思想。印度历史上则是分多合少，即便是统一时代也不彻底，有很多半独立的王公。后来的印巴分治虽然是英国殖民者作的孽，但根子是历史上种下的。"

"好，现在你说说，是残暴嗜杀的秦始皇对中国的贡献大呢，还是立地成佛的阿育王对印度的贡献大。你说的印度羯陵伽之战杀死 10 万人，对秦始皇来说是小菜一碟，单是长平一战就坑杀 40 万赵军！"

严小晨先纠正他："长平之战是在秦昭王时代，不过各代秦王的残暴倒是一脉相承的。"她想了想，不大情愿地说："以历史的观点看，恐怕秦始皇比阿育王的贡献大。"

"所以嘛，"姜元善笑嘻嘻地说，"你举的这个反例其实支持我的观点。"他对大伙儿说，"你们计算反方人数时别把小晨计算在内。她是我安插到反方的卧底。"

众人都笑，严小晨机敏地反诘："你这是偷换概念，辩的是名胜古迹的建造动机，咋突然转到帝王对历史的贡献了？再说，你举的都是古代的例子，近代的呢？像苏伊士运河、巴拿马运河、英法海底隧道、日本对马大桥、埃及阿斯旺大坝、中国南水北调等，太多太多，其初衷都是基于良善动机。"

姜元善思索片刻："你说的那两条运河我有异议。它们的客观效果是一回事，单说修建时不把工人当人，死了多少苦力尤其是中国苦力，我也无法认可它是'本质良善'的。不过其他例子我没有异议，也许某些工程的客观效果值得商榷，比如阿斯旺大坝对生态的负面影响，但主观动机确实善良无私。小晨你说得对，那么我的观点应该修正为：人类文明史是由'恶'作为第一推动力的，不过随着文明的进步，'恶'会逐步让位于'善'，这两个趋势的强弱消长是客观规律，不以人的意志为转移，不是哪个圣人一教化，社会立马就改恶从善了。我说得对不对？"

严小晨想了想，认为这段话确实比较全面，就笑着点点头，其他人也大致认可。姜元善马上又补充道：

"不过，善恶消长不一定是平滑曲线，也许在某个特殊的时刻，邪恶会突然来个大反弹？真的很难说，毕竟恶是人类的第一本性。不妨来个假设：几百年后，人类在太阳系之外发现新大陆，那儿一片蛮荒，生活着像印第安人的蒙昧土著。到那时候，文明的地球人会怎么做？说不定就像那些'文明'的欧洲移民，到达新大陆后，兽性在一夜之间就复活了。"

严小晨大大地摇头："你是个无可救药的悲观主义者。"

"不，我是个清醒的达观主义者。"

他们侃得热火朝天，不过这个议题对两个长辈来说过于玄虚，他们没法参加，只是笑着旁听。小晨一向细心，见两位老人被晾到一边，便说："时间不早了,咱们今天早点散了吧,探亲假总共才七天,让小姜和爹妈多亲热亲热。小姜,你只顾神侃,把爹妈都晾一边了,快回去吧。"大伙儿听话地散了,姜元善和爹妈回自己房间。

每人的房间只有一张床,部队给客人安排有客房。但夫妻俩想和儿子多亲热,就挤在一起住,他俩睡床上,牛牛睡沙发。自打牛牛十一岁起住进全封闭的物理大赛培训班后,一家人分多聚少,所以格外珍惜在一块儿的时间。娘仨先挤到一张床上聊了很久,天南海北地聊。不过按照惯例,夫妇俩没有提及牛牛在六岁半之前的事,牛牛也不会问及。他只知道自己在六岁半时受过一次严重的脑外伤,对此前的事完全失忆。而且只要一提及在那之前的事,父母就会很伤心很痛苦,所以他已经习惯了避开它,把那段日子从人生中彻底剪掉。

闲聊中牛牛爹随便问道:"牛牛你在研究圣经?我在床头柜里发现一本,你划了好多横线。"

那本圣经中划的横线琳琅满目,好多页面有折角,被折页的圣经几乎厚了十分之一,说明牛牛读得非常认真。牛牛妈笑着问:

"牛牛你是不是信教了?家乡有不少人信基督,信得都痴迷了,得病也不找医生,说一切听主安排。后来多亏你爸想了个歪理,才把他们劝服了。"

"我爸咋劝?说给我听听。"姜元善很有兴趣。

"你爸说:上帝为啥在尘世上既造出病毒细菌什么的又造出药草?因为上帝有意让万物相生相克,有疟疾就有奎宁和青蒿,有毒蛇就有七叶一枝花。所以嘛,人活一辈子绝不会不生病,这是主的旨意;生病后就要找医生来治,这也是主的旨意,是主借医生的手来救你,要不药草不是白造了!别说,这个道理真把信徒们说服了,以后有病也来看病了。"

"行啊,没看出来我爹还有这个本事。老爹,你干医生亏材料了,应该去做传教士,要不然去搞传销。"

姜宗周笑着没有接腔,不过表情挺得意的。

"不过你俩别怕我迷上基督教,我是想信也信不了,从小的无神论教育让我早早就免疫了。八九岁时我第一次看圣经原本心里就很奇怪：在圣经中，尤其是旧约的前半部，字里行间怎么有这么浓重的血腥味儿？如果圣经教人向善，那这种教育方法真是太奇怪了。我也想不通，崇尚博爱的信徒们每天拜读圣经，怎么就嗅不出字里行间的血腥味儿，他们都患了选择性的鼻炎？前不久我又认真重读一次。"他从床头柜中取出那本圣经，笑着说，"你俩可能没认真看我折页或画横线的地方，那是我在给上帝捣蛋呢：凡有标注的，都是耶和华教唆杀人、屠城、灭族或有其他邪恶内容的章节。"

牛牛爸怀疑地看看儿子，接过书来翻翻。果真如儿子所说！比如：

《创世纪》第5章中，耶和华说，我要将所造的人和走兽，并昆虫，以及天上的飞鸟，都从地上除灭。因为我造他们后悔了。

《创世纪》第19章中，天使奉耶和华之命要毁灭索多玛与蛾摩拉："我们要毁灭这地方，因为城内罪恶的声音在耶和华面前甚大。"天使只救出了义人罗得一家，而他的所谓"义举"，是在暴徒们围攻天使时，为保护天使而把女儿交出去让暴徒轮奸！"我有两个女儿，还是处女，容我领出来任凭你们的心愿而行。"后来，"耶和华将硫黄与火，从天上耶和华那里，降与索多玛和蛾摩拉，把那些城和全平原，并城里所有的居民，连地上生长的都毁灭了。那地方烟气上腾，如同烧窑一般。"

《约书亚记》第11章中，耶和华对约书亚说："你不要因他们而惧怕，明日这时，我必将他们交付以色列人全然杀了。你要砍断他们的马的蹄筋，用火焚烧他们的车辆。"

还有耶利哥，艾城，玛基大，立拿，希伯伦，底壁……各城的下场都一样，以色列人在耶和华的恩惠和护佑下，"用刀击杀城中的人口，将他们尽行杀灭，凡有气息的没有留下一个。"

姜宗周不信教，也没认真读过圣经。这会儿读着儿子选过的"浓缩本"，确实满目血腥和邪恶，怎么也不像一本教人向善的宗教书！他很有点震惊，但儿子平和地说：

"老爹，其实并不像你想的那样，我这次认真读过后，对圣经的印象反而大大改善了。知道为啥吗？说起来话头比较长，你俩如果有兴趣听，我就说说。"

"你说吧，你妈有没有兴趣我不知道，反正我有。"

"说吧，我也听着哩。"牛牛妈说。

"那我就细说了啊。"

牛牛说，他这次阅读后有了顿悟："圣经，尤其是旧约前半部，其实不是福音书，而是以色列国家的真实编年史，是以色列先民的生存史。这些历史罩在神话的雾霭中，有很大的变形，但不管怎么变形，历史的主干仍是真实的，就像你在哈哈镜中也能认出，镜中那个面相狰狞的家伙不是别人，恰恰是你自己！

"所以，在圣经这面镜子中照出的并不是上帝的形象，而是我们人类自己，是我们在先民时代的残忍和血腥。但那时是黑暗时代，遵循的是动物世界的丛林原则：不是你吃我就是我吃你。一个民族要生存，只能这么杀来杀去，杀出一条血路。生存是种族的最高群体道德，为了群体的生存什么罪恶都可以原谅。以色列人和所有幸存至今的民族一样，都是从血与火中闯出来的。不过，他们比其他民族高明的是：率先发明一个人格化的最高神，用上帝圣谕来使'我'的杀戮合法化，把人的残忍赖到耶和华头上。从旧约尤其是其前半部可以清楚地看到：耶和华绝不是全人类的上帝而是专属以色列人的，他对以色列人极为偏袒。

"我这次读圣经后，决定和他老人家开个小玩笑，就弄了这些批注。不过，其实最后结果相当令人欣慰。圣经中虽有这么多血腥邪恶，但大多在旧约中，而且是在前半部。后边不是没有，但少多了。你们看看这本圣经的折页就能看出来。"牛牛爹举起那本圣经看看，确实，折页大都在前边。"可别小看这一点，这就是人类的进步！我用这种最简单的统计办法就为几千年人类进步提供了可靠证据，你们说我的成就大不大？这是我新开创的'统计历史学'，足以傲视司马迁、修昔底德和希罗多德了。"

牛牛爹笑着损他："你最大的成就是会吹牛！别叫牛牛，改叫牛皮得了。"

不过他们既然知道儿子没信教——信教没关系，只要不像家乡那些信徒一样信得痴迷——也就放心了。这会儿已经十一点了，姚明芝赶儿子去睡觉，说明天还要上班呢。姜元善听话地走了。不过他并没有睡，先去楼下活动室打一路太极，回来后到书房，看书，上网查资料。当妈的催了两次，他只是答应着"就睡就睡"，还是一直在干。

其实牛牛爹妈也没睡着，两人压低声音聊着，话题当然全是儿子。牛牛偎在他们身边时仍像个大孩子，但在那群孩子中间俨然是个小领袖，谈起话来旁征博引，非常自信。夫妇俩有一个强烈的印象：牛牛已经跨到另一个世界了。爹妈已经影响不了他，甚至无法理解他了。黄口幼雏已经长出硬羽毛，飞到巢外的大天地去了。

书房里的牛牛一直工作到凌晨三点，才回小客厅的沙发上睡觉。卧室里的老两口也不再说话，悄悄睡了。

第二天是星期六，姜元善说："我们这儿的规矩是每星期只歇半天。我陪爹妈到市里转转吧。"爹妈都摇头，说："有这时间咱们多聊聊，逛北京我们随后自己去。"姜元善没有坚持：

"这样也好。我们现在出门也不容易，是按正军级的安全级别，身后总要跟几个便衣，玩也玩不痛快。"

吃过早饭，他还像昨天那样偎在爹妈身边闲聊，今天他主动聊到了自己的工作：

"因为有保密规定，不能对父母讲我的具体工作，但肯定是研究武器，这点你们猜也猜得到吧。"

"对，俺们猜到了，连济世堂的护士们都猜到了，小兰说你肯定是研究最尖端的武器。"

"现在好多同龄人不愿干这个职业，有些是嫌部队纪律严，不自由；有些是信奉和平主义，'不愿研究杀人工具'。其实我原先并没有这个志愿，是机缘凑巧赶上了。既然赶上，我也会尽心尽意干一辈子。现在是 21 世纪，文明世界了，媒体每天谈的都是自由、博爱、人权、和平、反战、睦邻、世界大同……这些当然是好东西，但并不是生活的全部。其实，国与国之间，在骨子里，在最深的层面，遵奉的仍然是丛林原则。大家都耸起颈毛互相提防，把最高的种族智慧用于发展杀人武器，力争占对手的上风，至少也得保证能与侵略者同归于尽！再善良的领导人也无法跳出这个怪圈，因为，只要你无法确认所有国家都是善良的，那么你不发展武器就是渎职，是对国家民族犯罪！特别是现在的高科技武器，比如基因武器、太空武器、生化武器、纳米武器、微型士兵等，能杀人于无形，太可怕了。闭门家中坐，横祸就能天上来。"

"行啊，咱家牛牛长大了，说起道理来成串成串的。"

姜元善笑着说，"这些道理大半是何所长和主席讲的，不过我打心眼里信服。想来爹妈肯定支持我。爹妈给我讲过那么多忠臣义士的历史故事，我知道你们是深明大义的长辈。"又说，"你们说我长大了，那也不假。自从进了军队，俺们十一个人都像一下子长了十岁。"

明芝说："俺们当然不反对。你在部队好好干，别为家里操心。"

"只是以后回家更难了，几年不见得能有一次，比那时封闭训练还要严。"

"国事为重吧，自古忠孝不能两全。空闲时尽量多打几个电话，只要不违反你们的保密规定。时间不早了，牛牛快睡吧，今晚别熬夜啦。"

牛牛笑着答应，转身又去书房了。姚明芝很心疼儿子。白天他在研究所里工作有多紧张，当妈的不清楚。但回这边以后，除了吃饭和陪爹妈聊一会儿，余下时间就是趴在电脑前工作，或者是看大部头的书，或是躺在床上思考。每天睡眠时间也就三四个小时。夜里她催儿子睡，儿子总是笑着说，他有特异功能，每天四个小时睡眠就足够啦！只要儿子那里没睡，当爹妈的也睡不着。忍不住想过去催儿子睡觉，又怕干扰他，老是左右为难。

牛牛爹也有点不对劲儿，才来营房那两天他非常高兴，看不够瞅不够似的。但这两天好像逐渐积累了心事。儿子上班后，夫妻两人相对，他的话头儿不多，与刚来那两天明显不同。这会儿儿子在书房玩电脑，丈夫睡在床上，双手枕在脑后，久久望着天花板，一直不说话。姚明芝也不去问。凭妻子的直觉，她知道丈夫的沉默中有危险的雷区。但她无法劝服男人不想这些东西。

既然这样，那就躲开它，能躲一时是一时吧。

凌晨四点，牛牛妈醒了，到小客厅看看儿子。儿子已经睡了，睡得很熟，毛巾被蹬落在地上，嘴唇微微翕动着，好像在做梦。她捡起毛巾被，小心地盖好，回到自己床上。

五

那是个光明普照、激情飞扬的时代。阿育王发出圣谕，要派遣数目众多的亲善使者到各个星球，为文明种族送去友谊，为蒙昧种族送去智慧，让大善之光和理性之光照耀到宇宙最偏僻的角落。16岁的我报名参加了第一拨使团，是400名团员中最年轻的一位。吾王为了向尽可能多的星球传播福音，每个星球只能派驻一名使者。而且由于星际距离的遥远，基本可以肯定这些旅程有去无回。所以，早在报名时我就很清楚，终其一生，我将孤独地守护在一个陌生的蛮荒星球，与母星和亲人永世隔绝。我深知这个任务的艰难，深知人生的艰辛，但像其他团员一样，我无怨无悔，愿为吾王的伟大事业奉献一生。

400个飞球排成20乘20的方阵，在阳光下闪烁着银光，璀璨动人。它们已经做好准备，随时可以点火。团员们将乘各自的飞球升空，脱离母星引力，进入等候在那里的母船。然后母船启动强大的主引擎，以十分之一光速向宇宙深处进发。一旦遇到有生命的星球，就让一名团员乘飞球脱离母船，降落在这个星球上。

每架飞球上配有如下的标准设备：

一台冬眠装置。它能把使者一百多年的自然生命延长到十万年；

一台可以制造食物和空气的维生机；

一台脑波发射器，可以用来提升外星动物的智力，尤其是帮它们进化出语言；

一台威力强大的自卫武器，人们习惯称它为"地狱火"；

一台名为"上帝与吾同在"的智能系统，里面储存着吾王圣谕和各种有用的知识，也可以用来记录新星球的历史。

飞球能够全波段隐形，以便使者在观察被提升种族时，包括不得不出手干涉时，都能做到不露行迹……

姜元善在梦中醒了，知道自己又在做怪梦。他一直有这种奇特的习性或者说能力：在梦中他能分为两个独立的人格，其中一个人做梦，另一个人清醒地评点着前者的梦，而且这种旁观式的评点不会中断前者的梦境。比如现在，在梦中他也能分析出今天梦境的由来——肯定来自睡前那场关于阿育王的讨论，再掺上点圣经故事。只是梦境涂上了科幻色彩，印度阿育王变成了外星之王。但这些改动无关宏旨，做梦人真正关心的，切切瞩目的，恐怕是那个玩意儿——隐形飞球。自打参军以来，它已经占据了姜元善的全部意识，即使在睡梦里也念念不忘。这样最好，如果在梦中能继续白天的思考，也许他能得到某种宝贵的启示？

那就听任梦境自由飞翔吧，尽情地放飞想象力，放飞灵感，放飞潜意识，一直飞向那个高悬天空、银光灿灿的未解之谜。

阿育王驾临了，他要为所有远行的使者施福。他戴着白金法冠，穿着白色的法衣，跪伏在蒲团上。法衣的五根条状衣裾散落在地上，宛如一条条腕足。深陷在皱纹中的一双小眼睛无比锐利，能穿透每人的内心，但此刻吾王的目光中更多的是慈和的父爱。传教团的400名团员排成长队，跪行着依次走过他的面前。无比的崇敬之情汇成强烈的情感场，震颤着每个人的心灵和肉体。吾王与觐见者额头相触，为每人送去真诚的祝福：

愿大善永世与你同在；
愿你终生远离邪恶的引诱。

被施福者虔诚地重复：

愿大善永世与我同在；

与吾同在

愿吾王助我终生远离邪恶的引诱。

轮到我了,传教团的长老含笑介绍:"吾王,他是这批团员中最年轻的一个,只有16岁。"

吾王慈爱地看着我:"孩子,我劝你暂时留下。等你在母星上过了18岁成人礼,再随下一批团员出发吧。"

我坚决地说:"我的王,我已经成人了。你将要给的祝福就是我的成人礼。"

吾王没有再勉强:"好吧孩子,我成全你的心愿。但你行前必须在母星上留下种子。你留下了吗?"

"留下了。"

吾王还不放心,扭头询问一句,使团的随行医官匆匆赶来,向吾王行了礼:"我的王,我已经确认过了,这位最年轻的传教士确实留下了种子,而且种子已经发芽。是一个男性胎儿。"

吾王非常欣喜,对侍从官吩咐:"孩子出生后接到皇宫,纳入皇族的教育。你负责办好这件事。"回头对我说,"你放心去吧,勇敢的孩子,祝你旅途顺利。"

我感激涕零,跪行上前,吻吻吾王的衣裾。阿育王用目光爱抚着我,为我完成施福。两人的额头相触时,我感受到了吾王的思维场,它冲淡柔和、弥天漫地,把我的思维整个包围其中。这个思维场竟然是有颜色的,是世上最高贵的白色,像乳汁一样纯洁而芬芳。那是大爱和至善的结晶。吾王用他的思维场轻柔地抚摸着我的思想,探问着我头脑中最隐秘的部位。就在那个瞬间他也同时向我敞开了他所有的秘密,我吃惊地看到了吾王的前生,那儿是一片暗黑,堆积着残暴、血腥和邪恶。奇怪的是,正是这些东西发酵后,渗出了大爱和至善的芬芳乳汁。

看见这些,我才真正理解了吾王的祝福。我再次重复了传教团的誓言:

愿大善永世与我同在;

愿吾王助我终生远离邪恶的引诱。

团员的亲属们列在后排，我听到父母和妻子在呼唤我。我从小就进入传教使团接受封闭训练，同父母相聚甚少。此刻，父亲沉默着与我拥抱，母亲含泪为我奉上家乡的美食，还奉上口味绵远的图瓦汀酒为我壮行。我像所有团员一样，贪婪地吃光了美食，将碗中酒一饮而尽。这是最后一次品尝家乡的美味了，此次生离即为死别。父母虽然心痛如绞，但维持着表面的平静，为我致了临别前的祝福：

"国事为重，莫要辜负吾王的重托。你去和妻子告别吧。"

和我同岁的妻子扑过来紧紧搂住我。按说我还不到结婚生育的年龄，但永别在即，执法官破了例，为我匹配了一个年龄相当的伴侣。我们是三个月前结婚的，但我一直忙于训练，两人仅仅共同生活了三天。现在我俩就要永别了。我贪婪地看着她，想把她的姣好面容永远铭刻心中。她凄婉的微笑是那样动人，一双大眼像秋水一样幽深。但我突然间发现，我竟然想不起她的名字了！这怎么可能呢？但我想啊想啊，仍然想不起来。这会儿我该怎么办？我无法向她或者我父母去询问她的名字，那样太失礼了。但若这样一走了之，我就再没有机会知道她的名字，从而抱憾终生。我左右为难，心中像刀剜一样地痛。

妻子不知道我内心的苦楚，同我紧紧拥吻。她悄悄告诉我："你播下的种子已经发芽了，是个男孩。"

"我知道，医官刚刚告诉我。可惜我看不到他的模样了。"

妻子泪光闪烁，但她用笑容遮盖了哀伤："一定长得像你。我会对他每天念诵你的名字。"

升空的信号已经发出，我只好放弃打探她名字的打算，同她最后一次吻别。使团的团员们俯伏在地，向故土之神作最后一次叩拜。永别了，我的母星！你永远是我梦魂萦绕的精神家园。永别了，我的亲人，你们永远是远行者心中的锚绳。

400个飞球同时升空，淡蓝色的尾焰虽然很薄，但400束尾焰合起来，仍然把巨大的发射场完全淹没在蓝光中。蓝光摇曳上升,顶部浮着一层璀璨的银球。在同步轨道上,巨大的母船大开舱门,把400个银球依次吞入腹中。然后,母船的主推进器启动了,船体猛烈地震颤……

梦中的姜元善忽然感到一阵剧烈的震颤,既是身体上的震颤,也是情感上的震颤。怎么搞的,那个年仅16岁的大眼睛的妻子,明明是严小晨的相貌嘛。这太荒唐了,怎么把严小晨弄到外星去了?当然,这是自己的潜意识在作怪,潜意识中他对严小晨有非分之想,于是把她扯进梦中——还让她怀上自己的"种子"!这样的绮念让他在梦中都有点儿脸红。但这毕竟是梦境,梦境中不可能有完全清晰的思维脉络。比如说,如果妻子是严小晨,他怎么会不知道她的名字呢?太可笑了。

他对梦境的荒唐付之一笑,让自己继续沉入梦境中。

传教团的值日长老把我唤醒,说我已经冬眠了1200年。他欣喜地说:"刚刚发现了一个非常合适的蓝色星球!这个星球距母星102光年,表面的70%为水覆盖。星球上已经进化出蓬勃的生命,有种类繁多的植物和动物。虽然还未进化出有语言能力的智慧生物,但现有物种已经逼近进化的临界点,稍加提升即可。最难得的是:这儿与母星非常相似,环境相容性超过85%,生物相容性超过90%。孩子你知道这意味着什么吗?这意味着,派驻该星球的使者可以直接生活在蓝星的大气和重力下,可以直接食用本地的食物而不必使用烦琐的维生装置。对于长达十万年的守护来说,这些便利可是太重要了!所以——

"这个得天独厚的星球,就分给使团中最年轻的团员了,作为我们老一辈的心意吧。你的飞球已经准备好,请你立刻离船。"

我谢过慈爱的长老。船内除长老之外还有两位船员未进入冬眠,我与三人依依告别。临别之际我心中是浓浓的怅然,只要一离开母船,我与母星之间最后一根线就断了。虽然能同母星联络,但电波往返一次要204年,实际上只是聊胜于无。我驾着飞球滑出母船的大门,久久盘旋在母船附近,恋恋不舍地注目着。母船很理解我的心情，但它不能多停，前边还有漫长的路要走呢。长老和两名船员在通话器中再次与我告别，母船转眼消失在太空深处。

我把基地设在蓝星的近太空，每日乘着隐形飞球去海洋、草原和山林中查访，挑选这个星球上最适合提升的物种。有一段时间我最钟情于海豚，它们脑容量大，聪慧漂亮。海豚在自己族群内甚至异种海豚之间都能亲密合作，这对智慧种族来说是最可贵的习性。我观察了海豚群的集体捕猎，捕猎进食完毕，喜悦的海豚会表演惊人的空中跳跃，旋转身子翻着筋斗。集合在一起的海豚可以多达万只，在海中延伸几千里长，场面蔚为壮观。

海豚是食肉动物，这并不影响它的"提升"资格。吾王圣谕中说：食肉动物为了生存而杀生是符合天道的。不过……我总觉得它们的集体杀戮过于快乐。最终我没选中海豚，因为我在非洲大裂谷附近的稀树草原中发现了更理想的种族。那是一种先进的两足生物，已经进入早期智人阶段，会使用火，会制造精致的复合石器，过着群居生活，能够合作捕猎角马、瞪羚甚至野牛和大象。他们差不多已经算是智慧种族了，唯一欠缺的是尚未进化出语言。语言历来是生物进化中最难突破的瓶颈，不少准智慧生物就是未能突破这个瓶颈而最终沉沦。这正是吾王让我带来的宝贵礼物。

我首先查清了这个物种的大脑固有频率，然后把脑波发射器架设在它们活动的中心地带，按其大脑固频调谐后不间断地发射脑波。这种共频脑波能刺激它们的大脑皮层，使其加速进化出语言区域。在这种"不露行迹"的干预下，智人的语言能力异常快速地进化出来，时间仅用了不足一万年。

智人中新崛起一个强大的部落，我给它命名为索多玛。它的领地比其他群落宽广，个体数量已经有200多个。他们的身体强壮，能使用一种带弹舌音和吸气音的简单语言，眼睛中闪现着智慧之光。我很欣喜，心想能够继续开枝散叶、成为智慧人类祖先的，大概非这个族群莫属吧。

今天很奇怪，索多玛部落中弥漫着躁动和亢奋，就像处在迁徙兴奋期的候鸟。部落中的男人凑到一块儿，用他们还很粗糙的语言商量着，很快做出了某个决定。然后部落自动分成两群，女人和儿童留在后边，一百多成年男性聚到一起，排成行军队列，向另一个规模较小的智人部落的领地出发。以下的事态让我震惊，那是一次非常典型的战争，组织得堪称完美。先是一小群侦察兵悄悄越过边界，找到了敌人此刻的位置。后者只有40多人，正在树上安静地觅食嬉戏，丝毫没有意识到灾难就要来临。这边的侦察兵没有惊动他们，悄悄返回，用耳语向首领做了报告。

首领低声做了部署，然后一百个男人分成两拨。一拨悄悄接近那个小部落，忽然厉声吼叫着发起进攻……

姜元善心绪震荡，再次从梦中"醒"来。他想起20多天前，就在那次重要会议的前夜，他在部队宾馆里看的关于黑猩猩的电影片。他想起那场惨烈的同类杀戮，胜利者抱着红鲜鲜的同类之肉饕餮大嚼。他想起那个在空中俯摄的红外镜头，它就像是一只能洞穿幽微的上帝之眼，而以红点演示的黑猩猩之战犹如兵棋一样简洁……眼前的梦境完全是那部电视片的翻版啊。

那部电视片中，空中那位俯瞰者始终没有露面；而这个梦境中，俯瞰者则是他本人。他揉揉眼睛仔细观看。不，下面战斗的双方不是黑猩猩，而确实是智人。他们的头颅已经明显增大，双手使用工具或武器已经十分熟练。身上褪去了黑色体毛，也不吃生肉了。战争很快结束，胜利者燃起熊熊的篝火，男男女女围着篝火跳舞。他们杀死了几个俘虏、用骨刀或石刀分割、架在篝火上烤熟，部落所有人都分到了食物，营地里洋溢着欢乐之情。几个活着的俘虏捆得像粽子，蜷缩在火堆旁的阴影里，眼睁睁地看着自己的伙伴变成了胜利者手中的鲜肉。俘虏的目光中蕴含着恐惧，但更多的是麻木，是对命运的屈服……

我看着密林中的人肉盛宴，心中是浓重的幻灭感和熊熊的怒火。这就是我挑选的子民？我背负着吾王的理想孤身远行，为的是把大善之光和理性之光送给这个星球，结果却选中一个同类相食的残忍物种；我代吾王赐予他们的语言能力，却首先被用来组织同类相残的战争。我愧对吾王的重托！

怒火中我断然做出决定。我驾着飞球降落到篝火的上空，第一次让飞球在这些"被提升者"面前现形。这些家伙忽然看见空中银光闪烁的飞球,都惊呆了。在短时间的慌乱之后,他们就像听到了号令,全部俯伏在地向我叩拜,眼中闪着崇敬的光,口中哦哦地念诵着。我感受到他们对我的敬畏,但我没有心软,毫不犹豫地把"地狱火"指向他们。一道闪电,一声霹雳,这些罪孽深重的人们,连同这一片密林,瞬间全都烧成了黑色的炭柱。

远处还有百十个索多玛成员,都是老弱妇孺,以雌性为多。她们正匆匆赶往这里,以便赶上这场人肉盛宴。她们已经临近了,忽然看到闪电烈火,看到部落的壮年男人都被烧成炭柱,便尖声惊叫着四散逃命。我怒冲冲地把地狱火指向她们,火球在她们前边爆裂,阻断了她们的去路。她们吓呆了,不再奔跑,母亲绝望地把儿女护到怀里,等着上天的惩罚……我最终长叹一声,把地狱火关闭。

毕竟他们是我在蓝色星球上提升的唯一种族,我不忍心把他们赶尽杀绝。何况,这些野蛮人身上流露出来的母爱也让我隐隐看到一点儿希望。我感到极端的疲惫,那是心灵上的疲惫。让一个十几岁的大孩子来扮演上帝,实在是太难了,我要退出去了……

梦中的姜元善累了,他强使自己关闭了梦境,进入无梦的梦乡。

六

牛牛妈没把严小晨就是姜家晨晨的事告诉丈夫,她知道那对他肯定又是一次强刺激。丈夫已经有了心事,她不想再火上浇油。男人毕竟眼拙,五天后,姜宗周才没把握地问妻子,说这群孩子中的严小晨,就是那个大眼睛、厚嘴唇、个子不高的小姑娘,我怎么越看越眼熟?明芝并没有打算永远瞒他:

"她就是姜兰家的晨晨,过去随她妈的姓,叫姜晨。"

"噢——"姜宗周沉默了。停了很久才问:"咱来这儿的第一天晚上,她请你到她房间中坐了一会儿,就是说这事儿?"

"嗯。她说她一进夏令营就认出了牛牛,不过她既没告诉牛牛,也没告诉别人。她说她会永远保密。"又加了一句,"我有个猜测不知道准不准——她是看出我认出了她，才约我去说话的，否则她会连我也瞒住。这个女孩儿非常懂事，心地也好。"

姜宗周不再问了，但随后几天心事更重，这点情况——严小晨原来是姜家晨晨——促使他下了最后的决心。等到七天探亲假的最后一天，吃过早饭，孩子们都去"上学"，姜宗周把衣服穿得整整齐齐，对妻子说：

"我要去找何所长。我看得出国家想重用牛牛，但我想让牛牛离开这儿，回家。"

明芝知道男人的脾性，他只要下定决心谁也劝不回头的。明芝只是简单地问："你下定决心啦？"

"嗯，下定了。让牛牛回去好，平安是福。"

"你估摸着何所长会不会放他走？"

"怕是不会放。不管他放不放，尽咱们的心吧。"

"我知道你的心思，我也知道拦不住你。但你咋去和何所长说？说浅了他肯定不会同意；说得深了，要是他同意放牛牛走那倒没啥，反正牛牛已经离开这个环境了，不用管别人咋看他了。要是所长还不放他走，你不是把牛牛害苦了吗？"

"这些我都考虑过了，可我还得去。"姜宗周固执地说，"咱们都知道赵括母亲的故事，我想，她去找赵王之前肯定也不是没顾虑，她能不疼儿子？她愿意影响儿子的'政治前途'？"

在儿子出了那桩灾难并导致失忆之后，姜宗周夫妇为了在"一张白纸"上重建一个纯洁无瑕的牛牛，非常注意孩子的德育，给他讲了很多历史上忠臣义士的故事，赵括母亲的故事就是其中之一。赵国名将马服君赵奢有一个儿子赵括，年纪轻轻就熟读兵法，讲起兵法来，连父亲也不是对手，而且在随父征战时出过不少好主意。赵奢死后，秦王派大军攻赵，赵王想拜赵括为大将。赵括母亲紧急求见赵王，坚决反对，说亡夫交代过：括儿虽然熟读兵法，但把战争看得太轻易。如果将来带兵，一定会害了国家。赵王不信，仍坚持拜赵括为将。果然赵军大败，被白起坑杀 40 万。赵国自赵武灵王胡服骑射以来，军力很强，名将迭出，如廉颇、赵奢及其后的李牧等都是百胜名将。

但自这场失败之后,赵国虽然也有李牧等带来的军事上的短暂闪光,到底是元气大伤,再没能完全恢复,直到最终被秦所灭。否则,强盛的赵国也是有可能统一六国的。

那应该是更合理的历史选择吧,毕竟,相对于"戎狄之国"的秦国来说,赵国才是华夏正统,赵人也从来不像秦人那样残忍,如果由赵国来统一华夏,中国历史上肯定会少了许多血腥。可惜历史偏偏遵循另外的规律,弱肉强食的规律,胜利者常常与残暴密不可分。

姚明芝叹息一声,不再反对——从内心讲,自打严小晨夸牛牛"前程无可限量"之后,她也一直惴惴不安。她说:

"要去咱俩一块儿去,等一下,我换件衣服。"

他们来到孩子们平常上班走的那个侧门,没想到守卫不让进。守卫和颜悦色地说:"这道侧门只准研究所正式职工进出,外人只能去正门,在那儿登记,经批准后才可以进。"又好心地提醒:"这个院子大,别看研究所就在隔墙,但从这儿到公寓区大门再到研究所正门,够你们二老走一阵子的。你们最好到十字路口等内部班车,可以一直坐到研究所大门口,免费的。"夫妇两个谢了警卫,到十字路口坐上班车,来到研究所正门。

这儿的警卫更是森严。大门旁有会客室,三位漂亮的女军人负责接待。两口子先填了会客表,求见何所长。接待他们的姑娘说何所长非常忙,没有预约一般见不到。我可以给你们登记,看他的秘书能不能把你们排上,看能排到哪一天。姜宗周央求说:

"姑娘,麻烦你对他的秘书说,俺们是姜元善的父母,为一件很重要的事,今天务必要见他,因为明天俺们就要走了。知道他忙,俺们在这儿等,等到天黑都行。麻烦你啦。"

那位军人姑娘很热心,给赵秘书打了电话。打完电话回头说:"赵秘书去请示了,你们等一会儿。"

"谢谢啦姑娘。"

一会儿赵秘书打来电话,说:"何所长上午有会,让二老先回家等着,等何所长抽出时间我再约你们。"姜宗周看看妻子,在电话中对小赵说:

"不急不急，凑何所长的时间。不过俺们不用回去了，就在这儿等吧，等到晚上也行。"

俩人窝在会客室的角落里耐心地等着。一直过了中午十二点，何所长和小赵才匆匆赶来。何所长同两人握手，说："二老是不是明天走？正好我为你俩钱行，咱们还去公寓区的餐厅吧。"

姜宗周使劲摆手："别，别，可别麻烦！俺们只占用你半小时时间。"

何所长没勉强，让小赵交代餐厅送来三份盒饭。小赵走了，所长与二人在接待室坐定，把门关好，问："大哥大嫂说吧，有什么重要事情？"

姜宗周回头看看妻子，虽然在犹豫几天后横下心来找何所长，但仍然临事而惧，那些话真的很难说出口。姚明芝先开了口：

"所长，真不好意思，俺们想让牛牛，就是姜元善，离开这儿回家。"

何所长惊讶地扬起眉毛，笑着问："咋回事？儿子在外不放心？"

"不是不是，在部队有啥不放心的，俺们一百个放心，巴不得他能留在这儿。可是，何所长你不知道，牛牛六岁半时受过伤，脑袋摔到河道的护坡石上，结果得了失忆症，那之前的事情全都忘了。"

"我听说过这些情况。不要紧的，小姜参军时做过非常严格的体检，大脑没留后遗症，智力更没受影响——说不定摔得更聪明了呢，物理工程大赛的金奖可不是随便哪个人都能拿到的。说句笑话吧，我巴不得自己儿子也这么摔一下，摔出小姜这样的聪明脑瓜。哈哈。"

"可他还是有后遗症的。他常做怪梦，都是阴气很重的梦……"

何所长把含笑的目光转向姜宗周，那意思很明白的——如果单单因为这样的原因就想让姜元善退伍，那咱们的谈话到此为止吧。姜宗周生气地拉拉妻子的衣襟，不耐烦地说：

"别说这些少油没盐的话，尽耽误何所长的时间。老何，我给你把话说透吧——唉，这些话真的很难说出口，说不出口也得说呀。是这样的，"他咽口唾沫，逼自己说下去，"牛牛六岁半时，干过一件很邪的事。俺们老姜家人老几辈积福行善，从不怕人指戳脊梁骨。到牛牛这一代咋会干出这样的丢人事？没干这件事前他也是个好娃儿呀。那时我恨得用劈柴棒子朝死里揍他，他一怒之下从河坡上跳下去，在护坡石上摔到脑袋，得了失忆症。其实这对他是好事，把自己干过的邪事忘了，再加上俺俩随即带他离开家乡，所以他一直没受过白眼，也就没受过内心的煎熬。但全家人因为他，多少年来在人前不敢抬头。说句不该说的话吧，牛牛他爷后来得癌症死了，八成就是为这个孙子心里憋屈。因为老人家一直没离开老家，他说姜家总得有人在这儿顶罪。"

这件往事他一直深深埋在心底，即便在夫妻之间也尽量不提。今天不得不提起它，就如同开启了地狱之门，阴风呼呼地冒出来，把这儿变得阴气逼人。他情绪灰暗，妻子同样满眼含泪。何所长真切感受到了他们的情绪，开始重视两人的话。他想知道牛牛到底做了什么"邪事"？一个六岁半的孩子能干出多出格的事？不过，这些话又不能由他主动问，只能等他们自己说出来。

有人敲门，是小赵送来盒饭。老何知道这会儿不是吃饭的时候，就小声交代小赵先把盒饭放到登记室。小赵朝屋里扫了一眼，敏锐地看出屋里气氛异常，立即退回去，小心地关上门。何世杰把茶几上的面巾纸拿来，让牛牛妈擦眼泪，很体贴地说：

"别急，慢慢说。说出来心里就好受了。"

姜元善上完课匆匆跑回家，没找到爹妈，也没见留纸条，弄得他很着急。二老丢是丢不了的，但餐厅已经开饭了，等不等他们呢，这儿又不能打手机。他到处打听，小晨、可新、如弓几个都说不知道。一直问到公寓区侧门的守卫，才知道二老是找何所长告别去了。牛牛埋怨着：

"看我这乡巴佬爹娘！还以为这儿是农村啊，礼数十足，离开前一定得找主人道个别。他们不知道何所长有多忙。真会添乱。"

小晨说："既是去找何所长，这会儿又没回来，肯定是所长大叔留下吃饭了。牛牛哥你就别等了。"

"好吧。咦，"他回过头盯着严小晨的眼睛，"小晨你咋知道我的小名？"

小晨一时有点慌。她一直很小心地瞒着自己与姜元善的相识，但那天同姚阿姨谈话后，"牛牛哥"这个非常熟悉的名字被唤醒，很清晰地盘踞在她脑海里，今天一不小心溜出口了。不过女人天生是说谎的好手，她笑着说：

"是姚阿姨有次喊你牛牛，我听见了。"

"没有啊，我爸妈从不在外人面前喊我小名。"

徐媛媛机敏地抓住机会调侃："你这话说得多伤人，严小晨咋能是外人呢，应该算是你的'内人'。小晨，是不是那天你拉姚阿姨到你房间时，阿姨告诉你的？"

小晨品出媛媛的醋意，但媛媛实际为她解了围，这会儿她反倒很感激。便含糊地说：

"也许吧，也许就是那天阿姨说漏了嘴，我记不清了。走，咱们别等了，吃饭去。"路上她看看徐媛媛，一本正经地说，"那天我和姚阿姨说得很对脾气，阿姨还告诉我一句很机密很机密的知心话。"

"什么知心话？"

"阿姨说她看中一个女孩子，来这儿后一眼就看中了。问我能不能当红娘，介绍给小姜同志。"

虽然大家明知她是在捣蛋，仍然很热烈地追问："谁？能不能透露？"

"当然不能啦，我答应过姚阿姨要保密。不过可以透露一点：她的名字和牛牛一样，也是叠音字。"

大伙稍一愣，随即大笑。几个女孩子中，名字是叠音字的只有徐媛媛。媛媛有点脸红，其实心里蛮熨帖的，只是回了一句："狗嘴里吐不出象牙。"

姜元善平素对付这种场面游刃有余，而且总是要占上风的，但今天显然有点脸红。庄敏看看他，抿嘴一笑：

"哟，我估摸着小晨透露的消息是真的——虽然姚阿姨究竟看中哪一个还有待考证。你看，咱牛牛同志很难得地脸红了。"

姜元善的脸更红了，惹得一片笑声。不过没人猜得出他脸红的原因——他被勾起前天的怪梦，在梦中他是个外星人，有一个容貌很像严小晨的16岁妻子，而且"在她身体内留下了自己的种子"！想起这点"亏心事"，他无法在严小晨面前坦然自若。只好闭嘴不言，任由姑娘们打趣。

大伙儿在餐厅打了饭，又凑到一块儿。小晨说："元善你下午别上班了，再陪爹妈半天，他们明天就走了。我帮你请假。"

姜元善已经走出了刚才的窘迫，大言道："不用不用。套用一句岳飞的话：主上宵旰，宁大将安乐时耶？我可不是假崇高，单看何所长每天的忙碌，我也没心去玩。"他笑着说，又用筷子指指天上，语调变为认真，"真的没心思休息，那玩意儿在逼着咱们哩。"

众人沉默了。那个悬在天上的噩梦确实在压迫着每一个人，连睡梦中也不能轻松一会儿。甚至可以说，为了这个悬在天上的噩梦，他们的少年心境已经提前结束了。如何对付那个东西，到现在为止还没有起码的设想。这十一个人现在是"半工半读"，还算不上研究班子的正式成员，但研究小组的紧迫气氛已经通过何大叔有效地传递到他们身上了。姜元善又说：

"没关系的，今晚再陪爹妈一整晚就行了。咱是男子汉大丈夫——"他用筷子划一个弧线把几位男孩子划进去，改口说，"咱们男子汉大丈夫，哪能像她们娘儿们那样婆婆妈妈。对不？"

林天羽、摆长有几个男孩子笑着凑趣，媛媛撇撇嘴："哼，小晨她牛牛哥呀，你真是狗咬吕洞宾。"

何所长听姜宗周说完儿子的"恶行"，很惊讶，甚至很震惊。一个六岁半的孩子干出这种事，确实有点太"邪"了。而且，完全不符合他对姜元善的印象。相处这一个多月来，他对这孩子印象极佳。姜元善除了过人的智商，也天生有领袖气质，在同伴中有号召力，有很强的道德感和社会责任感。唯一缺点是表现欲稍有些过，有些观点过于锋利，多少有点儿偏激——但话说回来，也许这两个缺点同时是优点呢。所以，他十分看好这个孩子的发展，用他的话说：是一株难得一见的好苗子，前途无可限量。

但今天他突然听到了完全相反的意见，而且是小姜的亲生父母说的！他由衷敬佩这对夫妻，哪个当爹妈的愿意把孩子的"恶行"给外人抖搂？他们今天这样做，该是下了多大的狠心！但他们是为国家负责，为民族负责。他们的大义堪比两千多年前赵括的父母。这会儿牛牛父母都低着头，不愿直视交谈者，他们为儿子的过去羞愧，也为伤害儿子而痛苦。

何世杰沉默一会儿，觉得不能再沉默了，否则两位父母会认为自己已经默认了小姜的"邪恶"。他笑着说：

"你们言重了，一个六七岁的孩子，偶尔干一件错事，绝不能依此而定终生。请问，他六岁半之后，也就是患失忆之后，表现怎么样？"

姜宗周立即说："从那之后他完全是一个好孩子。俺俩非常注意教育他，还有他爷爷，一有空儿就给他讲历史上忠臣义士的故事。"

"对，这正是我对他的印象：性格刚正，有很强的道德感和社会责任感。大哥大嫂，我十分感谢你们的责任心。不过我还是那句话，不能以六七岁时偶尔一件错事来定终生。"

姜宗周看看妻子，有些话他本来不想说，但既然已经下狠心来了，就不能藏藏掩掩的。他艰难地说：

"这些年他确实是个好孩子，是个好人。不过，有一点我不放心，就是他常常讲一些很……那个的观点，叫人听了不舒服。那些观点不像是十几岁孩子说的。"

"什么观点？"

"比如，你知道农村中信耶稣的很多，常有人来劝我们信教。那些信徒很执着，一次劝不动就十次八次地来。像这样的事，委婉地拒绝就行了。但去年有一位来传教的被牛牛撞见了，牛牛讲了很多批判基督教的话，把那人骂得狗血喷头——不，这个词儿不合适，他绝没有骂人，谈话中一直很冷静，但他的话比骂还狠，弄得来人非常狼狈，我们也挺难堪。"

"他都说了什么？"

"他说，上帝，至少在旧约中的那个上帝，是个非常血腥的老家伙，他亲自干的或教唆以色列人干的灭族、灭城行为，旧约中明确记载的就有几十处。还有，人类历史上最丑恶最血腥的事都是信仰基督的印欧语族干的。中世纪的教皇之间经常互相残杀，后任教皇下令拖着前任教皇的尸体在街上示众；教皇英诺森八世时极其残忍的宗教法庭，残杀了几百万所谓的女巫；十字军东征，把孩子们当作战争的炮灰；屠杀印第安人、玛雅人和澳洲土著，贩卖和奴役黑人；到中国贩卖鸦片；发动两次世界大战，灭绝同属印欧语族的犹太人、吉卜赛人和斯拉夫人；等等。"

何所长笑着说："他说的这些倒完全是历史的真实。当然，牛牛不该把历史罪恶和整个宗教扯到一块儿，这确实不合适。即使是基督教本身的历史罪恶，也不能和今天的宗教等同。"

"他还说，偏偏白人就是凭着这些恶行完成了他们的基因大扩张，成了今天人类的主流。其实也别单单责怪白人，凡是能延续到今天的种族，包括我们自己，都是嗜杀者甚至是食人者的后代。因为在蒙昧时代，人类也像动物一样遵循丛林规则，只有嗜杀者才能让自己的种族强大。基督教说人类都有原罪，这句话说对了，不过，所谓'原罪'不是指偷吃智慧果，而是指我们祖先的手上都有同类的鲜血。"

何世杰沉默了。这些观点确实太锋利，锋利得让人痛楚。而且更让人难受的是，虽然你从感情上不愿接受这些观点，但从理智上说它们又是很难驳倒的。何世杰从牛牛父母的表情中读出了他们没说的话，那是一句很难说出口的话：现在的牛牛虽然是个正派的孩子，但他们担心某种邪恶天性还暗藏在他内心深处，怕它会一朝萌发。姜宗周苦重地说：

"我听说你相当器重牛牛。说句不谦虚的话，我也知道自家孩子的才干。如果放在这个环境里，他很可能升到相当高的位置，恐怕不单单是当一个好工程师。我可不是说到他位高权重时就一定会怎样怎样，但为保险起见还是让他早早退出为好。我和他妈都信服老辈人的一句话：平安是福。"

"大哥大嫂，我再次感谢你们的责任心。但让牛牛退出研究所，或者说在牛牛的一生中有意限制他的才能，那就太可惜了。对他本人是损失，对国家也是损失。我希望还让他留在这里，当然我们会进一步强化对他的德育。我也相信，你们二位这十年来对牛牛的教育是卓有成效的，你们同样要相信部队的大环境。"

当父亲的微微摇头："这些道理我都想过啊。"他沉默片刻突然问，"何所长，你知道历史上的明神宗朱翊钧吗？"

何世杰敏锐地猜到了他的用意："知道这个人。你是说……"

姜宗周苦笑着说："何所长，我可不是在你面前卖弄知识。自打牛牛出了那档子事之后，我逼着自己看了不少历史书。朱翊钧这个人，自打童年开始，他母亲慈圣太后就非常注意对他的培养，特地指派大臣张居正做老师，教他圣人之书。张居正是历史名相，虽然也有些人格的缺点，但总的说是正人君子，是中国士大夫的典型。他的教育很有成效，朱翊钧对他的教诲言听计从，既敬且畏。朱翊钧曾犯过小错，太后大怒，让他跪读汉书《霍光传》中霍光废昌邑王那段历史，意思是说：'你再不上进，张居正同样可以废了你的皇位。'吓得朱翊钧跪地痛哭！按说以这样严格的儒家教育，明神宗肯定会成为汉文帝唐太宗一样的明君吧。但兴许是物极必反，兴许是本性原因，等到太后和严师都死后，明神宗突然变了！而且转变得实在太陡峭！他对恩师做了撤爵、抄家的事，把恩师子孙关在屋子里活活饿死。他后来的人品极劣，常言说酒色财气四大害，明神宗是一样不落。最终闹得皇权失灵，官场腐败，党争激烈，老百姓造反，辽东边疆残破。有人评论，明朝虽然亡于崇祯，实际是亡于明神宗。"

何世杰再次沉默。他当然能听懂这位农村中医话中的警告。这会儿他的心绪非常复杂，难以理清。他对两位当爹妈的"大义灭亲"非常佩服，但也悄悄滋生出一丝不满：这两位，尤其是当爹的，似乎有点道德洁癖，有点走火入魔。因为儿子在六岁时的一件错事，不依不饶地找出许多理由，非要限制儿子的前途，让他此生只能做一个普通人。做得有点过。他的"大义"也许含着自私成分——为了洗清自己的责任不惜毁掉儿子的前途，哪怕儿子将来的"作恶"只是一种可能性而已。

不管怎么说，何世杰不会因为他们的一席话就放姜元善走，那样太可惜了。何世杰舍不得一个这么好的苗子。但万一这对父母不幸而言中呢？万一姜元善将来被擢升到军界或政界高位，然后因本性上的"恶"，成了赵括或明神宗之类的人物，结果贻害千秋？到那时，作为第一推荐者，自己的名字肯定也会和他连在一起，被钉上历史的耻辱柱……

何世杰在心中苦笑："你刚才还在暗责姜宗周，那么你自己呢？你这种担心不是自私吗？"他沉吟片刻后说：

"这样吧，我会重视你们两位的话，以后部队会强化对姜元善的观察和教育。但你们也不要再坚持让姜元善退出研究所了，如果因为一个人在六七岁时的一件错事非要惩罚他的一生，那就太不公平了。我们决不会这样做，想来你们同样也不忍心。我再次感谢你们的责任心，但我觉得，这件事应该到此为止了。"

这番话虽然委婉，但其中含有对两位的微责。不过正如他所预料，那两位并没有不满，反而是如释重负的样子。他们分明是说："俺俩已经尽了提醒的责任，如果你们还要重用牛牛——那其实正是俺们内心的愿望。"何世杰再次重复：

"牛牛那件事，以后不要对任何人再说了。我相信你们不用我提醒的。还有其他人知道这件事吗？"

两人稍稍犹豫，姜宗周说："除了老家的人，只有一个人知道，就是这十一个孩子中的严小晨。她就是我刚才讲的那件事中的晨晨，原名叫姜晨。自打发生那件事后，她父母立即带她离开老家，以后再没回来过，连姓都改了。"

"严小晨？她与牛牛是同年同月同日同时在同一个产房里出生的？竟有这样巧的事，特别是，两人都是高智商的天才。"他开玩笑地说，"看来我得研究一下那个产房的物理环境，看是不是特别适于大脑的发育。"

姚明芝说："俺们来这儿后我认出她是晨晨。直到那时她才告诉我，其实她一进夏令营就认出了牛牛，不过她没告诉任何人，包括牛牛本人。她说她会永远保密。"

"嗯，这是个好孩子，很懂事，很成熟。这些天才孩子都有超乎年龄的成熟。"

何所长到外边把三份盒饭拿来："快吃吧，趁着还热乎。"吃饭时屋里的气氛显然轻松多了，三个人聊了一些闲话。临分别时何所长说："就在这儿告别吧，你们走时我就不送了。"姜氏夫妇说：

"不用送不用送，哪能老耽误你的时间。牛牛我们就托付给你了。你多费心。"

"放心吧。牛牛一定不会让你们失望的。我再次感谢二老，你们都是深明大义的人。"

姜氏夫妇回到小区，牛牛已经上班去了。晚饭后，小晨和其他孩子来屋里串门，同二老告别。他们很懂事，没有多停，把最后一个晚上留给牛牛和他的爹妈。小晨没有表现出同二老相熟的样子，仅在告别时富有深意地看看姚阿姨，在眼睛里重复了她的承诺。晚上，牛牛亲亲热热地同爹妈聊天，聊到很晚才睡。当爹妈的很内疚，简直不敢正视儿子的眼睛——他们在背后说了儿子的"坏话"；但更多的是轻松——他俩已经尽了良心上的责任，儿子的前途看来也不会受影响，这应该是最为理想的结局吧。

但愿儿子在"长长发粗"之后，还是一个本性良善的好人，就像现在那样，那样就功德圆满了。

第二天早上，他们同儿子和其他十个孩子依依告别。

何世杰十分喜爱这十一个智力过人的孩子，他曾对别人笑言：也许等他去世时盖棺论定，他一生最大的功绩就是为军工部门抢先挖来了这十一个宝贝疙瘩。其中他尤其看重姜元善和严小晨，甚至掺杂着父亲的情感。现在忽然听到小姜父母的"揭发"，虽然他一再对二老说，不会看重一个人六岁时的一件错事，但他的心境还是被搅乱了。他怀疑再与小姜见面时，自己能否保持过去的明朗目光。

所里工作忙，他不常见到这些孩子。到了星期六晚上，他特意到孩子们的公寓去了一趟。刚走到楼下就听见草地上一片喝彩声，正是那些孩子们，围成一圈，圈内是一个白色身影，轻灵飘忽，闪转腾挪，动作舒展潇洒，原来是身穿练功服的小姜在打太极。何世杰停下脚步，在人群后的树荫里悄悄欣赏。以他的眼光，小姜的太极功夫有相当火候，放到全国性大赛中也能进前三名。听说他出身于中医和武术世家，那么他的父亲，那位貌不惊人的农村中医姜宗周，自然是此中高手了。

人群里的小姜打完一段，收了式，从严小晨手里接过毛巾擦擦汗，调定气息对大伙儿说：

"我老人家的功夫如何？这么俊的功夫，没有传人岂不可惜，我准备收几个关门弟子，趁我心情好，你们赶紧来拜师吧。"

周围的孩子们都笑，林天羽说："花拳绣腿罢了，也好意思设馆收徒？"

姜元善鼻子里哼一声："花拳绣腿？我知道你学过几年跆拳道，想不想来过招？"他摇摇头说，"不行，我这样的高手和你这样的花拳绣腿过招，那是欺负你。这样吧，"他利索地甩掉上衣，扔给严小晨，然后扎一个马步，把双手扣在腰间，"我不动手，你愿意怎么来就怎么来，只要把我撂倒就算你赢。"

他身体偏瘦，但脱掉上衣后显出了胳膊和胸腹处疙疙瘩瘩的腱子肉。林天羽颇有自知之明，只是笑，任凭徐媛媛等人起哄挖苦，就是不应战。倒是旁边的张如弓在估量了两人的力量后谨慎地说：

"我试试行不行？"

姜元善满不在乎地说："你尽管来。"

张如弓来到场中。他身高膀阔，与瘦小的姜元善不是一个数量级。即使如此，大张还是非常谨慎。他绕到姜的身后，紧紧搂住姜的后腰，吼一声，一个旱地拔葱把小姜拔离地面；然后左右猛甩，几乎把姜元善甩得与地面平行。但姜元善总能抢得先机，把两腿提前扎在有利部位，化解了他一波又一波的攻势。周围观众齐声叫好，又是跺脚又是哄笑。张如弓被激发出了野性，怒声吼叫着，动作狂野地猛甩硬摔，而姜元善一直能轻松化解。这场大卫与歌利亚的搏斗持续了半个小时，张如弓终于喘着粗气瘫坐在地上。姜元善及时挣脱他的环抱，跳开来站稳身子，笑着低头看他：

"服不服？大张你服不服？"

张如弓气喘如牛，心悦诚服地说："服了，服了。"严小晨把衣服递给小姜，笑着说：

"看来是真功夫！我报名吧。"

姜元善夸她："还是你聪明，抢先把这个位置占住了。再报名的都得喊你大师姐——嘘！"他看到树荫后的所长，向大家指了指，笑嘻嘻地迎过来。何世杰过来凑趣：

"呀，正巧赶上姜大侠收徒，我得赶紧报名，还能排在第二位哩。"

孩子们都笑，弄得姜元善有点脸红，连声说："不敢当，不敢当，我那是半瓶醋的功夫。"

大伙儿笑他"前倨后恭",这会儿才知道谦虚。老何认真地说:"不,小姜的功夫绝对不是半瓶醋。说正经的,我这把年纪是学不成了,建议你们几位真的向他拜师学艺,功夫能否学全且不说,至少落个好身板儿。"

"喂,你们听见没?我现在可是奉旨收徒,快报名吧。"

小晨笑着说:"你说奉旨收徒,倒让我忽然想起一个人——北宋大诗人柳永。他写诗得罪了皇帝,应试时皇帝在试卷上批了两句:且去浅吟低唱,何要浮名?他干脆不再应试,打着'奉旨填词'的招牌行走江湖。"

小姜说:"说起这位柳永,他可称得上是中华民族第一大罪人。"

这句话让大伙儿摸不着头脑,老何笑着问:"此话怎讲?"

"他写过一阕《望海潮》,把江南写成了天堂。什么'烟柳画桥,风帘翠幕,参差十万人家',还有'羌管弄晴,菱歌泛夜,嬉嬉钓叟莲娃。千骑拥高牙'。据说这阕词传到金国,让金主完颜亮看见了,他这种蛮夷之主哪见过这种豪奢场面啊,心痒痒得彻夜失眠,于是勾起了南侵之意。所以说,两宋亡国的悲剧,是柳永拉开序幕的。"

小晨笑着说:"姜大侠一向爱作惊人之语,所长大叔你别理他。说柳永勾起了完颜亮的贪欲,那不过是小说家言罢了。"

姜元善收起嬉笑:"确实是小说家言,但也含着真理。生活在群狼窥伺的丛林里,就不能长有太鲜艳的羽毛,否则就是找死。有宋一代的士大夫阶层,包括文人皇帝和政治家们,就是把羽毛侍弄得太绚丽太精致,又没有相配的尖牙利爪,才落得华夏民族百年血泪!"

对他这番话,大家倒也认可。

在孩子群中何世杰觉得很欣慰,很轻松。牛牛父母的话曾在他心中留下阴影,但是现在,当你和姜元善本人接触后,阴影自然而然就消散了。这孩子浑身阳光,阳光是从内心深处自然发散出来的,足以融化一切怀疑,他特别欣慰的是,知道真情的严小晨看来和"牛牛哥"没有任何芥蒂,反而有超出一般朋友关系的亲近。他原想抽机会和严小晨单独谈谈的,现在决定不谈了。

就让一切回到自然状态吧。

当然，后来他还是把这件事同严小晨摊开了，不过那已经是几年之后的事了。

他对小姜这棵苗子的培养早有通盘的考虑，现在决定维持不变。不过有一件事还是应该做的——主席也看好这棵苗子，那么，为了负责，应该把姜家二老的话汇报给主席。但是，依那件童年往事的分量，打一个正式报告显然是小题大做。

几天以后，何世杰同主席秘书通了电话。他有点难为情地说："请汪秘书安排一个同主席非正式会面的机会，因为有一件事他必须告知主席，但最好是在非正式的场合。"他已经许诺过别人，那件事决不告诉任何人，主席应该是唯一的例外吧。汪秘书笑着说：

"这么绕来绕去的可不是你老何的风格。我理解你肯定有难处，我来为你安排吧。"

汪秘书安排这次会面倒是非常顺当，因为此后不久就有一个小规模的吹风会，地点仍是在中央军委的绝密会议室，主席和何世杰都是与会者。会上，情报部门的庞吉明介绍了近期情报工作的进展。继美、印、中之后，又有俄罗斯、日本、欧盟和以色列相继启动了各自的绝密工程。虽然绝密，但由于规模很大，其内情还是通过种种渠道渗到堤外，工程内容已经是半公开的秘密了。这些国家都先后遭遇了那个可恶的玩意儿并启动了相应研究。研究投入极大，这些国家全都进入了"准战时体制"，世界经济已经开始受到影响，连普通百姓也感觉到了。有一点也许算不上巧合：参加这些绝密工程的，有好几个都是国际物理工程大赛的金奖得主，比如印度的庞卡什·班纳吉，美国的丹尼·赫斯多姆，日本的小野一郎，俄罗斯的瓦西里·谢米尼兹，以色列的大卫·加米斯。这么说吧，情报部门把物理工程奖捋了一下，九个金牌得主中可以确定没有参加绝密工程的，只有澳大利亚的威廉·布德里斯。他是第一届金奖得主，现今在墨尔本大学任教，主持一项复活澳洲古袋狼的生物学研究。另两个金奖得主的情况不明。

"有两点情况比较反常。"庞吉明扳着指头说，"其一，至今没有迹象显示谁是'始作俑者'，是这串链条的第一环！开发这项技术总不会是'妙手偶得'吧，那么，能做得如此滴水不漏，实在是用心良苦或者说居心险恶！令人啼笑皆非的是，好几个国家至今把怀疑的矛头对准中国。"他苦笑道。

主席点点头："说说你的其二。"

"其二，依据几个国家启动绝密工程的时间来看，各国遭遇隐形飞球的时间相当接近，应该都在一两年之内。既然它的现形如此频繁，说它是因为'操作失误'肯定说不通了。有可能是隐形技术尚不稳定吗？"

杨总长说："世杰上次提到过可能是恫吓战。"

庞吉明拍拍秃脑袋，缓缓摇头："从局势的发展看，这个可能——应该可以排除。这么频繁的恫吓却没有讹诈的具体目的，只是白白地、早早地激起对方的警惕？这明显是赔本生意。"

"疑云重重。这个事件中有很多违背常识的地方，对不对？"主席说。

"对极了，主席你说得很准确，我就是这么个感觉：违背常识。"

何世杰也介绍了研究进展情况——其实就是一句话：没有进展。到目前为止，对于如何破解全隐形技术，还没有任何可以拿得出手的设想。当然研究刚刚开始，谁也无法在短短两个月内做出突破。但听了老庞的介绍后，何世杰的焦灼和内疚更重了。

会议结束，汪秘书说了一句："世杰所长你留一下。"

以往会议结束后都是主席先走的，今天汪秘书安排其他人先走。与会人员都离开房间后，汪秘书也退出，关上门。屋里只剩下主席和何世杰。何世杰直截了当地说：

"主席，我留下来是想说一句闲话。"

"小汪告诉我了。什么话？"

"你肯定记得姜元善那个孩子吧，就是赶巧录下隐形飞球的那位，上次开会你见过的。"

"当然记得啦，国际物理工程大赛第九届金奖得主，今年16岁，是个不错的苗子，在你的推荐名单上排第一的。上次开会时他一点儿不怯场，我对这一点印象颇深。他怎么啦？"

何世杰强调着:"主席,今天我只是闲聊,可不是正式报告。我要说的是那位小姜的一件童年往事,依它的分量不值得向你报告,但我想最好还是让你知情。"

主席笑着说:"别绕了,你尽管'闲聊'吧。"

何世杰详细叙述了姜元善父母的谈话。主席平静地听着,没有任何表示,仅在听到关于明神宗的"历史教训"时似有触动,抬起目光专注地看了何世杰一眼,但也没有进一步的表示。何世杰介绍完,他问一句:

"你的意见?"

何世杰的意见早就考虑成熟了,但说出口时还是有点迟疑:"我想……单单以这件童年往事的分量,肯定不足以对一个人作出最终的道德判定。再说,人的内心深处都有恶,有阴暗面,就看内部外部的道德力量能否有效约束它。我相信姜元善在部队这个大环境里能干好。"

主席点点头:"知道了,按你的意见办吧。"

说罢他起身离去。

第二章　复活的袋狼

穆罕默德·本伊萨和穆罕默德·哈利德是随旅游团来到塔斯马尼亚岛的，这儿号称"世界尽头"，被巴斯海峡同澳洲大陆分开，孤悬在南太平洋和南印度洋的交界处。岛上到处是连绵的丘陵、山谷、高原、火山和陡峭的海岸，中央高原上有颜色深碧的深湖，那是在历史上的冰川期里形成的。岛的西部大多是高山森林，覆盖着浓密的云雾，峡谷潮湿阴冷，一些地方至今仍是处女地。现在是二月，是此地的夏天，因为靠近南极的缘故，这儿夏天的白昼拉得很长，晚上九点半之后太阳才会落山。旅游团乘车游览了全岛，难以进入的山地也乘直升机转了一圈。

岛上居民几乎全是英国移民，住在英国老式村庄中，村里到处是老式农舍，山楂树篱笆，陈旧的风车，就像是英国乔治时代和维多利亚时代的保留版，只有随处可见的桉树、山毛榉和香桃木显示出澳洲特色。漂亮的女导游声情并茂地说："早期英国移民非常想念家乡，所以在建筑上努力保留家乡的特色，以解思乡之情，结果弄得这儿的风景比英国本土还英国。"

本伊萨和哈利德都是阿拉伯人，这次来塔岛有特殊任务，旅游只是掩护。为了不引人注意，旅程中他们没有穿民族服装，没有坚持每天的礼拜，说话也十分谨慎。但在听了这段讲解后忍不住开口了，两人中个子较高的本伊萨用流利的英语问导游：

"怎么没有看见一个土著村庄？这个岛上原来没有土著人吗？"

导游回过头嫣然一笑，简略地说："非常遗憾，本岛土著已经完全灭绝了。详细情况，发给你们的导游手册上有介绍的。"

然后继续介绍本岛的迷人风光。这位黑发黑眼珠的女导游是墨尔本大学的中国留学生，做暑期导游是兼职，她因为自己的外国人身份，可能还要再加上"为尊者讳"的中国人习性，不愿深谈这个敏感的、煞风景的话题。本伊萨和哈利德暗暗冷笑——答案他俩早就知道啦。土著人过去是有的，但在150多年前被英国移民杀绝了，一个也没剩下。所以说，眼前这些美丽的英国古典风景，还有它所承载的英国移民们温馨的思乡之情，其实都建基在血泊和白骨之上。这些天杀的西方异教徒，从祖先开始就是满手鲜血的杀人凶手。不过，旅游手册上确实明文介绍了这段血腥的历史，在这点上澳大利亚人倒没有为祖先讳言。

本伊萨的问话只是想稍稍出一出胸中恶气，所以点到为止，不再多说。他俩这次来塔岛是应一个陌生人的邀请。这个邀请非常突兀，使人疑窦重重。哈利德觉得它多半是西方情报部门设的陷阱。本伊萨尽管也有怀疑，但从直觉上觉得它不是陷阱而更像是机会，一个难得的机会，说不定那个行事怪诞的什么科学天才，会成为他们这个日益衰落的组织的救星。

塔斯马尼亚岛很小，一天就转完了。旅游团到岛南端的霍巴特机场乘机，当天返回墨尔本。两位阿拉伯人则提前离团，来到本市的霍巴特动物园。这是本岛唯一的动物园。今天是星期天，动物园行政部没人上班，办公楼很安静。那位叫威廉·布德里斯的家伙依照约定在办公室门口等着他俩。

布德里斯表情冷漠，个子不高，皮肤黝黑，黑色卷发，浓眉，蒜头鼻子，虽然很年轻，但黑色络腮胡相当茂盛。穿着澳大利亚人爱穿的浅色短裤和鲜艳的花衬衫，衬衫敞着领口，露出黑乎乎的胸毛。他属于澳洲土著民族阿拉马纳部落，但他的卷发和黝黑肤色比较特别，因为澳洲土著一般都是直发和较浅的棕色皮肤。两位客人第一眼看到这副尊容有些失望——这个木呆呆的家伙竟然是什么超级天才？但人不可貌相，至少这家伙的物理工程大赛金牌不是虚的。

布德里斯把客人迎进办公室。办公室中央站着一只幼袋狼的标本，做工很精致，毛色鲜艳，一双眼睛茫然注视着远方，那种木然表情倒和它的主人颇为契合。两位客人的目光被标本吸引住了，本伊萨拍拍袋狼的脊背，说：

"布德里斯先生，我俩刚参观了这个岛上的袋狼保护区。不过虽说是保护区，里面竟然只有标本而没有一只活袋狼。像这种空有其名的保护区真是太奇怪了，恐怕全世界唯此一家吧。"

"对，澳洲袋狼早就灭绝了。"

"这只标本是否就是你复活的袋狼？我们知道你在负责这项研究，而且听说已经成功了，只是还没有对外公开。"

"对，我已经复活了袋狼，目前成活的有20多只，早夭的一只做成了这个标本。这个项目是澳大利亚自然保护基金会资助的，国内很多大公司，像必和必拓、力拓、默多克集团都是基金会的大金主。"布德里斯摸着袋狼的脑袋，直截了当地问客人，"对于我，你们还知道哪些东西？尽可全部摊出来。为了合作成功，我欢迎你们深入了解我，你们不清楚的我会补充。至于你们两位的履历，虽然你们组织严格保密，但我也多少了解一些情况，是通过黑客手法弄到的。需要我讲讲吗？"

哈利德恶狠狠地瞪着主人，他觉得这是主人的下马威。本伊萨向同伴使个眼色，平静地说："那太好了。坦白地说，我俩的履历连我们自己都忘啦，你既然知道，请讲吧。"

"好。你们的真实国籍和真实姓名我就不说了，只说点无关紧要的。你，穆罕默德·本伊萨，今年37岁，曾在美国加州大学化学专业学习，没有毕业就投身恐怖组织。你擅长策划爆炸，中东各国至少有五起爆炸和67条人命与你有关。对了，关于你的爆炸生涯我有点儿小小的疑问，今天趁机问问。你们组织不是最推崇自杀爆炸吗？但你却是例外。你一向不使用人弹而习惯于遥控引爆，尤其擅长用同一地点多次引爆的方法以便尽可能杀伤赶来现场的警察和军人。"

本伊萨的目光也变冷了——他想对方这句话可能是刻薄的讽刺。但看看问话者，他的表情非常平淡。本伊萨想了想，决定先把这句话当成普通的疑问，便坦率地回答：

"那种消耗过于昂贵，圣战者已经负担不起了。"

"尤其是你这样的业内专家？"

"对，我的命很贵。"

问话者平淡地说："你是对的。完全没必要无谓地炫耀勇气，我很赞赏你的清醒。至于你，穆罕默德·哈利德，今年28岁，没上过什么学。你是位一流杀手，擅长使用轻武器、冷兵器，甚至空手扭断人的脖子。"他的唇边浮出若有若无的笑意，"关于你我还知道一点小花絮：尽管你极度仇恨犹太人却酷爱以色列乌齐式冲锋枪，对不对？"

哈利德简单地说："没错。这种枪轻巧，火力强大，能单手换快慢机，我用惯了。"

"你们的情况就说到这儿吧，说说你们对我的了解。"

两位客人交换一下目光，本伊萨说："我们知道你今年27岁，是第一届国际物理工程大赛金奖得主，墨尔本大学的副教授。原是物理学家，主攻核物理。但五年前你在专业方向上突然来了个180度的大调头，转而研究基因工程，具体说就是用克隆办法复活袋狼。你仅仅用了五年，就在一个全新领域里做出突破，确实是难得的天才。"

"这些情况没错。还有呢？"

本伊萨补充："你是澳洲土著人，属于艾尔湖附近的阿拉马纳部落。没结婚，有一个情人，好像在两年前已经断了来往。你的爹妈都活着，住在土著人保留区，夫妇俩都没有学历，没有正当职业，依靠政府对土著民的补助金生活。你和他们的关系不太亲密，很少回父母那儿，有时寄一些钱回去。你不大喜欢交际，朋友不多，大部分业余时间都花在电脑上。"

"嗯，不错。还有吗？"

"你精通电脑，在私下里是一个有名的黑客。你曾四次黑过我们的网站，最近一次还公然留下威廉·兰纳的名字，邀请我们来同你见面。"

"那么，对威廉·兰纳这个名字你们知道些什么？"

两名客人摇摇头，哈利德坦率地说："我们尽力查了，没有得出结果。在整个澳大利亚有三个叫威廉·兰纳的人，但好像都和你没关系。"

布德里斯冷漠的脸上第一次绽出笑纹："看来你们的情报工作还不到家，最重要的一部分还没了解。不要紧，一会儿我为你们补上这些内容。不过咱们不必着急，既然已经来到动物园，那就先随我参观一下吧，这儿有不少奇特的澳洲动物。"

哈利德有些不耐烦,自打来到西方世界他的神经一直紧绷着,可没有闲心去参观什么澳洲动物。本伊萨向他使个眼色,说:

"好的,请带路吧。"

布德里斯领两位客人浏览了动物区。这儿主要展出本岛和澳洲特有的动物,鸟类有吸蜜鸟、樫鸟、黑鹊、琴鸟、极乐鸟、黑凤头鹦鹉等;哺乳类有沙袋鼠、帚尾袋貂、环尾袋貂、袋鼬、斑袋鼬、塔斯马尼亚袋獾以及毛鼻袋熊,当然也少不了最典型的澳洲动物鸭嘴兽和针鼹。他边走边介绍说,澳洲一亿年前就与其它大陆隔绝,所以本土物种大都比较原始,进化的时钟在这儿显著放慢了。比如,澳洲始终没有进化出胎盘类哺乳动物,针鼹和鸭嘴兽甚至是卵生的。当年著名的恩格斯先生在读到关于卵生哺乳动物的报道时认为是记者弄错了,曾大加嘲讽,后来还为此公开道歉。澳洲特有的针鼹也值得一提,它的哺乳方式非常特别,母针鼹没有专职的乳房,而是在某处皮肤渗出乳汁供小针鼹舔食。所以,从针鼹身上可以反溯出哺乳动物中乳房进化的途径。

参观一遍后,布德里斯说:"现在领你们参观我复活成功的袋狼,此前从没有人获准参观过。我的资助者不许我提前公开它们。他们的计划是:等繁衍出足够数量,首先要在袋狼保护区露面,把它建成一个真实的侏罗纪公园,让保护区的名字变得名副其实。"他平淡地补充一句,"《侏罗纪公园》那部电影把复活灭绝动物这门技术弄得人人皆知,但实际上,复活已经灭绝的古代动物,我才是第一人。"

他领两人来到一个封闭的大院,用遥控器打开大门。院中有圆形铁栅栏,栏中围有面积很大的石山和小溪。走近看,山石树木间有几只袋狼——不是标本而是活的袋狼!这种奇特动物是从已经消失的历史中重新返回现实世界的。它们体形似狗,头似狼,身长有一米多,尾巴细而长。体毛又短又密,呈土灰或黄棕色。背部生有十几条鲜艳的黑色带状斑,有点像老虎的斑纹。母兽腹部有育儿袋,但眼下袋中都是空的。

栅栏内有一个工作人员正在投食,投的是半大的活鸡。活鸡是剪了翅膀的,咯咯惊叫着四散逃跑,袋狼们群起追逐。袋狼的奔跑方式非常奇特,有的像鬣狗一样用四条腿奔跑，有的则像小袋鼠那样用后腿跳跃——更奇怪的是，对于同一个个体，这两种方式是可以互换的！布德里斯刚才说"本土物种比较原始"，这话不假。与非洲猎豹、狮子或亚洲虎相比，袋狼的身手明显笨拙，有点像笨手笨脚的熊猫。当然，尽管笨拙，捕捉这些剪去翅膀的鸡子还是没有问题的，它们都捉到鸡子，贪婪地撕吃着。三个人伏在栅栏上观看，那位叫哈里斯的员工见来了客人，走过来笑着问了好，又返回去继续喂食。等袋狼们吃完晚饭，布德里斯把右手食指含在嘴里，吹了一个响亮的口哨。圈里散布的袋狼听见了，立即朝这边跑过来，它们显然同布德里斯很熟，从栏杆中争着伸出脑袋让主人抚摸，在喉咙里亲热地哼哼着。

布德里斯介绍说："这就是袋狼，因为背部有斑纹，又叫塔斯马尼亚虎，是澳洲土生的大型肉食动物，早就灭绝了。我用基因方法复活了它们，具体方法比较专业，你们愿意听我详细讲讲吗？"

本伊萨笑着摇头："我俩恐怕听不懂，也不感兴趣，不必讲了。我只想问，它们确实就是真正的袋狼吗？"

"从严格的科学意义上说言之尚早。但我拿它们和真袋狼的标本做过严格比对，两者形貌完全一样。至于两者的生活习性，参照先期移民者留下的资料也没发现什么差别。其中最有力的一个佐证是：资料中说袋狼的行走方式很特别，可以熟练地四足奔跑或后足蹦跳，这种习性在地球动物界中是孤例。而我复活的袋狼正是这样！你们刚才都亲眼看到了。所以，至少以公众的标准来看，它们就是真正的袋狼。"他又问，"知道袋狼灭绝的原因吗？"

"请讲。"

"我刚才已经说过：澳洲的土生动物都比较原始，竞争能力太弱。5000年前，东南亚某民族来到澳洲，后来演化为澳洲土著的一支。他们带来的家犬有些变成了野犬，在澳洲大量繁衍。处于原始阶段的袋狼竞争不过高度进化的野犬，很快就灭绝了，只有塔斯马尼亚岛因为与大陆隔绝，没有野犬，所以袋狼未受影响，一直存活到欧洲移民到来。本岛袋狼的灭绝完全是欧洲移民作的孽，那时为了保护家畜，政府出赏金大量捕杀袋狼。据记载当时一共捕杀了2268只。这么一个小小的塔斯马尼亚岛，袋狼总共也只有这么多啊。最后一只袋狼死于 1936 年，尸体被保存下来。多亏这样，我才能得到袋狼的完整基因。"

他扭回头，看着两位客人的眼睛，加重语气说："你们知道吗？欧洲移民在灭绝 2268 只袋狼的同时，还灭绝了他们心目中的另一种野兽——5000 名本岛土著。本岛土著与澳洲土著原是一体，但自打巴斯海峡出现，割断了本岛与澳洲大陆的陆桥后，塔岛土著完全与世隔绝，最终形成了独特的塔斯马尼亚族群，在人种上归为'类黑人'。150 年前的澳大利亚政府就像捕杀袋狼一样悬赏捕杀土著岛民，价格非常低廉：杀一个成人五镑，杀一个孩子两镑！政府出面组织清乡队，队员都由罪犯组成，但由警察当领队。这些清乡队非常敬业，组织夜袭、设伏、下毒，无所不用其极。曾有四个英勇的白人伏击一群土著，仅以四人之力整整杀了三十人！胜利者把尸体扔下悬崖，得意地命名此山为胜利山，这个光辉的名字一直沿用到今天。这项清乡政策的结果就是：本岛土著在很短时间内被完全灭绝，一个也没剩下。"他冷笑一声，"众所周知，在那个年代里，欧洲移民在新大陆上的灭族行为非常普遍，包括在南北美洲、非洲和澳洲大陆。不过，要论干得最彻底最敬业的则非本岛莫属，可以用作教科书典范的。据记载，本岛土著民中最后一名女人叫楚噶妮妮，死于 1876 年；最后一名男人名叫威廉·兰纳，死于 1869 年——后者显然是一个欧化的名字，不是他的本名。"

两位客人互相看看，没有说话。现在，他们终于知道此人留在基地网站上那个名字的由来了，心中的疑虑开始消解。布德里斯停了一阵儿没说话，三人相对沉默。虽然时间还早，但这儿接近极地，太阳低垂在地平线上，有如中纬度地区的夕阳。夕照在袋狼的身后拖出长长的影子。栏中一只袋狼突然嗥叫起来，引得其他袋狼同声相和。它们的声音和狼嗥差不多，苍凉绵长，就像是对灭绝同族的哀悼。

布德里斯继续冷静地讲述："那几名最后死亡的本岛土著引起了一些医师的兴趣，这些业余人种学家认为本岛土著是半兽人，属于从猿到人的过渡种，值得保留下来用于科学研究——或做成人皮烟草袋也很珍贵。所以他们迅速行动起来，挖开坟墓偷取尸体，甚至互相之间你偷我我偷你，一时闹得乌烟瘴气。楚噶妮妮死前对这种下场非常恐惧,哀求把她全尸海葬,但没人理会她这个可怜的要求。死后她倒没有被剥皮,而是被解剖并公开展览,一直到1945年才在外界压力下撤展。不过很幸运,正是由于那些业余人种学家的病态热情,威廉·兰纳的尸体被完好保存,使我能够研究他的基因。"

哈利德好奇地问:"你是否想把他也复活,就像复活袋狼一样?"

本伊萨皱着眉头悄悄摇摇手指,制止了这个愚蠢的问题。布德里斯没有理会哈利德,继续着自己的话头:"这中间有一个环节我至今没厘清:我刚才说过,塔斯马尼亚土著在那次大屠杀中全部灭绝,一个也不剩。只有个别混血儿,即捕海豹的白人与本岛妇女生的后代,被白人父亲带出本岛,侥幸逃过了大屠杀。但各种历史资料都清楚表明,绝不会有本岛土著的纯种后代尤其是男系后代还能延续到今天。然而,我在比对威廉·兰纳的基因序列时发现,此人在大陆土著中保有直系后代,而且是男性种系传下的!他的后代如何逃出本岛,并延续了150年一直到今天?也许本岛土著灭绝之前,威廉·兰纳的某个儿子或兄弟被一位好心白人带走,寄养在澳洲阿拉马纳部落中长大?我在历史记载中没查到任何有关记录,直到今天这仍然是一个谜。但从基因相似度来看,他绝对是威廉·兰纳的男系后代,这点毫无疑问。甚至连外貌都颇相似——卷发,黑色皮肤,蒜头鼻子,这完全是塔斯马尼亚类黑人种的特点,与澳洲大陆土著有明显区别。后者一般都是直发和浅棕色肤色。"

两位客人中,本伊萨的头脑比较敏锐,已经猜出了他未说的话。他与同伴交换一下目光,谨慎地问:"那么,那位后代在哪儿?"

"我想你已经猜到了吧,他就站在你们面前。"布德里斯掏出一张照片,"给,这是那位威廉·兰纳的照片,是150年前某位业余人种学家拍摄的。你们可以把他同我的容貌比一比。"

两人仔细观看照片,再看看布德里斯,两者确实非常相像。

"我在一次很偶然的情况下发现了这种酷似,从那时起下决心改换专业,进行基因研究。其实当时我心中并不信服自己的猜测——我与威廉·兰纳在基因上为直系继承——但没想到我不幸而言中。"他冷漠地说,"你看,事情到这儿变得有趣了——原来我是一个悲惨民族的唯一孑遗,我的母族在150年前被白人彻底杀绝了。我没有一个同胞,澳洲大陆土著只能算是我的远亲。我不知道本族的文化、语言和习俗,不知道本族信仰的神祇,甚至连我的姓氏都失去了。唯一留下的,是DNA中某种特殊的原子缔合,在冥冥中印证着我的真实出身,可以说是上帝为那笔血债留下的债据。你们看,塔斯马尼亚土著民和袋狼是一样的命运:他们都是上帝扔在地球角落的弃儿,是进化树上的落伍者。都被欧洲白人移民彻底灭绝,但又因特殊机缘而留下一丝可怜的孑遗。"

他抚摸着栏中袋狼的头颅,久久未语。两个客人也随他沉默着,但兴奋已经开始在两人心里怦怦地跳动。看来他们这次来对了,这个黑鬼天才肯定会送他们一个超级大礼包的——因为双方都有同样的仇恨!两人欣喜地等着。

布德里斯对客人说的都是实情,但并非所有实情,实际上,让他最终下决心改换专业的契机是一个梦。就在他发现威廉·兰纳与自己的相似之后,他做了一个梦。梦境比较怪诞,但脉络又出奇地清晰。梦中他成为塔岛土著的一员,在白人恶魔的火枪下绝望地逃命。塔岛太小,与世隔绝,到处都有喷着火焰的枪口,根本无处可逃。家人和族人在恐惧中挣扎求生。那时他同大伙不一样,他已经提前看到了横亘在前方的命运:不光是他,他的家人,连整个民族都注定要灭绝,祖先留下的血脉将在这一代被齐齐斩断。这让他在愤怒恐惧中掺杂着宿命的悲怆。后来,就在那座此后被命名为"胜利山"的山下,他和族人中了埋伏,当铅弹射进头颅的那一刻,他的灵魂飘飘摇摇地升上天空,然后停在云层上俯瞰着这片孤岛。他的目光有了突然的变化,原来是"我"的目光,忽然变成"他"的目光;原来是绝望、恐惧和仇恨,现在却更多是怜悯和无奈。还有一个奇怪的感觉是:他其实有力量改变这一切的,只是他不能改,改了也于事无补。

这个梦的梦境,尤其是梦中的感情体验,实在是太强烈了,太逼真了。梦醒之后他就下决心改换专业,以便能从基因入手来还原历史的真相……他摇头摆脱掉这些思绪,对两位客人说:

"这也是我邀请你们来的原因。走吧,回我办公室细谈。"

办公室里那只袋狼标本还在悲凉地望着远方,就像在悲叹母族的命运。但这种悲伤已经凝固了,成了被时间之河抛到岸上的无用之物。布德里斯让两人坐下:

"喝点什么?我知道你们的教规中有禁忌,不准喝醉汁饮料等。咖啡怎么样?"

"来两杯清水吧。"

布德里斯给客人倒了两杯水,自己端着一杯咖啡,坐到袋狼标本旁边的转椅中。他正要开口说话,电话响了,他到办公桌边拎起听筒:

"罗伯特?嗯,没问题。第一批23只,其中雌兽13只,十天之内肯定给你运去。对,我一定严加保密,不会让狗仔队拍到照片。剪彩定在两个星期后?可以的,我这边没有问题。"

放下电话他对客人说:"是袋狼保护区管理部主任罗伯特·巴拉克,他对这些活宝贝已经迫不及待啦。两个星期后袋狼公园将向公众正式开放,政府总理等人都要来剪彩的——噢对了,知道巴拉克这个姓氏吗?"两个客人茫然摇头。"我刚才讲到胜利山名字的由来,讲到以四人之力杀死了30位土著的白人英雄,那四人中就有一位姓巴拉克的,是这位罗伯特的高祖。"他补充道,"不过今天这位巴拉克是相当开明的,从不讳言祖先的罪恶。他是我为数不多的朋友之一。"

"噢,原来还有这样的历史因缘。"

"不奇怪。本岛实在太小,历史之河会多次交叉。现在转回正题吧。我的身世你们已经清楚了,我虽然是土著民,其实是在白人社会中受的教育,在心理上一向自认是白人社会的一分子。我信仰的神祇也不是黝黑皮肤的某个大神而是白皮肤的耶和华。但突然之间,我心目中的一切都崩溃了!你们可以想象一下我当时的心境。"

两个客人点头,"我们理解。"

"在此之前,作为社会的精英阶层——我一向是这样自我定位的——我和其他人一样信仰着这样的天条:天道酬善,善恶有报。"

哈利德殷勤地迎合着:"先生你说得对。经书上说:行善者自受其益,作恶者自受其害。又说：凡作恶者每作一恶，必受同样的孽报。"

没想到他的迎合烧错香了，布德里斯毫不客气地说："不，这都是些屁话。既然我的母族已经彻底覆灭，而屠杀者的后代却绵延昌盛，成了今天世界的主人，那么恶人已经取得了彻底的、最终的胜利。要知道在生物的进化中，对胜负评判的唯一标准就是生存！既然历史永远无法逆转了，那么天道在哪里？宇宙中惩恶扬善的好法官在哪里？"

两个客人无言以对。本伊萨想说"最终审判是在天国"，但连他自己也觉得这没有什么说服力，也就闭口了。

"不说这些了。依照大自然的冷酷逻辑，我的母族和袋狼都是进化的失败者，理当被淘汰，我该认命的。但既然命运让我得知自己的出身，既然命运偏偏又给我一个超级大脑，我想我总该做些什么吧。当然，我没打算用基因手段来复活母族，就像复活袋狼一样。那没什么意义。不过以我的智商，想给那些屠杀者的后代们添一点麻烦应该是轻而易举的吧。现在我只有一个信仰，那就是仇恨。我为什么找上你们？因为这是你我共同的信仰。"

两个客人高兴地点头，"对，这是我们共同的信仰。"

"虽然从人种上说你们也属于白人。"

本伊萨干脆地说："这点你不必担心，我们从没把那些肤色相同的异教徒当成同胞。说吧，你想怎么做。"

"那就恕我坦率了。半个世纪来，你们这些圣战者前仆后继，不惧献身，这样的勇气值得佩服。但你们的方法太低效太愚笨。即便驾着波音飞机撞上世贸大楼，也不过杀死几千个异教徒，又能造成多大损失？混个热闹罢了，根本无法撼动这个世界的根基。你们奋斗了半个世纪，不但没有取得决定性胜利，反而日渐式微。依我看，你们必须改弦易辙了。"

两个圣战者互相看看，沉默了。尽管这个结论令人不快，但这家伙说得一点儿都不错。圣战者的事业已经非常凋零，远非几十年前的辉煌了。现在还有少数圣战者在坚持，其实对前途已经绝望。也许就像袋狼和塔斯马尼亚土著一样，"圣战者"这个物种也会很快彻底灭绝。那么，面前这个生命力强悍的黑鬼既然是某个灭绝民族唯一的幸存者，也许他真有绝地求生的本领呢？本伊萨迫切地说：

"请指教。"

"最省力的办法是充分利用人类本性中的邪恶！现在虽然号称是文明时代，但其实仍实施着丛林法则。国与国之间表面是睦邻友好，骨子里是猜忌、仇恨、互相提防、时刻想先下手为强。尤其像美国与俄罗斯、伊朗、朝鲜、中国、委内瑞拉之间；像中国与日本之间；像印度与巴基斯坦之间；像以色列和阿拉伯邻国之间；像逊尼派和什叶派之间；像俄罗斯和格鲁吉亚、波罗的海三国以及欧盟之间……太多太多，举不胜举。人类至今仍把最高的种族智慧用于制造杀人武器，世界上存有几万件核武器和其他武器，足够毁灭人类几次了。这样好的玩意儿闲置不用岂不可惜，只要想办法挑动一两个核国家先开火，就能把全世界拖进去。"

本伊萨说："你说得很对。据我们的情报，现在各国之间的猜忌更甚，好几个大国都在进行一项绝密的武器工程，投入极大的财力物力和精力，甚至都顾不上对付我们了。"

"嗯，我知道这件事。据说某个国家开发出了全能隐形飞行器，对各种雷达及肉眼都能彻底隐形。其他国家非常惧怕，都在竭力追赶。所以，在这种猜疑气氛中要想挑动某个国家先开火就更容易了。到那时，"他平淡地说，"我很乐意有几亿人追随我的母族同归天堂。"

本伊萨突兀地问："包括平民？包括妇女孩子？"

布德里斯看看他，不改语调中的平淡："被杀绝的那5000名塔斯马尼亚土著都是平民，其中多半是妇女孩子。"

本伊萨笑了："请原谅，我不是想冒犯你。没别的意思，只是想确认一下你的决心。"他斟酌着用词，"你自己说过的，你曾经属于社会的精英阶层，曾经相信天道酬善啦、仁爱人道啦这类屁话，我担心你对这些东西还不能完全免疫。好啦，既然你有这样的决心我就放心了。我们这些被仇恨浸透的、手上已经沾满鲜血的人更不会犹豫。请你指教吧，应该怎么做？"

"交给我吧。那些一流核国家的核防火墙可能不易穿透，但我相信对付巴基斯坦、伊朗、朝鲜这样的二三流核国家，总能想出办法的。你不必管它们是几流国家，反正只要有一枚核弹在地球上爆炸，地狱之门就豁啷啷地打开了，再也关不上了。"

"你说得不错。那么，你想让我们做些什么？"

"第一，放低姿态，让恐怖主义的威胁从公众视野中消失。只要外界压力减轻了，那些暂时合作的君子们会更快地翻脸成仇。"他微微一笑，"关于这些正人君子的德行，我想你们都清楚。"

本伊萨点头认可："当然。我们早就知道他们是什么玩意儿。"

"第二，给我足够的资金支持。"他说出一个很大的数目，"据说你们组织的资金来源已经大大萎缩？不要紧，世界上这么多珠宝店、银行、亿万富翁、持有名画的博物馆等，抢劫几百家就行了。再说，让圣战组织蜕变成一般的犯罪组织，也更容易麻痹那些异教徒国家。"

"好的，这个也没问题。"

"第三当然是人力支持啦，你们拨出一部分精锐归我指挥，不用多，百十人就行，但一定得是愿意随时进天国的勇士。"他站起来说，"我的话完了，请把我的建议通报给你们的头领。当然你们肯定会再仔细调查，看我是不是美国或澳大利亚的特工，抑或是一个只想骗钱的骗子。"

"没人敢从我们组织骗钱的，那样弄来的钱肯定不好花。"哈利德恶声说。

本伊萨示意哈利德闭口，布德里斯也没有理会这句话。"什么时候给我答复？"

两个客人互相看看，本伊萨问："我们可以单独商量一下吗？"

布德里斯没有回答，走出办公室，带上门，一个人在外边转了一会儿。他敢肯定屋里那俩人一定会接受他的建议，那么他的生活之河很快就要急转直下了。他会毁了这项灌注他五年心血的研究，让布德里斯在人间蒸发，转世为复仇天使。此时此刻，他不由得想起他的朋友巴拉克，那是个性格开朗待人亲切的白人，从不讳言祖先的罪恶；也想起慷慨资助此项研究的公司，像必和必拓和力拓等。这些资助都是公益性的，是"罪犯的后代"对历史的补偿。就连他自己的知识也来自政府的免费教育，那是白人政府对土著民的照顾。客观地说，澳洲白人在这150年中确实变开明了，变得人性化了。但小善难抵大恶，个体的善难抵种族的恶，暂时的善难抵永久的恶。不管他们今天行多少小善，反正已经灭绝的塔岛土著再也不能复活了！所以，尽管从个人角度来说他对巴拉克这样的人小有歉疚，但小歉疚影响不了他的大计。

那两个客人没有耽误多长时间，一会儿工夫就打开门，请布德里斯进去。两人的表情有明显变化，尤其是哈利德，早先那种潜意识中的戒备猜疑已经完全消失，代之以殷勤热切，甚至有点儿讨好。本伊萨微笑道：

"布德里斯先生，你也清楚，这样重大的问题是无法立即拍板的。我们立即赶回去向组织汇报，会尽早给你答复，最长不超过一个月。我和哈利德向你保证，我俩会尽一切力量说服组织，接受你的建议。"

布德里斯平静地点头。

"另外还想说一件我俩的私事，"他扭头看看同伴，不知为什么有点难为情。"我俩已经商定，不管组织是不是接受你的建议，我俩都要跟着你干，我们把后半生交给你了。先生能否接受我俩的效忠？"

布德里斯看着他俩，没有立即回答。那两人讪讪地笑着，殷切地看着对方。两人都是被仇恨浸透的圣战者，但这些年来他们对圣战的前途已经绝望了。现在，这位从天而降的黑皮肤复仇天使为他们描绘出一片光明的前景，两人当然要紧紧抓住它。布德里斯最终点了头：

"好的，你们两个星期后在利雅得的香格里拉饭店等我，我们一块儿到伊朗去。这个目的地要对所有人保密，包括你们的组织。"

他提前透露了自己的秘密行程计划，实际是以这种方式接受了两人的效忠。哈利德领悟到这一点，喜上眉梢，忙不迭地点头答应。本伊萨则在喜悦中夹杂着疑虑：在圣战者心目中，那些波斯拜火教徒的后代从来不是真正的穆斯林；而且伊朗对外国人控制很严，在那儿没有多少自由活动的空间。根据地的选择是件大事，不容草率，他想斗胆建议布德里斯慎重考虑。布德里斯猜到了他的心思，微笑着说：

"当然，伊朗那个国家作为根据地有诸多不便之处，但你们知道我为什么选中它？"哈利德茫然摇头，本伊萨也摇摇头。"不必急着回答，回去好好想想。"

本伊萨突然想到了。"霍尔木兹海峡？"他迟疑地问。

布德里斯赞赏地看看他，没有再说话，起身送客。本伊萨还算聪明，能这么快就猜到其中的原因。这道海峡既窄又浅，既是全世界最重要的石油大动脉，又是美国第五舰队的必经之路。地球上再没有比这儿更好的针对航母的设伏地了。布德里斯已经在心中勾勒出一个清晰的场景：核火焰在霍尔木兹海峡升起，全世界为之发抖，而他将尽情品尝这道复仇大餐。这件事的完成绝非一朝可就，也许需要十年二十年。但不要紧，既然他是在清算一笔150年前的宿债，不会在乎多等几年的。

两星期后。

今天是塔斯马尼亚袋狼保护区的盛大节日，甚至可以说是它真正诞生的日子。保护区管理部主任罗伯特·巴拉克忙昏了头，忙碌中也非常兴奋。从今天起，复活的袋狼将正式入住保护区并对外开放。这个空壳子的保护区就要恢复名誉，成为真正的袋狼保护区了。他们把《侏罗纪公园》从银幕搬到了现实世界。全世界的游客会慕名而来，这对本岛旅游业会带来极大的振兴。

23只袋狼两天前已经从霍巴特动物园秘密运到这儿，关在一个封闭的小院子内，这是为了对记者封锁消息，免得他们提前把照片捅出来。复活袋狼的功臣布德里斯和喂养袋狼的园工哈里斯也来了，他俩一直躲在那个小院子里，照料还不习惯新居的袋狼，也为了躲避无孔不入的记者。今天上午九点，澳大利亚总理一行贵宾将到达保护区，亲自为保护区的"重生"剪彩，而23只珍贵的袋狼也将在那个瞬间，通过各家世界性媒体的镜头展现在世界面前。

因人类的罪恶之手而灭绝的上帝造物，又借科学之手回到它的祖庭。

自从袋狼复活工程开始实施，巴拉克同布德里斯打了五年交道，两人成了不拘形迹的密友。这家伙黑卷发黑皮肤，蒜头鼻子，模样酷似本岛土著中最后一个男人威廉·兰纳，所以他有时戏称密友是"还魂的塔斯马尼亚佬"。其实布德里斯是澳洲大陆土著，与本岛土著只有很远的血缘关系，倒是巴拉克才是土生的本地人——这儿说土生，是指他的祖先从1802年就乘一艘囚犯船移居此地了。坦率地说，本岛上发生的所有罪恶，无论是针对袋狼的还是针对土著民的，都与巴拉克这个姓氏密不可分。记得在2016年，即袋狼保护区成立50周年时，罗伯特·巴拉克以笔名在堪培拉日报上发表了一篇文章。他说，历史上有些错误和罪恶是无法弥补的，就像对袋狼的屠杀，即使能以基因手段来复活它们，毕竟不是历史上曾经存在的真正的袋狼。今天，澳大利亚政府为已经灭绝的袋狼建立了一个空壳子保护区以表达忏悔，但对同样命运的塔斯马尼亚土著呢？有谁想到为他们也建立一个"空壳子保留区"呢？

澳洲社会确实相当开明了，文章发表后报纸续发了很多读者来信，绝大部分支持他的观点，并表达了对祖先罪恶的忏悔，但也有不少狂怒的反驳者。其中一位是巴拉克非常熟悉的——老巴拉克，他94岁的祖父。祖父不知道那篇文章是孙子写的，在信中大骂这个"享受着祖先的恩惠又诋毁祖先"的作者，说他不配当澳大利亚人的子孙。老巴拉克说，当年那些土著黑鬼们天生是卑鄙的家伙，是偷羊贼，是妄图强奸白人女子的色狼，是长满寄生虫的肮脏的半兽人，是不信上帝的异教徒。那时白人不得不对他们开枪只是正义的自卫。还说他虽然没赶上那个时代，但他会勇敢捍卫祖先的声誉。如此等等。

看着祖父的信文巴拉克只能摇头。那天布德里斯正好也在，闲谈中巴拉克说，知识界常有人谈到白人在"道德上的傲慢与无知"，老巴拉克便是一个典型。而且你根本无法说服这些老顽固，他们的观念已经成了大脑中的固化程序，终其一生无法删改了。记得那天布德里斯的表情有点反常，沉默了很久，最后平淡地说：

"你不妨告诉你祖父，非常遗憾啊，他祖先的功业尚未圆满，那些长满寄生虫的、卑鄙肮脏的半兽人还没杀绝哩，这儿就有一个还魂的威廉·兰纳。"

巴拉克吃惊地看看他。布德里斯当然是在开玩笑，不过他的玩笑里包着一根尖锐的硬刺，它既深深刺伤了说话人自身，也刺伤了巴拉克。他没有接布德里斯的话头，此后也没再谈过类似的话题。而且自那天之后，巴拉克再没喊他"还魂的塔斯马尼亚佬"。

8点20分，巴拉克接到电话，说飞机已经降落，贵宾车队马上就离开霍巴特机场了。巴拉克最后一次检查现场。那个关着袋狼的院子仍然大门紧闭，门外有一架摄影用的升降机,升降笼高高悬在半空,一个摄影记者坐在笼里,用手势向他比了一个OK。巴拉克来到保护区正门,众多记者分列两旁等候,有太阳报、堪培拉时报、美国基督教科学箴言报、本岛电视台和众多国外媒体。巴拉克和熟识的记者打了招呼,站在队伍前等候贵宾车队。突然他注意到,那个封闭院落的院门开了一道细缝,一个人挤出来,随手关死院门,向这边招手。是那位园工哈里斯,表情惊慌失措。巴拉克情知有异,撇下这边的人群快步迎过去,低声问:

"怎么啦?发生了什么意外?"

哈里斯脸色苍白,喘息着说:"全死了,23只全死了!"巴拉克挨了重重一击,思维一下子变为空白。"肯定是被毒死的,我一刻钟前投放鲜肉时还好好的呀!肯定是肉中被下了剧毒!"

"能不能救过来?布德里斯呢?"

"投食时他还和我在一起,这会儿突然失踪了!"

巴拉克心中叫苦,知道今天的剪彩仪式肯定要完蛋了,在众多镜头和贵宾之前他必得度过一段尴尬的时光。不过那倒是不值得担心的小事,对他打击最重的是23只袋狼的死亡,那可是保护区的至宝,是他一生努力的结晶——袋狼的复活从技术上是布德里斯的功劳,但巴拉克为后勤保障也耗尽了心血!他思考片刻,先返回大门口交代一个下属,说贵宾们到来后先领到办公室暂时休息,至于以后怎么安排等他通知吧。然后他撇下惊异的记者们,跑步返回那个关袋狼的院子,让哈里斯打开门,两人闪身进去,把大门重新关死。

院里果然是一片惨象,袋狼横七竖八躺了一地,口鼻处都挂着血迹。很多已经不会动了,有几只还在地上抽搐着、喘息着,用失神的目光看着天上。墙外升降机上的那个记者已经发现了异常,这会儿隔着院墙向这边猛劲儿拍照,巴拉克看见了,但无暇制止他——也用不着制止了,袋狼全部横死的消息肯定会马上传开,瞒不住的。院里找不到布德里斯,打他的手机,手机上只有单调的提示音:"你所拨打的电话已关机。"巴拉克只好先要通霍巴特动物园兽医的电话,让他尽快赶来,兽医说即刻就到。巴拉克打电话时,园工哈里斯忽然想到一点，但犹豫着，不知道该不该说——此刻说这件事，无疑表明他怀疑布德里斯是嫌疑人。这怎么可能呢？袋狼之父竟然是杀死袋狼的嫌犯？但他想了想，决定还是说出来。他谨慎地说：

"主任，有一点情况，布德里斯先生让我在揭幕前保密的。哦，那儿，他今天早上做了一些改动，具体改动内容他没让我看。"

他指着门口蒙着彩色绸布的大理石碑。那原是等贵宾们揭幕的，绸布下面，在原先的"塔斯马尼亚袋狼保护区"的名称上方，用花体字新增了"真正的"这个定语。相信所有人在亲眼看到活袋狼的同时，对这个定语都要会心一笑。这个小花絮是布德里斯提议的，巴拉克很高兴地同意了。现在布德里斯做了什么改动？巴拉克走过去，狐疑地掀开绸布。上面的文字的确变了，大理石面被白纸全部覆盖，白纸上是一行粗大的黑字：

致屠杀者的后人：

　　小善难抵大恶。

还魂的威廉·兰纳

巴拉克心中猛然一震，忽然想起布德里斯说过的一句话："那些肮脏的半兽人还没杀完哩，此处就有一个还魂的威廉·兰纳。"那个玩笑……也许并非玩笑！他在这行文字前呆立片刻，一个令他难以接受的阴冷真相在心中慢慢成形。他回头苦笑着说：

"不管怎样，我得去迎接贵宾了，去熬过我一生中最尴尬的时刻了。哈里斯，你马上报警吧。"

哈里斯吃惊地看着主任——无疑，主任已经确认那位袋狼之父就是凶手了。巴拉克没有多加解释，点点头。然后他又摇摇头，叹息着匆匆赶往大门口。哈里斯也不再耽误，跑步回办公室要通了警局的电话。

第三章　少年噩梦

一

姜元善小组的第一次隐形实验是在中原基地的地下试验室进行的。时间是他们"十一位圣斗士"进入基地九年之后。他们先是花了三年时间学完大学本科和研究生课程，之后何世杰做了一个相当大胆、不循常规的决定：没有把这群孩子分散开，去跟着其他资深研究者当助手；而是把他们单独编为一个小组，以姜元善为组长。他认为在这种全新的研究中，飞扬不羁的想象力可能比经验更重要。

幸运的是这个赌注下对了。九年之后，正是姜元善小组率先取得突破，虽然只是初步的阶段性成果。

地下室的穹顶有40米高，一个银色球体悬在离地板35米处，被三根细细的绳索固定着。为了尽量减少吊绳对隐形性能的影响，他们使用的是碳纳米绳，非常细，肉眼几乎看不到。所以在众人眼中这个银球静静地凭空悬浮，就像悬浮在梦境里。一台吊车升起吊臂，严小晨坐在吊篮里，被缓缓送到银球前。银球门打开了，是类似照相机快门的旋开式舱门，当它打开时，银球像极了一只眼睛，一只明亮圣洁的天眼，幽深的黑色瞳仁居高临下，静静地俯瞰着尘世。身材玲珑的严小晨因为距离而变得更小了，像一位拇指仙女，正轻盈地飘进那只天眼中去。吊臂缩回，严小晨回过身，探身到瞳孔外笑着向大家挥挥手，进去了，那只天眼也合上了眸子。

这只银球是一个普通工件，是由姜小组的十一个人亲手造出来的，对于他们毫无神秘性可言。但在此时此刻的背景下，它突然被赋予梦幻般的美，神话般的美，美得让人屏息和敬畏。银球不大，直径只有两米。它那层能让光线绕行的超材料的外壳相当厚，所以，直径两米的银球内部只有很小的空间，只能容纳严小晨这样的玲珑身材。

参加此次试验的有姜小组的十一个人，还有研究所里其他小组：由何世杰亲自任组长的何小组、刘小组、金小组和胡小组，共五十多人。他们都分散守候在主控屏幕或各个观察点上。虽然银球的上下左右前后布置了很多光学摄像机、红外摄像机、各种雷达，但姜元善还想以肉眼观测作为补充，他认为这才是最可靠的。

现场指挥是朱郁非，九年过去，这个小胖子瘦多了，姜小组繁重的工作起到了有效的减肥作用。此刻他正按照程序，依次询问各观测点和银球中的严小晨是否做好准备。26岁的姜元善与56岁的何世杰立在他身后。今天的姜元善完全没有成功的喜悦，反倒是心事很重的样子。他指指天上，沉重地对老何说：

"今天是咱们的第一次试验，我估摸着它八成也赶来了，此刻正悬在咱们头顶上呢。"

他说的"它"，当然不是指眼前的银球，而是九年前遭遇的隐形飞球。此后飞球再没在中国出现。当然它不可能不来的，只是没有显形罢了。这九年来它显然没有闲着，从国外传来的情报中，时刻能嗅到它遍布全球的踪迹。就拿中国的蚩尤工程来说，虽然执行了最严格的保密措施，但恐怕难以躲过它的眼睛。

在第一次专业会议上主席曾估计：发现飞球应该比较容易而制造它比较困难。但研究的实际进程恰恰相反。在姜小组中，严小晨主要负责"制造"，到今天已经取得了阶段性成果；姜元善是负责"发现"这一项的，到目前为止还没有真正的突破。从姜的这句话中，何世杰能触摸到小伙子的沉重心情。他笑着拍拍姜的肩头：

"不要急，快了，相信你这边也很快会做出突破，揪住那个隐形魔鬼的尾巴。"

朱郁非完成了询问程序，回过头征求两位的意见，两人都点点头。小朱回过头，郑重宣布：

"现在试验开始。严小晨，启动可见光消隐功能。"

五十多双眼睛和 24 台镜头紧紧盯着银球。银球慢慢变得虚浮，变得半透明，然后突然在人的视野中消失了。但看看各种雷达的屏幕，那个球体还好好地停在原地。指挥大厅的工作人员都安静地工作着，没有人发出欢呼，但无形的兴奋在人们的头顶跃动。只有姜元善摇摇头，向老何指指银球的背后：

"可见光隐形有缺陷，没能完全解决。"

何世杰点点头。银球虽然消失了，但其背后的一个圆形范围内的景物有畸变，注意观察还是能分辨出来的。

试验总指挥下达第二道命令："严小晨，启动雷达消隐功能。"

毫米波和微波雷达屏幕上的图像也消失了。米波雷达屏幕上的球体变得模糊但没有完全消失。显然雷达消隐功能也不太完善，不能做到全波段范围完全隐形。不过，米波雷达本身也不能精确定位，所以屏幕上只是一个边界模糊、似是而非的亮斑。

"在场人员戴好墨镜。"大家都戴上墨镜。"启动探照灯。"

地面上一束光柱突然射出，光柱极为强烈，把巨大的地下试验场淹没在强光中。强光罩住银球所在的位置，那儿仍然什么也看不到，但在银球的轮廓之外有模糊的闪光，闪光时断时亮，组成了一个大致比银球大一倍的球包络面。

"熄灭探照灯。启动激光。"

强光熄灭，一束明亮的蓝色激光随之射出，在所经之处烧出淡淡的青烟。激光罩住银球所在的位置，仍然看不到银球，但银球之外的闪光仍是时隐时现，其方位和形状同刚才一样，只是光度更强一些。

"熄灭激光。"

地下试验室回到普通的照明灯光下。银球所在位置仍然一无所有。

"严小晨，关闭所有消隐功能。"

突然间，银球在原来的位置出现了，也同时出现在各种雷达屏幕上。在场人员爆发出喝彩声。银球的瞳孔旋开，严小晨在瞳孔处出现，笑容灿烂地向大家挥手，然后坐吊篮下来。何世杰急步迎上去，同她热烈拥抱：

"好样的小晨，祝贺你取得成功，祝贺你们小组所有成员。"

其他四个小组的成员虽然免不了失落，但兴奋情绪是主流，也都过来向姜小组祝贺。严小晨和姜元善互相看看，俩人当然都很欣喜，但欣喜是有限的。姜元善皱着眉头说：

"所长你知道，这次的成功很有限。它的光学消隐还不彻底，刚才你看到了，它后边的景物有畸变。在米波范围内的雷达消隐功能也不完善。还有一个更大的难题：飞球一旦被探照灯或激光罩住，虽然它仍然不可见，但不知为什么，会在银球范围之外出现微弱的闪光。我们一直想办法消解，都没做到。"

关于最后一点，老何已经知道并且考虑很久了："小姜，我昨天萌生了一个想法，你们看有没有道理。咱们是不是换个角度去想——也许这正是隐形飞球的罩门？也就是说，就连'那个'飞球，在强光或强激光下说不定也会有类似闪光？反正到现在为止，咱们还没能用光柱来罩住它，也没听说哪个国家这样做过。"

姜元善和严小晨迅速交换一下目光，严小晨说："所长你说得对。这段时间我们一直没能跳出圈子考虑，只想着是隐形功能不完善，只顾忙着消解。我们会继续试下去，如果不管怎么努力也消解不掉，也许它正是隐形飞球的罩门。"

姜元善说："还有另一个大难题呢。摆长有负责的等离子驱动也已经取得突破，估计下一次试验就能安到飞球上。不过，到那时，喷焰的隐形又该让我们头疼了。如何让喷焰在可见光范围和红外范围内隐形，目前连理论设想都没有。"

"不必丧气，也不要太急躁，一步步来嘛。"何世杰笑着拍他的肩，"再说，暂时做不到对喷焰的隐形并不影响你们开发'发现'技术，不耽误实现主席说的第一个目标，对不对？"

"那倒不假。"

"那就先发现它和打下它！这正是主席定的首要任务嘛。"

试验结束，其他四个小组的人员完成各人的观察报告后先一步离开了。何世杰把姜小组的十一个人拢到一块儿，说：

"再次祝贺你们！虽然只是阶段性成果，但既然迎春花已经绽放，桃花盛开的时候还会远吗？你们的弦不要绷得太紧，该松一松了。我宣布，对你们要实行七天强制假期，这七天都去给我游山逛景，谁也不许提工作一个字。"

徐媛媛说："何大叔你饶了我们吧。出去玩儿是好事，可我们实在怕你的'正军级待遇'。武警便衣一大群，特别是便衣们，个个都是入木三分的贼眼，看你一眼能把你的衣服都剥光。有他们跟着，什么兴致都给毁了。"

老何笑了："这回我找了个好地方，保证武警便衣什么的不出现在你们视野里。上次是你们中的哪一位，是媛媛还是刘涛？说你们最想去的是这样一个地方：有山有水，山是浓绿的，水是清碧的，水边有洁白的细沙沙滩。周围非常安静，只能听见水声松涛和鸟啭。空气中弥漫着松脂和青草的气味。没有闲人，想裸泳都可以。"他大摇其头，"你们的要求太高啦，这哪里是人间，分明是七仙女沐浴的天池嘛。不过，"他有意停顿一会儿，才抖出结果，"这个地方我已经找到了。"

众人一片欢呼："真的？"

"当然。明天就送你们去。"

"何大叔你也得去！"

"我当然去。不过弄个老头子掺在年轻人中间，肯定影响兴致。我只去一天就回来。反正各个小组都要轮着去，我每个组陪一两天，也把整个假期全赚回来了，你们说对不对？"

二

第二天早上，两辆写着"中国青年旅行社"的越野面包车出城向西北开去。何世杰兑现了他的诺言，这次果然没有武警开道。但姜元善很快发现，在每个要道口都有一辆车悄悄停在那里，虽然没有警徽，但显然是负责警戒的。有时可以远远望见有便衣在横行道路上设卡，阻拦着来往车辆。不过伙伴们都在兴高采烈地观景，姜元善不想焚琴煮鹤，便装着没有发现——也许伙伴们也看见了而不愿点破吧。

面包车进入山里后又走了两个小时，其中有一段是干河床，最后停在一个山坳里。大家下车后眼前一亮，齐声欢呼起来。这儿果然是何所长昨天描绘的仙景：青山绿水，一道山溪在谷底汇出一个不大的湖泊。湖水清碧，以石为底，只有寥寥几根水草在水中摇曳。水中有些小鱼，都是很袖珍的样子，印证着"水清难养大鱼"的俗语。盛夏的太阳已经升到半空，但在山林的怀抱中明显消减了热度，变成了温情脉脉的注目。湖中心漂着十几个五颜六色的救生圈，用细绳锚在湖底，在原地荡漾着，在水面上用绳索连成一圈。湖东岸比较舒缓，有一片很大的沙滩，全是白得发亮的细沙。沙滩外是绿油油的草地，散落着十几个色彩鲜艳的单人帐篷，就像草丛中钻出的大蘑菇。姑娘们迫不及待地脱了鞋袜，赤脚在沙滩上疯跑。姜元善笑着捅捅老何：

"这片沙滩花了多少钱？显然它是人造的，这条小山溪冲刷不出这么大的沙滩。再说，沙滩与周围的接茬也显生硬。"

老何笑了，这片沙滩确实是用海沙人工铺就的。"就你猴崽子眼尖。这片沙滩是花了些钱，但是值。为啥？这儿离研究所近，来去不用坐飞机——你知道，为安全考虑我最怵让你们坐飞机——而且环境封闭，便于警卫。以后这儿就是咱研究所专有的休闲基地，又安全又省钱。五个小组轮流来。冬季嫌冷可以不来这儿，其他假期都在这儿过。"

现场只有一个便衣，三十多岁的一位帅哥，非常干练的样子。他过来向老何行了礼，同组长小姜握握手，做了安全交接：

"所有警卫都安排在直径五千米之外，方圆五千米之内的区域你们可以任意去玩。警戒范围之内还有一小段长城，你们想去爬长城也行。哎，就在那儿。"

顺着他的手指，山背上果然有一段长城，就像巨龙在山谷蜿蜒行进中偶然露出一段脊背。看见长城，再估算一下出城后行驶的时间，姜元善对于这儿的地理位置大致有数了。

"湖心有一片区域超过一人深，为了绝对安全，原打算严令你们必须穿救生衣下水的，"便衣笑着说，"但估计你们不愿受这个束缚，所以我们沿深水区的边线锚定了十二个救生圈，你们下水玩时注意那个区域就是了。"

"谢谢，你们想得很周到。"

"每个帐篷里都有对讲机,有什么意外情况呼我们就行。食品什么的也都备齐了,单是熟食就足够你们吃七天。要是想自炊也行,那顶最大的帐篷里有锅灶,有米面油盐菜蔬调料。使用燃气炉时请注意防火。好啦,安全事项已经交代清楚,我该尽快消失了,免得在你们眼前晃来晃去的惹你们烦。"

姜元善同他握手,在手上加大力量:"我们是一群不好伺候的主儿,给你们添麻烦了。"

"理解万岁,理解万岁。"

姑娘们都已经在帐篷中换了泳衣。全是那种最露的三点式,这是昨天以徐媛媛为领袖作出的统一规定。所以虽然只有四位美女,已经把这片沙滩装点得美丽逼人。便衣帅哥贪馋地看着,说:"真想留这儿饱眼福啊,可惜任务在身,只能忍痛离开了。"然后他向老何行了军礼,快步隐入林中。姑娘们活动着手脚,准备跳下去。刘涛说:

"可惜了,其实这样美的地方,办成天体浴场更过瘾。"

孙可新和林天羽立即支持:"好提议!请何所长批准吧。"

老何笑着没说话,徐媛媛撇撇嘴说:"这样的事操之于我,还用谁批准?来,我带头脱,但你们都得跟着。谁要是退缩,就是口实不一的伪君子。"

她真的开始脱三点式泳衣,姜元善笑着警告:"媛媛,你别看眼前没有武警便衣,但他们肯定不会把这儿放到视野之外,树丛中有多少大口径望远镜在瞄着哪。"

徐媛媛不认为这个警告有什么威慑,仍然不慌不忙地脱光衣服,跳入水中,动作优雅地甩臂游着,一边回过头来挑战地看着伙伴。她修长白皙的胴体在清澈的水中纤毫毕现。庄敏和刘涛两位姑娘没有犹豫,也脱光衣服跳下去,三条美人鱼在碧波中嬉戏。几个男孩也如法炮制,吭吭跳了下去。这会儿岸上只剩下老何、姜元善、严小晨和林天羽。老何对水里的几位说:

"喂,你们也该有点敬老精神吧,照顾照顾我的保守观点。"

徐媛媛在水里笑着:"何大叔你要是看不下去,就弄条毛巾把眼睛蒙上。喂,你们仨,为啥不跟着来?林天羽,你想当伪君子?"

林天羽嬉皮笑脸地说:"徐媛媛你算上当了。我这会儿要学牛郎哥把你的衣服偷走。你想要回衣服就得当我老婆。"

"行啊，我和织女一样都是结婚狂，正愁嫁不出去呢，就盼着你们哪位当牛牛哥啦。"

她没说牛郎哥却说牛牛哥，显然是把秋波送给姜元善了。姜元善听出她的话意，笑着没接腔。论容貌媛媛在几个姑娘中是排头份的，既漂亮又性感。奇怪的是，今天她以裸体示人，"性感"反而淡化，只余下天生的丽质，就像荷叶上滚动的晶莹的露珠。她一直没有游远，显然是在等着"牛牛哥"，一双大眼睛勾魂摄魄。姜元善没有接过她的秋波，从内心讲他是像父亲那样的老派人，更喜欢另一种类型的女性。老何说：

"喂，既然有'始作俑者'，你们也跟上去吧。至于我这个老头子就免了，我坐在岸边欣赏就行。"

三个年轻人开始脱衣服，不过林天羽确实兑现了他的话，在下水前先把徐媛媛的衣服偷走，在沙滩上挖一个坑，埋掉衣服，把沙面抹平，然后嘻嘻哈哈跳下水去。老何注意到，已经脱掉泳衣的严小晨突然僵住了，脸色变得惨白，死死盯着林天羽埋衣服的地方，就像那儿是引力强大的黑洞。姜元善也发现了她的异常，轻声问："小晨你怎么啦？你脸色好白。"严小晨回头迅速扫一眼所长，把已经脱掉的泳衣重新套上。她说："我突然有点头晕，小姜你也别下水了，陪我到旁边坐一会儿。"

姜元善也穿回泳裤，严小晨挽着他的胳膊，向远处走了几十米，两人偎着坐下来。在两人离开之前，严小晨又扫一眼何所长，看他明白没明白自己的情绪反应从何而来。

何世杰明白了。这九年来他几乎忘记了那件事，但严小晨如此强烈的情绪反应唤醒了他的记忆。这会儿他突然地、非常真切地意识到，姜元善父母说过的事不仅确实发生过，而且在所有相关人的心里都割出一道深深的伤口，其杀伤力甚至能保留到20年之后！具有讽刺意义的是，唯有当事人姜元善懵然无知，对那个事件没有任何记忆。

何世杰苦笑着想，这该是这位失忆者的福气吧。

这件事把何世杰的好心绪一下子毁坏了。他同姜元善已经有了近乎父子的情感，实在不愿把他与"邪恶"这样的字眼连在一起。在这些年的观察中，他一直没发现姜元善身上有邪恶的影子。但是——万一如姜元善父母所担心的，某一天走上高位的姜元善像明神宗那样本性萌发，误国丧邦，作为推荐者的何世杰也会被钉在历史的耻辱柱上！

但现在他能怎么办？他能因为一个六七岁孩子的一件错事就给他加上"本性邪恶，限制使用"的评语？那样做就太操蛋了。所以——他只有强迫自己忘掉这件事。

但他无法摆脱灰暗心境，也不想留在这儿影响年轻人的乐趣，就悄悄打电话要来一辆车。他临上车时，那边的姜元善看见了，赶紧站起身，准备跑过来挽留他。何世杰远远向他摆手不让他过来，自己钻进车里，催司机立即开走。

何所长走了，姜元善和严小晨依偎着坐在湖边，手里玩着沙子，看远处的伙伴们在水里嬉戏。从九年前第一眼看见严小晨，姜元善就对她有一种朦胧的亲近感，还曾把她拉到一场让人脸热的绮梦中，梦中他让16岁的她怀上自己的孩子。不过总的说，那时他还是青涩的小青杏，不大解风情，也不把严小晨当成异姓。像现在这样远离伙伴、身体相偎，在他俩的交往中甚至在姜元善的人生中还是第一次。他能感到年轻姑娘的热度汹涌地传过来，使他有触电的感觉。他闻着女人的体香，看着小晨湿润的目光，男人的情欲苏醒了，不由萌生出一种强烈欲望，想把姑娘紧紧搂到怀里，把自己的嘴唇贴到那对湿润的嘴唇上。为了克制这种欲望，他挪得稍稍远一些，把目光移到远处，向小晨指点着那段若隐若现的长城。他说："从方位上看，这一段应该是秦长城吧，是名将蒙恬修造的。说起来华夏民族确实比较保守，当年秦统一六国后其兵力绝对是天下第一第二，与当时处于全盛时代的古罗马难分伯仲。但奇怪的是，古罗马用战车开辟了一个横跨欧亚非的大帝国，秦始皇却基本没有向外扩张，倒去费心费力地修造长城，把自己圈到一个大城堡里。甚至大建兵马俑坑，把世界一流的兵力埋到地下！你说这种心态怪不怪？"

小晨的情绪反应这会儿已经过去了，笑微微地看着"牛牛哥"的侧影，听他神侃。女孩子成熟早，几年前她就已经把姜元善放到心上了。姜元善是个近乎完美的男孩子，是一个近乎完美的男人，值得她去爱，值得她同徐媛媛去争夺。但早年的阴影和伤痕一直在顽固地向反方向拉着。一直到刚才，在自己有强烈情绪反应而姜元善懵然无知的时候，她心中的石头才彻底放下。姜元善已经彻底忘了"牛牛"那段经历，他已经是一个新人了，自己干吗还对旧事念念不忘呢。那样对他太苛刻，何所长说得对，不能为一个人在孩童时间的一件错事就惩罚他的一生。

但神侃的姜元善似乎想到什么，忽然沉默了，清澈的目光变得朦胧，变得沉重，眉头锁在一起。小晨敏锐地感觉到他的变化，小心地问：

"元善哥你在想什么？"

"我在想……说来话长。那是一个雷区，我从没对任何人谈起过。"

小晨略为踌躇，笑着说："什么呀，这么正颜厉色的，说说看。"

姜元善沉闷地说："你知道我在六岁半时因为头部受伤患了失忆症，在那之前的什么事都想不起来了。不过，这会儿坐在水边，坐在这沙滩上，我突然有点模糊的感觉，好像有什么事是在河边发生的。"他没有把握地说，"好像还和林天羽有关？这怎么可能呢。但肯定是他在沙滩上埋衣服时，勾起了我的模糊感觉。"

小晨把自己的吃惊藏在眸子深处，连忙打岔："想不起来就别想了。这会儿应该有更好的事去想，比如，如何和一个女孩子谈情说爱。"

姜元善仍沉浸在沉闷阴郁中："但是……在那之前，我一定干过一件很邪恶的事。"

"邪——恶？"

"我不知道是什么事，家人一直闭口不提，只要我一问及童年的事他们就很痛苦。我已经学会躲开这些，把失忆前的人生完全剪掉。不过，正因为亲人们闭口不提，我知道一定发生过什么事，很坏的事。"

小晨放心了，笑着说："我知道。姚阿姨告诉过我。"

"什——么？"姜元善吃惊地瞪着她。

"说你六岁以前就很流氓，偷偷吻过邻居女孩子。"

姜元善很烦躁:"别打岔!我是认真的。"他意识到自己的粗暴,扭头看看小晨,"对不起,我这会儿情绪不好。这些年来我一直强迫自己忘掉这件事,但是不行,它会偶尔在记忆中浮起,像恶魔一样半隐半现地窥视着我。我担心,一旦它在我的意识中完全清晰化,也许……会劈裂我的人格。"

严小晨心中隐隐作痛。像这样向外人谈及内心的煎熬,大概是他人生第一次吧,甚至对父母都没有谈过吧。他对童年只有非常朦胧的记忆,但严小晨——作为事件的次要当事人——完全能用自己的经历来补全它。这是一种让人发疯的内心折磨,姜元善能把这些深埋心底,让大家平时看到一个阳光男孩,真是不容易啊。小晨也很感动,姜元善把这样的内心秘密对自己摊开,说明了自己在他心中的地位。她干脆地说:

"别犯傻,别没事找事折磨自己。一个六七岁孩子能干过啥坏事?即使确实干过,也不能一辈子为它赎罪。何况依我看那是没影的事——你想,林天羽咋能和你六岁的事情有关系?纯粹是瞎想嘛。你是个拿得起放得下的男人,这么黏黏糊糊的,不像你的为人。喂,别败兴了,该干一点儿对得起良辰美景的事情。你非要女孩子主动邀请吗?"

她两眼灼灼地看着姜元善,嘴唇微微努起。姜元善的激情被点燃了。他确实是个拿得起放得下的男人——这么些年来,他就是靠这样的性格走过来的——于是把刚才的片刻阴郁一下子抛开。他笑着把小晨搂到怀里,然后是一个地久天长的深吻,世界静止了,两人的血液在沸腾。过一会儿,严小晨推开姜元善,正视着他的眼睛,直率地说:

"晚上到我帐篷里吧,我等着你。"姜元善似乎有点犹豫,小晨不快地说,"怎么,我的邀请让你为难了?"

"哪里哪里,其实让你先发出邀请,我已经很失礼了,我这个男人已经很跌份儿了。"姜元善笑着,"我是在想,何大叔为咱们准备的用品中不知道有没有避孕药具。"

"用不上。咱俩都26岁了,该要孩子了。咱们可以一怀孕就结婚,同步进行。告诉你,我可是一个母性强烈的女人,工作再紧张也不能不要孩子。"她微笑着,"除非你打算只来个一夜情。"

姜元善严重抗议:"什么话!咱老姜家从来没有这样的操蛋男人。"他嘴角处忽然浮出一波笑意。严小晨怀疑地问:"你笑什么?我看你笑得很鬼祟。"

"说来话长,也有点难为情,想起一个和你有关的梦。你真的想听?"

"当然想听,快说吧。"

姜元善讲述了九年前的那场梦。在梦中他是外星"阿育王使团"里最年轻的成员,坐着隐形飞球离开母星,临走前在新婚妻子身上留下了自己的种子,而那位16岁的外星新娘却酷似严小晨的模样。"所以嘛说来脸红,小晨我对你心存邪念很有年头了,应该是从十六七岁就开始了。"

严小晨笑着,仰起头再吻吻他:"没想到你这么早熟啊。不过谢谢你了,这么早心中就有了我,让我的自尊心很受用。记住晚上我等你。现在咱们也去裸泳吧。"

她利索地脱掉泳衣,纵入水中。姜元善也脱了衣服随她跳下去,大呼小叫地游向众人。等他们游到人群中,徐媛媛敏锐地发现了两人的亢奋,知道有什么事情在两人中间发生了,就在不久前发生了。她游到严小晨身边,带着醋意说:

"小晨看来你赢了。"

"嗯?"

"甭装糊涂。我知道你和小姜好上了,窗户纸就是刚刚捅破的,对不对?别想蒙我啦,你对着水面照照自个的表情吧,满脸爱情的光辉!"她说,"这个结果我早就料到了,虽然有点嫉妒,我还是祝福你们吧。"

严小晨"满脸光辉",抱住媛媛亲了一下。

大伙儿在水里玩疯了,下午四五点才上岸吃午饭。吃饭时人们要穿衣服——毕竟都是相熟的同事,不太习惯在岸上裸体相对——被媛媛、刘涛和林天羽他们坚决制止了,说既然做天体主义者那就做彻底,别做那种半阴半阳的伪君子,大家也就笑着认可。晚上他们坐在沙滩上闲聊,唱歌,清冷的月光抚摸着他们裸露的皮肤。孙可新忽然说:

"我说一句话,你们不许说我败大家的兴头。"

"那你趁早别说。"摆长有说。

"不行，我还是要说。"他指指天上，"咱们玩得这样高兴，'它'会不会正在头顶看着我们？"

徐媛媛斥责他："不许谈工作！何大叔说了，这七天谁也不说工作，一个字都不准提。"

孙可新解释着，"我不是提工作，我是为安全着想。它要是看见咱们都在这里，弄什么激光武器扫一下，中国的全隐形研究队伍不就全军覆没了嘛。"

大家一时静默。姜元善叹息一声："小孙这话虽然晦气，并非不可能。其实，尽管上级对咱们的安保慎之又慎，但在那架隐形飞球的镜头下不敢说真有效用。不过，'它'，"姜指指天上，"如果想这样干恐怕早就得手了，也不在今天看不看见咱们。媛媛说得对，你今天就别煞风景了。"

孙可新认了错，不再提它。

一直到睡觉前，媛媛才发现自己的衣服不见了，她当然能猜到是谁干的，指着林天羽的鼻子一通臭骂，然后押着他去找衣服。林天羽乖乖地走在前头，低着头努力寻找，后边跟着一群起哄者。作案者已经忘了衣服埋在何处，所以很找了一会儿。月色皎洁，照着一群裸体的青年男女，手电筒的光圈在沙地上一闪一闪地跳动。严小晨没有跟着去，因为这一幕熟悉的场景又勾起那段令人痛楚的回忆。她很担心，悄悄观察姜元善，还好，这次他没有任何反应，一直在纵情大笑着，远远地揶揄着林天羽："喂，我的牛郎哥，找到没有？织女妹妹太不给面子了！"

小晨彻底放下心来。

到凌晨四点，这群人困了，钻到各人的帐篷中睡觉。夜深人静，月光如水，几盏驱蚊灯幽幽地亮着，发出轻微的爆裂声。严小晨没有拉上帐篷的拉链，等着姜元善。少顷，一个光身子的黑影掀开帐篷门，钻进来。两人立即拥在一起，激情地吻着，沉浸在肉体的欢娱中。各帐篷之间相隔不远，他们尽管不怕别人知道也不好意思过于放浪，动作尽量轻柔，把喘息声关在喉咙里。凌晨六点左右，他们累了，相拥着入睡。姜元善先睡着，鼻息均匀，睡容安详。严小晨抬起头吻吻他，也钻在他怀里入睡了。她睡意蒙眬地想，经过今天晚上，牛牛哥心中那段噩梦肯定会贴上封条，永远深埋了。

三

严小晨在三岁半时回到老家，中原西南部的姜营，跟外婆生活了三年，直到快七岁时离开。那时她最亲密的玩伴就是牛牛哥，因为"同年同月同日同时同产房"出生这点缘分，在两家大人有意无意的引导下，俩孩子有天然的亲近感。牛牛虽然只比晨晨大几分钟，但很有点当哥、当主人的样子，凡事都让着她，宠着她。牛牛那时又黑又瘦，特别是夏天，因为爱到河里游泳，晒得像个黑炭，连小屁股都是黑的。他五六岁时已经练就一身好水性，狗刨蛙泳潜水都来得。牛牛原来有一个大三岁的姐姐，从小水性也很好，但五六岁时不幸淹死了，牛牛妈为此哭得死去活来。牛牛长大后，爹妈为了安全，坚决不让他独自下河，为这事时不时揍他一顿，尤其是那位尚武的牛牛爹，信奉"不打不成材"的古训，虽然非常娇儿子，揍起他来下手也很重。但牛牛生来性子野，尤其爱下河玩，牛牛爹的笤帚把一直没能管得住他。

这会儿睡在姜元善的身边，严小晨不由想到，一个人的领导才能真是天赋啊，牛牛哥五六岁时就是孩子王，只要他一挥手，大伙儿就像麻雀一样哄地随他飞走。同伴中有一个叫小冬的男孩，年龄比牛牛大一岁，但他心甘情愿地做牛牛的跟屁虫。

晨晨在姜营学到很多乡里娃儿的游戏。那天他们在寨墙脚下玩"翻螺壳"，这种古老的游戏想必现在已经失传了吧，就是从沙滩中捡来蚌壳，分成两瓣，撒到平地上。凡是壳腹向上的，就用食指指肚捺住壳腹的凹处，小心地翻过来，这只蚌壳就算你赢过来了；凡壳背向上的，就在指肚上沾一点唾沫，小心地粘起蚌壳把它带翻身，再继续上边的动作。如果哪回失误，就换对家来做。这天晨晨运气不好，一袋蚌壳很快就输光了，只好嘟着嘴看别人玩。牛牛哥觉察到晨晨的不高兴，便提议：

"咱们到河边去拾蚌壳吧。"

晨晨说："姜伯伯说过不让去河边，去了你要挨打的。"牛牛毫不在乎地挥挥手，于是五个人——小冬和四个女孩——就像麻雀一样跟着他飞去了。

过了漫水桥，河南岸是幽静的柳林。那天格外清静，没有一个闲人。正

与吾同在

是这点情况促成了以后的悲剧。风和日丽，洁白的沙滩平坦而松软，女孩子们高高兴兴地散开去拾蚌壳，牛牛和小冬则熟门熟路地直奔河边，甩了衣服，赤条条跳到河里。"城里娃儿"晨晨毕竟胆子小，抬头喊一声："牛牛哥，姜伯伯不让下河，又要用笤帚把揍你哩，你忘了那天把你屁股都打肿了？"牛牛满不在乎："不让他知道就行了，记住，回家谁也不许说！"

他俩在河里游了蛙泳游狗刨，游了自由泳再换成仰泳，打得水花四溅惊天动地。河的中流有一个小岛，长着齐人高的野草。两人游累了就到岛上歇一会儿。晨晨听见牛牛在喊什么，但距离远，听不清。她用手捂成喇叭大声喊：

"你——说——什么？我——听——不清！"

牛牛也用手捂成喇叭又喊一遍，这回晨晨听清了："岛上——有鸟蛋！一会儿——俺俩——带——回去！"

一个小时后，四个女孩子都拾了一大捧蚌壳，用衣襟兜着，喊两个男孩子上岸。牛牛先游回来，爬上岸，背对这边迅速蹬上裤头，盖住他的黑屁股，那时他多少有点男女之防了。他忽然想起来，朝河中大声喊：

"小冬！鸟蛋忘了，你拿回来！就在岛边！"

小冬应了一声，返身向岛上游。牛牛偏着头，一只脚用力跳着，想弄干耳朵中进的水。这时晨晨她们瞥见水面上小冬忽然消失了，过了一刻，又过了一刻，还是没有露面。小芹担心地说："小冬哥咋还不出来呢？"晨晨喊：

"牛牛哥，小冬潜水里半天了，咋还不出来呢？"

牛牛哥没当回事儿，笑嘻嘻地转身看去，水面上真的没有小冬的身影。就在这时，两只手臂在水面上挥了一下，听见一声呼救，然后手臂消失了，河面又归于安静。晨晨清楚地看见，牛牛哥的脸唰地白了，他唰啦一下扒掉已经穿好的短裤，跳到水里，水花四溅地向那里奔去。

这个场面作为特写镜头一直保留在姜晨晨的童年记忆中，保留在严小晨的青少年记忆中。直至20年后，她仍由衷佩服牛牛当时的果断。对于一个不足七岁的孩子来说，在危急时刻能迅速做出决断，确实不容易啊。牛牛哥先是涉水向那边跑，到深水区后再用自由式游。几个女孩都用手托着衣襟里的蚌壳，紧张地盯着他。虽然紧张，那时还不知道害怕，因为大家都相信，好水性会武术的牛牛，大家心目中的领袖，一定会救出小冬的。牛牛在那一带游了几圈，还下潜了几次，都是两手空空地浮出水面。时间一分一分地过去，有五分钟？还是十分钟？此后，在严小晨从童年到青年的20年内，她曾多次努力回忆，想对此作出准确判断——这个时间段对那位道德犯的定罪极为关键——但一直不能确定。那时她们毕竟太年幼，也太紧张，紧张无疑会影响对时间的判断。

这时牛牛终于捞到了小冬！小冬的脑袋露出水面，倚在牛牛的肩膀上。几个女孩高兴地跳着脚，一迭声地尖叫着。那儿离小岛比较近，牛牛扯着小冬向岛上游，他肯定是累惨了，两个脑袋时浮时沉。他终于坚持到了浅水区，站起身子，用力向岛上拖小冬，他只把小冬的上半个身子拖出水面，自己就一头栽到岸上。两个身影一动不动地躺了很久。

这边几个女孩儿焦急地喊叫，但那边没有一点儿动静。时间一分一分过去，又是五分钟，还是十分钟？终于牛牛哥动了，他支起身，爬向小冬，用力摇他的脑袋，可能也在喊他，但这边听不见他的声音。他摇了很久，小冬仍是一动不动。

这边几个女孩儿开始感到恐惧，喊声变成哭声。后来牛牛不摇了，坐在水里，上身直起来看着这边。这个姿势保持了很久。距离远，晨晨看不清他的表情，但在此后的回忆中，总觉得她分明看到了牛牛哥当时的目光，那里浸透了无助和绝望，但绝望很快变成决绝，不，应该说是残忍果决，因为他此刻肯定已经做出了一个邪恶的决定。

牛牛哥把小冬拉下水，开始往回游。这次他是用侧泳，一只手拉着小冬。这边几个女孩高兴了，喊着："牛牛哥回来了！还拉着小冬哥！"但晨晨的心窍比她们灵光些，已经看出了不祥，因为牛牛哥并没有努力把小冬的脑袋保持在水面上，可以说此刻他不是救生，而是在运送尸体。牛牛游到深水区，手一松，小冬的身体立即被河水吞没。但牛牛没有停留，径直向岸边游来。看得出他实在累惨了，不时沉下去，喝几口水，又挣扎着浮上来。女孩子们个个惊呆了，戳在那里，木雕泥塑一般。晨晨扔了怀里的蚌壳，最先跑过去，站到水里向牛牛伸出手。但她那时还不大会水,不敢往里走,只能焦灼地喊着:"牛牛哥快过来!"眼见牛牛用尽了最后一丝力气,手臂停止划动,无力地沉下去——幸亏双脚已触着河底。于是他直起身,踉踉跄跄向河岸走过来。

几个女伴那当口儿只会傻看,只会哭喊着牛牛哥牛牛哥!牛牛总算够到了晨晨的手,拉着她,歪歪倒倒地爬上河岸,一头栽到沙滩上。这时只听哗的一声,是其他三个女孩同时抛撒了蚌壳,围上去哭喊。牛牛吃力地翻过身,鼻尖、肚皮和小鸡鸡上都沾着沙子,脸色煞白,满是惊惧和茫然。直到这时女孩子们才意识到大祸已经临头,小冬哥死了,救不回来了。她们心目中的领袖同样只是一个小孩,他也被灾难压垮了。小晨第一个反应过来,知道应该向大人求救,她大声哭喊,来人啊,救命啊!三个女伴跟着她放声哭喊。可是附近没有大人。幽静的柳林中和河面上没有一个人。对岸倒是有隐隐约约的人影,但他们显然没听见这边的喊声。夏天的热风飒飒地吹着柳叶,蝉鸣高一声低一声地聒噪着,伴着几个女孩子嘶哑的喊声。她们喊了一会儿,又不约而同地停下来,泪眼模糊地去看小冬消失的地方,盼着他会哈哈大笑地突然跃出水面……

那天几个小女孩一定是患了集体癔症,她们同时号啕大哭,又同时拔腿逃走。只有晨晨没逃,因为小冬哥还在水里,累垮了的牛牛哥还躺在地上,但她束手无策。突然听见后边一声断喝:

"站住!"

是牛牛哥的喊声。三个小女孩停住脚步,回过头。赤身裸体的牛牛艰难地爬起来,努力站稳,把女孩子们喊到他周围。他的面色依然惨白,不过眉头紧蹙,显然已做出了重大决策。他的目光啊……如果以严小晨今天的理解,他当时的目光真称得上残忍果决,绝不像是六岁半的孩子。他严厉地下达着命令,毫无商量余地:

"回去后谁也不许对大人说!说了,我会被俺爹打断腿,你们也脱不了挨打。"

大家一下子愣了,面面相觑。小孩子心中还没有太明确的是非观念,但大家本能地感到,这个决定有点儿……邪恶。她们呆望着首领,不敢答应也不敢拒绝。牛牛狠狠地瞪着她们，坚决地说：

"咱们再怎么挨打，小冬也活不了啦，你们说是不是？你们也都看见，我已经尽力救他了。"他补充一句，"俺爹说过，溺水的人过了六分钟就救不活了。"

是啊，牛牛哥说得对。要是挨顿打能让小冬活过来，那就应该告诉大人，挨打也值得。可是，挨了打小冬也活不了啦。再说，刚才牛牛哥确实很勇敢地救他了，差点被淹死。可她们呢，只会在岸上哭，现在咋有脸去责备牛牛哥呢。牛牛看出大家的动摇，再次重复道：

"都不许说！……等我穿上衣服。"

他去河边穿了衣服，然后大家的目光不约而同盯上另一堆衣服，小冬的衣服。小冬淹死了，又不能告诉大人，这些衣服该咋办？牛牛似乎已经胸有成竹，他抱起那堆衣服往前走了十几步，蹲下，开始在地上挖坑。四个女孩围观着，慢慢明白了他的用意。于是一种羞愧感和负罪感悄悄弥漫开来，似乎将要埋的不是小冬的衣服，而是小冬本人，是小冬的生命。衣服没有埋下去之前，小冬和这个世界还有一点联系；一旦埋下去小冬就真的死了，再也不能复活。牛牛忽然停了手，仰起头，狐疑地看着大家。不知道他当时是怎么想的，但在他作出下面的决定时，无疑暗合了黑社会常用的一项规则：为了保密，让每个人手上都沾上鲜血。他厉声命令道：

"都动手啊，快点！"

20年后回想起这段往事，严小晨并不想为自己辩解，但确确实实，当时她们被牛牛的目光魇住了，被他说的道理镇住了。她们顺从地蹲下，四双小手忙乱地扒沙。沙层很松软，几分钟后小冬的衣服埋藏妥当。牛牛在上面踩了两脚，再次命令道：

"回家吧，谁也不许说。谁说，谁就是叛——徒！"

在他的逼视下，四个人都被迫点了头：谁都不做叛徒。

走前他们不约而同地回头看河面。那儿仍没有任何动静，夺去了小冬生命的河水仍然不紧不慢地流着，无悲无喜。五个人沉默着离开河岸，走过漫水桥，爬上寨门，良心上免不了惴惴不安，行动免不了鬼鬼祟祟，只有牛牛

强作镇静。拐过街角,偏偏迎头碰上小冬妈,一个喜欢所有孩子的胖大婶。她笑嘻嘻地说:

"到哪儿疯跑啦?恁晚才回来。牛牛,一看就知道你又下河了,小心你爹还用笤帚疙瘩揍你的黑屁股。俺家小冬呢?"

大家的心一下子提到嗓子眼,四双惊慌的目光都转向牛牛。牛牛抢先回答:"不知道,小冬和我吵嘴,今天没和俺们一起玩,不信你问她们。"

大家忙不迭地点头。小冬妈奇怪地嘟哝一句:"这娃儿能跑哪?"便撇下他们走了。大伙儿没想到第一关这么容易就闯过去,都松了一口气。临分手时,牛牛又用他带有魔力的目光挨个巡视一番,低沉有力地说:

"谁也不许当叛徒!"

整个晚上晨晨一直心神不宁。外婆以为晨晨生病了,摸摸额头不发烧,但仍安顿她早早睡下。晨晨闭上眼睛,脑海中翻腾着一个场景:小冬的衣服躺在沙坑中,四双小手匆匆忙忙向上堆沙子。比这更可怕的是另一个场景:牛牛哥带着小冬往回游时,"不小心"一松手,让河水把小冬冲走了。不,不是这样的。牛牛是有意松的手,因为晨晨分明看见,他在松手时甚至还顺手送了一把。他肯定是在发现小冬救不活的时候已经决定瞒下这件事,所以他是有意把小冬拉回深水区"毁尸灭迹"。20年中,这两个场面常常从严小晨的记忆中浮出,像钝锯一样在她心中锯割,把死亡、恐惧、负罪感等乱七八糟的东西搅混在一块儿。

夜风送来小冬妈焦急的呼喊:

"小冬,你死哪去啦?小冬,快回来!"

晨晨记不得自己何时才入睡,半夜里突然哭醒了,失声喊道:"小冬死了!小冬淹死了!"外婆忙按住她,嗔道:"不许说霉气话,小冬肯定已经回家了,你听,这会儿他妈已经不喊了。"

她在外婆的安抚下沉沉睡去。第二天她刚刚醒来,牛牛的脑袋就从窗户里探出来,打量着她,上上下下地打量。他判断出晨晨没有当叛徒,便轻轻点点头,悄没声地走了。

严小晨相信,那天早上他一定挨家挨户巡视了一番,为秘密团伙的四名成员打了气。

　　街坊的大人们忙作一团，到处寻找小冬，把五个孩子撇到一边。现在回想起来真是不可思议，五个小屁孩怎么能把这桩骇人的秘密整整保守了一天。主要是怪大人们的懵懂，他们实在想不到会有这个可能啊。他们分头到邻村找，给小冬可能去的亲戚家打电话，全都毫无结果。直到晚上，疑点才重新聚拢到小冬平时的五个玩伴身上。大人们悄声商量着，然后各自领着自家的孩子，聚到晨晨家里。

　　审判开始了。牛牛爷就是济世堂的老姜先儿，村里他文化水平最高，最受乡亲们敬重，先由他来讲道理："娃儿们，你们应该诚实啊，要体谅小冬妈的焦急啊，要对得起自己的良心啊。"牛牛哥半闭着眼睛，胸膛大幅度地起伏着，就是不说话。四个女孩的脸色由红转白，由白转青，把头深深埋到胸前，只是偶尔抬头溜一眼牛牛。看到这样的表情，大人们越来越担心，也越来越把目光聚到牛牛身上。牛牛爷的话没说完，小冬妈就忍不住大哭起来：

　　"娃儿们哪，求求你们了，小冬是死是活给个实话吧，我给你们跪下啦！"

　　她从座上挣下来，真的要跪下，其他几个大人忙拉住她。她的哭声解除了牛牛哥的魇镇，小晨哇地哭出来：

　　"小冬死了，淹死了！他的衣服就埋在河边！"她的懵懂小心眼里意识到这句话对牛牛哥很不利，忙哭着补充，"牛牛哥去救他，已经捞到他又被河水冲走了，牛牛哥差点淹死。"

　　其他三个女孩也陆续哭着坦白。晨晨想起了对牛牛哥的许诺，便用求饶的眼神看着他，牛牛则鄙夷地、恶狠狠地瞪着四个女孩。

　　大人们都惊呆了，屋里一下子变得异常安静，静得瘆人。他们事先已看出这个小团伙的异常，但实在不愿相信五个小屁孩竟然能干出这种缺德事。五家大人都被击垮了，不敢看小冬妈。尤其是刚才还在向孩子们讲道理的牛牛爷，此时恨不得找条地缝钻进去。谁都看得出，在这件缺德事中他的孙子显然是领头的。

　　大人们连夜出动，几只手电前后照着，押着五个小囚犯来到作案现场。

牛牛爹脸色铁青，一手拎着木棍，一手拎着牛牛的衣领。回想起来，当时长辈们的决定也不合情理，他们没有立即着手打捞小冬的遗体，却全力去寻找他的衣服。也许只有亲眼看到他的衣服，他们才真的相信这个噩耗？找衣服花了很长时间，因为平坦的沙滩上没有留下任何标记，但终于找到了，在一圈手电光的照射下，小冬的衣服蜷缩在沙坑里，似乎在无言地控诉。

小冬妈瘫软在沙坑边，昏死过去。

大家焦灼地喊："小冬妈！小冬妈！"喊声中杂着沉重的棒击声。那是牛牛爹在没头没脑地狠揍儿子，头上、背上，逮哪儿打哪儿，那架势就像存心想打死他。牛牛犟着脖子不求饶，牛牛的爷爷和妈妈也咬着牙不去劝解。女孩们被吓得放声大哭，晨晨跑过去抱着牛牛爹的腿，哭得直噎气：

"别打……别打……牛牛哥去救过他呀……"

牛牛爹甩脱她的小手继续打。乡亲们脸色阴沉地旁观着。从内心讲他们巴不得打死这个祸害，但乡里乡亲的，面子上下不去，最后总算有人出头把牛牛爹拉住了。直到20年后，严小晨还清楚记得牛牛哥当时的表情：他站在人堆外，头上汩汩地淌着血，像一只受伤的孤狼，用仇恨的眼光挨个瞪着几个女孩子，瞪着大人，然后决绝地扭身跑了。村人冷淡地目送着他，只有牛牛妈犹豫片刻后追过去。十几分钟后，听到牛牛妈凄厉的哭喊求救声。众人慌了，互相看看，向哭喊声跑去。

几个女孩子被家人带着回家，所以小晨没有看到后来的场景。听说牛牛一直跑过漫水桥，跑到对岸河堤上。那边河岸很陡，砌着护坡石。牛牛妈追上来时，牛牛从河堤顶纵身跳下去。他是想跳水自杀，还是想顺河游水逃走？不知道。可能是夜色中看不准距离，他没能跳到水里，而是把脑袋狠狠撞到护坡石上，摔得鲜血淋漓，当场昏死过去。

大人们赶忙兵分两路，一拨送牛牛去镇医院，一拨设法打捞小冬的尸体。牛牛爹在第二拨。他脸色阴沉，对牛牛的伤情根本不管不问，先安排人在附近打捞小冬，他本人则租一辆货车连夜沿河南下。在三十里之外他下了车，沿河上溯，四处打听。他的决定是对的，在下游十里处找到了小冬的尸体。

等他带着小冬的遗体回来，牛牛已经被抢救过来，但从此彻底失忆。晨晨不久就被父母接走了，走前去医院看过他。牛牛哥靠在病床上，头上裹着绷带，木然看着这个陌生的世界，看着周围陌生的人。他已经根本不记得晨晨是谁了。当时大家还认为这是脑震荡后遗症，以后会恢复的，没人想到牛牛是彻底的失忆，连他的家人都是后来"重新"认识的。小晨至今还记得病房当时的情形。牛牛妈抱着这个"陌生"的儿子长声痛哭，牛牛爷老泪纵横，对孙子只看了一眼就拂袖而去。牛牛爹回来后，开始时沉着脸，仍然对牛牛的一切不管不问，但那个目光空白的牛牛实在太可怜了，牛牛爹最终撑不住，无声地垂着泪，把儿子揽到怀里。

小晨大哭着离开医院，离开姜营，从此再没回去过。小晨只是从父母偶尔的交谈中知道一些老家的情况。她知道牛牛爹妈为了让儿子躲开这个环境，很快带牛牛离开老家，在附近一个城市里开私立诊所。牛牛爷则留在村里"赎罪"。这位济世堂的老姜先儿曾是全村人最敬重的长辈，但自那之后他在乡亲们面前再也抬不起头来。姜爷爷死得很早，乡亲们都说他是"愧"死的。严小晨绝对相信这种说法。想想吧，一位惯于被人敬重的长辈，突然陷进深深的负罪感中，陷在鄙夷的至少是怜悯的目光之网中，那个晚年该是什么滋味。

严小晨的爸妈尽一切努力让女儿忘记那段经历，但小晨忘不了，尤其忘不了那个令人屈辱的场景：四个女孩在牛牛哥的逼迫下慌乱地扒沙埋衣服，就像是在合谋杀人。村民们谴责牛牛的邪恶，但至少在充当同谋的那个时刻，四个女孩并不比牛牛高尚啊。而且——也许牛牛哥确实杀了人？！因为在他把"救不活"的小冬重新扔到水中时，小冬也有可能只是假死。医学书上说溺水后的黄金救援时间是四到六分钟，超过这个时间大脑就会死亡，无法挽救。小冬溺水时间应该超过这个时间了。但她也见过一些报道，说溺死30分钟后还有救活的，甚至有报道说台湾彰化某人溺死八小时后复活，把法医吓傻了。这么说来，小冬真的可能是牛牛哥害死的？至于严小晨看到的那个场景——牛牛在对小冬松手时还顺手送了一把，她从未对任何人说过，包括父母和外婆。这个场景太可怕，别说把它说出来，只要一想到它，严小晨就会觉得心脏一下子就被冻透了，冻裂了，发出咔咔嚓嚓的碎裂声。乡亲们已经把牛牛看成祸害,看成灾星,如果他们再知道此中的详情?

她把这个秘密深深埋在心中,当然更不会告诉小冬家,这让她一辈子背上了良心债,似乎成了牛牛的同谋。

但她同样忘不了另外一个完全相反的场景:牛牛一发现小冬落水,就水花四溅地跑过去营救,几乎搭上自己的性命。那是一个高尚的身影,他那时的高尚和此后的邪恶怎么能共处一个身体内呢?所以她对牛牛的情感一直很矛盾,既有温馨和怜悯,也有排斥和敌意。但不管是温馨还是排斥,自从在军事夏令营里与牛牛哥重逢之后,她一直把他罩在自己的关注中。

也许是关注转化成了爱情,更有可能是冥冥中的缘分。九年的时间过去了,现在她躺在这个男人的怀里。

这就是命吧。也许当两人在同一个产房里降生时,就被命运拴在一起了。既然这样,那她就永远伴着他,守护他,也许……在某个关头去拯救他。就如基督徒李德全婚前对冯玉祥说过的话:

"是上帝派我来守护你不做坏事。"

她思绪翻滚,把恋人搂得更紧。元善睡得很熟,但似乎睡得不大安稳。他的额部发热,肌肉不时有轻微的战栗,嘴唇微微翕动着,似乎在喃喃着什么。严小晨有点担心:他是不是感冒了?发烧了?摸摸他的额头没发现异常,就搂着他重新睡下。此后,等她与姜元善共同生活一段后,她才知道牛牛哥那个样子是在做梦。他经常做怪梦,而那些迹象只是他做怪梦的外在征象。

四

在帐篷的上空,那个隐形飞球擦着树梢悄悄飞来,找到了它要找的目标,然后悄无声息地悬浮在那里,它是冲着姜元善来的。这十几年来,它在全世界一共精选了七个"样本"进行长期监控,包括中国的姜元善,印度的庞卡什·班纳吉,俄罗斯的谢米尼兹,美国的丹尼·赫斯多姆,日本的小野一郎,以色列的大卫·加米斯,澳大利亚的威廉·布德里斯。这七个年轻人都是物理工程大赛的金奖得主,是人类中少有的天才。年轻天才的脑波强度比普通人要强劲,容易远距离接收和解读。而且这几位眼下都在研制它最关心的隐形飞球，只有布德里斯除外，不过他正在干的勾当同样值得关注。定期对七个样本的脑电波接收和解读，它就能随时掌握各国对隐形飞球的研制进度了。

这会儿它接收到大量脑波，有姜元善的，还有一个女人的。女人的脑波也相当强，这不奇怪，因为她同样是一个年轻的高智商个体。此刻这对男女非常亢奋，脑波中绝大部分是垃圾信息，是用来控制男女之间那套可笑动作的固有程式。今天这儿是高智商个体的汇聚之地，附近几个帐篷中也发射着强脑波，形成了很强的噪音背景，严重干扰了对姜元善脑活动的解读。它耐心等着。那一对儿终于癫狂过了，平静了。周围几个人也睡熟了。他们的脑波变得舒缓和规律。于是它得以把两人的脑波分离，从姜元善的脑波中解读到了它想知道的有关情报：中国的全隐形技术已经取得阶段性成果，但还未实现真正突破。

情报到手了，但它没有急着走，而是向姜元善发送了主动波束，以探查他的思维深处，这算是一项业余爱好吧。在十几年的接触中，它发现姜元善大脑中有一个"黑洞"，那是一个封闭的思维包，很可能是他六岁半之前的记忆，因为他的人生记忆在六岁半时齐齐斩断了。以它的感觉，这个黑洞应该是姜元善主动关闭的，关闭得非常严密。它已经试了多次但一直没能打开。也许连关闭者本人也打不开了。

这次它又试了很久。月在中天，银光皎洁。此刻飞球处在全隐形状态，月光以层流状态平滑地绕过球体，就如水流平滑地绕过一个绝对光滑的石头。群山环抱的这个水潭非常宁静，明月安静地卧在潭底。时间悄悄流逝着，直到黎明降临。这次它的探查仍然没有成功，那就等下次吧。于是它关闭了主动波束，启动飞球的推进系统，悄无声息地爬高，离开这里。

五

姜元善醒了，是在梦中醒来，并在梦中判定自己又做梦了。这些年他常做怪梦，在梦中他会扮演自上而下的观察者，自云眼中向下俯瞰。梦中他总是被赋予一双慧眼，能同时在宇观、宏观和微观尺度来观察世界，能沿着时间轴线自由跨越。今天他坐在一架银色飞球中，他看到——

与吾同在

这是三万年前，一个小小的族群沿着今天的云贵高原西侧缓慢地向北跋涉。他们逐水草而居，并没有确定的行进目的，在俯瞰者浓缩了时间的目光里，他们的迁徙轨迹只是类似青虫那样无意识的蠕动。这一带自然条件恶劣，所以他们活得极为艰难。这个族群时而前行，时而停下；时而扩大，时而缩小，最艰难时整个族群几乎彻底灭绝。不过他们总算坚持下来，走出这片穷山恶水。在一万多年前，他们闯入河套地区，这是上天赐予他们的肥美之地。此后这个族群急剧扩大，形成后来被称为"先羌"的族群。

姜元善的梦中慧眼能透视这个族群的基因之河。他们在 M122 基因位点及分支 M134 基因位点上都带有相同的突变，这两个基因突变是汉藏两族的共同特点，也就是说先羌族群是汉藏语族的祖先。后来汉藏分流，一个亚群在 M134 的基础上又发生了 M117 突变。他们带着这个突变向东行走，到渭河流域停留下来，发明了农耕技术。他们很快扩散到黄河流域，形成华夏民族的核心。

这就是历史的宿命。这一小群人由于上天垂赐，偶然闯入黄河流域的宽广平原及后来开发的长江流域，土地之广袤足以滋养一个庞大的农耕民族，从此确定了他们在世界民族之林中的牢固地位。但农耕生活注定会磨蚀先民的野性和强悍，所以数千年来，文弱的华夏民族多半处于北方游牧民族的威胁之下，愈到近代愈甚；然而，由于这个农耕文明的浩瀚博大，外来民族到头来总会被其淹没。所以这片土地上一直上演着这样的轮回：游牧民族的武力在几十年内征服了农耕民族，而农耕文明反过来在一二百年内同化了游牧民族，同化的结果是形成一个更大的混血的汉民族，然后是又一轮征服和同化。

"戎狄之国"秦国灭亡华夏六国就是较早的一轮征服与同化；再往前追溯，游牧的黄帝族吞并农耕的炎帝族并接受了后者的先进文化，应该是更早一个轮回吧。蚩尤率领的九黎族也属炎帝族，两者都以牛为图腾，这是农耕民族的印记。当炎帝族大都已经臣服于黄帝时，蚩尤率族人抵抗到了最后。那么，悲壮惨烈的涿鹿之战就应是这轮征服的压轴戏吧。它是一场惊天地泣鬼神的大戏，纵然时光已经让它漫漶不清，但它仍深深铭刻在华夏民族的种族记忆中……

姜元善在隐形飞球中俯瞰着这场战争。战争双方不是黑猩猩，而是与它们血缘最近的人类。战场不是在东非大裂谷的密林，而是在华夏之地的腹心；梦境隔着神话的雾霭，变形了扭曲了，但故事的主干是真实的。

战争一方是炎黄联军，由黄帝指挥，大将风后和力牧为辅，乘着战车，手执弓矢和石制梭镖。应龙在天空翱翔，作为联军的前驱；战争另一方是九黎族的首领蚩尤，有九九八十一个弟兄，个个铜头铁额，人身牛蹄，四目六手，手中拿着炎黄联军所没有的在当时最先进的"五兵之器"。风伯雨师为他们兴风施雨，喷烟吐雾。黄帝战不过强大的九黎族军队，九战九败，只好撤退到泰山暂作喘息。幸运的是他在这儿遇到了九天玄女，玄女是人首鸟身的神仙，深知天地之机，授给黄帝兵信神符。黄帝重整旗鼓，先杀死了流波山的夔兽，用它的皮做成震天鼓；再杀死雷泽的雷兽，用它的骨做成鼓槌。又召黄帝的女儿旱女魃助战，旱女魃具有神力，能够收云息雨，制服风伯雨师的妖法。于是黄帝重新与蚩尤开战。

决战在涿鹿之野进行，那是一场怎样的血战啊，雷兽骨槌敲击着夔皮鼓，震得山摇地动。应龙在天上嘎嘎怪叫着，俯冲下来杀死一个个九黎族的兵士。女魃与风伯雨师斗法，搅得天昏地暗。黄帝指挥着虎豹熊黑等各种图腾的部落把敌人重重包围，顽强的蚩尤族拼死搏杀，杀光了一拨进攻者，又是一拨进攻者，鲜血浸透了涿鹿的土地……

最后，炎黄联军终于擒杀了蚩尤。黄帝怕他的精灵作怪，把他的尸体和脑袋分别扔到不同的山上。一面带血的枷锁被遗弃到荒山，化为漫山的枫林，殷红的枫叶上浸透了蚩尤的血浆……

黄帝尊敬这位英勇的敌人，同时也为了收服其余部，便尊蚩尤为战神，画了蚩尤的影像到处悬挂。后来蚩尤部落陆续归附，蚩尤族的大部分血脉融合到华夏民族的血脉之河中。所以，"炎黄子孙"实际应为"炎黄蚩子孙"，这一点直到五千年后才为他们的后人所领悟。

炎黄蚩的血脉也延续到姜元善的血脉中。

姜姓，应该是中国最古老的姓氏吧。史书说："炎帝姜姓，以姜水成；黄帝姬姓，以姬水成。"又说："蚩尤姜姓，为炎帝后裔。"其实姜姓还可上溯到更早的先羌，古时"姜""羌"通用，均从"羊"字，可见先羌是一个牧羊的或以羊为图腾的部族。十分古老的汉字顽强地保留着先民时代的信息。

姜元善累了，是肉体和心灵的双重疲累。他想在梦中关闭梦境，真正入睡。但是不行，有一个目标在冥冥中召唤着他，九年来始终如此。他的梦境实际一直围绕着这个看不见的中心。月在中天，月光以层流状态平滑地绕过银球的球体，就如水流平滑地绕过一个绝对光滑的石头，随即恢复成原状态，所以下游的观察者无法从水流的状态反溯到石头的存在，这正是飞球隐形的原理。现在，在梦境中他有幸坐在隐形飞球之中，又幸运地被赋予一双洞察幽微的慧眼，为什么不乘机探索隐形飞球的技术秘密呢？

于是，他开始了艰难的梦中思索，即使在梦境中他的思维也是理性的，是清晰的。

他想起少年时的一次感悟，那时他第一次知道了光的折射定律：从 A 点出发的光线，在两种介质的界面处会发生折射，最后到达 B 点。两点之间的折射路径当然比直线路径要远，但光线在不同介质中有不同的速度，而光线所走的那条比直线远的折射路径，在总耗时上却是最少的。就像光线在出发前就预知了它将经过的介质，并进行了精确的数学运算，从而预选了一条耗时最少的最佳路线！当然，光线没有意识，不懂数学，更不会预知，它只是严格遵循一条自然定律，即最小作用量定律。这条定律与自然界的各种守恒定律从本质上说是一致的。它无处不在，无时不在，约束着万物的运行。具体到光的领域，它会强制光在行进中一定走耗时最少的路线。

少年时的姜元善被这个现象深深震撼了，震撼于大自然中天然存在的精巧秩序。就是从那天起，他成了科学的虔诚信徒。这会儿姜元善隐隐觉得，也许破解全隐形技术的钥匙就在"最小作用量定律"这儿。

他用梦中慧眼透过球壁，仔细观察光线流过飞球的状态。飞球以超材料造成一个虚拟的球状畸变空间，它约束着从 A 点射来的光线不再直行，而是沿外球壁"光滑"地绕过去，所有绕行光线在飞球之后的 B 点会合，恢复直行状态，这就是全隐形技术的原理。不过，所谓畸变空间只是虚拟的，介质没有变，仍是均匀的空气介质。

现在做一个假设，假设隐形球中央有一个贯通的小孔，它没有受超材料的影响，是一束平直空间。光线以直行状态穿过小孔，同样在 B 点与绕行光线会合。按照最小作用量定律，两种光线都必定会选择耗时最少的路径。但由于两束光线在同一均匀的介质内行进，所以耗用时间应该是相等的。也就是说，从 A 点同时出发的直行光线和绕行光线会同时抵达 B 点。

现在一个明显的矛盾显现了：既然绕行路径比直行路径远，两者又是同时抵达，那只能得出一个结论：光线绕行时的速度高于光速。这显然是不可能的……且慢，为什么不可能？自然界广泛存在的切氏辐射，就是因为超光速现象而形成的！

科学家早已知道，γ 射线光子在穿过大气上层时，会把自己的能量转变成物质，产生粒子和反粒子的簇射。这些带电粒子在产生的瞬间其运动速度等于真空光速，因此比空气中的光速快。这种相对空气介质的"超光速"粒子进入地球的电磁场，会形成类似于超音速飞机音爆的闪光，这就是所谓"切仑可夫辐射"。这种闪光很容易在地面上探测到，长期以来被用以测量从宇宙空间到达地球的 γ 辐射流。

全隐形飞球并不像 γ 光子那样激发带电粒子，但不管怎样，它也会产生"超光速"现象，由此产生的次波叠加，应该也会产生类似的闪光并可以观察到。在弱光或漫射光状态下这种切氏闪光很弱，不容易观察到。但隐形飞球若处在直射阳光下，或处在人为的强光束下，所产生的闪光应该足够强，并且能观察到吧。他想到此前的多次隐形试验中，当探照灯束或激光束罩到隐形飞球上时总是能观察到一圈微弱闪光，闪光构成球形包络面。当时他们认为，这是因为自己的隐形技术不过关所致，但何所长提出也许这正是隐形技术的罩门。现在看来，何所长的眼光高人一筹。

一波强烈的喜悦震颤着梦中的他。这不光是功利性质的喜悦，还有思维本身的喜悦。这种理性喜悦就像男女交合的快感一样，成了他的本能。他在梦中笑出声来。正伏在他怀里安睡的严小晨被惊醒了，见姜元善已经坐起来并大喊着：

"起来，小晨起来！大家都起床！我有了突破！"

等严小晨睡眼惺忪地起身，姜元善已经蹿到帐篷外，大声催促伙伴们起床。小晨来不及穿衣服，扯过毛巾被裹住身体，追到帐篷外。伙伴们也都睡眼惺忪地出来了。好笑的是，这些"彻底的天体主义者"昨天一整天都是裸体，反倒在晚间独睡时全都穿上了小衣内裤。人群中只有姜元善赤着身体，严小晨赤身裹着一条毛巾，这让严小晨多少有点窘迫——明眼人一看就知道昨晚两人是睡在一块儿的。亢奋中的姜元善没有注意到这个差别，仍坦然地将大家往一块儿拢，开始讲他昨晚梦中的突破。伙伴们听得很专心，同样没注意到这点差别，至少没在表情上露出来。

严小晨也就莞尔一笑，把这点窘迫扔到脑后。

大家认真讨论了姜元善的想法，觉得是可行的，值得做深入的研究。最后姜元善征求伙伴们的意见："如果大家都认为这个想法可行，咱们是不是中断休假，尽快就这个想法做下去？"大家都没意见。

姜元善用报话机要通了警卫，再要通了何所长。为免泄密，他在通话中只说："有一个新想法，想中断休假回家。"老何当然听得懂他的意思，他甚至隔着电话都感觉到了这边的喜悦，便痛快地答复：

"好吧。我通知警卫，今天就送你们回来。"又笑着说，"这次休假不算数，下次给你们补假，还是七天，还在老地方。"

"那敢情好，我们是吃小亏占大便宜了。"他对伙伴说，"快吃饭，吃完饭抓紧时间还能再游半个小时。到那会儿车就来了，咱们开路开路的有！"直到这时他才发现了自己与众人的区别，笑道，"咦，好像就我一个把天体主义坚持到了最后？严小晨只能算半个，剩下的全是些伪君子，都是些为善不终的家伙！"

伙伴们大笑着散去，胡乱吃了点东西，跳到小湖里嬉戏。

第四章　外星上帝

一

这是中原某地野战训练场的地下指挥大厅。厅内灯光明亮，巨型指挥屏幕上打出"天眼系统第一次实战验证"的字眼。"天眼系统"是依据姜元善七年前确定的"切氏闪光"现象而研制的，机理很简单，是用一束细激光快速扫描天空，就像电子管电视机中的电子枪扫描屏幕一样。激光可以在一秒内扫描 50 千米乘 50 千米的区域，如果扫到了隐形飞球，就会因超光速现象产生切氏闪光，被地面观察到。这时，强激光束将在几毫秒内射出，射到细激光束定位的地方，把隐形飞球烧毁。经过七年来夜以继日的开发，这个系统已经成熟，准备在今天进行实战验证。如果顺利通过，之后就可以定型并批量投产。

军委副主席何世杰陪着前任国家主席走出电梯，后边跟着两人的秘书小苏和小于。前主席已经 74 岁，满头银发，满面的银色长须更为打眼，但依旧精神矍铄。电梯门外，姜小组的全班人马列队迎接。他们一色戎装，肩上都顶着大校的四颗星，只有姜元善是一颗金豆，他现在是少将衔的新武器研究所所长了。

前主席首先与前排的姜元善和严小晨握手。严小晨是姜小组的现任组长，她的身孕已经非常明显，所以今天唯有她穿着便装。主席笑着说：

"头次咱们见面，你俩还都是小豆苗，现在已经长成大树了。"

"主席你留了这把大胡子，我都快认不出你了。主席你真应了那句话：鹤发童颜。"小晨说。

"谢谢你的夸奖。知道我留胡子的原因吗？因为退休之后有时间梳理胡子了。"主席笑着说。不过他没有说实话，实际他特意蓄这把大胡子是为了在社会上行走时尽量不被群众认出来，否则太不自由了。"记得你们结婚时我在国外访问，没能参加，很遗憾。"

"我们收到了你送的礼物，还一直没面谢呢，谢谢主席。"姜元善说。

"按我的记忆，你俩都是三十二三吧？记得你俩是同年同月同日同时同地生。"

"主席好记性。我俩刚刚过了33岁生日。我们小组的成员全都是晚婚模范。"

"看着你们，才知道我是真的老了。"

严小晨抿着嘴笑道："主席永远不老。主席肯定能活120岁。"

"咋能不老呢，看我这满头白发和满把的银须！不过我还是要谢谢你的吉言，我得争取多活几年，看着你俩的孩子长大，看着小家伙也拿到那个物理工程大赛的金奖。"他在手上用了力，"更要谢谢你们这16年的卓绝努力，祝你们今天试验成功。那样我就能睡安生觉了。"

他顺着列队往前走，下面是林天羽和徐媛媛夫妇。主席笑着问："牛郎哥到底把织女妹妹追到手了？虽然我听说，织女妹妹对你的追求方法颇有非议。"

众人想起七年前林天羽在沙滩上埋媛媛的衣服、被媛媛臭骂的情形，都开怀大笑。林天羽也笑，多少有点窘迫，徐媛媛转脸向何世杰嗔道：

"所长大叔，这种事情也向国家主席汇报吗？"

何世杰笑着没吭声，主席说："你说错了，他没向国家主席汇报。"他用重音念出那四个字，稍顿一下抖出包袱，"是在我退休后，老友聊天时聊到的。"

"哼，反正是他说的。何大叔，我记着这笔账。"

主席继续往前走，前边是张如弓和庄敏夫妇。主席先和庄敏握手："在'十一名圣斗士'中，女斗士也不少啊。"

张如弓说："主席我给你说一句悄悄话：我已经后悔在姜小组里找妻子了。"

"为什么？"

"姜小组——现在叫严小组——里面的女性尽是女斗士,太强势了,包括在工作中,也包括家里。"

"是吗?小庄你说说。"

庄敏温婉地笑着:"主席别听他胡说八道,我在家是最典型的贤妻良母型。至于工作中嘛,那就各看各的本事了。"

"你说得对,工作中看各人的本事,至于你们家里的官司我就不评判啦。"他笑着继续往前走,同其他几位都见了面,然后说,"不耽误你们,开始工作吧,我想和世杰主席到地面上观察。"

姜元善他们都没动,询问地看着何副主席,因为有件事还在等他宣布。这些年来,虽然那架隐形飞球再没有现身,但他们觉得它时刻就在头顶悬着,尤其是在重大试验时。现在,既然已经有了打下它的能力,如果这次试验中发现了它,打还是不打?这事关系重大——一旦把飞球击落,说不定也同时敲响了世界大战的战鼓——必须由国家最高层来决定。何世杰郑重地说:

"关于那个问题,我现在宣布军委的决定:如果试验中发现'那个'隐形飞球,可以开火。"

也就是说,上层已经做好了"不惜一战"的准备。姜元善点点头,率众人回到各自岗位。何世杰对前主席介绍实验背景,虽然后者一直关注着这项研究,但他毕竟已经退休,有些细节和最新发展不一定清楚。何世杰说:

"严小组开发的天眼系统已经做过室内测试,从今天开始要进行系列化的实战测试,要包括夜晚、雨雪天、强日照、雷电等各种自然条件。它的原理我想你很清楚,不用我介绍了吧。"

"对,原理我知道。"

"如果实战测试也通过,可以说对隐形飞球的防御问题已经解决。下一步是以攻为守,继续研制可以实战的隐形飞球。"

"我知道飞球的隐形技术已经成熟,驱动系统也早就取得突破,只是喷焰的隐形难以解决。"

"对。驱动和隐形仍然不能相容,等离子喷焰会破坏红外波段和可见光波段的隐形。对这个问题我们已经有了理论突破,不过要转化为技术突破仍需时日。所以这次试验中仍不采用飞球自主驱动,而采用非金属材质的滑翔机吊运投放。"

今天的试验姜元善亲任指挥长,这会儿他下令开启天眼系统。这次试验采用盲试法,隐形飞球将在72小时内投放到试验区域,但究竟何时投放这边并不知道。所以在这72小时内,他们必须时刻睁大眼睛等待。

何世杰陪着前主席经电梯来到地面。这是一个无月之夜,野战训练场又实行了严格的灯光管制,星光之下似乎是蛮荒之地。周围群山的轮廓隐约可见,众山环抱中的训练场没有一个人影,没有一点灯光和一丝声音。野战训练场的所在地是一片古战场,在一片类似史前时代的死寂中弥漫着浓重的杀气。

试验中安排有地面观察哨,但他们隐蔽得很好,不知道藏在哪里。何世杰和前主席身后站着两个秘书和四名警卫,他们一动不动,隐没在夜色中。何世杰领主席在露天观察位坐定,继续介绍天眼系统的情况。在周围的死寂中,他也下意识地把声音压得很低。他说天眼系统虽然已经基本成熟,但也有先天性的缺陷:它比较"近视",所以要覆盖全国至少需要四千台装置。这么算来,其制造费用肯定是个天文数字;再者,它只能探测全隐形物体,如果是普通物体反而看不到。当然这个缺点可用现有的各类雷达来弥补。主席问:

"其他国家的进度如何?"

"据可靠情报,美国、印度和俄罗斯与我们大致相当,其中美国因为启动较早,比我们要快一些,听说已经开始实战部署了。另外几个国家,像日本、欧盟、以色列、伊朗要落后一些,但比我们也就差两三年。特别是伊朗,以该国的技术水平应该远远落后的,但据老庞的情报,他们干得也不错。加拿大和澳大利亚刚刚开始启动研制。其他国家看来没有研制的打算。"

浓重的夜色中,他们都看不清对方的面容,但主席敏锐地感觉到,今晚何世杰的情绪似乎比较低沉。虽然萤尤工程可以说已经取得重大突破,实现了当时定的第一个目标,但他并没有显出胜利的喜悦。主席说:

"世杰你有心事。"

"是。"何世杰在黑暗中点头。

"我猜一猜吧,是因为'始作俑者'始终没有露面?"

"嗯。主席,这不正常,很不正常!16年前咱们第一次撞见隐形飞球,那时不知道飞球的主人情有可原。16年后,咱们的情报机构已经做出最大努力,仍然不知道始作俑者,而且据我的印象,世界各国也都蒙在鼓里。这就太奇怪了!毕竟任何技术的发展都有踪迹和规律可循,没有哪个国家能把这么大一个工程瞒得滴水不漏!据咱们的情报,美国、欧盟、俄罗斯、日本等等国也都像咱们一样,迫切想知道'那个'魔鬼到底是谁。有不少国家曾把目光对准中国,现在他们不这样想了。"

"小姜他们怎么想?"

"这正是今天我想告诉你的——他们已经在认真考虑另外一种可能了,虽然很荒诞。但是——排除了所有不荒诞的可能性之后,不得不认真考虑这个比较荒诞的可能了。"

主席沉默片刻。"你说可能是——外星人?"

何世杰在黑暗中直视着主席,声音凝重地重复了主席的话:"对,那个飞球可能是外星人的。"

两人在对视中沉默。他们非常清楚这句话的分量——当这句话从一向循规蹈矩的中国人特别是从身居高位的中国人口中说出时,它的可能性已经相当大了,基本可以说是铁板钉钉了。那么,如果16年前第一次发现的隐形飞球真是外星人的,它们行踪诡秘,一直躲在暗处鬼鬼祟祟地观察人类,它们的技术不知道比地球先进多少世纪,它们潜入地球并非善意……那么,人类就危险了。

太危险了。

如此密集的侦察意味着战争已经不远,那将是一场地球上从未有过的星际物种之间的战争,其残酷性远非人类的内战可比。人类可能被集体灭族,永远从地球上消失,从宇宙中消失,就像尼安德特人或恐龙从地球上消失一样。

何世杰说:"主席,我记得第一次专业会议你是临时决定参加的,会上还说了一些离题较远的话，像外星人存在的可能性啦，外星人的天性是善是恶啦。当时我，还有杨总长，都不大理解。看来你最先看到了这种可能。"

前主席点点头："没错，我的确在16年前就看到了这种可能。那次我临时决定与会就是想尽早把这种可能摆出来。如果那架飞球真是外星人的，那么星际战争的爆发可能是以天来计算的。"

"你是凭什么做出这样的判断的？"

"多半是直觉罢了，理由并不充分。其实理由就是你刚才说过的：这种技术的出现过于超前过于突兀，有点儿违背常识。这么重大的突破如果是在人类中间实现的，竟然没有一丝预兆，没有泄露一点儿中间过程的痕迹，这不大可能。"

"不过你当时没有坚持。"

前主席叹道："我试了一下，发现依大家的思维惰性，我不可能独力扭转过来。地球生命已经封闭地生活了几亿年，现在突然有人说外星侵略军已经来到门前？何况我本人也并不坚定，它只是几个可能中的一个而已。后来我不再提这个话头了，我的想法是：与其把时间浪费在争论谁是飞球主人上，不如尽快定出反制措施。因为，不管敌人是外星人抑或不是，这些措施都同样得做。"

何世杰叹息一声："惭愧啊，我料事比你整整晚了16年。"

"哪里话，我说过，当时我也只是一种朦胧的感觉。"

"主席，你别看小姜小严他们几个刚才笑语盈盈，其实这几年来，他们的心事越来越沉重。他们已经在我面前叽咕几次了，催我把这个可能摆到中央军委的桌面上，因为如果它是真的，那我们对战争的准备就应该与今天有所不同。这中间最迫切的是小姜。我觉得，他的前瞻性比我要强。"

主席在黑暗中微微点头。

"而且他对另一个问题——外星人的人性是善是恶——也有非常坚定的看法，从来没有动摇过，那就是人性本恶。严小晨的观点比她丈夫温和一些。她的观点是：外星人善恶均有可能，但不管是恶是善，我们必须按最坏的情况做准备。"

"也就是说，外星人的侵略战争很有可能迫在眉睫，整个人类应该立即联手，开始相应的准备。"

"对。我一直很犹豫，毕竟这个假设太过离奇，而且只是推理的结果，没有什么可拿到桌面上的实证。"他苦笑着，"我还有点私心，怕被别人看成精神病患者。"

"世杰，老实说吧，这件事——'始作俑者'始终没浮出水面这件事，也一直梗在我心里，让我睡觉时背不贴席。我想，"他考虑一会儿说，"是时候了，你还是把这种可能摆上桌面吧，万一咱们不幸而言中，那留给人类的时间已经不多了。得赶紧同心协力对付外星人，各国之间不能再互相提防互相猜忌了。"

"是啊。可是我又害怕另一种前景，比如隐形飞球的真正主人并非外星人而是美国，现在咱们找上门去，把咱们的善良心愿和盘托出，那不是去送死！"

两人在黑暗中相对苦笑。16年前，在有关隐形飞球的第一次军委扩大会上，陈老说过一句话：国与国之间斗心眼玩诡计那都是九段级别的，没有哪些国家之间能够推心置腹坦诚相见。自古至今概莫能外，因为今天的人类世界从本质上说仍遵循丛林法则，这句话一点儿不错。如果何世杰最后说的这种可能真的实现，那将误国误民，决策者本人也会被当作颟顸无能的典型被钉死在历史的耻辱柱上。主席叹息道：

"你的担心不是没有可能，但两害相权取其轻。还是下决断吧。"

他说得很平淡，但何世杰觉得他的话外之意重如千钧。主席的意思是：下决断吧，即使上了美国或其他国家的当，输的最多是一场战争，中华民族还有翻把的机会；但如果贻误了对外星人的战争准备，那输的将是人类的生存。主席补充道：

"我提个建议，召开一次G20首脑会议，把问题公开摊到桌面上，行使集体安全。这样，即使'始作俑者'确实是人类中某个国家，他想捣鬼也会更困难一些。咱们应该看到有利条件，毕竟有七八个国家已经有了防御隐形飞球的初步能力，如果联合起来，对那个'始作俑者'国家肯定是一个有力的反制。可以说，已经取得的技术进步已经打下了20个国家坐在一起的基础。"

"好的。老领导，你帮我下了最后的决心。"何世杰下了决心，轻松多了。主席放眼望望无边的黑暗，不解地问：

"现在天眼系统应该早就开启了，怎么还是一片漆黑，看不到那束探测激光啊？"

"是这样的。那束激光虽然很强，但光束很细，又以非常快的速度逐行扫描这片空域，相当于把一束光线稀释到这一大片空域中，所以用肉眼是看不到的。"

"噢，是这样啊，我说外行话了。"

"隔行如隔山，实际上你对隐形技术已经相当内行啦。"

前主席笑着："我有自知之明，你不用照顾我的面子。"

谈话中断了一会儿，两人都看着深不可测的夜空。停一会儿何世杰说："主席，难得有今天的谈话机会，我把心中的难题全倒给你吧。"

"还有什么难题？尽管讲，咱俩一块儿商量。"

"如果隐形飞球的主人真是外星人，如果我们真的面临一场对外星人的战争，那么，中国和世界的政治机构恐怕都得来一个大变革。像我们这样的老朽应该退位了——我们只有与人类敌人作战的经验，哪里懂得与外星人作战？我想最好把年轻人尽快推到决策位置上，年轻人可塑性强，头脑灵活，能更快适应这种人类史上从没出现过的新型战争。"

前主席的反应很敏锐，知道何世杰的这番话指向什么重点："比如——姜元善？"

"是的。他确实是个好苗子。视野广，思路清晰，智商高，专业精湛。不论是搞专业研究还是当领导，都已经有了足够的历练。品德也好，甚至可以说他有道德洁癖，有很强的历史使命感和民族使命感。更重要的是，对'外星人侵'这种可能，他是最早最有力的鼓吹者，还私下里提前做了不少工作，有足够的心理准备。我有个印象——可能他在做这样的准备：当局势突变而老家伙们应变不力时，他就要挺身而出。"

主席在黑暗中绽出一波笑纹："是吗？这个年轻人够狂的。"

"我给出这样高的评价,是不是我对他过于偏爱?但我是尽量客观地给出评价,他确实优点很多而没有明显的缺点。"他顿了一会儿,"只是……"

两人都不说话了,凝视着沉沉的夜色。过一会儿主席说:

"前几天去四川,我去探望了陈老。我知道你和陈老很熟,对吧。"

"当然。从我进入军工界,他就是我技术上的领路人,行政上的领导,道德上的楷模。人品高洁,是知识分子的典型,我很敬重他。他今年应该是八十九岁吧。"

"对,已经过了八十八周岁,我去探望时,他的家人刚为他祝过米寿。"

"听说他得了老年痴呆症,是严重的脑萎缩引起的。我早就说去探望他,但他在四川宜宾老家养老,离北京太远,我一直没抽出机会。他的病情怎样?"

主席摇摇头:"不好。不仅智力退化,性格也全变了。你肯定了解他的为人,他这辈子什么时候惦记过金钱的事?可现在他念念不忘的就是钱。别的事全都记不住了,只记得每月发工资时让孙子领出现金,藏到他床头的一个小铁箱里。他儿子儿媳已经过世,孙子孙媳很孝顺,伺候床前端屎倒尿的。但他总怀疑孙辈偷他的钱,防他们甚于防贼,甚至对他们破口大骂。这次我去探望,他孙子对我倒了苦水,四十岁的男子汉,说到痛处竟号啕大哭。他说只能在主席面前倒倒苦水,别人面前一字不能提的,嫌丢人,也怕坏了老人一辈子的名声。"

何世杰听得唏嘘不已。虽然人老糊涂是客观规律,但陈老这样的糊涂仍超出一般人的理解范围。平素接触中陈老一直是通体透明的,没有丝毫的"恶"念能潜藏于他的身上。那么,这些"恶"念是从哪里生出来的?说句令人心酸的笑话吧,一辈子言语温婉的陈老是从哪儿学会了骂人?

他知道主席一向慎言,今天讲这些有损陈老声誉的话肯定有深意,所以沉默着等下去。主席说:

"看过陈老,我更理解了你早年说过的一句话:人的本性中都有恶的东西,平时被道德和理智所约束,可能一直不外露。老年昏聩后,道德和理智的约束失效,恶的本性就会露头。但话又说回来,这说明即使本性中天然有恶，只要有道德和理智约束，它也不能成害。陈老的一生已经可以盖棺论定了，他一辈子的为人就是明证。"

何世杰在黑暗中点头。"主席，我明白了。"

两人再次沉默，凝望着远处的黑暗。主席说："严小晨是个好女人，本质良善，性格外柔内刚。有她守在小姜身边，必要时——我是说万一——也是个有力的约束。"

何世杰点点头。主席对这件事点到为止，随即转了话题。他用手指指面前的黑暗：

"世杰，你看眼前这片古战场。中原一带自古是兵家必争之地，几千年的金戈铁马和浓浓血腥已经融入空气里、沉淀在土壤里了。按中国的迷信说法，横死的凶魂不能转世。若果真如此，古往今来的战争冤魂恐怕已经挤满了地球上所有空间，没有后来者的容身之地了。圣经说人类有原罪，我想它说得不错。但不是因为偷尝了智慧果，而是先民们为了本族群的生存所进行的同类战争。且不说国外，单说华夏几千年历史中，有多少生命化为白骨！有多少鲜血渗入这片土地！甚至有多少族群完全消亡在历史长河中！自古以来，人类精英都期望着消灭战争，消灭这个人类自相残杀的怪物，但至今还不能说已经看到希望。"他沉重地补充一句，"现在恐怕离希望更远了——我是说，如果人类文明与外星强敌劈面相遇，为了生存，人类的兽性恐怕会被一朝激活。毕竟，求生本能远远强于道德的约束。"

何世杰说："说不定这还是人类的幸事呢——我是说，赶在人类的兽性尚未泯灭前就与外星人遭遇。"

这个话题太过沉重太过锋利，简直算得上是诛心之语，此后他们便保持沉默。他们在露天观察位上待了很久，寒气下来了，两位秘书来请他们回去休息，主席婉拒了，何世杰让秘书找来一件军大衣为主席披上，仍陪他待下去。这一夜平安无事，凌晨时分，突然一道极强烈的光剑劈开黑暗射向高空，两人被耀花了眼。等视力恢复赶忙向高空远眺。光剑迅速转动着，始终锁定高空那个肉眼看不见的目标。刹那间高空突现一道闪光，一个物体从高空坠落，在夜空中划出一道微弱的白色弧线。然后听见高空中传来的爆炸声，稍

后是沉重的物体坠地声。那把连接天地的光剑也随之熄灭,世界重归黑暗。何世杰兴奋地说:

"主席,成功了,天眼系统肯定击落了靶标!"

就如魔法世界一样,死寂的训练场在刹那间被激活,两架直升机不知从何处冒出来,向物体坠地的方位飞去,机上的探照灯强光轮番扫视着地面。然后是几双越野吉普的雪亮灯光上下跳动着,也向那个方向驶去。成功的喜悦冲淡了刚才的沉重,主席笑着说:

"咱们下去吧,向他们祝贺成功。"

"好的。"

两人走到下行电梯的隐蔽入口。秘书和警卫随后跟上,秘书小苏打开电梯门。就在这时,那道光剑突然再次射出,这次的目标显然较远,因为光剑射出的角度相当接近地面。光剑迅速移动着,但不像上次,这次并没有物体坠落下来,而光剑也长时间没有熄灭。两人疑虑地互相看看,立即乘电梯下到指挥大厅。姜元善仍在指挥岗位上,正在急速下达着一系列的命令,指挥天眼继续搜索。大厅里气氛紧张,甚至比刚才更甚。严小晨没有参与今晚的工作,这会儿以孕妇的八字步急急迎过来,简短地说:

"又发现一个全隐形飞球!"

"是'那一个'?"

"应该是。"

"没有打下来?"

"没有。它很狡猾,只是沿边线掠过我们的有效防御区域,显然是想试探我们的能力。我们刚锁定它,它就迅速下降,进入天眼的扇形盲区。"

虽然有前边的巨大成功,但后边的失败仍让她心情沉重。何世杰看看主席,问严小晨:

"我想确认一下,它的消失是在原地突然隐身,还是下降到了天眼的盲区?"

"是突然下降进入盲区。天眼系统记录了它下降时的轨迹。"

何世杰宽慰小晨:"那就证明天眼系统是有效的,敌方既怕被发现也怕被击毁，所以才迅速逃离。没关系，以后加速制造天眼装置，形成连续阵列，把盲区消灭就行了。"

严小晨点点头，心情好了一些。

天眼系统在继续搜索，但"那个"隐形飞球已经成功逃逸，搜索毫无结果。他俩看姜元善仍在忙碌就没有打扰他。前主席准备乘专机返回北京，何世杰还要在这儿停一天，听取关于试验的详细汇报。两人及秘书悄悄离开地下指挥大厅，返回地面，在电梯口告别。前主席突然说：

"我想起来了，这儿离姜元善的老家不远，我想顺道去看看那两位深明大义的父母，我对他们心仪已久了。我打算代表你去，你看是否合适？"

何世杰知道他的用意，他是想借姜家二老的视角再次对小姜作出考察。毕竟，看眼前的情势，姜元善肩上的担子很快就会加重，可能会很重很重。所以对他的考察怎么谨慎都不为过。他说：

"好的，那就有劳你了。"

他让苏秘书对主席的行程作出变更，并代他送主席到机场。

二

前主席及秘书小于抵达姜元善的家乡后，市领导要把姜家夫妇请到宾馆来同主席见面，主席婉拒了，他要亲自去姜家，而且绝不要兴师动众，不要事先清道，也不用警卫，只用找一个人带路就行。当天上午，市政府一位年轻的江秘书开着车，领着主席及于秘书，顺利地找到位于城西郊的姜家"济世堂"。没想到诊所已经关门，"济世堂"的匾额倒还保留着，已经很旧了，字体也有残破。这儿一溜排十几家店铺，关门歇业的将近一半，幸存的店家生意也很清淡，这会儿门口支了几个牌场，店老板和店员们起劲地打扑克玩麻将，输家头上夹着衣夹或贴着纸条。只在偶然有顾客上门时店员才暂离片刻去支应。主席对这番场景暗暗摇头，心中隐隐作痛。这几年他跑了不少地方，不光这儿萧条，全国全世界都一样。这场延续十几年的军备竞赛投入过高，这是以短跑的速度来跑中长跑，经济民生已经被大大拖累了。

济世堂隔壁是一家电器修理行，老板是个很健谈的胖子，他离开牌场，热情地介绍说:"姜家老两口儿要去北京伺候儿媳坐月子,然后留那儿带小孙孙,几年之内不会回家乡了。再说现在生意不好做。这一带的店铺都是指靠那家国营大厂,但厂子不景气,裁员裁了一半。留下的员工们如今也是荷包瘪瘪,一般不敢到医保体系之外的诊所看病,所以济世堂的生意比其它店铺更难做,全凭姜先儿的声望才勉强支撑着。其他商家同样好不到哪儿去,撑一天是一天呗。依我估计,姜先儿这一走,不一定回来啦。世道再艰难,他们有个将军儿子还愁没饭吃?老姜家有福哇,上辈子积来的。"他对客人说,"老两口儿眼下还没动身,你们想见的话还能见到。他家离这儿不远,就在老城西北角的望乡台附近。你们想不想去?去的话我让侄女小钟为你们带路。"

前主席谢过热心肠的老板。小钟姑娘坐在汽车前右座给他们指路,一路上老是转回头偷偷打量主席。过一会儿她忍不住说:

"我看这位老人家很像一个人。"

坐后排的于秘书笑着问:"像谁?"

"要是没胡子,就像十年前退休的国家主席。"她笑着自个儿否定了这个猜想,"我是瞎说。我哪有幸和国家主席坐一辆车。"

小江和小于都笑着不接她的话。主席笑着说了一句:"就是和国家主席坐一辆车又算啥幸运?倒不如说,他能和你这样漂亮的小姑娘坐一辆车,是他的幸运。"

小钟咯咯地笑,说:"那算啥幸运,不过你老的话我爱听,回家我得学给我男朋友听,叫他知道珍惜这种幸运。"主席又和她扯了一些闲话,问了百姓生活。快到姜家时,小钟向客人指认了胖老板提及的"望乡台",那儿现在属于市公园,临着一条主要市区干道。透过不锈钢栅栏可以看到公园西北角有高高的垛子墙,围出一个青灰色的小城池。城墙的风格比较凝重古朴,与公园的整体气氛不大协调。过了公园,姜家就住在附近一条巷子里,汽车不好进,主席让江秘书在附近找地方停车,等着一会儿把小钟姑娘送回诊所。于秘书提着一包慰问品,两人随小钟姑娘走进曲曲弯弯的小巷。这儿的房屋布局是典型的城中村风格:街道很窄,院子也很小,空间都被充分利用盖了楼房，但楼层不高，全都是两层半，第三层大半是空场，可以用来晒粮食。门楼上贴着花花哨哨的瓷砖，门头匾额上尽是"福如东海""紫气东来"等吉祥话。大门一般都是铁门，而且全部锈迹斑斑，肯定多年没涂油漆了。小钟找到姜家，叫开了铁门，对开门的两位老人说：

"姜伯姚姨，这位大胡子爷爷是元善哥的同事，特地从北京来看你们。"想想她又改口，"不会是同事吧，应该是元善哥的老领导。"

小钟交代完就走了，她急着赶回去打牌呢。姜家夫妇热情地请客人进屋。屋里摆设相当简朴，很多东西已经打包或蒙上了蒙布。主妇掀开沙发上的蒙布让主席和小于坐，奉上茶水。主席笑着问：

"听说二位准备动身去北京？"

牛牛妈说："是啊，俺们以后的日子就围着小孙孙转了，用俺老头子的话，这叫升级当爷奶，改行当保姆。火车票已经买好，明天就走。你看这屋里，东西都拾掇齐备了。别看这穷家，要离开还真的舍不得。"

"我昨天刚刚见过你家牛牛小两口儿。小晨还在坚持工作，不过看她的身子，很快就要生了。"

"对，预产期就在月内。"主妇笑着说，"不是我自夸，小晨可是千里挑一的好媳妇，俺家那个混小子上辈子烧了高香。"

"对，小严是个好姑娘，工作上也很有能力。不过你家牛牛也不差呀。"主席笑着，"有他俩这样高智商的父母，你的小孙孙也一定非常聪明，长大也去拿金奖。"

"托你的吉言。多谢啦。"

主客随便聊着，不知怎么聊到了路上经过的望乡台。主席说："这个名字沾点儿鬼气，想必有来历吧。"姜宗周说："这个名字倒是名副其实，那儿真是怨鬼成群的望乡台，说起来话长，明芝你去拾掇午饭，我给老哥儿讲讲古。"主席对他的留客没有客气，主妇起身到厨房去了。

姜宗周说，这个城市在历史上很繁华，秦汉时期是全国数得着的大都市，东汉时更是著名的帝乡陪都。但这儿是兵家必争之地，历史上几次被屠城。从三国时曹仁屠城以来，这儿屡兴屡废，一直没能恢复秦汉时的盛景。明末清初的战乱中这儿被杀戮得更惨,城乡皆鬼火,百里无鸡鸣。城内几乎没有活人,野狗吃尸首吃红了眼,连活人也要围攻。清朝派来的第一任镇台,上任第一件事就是派士兵剿灭野狗,被后人称为"打狗镇台"。那时,连全副武装的士兵都压不下野狗的气焰,以至于被逼得想出一个歪主意:做一些大铁笼放到各处街口,士兵躲在笼子里,当野狗围上来撕咬时,士兵用长矛或弓箭杀死它们,由此可想见当时野狗的气焰!这儿有一个全国著名的道观,叫玄妙观。观主不忍看着遍地尸首遭野狗啃食,在野狗被初步剿灭后,出资请人挖一个大坑,将全城的无主尸体收集起来掩埋。又在万人冢上修一个高台,取名望乡台,让孤魂野鬼们可以有一个地方遥望故乡。他说:

"那儿现在是市级古迹保护区,你们要是进到公园,还能看到保存下来的老土台,台上保留着几棵弯腰躬脊的老树。不过古迹也就剩下这一点儿了。现在它处于城市的中心街区,人来车往的,望乡台下的鬼魂们怕是连觉都睡不安稳吧。本市市区人口将近百万,加上市辖各区县超过千万,单按人口算,排得上全国各市的前几名了。再想想清代初期的百里无鸡鸣,真是说不尽的人世沧桑啊。"

主席和小于秘书都听得入神,小于说:"华夏民族真是多灾多难。不过从另一方面说,华夏民族的再生能力也是世界超强。"

姜宗周说:"没错。我查过资料,说中国,特别是北方,几次外族入侵或内乱时,汉人几乎被杀光,五胡乱华时杀得汉人只剩下几百万。我敢说,别看咱们是地道的汉族,身上肯定都有胡人的血脉。"

主席说:"你说的这些胡人都已经汇入中华民族了。历史学家范文澜说过一句话:中华民族一向看重文化之大同,不计较血统之小异。我引的不一定是原话,但意思不会错。我认为这句话说得很对。"

主妇突然在厨房里喊丈夫。丈夫去了,两人在里面叽咕一会儿,少顷两人一块儿出来,姜宗周惊喜地看着主席:

"你是……主席?"

主席笑着说:"我是干过这个职务,早退休了,十一年了。"

姜宗周跌足道:"你看我这双眼,你看我这双眼。难怪俺家那口子老说我眼拙。"

"不是你眼拙。我自打留了胡子，对着镜子都快认不出自己了，哈哈。"他笑着说，"把那个官称忘掉吧，还是像刚才那样喊我老哥，这个称呼最亲热。"

姜宗周喜笑颜开："老——哥，我哪辈子修的福，能有你这样的贵人上门。"

姚明芝也喜欢得手足无措，连连说："想不到，想不到，能在我这穷家茅屋里招待国家主席。"

"我是专程来感谢二老的，感谢你们培养出这么好的儿子。详情我不说了，反正小姜夫妇为国家做出了极重要的贡献。"

姜宗周说："俺俩才要谢你们哩。都是你们培养的，如果牛牛一直待在家里，顶天了是个医术不错的小姜先儿。"

姚明芝太兴奋，有点儿管不住舌头："主席你不知道，老百姓都念叨着你在位时的好年景。自打你退休这十年来，老百姓的日子越过越紧巴啦。"

于秘书知道这句话很不得体，迅速看一眼主席，想把话头岔开。主席微微摇头止住他，坦率地说：

"大妹子，这不能怪现任主席啊。这些年全力发展军备，经济受了很大拖累，但这项政策是我当政时定下的，要怪只能怪我。"

姜宗周生气地斥责妻子："明芝，不会说话你就别说！做饭去吧。"妻子讪讪地去了，他回过头对主席说，"娘儿们家头发长见识短，主席你别在意。老百姓都理解的。俺们知道——现在那个隐形飞球不是秘密了，老百姓都知道了。既然别国有这种厉害武器，咱们当然得对付它。要不，不定哪天它会鬼鬼祟祟飞过来，把炸弹核弹什么的扔到咱头上。到那时日子过得再好有啥用？屋里有座金山也保不住。主席，俺们都理解，裤带勒紧点也会支持国家。其实俺家那口子也是理解的，她刚才是口不应心。"

主席感激地点点头，没有再多说。

午饭做好了，四个人杯觥交错。于秘书对二老夸姜元善，说他是眼下全军最年轻的少将，最年轻的副部级，非常能干，前途无可限量。姜宗周的脑瓜儿一点儿也不迟钝，听了这话马上悟到，前主席亲自登门拜访肯定有重要原因吧。不用说他是奔着儿子来的，是在"天将降大任于斯人"之前的最后一次考察。这些年他对儿子有一些新看法，为了替国家负责，为儿子负责，他要把自己的看法和盘托出，不藏不瞒。

午饭后，主席让于秘书一个人去参观公园里的望乡台，他想单独和姜家父母谈谈。主妇为他们沏上绿茶，去厨房里收拾碗筷。主席说：

"姜老弟，我来这儿，还想为另一件事感谢你和弟妹。我知道16年前，你俩为了替国家负责，曾对世杰所长披露了儿子的隐私。虽说对牛牛那件童年错事我们并不看重，但对你们这样大义昭昭的父母，我们从心里佩服。你们堪比历史上的赵括父母或岳飞之母，也应该青史留名的。"

"那是我俩该做的，留名不留名的咱不说它。老哥儿，你今天亲自登门，我一定把有关牛牛的所有看法都倒给你。这些年我对牛牛想了很多，看法也有些深化。"

"是吗？请讲。"

"牛牛是个天才，他的翅膀早就硬了，飞到爹妈的世界之外了，俺们不敢说还能理解他。我只能说说自己的理解。据我的直观看法，牛牛不是单一体，是三个层面合成的。"

"是吗？"主席饶有兴趣地倾听。

"第一个层面，当然是六岁半之前的牛牛。虽说那时他只是个不懂事的孩子，但做出的那件事确实比较邪，一般六七岁的孩子不会有那样的心计。因为这件事，直到今天我对他仍不敢完全放心。"

牛牛爹既然这样坦率，主席也不想饰以外交辞令，便静静地听下去。厨房里这会儿没了声息，可能牛牛妈也停止了干活，正在侧耳细听吧。

"第二个层面，是忘了童年恶事的牛牛。他确实是个好人。心地透明，非常有责任心。说句不谦虚的话，我想这和俺家对他的教育有关，也和部队的教育有关。他在部队已经干了16年，我想在这16年中，你们应该了解这个层面的牛牛。"

"是的，他确实是好样儿的，有很强的社会责任感或者说使命感。"

"第三个层面是哲理层面的牛牛。自打十五六岁起,他就有很多相当偏激的观点。这些年回家探亲时也说过一些,同样很异端,说它们无君无父也不为过。这些观点让我害怕,更可怕的是,他的观点很难驳倒,我一边害怕,一边被他说服了!"

"都是什么观点?"

"太多,我一时也说不完,想到哪儿说到哪儿吧。比如,说起孟子的一句话:不嗜杀人者能一之,牛牛的态度是嗤之以鼻,说那完全是腐儒之言,只配覆瓮揩腚的。他说咱们不妨列个清单,看历史上那个朝代哪个国家是靠仁义统一的,黄帝?商汤王周武王?秦始皇?唐太宗?成吉思汗?恺撒?亚历山大?努尔哈赤?那天他确实给我列了一个详细的清单,列举了每个著名帝王统一过程中所发生的战争。我对外国历史不熟,很多东西我没记住,但仅凭记住的那些血淋淋的数字就足以让我寒心了,是彻骨的寒心。噢,对了,他也举了一两个反面的例子,比如文人当政的中国北宋,那是中国封建社会的巅峰,更是当时世界文明的巅峰,科学技术发达,GDP占全世界50%,甚至超过美国在全盛时的地位!那时中国社会已经出现了资本主义萌芽。更兼政治宽松,太祖赵匡胤的家训:不许杀士大夫和上书言事者,有宋一代一直贯彻始终;人文精神十分深厚,文学艺术发展到极精致的地步,科学发明也呈现井喷现象,中国四大发明有三项是在北宋出现或兴旺的。牛牛曾惋惜地说,如果北宋一直强大下去并成为世界历史的主流,人类历史要比现在先进一千年,可惜这个文明程度极高的朝代却亡在几个野蛮民族手里。牛牛还提到印度的阿育王,他说这位君王同样是历史上少有的特例,先是穷兵黩武,后来在内心感召下立地成佛,向世界各国赠送舍利传播佛法。但结果呢,害了国家,弄得印度长期处于分裂状态。"

这些观点确实十分锋利,但有强大的逻辑力量,前主席只能认可。姜宗周继续说:

"当然他也说,他并非要否定孔孟的仁义。人性本就邪恶,如果人类精英们再大讲厚黑学,岂不是让邪恶充斥天地了!所以在台面上只能宣讲仁义,这是不得不为之,是一种勉为其难的校正。不过他还说,虽然仁义要讲,心里也得有清醒认识。一个民族必须羊性和狼性并存，才能在丛林世界中生存下去。华夏民族就是因为羊性太多——几千年的农耕生态磨蚀了太多的狼性，尤其是近代——所以在历史上才饱受外族欺凌。"他看看客人，补充一句，"我知道现在的正统观点是：鲜卑族党项族蒙古族满族，都是华夏民族的一分子，同样有权利建朝立代。牛牛也说啦，在21世纪持这个观点完全正确，体现了中华民族的宽广胸怀。但这并不能否定历史上极残酷的族群残杀，像五代时把汉人贬为'一钱汉'；元朝时按民族划分贵贱，将'南人'划到最贱的一级。忽必烈屠杀中国人1800万，北方90%的汉族平民惨遭灭绝；清朝时的留头不留发，留发不留头，嘉定三屠，扬州十日，等等，血泪斑斑！谁要是存心抹去这些历史，他的血管里流的就不是鲜血，而是下水道里的泔水。"他意识到这些话太激烈，有意笑着冲淡它，"这些观点是不是比较褊狭？牛牛说过，其实他绝非宣扬大汉族主义，因为他的血管里肯定杂有胡人的血。他只是在叙述真正的历史。"

主席被震动了。他没想到像姜宗周这样的草根知识分子竟然也有如此锋利的观点。当然，这些观点大多是儿子灌输给他的，但至少他听懂了，消化了。对这些观点他既不好赞同，也不好反驳，便静静地听下去。姜宗周又问：

"主席——老哥儿，我在网上看到一种相当流行的观点，说，隐形飞球说不定跟外星人有关。"

主席点点头："是有这种说法，但目前只能说是猜测。"

姜宗周苦重地摇头："我真不敢想象，要是外星人来地球那会出现什么惨景。想想历史上异族人侵时的种族灭绝吧，那毕竟还是在人类内部啊。"

主席不能就这个话题再深入了，毕竟它还属于国家最高机密。他把话头拉回到姜元善身上。"不必过于担心，小姜他们已经做出了重要突破。不管敌人到底是谁，咱们总能对付的。小姜和晨晨为国家，或者说为人类，立了大功。"

主妇来为他们换茶水，换茶时小心翼翼地看着丈夫和主席。她知道两人在谈牛牛，恐怕这才是主席来做客的真正目的，今天的谈话可能直接影响到牛牛的前途。不过——两个男人的谈话似乎已经超出了她的世界，她只能听懂一半，所以她只是旁听而不插话。姜宗周不大愿意让妻子参与这场谈话，等她离开客厅后才说：

"那就回过头说牛牛吧。对牛牛的使用我有个建议，说出来可真有点不自量力了。不过，主席——不，老哥，你专程跑来，我若不把心底话全亮出来就对不住你。"

"老弟你说哪儿的话，我就是想听听你的肺腑之言。有什么话，尽管敞开来说。"

"那我就放肆啦。我的建议是：天下若逢治世，让牛牛只搞纯技术；若逢乱世，则不妨对他大用。"

两人深深地看着对方。主席知道这几句话绝非能轻易出口的，尤其是"乱世则大用"这句话，对于一个父亲来说实在是诛心之言。其中隐含的意思是：牛牛的天性中确实有邪恶，有狼性，所以在和平时代对他的发展应该有所限制；但乱世可以对他大用，因为要做乱世之领袖本来就该有狼性，特别是在可能出现星际战争的背景下！那时他的狼性是对外的！他不由想起不久前世杰副主席的一句话："说不定，赶在人类的兽性尚未完全泯灭前就与外星人遭遇，这是地球人类的幸事。"何世杰的话，与牛牛爹的话，就其深层含义来说是一个意思。实际上，两人的话还可合并为更为完整的一句：

如果是星际种族之间的战争，最好由一位具有狼性的领导人，来领导狼性尚未泯灭的人类。

这个结论，从理智上说应该是对的。但从感情上难以接受，它与人类社会奉为圭臬的以善为基的道德框架显然不一致。这种深层面的、无法化解的矛盾让主席心头十分沉重，良久主席说：

"老弟，衷心谢谢你的肺腑之言。我记下了。"

牛牛爹如释重负。现在他把一副重担郑重地交出去了，交给当政者了，他这个当父亲的即使此刻闭眼也安心了。大事已经谈完，主席打电话让于秘书回来，也把主妇从厨房里叫出来，扯了一些闲话。姚明芝在主席面前仍有点儿尴尬——刚才她是想夸主席，没想到却戳着了主席的痛处。不过主席没有表现出丝毫芥蒂，很平和很亲切地拉着家常，她的不安也慢慢消散。于秘书回来了，主席起身打算告辞，忽然听到头顶有急促的喊声：

"姜先儿，明芝！快，你们快看电视！"

声音竟是从楼顶发出的。接着是咚咚的脚步声，一位邻居大嫂从平房房顶上翻到这边——在城中村，邻家的房顶都是连在一起的——又沿这边的楼梯下来，一边跑一边喊：

"快开电视！来了个外星上帝，让姜元善上天，当人类代表！这个姜元善是不是咱家的牛牛？"

屋内四个人满脑袋糨糊，不知道这乱七八糟的话是什么意思。但主席随即明白了，猜到了这几句话的大致脉络，毕竟何世杰不久前刚同他有过一席深谈！刹那间他的脸色苍白。尽管早有预料，但当"最荒诞的猜测"顷刻之间突然变为现实时，他的心中还是受到重重一击。于秘书看到他的脸色，想去扶他坐下，主席微微摇头止住他。姜宗周同样面色苍白，他虽然反应稍慢，但也很快明白了，毕竟刚才他还给主席谈到"隐形飞球与外星人有关"。说来真邪，他刚刚建议对牛牛"乱世要大用"，现在乱世已经到眼前了，而且他的牛牛转眼之间已经成"人类代表"了！外星人让这些代表去干啥？逼他们在投降书上签字？牛牛这一去能不能活着回来？这些杂七杂八的想法像破堤的洪峰，一瞬间淹没了姜宗周的意识。

邻居大嫂闯到屋里，看到屋里有客人，没顾上寒暄，径自跑过去替主人打开电视。屏幕上一片白噪。明芝忙说：

"我家的有线电视已经报停了。"

"那到我家看！快去！"

姜家夫妇还有两个客人都急匆匆地随她到了隔壁。电视上正在以滚动报道的方式反复播报这则消息。主席此前绝没料到，他会以这种方式得知关于外星人的消息。这消息与他此前的猜测有不小的差异：出现了一个外星籍的人类上帝，前不久那架到处现身、几乎惹得各国擦枪走火的隐形飞球原来就是他的座驾；他刚刚出手平息了一场人类之间的核战？！此刻点名邀请八个人类代表去飞球上议事。这些事件波谲云诡，一时无法理清其内在的脉络和真伪——比如说，这位上帝是善还是恶，是人类的救星还是灾星？好在八个人类代表之中有一个主席熟悉的人，这让他感觉安心一些——但这位"内心深处隐伏有狼性"的姜元善真的能让他安心吗？

一切都太突然，一切都是未知之数。历史之河突然溃决，在这种时刻，事物的发展常常越出了逻辑的河道。

正看电视时，市里把电话打到于秘书的手机上，说形势突变，中央紧急通知，为了前主席的安全，请他和秘书立即乘专机返京。主席匆匆同姜家夫妇告别。夫妇俩舍不得主席走，牛牛这次的"长长发粗"给爹妈带来的绝对不是喜悦，而是心乱如麻。他们很想和主席多聊一会儿，从他那儿汲取能让心灵平静的力量。主席理解他们的心境，但形势不允许他多逗留，只好无言地拍拍"老弟"的肩膀，怀着歉意同二老握别。

回京后他要通了世杰秘书小苏的电话。他知道在这种紧要关头，军委副主席肯定日理万机，不该在这时打扰他。但他不能拖延，因为他要说的话牵涉到姜元善，也就是那位外星上帝点名邀请的代表之一！军委那儿确实很忙，尽管是前主席的电话，苏秘书仍然非常为难，委婉地说：

"主席，何副主席正在开军委紧急会议。"

"我知道，你让他抽两分钟接电话吧，我说的就与会议内容有关。"

小苏立即答应了。很快，何世杰出来接了电话。主席说得非常简洁，只是复述了姜宗周所说的"三个层面的牛牛"和十个字的简短建议：治世搞技术，乱世则大用。何副主席同样简短地说：

"我记下了。"

然后他匆匆挂了电话，返回会议室。这是何世杰同前主席的最后一次通话。当天夜里，身体一向很好的前主席在一次心肌梗死中突然去世。他走得很安然。去世前他把姜宗周的话传到了现任的最高层，死而无憾了。不过，其实这个建议并未起到什么作用。倒不是说姜元善在此后的"乱世"中未被"大用"，而是说，对他"大用"与否，已经不是中国政府或人类政府所能控制的了。

三

就在中国前主席拜访姜家的那天上午，美国海军少将凯文·戴维森率领斯坦尼斯号核动力航母编队通过霍尔木兹海峡。编队共有九艘战舰，包括两艘"提康德罗加"导弹巡洋舰、两艘"伯克"级导弹驱逐舰、两艘"斯普鲁恩斯"级驱逐舰、两艘攻击潜艇及一艘快速支援舰。这是第五舰队的一次换防。美国的"阿瑞斯工程"已经成功，研制出反制隐形飞球的"美杜莎之眼"系统，可以投入实战了。这种重要系统自然首先要装备于各艘航母之上，斯坦尼斯号此行的目的就是返回国内加装这个系统。当然，戴维森少将也不放过机会，给海峡北岸那个无赖国家再来一次武装示威。

自打毛拉们在那个国家上台并进行铀浓缩以来，这个国家就成了西方世界的一个癌肿。至少美国和以色列多次认真制订过军事计划，准备对该国纳坦兹和阿拉克的核设施进行外科手术式打击。不幸的是，这个癌肿偏偏紧贴在一条石油大动脉上，让每个想动手的决策者都投鼠忌器。这么耽误来耽误去，最终让那个无赖国家获得了核弹，并且不是铀弹而是钚弹。

16年前，伊朗爆炸一颗钚弹的消息在世界上投下一枚超级震荡弹。据情报说，到那时为止，阿拉克重水反应堆总共生产了18公斤钚，这是四枚核弹的量。一位叛逃到伊朗、在伊朗被尊为"军神"的澳大利亚科学家，对伊朗的新武器研制起了临门一脚的作用。

不过这次震荡没有持续多长时间。就在当年稍晚，更加可怕的隐形飞球在这个世界上亮相，它让所有大国元首在睡觉时都背不贴席——且不说它在战争中的作用，它甚至能轻易地"于万军之中取上将首级"。谁是它的拥有者？不知道，即使在16年后的今天，它仍是一个被严密包藏的谜。这种异常现象使它的威胁产生了倍增效应，想来这正是飞球主人所要的效果吧。从那时开始，世界各主要国家的所有资源都被用来研制隐形飞球的反制技术，这些国家包括美国、中国、俄罗斯、欧盟、以色列、印度、加拿大、澳大利亚甚至伊朗。情报表明，伊朗在制造四枚钚弹后突然中止了核材料的制造，而将全部财力转到防御隐形飞球的研究上。于是伊朗这个癌肿就被悄悄放到次要位置了。现在它只是一个无法治愈的瘘管，虽然让人恶心但不至于危及生命。

有个别人猜测说隐形飞球可能是伊朗人搞出来的，在16年前就搞出来了，理由是：只有这样的专制国家才能对研制过程彻底保密。戴维森对这种说法嗤之以鼻。纵然伊朗在导弹和核弹上有长足进步，但他仍不相信，那些疯狂的毛拉们能搞出隐形飞球这样超前沿的玩意儿。

狭窄的霍尔木兹海峡是世界上最繁忙的海峡之一，它最窄处仅46千米，最浅处仅53米，平均每五分钟就有一艘油轮通过，形成一条极为壮观的永不间断的油船之链。今天为了斯坦尼斯号航母编队的通行，这条船链不得不暂时中断。几十只油船停泊在海峡两端，焦急地等着航母编队通过——也默默祈祷着海峡平安无事。这些年来，伊朗虽然停止了核武器的生产，但并未放松发展潜艇、潜射导弹和岸基导弹；也会周期性地发一发癫，放出一波"封锁海峡"的威胁。正是由于这个原因，美国大大强化了第五舰队在西亚的存在，也定期在霍尔木兹海峡搞一次震慑行军。

当地时间上午10点半，航母编队安全通过了海峡的大部分水域，接近穆桑代姆角。海峡主航道在这儿折了一个U字形的大弯，然后折向东南，交上宽广的印度洋。戴维森少将与舰队前左翼的哈利顿号护卫舰通了话，说那个"老鼠玩猫"的游戏又要开始了，请哈利顿号注意警戒。锁眼卫星和随舰侦察机都已经送来那片海域的图像。像往常一样，那儿有三艘伊朗快艇——不是导弹快艇而只是普通快艇——早已候在那儿。它们位于主航道北侧，正耀武扬威地快速巡行，在海面上拖出三条白色的尾浪，方向与主航道平行。快艇巡行几千米后就掉转头，沿着主航道方向反向行驶，如此周而复始地进行。

传来的图像非常清晰，甚至能看清驾驶者的面容。每艘艇上有两人，一人站在艇首，一个在艇尾驾驶。快艇上照例没有配备任何武器，连一支AK-47都没有，更不用说火箭筒或舰舰导弹了。戴维森知道对方是有意如此。治理这个国家的毛拉是一群疯子，但也是一群清醒的疯子。他们不会放过任何机会向世人表演他们对山姆大叔的蔑视，但也非常谨慎地注意玩火的分寸，绝不会玩过头。毕竟，如果真惹得美国的军事机器轰隆隆地开过来的话，伊朗肯定会被轧得粉碎的，关于这一点，那些毛拉们心知肚明。

这三艘快艇的敞开式船舱里，防水篷布之下，常常有一些圆桶状的东西，曾被认为是高能炸药，让美军舰队着实警惕了一阵。他们有前车之鉴啊：2000年10月12日，美军伯克级"科尔号"导弹驱逐舰在也门的亚丁港加装燃料时，两名恐怖分子驾着满载炸药的橡皮艇袭击了它，造成17名水兵死亡，军舰也受到重创。当然，那次意外只能怪科尔号舰长的轻敌。现在，在火力强大的斯坦尼斯号航母编队面前，三艘小不点儿快艇只不过是向蓝鲸挑战的蚊蚋。即使它们满载炸药发动突袭，编队的火力也足以在爆炸威力圈之外摆平它们。后来经过分析，桶状物体的谜底被揭开了——只不过是快艇的备用柴油燃料。这是合理的储备，因为小型快艇的油箱容量有限，像这样反复沿主航道巡逻很费柴油。

但戴维森将军非常谨慎，每次经过这儿时都让舰队进入一级警戒。关键是这条海峡的水面太狭窄，编队无法保持起码的安全纵深；而且行驶速度很慢，只有10节，和自行车差不多。伊朗的岸基导弹基地离航母最近时不足20千米，预警时间只有十几秒钟。更大的威胁是伊朗的潜艇，在如此狭窄的海峡，别说伊朗拥有的三艘基洛级潜艇了，就是伊朗国产的加迪尔级小型潜艇，仅用上一艘也足以控制整个海峡。对于航母这样的庞然大物来说，这儿确实是世界上最危险的水域。甚至可以说，航母通过这道海峡时的安全并不取决于航母编队的防御能力，而是取决于美国的国家威慑能力。

戴维森把这看作一场心理上的肉搏战。现在游戏开始了。

就在穆桑代姆角东边，主航道的北侧，伊朗鲸鲨号潜艇悄悄蛰伏在水下，一直保持在潜望镜高度。这是一艘加迪尔级的小型近岸潜艇，与意大利萨乌罗级潜艇比较相似。排水量为300吨，艇长36米。采用柴电动力，单轴单螺旋桨推进，水下最高航速10节，水面最高航速5节，最大下潜深度200米，艇员19名。艇舷有两具533毫米鱼雷发射管，携带着六枚重型鱼雷，这是它最具威胁的武器。作为主要用来执行特殊任务的小型近岸潜艇，艇上也配备着足量的机枪、RPG-7火箭筒等轻型武器。

昨天晚上，艇长纳贾尔率领全艇弟兄迎来了一位贵宾，一位传奇性的人物，绰号为"军神"的澳大利亚人布德里斯，一个保镖与他同来。纳贾尔早就听说过布德里斯的大名，对其十分仰慕。听说他在 16 年前主动叛逃到伊朗，同时带来百十个死硬的基地分子。三年后伊朗爆炸第一颗核弹，布德里斯起了临门一脚的作用。由于这桩实实在在的功勋，所有伊朗军人都由衷佩服这位天才的军神。又据说此人对西方白人社会的刻骨仇恨是缘于一笔一百多年前的旧债，而债据是上帝写在他的 DNA 天书中的！这更让他平添了几分神秘感。

加迪尔级潜艇的空间有限，纳贾尔为客人让出了艇长室。布德里斯是位很低调的客人，一直默默坐在艇长室里，不语不动，似乎他来潜艇就是为了参禅打坐。他卷头发，蒜头鼻子，皮肤黝黑，面无表情，冷漠肃然，就像是带了一副铁面具。有时候纳贾尔会产生一个无端的联想，伊朗宗教传说中的黑暗之神阿赫利曼大概就是这个尊容吧。

保镖挎着以色列乌齐式冲锋枪一直守在艇长室门口，这位保镖哈利德也不是等闲之辈，听说来伊朗前就是个有名的杀手，身上背负着不下 20 条人命。这会儿，即使在全封闭的潜艇里，他仍是枪不离身，目光中满含杀气。

布德里斯这次来潜艇有特殊任务，上级对纳贾尔的命令是：不必多问，一切听布德里斯的指挥。纳贾尔非常乐意为心目中的偶像效劳，但也有隐隐的不安——这位贵宾来潜艇的时机太敏感了。据通报，今天上午 10 点左右，美国第五舰队的一个航母编队将通过这道海峡。布德里斯的秘密任务是什么？他让潜艇一直蛰伏在这里，总不会突然下令向航母发射鱼雷吧。这些年来，伊朗政治家已经习惯了对美国说大话狠话，这成了一种政治时髦。但纳贾尔是脚踏实地的基层军官，深知双方军力的悬殊，也知道伊朗对外大肆宣传的种种先进武器大部分是不能当真的。他可不想因为某个政治家的自大，把鲸鲨号连同 19 名船员赔进去，甚至把整个国家赔进去。

他想不至于这样吧。布德里斯是位睿智的科学家，应该不会干非理性的事。而且他上船来没有表现出任何准备开战的迹象——但他为什么恰恰在如此敏感的时机来到鲸鲨号，并让潜艇一直潜伏在这儿？他要执行的"特殊任务"究竟是什么？纳贾尔无法放心。

潜艇在水下从昨晚一直待到今天上午十点，布德里斯下了第一个命令：

升起光电潜望镜，注意观察美军航母编队的情况。潜望镜升起来了，镜片视野里是平静的海峡，今天风浪不大，海浪在镜野的下方舒缓地涌动着。往远看海天一色，平常从不间断的油轮之链这会儿完全消失了，从这个迹象看，航母编队应该很快就会到达，不过眼下它们还隐在海平线之下。

布德里斯首先亲自观察了一会儿，把位置让给了瞭望员，然后下了一个有点奇怪的命令：让瞭望员注意观察天空的情况。回头他对纳贾尔说：

"做好准备，听我命令立即全速下潜，下潜到最大深度。"

"遵命。"纳贾尔转身去做相应的准备。他仍然猜不透布德里斯准备干什么，从那人铁板似的脸上看不出任何端倪。但那位保镖的反应有点异常，他听到主人的发话后显然十分亢奋，眼中闪着狂热的光芒，这让纳贾尔的不安又增加了几分。

依照惯例，三艘伊朗快艇看到海平线上出现的美国舰队后，立即掉转船头驶过来，但在驶来的过程中明显降低了速度。当它们与哈利顿号接近时，快艇上一个水兵拿着老式报话机喊：

"我是伊朗海军海岸巡防队。来舰请报出方位和速度。"

哈利顿号不冷不热地回答："我们航行在国际水域。"

"你们已经进入伊朗12海里领海，请立即退出！"

对方的问话已经成了套话，也是在公然耍赖。这条海峡很窄，伊朗的"12海里领海"在某些地方已经涵盖了主航道。历史上伊朗确实曾以此为由要求在本海峡实行"有限制的通行"，实际是想把海峡控制在自己手里，但国际社会没人理会，这件事也就不了了之。现在，哈利顿号没有被对方的无理所激怒，仍然不冷不热地重复着刚才的回答：

"我们航行在国际水域。"

双方问答中，航母编队仍以10节的缓慢速度前进。三艘伊朗快艇则保持着足够的距离，沿平行方向跟行。按以往的经验，游戏到这儿就要结束了，三只蚊蚋在表演了他们的勇气后也该返回了。就在这时锁眼卫星突然发来空袭警报！在伊朗格什姆岛的岸基导弹基地上空同时发现七束尾焰，计算机快速分析出，它们是伊朗的诺尔导弹。也就在同时，三艘快艇中位于中间的一艘突然急转弯，在水面上划出一个白色的圆弧，然后正对着两艘美军护卫舰的空档，向斯坦尼斯号航母疾驶而来。

戴维森立即向各舰发出还击命令，并即时向美国中央海军司令部通报舰队遇袭的消息。这七枚岸基导弹和一艘快艇算不上威胁，他担心的是：既然伊朗今天突然出手，肯定有一个庞大的计划，背后肯定有某个大国的身影。否则伊朗绝不敢冒天下之大不韪，悍然发动这种近乎国家自杀的突袭。那么，这第一波攻击只是个诱饵或前奏，接下来肯定会有精心策划的后续攻击，包括潜艇攻击或核攻击，甚至——在航母上空隐伏着一个隐形飞球，那才是最可怕的，尚未加装"美杜莎之眼"的斯坦尼斯号没有还手之力。

那么——这七枚导弹和一艘快艇就将成为第三次世界大战的开场锣鼓。戴维森及时下达了第二波命令，让编队的战略武器做好发射准备。他必须预防最坏的事情发生，包括敌人用电磁攻击切断编队与上级的联系。如果那样，他不得不依靠自己作出决断，一个将导致第三次世界大战的战略决断。

格什姆岛离主航道很近，七枚导弹很快出现在北方的天空。编队的宙斯盾系统自动指挥着各舰发射爱国者3导弹，随着划破长空的七道白烟，天空出现了七朵火花，七枚诺尔导弹都被击中，无一漏网。海面上，由于那艘快艇飞速插入两艘护卫舰的空档，为避免误射自己人，护卫舰的反击稍稍推迟了片刻。现在，两艘军舰已选择到发射时机，各自发射了一枚反舰导弹，它们从两个方位扑向那艘伊朗快艇。快艇急剧地转向逃避，但两枚导弹紧咬不放。快艇眼看就要被击中，就在这个瞬间，突然——

空荡荡的天上射来两道强光，准确地击落了两枚美方的反舰导弹。

戴维森少将的肾上腺素突然涌向全身，他知道自己刚才的推测不幸言中了。

在东面不远处的海面下，伊朗鲸鲨号潜艇内，潜望镜瞭望员突然喊：

"艇长，天上有五枚导弹！等等，美军在还击，有五枚导弹被击中了！不，是七枚！"

纳贾尔震惊地看着布德里斯——伊朗真的向美军开战了？而布德里斯事先完全知情？后者简短地命令：

"全速下潜！"

鲸鲨号倾斜了船体急速下潜，倾斜角度几乎达到 45 度。两位客人没有经过下潜训练，几乎跌倒。保镖急忙抓住铁栏，勉强稳住自己和主人的身体。艇外水压的变化过于迅速，压得潜艇的艇身钢板咔咔地发响。艇长纳贾尔一边操纵潜艇下潜，一边让大脑飞速运转。看来，国内那些疯子政治家真的发疯了，伊朗实际已经向美国宣战了，而专程赶来亲临战场的布德里斯无疑是重要的策划者。这样的高智商科学家也疯了！纳贾尔十分清楚，几枚国产的诺尔导弹动不了航母的分毫，那么我方的后续攻击是什么？布德里斯会命令鲸鲨号发射鱼雷吗？作为艇长他该不该执行这样的命令？上级那个"一切听布德里斯指挥"的指令，是否涵盖了"向美军开火"这样事关国家存亡的决定？他紧张地思索着，觉得自己的大脑快要爆炸了。

鲸鲨号潜到了 200 米的最大潜深，艇身恢复了水平。完成下潜后，纳贾尔立即转身面向布德里斯，准备直言相问。如果这是一场战争的开始，甚至是第三次世界大战的开始，作为艇长他总得知道事情的真相！不过，没有等他发问，布德里斯就说：

"全速向东行驶。"他止住了纳贾尔的发问，平静地说："先执行命令吧。我随后回答你的所有问题。"

纳贾尔多少松一口气——至少布德里斯不会让他发射鱼雷了。他下达了命令，潜艇在 200 米深度全速向东航行，逃离那片战场。布德里斯平淡地说：

"纳贾尔，我这是在救全艇人员的命。最多五分钟之后，在咱们上方的海面上，一枚十万吨级的钚弹就要爆炸了，航母编队将瞬间化为乌有。注意观察吧，尽管咱们在 200 米的水下，也能感受到爆炸的震波。"

纳贾尔惊呆了，脑中立刻闪出核爆的画面：一团耀眼而恐怖的巨大光球突然蹿上天空，让海面在瞬间沸腾。天空中的太阳被强光融化了。那景象正如印度经典《摩诃婆罗多》经文中所说"漫天奇光异彩，有如圣灵逞威，只有一千个太阳，才能与之争辉"。巨火球上升时把数万吨的海水吸入一个旋柱中。火与水交汇,在黑色烟云中惊心动魄地翻滚着。旋柱急剧上升,顶端迅速膨胀成蘑菇状。巨浪似的滚滚烟云继续散开成一把巨伞,四周翻滚着的红黑烟云中放射出刺目的红、白、蓝色光线。海面上的航母甲板上,飞机和人员在瞬间被气化,来不及气化的船体则被几百米高的巨浪吞没……然后,核爆造成的海啸狂暴地冲上海岸,把近岸的建筑和生命席卷一空。更远处的伊朗境内,核爆的冲击波摧垮了建筑,把人们埋葬在废墟里。

即使远离核爆点的伊朗城市也难逃劫难啊,在本国首先发动核袭击之后,尖牙利爪的美国佬绝不会不报复,几十枚核弹很快会向伊朗各大城市飞来,那里住着他们的家人……

潜望镜周围的艇员同样惊呆了。这时,布德里斯的保镖有意转身面向纳贾尔,他的上衣解开了,在他腰间——赫然是一排炸药!他右手拎着乌齐式冲锋枪,左手压着一个起爆器,目光凶狠地轮番扫视着艇员们。到了这时,一道闪电突然劈开纳贾尔脑中的迷蒙——这次恐怖袭击恐怕不是政府决定的,很可能只是布德里斯的个人行为?!依他的地位和才能,他的确能独力策划出这样一场浩劫。布德里斯显然对他的思路十分了解,平静地说:

"艇长,你心中想的不错,这次袭击是瞒着伊朗政府的。不过我劝你和艇上的所有士兵都不要轻举妄动。哈利德腰间这些炸药足以把鲸鲨号埋葬。你们如果不怕死尽管动手,反正我俩没把生死放在心里。"

纳贾尔盯着哈利德手中的起爆器,它已经打开保险,此刻松手即炸。哈利德用猫玩耗子的眼光看着纳贾尔,单手把乌齐式冲锋枪熟练地换到连发状态,用枪口环指着纳贾尔和水兵们的胸口。看着他冷厉的目光,纳贾尔完全相信布德里斯的话,这俩恶魔根本不把自身的生死放在眼里。纳贾尔沉默片刻,问:

"你要我怎么做?"

"一直向东航行,把我俩平安送到伊朗领海之外的某处岸边,到地方我会告诉你的。"他微笑着补充,"那时,这艘潜艇上的19条人命也保住了,所以你们该感谢我才对。如果你们此刻在潜艇基地那可就难说了,美国佬的核弹很快就要飞来啦。"他愉快地补充道,"不光你们两个国家,整个人类世界的地狱之门已经打开了，没有人能把它重新关闭。"

纳贾尔哑声说："你保住了这儿的19条人命，但要断送几千万人命，其中可能就有我们的家人。布德里斯先生，这就是你追求的'正义的复仇'？"

布德里斯抬头看他一眼，平淡地说："如果死者中不幸包括了你的家人，我很抱歉。但我从来没有自诩为正义的复仇。不，我是在执行邪恶的复仇。我一向认为只能以邪恶来对抗邪恶。"

纳贾尔不再多说，很干脆地说："好，我听你的。"他对艇员说，"执行他的命令。"

艇员们用复杂的眼光看着他们的艇长，怒火中夹着鄙夷。纳贾尔对部下的反应不加理睬。他默然转身，去执行布德里斯的命令。在那个自杀人弹的威胁下，眼下他只能如此，他会非常驯服和配合，直到把两个恶魔送下潜艇，送到他们指定的岸边。到那时再说吧，加迪尔级潜艇上配备有足够的火箭筒。

潜艇在200米深的水下全速向东航行。慢慢地，纳贾尔开始觉得奇怪：布德里斯说核爆很快就会实施，但直到现在，潜艇感受不到任何震波。潜艇在水下不能主动与岸上联系，只能被动接收基地的长波信号，但接收器至今没有任何动静。他悄悄看看布德里斯和哈利德，那俩恶魔不像刚才那样狂妄自信，这会儿在交换着不安的目光。看来，他们对于核爆没有按时发生也是满腹狐疑。

潜艇中保持着令人窒息的沉默和地狱般的阴冷。

海面上。

一个巨大的银球突兀地出现在斯坦尼斯号的上方，高度很低，差不多接近司令舰桥。不用说，刚才是它用激光束击落了美军的两枚反舰导弹。它在雷达波范围内是隐形的，各种雷达毫无反应；但它在可见光范围内却非常清晰。战场出现了刹那的寂静。每个用肉眼看到飞球的军人都惊呆了。虽然十几年来这个魔鬼频频在各国出现，但当它突然出现在航母头顶时，仍超出了人们的心理极限。位于司令舰桥作战室的戴维森少将也在第一时刻看到了银球，在这一刹那，他大脑中蹦出两个清晰的想法：

主角登场了。

航母编队肯定完蛋了。

不管结局如何,他仍果断命令航母上的近战系统用目视方法向飞球开火。命令还未下达完毕,他突然听到一个苍老而平静的声音:

"我的孩子,要向你的天父开火吗?赶快中止吧。"

戴维森一怔,中断了命令,愕然四顾,但找不到说话者。声源没有明确的方位,而是从四面八方飘到他的脑子里的。司令部里所有手下都在望着他,他们听不到那个声音,所以都不解地望着长官,不知道他为什么突然发愣。在戴维森的脑海里那个声音平和地微笑着——戴维森看不见说话者,但分明能感觉到他的微笑:

"我的孩子,我用脑波在同你通话,并不是你出现了幻觉。"声音是非常标准的美式英语,平易亲切。声调比较苍老,就像是1000岁的圣诞老人。"孩子你不要犯傻,我是在拯救你。看,那艘快艇才是真正的威胁。它上面载着一枚钚弹,艇首那位圣战者正按着起爆电钮。"

凭着直觉,戴维森立即相信了这句话。在这样狭窄的海峡,"自杀式核弹攻击"一直是航母司令的噩梦。一旦敌人真横下心来在这条海峡使用核弹,整个舰队都会被核焰吞噬,无法防范的,再先进的防御手段也不行。"不过你不必担心,"那个声音不慌不忙地说,"我已经中止了他的行为,现在干脆让他们滚出这片水域吧。"

此时戴维森突然有一种奇怪的感觉:似乎从银球发出的一道无形的波束离开了他,转向几海里外的那艘快艇。而戴维斯也突然被赋予一双天眼,能随着这道波束看到快艇上的情形。快艇船舱里,油布之下,往常躺着柴油桶的地方现在躺着一枚长圆柱形的钚弹。它已经预设了起爆程序,控制钮与核弹之间是有线连接,这是为了防止无线遥控被敌方干扰。现在,起爆钮握在艇首那个留着浓密黑胡子的家伙手中。

那个黑胡子的本伊萨,还有驾驶快艇的水兵,都是狂热的圣战者,16年前追随布德里斯来到伊朗。现在他们正在执行布德里斯用16年时间精心策划的秘密行动,要用这枚从伊朗核武库里偷来的钚弹毁灭斯坦尼斯号航母编队,而他俩也将乘着蘑菇云进入圣战者的天国。伊朗政府不知道这次行动，在布德里斯的计划中，这个国家只是摆在祭坛上的牺牲。另外两艘伊朗快艇上的水兵也完全不知情，这会儿他们正愕然眺望着天空中连续爆炸的导弹和突然出现的银球，眺望着突然独自行动的这艘快艇。戴维森少将的"天眼"甚至能看到几分钟前的场面，那时，两枚舰舰导弹急速向伊朗快艇射来，眼看快艇在劫难逃，无法更靠近航母了，黑胡子的本伊萨高喊一声："天父伟大！"狠狠按下了核弹的起爆钮。但奇怪的是，一股强大的力量制止了他的手指，本伊萨无论怎样努力，那根指头就是悬在起爆钮上按不下去。与此同时，两道白光从天上射来，击落了来袭的美军导弹，保住了这艘快艇。一个声音调侃地说：

"本伊萨，你的天父此刻正在你头顶上呢。你想让核火焰烧了我的长袍吗？"

本伊萨脸色惨白，仰着脸，惊慌地寻找神迹的施为者。他在航母上方找到了那个悬空而停的银球，声音肯定是从那里发出来的。那个声音厌倦地说：

"你俩都是心地邪恶的坏孩子。不要再留这儿惹我生气了，快滚蛋吧。"

驾驶员也像本伊萨一样呆若木鸡，思维完全被冻结。两只手却驯顺地猛打方向。快艇打了一个陡峭的转弯，艇身几乎倾翻。驾驶员急忙稳住艇身，然后飞快地向北岸逃去，另两艘快艇莫名其妙地尾追着他们。

三艘敌艇驶远了，天空中导弹爆炸的硝烟也逐渐变淡。刚才还危机四伏的战场突然平静下来，中午的太阳像往常一样照耀着这片细浪翻卷的水域。戴维森的视野随着那道波束又转回来了，转回斯坦尼斯号的司令舰桥，进入作战室内。那个声音微笑着说：

"我的孩子，怎么样，现在该相信我的身份了吧。"

戴维森少将是个虔诚的基督徒，但以他所受的科学教育，既不会相信一个肉身的上帝，也不会相信神迹。没错，刚才他"亲眼"看到了令人目眩的神迹，但它们只能是高度发展的技术。现在虽然他十分震惊，但迅速冷静下来，用最短时间理清了事情的脉络。毕竟，关于"银球主人实际是外星人"的猜测一直在圈内广为流传，他对外星人有一天在地球出现也早有心理准备。

只是没想到自己竟然成了第一个与外星人打交道的人,历史重担突然落在他肩上了。他尽力平静了自己,问:

"您是一位握有高科技力量的外星上帝?"

司令部的人员越来越糊涂了——最危险的敌人就悬在头顶,但他们的长官忽然中止了发布命令,又开始自言自语起来,莫不是他在极度压力下精神崩溃了?一直盯着银球的戴维森用余光发现了部下的狐疑,向手下摆摆手,意思是"先不要打搅我"。那个声音在他大脑中再次笑了:

"可以这样说吧,如果这样说才符合你的理性。"他好心地提醒,"你不用出声的,可以在脑子里同我说话。"

戴维森敬佩地说:"你的美式英语太地道了,没有一点'外星口音'。"

"还在怀疑我的身份?"

戴维森没有承认但也没有否认:"我只是觉得,你的口气和行事方式过于像地球人了。"

"哈哈,傻孩子,你可是把本末倒置了。怎么能说父亲像儿子?说儿子像父亲才对头。我已经守护你们十万年,从人类的蒙昧时期就开始了。尽管我力求不干涉尘世的进程,但也难免在人类身上留下太多的印记,包括通过各种宗教经书留下的印记。"

戴维森如遭雷殛!此前他对"外星上帝"的身份多少留有一些怀疑,觉得这也许是地球上某个阴谋集团布的陷阱,但在听到这句话之后,一切怀疑都如沸水融雪。无疑这一位就是"上帝"了,只有上帝才会有这样的气度,有这样独特的视角——外星上帝与人类子民的相似,原来是因为"儿子像父亲",是因为十万年中上帝在人类身上留下太多的印记!这个答案既出人意料,也完全在情理之中。

不过,他虽然已确认通话者是"外星上帝",但并不能确认他的善恶。毕竟16年来这位外星上帝的行踪过于鬼祟,他的隐形飞球挑逗得各大国高度紧张,互相疑忌,把全世界都拖入疾速飞奔的战车中,刚才就几乎翻车。现在他该用什么办法探明这位上帝的内心呢——他忽然噤住,然后在心中苦笑。上帝既然能读出他在脑子里说的话,难道读不出他的这番心思!他,以及整个人类，在外星上帝的神力之下变成了透明人，无法隐藏内心的秘密了。

上帝肯定读透了他的思维，但平和地沉默着。戴维森想，也许上帝是想给他留一点面子吧。他苦笑着说：

"上帝，请原谅我刚才心里闪过的不敬念头。"

"不必道歉。你有那种怀疑是很正常的。"

戴维森以军人的果断做出决定——先把基点放在"上帝是善的"这个判断上。如果上帝已经守护人类十万年，那他就不会心血来潮，突然来灭绝他的子民。在戴维森的一生中，既信仰一个至善的、万能的、无限的上帝，也信仰科学。但这两种信仰并不总是能并行不悖，常常会有无法克服的矛盾，无法在理性的基础上调和。现在呢，一个握有"科学神力"的外星上帝的出现，让这种矛盾轻易调和了，所以他的内心宁愿服从这个判断。"上帝，请吩咐吧，我下边该做什么。我想，你既然在潜影匿踪十万年后突然现身，肯定有极重大的原因。"

那个声音缓缓地说："是啊，已经到时候了。我该现身了，该同孩子们见面了。"

声音很苍老，透着疲倦，也透着悲凉。然后是长长的空白，戴维森不得不小心地提醒他：

"上帝，你还在吗？我在听你吩咐。"

上帝说话了，恢复了原来的平静口吻："好的，你听好我的吩咐。你要尽快通知联合国秘书长哈拉尔德，让他带以下七个人来同我见面。这七个人是：中国的姜元善、印度的庞卡什·班纳吉、美国的丹尼·赫斯多姆、俄罗斯的瓦西里·谢米尼兹、日本的小野一郎、以色列的大卫·加米斯、澳大利亚的威廉·布德里斯。他们都是国际物理大赛的历届金奖得主，很容易找到。噢对了，只有最后那位布德里斯隐匿了行踪，你们恐怕一时找不到他，我直接通知吧。不妨对你透露一点情报，最后这位布德里斯就是那个所谓的伊朗军神，刚才的核袭击是他独自策划的，伊朗政府并不知情。"

戴维森大为吃惊，一方面是知道了这次核袭击的真凶，一方面是他想不通，上帝第一次召见的人类代表中为什么包括一位凶恶的恐怖分子，不过他忍着没问。"在什么时候和地点见您?"

"两天之后,在我的飞球里。至于地点,我在南极点等他们吧。那儿多少还干净些,没有被人类弄脏。"

戴维森的心一下子寒透了。虽然"上帝"在对话中一直平和而亲切,但从最后这句话,戴维森能感觉到上帝对人类子民的厌烦,那是一种平静的、无奈的厌烦,因而也是极度的厌烦。他所说的"脏"恐怕是广义的吧。他不敢多想,不想再让上帝听到他的心思,只能恭敬地说:

"好的,我谨遵你的吩咐。"

"也许其他国家不会相信你的传话?我知道你们一直没学会在国与国之间善意相处,遑论互相信任了。时间紧迫,我就破一次例,施展一点神迹吧,我会让世界各电视网全都转播在这儿发生的场景,这样各国首脑就会相信了。好啦,该说的话已经交代完,现在我要走了。"

这段时间里,司令部的人员一直愕然看着他们的长官。虽然伊朗快艇和导弹的威胁已经解除,头顶上可是一直悬着那个银球!在这样极度危险的时刻,戴维森将军却莫名其妙地中断了开火令,先是自言自语,随后是长时间的发愣。他是怎么啦?作战部长乔治觉得应该当机立断,接过舰队的指挥权。当然这样做首先要与同僚取得共识。他用目光同大家商量着,同僚都明白了他的意思,一个接一个点头。乔治走过来,准备代替舰长指挥。就在这时,悬在司令舰桥上方的银球突然消失,戴维森少将像是从长梦中醒来,目光一阵摇荡后很快恢复了清明。他扫视屋内,敏锐地看出了手下人的想法,摆摆手说:

"我没有精神失常,也没有邪魔附体。我在用脑波同他对话——外星来的上帝。"

"外星上帝?"

"对,外星上帝,他刚刚出手救了编队,制止了一场自杀式核爆。"

他简洁地述说了刚才的对话内容。这无疑是天下最惊人的消息:几乎发生的核袭击,核恐怖背后的凶手,突然出现的外星上帝……都是惊险科幻小说中才会出现的场景。通讯部长失口惊呼:

"天哪！"

航空部长迅速看他一眼，苦笑道："你在呼唤哪个上帝？咱们原来那位老耶和华，还是这位新上任的？"

"也许两位是一体吧。刚才他说过，他已经守护人类十万年，还在各种宗教经书中留下了很多印记。"作战部长乔治说。

"我真想看看他的圣容，是长着犄角，八只长臂，还是像一条蠕虫？"通讯部长说。

"不知道。刚才的对话中我只闻其声不见其面。"戴维森说，"甭管他是什么模样，也甭管他与耶和华是不是一体，那都是小节。我有一个强烈的感觉：此刻人类已经走到了大地尽头，再往前一步——可能是天堂，更可能是地狱。"他阴郁地说，"谁让我们太不争气？人类走出非洲已经十万年，直到今天还是沉湎于互相残杀。"

海峡已经风平浪静，航母编队取消了作战状态，驶出霍尔木兹海峡，进入辽阔的印度洋。戴维森把这些情况向位于巴林的中央海军司令部做了报告。很快，这份无线电报告就打印为文字，放到美国总统和联合国秘书长的办公桌上。

几乎在同一时候，全世界的电视全都开始播报一则同样的惊人消息，也就是姜家邻居喊叫的"外星上帝让姜元善上天"。各电视台随后乱作一团，因为没人能说清，播报这个消息的通知或批准手续是如何下达的。

在地狱般的死寂中，鲸鲨号潜艇一直在 200 米深度向东航行。哈利德一直用枪口威慑着艇员，但忍不住频频回头，不安地看看布德里斯。布德里斯心中的不安同样越来越重。他策划的这次袭击是步步连环的棋局，从诺尔导弹在预定时刻自动点火，到本伊萨手中的核弹爆炸，也就十分钟时间，所以核弹这会儿肯定已经引爆了，海面上已经掀起狂暴的巨浪——但为什么潜艇感受不到任何震波？还有，艇上的长波通讯器也没有动静，如果在霍尔木兹海峡发生了核爆，伊朗军方肯定会在第一时间通知潜艇的。

他用了 16 年时间才烹出这道复仇大餐，为此耗尽了才能和心血。计划的每一个步骤他都反复校核过，按说不会出问题的。说句自负的话吧，要想阻止它除非神力！那么，现在神力出现了？

潜艇艇长纳贾尔默默凝视着他，脸上木无表情，但布德里斯能准确猜出这家伙的鬼心思——赶紧打发这俩魔鬼离开潜艇，然后用火箭筒把他俩轰上天去！就连这一点，布德里斯也在计划中做了预防，等他和哈利德一离开潜艇，潜艇内就会立即发生爆炸。凭这些伊朗军人的智商，玩不过他的。这次复仇计划可以说天衣无缝，它究竟在哪儿出了差错？布德里斯断然下令：

"停止前进，上浮到潜望镜高度。"

纳贾尔看看他，非常乐意地执行了这个命令——他同样迫切想知道海面上的情形。哈利德用眼神向主人表示了疑虑：潜艇此时离核爆中心还不够远，如果核弹因某种原因延迟爆炸，而潜艇上浮后正巧赶上，有可能造成严重损坏的。布德里斯知道他的担忧是对的，但这会儿顾不了那么多了。

潜艇停在潜望镜高度，纳贾尔看着布德里斯，等着他下一步的命令。布德里斯命令：

"升起潜望——"

他的命令突然被一个声音打断了："布德里斯，总算找到你啦。"布德里斯愕然四顾，但周围所有人此刻都紧闭着嘴巴。"不用惊奇，我这会儿在海面上空，用脑波同你说话。首先要遗憾地通知你，你的那枚钚弹没有爆炸，因为那个叫本伊萨的家伙手指突然抽筋啦。"说话人笑了，"我知道你的袭击计划天衣无缝，除非神力才能制止，所以我不得不出面了。"

布德里斯的大脑飞速旋转，努力想辨识出大脑中的声音。这个声音他肯定没有听见过，但奇怪的是又非常熟悉。他想起来了，它应该在梦境中出现过，而且不止一次。在梦境中它常常是高高在上，带着居高临下的威势，带着穿透人心的力度。布德里斯知道潜艇内有十几双眼睛正紧盯着他，但仍忍不住低声问：

"你——究竟是谁？"

周围的人，哈利德、纳贾尔、潜望镜军士，都愕然看着"军神"在喃喃自语，怀疑他是不是突然精神失常。那个声音平和地说：

"你已经猜到啦,我就是在你梦中多次出现过的那一位。无须多问了,赶快来见我,见面后一切都清楚了。眼下你得离开潜艇,设法与联合国秘书长联系,他会带你和其他六个人来见我的。对了,还要说一点,"最后这段内容是对艇上所有人传送的,"你和哈利德离开潜艇时不要玩那一手了,饶了潜艇上的 19 条性命吧。纳贾尔艇长,你也别再计划着用火箭筒轰他们了,布德里斯已经预料到你的打算。"说话人微微一笑,"纳贾尔,你是否正猜测我是谁?不妨把我当作你们的天父。"

19 名艇员都很吃惊——天父真的现身了?哈利德紧扣着乌齐式冲锋枪的扳机,恶狠狠地瞪着这些伊朗人,忍不住想把子弹倾泻出去。策划了 16 年的恐怖袭击就这样失败,他实在不甘心!布德里斯同样不甘心,但他没有丝毫犹豫——那个奇特的声音唤醒了他梦中的记忆,他知道这个声音是不容违抗的。他苦笑着说:

"哈利德,这次的计划只能放弃了。纳贾尔艇长,听从天父的旨意吧,咱们都别打什么鬼主意了。你让潜艇立即上浮,我要去见他。"

纳贾尔没有犹豫,顺从地执行了这个命令。

第五章　恩戈星先遣军

一

先是一片暗黑的虚空，它无边无际，无始无终。然后，很缓慢地，从暗黑中开始浮出一些细小的光点。这些光点都很孱弱，大都是一闪即逝。随着虚空中温度的缓慢增高，光点逐渐加强，直到可以稳定存在。稳定的光点越来越多，邻近的光点开始接触，形成无数细小的枝丫。枝丫迅速扩展，互相搭接，而且搭接的速度越来越快，直到出现一次大规模的雪崩——唰的一下，所有闪光的枝丫全部连在一起，形成一个透明的统一的树形结构。到这时，阿托娜的意识开始从虚无中浮出来，并慢慢变得清晰。她的第一个完整意识是：

这是一千多年太空旅程中又一次例行的从冬眠中苏醒。

但像往常一样，深藏的惧意也随之浮出。她早就知道，冬眠者再建意识的过程一定会伴随"记忆回放"——冬眠者整个人生阶段中深镌的记忆，尤其是童年记忆，会在头脑中自动播放一遍。但冬眠者此时无力控制脑波的对外泄露，所以这些记忆实际也在公开向外播放。阿托娜最担心的是：让同船的土不伦殿下得知她保有一些非法记忆！

记忆中是肃杀的战场，尸横遍野，到处是血色的火光。恩戈星的太阳仿佛浸透了鲜血，颜色暗红，低垂在地平线上。胜利者的军队如潮水般一拨一拨涌来，把残余的败兵围得水泄不通。不过这时双方都已经放下火器，抽出短刀佩剑。这是恩戈星的习俗，凡有勇气用冷兵器进行最终决斗的失败者，其家族内15岁以下的女性将获得赦免——前提是她们要宣誓效忠新主人，封闭自己的记忆，忘掉原来的姓氏，为新家族的男人生儿育女。

胜利者是葛纳吉的军队，那时他还不是全恩戈星的大帝，而是反抗哈珀人的各国联军的统帅。经过80年的浴血战争，哈珀人终于被打败了，但战火马上在恩戈星联军内部燃起。阿托娜的父王是第一个起来反抗葛纳吉大帝的国王，也是坚持到最后的一个。

此刻的战场像墓场一样安静。外边的军队按兵不动，耐心地等着圈内的失败者安排后事。后者分成三拨：一拨是准备参加决斗的男性，包括所有能拿得动刀剑的少年；一拨是准备自杀的成年女性，还包括两个没有行动能力的男性幼儿；最后一拨是即将改换姓氏的15岁以下女性。五岁的阿托娜在第三拨。那时她已经知道恐惧，她恐惧地默默观看着，把眼前的一切刻印到孩童的记忆中……妈妈、姐姐和阿姨们悲凉地同男人们告别，抽出佩剑先杀死男性幼儿，然后自杀，勇气不足的就让丈夫或父亲代劳。父王拎着一把鲜血淋淋的佩剑，仔细检查了第二拨的所有尸体，确认她们都已经死亡。然后走过来，同阿托娜等女孩儿们拥别，大呼道：

"尽快忘了我们！用你们的新姓氏活下去吧！"

父亲长啸一声，率领最后15个男人投入战斗。他们要力争多杀几个人，为那些"改换姓氏"的未成年女性赢得足够的尊敬，这同样是恩戈星的习俗。这一波战斗很快就结束了，最后的十几个男性亲人横卧在血泊中，他们身边是两倍数量的敌方将士。父王坚持到了最后，他也有幸得到最高礼遇——葛纳吉大帝亲自与他对决。这两位老友都十分熟悉对方的剑法。父王在最后一搏中用了全力，但葛纳吉的剑术还是高出一筹。阿托娜记忆中最后一幅场景是：葛纳吉国王从父王体内抽出佩剑，斜举佩剑向死者行礼，剑尖渐渐沥沥地滴着鲜血。他下令厚葬死者，又主持了阿托娜等女性的改宗宣誓仪式，带她们回国。

按照宣誓内容，阿托娜应该彻底关闭有关记忆，忘掉姓氏，忘掉家族的仇恨，彻底融入新的家族之河中。她也真心愿意这样做，

与吾同在

但童年的记忆太牢固了啊……

阿托娜彻底醒了,立即关闭了这段童年回忆,把浮出来的恐惧小心埋好。她慢慢活动着五条腕足,攀缘着走出冬眠机,来到驾驶舱。在1200年的旅程中她已经多次冬眠和苏醒,早就熟悉了这些程序。但这次她觉得有某种异常,是一种弥漫四周的无声无息的异常。她随即恍然大悟:飞船上已经有重力了。当然,飞船在旅途中一直有重力,但那是人造重力,是指向飞船径向中心的;而这会儿是均匀的自然重力,是指向飞船底部的。显然飞船已经抵达了目的地,漫长的旅程终于要结束了。

舰长土不伦王子殿下戎装整齐,腰间佩着葛纳吉大帝亲赐的军魂剑。这艘先遣船中只有他和阿托娜两人,而且很多时间是一人进入冬眠,只余一人值班,所以大半时间他们懒得穿衣服。裸体的土不伦殿下非常性感,但这会儿,一身戎装更让他英气逼人——在参军前他就以英俊倜傥而在恩戈星闻名,有多少女人为他倾倒!阿托娜悄悄凝视着他的背影,心旌一阵摇荡。

土不伦这会儿手动驾驶着先锋号飞球,而在一千多年的航程中飞球一直是自动驾驶。这说明飞船确实到达地球了。她正要询问,舰长回过头严厉地命令:

"关闭脑波,从现在起只准用语音交流。"

那么,肯定到地球了。土不伦舰长早就下过命令:一路上不得同达里耶安先祖联系,到达地球后还要关闭脑波功能,以免万一被先祖察觉。他打算秘密接近和进入达里耶安先祖的飞球,把那位早先的"地球特使"控制起来再说。土不伦曾向阿托娜解释:

"达里耶安是全体恩戈人敬重的先辈,更是葛纳吉皇族的直系先祖,所以大帝才特意指派一位王子担任先遣特使,以表达对先祖的敬重。"他没有说出来的另一个原因是:对于地位尊贵的达里耶安先祖,只有派一位王子才有足够的临机处置权。"我相信他绝不会违逆恩戈人的利益,不会反对远征军对地球的征服。但凡事谨慎为好,毕竟这些生活在尔可约大帝时代的人,尤其是传教使团的团员们,都受博爱精神与和平主义毒害,中毒极深。"

阿托娜也穿上军服，佩上军魂剑——当然以她的低微身份，这把剑并非陛下亲赐。她穿的军服是特意为随军女性设计的，能让女人更为妩媚和性感。可惜舰长这会儿忙于降落前的准备，没工夫注意她的女性魅力。他吩咐阿托娜设置飞船主电脑，把恩戈星的五进位换成地球的十进位，恩戈星年换算成地球年，其它计量单位也都加以换算，以便他们能更快融入地球环境。阿托娜迅速进行了设置。已知一恩戈年相当于1.12地球年，换算后的几个主要数据是：

地球至恩戈星的距离：102光年；
此次航行所花费时间：1190年；
达里耶安先辈在地球上逗留的时间：99897年即大约10万年。

先锋号飞船已经非常接近地球了，它是正对着晨昏线接近的。飞船下方，那颗漂亮的星球正从睡梦中醒来，明亮的阳光在地平线上迸射，融化了这边的黑夜。透过云眼，能看到蓝色海洋、白色雪山和绿色大地，这些景象与恩戈星非常相似。经过1200年的乏味航行后再次目睹这迷人的景色，两人都心旷神怡。这确实是一颗漂亮的星球，它很快就要变成恩戈人的新故乡了！

先锋号启动了隐形功能，悄悄向地球降落。他们一边用反隐形装置寻找先祖的那架飞船，一边对地球进行初步考查。先祖在十万年前到达地球后，一直向母星传送着关于地球的详细资料，开始时是双向交流，到后来变成了单向交流，最后完全中断。因为恩戈星在哈珀人占领期间进入了长达三万年的"黑暗时代"，所有太空通讯站都遭荒废。直到1340年前——扣除这趟旅程所耗费的时间，大约是150年前——在葛纳吉大帝领导下，恩戈星文明才得以艰难复苏。

这都是十万年前那位"伟人"尔可约大帝造的孽。

地球科技已经相当发达，数千颗卫星在天上游弋，以同步轨道上最多，低空也有不少，他们在寻访过程中不得不小心避让。近地太空中悬浮着一个空间站，先锋号经过时，空间站上正好有一次太空行走。他俩在隐形状态下悄悄观察着。这是他们同地球人类——即将面对的敌人——的第一次近距离接触。虽然对方穿着太空服，他俩也算目睹了地球人的丑模样。他们体形狼犺，躯干硕大，双腿分岔，一根细脖子顶着个大脑袋。这种身体结构肯定影响动作的敏捷；但脑容量很大，其本底智力应该不低吧。

那个地球太空人察觉不到隐身观察者。在蓝色水球的大背景下，他动作缓慢地蠕动着，从空间站外壳上卸下一样东西，又动作缓慢地飘飞回舱内，关闭了舱门。土不伦没有在这儿耽误时间，驾着飞球继续降低高度。向下俯瞰，地面到处是宏伟的人工建筑，像高速路网、跨海大桥、百万吨巨轮、磁悬浮铁路等，其繁华程度几乎赶上恩戈星了。也有核潜艇、航母编队、洲际导弹、隐形飞机和隐形军舰，等等。这些数量庞大的武器显示地球人和恩戈人一样，都是非常尚武的物种。地球人的总数接近90亿，和恩戈星的人口数相差不大。但地球人体形硕大，体重是恩戈人的十几倍，所以从生物总量上来说要远远超过恩戈人。

近几百年来先祖没有向母星发送有关地球的资料，所以远征军急于知道地球人现在的科技水平。先锋号绕地球转了几圈，已经能作出一个足够准确的估计了。从科技总水平来看，地球同恩戈星相差约1000年，军事科技的差别稍小一些，大约为七八百年。想想达里耶安先祖乘亚光速飞船来到地球时，人类刚学会磨制石器，还没有发展出语言！这十万年来他们的进步可谓神速，尤其是军事科技发展更快。好在还有700年的差距。虽然从星际眼光来看，700年的差距几乎可以忽略，但也足以让恩戈人把地球人玩弄于腕足之中。

先祖的资料中说，地球与恩戈星的重力、温度、湿度和大气成分等环境相容性为85%，生物相容性超过90%。又说他在地球上一直没使用维生系统，而是直接食用地球上的食物。这样的相容性太难得了。土不伦首先对环境相容性做了验证，他把飞球降落在一片无人区，带阿托娜走出飞球。按先祖的资料，这儿属于亚洲中西部的青藏高原。空气的含氧量确实与恩戈星大气相近，可以直接呼吸。重力稍大一点，但不影响行动。放眼望去，天边是白皑皑的雪山，深绿色的草场向远处延伸，几十只体态优美的动物步态轻盈地从远处掠过。近处两只旱獭立起身子，好奇地观看着两个外星来客。这样的景色就像仍置身于恩戈星上。土不伦十分欣慰，对阿托娜说：

"尔可约大帝当年向各星球派亲善使团，耗尽国力，弄得恩戈星在十万年中一蹶不振，可算是历史第一罪人。不过，那波亲善活动中发现了这个条件极佳的备用星球，也算是一大功德。"

阿托娜依偎在殿下身边，笑着说："先祖在资料中说，地球上还有咱们的孪生物种呢，外形上同咱们酷似，不过是水生动物。"

"没错，它的名字叫章鱼，不过它们是八条腕足，比咱们多了三条。"

"先祖当年提升智慧种族时为什么不选章鱼？至少比较满足美感嘛。你看那些两腿分岔的地球人有多丑。"

"尔可约时代的人都十分循规蹈矩。先祖严格按照有关条令，挑选驻跸星球中进化程度最高的物种。不过不要紧的，咱们安定下来后，你如果想提升章鱼也完全可以，让它作孩子们的玩伴。"土不伦笑着说。

阿托娜禁不住深深看殿下一眼。殿下这句无心之语勾起她一个强烈的愿望，她早就想为殿下生一个孩子了，但未得殿下的允许她不敢私自怀孕。那晚他们就宿在地面上，第一次在自然重力下做爱。土不伦久砺新试，狂暴地抖动着性足，深深插入到阿托娜的性穴内，阿托娜则用五条腕足紧紧箍住对方的身体。按照文明复苏期的恩戈星军队律令，女性严禁从军，以避免"女性的阴柔毁坏雄性的强悍"。但在星际远征军中这条禁令不得不修改，因为一千多年的行程实在太寂寞了，"强悍的雄性"难以在禁欲状态下熬过漫长的行程。所以飞船上配备了一定比例的女性，她们"有义务向战士提供性服务，以维持后者充沛的体力和良好的心理状态"。先锋号上虽然只有两人，也配备了女性。土不伦舰长在出发前已经结婚，妻子吉美王妃也在远征军中，但没能与丈夫同行。这是又一条军队戒律："军事行动中，凡先遣部队的官兵不得携带家人随行。"家人必须留在后方或随大部队行动，实际上是作为人质了，即使王子和王妃也不能例外。由葛纳吉大帝亲自制定的这些军队律令十分严厉，但正是这样的严厉才促成了对哈珀星人的胜利，所以，每个恩戈人包括尊贵的王族都能自觉遵守。

阿托娜不是舰长的妻子，甚至算不上情人，而只是一名地位低微的军妓，这是所有被俘女性的普遍命运。不过她的运气实在太好了，与远征军的母船不同，先锋号只有他们两人，因而得以独享对方的爱情和性爱。在1190年的航程中，除了分别进入冬眠的时间，两人朝夕相处，已经差不多是夫妻了，至少在年轻的阿托娜心中，早就把这位英俊的王子殿下当成了丈夫，当成了终身的依托。

而且据她的感觉，土不伦王子从来没有把她当成一名军妓。不妨对比一下，连地位尊贵的吉美王妃，在航程中也得向同船的所有军人提供性服务啊。想想这些，阿托娜觉得自己太幸运了。

做爱后两人都疲乏了，十条腕足互相缠绕着入睡。不过阿托娜意识深处的恐惧仍在隐隐跳动着。每次苏醒后都是这样。那些童年记忆是绝对不该保留的，因为在外人看来，它可以轻易转化成对葛纳吉皇族的仇恨，转化为一个恶毒女人的复仇行动……她在半睡半醒中努力关闭着脑波，以免殿下察觉她的心事。但土不伦其实也没睡着，这时他忽然向阿托娜送去一个清晰的格式塔：

"阿托娜我告诉你吧，你每次苏醒时，我都能接收到你的记忆回放。"格式塔中送出她的一些记忆画面。阿托娜惊呆了，不知道殿下为什么提起此事，也不知道自己该如何回应。土不伦平静地说下去，"不必把这事放在心上。我知道你并非有意保留它，你本人是想努力忘记的，对不对？"

阿托娜感激涕零，用力点头，把殿下搂得更紧。

"我本不想告诉你的，但我想，把话说透更好，免得你总是被恐惧困扰。"

阿托娜哽咽着："殿下，我不知道该如何报答你。"

土不伦笑了："你已经用你的性爱报答了。"他停顿片刻，似不在意地说，"我在苏醒时恐怕也有类似的脑波泄露，对不对？"

阿托娜惊惧地说："殿下，有关皇族的事依我的身份不该说的。我应该让它烂在肚里。"

"飞船上只有你我两人，但说无妨。"

阿托娜犹豫良久，最后下定决心："那我就说吧。殿下，你在苏醒过程中常常忆起你的母亲——我是说你的亲生母亲。"

土不伦沉默了，很久后叹息一声："对，那也是非法记忆，是我绝对不该知道的东西。"

土不伦的生母是一名低级宫女，而葛纳吉皇族的宫规是除皇后之外均"杀母留子"，然后将婴儿交皇后抚养。这条残酷的宫规实际是对王子的保护，免得亲生母亲将来尾大不掉，与帝权发生冲突，从而累及王子。葛纳吉大帝虽然杀了土不伦的生母，但对这个幼子的疼爱绝不在嫡长子提义得之下，这是大家有目共睹的，也曾引起多少皇子的妒忌。没人料到这位备受宠爱风光无限的王子，竟然在记忆中悄悄为不幸的生母保留着一个位置。

阿托娜说出这个秘密是下了狠心的，她深知其中的凶险。殿下的这段非法记忆与阿托娜的非法记忆有本质的不同，因为——儿童可能有删不尽的童年记忆而胎儿是不会记得生母的。一定是在他长大后有人透露了这个秘密。那么是谁透露的？出于什么目的？如果追查下去，势必在宫中掀起一阵血雨腥风。为了保住这个秘密，土不伦殿下说不定会狠下心把自己灭口……阿托娜凄然说：

"殿下，我十分感激你对我的情意。有你的爱，我这一生已经没有遗憾了。我情愿一死，为你保住这个秘密。"

土不伦沉默片刻——阿托娜说的应该是最保险的办法——重新搂紧阿托娜："什么话，哪里用得着你去死，不告诉别人就行了。"他警告道，"但你必须记住，等咱们重新回到恩戈人社会后，未得我的保护你绝不能再进入冬眠。我不希望在你哪次冬眠苏醒时，有某个不该到场的人接收到那段记忆。"

阿托娜感激涕零。"请殿下放心，我一定谨遵吩咐。"

停了一会儿，土不伦平静地说，"你是否想知道，这件事是谁告诉我的？"阿托娜使劲摇头，她真的不想知道更多的内情，但土不伦径自说下去。"是我的长兄提义得殿下。在一次酒醉后无意透露的。他还说他很同情我的母亲。"

阿托娜震惊地瞪着他。提义得殿下说的？是酒醉后的失言？即使以阿托娜的"女人见识"也不相信事情会这样简单，想来土不伦殿下也不会信。但殿下就此打住了，不再说这个话题，阿托娜当然也不会再追问。今天她原有一个打算：旅程已经结束，远征大军的到来也为期不远，两人的缘分说不定哪天就会结束。她想抓紧时间怀上殿下的种子，这是拴住一个男人的最结实的绳索。她原打算今天趁情热时向土不伦提出，但在经过这样一场隐含凶险的谈话后，她没敢提起那个话头。

三天后，他们基本摸清了地球人的现状，但达里耶安先祖的飞球还是没有发现。阿托娜提醒舰长：

"会不会在南北极？先祖如果这会儿正处在冬眠期，可能会把飞球停留在无人区域，以免被地球人打扰。"

"你说得对。地球南极更安静一些，咱们先到那儿看看。"

他们驾飞球前往南极。目前正是极夜，也是南极的冬天。沉沉夜色中，南极气旋搅起漫天风雪，成群的企鹅偎在一起抵抗酷寒。这儿并非绝对的无人区，多少有一些地球人的踪迹，一条冰原公路从大陆边缘一直通到极点附近的两个科考站，那是阿蒙森—斯科特站和昆仑站。风雪中偶然能看见一辆雪地车、几个人影或一面旗帜。当然，对方无法看见隐形状态下的飞球。

在极点附近他们顺利地发现了先祖的飞球，它处于隐形状态，没有停留在地面，而是以"自动悬停和自稳定"功能悬在空中，在漫天风雪中岿然不动，与背景形成"动"与"静"的强烈反差。

土不伦驾着飞球小心地接近。在接近过程中他一直细心探测着，没有探测到先祖的脑波，可以确认他此刻处于冬眠状态。现在要接合了，两架飞球轻轻一撞之后自动接合。土不伦开启本船的旋开式舱门，又按照从传教使团档案中获取的对方的开启密码，从外面打开那边的舱门。两架飞球现在连通了，他们沿着甬道悄悄进入另一个飞球，首先看到冬眠机的工作指示灯确实亮着，两人屏住气息，用腕足攀缘着走近冬眠室，透过透明的室门，凝望着这位十万年前就远离母星孤守地球的先辈。

先祖在冬眠机中保持着吊姿，五条腕足吸在顶板上，头部下垂，闭着双眼。头部的皱纹深而密，体表颜色由正常的淡黑色变成银灰色，并且深度角质化，这些形态彰显了他的高寿。根据先祖传送的资料推算，扣除进入冬眠的时间，他的生理年龄大约有180岁，应和葛纳吉大帝并列为恩戈人的第一人瑞。土不伦凝望着先祖，止不住心绪激荡。他和所有现代恩戈人一样以蔑视的态度看待那个时代的传教士。那些传教士抱着非常虔诚的信念，"要把理性之光和爱之光撒播到宇宙每个角落"。但历史证明，这种信念过于冬烘和迂腐。那次善举的结果是母星被耗尽资源，轻易被哈珀人征服，陷入几万年的黑暗时期。更可悲的是：凶恶的哈珀人正是被本星球传教使团所提升的种族！所以，说这些传教士们是母星的千古罪人也不为过。

不过，此时此刻，在经历了1190年的航程后，在外星球上见到自己的先祖，土不伦仍然抑制不住激动之情。尽管先祖的信念是错的，但他为了践行自己的信念，独自一人在这儿苦守了十万年，让人不由生出深深的敬意，也伴着深深的怜悯。

阿托娜体会到舰长的复杂心绪，默默靠近，把她的腕足缠绕在舰长的腰部。土不伦不愿接受一位女下属的安慰，委婉地推开她，小声命令：

"你在这儿守着他，如果他醒来马上告诉我。我去球舱里检查一下。"

阿托娜点点头。

出发前土不伦仔细研究过传教团所乘飞球的设计图纸，对其内部结构非常熟悉。球舱内的布置一点儿没变，只是显得陈旧和沧桑。维生系统一直没用，沉积了厚厚的灰尘。"地狱火"是为传教者配备的自卫武器，威力强大，但同样灰尘满身，估计也没怎么用过。"与吾同在"智能系统肯定是使用最多的，键盘上的字迹已经严重磨损，漫漶不清。土不伦出发前已经熟练掌握了如何使用这种旧式电脑，他打开电脑，输入传教团的密钥，顺利进入资料库。树形目录的第一层显示以下几个分类：

　　吾王圣谕；
　　飞球各系统使用指南；
　　恩戈星百科全书；
　　个人资料库；
　　守护日志。

与吾同在

  他先点开个人资料库，库中内容多为先祖家人的照片和录像，有先祖的父母，有他的年轻妻子，但没有儿女。据史书记载，"光明使团中最年轻的团员达里耶安闻王命而行，只来得及在新婚妻子体内留下种子"。他的儿子，即葛纳吉皇族的2003代先祖，是使团出发后才生下来的，仁慈的尔可约大帝把这孩子接入宫中，纳入皇族的教育。那时没人会料到，这位出身平民的遗腹子的谱系会延续十万年，并最终带来一个显赫的皇族。

  这份档案中还留着他与家人生离死别时各人的脑波记录。作为先遣舰舰长，此时土不伦有更重要的工作去做，不应在这上面耽误时间，但他忍不住对直系先祖的好奇心，还是打开了它。为了不惊动冬眠中的先祖，他先把脑波记录的输出强度降到最低。但即使是在最低档，突然而至的强劲波涛还是把他"撞伤"了。这里有强烈的离别之苦，有对故土的依依眷恋，也有年轻传教士一心造福宇宙的满腔激情。这阵波涛是如此强烈，连球舱对面的阿托娜都感受到了。阿托娜连忙伸出一只腕足指指冬眠机，再微微摇摆。她是说，冬眠中的先祖这会儿有反应。土不伦赶紧关闭了这段脑波。

  那就以后再慢慢读它吧。

  接着他打开"守护日志"，这才是他要检查的重点。他要以日志内容来确定：身为恩戈人一分子的达里耶安先祖是否会同意葛纳吉大帝的决定：将地球人灭族，把地球作为恩戈星的陪星。毕竟这个物种是达里耶安提升的，又对他们守护了十万年之久，难免会滋生一点儿感情吧。

  所谓守护日志，是在事件进行过程中用一台记录装置同步记录下守护者的脑波，并非事后的补记。所以它是完全真实的，甚至比当事人的记忆更忠实于历史，因为它甚至能记录下主人公潜意识的爱憎。土不伦为了不再惊动冬眠机中的先祖，事先做了一个转换，把脑波转为文字形式来阅读。经过这样的转换，原来的内容会粗粒化，也多少会有失真，但其主干的真实性不会受影响。

  十万年的纪录极为浩繁，他一目十行地看下去。

  很快他就放心了。日志中随处可见先祖对其"子民"的厌恶和无奈，甚至在他刚刚对人类进行"提升"之后就后悔了。细想一点儿不奇怪。先祖参加传教团时刚刚16岁，又成长于玫瑰色的尔可约时代，所以他是一个浸透了理想主义的热血青年，带着玫瑰色的滤光镜来看世界。但他的善举违背了生物自私和邪恶的本性，当然会很快在现实中碰得头破血流。

日志中记述着：这位年轻传教士单身一人来到地球，兢兢业业地挑选了最佳物种即两足人类，对它们进行语言能力的提升。但后者刚学会说话，就用这种能力来组织针对同族的战争……

这场袭击胜利结束了，每个雄性军人都分到了鲜肉，抱着同类的肉饕餮大嚼！达里耶安在狂怒中开动了"地狱火"，把那些天性邪恶的男人们变成了炭柱。一些女人和幼儿急急地赶到，她们也急着来分一杯羹。怒火中的达里耶安又把地狱火指向她们……他长叹一声把武器放下。毕竟这是他亲手挑选的种族，如果把他们灭族，再重新挑选物种来提升——但哪儿能找到天性中没有邪恶的物种呢。

他无可奈何，只好向邪恶的现实屈服。此后十万年中，他的"子民"简直是他无尽的折磨。他们的天性太邪恶了，人类特有的"雄性战争"愈演愈烈，一直绵延在人类的整个进化史上。

羽翼丰满的非洲晚期智人带着弓箭梭镖走出非洲，向欧亚大陆扩张。他们碰到了各地的原始人，那是他们的叔伯兄弟，是一百万年前从同一个地方迁徙而来的。但新来者对他们没有丝毫亲情，凭着独有的语言能力和更高明的武器，新来者对原住民开始了一场旷日持久的屠杀。比如在欧洲，就表现为对尼安德特人的屠杀，直到后者被斩尽杀绝。

胜利者逐渐繁衍，向全球扩散，分化成黑、黄、白和棕等不同人种，建立了部落，然后是国家。当地球上的"部落"逐渐繁衍，领地互相接触之后，更凶猛的战争之潮又开始了。

大约一万年前，地球上的一切就像按了快进键。战争此起彼伏，简直让飞球内的守护者目不暇接。上下埃及之战、喜克索人灭埃及、赫梯人灭巴比伦、摩西屠米甸灭亚麻力、亚述灭埃及和巴比伦、大流士横扫亚非欧、雅利安人征服印度、黄帝降服炎帝杀死蚩尤、雅典和斯巴达争霸战、亚历山大远征、罗马和迦太基争霸战、十字军圣战、穆罕默德圣战、成吉思汗横扫亚欧……

一代枭雄成吉思汗把整个民族变成了一部残忍高效的杀人机器，其铁蹄横扫欧亚大陆，包括当时处于人类文明巅峰的中国宋王朝。他的屠刀残杀了上亿人。蒙古帝国的帝祚不长，在百十年内即土崩瓦解，没有留下多少文化和宗教遗产。但他们大大扩展了这个族群的血脉，按照 DNA 资料来推算，单是成吉思汗的直系后裔就有六千万。所以，从基因的角度说，他们是最终的胜利者，永远的胜利者。

印欧语族崛起后，干下了"历史上最血腥最丑恶的罪行"，像欧洲血腥的宗教法庭、十字军东征、对新大陆土著进行灭族、劫掠一千多万黑奴、鸦片战争……与昙花一现的蒙古人不同，印欧语族的扩张是全方位的，包括生存空间的扩张、基因的扩张、宗教的扩张、文化的扩张。至今他们仍然占据着人类社会的主流，他们的昌盛简直是对所谓"善恶有报"最锋利的嘲讽。

近三百年来，地球人的智慧在互相残杀的领域大放异彩，尤其表现在武器上：飞机、坦克、潜艇、核弹及洲际运载工具、化学武器、生物武器、基因武器、气象武器、环境武器、太空武器……作为社会学家和动物行为学家，达里耶安在十万年的观察中，提炼出一个独创的概念：

文明自杀系数。

它是指智慧种族自我毁灭的能力。当某个智慧种族中各个对立族群所拥有的武力，从总量上说足以灭绝本种族所有成员时，系数定为 1。当然，拥有这样的武力并非一定会使用，它要受到诸多因素的限制。但尽管有诸多限制，如果文明自杀系数超过 1.5，这个智慧种族就非常危险了。因为，很可能因某个偶发事件引发末日之战，导致整个种族的彻底灭绝，而且再无复苏的希望。

按照达里耶安先祖的计算，在地球上残酷的两次世界大战中人类的自杀系数达到0.65；而在"二战"后的和平年代里，人类自杀系数竟达到惊人的1.55。他们至今没有灭绝，只是因为难得的侥幸。作为一个清醒的守护者，达里耶安这些年来一直提心吊胆，背不贴席！

先祖对其子民命运的担忧中还掺杂有一点私念，虽然可笑但也很可叹——现在，人类的武力甚至已经威胁到守护者的存在。单是人类太空武器的威力就已经超过了飞球上的"地狱火"，假如先祖和孽子们闹翻、不得不兵戎相见的话，这回被烧为炭柱的恐怕就是上帝本人了。达里耶安老了，对于生死倒没放在心上。但如果真的发生这种事，那他作为提升者和十万年的守护者，未免太失败了，太没有面子了……

阿托娜看见冬眠机中的先祖又有反应，忙向土不伦示警。殿下对她的示警没有回应，她赶忙荡过去，用一只腕足拍拍他的后背，用另一只腕足指指冬眠机。沉湎于阅读的土不伦忽然醒悟：虽然事先已经把守护日志调成文字显示方式，但他在阅读中感情激荡，无意中向外发送了自己的脑波，惊动了冬眠机中的先祖。于是他赶紧关闭了"与吾同在"智能系统。

系统里的资料他只匆匆浏览了不到百分之一，不过应该已经够了。在读过的资料中，他对先祖提出的"文明自杀系数"印象很深。他十分佩服先祖清晰的思维，也佩服父王葛纳吉大帝过人的直觉——恩戈星统一后，大帝立即开始部署对地球的远征。那时恩戈星上已经经历了80年的反抗哈珀人之战和40年的内战，在一次御前会议上不少人劝大帝先歇歇脚，喘喘气。大帝大笑道：

"恩戈星经历了120年的战争，已经变成了一个大军营，一个大武器库。我了解我那些剽悍的儿郎们，他们已经玩惯了火，不会耐得住寂寞的。那你们说吧，等他们忍不住再要玩火时，是让大火在家里烧，还是让它烧到外星球上去？"

父王的那番话说服了御前大臣们，从此开始了宏伟的远征计划。父王是个粗人，没有能力总结提升出那个"文明自杀系数"，但他的直觉却与先祖殊途同归。这会儿土不伦对阿托娜说：

"不用再读下去了，我已经放心了。咱们把先祖唤醒吧。"

二

"我太高兴了，太高兴了。"历尽沧桑的先祖喜极而泣，腕足颤动着，脑波的紊乱透出他内心的激荡。"我年迈力衰，余日无多，没想到在辞世前能见到母族同胞，还见到了我两千代后的直系子孙——而且竟然是尊贵的皇族！我太高兴了。"

先祖苏醒时土不伦和阿托娜接收了他的记忆回放，短短的回放凝聚了十万年的沧桑，所以他们能理解先祖此刻的悲喜交加。"先祖，我谨代表父王、恩戈星及天空之王葛纳吉大帝，向你致以最深切的祝福。父王不久将随远征大军同来。"

"谢谢，谢谢。我盼着他的到来。"

"我的叔王罗比让次帝也托我向你转达问候。叔王留在恩戈星作监国，他说他肯定见不到你了，但希望你的灵魂能回到故土。"

"谢谢，我一定会回去的。"

土不伦笑道："我刚刚发现了一点巧合，先祖你发现没有？如果把您身上的皱折去掉，我们俩的外貌非常相像！这说明你的基因特别强大，能把容貌特征保持到两千代之后。"

阿托娜认真比比两人，惊喜地说："真的！你俩真的非常像！"

达里耶安仔细端详土不伦后也认可了这一点。"这真是难得的缘分，这让我更欣慰了。"先祖看看阿托娜，"土不伦，我的孩子，你还没介绍这位漂亮女人呢。是你的妻子？"

土不伦看看阿托娜，不想把事情复杂化，便简短地回答："是的，她叫阿托娜。"

"阿托娜我的孩子，那你就是我两千零四代孙媳了，很高兴见到你。"

土不伦的承认，还有先祖的这个称呼，让阿托娜十分熨帖。她嫣然一笑："我也很高兴见到敬爱的先祖。你在恩戈星是传说中的人物。在我们心目中你差不多是神祇了。"

"我太高兴了，太高兴了。但你们为什么不提前通知我？也好让我有个准备。那样的话，即使死神提前来临，我也会硬撑着活到你们抵达。"

先祖的眷眷情意让土不伦很感动，不过他当然不会据实回答。他用脑波屏蔽术隐藏了真实想法，随便扯了一个原因："在黑暗时代，恩戈星的太空通讯站全部荒废，所以只能单向接收你的信息，甚至有很长时间完全中断。后来倒是有能力恢复了，但我们也想给你一个惊喜。"

"噢，难怪这三万年来一直收不到母星的回音。坦率说吧，在三万年的等待中，我对母星的命运已经绝望了，真没想到还能见到我的同胞。我的恩戈星……还好吧，你刚才说到'黑暗时代'。"

"不好。"土不伦直率地说，"先祖垂询，我不敢隐瞒。希望先祖不要怪罪我的直言。"

"我怎么会怪罪呢，孩子你尽管说吧。"

"先祖，我知道你们当年参加传教团，向全宇宙撒播文明之光和爱之光，是抱着非常美好的意愿。但实际上那次壮举只是一次壮丽的自杀。恩戈星被耗尽资源，又被和平主义磨蚀了强悍和野性，丧失了生存的本能。此后是一个十分漫长的黑暗时代，文明停滞，科技大步倒退，有三万多年甚至沦为哈珀人的殖民地。"

"哈珀人？我似乎听过这个名字，早期从母星传来的传教团资料中提到过。它是……"

"对，它和地球人一样，是传教团当年提升的智慧种族之一。当年第一期传教团派了400名团员——实际也只派了这一期——大部分音讯全无，少部分确知是失败了。真正成功的只有地球和哈珀星这两处，但派往哈珀星的守护人在六万年前就去世了。"

达里耶安的目光黯淡下来。往下的情况不用说他也能猜到——被提升的哈珀人飞速进步，在科技昌盛后向宇宙大举扩张，首先征服了文明衰败的恩戈星。不知道哈珀人是否知道这是他们的恩主？！想来即使知道，也不会影响他们的征服。土不伦看看先祖惨淡的表情，颇为不忍，于是跳过这一段"黑暗时期"，接着往下介绍：

与吾同在

"后来在1340年前——除去我们的行程,应该是在150年前——在你2003代玄孙、葛纳吉大帝的铁腕领导下,恩戈星文明才艰难复苏。但也只是恢复到了十万年前的水平。十万年哪,全被那位伟大的尔可约大帝给浪费了。"他歉然道,"对不起,先祖,我知道这不是你希望听到的消息,我也不想让你殷殷盼望十万年之后最终却收获失望。但我只能尊重事实。"

达里耶安久久沉默着,土不伦能理解他。他为一个美好的理想坚持了十万年,但这个理想却在片刻之间崩塌了,他此刻肯定心如刀绞。土不伦抱歉地说:

"先祖,我丝毫没有责怪你的意思。你们那一代人是泡在博爱的麻醉剂中长大的,是时代误导了你们。可惜的是,尔可约大帝的博爱理想违背生物最原始的本性,当然只能以失败告终。我想在地球的十万年守护中,你肯定想通了这个道理。"

达里耶安长叹一声:"我已经想通了。地球上也有同样的例子,比如印度阿育王和中国宋王朝。他们都是失败者,是善良和孱弱的代名词。"

"对,在你发送的资料中,我们已经了解了这些历史。"

"你说恩戈星彻底复苏了?"

"对,彻底复苏了。哈珀殖民者已经被斩尽杀绝。我的父王葛纳吉大帝统一了整个星球,国力强大,到了向外拓展的时候。父王雄才大略,抓住了这难得的时机。"

达里耶安点点头:"那么,地球肯定是最好的目标,距离比较近,环境相容度和生物相容度都很高。可以说,这是恩戈星的最佳备用星球。"他叹息一声,"能为母星找到这么一个地方,我庶几可以减轻一些罪孽。"

"先祖言重了,我说过,在那次愚蠢的亲善行动中,作为个人来说你没有任何责任。我们还要感谢你找到了这么一个好地方,恩戈人会永远铭记你的恩德。"

"恩德什么的就不用说了。能让我稍尽绵薄,其实是对我的恩惠。这十万年来,我一直盼着能叶落归根,把我的躯壳葬到母星上。这一直只是梦想,根本不能实现的,特别是我同母星断了联系之后。现在你们帮我实现了,因为——地球很快也会成为恩戈人的第二故乡。"

阿托娜笑着说:"先祖你先不忙安排后事,我打赌你还能再活100年。"

"孩子,谢谢你的吉言,我当然愿意多活几年啦。远征军什么时候到?"

土不伦稍稍犹豫,决定不妨实言相告:"大军此刻距这儿两光年,速度为十分之一光速。加上减速过程,大约47年后就可到达地球。我这几天已经考察了地球人的科技,与恩戈人相差700到1000年。说起来实在令人扼腕,十万年前,我们的科技比地球人高出十万年,十万年后,两者只相差不到1000年!都是那个'伟人'造的孽呀。不过,虽然只有这点差距,以远征军的武力对付地球人绝无问题。实际上只使用脑波发射器就足够了,这要感谢你,多年来提供了有关地球人大脑固频的详细资料。"他笑着说,"感谢天父,我们来得非常及时。如果再晚来1000年,结局真的难以逆料。"

这番话中隐含着对先祖的警告:你甭打算帮地球人反抗远征军,完全没用。虽然土不伦已经相信先祖不会偏袒地球人,但把确凿无疑的事实摆出来,对这位耄耋之人只会有好处。不知道先祖是否听明白了他话中的警告,先祖只是说:

"人类怎么办?我估计远征军不会留下他们吧,因为地球人和恩戈人处于同一个生态位,都是食物链的第三级收割者。用句人类的话说:一山不存二虎。"

"按远征军的计划确实打算彻底灭绝他们,但这几天我考察过地球后,忽然有了一个全新的主意,正想向先祖请教。其实完全用不着对人类灭族的,虽然这样做无可非议,但毕竟过于血腥。"

达里耶安很感兴趣:"什么好主意?讲给我听听。"

"很简单的,把地球食物链延长一级就行了。"

"嗯?"

"地球人口已经达90亿,是地球上生物总量最多的物种;其身体组成又与恩戈人有90%的生物相容性,因此我相信其口感也不会差,让他们灭族岂不可惜。我们可以这样做:用脑波干扰器把地球人的智力适度降低,低到刚好够他们自我维持人类种群的再生产。在这个过程中,他们完全可以保持过去的生活方式,吃面包喝牛奶,饮酒吃肉,唱歌跳舞,使用简单机械,我们都不必干涉。甚至让他们保留一点儿文学艺术、科学、哲学和宗教,也未尝不可。恩戈人只用收取什一税就行了。"

"什一税？"

土不伦笑着解释："每年在 90 亿地球人中屠宰 10% 的个体，作为殖民者的动物蛋白来源；再从他们的农业收成中提取 10%，作为碳水化合物来源。两者加起来足够恩戈人食用了。"他笑着问，"我想先祖不会有道德上的不安吧，毕竟地球人就一直在吃猪牛羊肉，那些家畜和地球人同属哺乳动物，其亲缘关系非常近，而我们与人类却没有任何亲缘关系。"

达里耶安沉默很久，土不伦一直含笑耐心等着。阿托娜忍不住，向殿下悄悄发了一个疑问的脑波，土不伦立即严厉地制止了她。很久之后，先祖点点头：

"你说得对。我们和人类之间的生物相容性只是巧合，并不代表我们之间有亲缘关系。所以，食用地球人完全不牵涉到道德上的问题。"

土不伦放心了，继续说下去："如果我的构想得以实行，既不会减少他们的总数量，也消除了他们的反抗，而且恩戈人从此再不用付出任何劳动，这是三全其美的事情。"他笑着补充，"应该是四全其美吧——少了一些血腥。"

这是个相当奇特和大胆的想法，阿托娜也是第一次听土不伦讲说，不知道殿下是什么时候忽然萌生的。她看看先祖，达里耶安久久沉默着，思考着。阿托娜有点怀疑：

"这样算来，地球食物链就有四级了，但恩戈人的食物链只有三级，没有一个例外。"

土不伦说："先祖发送的资料中说，在地球海洋中就有少数四级食物链。"

"但毕竟很少啊。这说明四级食物链属于不稳定状态，很容易因某种天灾而断裂。"

达里耶安这时说话了："阿托娜你说得对，四级食物链一般不大稳定。但你的说法没有考虑到一点新因素，这种因素在文明史上还从来没有出现过，那就是：处于食物链第三级的物种，如果还能拥有一定的智慧和科技手段，就能大大提高前两级食物的生产量。这样算来，四级食物链的稳定维持完全没问题。"

"先祖认可我的想法，我就更放心了。"土不伦很欣喜。

达里耶安赞叹道:"土不伦,我的孩子,你是个伟大的天才。你的这个设想已经勾勒出一种全新的社会结构。在这种新结构中,低智力的智慧种族,或者换句话说是高智力的家畜,既能向更高一级的智慧种族提供肉食和粮食,还能自我保持种群数量的平衡。这是非常合理非常先进的设计,我敢说这种社会结构肯定能够稳定存续,直到千秋万代。"他再次赞叹,"孩子听我一句预言吧:你有过人的睿智,前途无可限量,很有可能成为这个殖民星球的土不伦大帝,甚至成为一个新时代的鼻祖。"

土不伦笑着摇头:"我可没有这样的野心。我想父王已经定下了继承人,就是远征军的司令,我的长兄,才干过人的提义得殿下。"

"不是野心不野心的问题。当一个千载难逢的机遇来到面前时,你敏锐地抓住了它。现在它已经驯服地趴在你的腕足下,赶都赶不走了。我不想预料葛纳吉大帝最终会选中哪个儿子,咱们拭目以待吧。"他看看阿托娜,笑着说,"至于你,我的 2004 代孙媳,也许会成为尊贵的阿托娜天后。"

阿托娜非常震惊。由于自己的卑微身份,她从未做过这样奢侈的梦。现在先祖突然把梦境摊在她面前,把她的眼睛都耀花了。仔细想想,这样的梦并非完全没有可能,如果她的出身不是这样卑微……但出于某种隐秘的心理,她不想在此时向先祖说出自己的真实身份。她只是摇摇头说:

"先祖,我更没有这样的野心。"

达里耶安笑着重复那句话:"咱们拭目以待吧。"他转了话题,"那么,我该为我的玄孙做点什么?"

"你已经做得够多了,以后就全部交给我们吧。"

"不,我一定要做点什么。我说过,这样可多少减轻一点我的罪孽。这样吧,你们也知道,地球人类是一种本性邪恶的物种,直到科技昌盛的今天,人类社会本质上还是兽类的丛林,每个国家都竖着耳朵,磨利爪牙,防止黑暗中突然出现的敌人。既然这样,我可以在这堆火上稍稍加点油,让他们陷入混乱。"他平淡地说,"很容易的,只用我驾着飞球在几个军事大国那儿现一现身就足够了。"

土不伦想了一下:"用不着吧。即使人类不陷于混乱,以远征军的武力也能轻易摆平他们。再说，如果要实行我那个设想，最好能留下一个完好无损的地球。"

"好的，这事以后再商量吧。"达里耶安说，"现在该吃饭了，我来做东道主，为远方贵客们准备饭菜。"

"先祖你刚从冬眠中苏醒，饭食还是由我来操办吧。"阿托娜说。

先祖笑着摇头："阿托娜我的孩子，你不要抢走我的荣幸。我一定要亲手为母星贵客准备第一顿饭。"他起身准备去厨房，"这几天，你们是否食用过地球的动植物？我自打来地球后，一直是直接食用这儿的天然食品。"

"还没有。我们知道这儿和母星的生物相容度极高，但毕竟不敢贸然食用。"

"那么，今天就让你们第一次尝尝地球的美味。两位远客想吃什么？"他看看土不伦，又看看阿托娜，"如果你们想提前验证那个四级食物链的设想，不妨先抓一个地球人尝尝，看看口感如何。也不用到远处去捉，南极冰面上就能找到一两个人类科考队员。"但他随即摇头，"不过地球人体内有病毒病菌，虽然恩戈人的免疫系统不比地球人差，但你俩最好还是谨慎行事。"

土不伦想想："验证口味是肯定要进行的，以后再说吧。"

"那就先吃一些地球人的熟食，我能确保它们的安全性。这些年我偏爱其中的中国食品，我这儿存有很多。"他解释说，"我说的这个中国，几千年来一直是地球上人口最多的国家，也是我最稳定的食物来源，我对它关注较多。"

他拿出一袋袋的熟食，像烤鸭、烧鸡、肘子、火腿、竹笋香菇等，还有几瓶白酒、黄酒和葡萄酒。他说，地球人差不多都爱喝酒，而中国人特别爱喝烈性酒。烈性酒属于轻度毒品，能使饮者松弛神经，产生强烈的愉悦感。饮酒只要不是特别过量，就对健康有益无害。"从化学结构说，酒饮料的主要成分是乙醇，其实就是恩戈星上十万年前流行的图瓦汀。你们现在还饮用图瓦汀吗？"

"还饮用，或者说不久前才恢复这个爱好。"

"才恢复？"

"哈珀人统治恩戈星期间也曾喜欢上这种饮料。但后来发现，相当一部分哈珀人的体质对图瓦汀过敏，只要少量饮用就会造成深度麻醉甚至变成植物人。所以哈珀殖民者后来颁布严令，把图瓦汀列为最凶恶的毒品，严禁生产与饮用，违者格杀勿论。葛纳吉大帝中兴之后才重新挖掘出图瓦汀的配方和制造工艺，它也重新成了时尚，这是出发前40年的事。我和阿托娜都嗜爱它。"

"那么，你们饮用地球烈性酒就没问题了。这几千年来我已经好上这一口，一日不可无此物。所以嘛，我要事先提醒你，在你设计的四级食物链中务必注意一点：让弱智的地球人保留制造酒饮料的最低智力。"他笑着说。

土不伦这会儿很愉快，想和先祖开一个小玩笑："先祖，如果你能原谅我的不敬，我想问一个小问题。"

"请讲。"

"我想问，你一直用什么方式获取食品，包括你最嗜爱的酒类？"

"哈哈，你问我是否'偷窃'？用不着这样，因为地球上各个民族，不管是中国人印度人还是阿拉伯人，都有一种可爱的习俗，常常用各种供品敬神。甭管他们敬的是安拉、西天佛祖、耶和华还是土地爷，我认为实际都是给我的，所以我取用供品名正言顺。"他笑着说，"当然，除了皇家祭礼比较丰盛外，百姓们常常无力献供好酒，这时我只好到某个仓库私自取用一点了。"

食物准备好了。土不伦和阿托娜在吃了1200年的人造太空食品后，今天第一次吃到了天然食品。它们与恩戈星的天然食品很相似，营养成分符合身体需要，味道也不错，他们的每个味蕾都证明了这一点。口感最好的是那种"轻度毒品"，与图瓦汀同样美味，但烈度要高得多。两人饮了三杯，都觉得浑身燃着火焰，愉悦和亢奋一波波冲击着他们的神经。达里耶安笑着收走了酒瓶，说："再喝下去你们要醉了，今天到此为止吧。"

饭后两个客人累了，通过两球之间的通道，回到他们那个飞球内睡觉。达里耶安则一个人独坐着冥思。他有意不关闭脑波屏蔽功能，所以他的激荡心绪也清晰地传到另一个飞球，传到微醉浅睡的那两人脑中。

达里耶安不忍心让地球人落到土不伦所设计的下场，毕竟这是他提升的种族，又为之守护了十万年。他更愿意让两个人类和谐共处。但以他十万年生命所获得的睿智，他知道这只是空想。

关键是，宇宙中的所有生命，当然包括地球人和恩戈人，最原始的本性都是利己的，是邪恶的。因为只有具备这种本性的生命才能尽力攫取资源，在与同类和异类的竞争中活下去。当然也存在另一个相反的趋势：生物在进化过程中会建立某种共生关系，因为合适的共生能够造成双赢。共生必然意味着利他主义。到智慧种族产生后，这种趋势表现为共生圈的逐渐扩大。虽然与强大的邪恶本性相比，共生利他因素先天孱弱；但它一直与前者顽强抗争，并随着共生圈的稳步扩大，利他天性也越来越强。

以地球人与恩戈人的进化程度，也许两三千年后，两者就能被纳入同一个"星际共生圈"，那个前景是何等诱人。但目前肯定不行。以现在双方的心智程度，只要相遇，就只能是一场血淋淋的拼死相搏，最后只会留下一个胜利者。

达里耶安不忍心让地球人沦为"高智力肉用家畜"，同样不忍心让母族的远征军被地球人的核弹夷灭。那么，他必须做出两中选一的决断了。

他的心绪激荡，脑波十分强劲。土不伦和阿托娜在梦中能清晰地接收到他的思维。土不伦醒了，心中颇为感慨。他原认为先祖是因为厌恶地球人才顺当地同意了他的计划，现在看来，他是因为更高层次的思考才做出了两难之中的选择。因为有先祖脑波的干扰，阿托娜也睡得不深。土不伦唤醒她，说：

"你过去一下吧，替我安慰安慰先祖。他做出这个抉择确实不容易。"

"我们俩一块儿去吧。"

"你先去吧，你是他的玄孙媳嘛，"土不伦笑着说，"女人们说话更方便一些。"

阿托娜正想同先祖单独谈谈。"那好，我知道这些天你累了，你安心睡觉，我去劝劝他。"

阿托娜通过甬道来到先祖这边，乖巧地偎在沉思的先祖身边。先祖展开腕足环绕着她，享受着后代的温情。阿托娜关闭了脑波，柔声说：

"先祖，这十万年来你受苦了。"

达里耶安温和地说："不苦，其实我一直很幸运。当年因为我最年轻，传教使团给我分配了一个最像母星的星球，这十万年来我没怎么受苦——除了孤独。更幸运的是,我在辞世之前见到了你们。说不定我还能撑到那一天,看见这儿变成恩戈星的第二故乡。"

"你一定能活到那一天。现在有我和土不伦在你身边呢,我们会尽力照顾你,不到那一天,我们绝不让死神登门。"

"谢谢你啦,我的好孩子。"

阿托娜机巧地转了话题:"刚才你说,殿下会成为土不伦大帝,这个预言太让我吃惊了。"

达里耶安低头看看她:"孩子,这个预言很有可能实现。他有敏锐的眼光,这是政治家最宝贵的素质。如果他预言的社会结构果真实现,那么他的功绩就无人能比,所以,他成为新时代的大帝应该是水到渠成的事。"他谨慎地说,"我不会干扰葛纳吉大帝的选择,不过,如果他愿意征求一个老人的意见,我一定全力推荐土不伦。"

"但愿如你的吉言。我太高兴了,为殿下的将来高兴。不过,即使这个预言能实现,我也永远成不了阿托娜天后。"她苦涩地说。

达里耶安注意地看看她:"为什么?"

"刚才殿下对我的介绍只是出于礼貌,没有说出实情。我不是他妻子,只是为他提供'性服务'的随军女性。他妻子是吉美王妃,随大军行动,47 年后就会与他会面。"出于某种隐秘的心理,她补充道,"根据严格的军队律令,吉美王妃在军中的身份同样是随军女性,也要向所有雄性军人提供性服务,在这上面皇族没有特权。"

先祖颇为吃惊:"是吗?在尔可约大帝时代可没有这样的律令,甚至是不可想象的。"

阿托娜向先祖解释了有关的军队律令。达里耶安在惊定之后想想也不奇怪。因为黩武主义盛行之日,必然也是雄性沙文主义盛行之时,它们是一个邪恶子宫中孕育出来的双胞怪胎。只是在他 2003 代玄孙葛纳吉大帝的治下,雄性沙文主义发展得特别充分,达到登峰造极的地步。

说不定,这正是一代天骄成功的原因。

以达里耶安的洞明世事,他当然能猜到:阿托娜强调吉美王妃也向其他军人提供性服务这件事实恐怕有隐秘的用心。这位阿托娜用心机巧，不会甘心放弃刚刚看到的"天后"桂冠，毕竟这是任何一个女人梦寐以求的幸运，哪怕她的出身非常卑微。现在她是在向先祖求助。她从谈话开始就谨慎地关闭了脑波功能，肯定是不想让土不伦听见。达里耶安想了想，他也小心地屏蔽着脑波，低声问：

"已经相距十万年了，我不知道恩戈人如今是什么习俗。比如，是否还实行一夫一妻制？"

"是的。"

"有没有例外？"

"没有例外，除了葛纳吉大帝和王储有皇室特权。"她从这句问话中忽然看到希望，心脏开始怦怦跳动。

达里耶安又想了一会儿："我再确认一下，你说吉美王妃在这1190年的行军途中，也必须向所有同船的男性军人提供性服务？"

"是！"阿托娜心中的希望更浓了一些，脱口回答。她意识到自己回答得太快了，不免有些尴尬。

达里耶安似乎没有在意她的失态，平和地说："那你和那位妻子就拉平了：她是土不伦的正妻，但在长达千年的航程中一直向其他男人提供性服务；你与土不伦没有法律意义上的夫妻关系，但在千年航程只有土不伦一个男人。我的孩子，我不是说吉美王妃因此就有什么污点——既然那是军队律令所规定的义务——也不是说让你觊觎她'天后'的位置。那样做不恰当，也很难办到。但在这种特殊情形下，虽然你的身份只是普通的随军女性，土不伦应该对你有很深的感情吧，应该不亚于对吉美王妃的感情。"

"对，我相信他爱我。"

"那么，让土不伦大帝有两位天后也是完全自然的，这样对土不伦大帝维持威权会更有利。"

阿托娜看到了绯红色的前景，一时间激动得说不出话来，生怕一说出口，就会打破那个雾中的前景。达里耶安温和地说：

"孩子，我知道你的心意。不必为你的欲望羞愧，哪个女人都会这样想的——其实每个男人也有同样的欲望，表现不同罢了。这样吧，我会尽快找机会对土不伦把话说透。但我希望，从现在起你就把自己看成土不伦大帝——而不是土不伦舰长——的第一助手，尽力帮他实现这个伟大目标。你只要这样做了，相信他不会拒绝你。"

阿托娜哽声说："先祖，我不知道该如何表达我的感激。"

达里耶安没有回话，把阿托娜搂得更紧。侧耳听听，通道那边没有动静，可能土不伦还在熟睡吧。达里耶安确信，从这番深谈后，阿托娜会对自己言听计从。

随后几天，达里耶安向两人详细介绍了地球的状况，包括一些生活方面的实用小诀窍，比如去哪儿取得美食美酒。达里耶安还向两人建议，虽然恩戈人的免疫系统和地球人一样强大，但两人最好注射地球人的疫苗，这样更保险。土不伦立即说：

"是的是的，应该这样做。但这件事以后再说吧。"

阿托娜知道他为什么拒绝——对先祖还保留着一定的戒心，便主动提出："要不给我先注射吧，如果我没有问题，再给殿下注射。"

达里耶安点点头："也好，这样更保险。"他微笑着说，"谢谢你，我的阿托娜孩子——为了你对土不伦的耿耿忠心。"

阿托娜含羞地低下头，在心里悄悄感激先祖的揄扬。土不伦看看两人，没有再反对。此后几天中，达里耶安为阿托娜逐步注射了人类的主要疫苗。除了稍稍发烧外，没有别的反应。土不伦放心了，但仍未同意先祖为他注射，还是说以后再说吧。

这天午饭，达里耶安在餐桌上多摆了三个特大号的酒杯。他先深深看了阿托娜一眼，阿托娜看出他的目光中含有深意，心中突突地猛跳了两下。先祖先斟了三杯"轻度毒品"，一个人全部喝干，笑着说：

"既然咱们一直在饮用地球人的酒，今天我打算依地球人的风俗办事。我先喝三杯，以酒盖面，想对土不伦殿下提一个唐突的要求。希望你一定答应我。"

土不伦疑惑地看看他，与阿托娜交换目光。阿托娜马上猜到了先祖要说的话，心中十分激动。她想绝不能让土不伦看出破绽，就强力抑制住内心的波涛，沉默着等先祖说下去。土不伦说：

"先祖你尽管说吧，能为先祖做事，那是我和阿托娜的荣幸。"

"那我就要说了。孩子，前几天我曾有过一个关于土不伦大帝的预言。"

土不伦很快说："现在提这个不合适，我想咱们不要说它了。"

"不，既然有这种可能，那我就要尽一切力量去促成它，否则我会死不瞑目的。你就把它当成一个垂暮老人最后的心愿吧。但我要提前问一句：你打算对阿托娜如何安排？我前几天刚刚知道，她并不是你的妻子。"土不伦严厉地瞪阿托娜一眼，后者默默地低下头。达里耶安立即说，"你不要责怪她。她想成为阿托娜天后是很正常很合理的欲望。坦率地说，正因为人性中有同样的欲望，才让恩戈星远征大军万里迢迢向地球扩张。领土扩张欲和权力欲本质上是一样的，由同样的基因天性所决定。而且我觉得阿托娜的愿望对你也是好事，如果有两个天后来辅佐一个大帝，只会加强你的力量。何况现在是博弈阶段，多一个强有力的同盟军有什么不好？只有傻瓜才会拒绝。"

他实际是在警告土不伦："你如果拒绝这个上天送来的同盟军，就是在树立一个死心塌地的敌人。"土不伦听懂了，沉吟片刻。其实他并非不觊觎皇位，毋宁说，那是深藏在每个皇家子弟血液中的天性。父王一向宠爱他，而且一直没正式册立长兄为王储，其中显然有深意，他确实有机会的。这次父王让他做先遣特使，让提义得长兄做舰队司令，这种安排很可能与立储有关。从表面看舰队司令当然更为显赫，是一人之下万人之上；但在长达1200年的航程中，舰队司令忙于日常工作，无法过多进入冬眠，所以一路走下来，提义得长兄的生理年龄并不比父王年轻——土不伦相信这很可能是父王玩的心机！因为当正式册立王储时，候选人的年龄肯定是个重要因素。站在父王角度上想，提义得既是嫡长子，其才干也有目共睹，也许他无法在御前会议上贸然提出废长立幼但如果远征之后他的年龄比父王还年迈，为社稷考虑，废长立幼也许是御前大臣们能够接受的改变。综合考虑，自己的胜算应该不比提义得小吧。

但觊觎皇位的并非只有他一人。在他之前有两个兄长曾有过这种念头，都被提义得殿下抓到把柄，摊到御前会议上，弄得这俩家伙掉了脑袋。所以土不伦一直把这个念头牢牢关在脑中，对任何人都没有提过，包括在1200年航程中独自陪伴他的阿托娜。倒不是不相信阿托娜的忠心，但她尽管也算聪慧，毕竟城府较浅，不能与之共商大事。但是，如果按先祖的安排应该更好吧——把阿托娜的地位预先敲定，那么这个女人就会对他死心塌地，甚至比他本人更为迫切。如果这个同盟军成为敌人——不要忘了，这个女人已经掌握了他的一些秘密！他考虑成熟后说：

"我还是那句话，在这个时刻说什么土不伦大帝实在为时过早，说不定还会惹上杀身之祸。"阿托娜对这个表态十分失望，目光变暗了，但土不伦已经适时地变了口气，"不过，如果先祖幸而言中，我对天发誓，一定会册立忠心的阿托娜为天后，与吉美王妃并列。"

阿托娜的沮丧顿时转为喜悦，笑容灿烂，目光灵动。达里耶安说：

"好！你做出了一个明智的决定，我非常欣赏你的果断。但我已经是风烛残年的老人了，难免性急，很想在有生之年把这个安排最终敲定。作为长辈，我想今天就为你们两人主持一个简单的婚礼。好不好？希望你俩不要扫了一位垂暮老人的兴头。"他虽然是询问的口气，实际根本不容拒绝。又笑着补充，"不用担心你的父王怪罪，他总会给我这个面子的。"

阿托娜对先祖十分感激，走过去，紧紧地依偎在他身旁。土不伦估量一下形势，痛快地答应了。此刻他也十分亢奋，因为先祖所描述的前景其实是他一向的梦想，过去他一直把这个梦想惴惴不安地深埋心底，从现在起算是第一次拉开了幕布——而且多了两个得力的助手。

"那么，咱们就按地球人的习俗来开始婚礼吧。"达里耶安在两个大号酒杯里斟满酒，"来，一杯酒敬天地，你们喝干它。"

两人一饮而尽。达里耶安又斟满两杯："第二杯酒敬长辈。你们喝。"

两人再次一干而尽。"第三杯酒为夫妻互敬，干杯。"

喝完这三大杯酒，两人已经面色通红，脑袋也有点晕眩，但主持人没有打算结束。"按地球人的风俗，下面是夫妻交杯酒，知道怎么做吗？"新郎新娘都摇头。"呶，这样端着酒杯，把腕足互相交叉后再喝。不过，地球人只有两只手，而咱们是五条腕足，那么你们喝几杯呢，每人喝三杯吧。"

两人以两条腕足悬挂,其他三只腕足互相交叉,每只腕足握着一只酒杯。然后依次把酒倒入口中。喝完这六杯酒,新婚夫妻都已经不胜酒力,毕竟他们在几天前才开始接触这种"轻度毒品",而且它的烈性是图瓦汀难以比拟的。达里耶安看看他们,笑着说:

"按地球习俗婚礼上必须一醉方休,但你俩的酒量显然不行。这样吧,再陪主婚人喝三杯就算结束。"

最后三杯酒喝完,新婚夫妻已经站立不稳了。达里耶安搀扶着两人走回另一个飞球,安顿他们睡到婚床上。两人腕足交缠,睡得很香。特别是阿托娜,酒力让她更为娇艳,面庞上洋溢着幸福的微笑。达里耶安久久凝视着他们,心中颇为内疚。他以十万年的人生智慧设了一个简单的陷阱,把"欲望"挂在陷阱上作诱饵,很轻易地引得两人掉了进去。想来颇对不住他的玄孙,对不住十分信任他的阿托娜。但行大事不拘小节,因为天平另一端的砝码更重,那是90亿地球人的生存——还有尊严。

两人醉得很深,一时片刻不会醒的。他把两人的腕足小心分开,把两人分别抱到冬眠室中。这艘先遣舰上的冬眠室为左右两室结构,每个室能容纳一人。他把两人分别放好,关上密封门。该如何调定冬眠时段呢?他认真考虑一会儿,最后定为50年。远征军将于47年后到达地球,无法逆料那时的局势会如何发展,自己能否活过这个关口也说不定。但不管届时他是否活着,只要这架飞球没有毁于战火,50年后冬眠机将自动唤醒两人。到那时,地球上的战事肯定已经平息,不管胜利者是谁,总会给他俩一个活命机会吧。这是他能为玄孙夫妻所做的一切了。他启动冬眠功能,冬眠室中的冷雾渐渐笼罩了那对新婚夫妇。他声音凝重地说:

"你们安心休息吧,这儿的事就交给我了。"

至于他自己,这段时间就要非常忙碌了。不仅忙碌,还要尽量抽时间进入冬眠,因为他要努力争取活到47年后——不,一定要活到47年后。只有这样,才能完成他肩负的责任。

虽然他已经180岁高龄,但应该能活到那一天吧。因为,这个突然砸到他肩上的重担给了他活下去的强劲动力。

第六章 密　谋

一

两天之后，当地时间的深夜12点，最后一名"人类代表"布德里斯乘坐的专机降落在阿根廷的乌斯托亚机场。布德里斯匆匆下了飞机，在机场人员的引导下跑步登上邻近的另一架飞机，其他七人已经在机上等候，飞机立即轰鸣着冲上夜空，向南极点飞去。

这是一架由大力神运输机改制的客机，机腹下配有雪橇，便于在南极的雪原起降。机上没有空姐，副驾驶为八名乘客送上饮料后回到驾驶舱了。机舱里，联合国秘书长哈拉尔德把其他七人召集到一块儿，笑着说了第一句话：

"应上帝之召，我们来了。"

他是想以玩笑来冲淡机舱内的沉重气氛，其他七人的响应不是太热烈，微笑而已。这七位天才、国际物理工程大赛的历届金牌得主，都是自信满满的人，但此时难免心中忐忑。因为召唤他们的竟然是——一位来自外星的上帝！外星人平时仅存在于科幻小说、科幻电影和美军的秘密档案中，今天就要真正露面了。而且在他与人类的第一次交谈中，曾透露他守护人类达十万年，从人类走出非洲之前就开始了，那么他实际兼职干着人类上帝这个角色，是地球上各种宗教的信徒甚至无神论者的"通用上帝"。哈拉尔德看看各位的反应，苦笑着说：

"看来各位此刻都是心乱如麻吧，坦率说我也一样。代表地球人去觐见一位肉身的上帝——这个使命我敢说古往今来从没有一个政治家干过。而且听上帝的口气，一场浩劫不久之后就要降临人间。我们的担子太重了啊。"

哈拉尔德不仅是心乱如麻，而且疑惧丛生，他的疑惧大半是针对这位具象的上帝。最近十六七年，这位上帝的行踪太鬼祟，挑逗得几个军事大国几乎擦枪走火。现在他又非常独断地定出了人类代表的七个人选——而且全是武器科学家，这难免令人不安。当然从私德上说，也许这七人中有六个都是绅士和君子，是文明社会的精英，但毕竟他们的职业是研究杀人武器，他们已经习惯于冷静精确地计算某种武器的致死率。上帝为什么偏偏选择清一色的武器专家当代表，而没有选择——比如作家、医生、大学教授、牧师阿訇甚至名声不佳的政治家呢？尤其是七位代表中还有一位布德里斯，简直是人类中邪恶的代表。他刚刚策划了一次惊天动地的恐怖袭击，几乎把美军一个航母编队送进核地狱，也几乎把伊朗甚至全世界拉进世界末日。美国政府曾打算对他全球通缉，伊朗政府更打算对其全球追杀——伊朗甚至比美国更恨这位昔日的"军神"，因为这次恐怖行动是把伊朗摆到祭坛上作为牺牲。这真是个胆大妄为心狠手辣的家伙。

但因"上帝"的钦点，这个恶魔堂而皇之地当了人类的代表。

但不管怎么说，上帝的圣意是不能违抗的，至少在弄清上帝的真实意图之前。哈拉尔德叹息一声：

"既然命运选中我们，我们只有接下这副担子了。大家是从各地分头赶往阿根廷的，这个八人小组现在是第一次聚齐。"这句话主要是说给最后赶到的布德里斯听的，以免他产生不必要的猜疑。"各位先自我介绍一下吧。"

七个人互相看看，姜元善先开口："我叫姜元善，中国人，今年33岁，在物理大赛的金牌榜上我是小字辈。小弟向各位大哥致敬了。至于我的工作，是研究武器的，具体说是研究隐形飞球的——这一点眼下已经用不着保密了吧。我也知道，在座诸位差不多都是同行。"他笑着说，"我早就渴盼着见见我的同行。由于武器行当的严格保密，那一直是不能实现的奢望，今天真是千载难逢的机会。因为我们都是自负甚高的，当我殚精竭虑绞尽脑汁才突然有某个灵感的迸发时，想不到世上竟有人已经走到我的前头，"他看看美国的赫斯多姆，"心里真是不服气呀。"

赫斯多姆是一位白人，高个子，褐色头发，蓝眼珠。他笑着说："我是美国的丹尼·赫斯多姆，今年40岁。至于我的工作，姜先生已经代为介绍，我就不重复了。谢谢这位中国天才的夸奖，我觉得这是最深刻的赞赏。"

皮肤黝黑的印度人说:"我是庞卡什·班纳吉,印度人,今年 39 岁。姜先生说他对某个人不服气,那我不服气的对象应该再多加一位吧。据我得到的情报,至少美中两国的隐形飞球研究走在我的前边。"

"我是俄罗斯的瓦西里·谢米尼兹,今年 35 岁,是第八届大赛的金牌得主。"

面目清秀的日本人说:"我是日本的小野一郎,今年 41 岁。我是第二届金牌得主,但日本研究隐形飞球起步较晚。所以——愧不如人。"

"我是以色列的大卫·加米斯,今年 34 岁。以色列的研究进度恐怕是最晚的吧。"

只剩下布德里斯没有说话,秘书长温和地催促:"该你了,最后赶到的这位。"

布德里斯冷淡地说:"我是澳大利亚的威廉·布德里斯,43 岁,第一届金牌得主,是你们中资格最老的,年龄最大的。至于我眼下的职业就不用介绍了吧,我想你们个个都清楚。其实我们的工作是一样的,无论是恐怖分子还是武器科学家,职业都是杀人。但你们在杀人时还能当绅士,当社会的精英,而我只能当恶棍。想想这一点,"他恶意地学着姜元善的口吻,"心里真是不服气呀。"

机舱内一时沉默。布德里斯说得不错,或者说他把一个事实给挑明了:八个人类代表中有七位是社会精英,只有一个是恶棍。这中间有一条无形的界线,一条心理上的鸿沟。布德里斯显然清楚别人对他的看法,所以一直保持着冰冷的戾意。哈拉尔德不由皱起眉头:八个人类代表中掺了这么一个满腹仇恨的家伙,这个团队该如何协调?也许这正是"上帝"的本意,就像他曾在人类建造通天塔时干过的勾当一样?这时赫斯多姆心平气和地说:

"据说撒旦曾对上帝说过同样的话。"

绅士群体的几人都泛出会心的微笑,布德里斯冷冷地横他一眼,准备反唇相讥。姜元善适时地插进来,笑着说:

"我觉得布德里斯先生说得不错。从哲理层面上说,凡是研究武器、让人类能更有效地互相残杀的人,确实都是恶棍。但其罪不在个人而在社会,是社会需要这些恶棍职业,是人类社会还没有弃恶从善。不过从今天起我们就要改行了,要代表全人类了。布德里斯大哥,"他开玩笑地说,"你可得赶紧完成这个身份转变。"

布德里斯在鼻子里哼了一声,不再说话。

副驾驶来通知他们,马上就要到南极点,请大家换上保暖服。向窗外看,眼下正是极夜向极昼过渡的时刻,天色苍苍茫茫,无边的冰原在薄暮中闪闪发光。极点附近的两个人类科考站都在视野之外,所以这儿仍可算是未留下人类踪迹的处女地。大力神在一块平坦的雪原上滑行降落,剧烈颠簸着停下来,在身后扬起漫天雪尘。八个人穿着臃肿的红色保暖服走下飞机。为了不打扰"上帝"的清净,大力神随即就离开了。

八个人并排站在一道冰原上,等着上帝的召见。他们没有等待多长时间,忽然——八双目光聚到空中的一点,一架巨大的银球在那儿突然出现了。它在薄暮中微微发光,球身呈半透明,下部有无数细小的蓝色尾焰,就像深海中一个巨大的发光水母。银球在天空中迅速移动,转瞬间降落到冰原上。银球下部,一扇旋开式舱门对着八人缓缓打开,明亮的灯光从舱门中泻出。八个人都听到一个无声的声音,脑波直接送到各人大脑中:

"请进。"

秘书长怀着忐忑的心情,回身望望大家,然后率先踏出这"人类历史上的一大步",其他七位跟在后面依次走进舱门。门后是一个长长的向斜上方的甬道,下部是空的,没有阶面,上部有类似公共汽车拉手的圆环。八个人稍稍愣一下,很快反应过来,用手拉着圆环吊起身体,甬道随即自动前行。到这时,"上帝的魔法"已经被还原成"精巧的技术",因为这个神秘的银球显然也是"物质的",虽然所用材料尚不清楚。球内的布局虽然与人类的航天飞机或太空站大不相同,但还是能揣摩出建造者的技术构思,比如说,这个能自动行进的甬道虽然比较奇特,但无非是人类的自动梯,只不过是改为悬挂式而已。他们向斜上方走了约60米,到了一个扁圆柱形的大厅。这儿应该是银球的中心吧。大厅高约五米,面积约400平方米。第一眼的印象给人以上下颠倒的感觉，因为地板上空无一物，只有柔和均匀的灯光。行走其上就如在光雾中行走。抬头看则有如走进喀斯特地洞，天花板上吊挂着许多"钟乳石"，形状都很奇特，但仔细看看，显然都是控制柜之类的东西，因为上面有按钮、仪表和闪烁不停的指示灯。不过，把控制柜吊在天花板上，这种设计比较奇怪，它们该如何操作呢。天花板中央嵌着一个大屏幕，实时显示着飞球外的雪原景色。

大厅里没有主人。八个人正在寻找着，听到一声无声的召唤：

"我在这里。"

八双目光同时定位于天花板某处，那儿，在众多悬吊物中间，他们找到了目标——是一只倒挂的章鱼。章鱼个头不大，相当于人类的十二三岁少年，只是浑身皱纹。脑袋相对较大，悬垂在最下边。两只眼睛很小，深陷在皮肤的皱折里。他几乎没有身体，脑袋之上紧挨着就是五条长长的腕足，所以大致说来，他的外貌是地球上章鱼和海星的混合体。腕足前端显然有吸盘，此刻三条腕足吸附在天花板上，另外两条正优雅地挥动着，点击着控制柜上的按钮。在他的操作中，舱门关闭了，银球非常平稳地升空，然后悬停在某一高度。从头顶那块大屏幕上，可以看到外界的雪原疾速后退，然后定格于半明半暗的极夜景色。现在，那条皱巴巴的章鱼用五条腕足交替抓着各种器物，迅速荡到某个较低的悬吊物前，然后吊挂在那里，他的游荡动作熟练而优雅，颇像地球上的长臂猿。这会儿他与八位代表相当接近了，下垂的脑袋比八人的头顶仅高一米左右。八个地球人的大脑中听到一个声音，声音苍老而平静：

"建议你们在大脑中与我直接对话，愿意用语音的也请便。使用什么语言都可以。给你们吹一句牛吧，地球人类自古以来曾经有过的所有语言我都能熟练使用，甚至包括人类最原始的语言，即八九万年前东非智人那种带弹舌音和吸气音的语言——当然要借助于我电脑中的语言资料库啦，这个资料库会让商博良羡慕死的，他用毕生精力破解的古埃及语，我这儿用一秒钟就能搞定。"

八个人无法判定他使用的是什么语言，反正送到各位聆听者大脑中的，就是他们最熟悉的母语。此前戴维森舰长已经介绍过，上帝在与他对话时，其口吻、表情甚至思维方式完全与人类无异，现在八人也真切体会到了。没等八人答话，上帝又善意地提醒：

"我还要向你们尽事先告知义务：我能听到各位大脑中隐秘的想法，所以不必跟我玩什么心机，咱们尽可坦诚相见。"

尽管他没什么"表情"，但大家都感受到他说最后一句话时是在微微哂笑。

"为了让你们相信我的话，我不妨把诸位此刻的想法晒出来。你，美国人赫斯多姆，此刻正在想：'上帝原来是一条长满皱纹的五爪老章鱼。'你的形容大体不错，那个'老'字用得也很准确，因为我确实老迈，生理年龄也有180岁，这在恩戈人中已经是超级人瑞了。赫斯多姆，你的想法我没说错吧？"

赫斯多姆有点儿吃惊，也多少有点儿尴尬，但很快平静下来，微笑着点头承认："对，那正是我刚才心中的闪念。"

"你，印度人班纳吉，此刻在想：'这位个子矮小的大神是男性还是女性？'我可以回答你，我是男性。恩戈星上与地球一样，生物大部分是有性的，也多为雌雄两性。"他解释说，"我所知道的几个有生命星球上都是两性生物占据绝对的主流，因为这种生物架构能最好地兼顾两个重要因素：基因的稳固传递与合适的变异。"

班纳吉笑问："恩戈星上也有男尊女卑吗？或者正好相反？"

"像地球一样，不同的历史时期有不同的强势性别。大致说来，战争盛行之时也是雄性强势之时。"

"对，这也是地球人类社会的大趋势。"

"你，以色列的加米斯，正在心中调侃：'幸亏上帝没按他的丑模样造人。'我说的对不对？首先我得更正一点：这句话的出发点错了，因为人类并非我所创造，我只是为提升你们的智慧出过一把力。至于我与地球人哪个更丑，恐怕是个见仁见智的问题。但我的审美趣味要宽容一些，十万年的漫长时间，足以让我接受你们两腿分岔的丑模样了。哈哈。"

八个人不由笑了，紧张的气氛有所松动。达里耶安继续他的游戏：

"你，日本人小野一郎，此刻在想：'从悬吊行走方式来看，这位外星人肯定是从树栖生物进化而来的。'你的判断不错。我的母星遍布类似地球榕树那样的巨大植物，很多地方树冠相连，形成了一层严实的树网。所以我们在进化中形成了以荡行为主的行走方式。进化到智慧种族后也没有完全改变，以'空中荡行'与'地上直行'两种方式交替使用，而且更偏爱前者。"

日本人满意地点点头："我很高兴，这证明地球人的理性推理，以及我们的进化论，显然在恩戈星上同样适用。"

"那是自然，全宇宙只有一个物理学——我是指大物理学，进化论也包含其中的。至于你，中国人姜元善，此刻正想：'中国的天眼系统不知道能否发现和击落这个隐形飞球？'还有你，俄罗斯人谢米尼兹，此刻大致是同样的想法。关于这点你们不必着急，以后我会让你们验证的。"

姜元善和谢米尼兹被当面揭出"狼子野心"，未免有点儿尴尬。但他俩知道在这样思维透明的场合中，倒不如大大方方地承认，便笑着说：

"谢谢，我盼着这一天。""我也一样。"

"你，秘书长哈拉尔德，一直对我满怀疑惧，原因是我单单挑选了七位武器科学家当全人类的代表，其中更有一个'恶魔'，他差点把两个国家乃至整个世界都拖进核地狱中。"虽然这是大家对布德里斯的共同看法，但这样当面点出"恶魔"的名讳和恶行，还是让气氛有点紧张。上帝对此似乎并不在意，继续平静地说下去，"不过秘书长先生，坦率地说你的善恶观过于绝对化。你们都是我的孩子，我的子民。你们的天性中都有恶有善，只是程度不同罢了。我对所有孩子一视同仁。"秘书长微微一笑，保持缄默。他不同意上帝把善人恶棍混同。"秘书长是否不大认可我的话？这也难怪，因为你太年轻。如果像我一样经历过人类史上的穷凶大恶，那你也不会对这点小恶过于看重了。"

秘书长受到震动。不错，如果像"上帝"一样经历过人类史上无数的穷凶大恶，比如在人类蒙昧时期，杀人和食人是生活的常态，那么布德里斯的恶行真的很平常。他瞥一眼身后的那位"恶魔"，后者一直表情冷漠，似乎对上帝也怀着戾意，而且他的戾意并未因上帝对他的宽厚而减弱。达里耶安把目光转向他，温和地说：

与吾同在

"你，澳大利亚人布德里斯，我与你有一点特殊的渊源呢。虽然我在十万年的守护中力求不干涉尘世间的事情，但150多年前，在塔斯马尼亚土著被欧洲移民斩尽杀绝的时候，我曾有过一次破例。我救出一个男婴，把他寄放在澳洲大陆一个土著部落里。至于那位婴儿与你的血缘关系，我想你在20几年前就弄清了。"

布德里斯十分震惊，他的冷漠面具被震碎了。他一直想弄清自己的祖先是如何逃过那场大屠杀的，为此做过多种设想，但绝对想不到竟然缘于"上帝的亲手拯救"！其他人也很震惊，他们此前不知道布德里斯的生身来历，现在他们恍然悟出布德里斯为何仇恨社会了，对他的看法也有了微妙的变化，当然不是说他不再是恶魔了，不，他仍是一个浑身浸透了仇恨的恶魔，但至少说他的仇恨有其合理性。

对话进行到这儿，八个人的紧张已经得到有效缓解。如果对话者不是"五爪章鱼"的怪模样，大家会认同他绝对是人类的一员，是一位饱经沧桑、睿智淡泊的老人。来南极之前，八人对上帝召见他们的目的都有很多猜测，其中绝大部分比较阴暗，现在这些猜测已经差不多被融化了。上帝继续说：

"你们此刻的其他想法就不必一一列举了吧。至于秘书长怀疑我为什么挑选这七位武器科学家作代表，其实只是由于一个技术性原因。这七人都是物理工程大赛的金牌得主，都是超级天才又都年轻。年轻天才的脑活动比较强，脑波比较清晰，便于我远距离秘密监测。坦白说，至少从17年前我就开始监测你们七位了，其中有的时间更长。"

七个人的脑波呈现一个猛烈的震颤。长达17年的秘密监视？！这意味着他们从少年时代已经处在监视之下，在这位上帝面前早就丧失了隐私。这让他们对监视者陡然产生了敌意。但他们立即想到，所有隐性思维对上帝都是透明的；而且在这样特殊的时刻，让后者知道他们的敌意没什么好处。因而他们立即硬生生斩断了这个想法，这在脑波上表现为一个陡然的中断。

控制脑中思维并非易事，但在达里耶安眼里这只是三岁儿童的小花招。他笑笑，继续说：

"抱歉我侵犯了你们的隐私权。但其实我用不着道歉，你们一会儿就会知道，相对于人类的生存，那点儿小小的隐私权不值一提。现在咱们回到正题吧。我接下来要发给你们一个脑波压缩包，告诉你们'我是谁，我从何处来，我来此为了什么'。"他解释道，"这些年来，在监测你们的思维的同时，我也断断续续向你们发了一些信息。我的发送手法比较隐晦，在你们脑中只是表现为恍惚的梦境。但是，等你们阅读我的压缩包时，肯定会有似曾相识的感觉。这能帮助你们更顺利地接受它们。只有你，秘书长先生，没有得到过这些预备知识，所以阅读起来可能困难一些。你不必着急，慢慢读，慢慢理解，我等着你。现在我开始发送。"

强劲的脑波开始轰击八个人的大脑，在他们脑海中表现为紊乱的闪光，闪光随即被整理，汇聚成一个个清晰画面，在他们脑中连续闪过：

尔可约大帝用残暴的武力统一了恩戈星，血泊和尸骸使他幡然悔悟。

他倾全星球之力组织亲善使团，要把文明之光和爱之光撒播到宇宙每个角落。

16岁的达里耶安即将乘飞球上天，与父母及新婚妻子依依告别。他刚刚在妻子体内留下种子。

传教团员中年龄最小的达里耶安有幸得到了"最好的星球"，他与母船告别，乘飞球降落地球。

他兢兢业业地工作，挑选到一个最佳物种——两足人类，用脑波发射器赐予他们语言能力。

他震惊地发现，两足人天性邪恶，以刚刚得到的语言能力组织"雄性战争"，残忍地杀戮同类，快意地食用同类之肉，这激起他的狂怒。熊熊怒火中，他用"地狱火"把那些罪人夷为炭柱……但他最终没有忍心将人类彻底灭族。

他最终无奈地承认了现实，长留地球，守护着这个又智慧又邪恶的种族。每百年的冬眠之后他总要醒来一段时间，乘隐形飞球到各地巡视。

> 他既厌恶人类的邪恶，又关注他们，时时担心他们自我毁灭，也尽力压制着想出手干涉的冲动。
>
> 然后是数万年来，特别是近万年来，人类历史一幅幅血腥丑恶的画面……人类就在他的俯视下，磕磕绊绊地一路走来。他们从未放弃对武器和互相残杀的迷恋，甚至在二战后的和平时期，人类社会的自杀系数竟达到峰值……

达里耶安发送的是超级格式塔，既包含语言和画面，也包含着同步的感情激荡。姜元善和其他七个人一样，整个意识都被这海量的格式塔淹没了。正如达里耶安所说，此前他曾断断续续发送过有关内容，以梦境的形式送入到各人的意识中，而且在梦境中各人总是把自己设定为这些情节的主角。正因为如此，他们非常顺利地接收了这个格式塔，与主角的感情无缝对接，与那位上帝同悲同喜。

他们能体会到，在昂扬向上的尔可约大帝时代里，16岁的达里耶安是何等青春飞扬，热血沸腾。他对母星和父母娇妻依依不舍——想想那位面貌酷似严小晨的新婚妻子！她的体内还留有他的种子！——但他的心已经飞走了，飞向浩渺的宇宙，渴望建功立业，泽被万邦，实现尔可约大帝所倡导的高尚理想。

他们能体会到达里耶安成功提升两足人类后的喜悦；但喜悦很快变成怒火和厌恶。有一段时期，就是用"地狱火"杀死那些罪人之后，他陷于极度的沮丧中，把自己关到飞球里，很长时间不愿出门一步。

十万年时间飞速流淌，守护者慢慢成熟了，成长为人情练达的中年人，又成长为心性平和的老年人。他不再透过玫瑰色的滤光镜来看世界，不再苛求自己的子民。既然邪恶是他们的天性，而这样的天性是生存竞争的必需，总不能为此就把他们灭族吧；而且，不管怎样，在十万年的血腥基色中，毕竟有"共生利他主义"的小苗在艰难地长大，虽然它至今仍很孱弱。

上帝老了，余日无多。他不敢断言人类将来能否摒弃天性中的邪恶，但一个父亲总愿意多往好处看儿孙。但愿那株孱弱的"善"之苗最终能长成参天大树……

姜元善和其他六个人解读完这个格式塔，长长地吁了一口气。为了集中精力，他们都是闭着眼睛来接受和解读的。现在先后睁开眼睛，目光都十分复杂。上帝让他们第一次睁开眼看到一个真实的人类，看清了"我"的丑陋，这难免激起浓重的失落。不过，这些东西此前在他们的梦境中都多少有体现，所以对他们而言也不算突兀。七人你看看我，我看看你，目光中蕴含着强烈的感情激荡。这个目光之网也包括了布德里斯，大家在极度的感激激荡中忽略了"夷夏之防"，忽略了君子和恶棍之间的鸿沟。此时只有秘书长还闭着眼睛，眉峰紧锁，毕竟他是第一次接触这些信息，解读起来困难一些。七个人，还有格式塔发送者达里耶安，都耐心地等着。最后，秘书长睁开眼睛，也像其他人一样长长地吁出一口气，向上帝点点头，意思是他也读完了。他的目光中同样含着强烈的感情激荡。

"好了，孩子们。你们已经知道了'我是谁，我从何处来，我来此为了什么'。在守护你们的十万年中，我一直保持着隐身状态，力求不干涉人世间的进程。但从16年前开始，我的飞球频繁地在各地现身，挑逗得各大国几乎擦枪走火。我为什么要这样做？现在我再发送一个压缩包，你们解读之后就会明白。"

尔可约大帝的善举对本星球而言实际上是壮丽的自杀，就如地球上的印度阿育王一样。恩戈星资源被耗尽，和平主义侵蚀了恩戈人的野性和强悍。

形似鳄鱼的哈珀人——他们是恩戈星传教使团提升的另一个种族——轻易征服了孱弱的恩戈人。哈珀人的残暴统治整整延续了三万年。

苦难磨砺了恩戈人，他们的野性也在死亡线上逐渐复苏。达里耶安的2003代直系后代葛纳吉大帝振臂而起，带领恩戈人起义，直到把哈珀人赶尽杀绝。葛纳吉大帝又用40年时间统一了全星球，恩戈星从漫长的黑暗时期中强势复兴。

然后是遍布全恩戈星的"迁徙期的兴奋"，葛纳吉大帝筹划对外星球的扩张。

17年前,远征军特使土不伦秘密抵达地球,与先祖深谈。土不伦说远征军将在47年后到达。并提出了"四级食物链"及"高智力家畜"社会结构的伟大构想。

达里耶安的内心挣扎——一面是对母族的责任,一面是对地球人类的责任,他最终作出了艰难的抉择。

他诱使土不伦舰长夫妇醉酒,把两人送进冬眠室。

他驾驶隐形飞球在世界各大国频频现形……

这个格式塔被解读完后,八个人长久保持令人窒息的沉默。星际战争一向只是极为遥远的威胁,现在突然被平推到人类面前,变成30年后必须面对的现实。人类前景堪忧,可能会从地球上被彻底抹去。但此刻充盈八人内心的倒并非恐惧而首先是愤怒。愤怒是针对那个"四级食物链"和"高智力家畜"的构想。达里耶安理解他们的感情波涛,耐心地等着他们开口。

布德里斯首先说话。他从牙缝里说:"恩戈人想强使地球人的智力退化,变成高智力肉用家畜?"

达里耶安平和地说:"是的,但你不必感情用事。站在恩戈人的立场,这个决策并非多么血腥。毕竟地球人也一直在食用牛羊猪的肉体,而且它们与人类同属哺乳动物,有很近的亲缘关系。而恩戈人与地球人类之间,虽然有很高的生物相容度,但并无任何亲缘关系。所以恩戈人食用地球人并无伦理上的不妥。其实,就连恩戈人来地球扩张生存空间也没什么可责备的,这是每个物种强大后的必然趋势,是所有生物的天性。"他叹息道,"你们刚才从格式塔中已经了解到,地球人的文明自杀系数已经高达1.55,恩戈星上甚至更高。所以葛纳吉大帝决定向外扩张,是依照生存本能做出的正确选择。如果不把毁灭之火引向外部,恩戈人就会在内战中毁灭自己。"

"我的上帝——"姜元善笑着摆摆手,"不,我一向是无神论者,不想用这个宗教上的称呼。我该怎样称呼你呢,守护者?要不称呼你为'先祖',我觉得更亲密一些。"

"先祖这个称呼其实不准确，从血缘上说你们并不是我的后代。不过，我很乐意接受这个称呼。"

姜元善温和地说："先祖请原谅我的直率，我认为你刚才的理性解释不正确。毕竟人类有智慧，有对痛苦的感受力，而猪牛羊没有。再说，人类以自己的劳动换取了家畜的贡献，而恩戈人却打算享用地球人的劳动再加他们的血肉！这种做法太邪恶了。"他的态度很温和，但言辞本身相当锋利，"再说了，我亲爱的先祖，如果你抱着这样的观点，我想你恐怕应该选定另一种立场，与你的母族站在一起吧。"

秘书长有点担心，怕布德里斯和姜元善的激烈言辞会不必要地激怒上帝，毕竟恩戈人是他的同族啊。但上帝没有发怒，只是叹息道：

"你们两位说得对。其实从感情上说，我也厌恶那种社会结构——某个智慧种族强使另一种智慧种族的智力退化，然后去剥削后者的劳动同时还享用他们的肉体——它甚至比地球上的同类残杀更邪恶。因为后者属于'蒙昧的罪恶'，勉强可以原谅；而前者是'文明的罪恶'，'理性的罪恶'，是无法原谅的。不妨告诉你们，就是在土不伦提出这个'伟大构想'后，我的情感立即替我做出了抉择。情感比较盲目，但在这样的大事上常常比理性更可靠。"

这番坦诚的告白让八人心情激荡，感激之情溢于言表。几个人不约而同地说：

"谢谢你。我们无法表达内心的感激。"

"不必感谢。我只是听从了良心的召唤。"

秘书长笑着说："我的上帝，我的内心深处还有些疑虑，也许说出来不大礼貌，但在你的脑波监测下，我就是想隐瞒也隐瞒不了啊。"

"请讲吧。不必客气。我说过，你我之间尽可坦诚相见。"

"刚才那个思维包里说，你是17年前见到土不伦的，那么你为什么不在当时就向人类通报，让我们齐心协力应付危难？"

达里耶安微微一笑："你想不通吗？我把这个问题作为智力测验题，请你们都认真想想，看答案是什么。尤其是你，秘书长先生，如果答不上这个问题，你就没有资格干这个职务。我可以来点提示：不妨想想你在《京都议定书》协商过程中经历过的难处吧。"

他将了这么一军，秘书长真的开始认真思考。姜元善、布德里斯等人很快有了答案，但在秘书长回答前他们礼貌地保持沉默。最后秘书长说：

"我想答案是：鉴于人类的自私与多疑，如果你直接警告人类'危险迫在眉睫'，也许人们并不相信你——一位侵略者的同族人。"

"对。"

"在人类中，国与国之间同样难以互相信任。"

"没错。"

"就像人类应对温室效应的表现：虽然温室危险已经迫在眉睫，但每个国家仍然只考虑本国利益，穷国和富国为减排定额争吵不休，使《京都议定书》拖延到44年后才通过。"

"那已经是很大的进步了。我从没有为这点——为你们由恶趋善的步履缓慢和多次反复——而苛求你们。但是现在面临的是一场生死之战，绝不允许如此低效。"

"所以你决定利用人类的邪恶本性，挑起各国之间严重的猜忌，让他们全力发展对隐形飞球的防御武器。"

"对，一旦你们的'恐惧'和'猜疑'被激活，就能产生强大的动力，而且反应非常迅速，因为它是凭生存本能做出的。可惜我是一个社会学家，不擅长硬科学，无法向你们传授关于隐形飞球或脑波干扰器的技术秘密，只能鼓动你们自己去努力。我这个宝看来是押对了，短短16年，已经有七个国家研制出初步的反制武器，其中两家已经接近完善。有了这个基础，我可以把真相摊开了。你们可以以此为基础，协力部署全球性的防御网。"

"我的上帝——"秘书长摇摇头，"我也改称'先祖'吧，那样更亲近一些。"

达里耶安宽和地说："随你便。"

"先祖，有没有考虑过地球人与恩戈人和谈的可能？"

达里耶安干脆地说："鉴于双方的文明程度，也鉴于双方的悬殊实力，和谈没有任何可能。两个人类的接触只会是你死我活的结局。"他沉重地说，"难道我不想有一个双赢结局？那样我不必背叛母族，良心上好受一些。但依十万年的人生经验，我对此不抱任何幻想。无论是地球人，还是恩戈人，都还没有进化出足够的理性，无法在同一个共生圈内和平相处。"

八个人领悟了这番话极重的分量，都沉默了。

达里耶安坦率地说："由于实力悬殊，这场战争中你们的获胜概率很小。恩戈人有你们所没有的脑波发射技术，而且——不幸的是，我在这十万年中已经向母星传送了有关地球人大脑固频的详尽资料。单凭这一点，恩戈人就足以轻松取胜。你们只有一点优势，那就是：已经从我这儿洞悉了所有内情而远征军还蒙在鼓里。你们必须利用这种优势发动突袭，一击而中，绝没有第二次机会。这次突袭不敢说能够成功，但你们只能如此。"

姜元善沉思着："应该还有一个优势吧。"

"什么？"

"就是土不伦的那个'伟大设想'，可以转化为地球人的优势——既然他要培育'高智力家畜'，就不得不控制脑波袭击的强度。那么这里面就有空子可钻。"

先祖赞赏地说："没错，这正是我的打算。"他继续说下去，"如果你们幸而胜利，那恩戈人即使再卷土重来，也是两千年之后的事了。到那时，地球人已经有了足够的实力，也许双方也有了足够的理性，可以平心静气地商谈，构建一个星际共生圈。如果你们这次不幸失败，'土不伦大帝'那套设想就会变成稳定的社会结构，甚至会延续万年，那时邪恶将长存天地。可以说地球人类正处在一个历史岔路口上。所以——孩子们，好自为之吧。"

在八个人类代表心中，悲凉之潮沉重地拍击着。先祖燃起了一场灾难之火，烧毁了人类现有的文明之路，并重新激活了人类的野性和求生本能。几个小时前，当他们走进这架飞球时都对"上帝"怀着深深的疑忌，现在被他的人格力量所慑服——虽然对一个"五爪老章鱼"使用"人格"这个词似乎词不达意，但他确实有强大的人格力量，无影无形又触手可摸。他对人类子民有真挚的亲情，这种亲情是伪装不来的。虽然他也厌恶人类的邪恶天性，厌恶人类的胡作非为，但在大难来临时，他仍竭尽全力保护他的孩子。而且，在这一段交流中，他的口音、口吻、遣词造句，甚至思维方式，都非常像人类的一分子，让聆听者忘记了他实际的形貌。很显然，不管是"儿子像老子"还是"老子像儿子"，反正在十万年的守护中他与人类子民已经融为一体，文化上的"大同"覆盖了血统之异。姜元善真诚地说：

"先祖爷爷，谢谢你，谢谢你为我们所做的一切。我们一定会珍惜你给的机会，尽全力打好这一仗。不胜利，毋宁死。"

班纳吉严肃地说："姜先生这句话代表我们八个人的心意。"

这句话把"恶魔"布德里斯也包括在内了。在此之前，这个小团体一直把他看成异类，现在这条界线已经化解于无形。智力过人的布德里斯当然感觉到这种变化，他看看大伙，对先祖说：

"我想在先祖面前做一个声明：在与恩戈星远征军的战争结束之前，我放弃在人类之间的仇恨。"

这个"有条件的放弃"未免让其他人不快，但他们没有苛求。布德里斯身边的谢米尼兹和加米斯还友好地拍拍他的肩膀，这个动作表示，大家已经把他当成"自己人"了。当然，大家不会在这短短的时间里完全改变对他的看法，但在"外来的大邪恶"呼啸而来时，人类内部的小邪恶可以先放到一边了。

"先祖，恩戈星远征军将在30年后到达，您是不是为今后30年的备战工作做一个统筹安排？我想你肯定已经有了明确的打算。"秘书长说。

"那是自然，不过咱们先吃饭吧，我想你们肯定饿了。"他笑着说，"我这儿有丰富的地球人食品。我说过，这十万年我一直食用地球食品。请你们稍等片刻。"

他的五条腕足迅速交换着，荡到另一个房间。这边八个人明显地松了一口气。刚才那段时间内，虽说先祖言辞温和，但在那双小眼睛的炯炯逼视下每人都感到无形的压力。秘书长想趁先祖不在面前与大家商量一些事情，姜元善先说了：

"秘书长，那两位恩戈星远征军特使，土不伦和阿托娜，我很想知道他们的下落。"他回头看看大家，"刚才先祖一直没提。"

众人都体会到他的话中之意——对这位外星血统的先祖仍有疑忌。达

里耶安说把土不伦夫妇弄到冬眠室了,那么这两人连同他们的飞船此刻在哪儿?姜元善笑着补充:

"反正先祖能时刻监测咱们的脑波,甭想跟他玩心眼儿,所以咱们心里有什么想法不妨坦诚告诉他。"

秘书长想了想,温和地说:"刚才先祖已经说过,那位土不伦是他的直系后代,先祖肯定对他有舐犊之情,也有很深的内疚。所以对那两位的处置就让先祖一手操办吧,咱们最好不要打听了,好不好?这不是玩心眼儿,是必要的礼貌。"

姜元善想了一下,觉得秘书长说得对。他尤其能体会到先祖的内疚和负罪感——他对土不伦夫妇使用了权谋,骗他们掉进陷阱,又为母族的大军准备了一个更深的陷阱。所以,即使他对土不伦夫妇有什么特殊的照顾也是可以理解的。他说:

"好,我听从秘书长的意见。"

不一会儿,达里耶安拉着一张饭桌过来。餐桌上摆满了中国式的熟食,也有冒着热气的汤类,还有几瓶酒。先祖肯定能听见这边刚才的谈话,但他这会儿没有提它。他笑着说:

"十万年中我已经吃遍了地球上的美食,不过最常吃的是中国食品,我的库存中也以中国食品最多。原因很简单:最近几千年的大部分时段内,华夏农耕区一直是地球上最大的经济体,食品供应相对来说最稳定,所以这些年来我已经习惯了它。你们怎么样?如果哪位吃不惯,我给你调换其它食品。"

"谢谢,我们都能吃惯的。"谢米尼兹幽了一默:"您老人家是外星人都能吃惯,何况我们呢。"众人都笑了。

"至于你,姜元善,一定会觉得可口。我知道你是中国的中原人,而我的库存大部分是汴京风味。从九百年前我就对它有偏爱了。"

姜元善敏锐地说:"你是说——从北宋时期开始?"

"对,那时我是汴京酒肆的常客。可惜我一直隐身,否则《清明上河图》里肯定会留下我的身影。"

从进入飞球到现在,赫斯多姆产生了第一丝不快。从上帝的言谈中可以看出，他似乎对姜元善有所偏爱，而且并不想隐藏这一点。这未免有悖常情——按说作为"上帝"，他应该同西方人更亲近一些才对，毕竟这是西方社会的普世信仰。但换个角度想想，他说的也是事实，几千年来华夏农耕区一直是地球上最大的经济体，那么，对于一个必须"食用人间烟火"的肉身上帝来说，这儿当然是他取得食物的第一选择，没什么好奇怪的。赫斯多姆努力冲淡心中的不快，继续听下去。

先祖用两只腕足悬挂在天花板上，其它三只腕足灵活地舞动着，打开了酒瓶，为每人斟上酒，分发筷子和小勺。三只腕足各行其是，互不干扰，看得人们眼花缭乱。不过，这三只腕足中有一只稍微笨拙一些，用得也比较少。后来他们知道这是恩戈人的"性足"，主要功能是用来进行性行为。从这个意义上说，五爪的恩戈人其实也和地球人一样是两手两足。

"这是中原的黄酒，它和恩戈星的图瓦汀饮料非常类似，这些年来我已经爱上这一口了。来，咱们干一杯。"

先祖的一只腕足翻卷上来，端起酒杯，一张可伸缩的嘴巴向前突伸到酒杯里，迅速吮吸着，转眼喝干了。八个人盯着他的动作看得出神，都忘了喝酒。虽说他的动作很怪异，很滑稽，但大伙儿却感到很亲切。没说的，在十万年的守护中，这位外星传教者确实已经融入人类社会了，连饮食习惯也与地球人无异。这一点似乎比其它因素更能博得大家的信任和亲近。

先祖见大家一直没有喝，催促着："请啊，你们终不成还要向我学习喝酒的方法？"

大家笑了，都把杯中酒一饮而尽，连不习惯烈性酒的小野一郎，还有按教规不能饮烈性酒的犹太人加米斯，也都毫不犹豫地喝了。

"请用餐。"

先祖率先吃起来，用三只腕足卷着食物饕餮大嚼，各种食物和酒类迅速消失在那个可伸缩的小嘴巴里。以他的身材和年纪来说，他的饭量可真不小。八个地球人也完全抛弃了拘束，放开肚子吃起来。这真是一次奇特的经历——在外星上帝的家中食用地球的饮食。吃饭中先祖继续着刚才的话题，因为是用脑波说话，所以毫不耽误咀嚼。他说：

"刚才我说中国食品的供应相对稳定，但这片土地上也从来没有断过饥馑，甚至常常出现饥人相食的时代，主要是战乱造成的人祸。随便举几例吧：五胡十六国时，前秦苻登把杀死的敌兵称为'熟食'，'士卒啖死人肉，辄饱健能斗'；唐初朱粲以大车拉着盐渍人肉作军粮，对士兵说'但使他国有人，我何所虑'；唐僖宗时杨行密攻广陵，军队杀百姓到店铺出卖，'圆幅数百里人烟断绝'；唐昭宗时朱全忠攻鄜州，人肉一斤一百钱，狗肉一斤五百钱……地球人经过几万年的文明化进程，总算抛弃了同类相食的恶习。但在大乱之年，常常是一夜之间兽性就复苏了。那时我作为守护者，总是担心这个乱世会一直乱下去，直到某个民族彻底灭绝。我这个担心有道理啊，都知道由善入恶易，由恶入善难；由治入乱易，由乱入治难。当全社会都陷入道德沦丧，当教化的力量彻底崩溃，还能去哪里找回由恶入善的动力呢。宗教信仰吗？偏偏在中国这片土地上，宗教根基从来不深。"他说，"当然，这样的乱世不光在中国有，各国都一样的。而且有些土著小民族，确实因为'猎人头'恶习最终导致族群灭绝。"

他又说："这个话题太大，不是一顿饭时间就能讨论出结论的。不过我确实感到很迷惑。坦白说，关于人类社会由恶入善的动力，我在十万年的守护生涯中一直在思考，但至今不敢说已经完全弄懂。"

大家都陷入沉思。这个连"上帝"都不能回答的问题，当然没人能回答。由乱入治的动力肯定不会基于人性中的善，并非说它在乱世中就不存在，但它太孱弱，绝对无法阻挡滚滚而来的邪恶洪流。姜元善说：

"也许那个动力不是因为'善'而恰恰是因为'恶'。当邪恶充斥天地时，恶与恶就会互相碰撞，同归于尽，让孱弱的善之花有一个缝隙能生存下去，直到重新怒放。"他笑道，"我这都是空话，说了也等于没说。"

"不，不是空话，这个观点有合理的内核。"先祖说。

"至于在中国这儿，也许还有另一个原因，即庞大的人口基数。所谓树大自直，在一个庞大的共生圈内，利他主义天然比较强大。不会像某些小的土著民族，因为一时的邪恶膨胀就给弄得灭族，再也不能复苏。"姜元善再次摇摇头，自我否定，"仍然是一个空泛的解释，说了等于没说。"

与吾同在

秘书长觉得这个话题太沉重，想调节一下气氛。"不管是什么动力，但人类遭逢乱世后总是能自我救赎，在几十年间最多几百年间回到正常社会。这个趋势是历史已经多次证明的，世界各地都是如此。不妨拿我的母族为例，"他笑着说，"挪威人的先祖是著名的维京海盗，他们横行200多年，杀人越货，无恶不作。但最终被相对温和的基督教文化同化了。现在，在挪威丹麦这些北欧国家中和平主义根深蒂固，在世界各国中首屈一指，这是公认的事实。想想吧，由海盗后代去评诺贝尔和平奖是不是颇有讽刺意味？但反过来说，这也是人类自我救赎的绝好例证。"

"你说得对。"先祖说，"说起同化，中国也是很好的例证。中国历史上多次发生这样的同化，像游牧的黄帝族同化于炎帝的农耕文化，戎狄之国的秦同化于六国的华夏文化，北魏、元、清同化于汉族文化等。而且，都是'征服者'被'被征服者'的文化所同化，是'狼性'被'羊性'同化，这种屡试不爽的反向同化，在全世界以中国最典型。我对这种现象看得很重，我想这种反向同化中藏着那个答案：人类由恶趋善的原动力。"他用一只腕足指指秘书长，"维京海盗被基督文化所同化，同样是一个例证。"

这些讨论更拉近了先祖同大家的距离。虽然看着这位"有皱纹的五爪老章鱼"在饭桌上大吃大喝还难免有点不习惯，但听着他的言谈纯粹是地球人了。秘书长在闲谈中一直没忘记他的职责，瞅机会把话题拉回来：

"先祖，你说在饭桌上商量全球的备战安排，现在请讲吧。留给我们的时间真的不多了。"

"好吧。"上帝的脑波顿时从温和转为冷肃，八人马上感受到了，餐桌上的气氛为之一变。"有一点不容置疑，地球必须进入战时体制了。有史以来的政府，无非是在民主与权威之间的平衡。"他看看秘书长、美国人赫斯多姆、日本人小野一郎、印度人班纳吉，直率地说，"你们的议会制民主是个好东西，或者说，是一个在特定历史时期很管用的一件东西，但人类在危难关头无法享受这样的奢侈。现在必须成立一个世界政府并加大政府的权威！我建议：成立超越国别的执政团，以在座的七个年轻人为七位执政，统一领导全球。至于你，秘书长先生，请恕我直言，和平时代的政治家不适宜领导战时政府，你就不要参加了。但你也有重要工作——努力说服各国政府接受七人执政团的领导。这很难，因为我说过，走出非洲十万年的人类还远远没有学会互相信任。不过你不必担心，我会在旁边帮你，在这样的危难时刻，我只能放弃'尽力不干涉世间进程'的戒律。对那些拒不接受执政团领导的国家，我会显示一点必要的神迹。"

他说得很平淡，但平淡中蕴含着极端的强硬。他说的"一点神迹"，是用脑波控制各国总统的思维？是夺过各国对核武器的控制权？是借人类的武器来摧垮某一个顽抗的政府？对于今天世界的政治现实来说，一下子由七人执政团来统一领导，实在是翻天覆地的巨变。这样的大事，按说不能在饭桌上拍板。但秘书长考虑片刻，知道这是上帝的最后圣断，无法违逆，而且也确实是形势必需的，于是平心静气地接受了，只是说：

"说服工作会很困难，尤其是在对真相保密的情况下。"

"不，干吗要保密？完全用不着。虽然要对恩戈星远征军绝对保密，但他们与地球人是完全隔绝的。即使人类中冒出来几个仇恨社会者也无法向远征军告密，因为只有我掌握着同远征军联系的密钥——密钥是我从土不伦那儿弄到的。"

这个说法乍一听似乎难以相信，但仔细想一想是对的。同外星远征军的战争确实处于一种特殊的、以往地球内部战争中从未有过的态势中，即：地球上尽可大张旗鼓地动员，还能同时做到对地球外绝对保密。秘书长高兴地说：

"好的，只要把人类的危难处境坦白地告诉公众，我的工作就容易做了。"

"你们七位呢？愿意接手掌管这个世界吗？"

七个人都沉默着。这个变化太过突然，他们无法在短短五分钟内就做出决定。达里耶安再次显示了他过人的强硬，微微一笑说：

"好了，我把你们的沉默当作默认，执政团这件事这就算定了。还有，执政团应该有一位执政长，他对重大问题应有足够的独断权。在执政团的投票中，执政长除了普通的一票外还有一票半的特别投票权。也就是说，当他的意见以三比四处于劣势时，他能运用特别投票权把局面扭过来。当然，这也是他能做的极限了。这项条款既能强化执政长的权威，又不至于造成独裁——特别是胜利后的个人独裁。你们同意这个政治设计吗？"

秘书长看看大家，不快地说："是不是我们只能表示同意？"

达里耶安看到他的不快，心平气和地说："恐怕是的。在人类面临生死之战的关头，效率比权力制约更重要。恩戈人在尔可约大帝后曾一度放弃帝制，但后来在与哈珀人的战争中又重新捡起它，并在多年征战中一直保留，这并非出于偶然。我设计的政治结构已经是最低度的权威了。"

秘书长用目光征求大家的意见后说："好的，我们同意。"

"很好。至于谁当执政长由你们七人投票选举。但我想请大家谅解，危难关头讲不得礼让，我先推荐一个人选吧。因为这几十年来我一直在秘密观察你们，非常清楚哪位的素质最适合干执政长。"他的小脑袋转动着，用深陷在皱纹中的小眼睛依次扫视着七个年轻天才，最后在姜元善的面孔上停住目光。"我强力推荐姜元善。姜，我对你的监控时间应该是最长的，从33年前就开始了，那天，当你和一位女婴同时降生时，我凑巧在那座产房的上空。那位女婴也是物理工程大赛的获奖者，后来成了你的妻子，对吧。"他没有透露当年他对两个婴儿的施福，正是那次施福造就了两个天才。他转而对大家说，"除了他的基本素质，我推荐他还有一个较小的原因——他的某项特殊生理机能，我的计划中要用到的，有关详情以后再说。"

姜元善非常震惊，虽然平时自负甚高，但当全人类的权杖真要凭空落到自己手里，仍不免临事而惧。这个责任太重了，也来得太突然，古往今来，有哪位人类英雄或枭雄会在一夜之间突然握有盖世权柄，掌握着全人类的命运？好在他已经有思想准备，包括多年梦境给他的启示，也包括他这几年准备"挺身而出"时的自我锤炼。只是不知道先祖所说的"特殊生理机能"是什么？他从来没有意识到自己有什么特殊的、能用于星际战争的机能。是指他的武术根底？似乎不像，武术是后天的技能，肯定说不上是"特殊生理机能"。他考虑片刻，平静地说：

"请大家选举吧。如果选上我，我愿把这个担子担起来。如果选中别人，我也会尽全力辅佐。"

其他七人心中都滋生了强烈的不快，这样的大事似乎不该这么仓促就拍板。到目前为止，几项重大决策实际都由先祖一手决定，所谓选举、商谈都是幌子。先祖对姜元善的强力推荐更是勾起大家的担心：刚才他曾显露出对中国食品的偏爱，这会儿又强力推荐姜元善，是不是他对中国人有偏袒？但仔细想想，在七人之间互不了解的情况下是根本无法选举的，即使采取完全民主的程序，以他们七人的见识也无法胜过一位十万岁智者的睿智。上帝的独裁虽然令人不快，但换个角度想一想：假如他没有站在地球人这边，那么人类会一直蒙在鼓里，直到糊里糊涂地沦为"高智力家畜"，也就没有机会甚至没有足够的智力，来表达这点不快了。布德里斯首先表态：

"好的，我同意姜元善为执政长。"

俄罗斯人谢米尼兹说："我也同意。"

以色列的加米斯说："我同意。"

其他三人，印度的班纳吉，日本的小野一郎，美国的赫斯多姆，表情上有些勉强。虽然地球人处于危难关头，但这并不能立即泯灭国家或国民之间的历史宿怨。尤其是赫斯多姆内心里最为抵触。客观地说，现代人类社会主要是在西方文明的奶水滋养下成长起来的，直到今天，西方文明仍是人类文明的主流。那么，让一个美国人来当执政长显然更合适一些。不过，赞成票已经过半，三个人不想做无谓的抵抗，也不想被先祖看低——这种关头还斤斤计较历史恩怨——也就大度地依次做了表态。

"好，姜元善，从现在起你就是执政长，手里握有两票半的投票权，地球上的事就全托付给你和你的伙伴了。我以后要把主要精力用于对付远征军上。"他解释说，"远征军特使被我强制冬眠后，我一直以他们的名义同远征军保持着联系，报告着'一切顺利'。噢对了，我还有一个安排，希望七位执政轮流在我的飞球上值班，大致每年一换。我想，"他微微一笑，"这样的近距离接触，会更有利于双方的交流和信任。"

姜元善笑着说："我们对你的信任用不着强化。不过这个安排很好。哪位愿第一个去值班？"

布德里斯略作考虑："我吧。我想诸位最近都会很忙的，忙于说服和协调本国政府向执政团交权。只有我没事可干。显然，无论澳大利亚政府还是伊朗政府都不会愿意见到我的，我去说服只会帮倒忙。"

达里耶安点点头："好的，你第一个值班。现在请各位准备下机吧，你们看，飞球已经快到联合国大厦的上空了。"七人扭头看看大厅中央的屏幕，发现屏幕上的冰原景色早就换成了蔚蓝色的海洋。这段时间他们一直处于高强度的思维之中，没人注意到屏幕上景象的变换。现在这儿是傍晚时分，夕阳的金光在海面上闪烁，点亮了自由女神像手中的火炬。"哈拉尔德，请你立即和美国防空司令部联系。我知道这儿已经配置了反隐形系统，名字叫美杜莎之眼。我可不想看到七位执政还没上任就集体殉职，还要拉上联合国秘书长和我当陪葬。"

话音未落，一束极强烈的光剑紧擦着飞球掠过，纽约城内警报声响成一片。达里耶安的一只腕足闪电般飞起来，按下一个按钮，飞球疾速下坠，躲到反隐形系统的死角。因为规避动作过猛，飞球内的八人都跌倒了，桌上的杯盘也都摔落地下，狼藉一片。姜元善毕竟有武术根底，反应比别人更为敏捷，半跌之中就稳住了身子。只有悬吊着的达里耶安安然无恙，只是像钟摆似的猛烈晃动。他急忙问：

"怎么样？摔着没有？"飞球重新稳定后，八个人都挣扎着站起来，还好没有摔伤的。"对不起，都怪我，毕竟老了，反应慢了。"先祖开了一个玩笑，"我想，今天的经历充分证明了恩戈人的进化形态比地球人更优越，我们的悬吊方式属于稳定平衡，而你们的站立是不稳定平衡。"

那束光剑还在疾速转动着寻找目标，不过飞球已经处于安全区域。姜元善笑着说："你们的形态还有一个优点呢：下飞球时似乎不用配置舷梯。"

"对，我们是用腕足的吸盘沿着飞球表面下去，非常便利。倒是在你们的平坦公路上，我只能用直立方式行走，太难了。年轻时我还可以，现在非常吃力。"

那边，秘书长和赫斯多姆急急地打着手机，同纽约防空司令部联系。但此刻飞球已经升起，从容地进入那片空域。达里耶安平静地说："你们不用联系了，我等不及，已经直接用脑波向区域防空司令部下了命令。"飞球这会儿干脆显了形，从容地飞行着，果然下边一片平静。飞球飞过东河滨的玫瑰园，飞过广场的189根旗杆，飞过那座枪管打了结的左轮手枪雕塑和那个快要被胀破了的地球铜塑，逼近方方正正的联合国秘书处大楼，然后动作轻柔地停靠在十几层楼的窗户上，因为飞球没有舷梯，八人从这儿越窗而进更为方便一些，虽然这样不大像政治家的做派。舱门打开，一行人走出舱门，越过窗户，进入秘书处大楼。准备在飞球上值班的布德里斯没有下来，姜元善说：

"先祖，我们需要开一次执政团全会，我想请布德里斯也下来，会议之后再让他去飞球值班。"

"好的，布德里斯你也下去吧，五天后我来这儿接你。"他递给姜元善一件乳白色的东西，大致为中空管状，上端小下端大，外棱不是直的，而是呈圆滑的弧形，有点类似于中国古人的束发冠。"给你，这是一件脑波强化器。如果你想同我联系，把它戴在头上就行。"姜元善接过来，上上下下打量，表情颇为震惊。先祖会心地笑了。"姜元善，我的脑波强化器是否让你想起一样东西？"

"是的。"

"是什么？你说说看。"

"中国的红山文化遗址中出土过一种管形玉器，与它的外形颇为类似。那是七千年前的人工制品，当时人类还不会使用任何金属工具。要想加工这种空心玉器，只能用硬树枝沾上金刚砂慢慢钻出小孔，再用鹿皮条沾上金刚砂，透过小孔慢慢锯割。这是非常艰难的工作，这样一件空心玉器也许得几代人的时间才能完成！我对此一直很纳闷，我想在那个茹毛饮血的时代，华夏先民用如此大的投入来制造这种形状奇特的玉器，肯定有其重要目的。"

他没有把话说完，询问地看着先祖。先祖承认了："你的猜测是对的，尽管我一般不直接干涉人类文明的进程，但也偶有例外。比如，一万年前我曾在中东同某位部落领袖有过短暂的直接交往。"

加米斯敏感地说："你是指摩西？"

先祖笑着点头。"七千年前我曾在中国西北干过同样的事。"

姜元善轻声问："你是指……黄帝？"

"准确地说是黄帝之一吧。华夏先民传说中的黄帝其实是诸多部落领袖的集合。那时为了便于远距离交流，我曾把这玩意儿给他用过一段时间，后来收回了。此后我得知，这位部落领袖为了重新得到与上天沟通的能力，以几代人的卓绝努力制造了一个仿品。"他叹道，"他的努力并没有白费，虽然那件仿品不能强化脑波，但至少让他在子民眼中又得到了与神通话的资格。姜元善，你收好脑波强化器，再见。"

联合国广场上有几百个游客，各种国籍都有。他们发现了飞球，也看见一行人从飞球中出来，越窗进入联合国秘书处大楼，便纷纷涌过来，聚在大楼下面向上仰望。他们都从电视上知道"外星上帝"接见七位人类代表的消息，现在人类代表回来了，带回来的是福音还是噩耗？是星际战争还是星际友谊？那位"外星上帝"此刻一定在飞球里吧，他到底是什么样的圣容？可惜飞球没有多停，疾速升空离开。人群目送飞球消失，重新把目光转回刚才进入的那个窗口。在大楼里，秘书长从窗户里探头看看楼下越积越多的人群，对姜元善说：

"在这种场合下，你们最好同公众见个面。"

姜元善点点头，自嘲地说："你说得对。事情来得太突然，我们七个都还没习惯新角色呢。"他同大伙简短地商量几句，领着六人走到窗边，向下面的群众用力挥手，大声喊着：

"七位人类代表已经回来了！有关消息很快就会公布！"

这儿离地面较远，不知道下边能否听清，但下边仍发出一片欢呼。有游客用长焦距镜头拍下这个场面，并通过互联网和电视迅速播到全世界。

秘书处的工作人员很快得知了消息，从各楼层蜂拥而来。秘书长迎上去拦住大家，简略介绍了情况。这边姜元善苦笑着对伙伴们说：

"这副担子来得太突然了，直到这会儿我的脑袋还在发蒙呢，从心理上难以进入新角色。我建议大家好好睡一觉，明天再开会。睡足觉之后会聪明一点吧，你们说呢？"

大家说："好的。我们确实得理一理思路。"

布德里斯说："我也同意，不过我提醒一点：先祖五天后要来接我。"

"咱们抓紧时间吧。"

姜元善走近秘书长，请他为七人安排几个房间休息，再为明天安排一个小会议厅，并邀请秘书长列席明天的会议。他同秘书长紧紧握手：

"秘书长先生，我们几个都是绝对的新手，得依靠你的政治智慧。"

他的表情中含着歉意，秘书长知道是什么原因——虽然话说得很礼貌，但这些年轻人确实打算接手世界了，打算让"和平时代的政治家们"靠边站了。秘书长本人倒没有太失落，虽然他是联合国秘书长，但世界上的事历来是几个大国说了算。在他之上早就有一个常任理事国加非常任理事国的15人"执政团"，而且一向很难取得一致意见，15匹马倒向四五个方向用力。而秘书长就像一个杂技高手，在复杂的力道中艰难地维持平衡。但愿今后的七人执政团是一个整体，那时他的工作就容易多了。

房间安排好了，七人道了晚安，走进各自的房间。姜元善进房间后先去打电话。他原想先打给何副主席的，那边肯定在焦灼地等着这边的进展。随即他悟到现在的身份已经不一样了，在执政团没有得出一致意见之前，他能对何副主席透露什么还得琢磨一下。于是他把电话先打到家里，离家时妻子正临产，他一直挂念着呢。话筒中是爸爸惊喜的声音：

"牛牛！牛牛你回来了？"

"对，回来了，从外星人那儿回到地上了。但没回北京，这会儿我在联合国大厦。"

"回来就好，回来就好，俺们都在担心你的安全。"

"我有啥不安全的？两国交兵不斩来使，何况又不是出使敌国。"姜元善笑着说，"小晨呢，生了没？"

"她这会儿在医院，已经生了，是个胖小子。你妈和你岳父母都在那儿呢。"老爹的心仍在那件大事上，"外星人的事……怎么样啦？"

姜元善当然不会透露。"爸你别急，这两天就会公布的。"

牛牛爸本来也没指望儿子会透露秘密，听儿子的口气似乎一切都好，他也放心了，便说："你给晨晨打个电话吧。你妈带着手机。"

妈妈接到儿子的电话后同样惊喜不迭，岳父岳母也凑过来同他寒暄问好，然后把手机递给女儿。严小晨接过电话，甜蜜地说：

"小东西这会儿睡了，要不让你听听他的哭声，嗓门儿可亮啦！何副主席来看望过，这会儿刚走。"

姜元善非常感激。副主席公务如麻，尤其是在这样祸福未定的紧要关头，还在千忙万忙中抽时间专程来医院一趟，实在不容易。他说："晨，这段时间我不能回去，让几位老人多辛苦吧。"

妈听见了这句话，在电话外笑道："有啥辛苦的？爷爷奶奶外公外婆，四个人伺候一个宝贝疙瘩，只怕时间分不匀还要打架呢。"

"晨，你抓紧恢复身体，为儿子找一个奶妈。你得尽早出来工作，孩子只能全撂给爹妈了。"

严小晨那边沉默了。她是何等敏锐的人，从这句话中足以嗅出战争的血雨腥风。孩子刚出生，他的脐带还连在妈妈的心尖上呢，实在难以离开他。但丈夫的决定是对的，这样的危急关口只有把母爱放到责任之后。她平静地说："好的，我最多一星期把这边安排妥当。"

姜元善稍稍犹豫，叹息着说："一星期也太长，三天吧。晨，原谅我的不通人情。"

"好的，三天。"

挂了这边的电话，姜元善马上要通了何副主席，先感谢老领导百忙之中还亲自去医院探望，又说他这会儿在纽约，明天七个代表要开一个会，会后才能把情况向家里全面通报。"现在能透露的是：恩戈星侵略军将在30年后到达，所以——横下心来，准备一场殊死的星际战争吧。"

电话那边长久地沉默着，沉重的氛围透过电波把两人合抱在一起，他们都能感到对方的心潮。何副主席简短地说：

"好的，我先给主席吹吹风。等你的进一步通知。"

姜元善把手机关机，屋里座机也断掉，他要静下心来思考。虽然今天遭遇的事情太突然，但他从心理上说还是可以接受的。这十几年来，先祖已经在梦境中透露了很多情况，虽然那时隔着梦境的虚幻，但只要挑破一层窗户纸，一切都脉络清晰了，可以说先祖已经为他坐到这个位置提前做了心理准备。先祖在梦中常常赋予他"上帝的视角"，带着他浏览了人类的十万年历史，看着早期智人跟跟跄跄地一天天长大，直到变成大写的"人"。整个人类史以血色为基调，充斥着暴力血腥残忍私欲。不过，尽管俯首细察历史断面时满目邪恶，但昂首远眺，会看到人类毕竟在向光明前进。有了这样的心路历程，他在一朝握有盖世权杖时就有足够的定力。

他该怎样"横下心来准备这场殊死战争"？可以说先祖也在梦中教过他了：应该学中国的秦始皇而不能学印度的阿育王。生存是最高的种族道德，慈不掌兵，乱世用重典，用一切手段来实现高尚的目的。在外星入侵的特殊时刻，掌权者必须有全新的目光，足够的果断，甚至是新的道德准则——新准则首先要保证种群的生存而不是所谓的个体价值。

从好的方面说，也许这场战争是一个难得的契机，可以让人类精英们多年来翘首盼望的理想得以一朝实现？

二

执政团第一次会议在二楼一间小会议室召开。按照联合国"凉水待客"的老规矩，工作人员在每人面前放了两瓶水，只是多了一些茶点。后者是秘书长关照的，他估计今天的会议要持续很长时间。然后工作人员退出，小心地关好门。会议不进行录音，秘书长亲自做记录。

"现在开会。"坐在主席位的姜元善说，"正式议程之前，恐怕得先说说这个执政团的合法性，昨天我听秘书长、赫斯多姆和小野一郎都表达了这种担心，因为——没人选举我们，也没有国家委托我们，我们当上执政只是因为一位外星上帝说了一句话。但我想，大难临头，社会不妨倒退到'君权神授'的年代。事急从权，二战时美国还曾违背宪法选了一个连任四届的总统呢。战争之前我们只有30年时间，这点时间一眨眼就过去了，没时间展开一场关于权力合法与否的旷日持久的讨论，只有努力说服各国接受我们。这要借助于秘书长的努力，必要时也借助于先祖的神迹。"

他说得很平静，但表达了强硬的决心——恰如昨天先祖的强硬。秘书长是列席人员，不参加发言，只是点头同意。赫斯多姆和小野一郎叹息道：

"也只有这样了。"

"其实,在这种生死关头,关键问题并非执政团的合法与否,而是——能否相信那位外星人上帝。"他朝天上扬扬下颌,"也许他老人家此刻仍能监测到我们的脑波?但即使如此,我们也得对此先做出一个内部结论,否则我们宁可解散,甚至宁可被他杀人灭口,也不能糊里糊涂做下去。我先说说我的看法。"他顿了一下,加重语气说,"我相信他。这首先是缘于我的直觉。我觉得,他身上的'地球人习性',他对我们类似父亲的那种情感,都是装不来的;再者从逻辑上说,如果他与人类为敌那就没必要演这场戏,只用保守住外星远征军的秘密就行了。各位是什么看法?请说一说。"

其他六人沉吟片刻,说:"我相信他。""我也相信。"

"那好,既然相信这位上帝,相信他的安排对地球人是善意的,那我们就痛痛快快接下他授予的权柄。从此刻起,咱们都进入角色吧。"他用目光扫视其他六人,六人都默默点头。"有一个口号在中国曾臭名昭著,但我想换一换概念正好适用于今天,那就是——攘外必先安内。为了更有效地对付外星强敌,恐怕这个杂乱无章运转不良的地球得尽可能整理一下,当然是在不影响稳定的前提下。我昨晚理出以下几件事,我一件件说,大家补充和讨论。大家同意吗?"

六人表示同意。

"首先,执政团的领导不要颠覆各国现有的有效统治,要尽可能保持局势的稳定。各国保留国内征税权,但要交纳25%给执政团统一管理,我把这称为'天税',天税要拿来建立一个统一的天军,即用以对付外星入侵者的军队。"

"25%,恐怕重了一点儿。"小野说。

"这是战时,只有让世人受点苦了。第二点,各国仍基本维持独立的军队,但要依上缴天税后的国力,把军力降低到适当的低水平,边防军则可以完全取消。因为下边我要说到的第三点是:弱化国界,首先是取消海关和关税。"

六个人,加上秘书长,目中都光彩闪烁。弱化国界,建立大同世界!这是人类精英多年来的梦想,梦想之长,长得已经没人相信它会实现。没想到一夜之间,它忽然被提到议事日程上来。但这个决定过于重大,秘书长不管自己只是列席人员,插话说:

"肯定会造成大动荡，先进国家的经济会在一夜之间冲垮落后国家的民族经济。"

"战时体制不能保护落后，我们没条件享受这样的奢侈。而且我想，短暂的阵痛后，发展中国家也会尝到实惠的。一会儿大家再仔细讨论吧，我先把自己的几点想法说完。第四点，国界弱化后，人员可以自由迁徙和居住。"他把目光转向俄罗斯人，笑道，"瓦西里你同意吗？你是否舍得对外国人开放辽阔的西伯利亚？肯定舍不得吧。但我们为了对付强敌，必须利用地球上每一寸土地来积累财富。再说，有些陈腐观念我们该放弃了，也许在30年后'国家'会变成历史名词。"

谢米尼兹认真想了想："我同意。"他笑着说，"我当执政是代表全人类的，这会儿我要努力忘记自己是俄罗斯人。"

"好的，你是我的榜样，我马上就要学你。第五点，各国保持语言现状，比如联合国尽可保持五种官方语言不变，但要把英语定为全世界唯一的工作语言，在各国强制推行。统一语言的好处就不用我说了吧，它能大大提高全人类的合作效率，增强人类的同质性。"他对瓦西里说，"当然，这肯定会造成其他语言的逐渐衰落。一想到我那富有韵律美的母语会逐渐弱化甚至消亡，我真是心如刀绞。但没办法啊，只能狠心舍弃。我要学习瓦西里，努力忘记自己的国别。"

其他六人沉吟一会儿也都表示同意，以色列人说："我也会狠下心舍弃我亲爱的希伯来语。圣经中人类建通天塔的壮举就是被上帝故意混杂语言才失败的，这次咱们必须成功。"

"第六点，推行世界统一货币。"

这一点最少争议，一致通过。

"上边说了几点：弱化边界，平均人口密度，收取统一的天税，建立统一的天军，统一货币，统一语言。剩下不能统一的就是宗教了。不过应该也能找出一个通融的办法。我是这样想的：各种宗教都保持自己的信仰不变，但都把那位十万岁的老人家奉为各种最高神的肉身，是各宗教共同的代言人。连无神论者也要对他顶礼膜拜——我们可以把他认作客观上帝的化身嘛。全人类有这么一个共同的偶像,将会非常有利于人类统一意志,对付外敌。"

七个人商量一会儿,觉得还是可行的。那位外星老人家具备各种必要的硬件,完全够格做一个活的最高神:他来自上天,守护了人类十万年,又能随时显示必要神迹,这和耶和华、安拉、释祖、梵天等有什么区别?毕竟任何宗教的信徒们自古以来都盼着能目睹神迹,这一来他们会大喜过望的。

"以上七点,如果能在执政团中通过,就作为新世界的七条大政吧,可以宣称是那位上帝借我们之口来宣布的。相信这七点实施后人类中会减少很多内耗,把全部精力和财富用到战争准备上。"

执政团用一天时间做了热烈的讨论,这七点政纲基本涵盖了要做的事情,所以讨论大致就在这些范围中,只是探讨如何操作,如何尽量减少社会动荡等。赫斯多姆提到了统一法律的问题,但大多数人认为眼下不是时候,放到十年后或战后再说。班纳吉、加米斯和小野一郎共同对第二条提出补充议案:虽然各国暂时保持独立的军队,但严禁使用武力或武力威胁。一旦违规,立即由执政团实施惩处,彻底销毁违规国的军事力量。这条补充条款顺利通过。

中午他们吃了些茶点,没有休息,继续讨论。到晚上已经把大盘敲定。用姜元善的话,如此重大的变革,如果详细讨论的话,100年时间也不够。现在只能建构一个粗线条的框架,定出前进的大方向,细节留到以后再完善。晚上八点,执政团对上述七条以举手方式进行逐项表决,全部满票通过。

投票时,七人的眼中都闪着奇异的光彩。不参加投票的秘书长默默观察着七位年轻人,心潮同样激荡不已。当初"上帝"把盖世权柄交给这七位年轻人时,他虽然没打算反对,但难免有点不以为然。没错,这七人都是技术上的超级天才,但他们在政治场中不过是黄口小儿,他们真能在一夜之间接过世界的担子?现在他真正信服了上帝的决定。和平时代的政治家确实不适合继续领导这个世界了,至少他有自知之明,知道自己绝没有这样的眼界和魄力。如果人类有幸在这场战争中获胜,有幸在地球上继续生存下去,那么后代们将面对一个更合理一些的世界。人类精英们多年来难以实现的梦想,竟然因战争而实现!

天道就是这样诡谲。

他将投票结果记录在案，起身同各人依次握手：

"祝贺你们，你们的第一步迈得很稳当——不，这个词不足以表达我的赞美。应该说你们第一步走得极出色。看来，那位十万岁的老人家确实睿智，没有选错人。"

姜元善一边同他握手，一边笑着摇头："最后那五个字说得过早了，不过我们一定努力，不辜负你的褒奖。"

执政团决定在第五天召开联合国特别会议，请各国的国家元首和政府首脑联袂参加，并同"全人类的共同上帝"直接会面。那天是先祖要来接布德里斯的日子，姜元善打算让先祖显示一点儿"神迹"——请他把那个超级格式塔再对各国首脑重来一遍，这比秘书长或执政团说一千遍都管用。

联合国秘书处一向被讥为效率低下的官僚机构，但这次的会议准备做得十分快捷。第四天的上午，姜元善等七人已经站在肯尼迪国际机场的贵宾室，迎候接踵而来的各国首脑了。在此之前，姜元善代表执政团同五个常任理事国和十个本届非常任理事国通了电话。他并未奢望在电话中说服各国接受七人团的领导，只求说服各国最高层出席这次会议。后一个目的很容易就达到了，因为，处于上帝忽然现身并召见了七位人类代表，还打算同各国首脑亲自会面这种极为特殊的时刻，谁也不愿置身事外，各国都派了最重量级的代表团。

中国国家主席和总理是晚上到的，那会儿姜元善的嗓子已经有点嘶哑了。他同两位中国首脑紧紧握手，歉意地说：

"我应该回国一趟向何副主席汇报的，但时间实在太紧啊，请你们谅解。"

他使用了"汇报"这个敬语，这并非刻意谦让。在去见先祖之前，他是何副主席的直接下属，即使后来身份突变，至少也应该把过去的事情缉个结，才算功德圆满。两位中国首脑互相看看，心照不宣。他们确实对姜元善未能回国一趟相当不满，现在姜元善既然为此道歉，而且想来他确实也抽不出时间，听听他的哑嗓子就知道了，二位也就把这一页翻过去了，握手时加大了手中的分量：

"不必客气，处在这样特殊的时刻，我们完全理解。"

姜元善没有绕圈子，坦白地说："在这样的生死关头，希望我的祖国能带头接受执政团的领导。当然如此重大的问题，我不奢求你们马上就做出回答。现在请你们到瓦尔多尔夫－阿斯托里亚饭店下榻，有关文件资料都在那儿，请你们阅读并深入考虑，到联大会上做出决定。很抱歉，我要在这儿彻夜迎接来宾，明天大会之前不能见你们了。"

两位中国首脑同执政团其他六位代表一一握手，坐进礼宾车，前往下榻处。

此刻赶往纽约的不光是各国首脑，还包括一般民众。联合国秘书处在各种媒体上广泛宣传了"外星上帝将在五天后现身"的消息，鼓励各国民众前来"觐见"。纽约三个机场的航次已经饱和，通往纽约的各条高速公路上汽车首尾相接。估计届时与会的普通民众将逾百万。这些民众大部分是基督徒或其他宗教信徒，他们企盼能亲眼见到"神的真身"，哪怕他是外星人也罢；也有不少无神论者，他们把这位外星人当成斯宾诺莎的上帝。但大家还都不知道外星人入侵的消息，这个消息目前仅限于各大国最高层知道。所以，当先祖在第二天公布这个噩耗时，人类社会几乎整体休克。

让百万民众汇聚在联合国广场主要是姜元善的主意。没有哪个国家会心甘情愿地接受七个年轻人的领导，这是可以想见的。他想在必要时通过民众来向各国首脑施压，尽量不去动用"上帝的神力"。这有点搞阴谋的味道，不太光明，不过——干大事者不拘小节。

第五天上午，各国首脑齐聚于联合国大楼的底层会议厅。各国席次安排仍如惯例，十五个理事国坐在主席位置，旁边多了七把椅子，坐着尚未被认可的七位执政。在外面，在联合国广场及附近，一百多万双眼睛盯着天空，等着"上帝"现身。姜元善曾考虑把联合国会议也移到广场中，那样更便于先祖进行脑波传送。他用那台脑波强化器问了先祖，先祖说会议在室内进行并不妨碍他的脑波传送。姜元善便打消了那个主意。

九点钟，按照事先的约定，一架飞球在百万双眼睛的企盼中突然现身，银光闪烁，垂着淡蓝色的光流苏，漂亮而高贵。广场上掠过一波惊叹，犹如微风掠过水面，然后转化为海啸般的欢呼。等欢呼声平息下来，上帝说话了，他的脑波直接送到百万人的脑中，然后自动转化为接收者熟悉的语言：英语、汉语、西班牙语、日语、俄语、乌尔都语，如此等等。他说：

"我的孩子们，我守护了十万年的孩子们，你们好。"

广场里鸦雀无声。这是缘于深深的敬畏。虔诚的信徒们且不说，即使是无神论者，也被这一刻的"神迹"所震慑。

"孩子们，我爱你们，我的爱不附带任何条件。我既爱你们的善良，也宽容你们的邪恶。"

听众热泪盈眶，他们深深感受到"天父"的慈爱。

"我知道你们今天来到这儿，是想见到我的真身。很抱歉，这个时刻最好推迟一下。至于原因我不妨直说，"每个人都感受到他的会心一笑，"我的尊容与你们期望的上帝法相有很大的距离，或者反过来说，人类绝非我按自己的模样创造出来的。所以，等你们有了足够的心理准备我再现身吧。"

他紧接着说："何况现在有更紧急的事情要办。孩子们，人类已经处于生死存亡的关口了，我当然会尽力拯救我的子民，但我并非法力无边，你们想要被拯救，首先要自救。现在，我要把事情的缘起详细告诉你们，这些信息我以压缩包的形式传送。"

他把那天向七位代表传送的超级格式塔再次传送了一遍。今天有很多知识水平较低的受众，为了照顾受众的接受能力，他这次传送的是简化版，传送速度也比较慢。百万民众第一次听到这个惊天噩耗，都惊呆了。在会议厅里的政界首脑中，除了十五个理事国外，其他人也是第一次听说这个消息，同样受到强烈的震撼。上帝还同时通过电视向全世界做了同步的传送，90亿人同时获知了这个消息。

七位执政是第二次聆听了。格式塔的内容同上次基本一样，所不同的是今天的脑波中伴有在场听众的群体反应。当然人类没有使用脑波进行交流的本领，但是——也许实际是有的，只是尚未被人类所认识罢了。现在，在联合国广场形成了一个强烈的感情场，当上帝讲到他从十万年前开始对人类的守护时，感情场中是强烈的感恩心理；当上帝讲到他对那些残杀同类的晚期智人使用地狱火时，感情场中是强烈的负罪感；当上帝讲到恩戈星即将入侵，并企图建立"高智力家畜"的社会时，感情场中是熔岩般的怒火和仇恨。这个感情场自我激励，越来越强。它汇成滔天的洪流，掺杂到上帝传送的脑波中。在这道洪流面前，纵然有些小小的阻碍也是阻挡不住的。

正如姜元善的预料，这道洪流把会议厅内的各国首脑也裹挟了。三天后，联合国大会顺利地做出了历史性的决议：

接受七人执政团的领导；

实施以"姜七点"为基本内容的世界性的社会改革；

集全人类之力全力备战。

决议全票通过，包括五个常任理事国。姜元善原来就估计不至于出现否决票，但可能会有一些反对或弃权票，现在的结果甚至超过他的最好预想。人类历史就如突然决堤的黄河，滔滔洪水再也不能回到原来的河床了。它找到一条全新的河道，奔泻而下。

七人执政团正式接过了领导全人类的权柄。先祖乘飞球离开了，布德里斯随他而去。其余六位执政在肯尼迪国际机场为各国首脑送行。与中国国家主席和总理话别时，那两位昔日的上级、今日的下级同姜元善紧紧握手，目光中既有沉重的忧思，也有深藏的怜悯——这个担子对七个年轻人来说，尤其是对于年轻的姜执政长来说，实在是过于沉重了。但在这种场合下语言是多余的。他们只是简单地说：

"保重。"

姜元善同两位拥别，也只简单说了一句："谢谢。"

三

一年后，先祖把布德里斯送回来，接走了下一轮值班的班纳吉。姜元善没有让布德里斯休息，立即拉上他去各国巡视，第一站是中国。他们乘坐的是执政长专机，即被媒体戏称为"空军零号"的，它和美国总统的空军一号一样，也是一架波音747宽体客机，是五大国联合赠送的，那时执政团还没有建立起自己的金库。在十几个小时的飞机航程中，姜元善向布德里斯详细介绍了这一年来的形势。实际上布德里斯也一直掌握着这些进程，因为他不时陪先祖去各地进行空中巡视，大多是以隐身状态进行。他对各国形势同样了如指掌。

　　姜元善说，一年来的进展非常迅速，也比较顺利，当时定下的七点大政都已经落实。各国解散了边防军，裁减了海军等军力，把25%的税收交给世界执政府。向人烟稀少地区的大移民在有序进行，相信这些地方在若干年后就会贡献出更多的税收。他也介绍了执政团内的分工。赫斯多姆负责最重要的一项工作，即整合各国的反隐形技术，把它最终定型。姜元善的妻子严小晨就是赫斯多姆手下的一员得力干将；小野一郎负责做好反隐形装置的生产准备，这也不是一个轻松的任务，据计算要生产一万套才能覆盖全球；谢米尼兹负责筹建"天军"，据估计需要30万军人；加米斯负责全球的征税和资金筹措；班纳吉负责全球的治安和宗教。班纳吉的工作看似最棘手，实际相对轻松，因为各地区的武力冲突和宗教战争在执政府下达的停火令生效之后已经全部停止。只有Y国和B国之间的武力延续到停火令之后。当时班纳吉代表执政团，已经征召了美、中、印、日、欧盟等国兵力，准备武力镇压，但实际没有用上。"这中间的情形，你应该比我更清楚吧。"姜元善笑着说。

　　"对，当时是先祖让我操作的脑波发射器。"布德里斯说。

　　那时，执政团下达的全球停火令将在三日后的零点生效。B国武装组织不愿浪费手中的火箭弹，便在这三日内把它们悉数倾泻到世仇宿敌的国土上。Y国当然也不会示弱，凭借他们的强大军力，在这三天内对B国进行了饱和轰炸。这三天内B国成了人间地狱，Y国的边境地区也好不到哪儿去。世人对双方同声谴责，但执政团在这三天内一声不吭。Y国的当政者非常聪明，到了停火生效日的零点，他们的轰炸戛然而止，作战飞机全部在零点前飞回本国；而B国对时间的把握就没那么精确了，零点之后还有少量的火箭弹飞过边境。执政团立即下达了讨伐令，在地中海和红海等候多时的各大国军队开始行动。但就在这时，B国的武装人员全都扔下武器，从掩体或地道中跑出来，他们抱着脑袋尖声嘶叫着，个个眼神疯狂，就像有烧红的铁棍在用力搅他们的脑浆。半个小时后，他们都在极端的疼痛中昏死过去，地上狼藉一片。再半个小时后他们已经复原如初，从地上疲惫地爬起来，个个眼神茫然，乖乖地当了联合国军的俘虏。人类历史上最后一次"同类间的残杀"就这么兵不血刃地解决了。布德里斯说：

"其实我的操作非常简单，只是按下脑波发射器的开关钮。至于发出的强力脑波为什么只作用于B国的武装人员，而不作用于Y国正在返航的飞机驾驶员，这些我当时并不清楚，发射器参数是由先祖设定的。事后他向我讲了技术原理，无非是调谐和共振，一点也不复杂，难的是先祖如何掌握所有人的脑波固有频率，掌握各民族之间的基因差异。"

他又补充一句："据我估计，这项技术超前于人类现有水平七八百年吧。它确实非常可怕。"

姜元善没有说话。布德里斯又补充："B国的地下掩体不能阻挡脑波的穿透。"

两人都长久沉默着，在脑中勾勒着二十多年后的战争场面：恩戈星远征军把隐形飞球停到世界各地，然后用最大功率发射脑波。当然，他们不会只发射半个小时，也不会把作用范围局限在某一族群。到那时，地球上90亿人都会抱着脑袋尖叫，陷入癫狂和昏迷，等苏醒后人们会发现自己的智力已经退化，变成了占领者的"高智力家畜"——如果那时他们还能意识到这一点的话。姜元善叹息一声，说：

"先祖说得很对，我们的突袭必须一击而中，没有第二次机会。"

在北京机场，何副主席和严小晨在烈日下迎接空军零号。两人走下舷梯，何副主席同姜元善拥抱，再同布德里斯握手。姜元善为两人做了介绍，何世杰说：

"布德里斯先生，我十分敬佩你。你在人类的危急关头果断地放弃了私人恩怨。"

布德里斯用锐利的目光看看他——对方这一番赞扬似乎话中有话——心平气和地说："你说得不够准确，我并未放弃仇恨。我当时的承诺是：在与恩戈人的战争结束之前暂时放弃它。但我说话算话，决不食言。所以，如果人类精英们对我有戒心，到战争结束后再拾起来也不迟。"

何世杰有些尴尬，笑着同他拥抱。说实话，他对这位"恶魔"竟然当上掌握人类命运的"政治局常委"确实有腹诽，也有严重的疑虑。不过奇怪的是，今天受到布德里斯这番抢白，他反而放心了。后边的严小晨看出他的尴尬，赶忙抢过话头：

"何副主席，麻烦你为我介绍一下前边这位先生，我有点面熟，但是多日不见，想不起他是谁了。"

她指的不是布德里斯而是她的丈夫。何世杰笑着说："小姜和小严啊，小两口之间的事儿你们自己解决吧，我就不掺和了。"

姜元善把妻子紧紧拥在怀里，用亲吻堵住妻子的幽怨。

两位执政在北京稍事停留，会见了中国国家主席和总理，然后由严小晨陪同，乘支线飞机去中原某地的野战训练场，赫斯多姆在这里等着他们。由他负责的整合了各国技术的新一代反隐形系统进展顺利，已经完成了三台样机，将在这儿接受严格测试。这个系统糅合了美国的"美杜莎之眼"和中国的"天眼"的长处，但用"天眼"作为正式名称。这是赫斯多姆做出的"惠而不费"的聪明决定，因为严小晨手下的研究人员以她的原班人马为主，保留"天眼"的名称让大伙心里很熨帖。

赫斯多姆和严小晨交替汇报了试验进展，研究小组成员列席，以美国人和中国人为主。中国人中包括朱郁非、庄敏、徐媛媛、林天羽、摆长有、孙可新、万玉民、刘涛、张如弓等姜元善的老伙伴。他们在汇报中说，试验中对"发现"技术的测试比较容易，因为现在有了原型飞球，可以直接对它进行测试了，先祖也一直在配合他们。难的是对"击毁"效果的测试，因为——先祖的飞球是不容做破坏性实验的。当然，使用电脑模拟技术可以做到相当准确，但再准确的电脑模拟也不能让人完全放心——在将来那次必须"一击而中"的突袭中，可容不得半点儿疏失！

姜元善考虑一会儿下了狠心："你们的顾虑完全正确，为了万无一失，必须用先祖的原型飞球进行破坏性试验。再心疼也得下这个狠心。好在还有土不伦的那架飞球,它一直停泊在外太空,可以召回来作先祖的座驾。我去和先祖沟通这件事吧,你们先做好一切准备,把其他测试全部提前完成。估计破坏性实验是几年后的事了。"

严小晨很欣慰:"只要有一次实弹试验,我们就彻底放心了。"

赫斯多姆说:"虽然飞球有完善的自动驾驶功能,但在做破坏性试验时我们打算由人来驾驶。我们认为,飞球的卓越性能再加上人的主动性,结果会更保险一些。这个驾驶员将是一个神风队员,因为,为了不破坏飞球的隐形性能,根本无法在飞球上加装弹射逃生装置。驾驶员只能与飞球同归于尽。试验成功之日也是他的牺牲之日。"

"能否让我来?"布德里斯立即说,"我有一个最大优势:迄今为止,全人类中唯有我接触过隐形飞球的内部,而且在里面待了一年之久,我对它已经相当熟悉了。再说,"他平静地说,"我曾指使别人做肉弹,现在轮到我来表现自己的勇气。"

姜元善与妻子和赫斯多姆互相看看,在目光中表达了对布德里斯的赞赏。不过他摇摇头,温和地拒绝了:

"命运让我们几个当上执政,只能放弃做肉弹的荣誉了。"

"可是,也许我更适合当一名神风队员,而不适合做执政。"

"我也不适合啊,但命运注定,咱们只有勉为其难。"他笑着对赫斯多姆说,"只有你似乎天生是当元帅的料,领导起来游刃有余。你负责的是所有战争准备中最关键最艰难的部分,但它进展神速,让我非常放心。告诉你吧,我妻子在私下评论你时,用尽了最高级的褒词。"

赫斯多姆笑着看看严小晨,"那些褒词我得分一多半返还给你妻子。她真是个完美的助手,甚至说她是这个项目组的真正灵魂也不为过。"

严小晨微笑着:"看,这就是赫斯多姆执政的领导艺术,一向以正面表扬为主,百试百灵。"

"知道吗?我正是从姜执政长那儿学来的。姜,你妻子还让我读懂了一句中国诗的意境。"

"是哪一句?"

"恨不相逢未嫁时。我为什么没有早几年认识她呢?姜,我很嫉妒你的幸运。"

在场人员尤其是中方人员都转过目光看看他。赫斯多姆的这句话在这个场合说出来显然不得体。严小晨一愣,随即放声大笑:

"丹尼啊,这样的情话应该私下对我说的,怎么在这种场合给捅出来了?"

众人随之大笑,把这一页翻过去。

会议结束,赫斯多姆与他们告别,让严小晨引导两人进行以下的参观。他刚刚离开,姜元善就跑到几个老伙伴那边,挨个拥抱,大呼小叫、拍肩捶背的。徐媛媛笑着说:

"姜执政长,从电视上看,你很有执政长的派头。"

"莫说了莫说了,摆那个谱让我烦死了,哪像过去咱们在一块儿时候痛快。"

林天羽说:"你只要在电视上出现,我就先看你的脚。我发现你不再光脚了。"

众人都笑,刘涛说"揭人莫揭短"。姜元善说:"这正是让我最烦的事情之一,你想想,穿皮鞋还必须穿袜子,是哪个该死的家伙最先定的这条规矩!"

老伙伴亲热一阵儿,大家知道执政长的时间宝贵,告辞走了。严小晨领两人参观了野战训练场,又参观了地下指挥大厅。然后三个人乘电梯继续下行,姜元善告诉布德里斯,现在领他去的地方是位于地下更深的防核指挥部。他们每下降两层楼高度就需要中转一次,走出原来的电梯,打开地板上一座厚重的嵌铅的钢门,从钢门下去,再换乘下一部电梯。三次换乘之后眼前豁然开朗,这儿整个儿就是原来那个地下指挥大厅的复制,只是小了一号。大厅内照样有指挥屏幕和各个工作位,不过眼下处于封存状态,没有一个工作人员。姜元善领布德里斯进入一个较小的房间,关上厚重的钢门。令布德里斯奇怪的是,同行的严小晨没有进来而是自动留在外面,显然姜元善事先已经有过吩咐。布德里斯一向机敏,立即悟到姜元善要和他有一场绝密谈话,这才是姜元善拉他走这一趟中国之行的真实目的。姜元善请他坐下,说:

"我们所处位置在地面之下 300 米。这是一间绝密会议室,多重复合墙壁,包括全封闭的金属墙和绝缘墙。我想,先祖的脑波探测能力不至于穿透到这儿吧。"他自己回答,"应该不会,一年前在联合国开会时我探问过,他说可以让各国首脑在底层会议室开会,因为两三层墙壁不至于阻挡他发送的脑波。我想这句话也可以理解为:如果在更深的地下,他的脑波就无法穿透了。"

"那时你就在为今天做准备?"

姜元善笑了:"不,那时这个想法只存在于潜意识中。如果是在显意识中,恐怕已经被先祖探测到了。还有,他送我的脑波强化器也是一个侧面的证明,如果他的脑波探测具备无限能力,就不需要那个玩意儿了。你说呢?"

"在这一年值班时间中我探询过,先祖的脑波是一种类伽马波,穿透力很强,但它不是中微子,肯定达不到这么深的地下。根据先祖的工作习惯综合分析,我估计,在没有屏蔽的情况下他能探测到 10 千米以内的某人的脑波;如果有屏蔽,大概能穿透 20 米厚的混凝土掩体。"他补充道,"还有一件事可以作为佐证,当年他通知我当人类代表时,是在潜艇浮到潜望镜高度时才找到我的。他当时说的原话是:'我总算找到你了'。"

"也就是说,眼下咱们所处的地下肯定是他的盲区,对吧。"

"可以肯定。"

"那么,咱们就在这个能避开先祖的地方,坦率地私下交换一下意见。我早就盼着这一次深谈。"

布德里斯点点头,"好的。"

"这场战争对人类来说极为危险。正如先祖所说,由于技术上的差距,我们只能采取突袭方式,而且必须一击而中,绝对没有第二次机会。这非常困难,但我想只要有先祖做内应,还是能够做到的。所以问题就变成:我们对先祖能不能完全信任?"他解释道,"我在第一次执政会上就说过,我相信他对人类子民的善意。但这一点太重要,容不得半点儿闪失!毕竟他是恩戈人,又是葛纳吉皇族的直系先祖。他会不会，比如说，突然被负罪心理所控制，向恩戈星远征军透露秘密？会不会因年老昏聩而在通讯过程中被对方察觉？只要出现任何一种可能，地球人就危险了。布德里斯，你与他朝夕相处了一年之久，这是非常宝贵的经历。我相信你的直觉和眼力，现在请你对我的担心给出一个可信的判断。"

布德里斯深知这个问题的分量，认真考虑一会儿才说："说说我的几点看法吧。第一，我认为先祖既爱他的恩戈星同胞，也爱他的人类子民；第二，他确实认为，以两个人类的心智水平，这场战争没有和解的可能，只能以一方的全胜和另一方的毁灭做结局；第三，恩戈星远征军如果全军覆没，他肯定会有强烈的负罪感。但这个结局他已经非常清醒非常理智地思考过了，所以不大会出现反复。第四，至少到目前为止，他并未因年迈而糊涂，他的思维非常清晰。"

姜元善专注地听着，在心中默默消化这些内容。

"我说的这四点都有观察事实作依据。我给你举几个例子。"

姜元善立即说："请讲。我最看重的就是鲜活的实例。"

布德里斯微笑道："先说我的一个印象，似乎先祖对中国人有偏爱。"

姜元善一愣，"怎么可能呢。虽然他是全人类共同的最高神，我也相信他对各个种族一视同仁，但毕竟他的形象更接近于犹太教和基督教圣经中那位原型。如果有偏爱，他应该偏爱闪族或印欧语族吧。"他笑着说，"你不会因为他偏爱中国食物就得出这个推论吧。"

布德里斯没有反驳，按自己的思路讲下去。"飞球上有一个'与吾同在'电脑系统，其中有先祖的守护日记，是对守护者脑波的忠实记录，能够同步记录守护者的感情激荡，它是进行时态的，因而是最可信的。实际上它也记录了人类十万年的历史。它的内容太浩瀚了，我只能挑一些片段阅读。阅读中我总结出一个小窍门，不妨提前介绍一下，等你值班时用得上——知道我如何从浩瀚的内容中挑选最重要的章节吗？我只拣那些先祖脑波最强也就是感情最激荡的部分，那基本就是人类文明之路上的重大转折点。"

"比如？"

"比如早期一次最强烈的感情激荡发生在九万年前，先祖发现某个部落利用他提升的语言能力组织吃人战争，那次，他在熊熊怒火中使用了地狱火。"

姜元善立即回想到自己曾经有过的梦境："我知道。先祖曾给我发送过同样的梦境。我能真切体会到他当时的狂怒和绝望。"

"另一次最强烈的感情激荡是在中国，公元1127年。知道这是什么日子吗？"

姜元善迅速进行了心算。"你是说北宋靖康二年？那是金兵攻陷北宋都城东京的时间。"

"对，就是那个时刻。先祖对北宋王朝评价极高，认为它是人类文明的奇葩，是封建社会的顶峰。那时的中国人已经高度文明，人文思想浓厚，技术发达，文学艺术发展得十分精致，社会中已经发展出了现代社会的萌芽。先祖认为，"布德里斯加重语气，"如果现代社会能从中国北宋接续而来，人类文明的发展会提前近千年，而且肯定会少了很多血腥，像羊吃人、鸦片战争、对新大陆的种族灭绝、劫掠黑奴等——如果幸而如此，我的母族还会存在，而这个世界也就少了一个被仇恨浸透的恐怖分子。可惜……"布德里斯摇摇头，没有说下去。

关于"由北宋直接发展到现代社会"这个假设，姜元善早就思考过。试想一下，如果北宋王朝统一了世界，像王安石、司马光、苏轼、宋仁宗、宋徽宗、宋钦宗这类文人政治家握着盖世权柄，怎么可能干出后来白人移民干出的暴行？绝对不可想象的。

"但是，正因为北宋王朝的善之花开得过早，过于诱人，注定了它必然灭亡的命运，因为它处在野蛮国家的包围中。汴京城破时，先祖一直在汴京城的上空逗留，悲怆地注视着人类文明的这次大倒退。他那时已经是垂暮老人，按说应该心如止水，但他几乎无法克制出手干涉的冲动……"

布德里斯突然中断了叙述，因为他在姜元善的目光中看到奇特的痛楚。姜元善低声说：

"你不用说了，这个时刻我可以说是身历其境。"

他想起青年时另一个怪梦，梦境异常清晰："我在汴京城的上空，悲凉地俯瞰着尘世间的这场劫难。世界上最繁华的不夜城、高度文明的弦歌之地变成了血腥的屠场，多少建筑艺术和文学艺术的绝品被付之一炬！趾高气扬的金兵劫掠着如山的财富，踩着宋版书、官窑瓷的碎片，裹挟了数百万宋朝百姓向北面走，洒下一路血泪和死亡。而那些蝼蚁般的被害者中，有宋徽宗宋钦宗这样天才的书画大家，有技艺出众的各类工匠，有众多娇嫩如花、仙肌胜雪的女性……金国二太子完颜宗望的帐前铁杆上穿着两个女子，那是抗拒强暴的烈女张氏和曹氏，她们流血三日才痛苦地死去……那个向北行进的队列中还有一个庞然大物，即中国古代最宏伟、最复杂的天文仪器水运仪象台，那也是当时世界科技的顶峰。这座高达12米的仪器使用水力为动力，经变速、传动和控制系统，使浑仪、浑象和报时三部分仪器联动，其中浑仪上的望筒可对准并可自动跟踪天体，而随望筒运动的三辰仪时圈则可指示出时间的变化。浑仪所在小室的屋顶可以启闭，这与现代天文台上的望远镜转仪钟与活动圆顶作用相同。报时部分也精巧绝伦。有木人162个，到了时辰可自动击鼓、敲钲、举牌。报时装置已经配备了天衡，也即近代钟表的擒纵器。更难得的是，水运仪象台的制作者苏颂留下了《新仪象法要》一书，对其机械结构做了详细的记载，这部书可以说是现代制图法的先驱，本来现代制造业应该自它而始的……金人也知道这部仪器的珍贵，所以才不惮麻烦把它运往金都。但我已经预料到了它的结局。这是一朵科学技术的奇葩，它只能活在适宜的土壤中。果然，它到金都后就不能运转，没人能修复，以后它就不知所终，消失在一条断流的历史河流中……"

"我的悲怆、痛楚和痛恨超越了种族，并非是汉人针对'胡虏'的，而是泛化的，超越了被害者和加害者，是痛惜文明被野蛮奸污，善被恶摧残。那时我还有一个感觉——其实我有神力改变这一切。我只用按一下按钮，就能将残暴的金朝皇帝烧成焦炭，让东京恢复歌舞升平的日子。但冥冥之中，另有一种比神力更强的东西在限制着我，那个东西叫命运，而命运又取决于人类最深层的天性。我的神力无法改变天性，无法改变人类历史上弱肉强食的客观规律。根本不必侈谈什么宋朝统一世界的假设，根本不可能，征服世界的绝不会是善良的羊而只可能是残暴的狼。这让我的悲怆更为深重……"布德里斯轻声唤：

"姜？"

姜元善眼神抖动一下，从"上帝"的心境走出来，但仍走不出痛楚。布德里斯完全理解此刻姜元善的心情，因为他也有过同样的梦境，同样的痛楚——在天上俯瞰塔斯马尼亚土著的灭绝。姜元善沉默良久，努力平息了感情激荡：

"你不必再举例了，你已经让我完全信服了——先祖的根已经深深扎在地球上，与地球人成了一体。"

"对，是这样。我们可以完全信任他。"

刚才那些画面击中了姜元善内心最柔软的地方，或者是最坚硬的地方。现在，他对"上帝的大爱"已经没有任何怀疑了。正因为如此，他很难说出下面的话，那几乎是对上帝的背叛。

"我还是得狠下心来说一句诛心之语：虽然我们相信先祖对人类的善意，但如果战争以恩戈人的胜利为结局，先祖会承认现实吗？"

布德里斯想了想："我想——会的。"

"他会不会替已经灭绝的人类向恩戈人复仇？"

布德里斯立即回答："当然不会，绝对不会。我说过，他在这场战斗中决定站到人类这边，是冷静思考的结果，是两难之中的理性选择。但如果他尽了力而未能得到预想的结果，他也会平静地接受它。"

姜元善冷静地说："对，这就是他同我们的区别。所以，尽管他是人类的救世主，我们并不能完全指望他。必须得做进一步的准备。"

"什么准备？"

"当然首先要力争人类的全胜；如果不行，应当尽量为人类保留一些种子，保留地下抵抗力量，努力反败为胜；再不行，就与恩戈人同归于尽；如果连这点也做不到，也要尽力多杀死一些侵略者。"他的表情变得狰狞，"用一句中国俗语最直接：死也要拉几个垫背的！"

"那么——先祖最多在前两个目标中同我们一致。"

"是的，我也是同样的估计。"

布德里斯拍拍姜元善的肩膀:"说吧,打算让我干什么。"

"我打算把这件事全部委托给你。你将领导一支秘密别动军。你要考虑的是:如果我们的优先目标不能实现,该如何实现次级目标,直到最后一个目标——拉垫背的!你的任务是绝顶机密,只有我一人知道。而且你制订的具体计划可以不向我汇报,我会无条件地在人力和财力上支持你。"

布德里斯盯着对方的眼睛:"为什么选中我?因为我曾是恐怖分子?你不怕我的复仇指错了方向,借机报复人类?"

姜元善同样直视着对方,回答得非常坦白:"我选你做这件事有两个原因。第一,你说得不错,你曾是一个仇恨全人类的恐怖分子,但既然你肯为已经灭亡200年的母族复仇,说明你有强烈的种族归属感。现在,在人类与外星人的生死之战成为主要矛盾时,我相信你会把对母族的归属感扩充到全人类。第二,据我一年来的观察,你有足够的狼性和坚韧。我看过一部纪录片,一只饿狼被狼夹子夹住一条后腿,为求生它竟然忍痛咬断了这条后腿,然后拖着淋漓的鲜血逃生。布德里斯,在七位执政中我不敢保证其他人能不能做到,但至少你和我是有勇气咬断自己后腿的。我的看法对不对?"

布德里斯沉默了很久:"人生难得一相知。好吧,我干。"

"但你以后恐怕得躲着先祖,还要与其他六位执政切断联系。以免先祖透过你的脑波或其他人的脑波探查到你的计划。"他说,"你不必担心值班的事。各位执政的工作都很繁重,不可能一直到飞球上值班。这一波轮值之后,我想把它改成不定期不定人的轮值,所以我有办法让你一直轮空。我也会告诉其他执政,说你将作为执政长的全权代表专门处理一些秘密事务,以后将与我单线联系。"

"但是——你呢?你是了解真相的,但你无法避开与先祖的接触。那你如何躲开先祖的脑波探测?"

"我来想办法吧。一句话,我不大相信先祖的脑波探测技术是万能的,我想办法骗过他。"

布德里斯不由得摇头,这可不是一件容易办到的事情。不过,姜元善不会在这样重大的事情上儿戏,也许他已经有了成熟的办法?他没有多问,只是说：

"那么我想请你帮我办一件事，这件事比较难。"

"尽管讲。"

"在你值班时悄悄弄到先祖的一些身体细胞，不论是毛发或皮屑都行。不，应该要土不伦或阿托娜的，因为那两位是现代恩戈人的体质。毕竟先祖与他们有十万年的进化差距。"

不用多加解释，姜元善知道他是想用生物方法来设计一场血腥的终极复仇。他曾是一个优秀的生物学家，干这件事轻车熟路。姜元善点点头说："好吧，这件事比较难，但我一定想办法弄到。对了，还有一件事。你的别动军是在29年后使用的，应该从娃娃们开始训练。等我家猛子再大几岁，我就托付给你了。"

"好的。"

两人没有再多说，站起来，默默地、紧紧地拥抱。然后姜元善打开门，喊上在门外等候的妻子，准备一同返回地面。在走进电梯前，布德里斯走近严小晨，突兀地来了一个紧紧的拥抱。严小晨有点愕然，在他肩头上看看丈夫的表情，然后机敏地猜到了原因——那两位刚才在绝密会议室里已经就某件事谈透了，现在他俩已经是可以生死相托的至交了。于是她也笑着，对这位"昔日的恶魔"加大了拥抱力度。

在电梯上行时她告诉丈夫，何副主席刚才来了电话，说如果姜执政长日程太紧无暇回家的话，他将派人把姜家父母及孩子送到机场见一面。复述这些话时她很平静，但姜元善已经很难为情了，连连说："哪里话哪里话，现在可不是大禹时代了，交通这样便利，哪里会过家门而不入。咱们回家一趟，请你爸妈也到那儿聚齐，我想你同他们见面也不多吧。"他请布德里斯一同去家里做客，布德里斯笑着婉拒了，说他可不会这样不识趣。

乘支线飞机回到北京机场后，布德里斯直接去空军零号，就在这里坐等姜元善返回。姜氏夫妇则乘车前往他们在北京的家。姜宗周夫妇和严豪夫妇欢天喜地地迎接小两口儿，屋里还有一位胸脯丰满的奶妈。她是姜营来的亲戚，虽然年岁和姜元善差不多，但按辈分姜元善该喊六婶。六婶曾笑言：给小猛子当奶妈，她这个六奶是降级使用啦。

当然家中最重要的人物是刚过周岁的小猛子。他已经能勉强走两步路，这会儿深深钻在奶妈的怀里，只敢偷偷向两个陌生人瞄一眼。妈妈相对眼熟一些，毕竟她回来过两次，过了一小会儿小猛子就让她抱了，但爸爸不行，那完全是个陌生人。奶妈和四个老人一个劲儿劝："小猛子，这就是你爸爸，相片上你都认得，让爸爸抱抱。"但小猛子坚决不买账，在爸爸怀里使劲往外挣，还非常恼火地向外推这个陌生人。严豪笑着损女婿："你这个当爸的还不如外公吃香呢。"姜执政长只好向儿子的意志屈服，苦笑着把他还给奶妈。

他的日程很紧，只能同家人匆匆告别了。姚明芝向他许愿，下次回来小猛子一定会认爸爸的，不像这次一点儿都不给面子。姜元善同家人拥别，也同妻子拥抱。他从妻子身上微微的战栗感受到妻子的欲望，其实他何尝不是如此。他想了想，在妻子耳边小声说：

"能不能到飞机上陪我一会儿？飞机上有我的单独卧室。"

妻子明白了他的用意，痛快地点了头。她吻别儿子，同公婆爸妈告别，随丈夫去机场。途中两人坐在后排，姜元善拥着妻子，情欲之波在两人的身体上撞击。

像往常一样，在他们抵达时空军零号已经做好了起飞的准备。姜元善对机长匆匆交代一声："推迟半个小时起飞。"布德里斯在机上客厅等他，看见严小晨进来，站起来打算寒暄。姜元善向他歉意地做个手势，拥着妻子直接进了卧室。两人关上房门，急急地脱了衣服，相拥着上了床。那两具身体已经绷紧如弓了。

半个小时的欢爱实在太短了。妻子搂着丈夫汗湿的身体，低声说：

"真想再生一个，最好生个女儿。但工作太忙，实在没时间啊。恐怕咱俩这辈子只能有这个独子了。"

姜元善想起自己对猛子的安排，心中隐隐作痛。小猛子很快就要同家人割断联系，生活在一个封闭的世界里，那个世界是以黑暗、仇恨和冷酷为基色的。对小猛子而言这是不公平的，因为这条路并非他自己而是父亲代他选择的。但没办法。人类走上这条路也不是自己选择的。小晨说得对，真该再

生一个,最好是女孩,留在家中安慰那两对老人。但这只是奢望,妻子的工作确实太忙了。他歉然地说:

"只有这样了。没关系,有猛子就足够了。"

两人匆匆穿好衣服,打开门。严小晨同布德里斯寒暄两句,下了飞机。空军零号随即呼啸升空。

第七章 临 战

一

由于执政长事务繁杂,姜元善是七执政中最后一个到飞球上值班的,时间已是第一次见先祖的十年之后。姜元善这年43岁。第一次见先祖时猛子还没有出生,现在已经是一只十岁大的剽悍小狼,四年前他就把猛子送到了布德里斯那里。先祖照旧倒垂在天花板上,用他深陷在皱折中的小眼睛盯着姜元善。这十年来先祖事务繁忙,进入冬眠的时间相对要少,看起来明显地苍老了,身体外表的角质层全都转成银白色。姜元善随身带着一个大包,说:

"知道先祖喜欢喝中国酒。这次来我带了不少,茅台、五粮液、汾酒、竹叶青、剑南春等,全是中国的名酒。对了,还特别多带了一些中原的黄酒,我想,既然你从仪狄和杜康时代就嗜爱华夏酒类,肯定对黄酒更习惯吧。那时没有白酒的。"

先祖垂下三只腕足,翻弄着包里的酒瓶,小眼睛里满盛着笑意。他说:

"白酒黄酒都是我的至爱。姜元善,你的礼物很讨我的欢心。说吧,我将慷慨地满足你三个愿望。"姜元善有点不解,先祖笑了,"开个玩笑。此前的六位执政来值班时,都有问不完的问题,包括私人性质的问题。后来我便立了一个规矩,把初次见面时问的私人问题限定在三个。现在,在正式工作之前,你来问你最想知道的三个问题吧。"

"私人性质的问题?"姜元善略微想想,"好的,我来问第一个。先祖,你曾说过,当我和严小晨出生时,你就在那座产房上空。我有个感觉,那天你好像没有把话说完。你——是不是对我俩做过什么手脚?"他笑着说,"我是在合理怀疑,因为两个智商150的人同时同产房出生,这种概率太小了。"

先祖坦白承认:"没错,我虽然一般不干涉尘世间的事,但那次小小地破了例，确实进行了一次能促进大脑发育的脑波发射。但你不必把我的作用看得太重，这次发射能否起作用，归根结底还要看你们的基因结构是否有可塑性。所以幸运仍然是你和严小晨固有的，不必把功劳记到我的头上。"

姜元善低声叹道："不，我心里很清楚，我和严小晨的天资，甚至我俩的婚姻，都是你赐予的。我会永远铭记你的恩德。我来问第二个问题吧。自古至今的人生三大问题是：我是谁，我从何处来，我向何处去。尤其对于头两个问题，人类有源自本能的好奇。"

"没错，恩戈人同样如此。"

"对这两个问题，人类已经尽力探寻过了。但对于有文字之前的人类历史，我们知道的还太少太少，我们曾认为有些历史深埋于时间的废墟之下，永远无法知道了。现在好了，有你这样一位十万年的守护者，至少十万年内的历史是可知的，甚至包括历史的细节。"

"你说的不错，但这个问题太大……"

"我当然不会贪得无厌，妄图问清十万年历史中每一个细节。今天我只想问一个问题。"

"请讲。"

"人类祖先曾在一百万年前和十万年前两次走出非洲，这点基本上已被科学界公认。但我们究竟是谁的子孙？一个假说认为两次走出的人类互相融合，所以我们身上融合了两条血脉之河；一个假说认为：第二次走出非洲的晚期智人杀死了所有早先的先民，而今天的人类就是那些弑父弑兄者的后代。迄今为止，这两种假说都还没有被证实或证伪。你能否告诉我真相？简单的回答就行。"

先祖没有立刻回答："你呢？倾向于哪种答案？"

"从感情上说我希望是第一个——我同样不希望人类从诞生初期就背负上弑父弑兄的原罪；但从逻辑上说我倾向于第二个答案。"

"为什么？"

姜元善苦笑道："看看已经了解的人类史就知道了，任何部族、民族或种族的扩张，总是伴随着对原住民的大屠杀，这种例子举不胜举，可不仅仅是欧洲白人独有的光荣传统。既然如此，我不相信在更早期间、人类更为野蛮时，会有两个人类的和平融合。何况两批人类相隔90万年，在进化之路上几乎已经分化成不同物种了，极有可能已经形成生殖隔离。"

先祖点点头，简单地回答："你的观点大致是对的。那时没有和平融合，只有血腥的灭族。不过90万年的分流还不至于形成严格的生殖隔离，所以也有少量混血后代，当然都是男性征服者同女奴的后代，就如美国黑奴时代的历史一样。"

姜元善叹息一声，不再详问。其实大多数科学家都相信这个答案，只是——很多人觉得这个答案太"黑"了，在感情上难以接受。他在确知这个答案后同样茫然若失。达里耶安理解他此刻的感受，温和地说：

"我的'与吾同在'智能系统中对十万年的人类史有详细记录。我教你查询方法，闲暇时你可以慢慢阅读。其他六位值班者都读过。"

"谢谢。这些资料对人类来说太宝贵了。"停停他又问，"我的第三个问题更有私人性。先祖，我们初次见面时你曾透露过，你在我的大脑里发现有一个封闭的思维包，很可能是我六岁半之前的童年记忆，你一直未能打开。你还说，这个封闭黑箱很可能是我主动关闭的，但关闭时间过长，我自己也打不开了。"

"对，我说过。"

"那么，"姜元善恳切地说，"你能否再试一次，把这个思维包打开？"

先祖的小眼睛更为专注地盯着姜元善，一直透视到他的内心："你确认想打开它吗？不管里面是什么？"

"我确认要打开——不管它里面是什么。据我估计，应该是一些污秽黑暗的东西。但我有勇气面对它，而且我必须面对它。"

"我赞赏你的勇气。好的，我来试试。"达里耶安虽然一直没能打开这个思维包，但其实知道其中的内容——与严小晨接触之后，在后者的大脑里找到了对那个事件的清晰回忆。那段记忆对姜元善来说当然不是愉快的，最好一辈子不要知道。但一个人要想"成人"，就必须直面自己的丑陋；正如人类要想成人，也得直面人类整体的丑陋。

达里耶安从各种器物上荡过来，五条腕足搭在姜元善身上，用各个吸盘对准他的太阳穴、天灵盖、延脑和脊髓。虽然姜元善知道他要干什么，但——让一只"软体动物"的吸盘吸在要害部位，生理上难免有抗拒。不过他立即克制了"对上帝的不敬"，平心静气，等着先祖下一步的动作。

达里耶安探测到了他的心理波动，微微一笑，解释道："我用直接接触法能更好地探测你的思维。你也要配合我。"

"我会努力配合的，请告诉我该怎么做。"

"我知道你练过太极内功，而且功夫颇深。现在请你气沉丹田，进入禅定状态，努力在脑海中找到那个思维黑箱，再想象着如何打开它，我会助你一臂之力。"

姜元善很快入定。外部世界逐渐虚化直至消失，他变成一条光溜溜的盲鱼，潜入自己的脑海深处，一直潜到被黑暗笼罩的底层。他在最底层的记忆中翻检着，嗅探着，终于找到一个沉埋多时的思维包。那是一个蛋状体，坚硬有如马宝牛宝，表面黝黑光滑，没有一丝缝隙。该如何打开它呢？他上下端详着，无法下手。忽然有五条腕足从黑暗中蜿蜒而来，包围了蛋状体，用吸盘牢牢吸住它的表面。姜元善知道是先祖来帮他了，便配合着这些腕足用力向外拉。入定的恍惚中不知道经过了多长时间，终于，那个蛋状体"哗"地破碎了，一团黑色的陈年污秽突然涌出来，散发出刺鼻的臭味儿。但不管它多么污秽恶臭，姜元善仍仔细检查了其中的内容，并忍着尖锐的疼痛把它们理清，一一纳入记忆的序列。

达里耶安怜悯地旁观着，没有打扰他。他佩服姜元善的勇气，他在面对这团污秽时至少保持了表面的镇静。其实此刻，在姜元善严密关闭的思维世界里是一片汹涌的感情波涛。他是这样一个人：一向自视甚高，具有道德上的优越感，自认是人类的精英——而且这些看法其实一点儿都不错。现在，他忽然间得知，原来自己的天性中一开始就种有邪恶，自己在童年期间就犯有原罪。这时他即使再达观，也难免有海啸般的失落感，有冰水灌顶的感觉。

达里耶安等着姜元善平静下来。后者问：

"原来我妻子一直知道这些？她就是我的童年玩伴姜晨晨？"

"对，她就是那个晨晨。"

姜元善低声叹道："难为她了，这么多年，这样沉重的秘密。"他抬起头平静地说，"三件私事问完了。先祖，现在可以谈公事了。"

二

"好吧，开始谈公事。首先通知你，我昨天又以土不伦的名义和远征军通了一次话。那边通知我，远征军母船的减速程序已经设定，可以准确预言抵达日期了。它将在20年后，也就是地球时间2072年4月中旬到达地球，误差不会超过十天。"

姜元善点点头。现在，不论那场生死之战的结局如何，至少它的时间已经确定了，这反而让他有安心的感觉。达里耶安又说：

"一年前，'土不伦'告诉他们以后最好不再通话，因为母船离地球越来越近，通话有可能被地球截听到。虽然地球人不一定能破译，但也会引起怀疑或警觉。昨天接到那边回电，同意了这个建议。当然，我的真正目的是减少信息交流，以免有什么意想不到的疏漏被他们察觉。"

"这样最好。我们就安下心来等他们吧。"

"还有，我打算进入一次为时20年的冬眠，一直到远征军抵达前再醒来。"他苍凉地说，"近来我的感觉很不好，我担心这具过于老旧的皮囊支持不到那个时间了。这样不行的，我一定得坚持到那个时间。"

姜元善伤感地说："先祖，你为我们受累了，甚至减少了寿命。"

达里耶安笑着摇头："哪里，我调整的只是冬眠时间。不管冬眠时间是长是短，反正我的生理寿命一天也没减少。再说，对于我这样一个十万岁的老东西，'活着'早就不是诱惑了。毋宁说我在盼着：赶快履行完最后一份责任，然后走进永恒的休息。"

虽然他的表情很达观，但感伤还是有的。他守护人类子民长达十万年，现在快要撒下他们走了，感情上难免割舍不下，尤其在这样的凶险时刻。姜元善此刻也沉浸在感伤中。人类对这位十万年的守护者心理上有强烈的依赖，这种依赖甚至从先民传说和圣经时代就开始了，尽管那时上帝只是一个虚无的寄托。现在，不管战争结局如何，这位守护者很快就要离开了。从此，冥冥中再没有一双睿智的目光在爱抚他们、关注他们，在危急关头拯救他们。人类将在漆黑的宇宙中独自摸索自己的路。

达里耶安探测到姜元善深挚的感伤，很感动；刚才他没有对姜元善完全说实话，他安排这次为期20年的冬眠不光是因为身体状况，同时也想躲开内心的搏斗。在这场你死我活的战斗中他决定站在地球人这边，这是冷静权衡的结果，是理智和道德的决定，所以他不会反悔。但是，随着那个日期越来越近，内疚之情如融雪般悄悄渗出，而且越来越强烈。毕竟恩戈星才是他的母星，他图谋消灭的远征军才是他的母族啊。他不愿这些内疚积累到淹没理智的程度，所以想躲开它。他打算睡它一个长觉，等醒来时就该忙了——忙于指挥战争，消灭他的母族的战争！那时就没有闲心来内疚了。

"说说在你这个值班期间要做的事，这些事其他执政都没做过。第一件，我要教会你驾驶飞球，以便我冬眠后你来驾驶它，继续在各地巡视。其他执政值班时，我如果冬眠，都是把飞球放到自动驾驶挡。"

"好的。驾驶它困难吗？我是问，有没有超出地球人知识水平的东西？"

"没有，你放心。这是一种'傻瓜型'的操作系统，以你的知识和智力，应付它完全没问题。"

"那好，我很乐意能驾着它到处遨游。对了，赫斯多姆和我妻子早就提出一个要求，为了百分之百的可靠，希望在一切验证完毕后，能用你的原型飞球做一次破坏性试验，只有这样才能确保那次突袭一击而中，万无一失。我觉得他们的谨慎是对的。"

达里耶安考虑片刻："对，的确应该来一次破坏性试验。就用我这架飞球吧。"

"如果这样，就需要土不伦的飞球当你的座驾。土不伦夫妇一直在那架飞球上冬眠吧，可是，如果你也要进入冬眠，两个冬眠室就不够了。是否需要我们仿造一个？"

"没必要。可以把他俩放进一个冬眠室里，虽然空间小一点，挤进去没问题的。但请你们不要为难那两位。"他说,"其实这些交代是多余的,你们一定会照顾我的舐犊之情。"

他从姜元善的脑波中探测到一个微弱的尖峰,不过它马上消失了。姜元善庄容答道:

"谢谢。我们决不会打扰他们。"

"那么,我把冬眠时间稍稍推迟,推到你说的破坏性试验之后。那时天眼系统就可以定型了。这算是我交代的第二件事。"

"我记下了。"

"第三件,我知道你精通武术,你要继续练下去,并且要偏重于那些能置人于死地的实用搏击术。因为等20年后,远征军到达时,我想让你以某种名义进入远征军母船,见证战争爆发那个时刻。有你在场,"他微微一笑,"人类会更放心一些。"

姜元善很窘迫,急急地说:"不,我们完全信任……"

先祖打断了他的话:"再说我也有别的考虑,届时有可能用到你的肉搏技能,因为武器肯定带不进去。不过,那时你已经63岁了,希望你到那时还能保持充沛体力。"

他的语气平淡,但姜元善嗅到了平淡中的血腥。先祖是在计划一场近身肉搏,战场就设在远征军的母船中,而搏杀的对象肯定是远征军的最高层,比如葛纳吉大帝或提义得司令。这样的安排正合姜元善之意,他确实想亲手杀死或擒拿远征军的元凶。如果能消灭远征军而留下一两艘装备和几个俘虏,更是他求之不得的,这牵涉到战后更远的布局。他想了想,说:

"我的体力没问题。但是,如果我进入母船,对方难道探测不到我的思维?"

"这正是我下面交代的第四件事。我要在冬眠前教会你'隐藏思维',这样,在恩戈星远征军的脑波探测中,你的状态只类似一只高智力家畜。这种隐藏思维的技能恩戈人只要加以训练都能做到。地球人很难做到,但我相信你能。"

他从姜元善的脑波中再次探测到一个喜悦的尖峰,比刚才那次更强烈,不过姜元善马上克制住了，欣喜地说：

"这个技能太有用了，我很乐意学。不过，我以什么名义进入母船？千万不能引起敌方的警觉。"

"放心。葛纳吉大帝发来的谕令中正好有这么一条，让土不伦活捉一位人类领袖带入飞船，作为纪念胜利的战利品。远征军的母船上，连关押俘虏的笼子都准备好了。"

姜元善冷笑一声："是吗？那位葛纳吉大帝对胜利如此自信？"

先祖平心静气地说："是的，非常自信，但他也有自信的本钱。姜元善，这是一个非常可怕的对手，是120年战争之火淬出来的战神。坦率地说，我对我这位2003代玄孙一直心存惧意。"他突兀地问，"你呢？"

姜元善避开了正面的回答。"是的，他是一个非常可怕的对手。先祖，等过几天有了闲暇，请你给我好好讲讲这位大帝。"

此后他们就忙于那几件事。首先姜元善学习驾驶飞球。飞球的驾驶有两种方式，一种是用脑波直接控制，这种方法姜元善无法学习；另一种是腕足控制，与人类驾驶飞机或汽车差不多，只要记牢各种按钮和手把的用处，再学会用十个手指代替五条腕足，就可以了。三天之后，姜元善已经能驾着飞球到各国巡视。

下面学"脑波屏蔽"，这是最难的。它有两个阶段，第一阶段类似于瑜伽或太极内功的入定：屏神静气，气沉丹田，完全中断脑中的思维。思维既然中断，当然不会有脑波向外泄露。姜元善因为有太极内功的功底，用很短时间就能娴熟地做到这一点。第二阶段是不中断大脑中的思维但要把它"关闭"在大脑内。这一阶段很难，因为对人类来说它是全新的技能，没有任何可以类比或借鉴的东西。但结果他学得非常顺利，用不太长的时间就掌握了。先祖没有太惊奇，平静地说：

"我事先就估计你能学会，因为你在童年时就能主动关闭某些记忆。对人类来说这是一种非常特别的禀赋，我只在你一人身上发现过。从那时起我就开始关注你了。"

姜元善的脑波抖动了一下："你推荐我当执政长时，曾提到我有一种特殊的生理机能，就是指这件事？"

"对。"先祖微笑着，"这不是我推荐你的主要原因，但它是天平倒向你的最后一颗砝码。因为我的计划中确实需要这么一个角色，一个既能在恩戈星军人面前隐藏思维又有肉搏技能的人。"

经过一个月的练习，姜元善已经娴熟地掌握这个技能。现在，姜元善独自冥思时能基本关闭脑波的外泄，达里耶安已经读不出他的想法了。不过凭着多年的了解，他仍能猜得出姜元善在想什么——他在用外表的平静来掩盖内心的痛苦，悄悄咀嚼着童年的耻辱。

这几天姜元善常常想起爷爷。在他记忆中，爷爷是个脾气乖戾的老头，对他从没有好脸色。但他对爷爷的感情很奇怪，既有怨恨，也有很深的依恋。他一直不理解他的依恋从何而来。现在，在打开的童年记忆中他捡拾到不少有关爷爷的回忆，都是非常温馨的。原来小时候爷爷非常疼他，特别是小姐姐夭折之后，爷爷把双倍的爱都给他了。爷爷趴在地上让他玩骑马，手把手教他练武，带他去河里摸小鱼，给他买零嘴，手边实在没有好吃的，就把中药柜里的甜丝丝的甘草让他吃。他捣蛋了，又瞒着爸爸下河了，爸爸拎着笤帚追，他像兔子似的一溜烟逃走，赶紧去找爷爷，因为他知道，只要躲到爷爷身后就万事大吉……爷爷对他态度的转变是从那个事件后才开始的，从极度的宠爱一下变到极度的厌恶。

他曾对爷爷有怨气，现在完全理解了老人。爷爷一直留在姜营为孙子赎罪，甚至为此而"愧死"，让他欠下一笔永远无法偿还的良心债。

他对父母何尝没有欠债？还有严小晨，原来她也是那个事件的目睹者。难怪自己在16岁时会做那样一个怪梦——梦境中自己变成外星传教者，有一个酷似严小晨的新婚妻子，但妻子的名字他却无论如何想不起来了。现在看来这个怪梦并不怪，它是潜意识在梦中的曲折反映，现实中他遗忘了姜晨晨这个名字。他想，真难为小晨了，小晨明知道他有这样的"邪恶本性"，还是为他瞒着真相，还一门儿心思地爱他、护他，与他结婚——她在做出这个决定时该有何等的勇气？

但在感愧中也滋生出一丝戾意，对所有亲人的戾意。他们不该把这件事瞒得铁桶一般，让自己在谎言中度过半生，让他在周围复杂的目光中却自我感觉良好。倒不如当初就把真相摊开，相信自己有足够的意志来面对……头顶悬吊着的先祖忽然插了一句：

"你想错了，如果你在六岁半时有足够的意志来面对，就不会主动关闭记忆了。"

他悚然惊觉。原来在感情激荡中，他不小心让脑波泄露了。先祖严厉地说：

"以后不要出这样的疏忽，否则，有一天你会把秘密泄露给远征军，而不是我。"

姜元善惭愧地说："对不起，我不会再犯错了。"

此后他时刻警觉，再没有犯过类似的错误。慢慢地他有了足够的自信，以至于敢在先祖身边思考那个连先祖也得瞒着的秘密计划了。自打进入飞球值班，他就时时警惕着把那个计划埋到意识最深处，以免被先祖探查到。他没有想到先祖竟主动教他"隐蔽思维"的技能，现在他不用怕先祖探查了。

这么做是在滥用先祖的善意和信任，他难免有点儿愧疚，但分量并不大。因为从本质上说，他的秘密计划完全符合先祖的大目标——帮助人类彻底战胜入侵者。但先祖身为恩戈人，难免有内心的搏斗，有亲情与理智的绞杀，所以有些事就做不到极致。那么就让自己和布德里斯替先祖把事情干到极致吧。从这个角度上说，他把这个秘密瞒着先祖只是善意的欺骗，即使先祖某一天得知内情也无伤大雅。

先祖又教他学会使用"与吾同在"系统。这玩意儿学起来很容易，无非是一个设计比较怪诞的电脑罢了。它同样能用脑波控制，但这个方法姜元善没法子学会，毕竟人类的脑波很弱，只是封闭式思维的无意泄露而已。该系统也能手动操作，是供五只腕足使用的。键盘的布局比较怪诞。经过几天练习，姜元善能够熟练使用了。

现在该教的都已经教完，先祖只剩下一件事：等着那次破坏性试验的结果。赫斯多姆和严小晨那边传来消息说，再有三四个月，预备试验就能全部完成。这段时间内先祖比较闲，常常独自悬吊在天花板上闭目养神，除了进食之外，可以一连几小时一动不动，就像进入低度冬眠了。姜元善呢，除了必要的巡视，把全部时间都用在阅读"与吾同在"系统的内容上。它详细记录了十万年的人类史，其内容浩如烟海——不，用这样的形容词太小儿科了，应该说浩瀚如无垠宇宙。其中任何一个细节都足够一个历史学家或考古学家苦苦探索一辈子，现在呢，几微秒内就可以查到。比如尼安德特人、北京猿人或爪哇猿人的灭亡原因、埃及图卡蒙特时代的宫廷政变、中国宋太祖临死前的烛影斧声、一代天骄成吉思汗的埋藏地、拿破仑头发中高含量砷的由来，等等。

不过姜元善抑制了强大的诱惑，没有陷入任何历史的细节，他没有时间啊！作为全人类的领袖，作为一场星际决战的统帅，他亟须通观人类进化的大势，吃透文明种族在进化中形成的群体心理，这对他领导一场星际战争很有用。现在他要做的是把历史点状化，变成如围棋那样高度抽象化的规则简洁的棋局，然后焚香静思，思考如何落子行棋。

经过一段时间的阅读、通览和思索，他有了清晰的见解。

他想，其实在生物的道德中无所谓善恶，只有永远闪光的两个金字：生存。生物为了在环境中攫取资源生存下去，必然以自私为天性；但为了延续自己的基因，则至少会对后代和家人实施利他主义。于是就形成了这样的大局：在生物世界"恶"的无边海洋中，漂浮着"善"的小岛。"恶"是生物最强大的本性，而"善"只是前者的变形，是为了实现利己目的的辅助手段。不过，这里的所谓善恶只是两个借用的名词，并不含褒贬之意，就像我们可以说"太阳从东方升起"，也可以说"地球向着东边的太阳转去"。

后来进化证明，当"善"的小单元融合为更大的共生圈时，这个共生圈能够以更强势的地位向外攫取资源，因而更有利于圈内所有个体的生存。于是这个共生圈便逐渐扩大，由细胞层面，延伸到个体层面，再扩展到物种层面。所有的共生圈本质仍是自私，只不过是放大的私。但不管它如何扩大，下述的态势是永远不变的，一千万年后也是如此：

与吾同在

生物的群体道德，在共生圈内以善、利他与和谐为主流，在共生圈外则以恶、利己和竞争为主流。

所以对牧民者最关键的是：确定这条圈划在哪里，这儿即是善恶的分水岭。确定这点也不难，姜元善找到了一个形象的比喻：梳毛的距离。灵长类动物大都会互相梳毛，以此来保持成员的亲近感和同质性，那么，能够保证各成员经常梳毛的最大距离便是共生圈的边线。人类也是如此，当族群扩充，超过能梳毛的距离，便会逐渐丧失同质性，分裂为不同的部族、国家、民族和人种。而只要互相处于"圈外"，那么战争和暴力就是正当和高尚的行为，是人类精英们公认的道德准则。

随着人类生产力的发展，这个共生圈逐渐扩展。虽然时有反复，但"共生圈继续扩大"的大趋势不变。现在，外星强敌的入侵又使其迈了一大步——强使全人类提前进入一个共生圈内。至于地球人和恩戈人之间，由于远远超过"梳毛距离"，在当前的历史阶段内是无法共生的，所以两者之间只能是仇敌，只能是你死我活的战争。英雄可以引领历史但不能过分超越历史，否则只能以悲剧和闹剧结束，就像恩戈星的尔可约大帝和地球的阿育王。

先祖以他十万年的阅历早就彻悟了这个大势，所以毫不犹豫地放弃幻想，狠下心来，帮助地球人全歼恩戈星远征军。姜元善彻悟了这个道理后，也就与先祖达到了完全的契合。他完全相信先祖对地球子民的善意，先祖虽然是外星人，但已经在人类的共生圈里深深扎根了，他会谨遵先祖的教诲来领导这场战争。当然，如果不得不在某些事情上瞒着先祖，那也是正当的，高尚的，是上面说的"大势"所决定的。

他对"隐藏思维"已经做得非常熟练，所以，在他深陷于这些思考时，仍然对外紧紧关闭着脑波。悬吊在他头顶的、一直在闭目养神的达里耶安，其实一直在冷静地观察着姜元善。这个学生学得很好，已经能有效地关闭脑波，他的思维一点儿也读不到了。达里耶安只能感觉到一片冲淡柔和的思维场，像一团处于孕育状态的星云，被隐藏在其核心的婴儿恒星隐隐照亮。这是个人修为达到高层面后才会出现的迹象，这位年轻的执政长在思想上已经成熟了。

现在，他准备彻底松开对姜元善和执政团的驾驭，让他们完全依据本能或本性来进行这场战争，为这个智慧物种拼来一条活路。十万年的阅历足以让他预见到今后的大势：在他完全松开缰绳之后，姜元善所驾驭的战车肯定会超出他指定的路线，会使用他不愿看到的暴力，但——也许姜元善比他更清楚，怎样做才最符合地球人的利益。

当然，这同样不妨碍先祖事先做出必要的防范，对他的地球子民的防范。

"先祖，请给我详细讲讲葛纳吉大帝。"

姜元善今天有点闲暇，盘脚坐在先祖下面的地板上，准备与先祖来一番长谈。悬吊在他前上方的先祖轻轻晃荡着，闭目沉吟。过一会儿，他睁开了皱折中那双小眼睛。

"好的，我来讲讲。事先说明，我对他的了解其实并不深。所有印象都是来自土不伦和阿托娜的介绍，是第二手的，难免掺杂着那两个晚辈的仰视成分。他们两人进入冬眠之后，我与远征军有几次函电来往，在其中能多少感受到葛纳吉的性格和行事方式，但函电往来同样不是了解一个人的好办法，且不说有严重的时滞。我也通过土不伦那台'与吾同在'系统了解了一些葛纳吉大帝的往事。依据这些不完整的资料，我敢肯定的是，那是一个极可怕的对手，他这一生经历了120年的战争，战争之火已经把他的每一个细胞都淬硬了，修炼成了一个真正的战争之神。他精熟战争艺术，善于使用谋略。这样的人生经历你是没法比的，就连我，虽然有十万年的阅历，也没办法和他相比。你知道，我这十万年阅历中虽然包含了人类史上的全部战争，但我只是旁观者，而他是亲历者和领导者。旁观者和亲历者的感受是大不相同的。"

姜元善点点头："而我更差了，只是在纸面上经历过战争。"

"他的另一可怕之处是道德上没有任何底线。从他定的皇族宫规——对所有庶出皇子均杀母留子；和他定的远征军律令——王族女性也必须对雄性军人提供性服务，就能看出这一点。或者说，他的底线就是胜利，为了胜利，任何事情都可以做而且必须做到极致。他已经修炼成一个纯粹追求胜利的完美机器。"

"嗯。人类历史中杀母留子的皇家家规并不少见，但没有与第二条律令类似的东西。"

先祖摇摇头。"这点区别不必过于强调，因为这是适用于太空航行的特殊律令——在那儿每一公斤载重量都非常宝贵——当然在人类史上不会出现。不过，如果人类某一天也开始对外星球的远征，类似规定应该也会应运而生。"

姜元善抬起目光，与先祖的目光相接。他从先祖这句话中听出了一些话外之音。不过他没有说什么，只是嗯了一声。

"他还是个剑道高手。阿托娜的父王在临死前的冷兵器决斗中，其对手就是葛纳吉大帝本人，前者以骁勇闻名，但后者还是略胜一筹。当然，葛纳吉现已年迈，体力可能不行了。但不管怎样，等你同他决斗时绝不要轻视那个老人，不要被他的衰老外貌欺骗。"

"我绝不会轻视他。"

他当然不会轻视葛纳吉，不仅在体力上，更包括智力上。实际上姜元善始终有一个深切的忧虑，一直未对先祖透露——他担心这个在战争中浸淫一生的战神会猜破先祖的计谋，那人类就完了。这场战争中双方实力太悬殊，人类只能靠先祖做内应并采用"首发命中"的突袭方式才有取胜可能。但如果这一切都在葛纳吉预料之中呢？先祖虽然是有十万年阅历的智者，毕竟他本质上是一个文人，甚至曾是一个玫瑰色的理想主义者，在玩弄诡计方面恐怕玩不过葛纳吉这样的枭雄。

那也没有别的办法，人类只有拼死一战，尽自己的能力去做，然后期待命运的眷顾。姜元善不想把这个担心透给先祖，因为其中隐含着对先祖的不信任。而且——先祖也只能做到目前所做的一切了，他毕竟只是肉身凡胎，不是法力无边的上帝。

剩下的难处，人类自己来扛吧。

学习阶段基本结束，姜元善加大了去各国巡视的力度。现在他驾驶的是土不伦的飞球，先祖那一架已经交给赫斯多姆他们去做测试了。新飞球当然比老飞球更为先进，但并没有本质上的不同。这印证了土不伦说的那一点：恩戈星在黑暗时代之后的中兴只是重新达到了尔可约大帝时的科技水平。至于新飞球的原主人，那位特使和妻子，此刻正香甜地睡在离姜元善不远的冬眠室里，想来正在做"土不伦大帝"和"阿托娜天后"的美梦吧。

巡视中飞球并不一定要降落到地面上，只要接近某处，先祖就可以在空中读到某人的思维，从而掌握某项工作的进度，姜元善则可通过先祖间接得知。不过，姜元善不满足这些二手资料，所以他也时常降落下来，同下属直接交谈。

这天他来到中国的中原某地，赫斯多姆和严小晨的定型试验要在这儿进行，这是全部备战工作中最重要的环节。姜元善驾着飞球以隐形状态进入试验场，下面的天眼系统立即发现了它，以一束细激光把它锁定。姜元善用密码通报了自己的身份，激光熄灭了。他对先祖说：

"先祖，我要降落了。"

"降落吧——且慢，先不要降落，在试验场上空悬停一会儿。"

姜元善让飞球悬停了十分钟。这段时间内先祖不语不动，似乎在努力倾听着什么。下面打来一束细激光，那是表示询问和催促。他问先祖可以降落了吗？没有回音。姜元善回过头，见先祖悬吊在老地方，身体一动也不动。姜元善忽然有不祥的感觉，立即把飞球的控制放到自动挡，站起来跑向先祖那儿。他摇动着那具身体，大声呼唤，对方仍没有反应。姜元善十分焦灼，急忙取出早就备好的急救药品。此前他已经从"与吾同在"系统中了解到，人类的急救药品也适合于恩戈人。尽管早有准备，此刻姜元善仍免不了极度焦灼。他在潜意识中把先祖神化了，一个"寿与天齐"的神灵怎么会被疾病或衰老征服？直到这会儿他才真正意识到：先祖是一个肉体的"人"。

好在还没等他注射药物，先祖已经慢慢苏醒了。姜元善长长舒出一口气："先祖，幸亏你醒了。你把我吓坏了。"

先祖疲乏地说："看来我真老了。这是十万年中第一次晕厥。"

"先祖，咱们不降落了，转飞到某个大城市吧，我送你去医院。"

"不。刚才只是用脑过度，没有大碍。"他考虑片刻，作出了决定，"这样吧，我干脆提前进入冬眠。确实不能再耽误了，我得确保自己活到战争开始时，这比其他任何事情都重要。再说，地球上的事，我已经能放心地交给你了。"

"也好。你尽早进入冬眠，到战前再唤醒你。冬眠前你要再见见其他几位执政吗？"

"不用了。走，现在就扶我去冬眠室。"

姜元善搀扶着先祖来到冬眠室。他先把左室中的阿托娜塞到右室中，与土不伦挤在一起。空间确实小了一点，好在恩戈星的冬眠技术能保持冬眠者身体的柔软，所以做起来并不难。先祖走过来，把两个冬眠者的脑袋小心地扶正，理顺两人的十条腕足，关上透明的冬眠室门。从外面看来，那两位就像正在婚床上缠绵的新婚夫妇——事实也正是如此，他们是从婚床上直接进入冬眠的。姜元善从先祖轻柔的动作中，看得出他对玄孙夫妇的顾惜和内疚之情。

然后先祖自己走进空出来的左冬眠室。就要分手了，这是一次长达20年的分手。姜元善无法抑止自己的惆怅之情，原来，他对先祖的心理依赖比他自己认识到的更深。先祖虽然感情内敛，但那双小眼睛里也尽是依依之情。停了一会儿先祖说：

"有两件重要的事原本打算稍后再说，既然我要冬眠，那就现在告诉你吧。"

"先祖请讲。"

"第一件，依我原来的计划，是想让土不伦夫妇避开与远征军的见面，一直睡到战争结束。现在我变了主意。为了不引起葛纳吉大帝的怀疑和警觉，作为远征军先遣使的土不伦必须出现在欢迎队列中。"

"你说得对，如果他不出现，肯定会让葛纳吉生疑。只是——如果让土不伦夫妇醒来，如何向他们解释长达几十年的沉睡？"

先祖成竹在胸："这点我已经筹划好了，可以利用人性中的弱点来转移土不伦的注意力。"他向姜元善讲了自己的计划，姜元善仔细考虑一会儿，觉得是可行的。

"那么这件事就算定了，我冬眠后你再考虑考虑，完善计划的细节。第二件事是我刚刚才探测到的。"先祖苦笑道，"刚才我正是因为全力辨听赫斯多姆的脑波，用脑过度才导致了晕厥，所以他的思维我没有接收完全。我所知道的是，他正在秘密策划一场合法的政变，想把你的执政长拿掉并逐出执政团。他已经说服了除布德里斯外的四位执政。"他微微一笑，"五比二，你握有的两票半的特别投票权，即使再加上布德里斯的一票，也不能扭转局势了。而且这五位执政都同其祖国打了招呼，说服了几个大国政府支持这场政变，五大国都进行了武力上的准备，只有你的祖国眼下还蒙在鼓里。所以你即将面对的是五执政与五大国的联盟，是他们的法律之剑加上武力之剑。"

姜元善没有惊慌，冷静地说："是吗？他们用的是什么理由？"

"政变的理由倒是完全正当的，否则赫斯多姆也无法说服其他执政。因为，"他用小眼睛盯着姜元善，"你和布德里斯有些秘密行动一直瞒着其余五个执政，连我也不知情，布德里斯甚至隐匿了自己的行踪。他们可能认为你和布德里斯在联手搞某种用心深沉的阴谋。比如提前为战后作布局，那时，如果对恩戈人的战争取胜，已经变成火药桶的地球很可能会爆发全面内战，就像在恩戈星上发生过的40年内战一样。但我刚才说过，他的思维我没能接收完。"

姜元善没有立即回答。达里耶安想，这个中年人确实成熟了，面对这个惊人噩耗，他的脑波仍然紧紧关闭着，没有泄露出任何情绪波峰。等姜元善准备开口时，先祖打断了他：

"不必向我解释。按你认为正确的路走下去吧。父亲毕竟不能代替儿子去生活，不能代儿子做出重大的人生决定——即使儿子的决定不完全契合父亲的心意。孩子，你说对不对？"

姜元善非常感动："谢谢。感谢父亲对儿子的信任。"

"行了，这件烦心事就留给你了，你自己去面对吧。现在我要睡了，请你启动冬眠。再见。"

三

　　冬眠室里,先祖的一双小眼睛慢慢合上,平静地入睡了。姜元善凝视着他的面容,心想他提前冬眠也有好处,那样自己与布德里斯策划的事情就可以公开进行了。还有,在先祖没有冬眠之前,在他的眼皮底下弄到土不伦和阿托娜的细胞比较困难,现在也变得唾手可得。这样做是对先祖失信——姜元善答应过,不以任何方式打扰土不伦夫妇的安静——他难免觉得负疚。但负疚归负疚,不会影响他朝既定目标走下去。至于他将面临的宫廷政变,他倒没有太在意。他有把握平息它。

　　他驾着飞球降落,与舷梯车接合。赫斯多姆和严小晨跑上舷梯来迎接,小晨不安地问:

　　"怎么了?飞球的降落耽误了这么长时间。"

　　"先祖晕厥了,就在飞球降落的那当口儿晕厥的。先祖苏醒后,让我把他立即送入冬眠。他说不再醒了,到战前再唤醒他。"

　　他在赫斯多姆目光中捕捉到一闪而过的疑忌,他知道疑忌的原因。虽然赫斯多姆的秘密政变没有事先同先祖通气,他们大概忌惮先祖对姜元善的"偏袒",但肯定打算在政变成功后取得先祖追认。虽然政变是合法的,但能得到先祖的认可肯定更好,更能对民众交代。现在先祖已经来到试验场,却不同赫斯多姆见一面就突然进入冬眠,而且直到战前"不再苏醒",这未免过于突兀,情理上说不通。那么——是不是姜元善在其中捣鬼?姜元善没有说破他的心思,领着他俩到冬眠室去了。不过,想起上次在此地同赫斯多姆见面时两人的心意相通,不免暗自叹息。

　　透过透明的室门,赫斯多姆和严小晨默默同先祖道别。三人走下舷梯时,姜元善转身对严小晨说:

　　"从这次发病来看,先祖确实是风前残烛了。他这二十多年来过于劳累,如今只能祈求他能在战前顺利醒来了。小晨,今天我心情不好,公事先放放再说。我想让你陪我回一趟家——我是指姜营的老家。在执政长的位置上坐这么久,我想回家接接地气。"

这次轮到严小晨惊疑了："回姜营老家？怎么突然……"她马上改口，笑着说，"行啊，我陪你回老家散散心，结婚后我还一直没去过呢。爸妈也回吗？"

"一同回去吧，可惜小猛子回不去。他已经十岁了，可是我陪他的时间，满打满算不超过一个星期。我这个当爸的实在不够格。"

严小晨哂道："原来你也知道这一点？不过，你既然做了检讨，我就不责备你了——其实我这个当妈的也该打。我陪他的时间有多少？也不会超过两个星期。"她摇头叹道。

"赫斯多姆，请你通知其他执政，三天后召开一次执政团全会，我要通报一些很重要的事项。会议地点由你来定吧，确定后通知我。"

赫斯多姆暗暗庆幸——姜元善让自己来决定开会地点，这对他们的秘密计划太有利了。"好的。但布德里斯不一定能通知到。近几年他完全切断了和大家的联系。我们也没有主动联系他，你说过他与你单线联系。"赫斯多姆平和地说。

"对，他和我单线联系。你定下时间地点后告诉我，我来通知他吧。再见。"

"三天后再见。"

他们全家乘一辆越野客车去姜营，姜元善自己开车。时值金秋，地里的庄稼、路旁的紫穗槐和河边的苇丛都长得浩浩荡荡，强悍的绿色无边无际，头顶是澄澈的天空。近年来家人一直生活在京城的水泥丛林中，所以大家对这一切特别喜爱。

这次去姜营，最难的是有关保卫的安排。姜元善坚决不允许保卫人员出现在乡亲们面前，而特勤局依照安全纪律也坚决不允许姜元善脱离安全人员的视线。最后问题总算妥善解决。在他们赶到姜营之前，一个普查土质情况的地质工作队乘一辆面包车"正巧"进了姜营。这个工作队人数不少，共有12个成员。他们在村里调查和取土时，"正巧"赶上世界元首回乡省亲。他们当然要挤过来看热闹。于是，12个陌生人就非常自然地融入到欢乐的村民中。

只有一点不大自然。几百个乡亲们把"长长发粗"的牛牛及全家围得水泄不通，乐哈哈地问长问短，热闹得像唱大戏。但那12个人却忘了与民同乐，而是个个表情冷肃，目光犀利，轮番扫视着四周。姜元善无奈地摇摇头，指指他们，悄悄对妻子说：

"你看那12张'职业脸'，像是地质工作者吗？"

妻子也忍俊不禁。

姜家祖屋自牛牛爷奶去世后一直锁着，乡亲们知道他们回来的消息后，已经抓紧时间打扫过了。门上仍挂着"济世堂"的匾额，进门的正间是诊病处，柜台和中西药柜都保持着原样。正间之后是一个小院，院子中央是一个年代久远的葡萄架，粗大的葡萄藤已经完全木质化，虬枝盘旋，筋粗骨壮。西屋东屋都是卧室。屋里干净整洁，透着刚拖过地板的湿润气息。南屋墙上挂着牛牛爷奶的遗像，两位逝者平静地注目着三代后人，目光中似乎仍含着隐痛。当年姜宗周夫妇两次奔丧时，借口说物理大赛培训班的学习紧，都没让牛牛回来。现在，一家人先到遗像前三鞠躬。姜元善低声说：

"爷爷奶奶，孙子向你们问好了。也代你们的重孙猛子向你们问好，他公务在身，不能来看你。别看他才十岁，已经是一个勇猛的小战士了。"

从屋里出来，乡亲们再度把"牛牛"团团围住，笑嘻嘻地，眼神中充满期盼。姜元善笑着说：

"乡亲们是不是想问我话？是不是有人事前交代过不让你们乱问？别听那些，想问什么就问什么，只要我能回答的，我都回答。"

乡亲们高兴地响应了。一个老头大声问："牛牛我是你七爷。你说说，那些外星人是不是真的吃人肉喝人血？"

看来，有关土不伦的"四级食物链"的消息已经扩散到民间，而七爷按农民的思维把它大大简化了。姜元善没有多加解释："七爷，大体上你说得对，他们确实是吃人肉喝人血的家伙。"

下一个提问的是个中年人："牛牛我是你叔伯哥。你领着咱们打仗时，记着一定捉几个活的。咱们也要吃他的肉喝他的血，要不解不了心头之恨。"他恨恨地说。

严小晨迅速扭头看看丈夫，她想起了牛牛十六七岁时说过的一句话：如果人类与外星人相遇,生死相搏,人类的兽性会在一夜间苏醒。这个观点在眼前应验了,这位提问者正义的仇恨中就包含着残忍。姜元善有意淡化了话中的血腥味儿,笑着说:

"老哥,咱们肯定尽量捉几个俘虏。但吃肉喝血的事就免了吧,他们的肉肯定没有猪肉羊肉香。"

也许受前两个问题的影响,下一个问题也没有离开这个话题。一个姑娘问:"你说他们吃人肉,不知道他们吃不吃尸体?"

"这个我真不知道。怎么……"

"我早就下决心了,如果咱们打胜就不说了,万一失败我就自杀,但自杀前一定提前做好准备,把尸体烧掉。我连尸体也不留给他们。"

她说得很坚决,但姜元善从中摸到了强烈的灰暗。民意调查机构说,民众中有近半数的人对战争前景持悲观态度,而且在知识阶层中这个比例更大。好在这些人尽管悲观但大都不逃避责任,仍然全身心投入到战备工作中。他们的普遍心态是:打不赢也要尽量咬一口,死了也要拉个垫背的。这个乡村姑娘看来也是悲观论队伍中的一员。他还没有来得及回答,一个老太太颤巍巍地问:

"牛牛,你给乡亲们透个底,这次打仗咱们真能打胜吗?"

"当然能!只要咱们共同努力,一定能打败他们,有先祖在帮咱们哩。"

"那就好。只要能打胜,咱们再苦几十年也值。"

乡亲们走了,12个"地质队员"继续工作,用洛阳铲在姜家周围挖洞取土。至于他们为什么把取样点都设在姜家周围,憨厚的乡亲们没提出疑问。这支地质队晚上也不会撤离,他们将挤在面包车上过夜,而面包车也会凑巧停在姜家附近。

这是姜元善的第一次探家之旅,除了乡亲们问的问题比较阴暗,那是由战争的阴暗性质决定的,没有办法,其他可以说其乐融融。不过,在关闭多年的童年记忆被打开之后,姜元善能在久别重逢的欢乐中轻易发现可疑迹象了。妻子一直说她是北京人,从没说过姜营也是她的故乡,直到这会儿也没说破。但有些乡亲——应该是她外婆家的亲人——来同她见面时,尽管有意隐藏，但双方之间的熟稔是掩藏不住的。再往前回想，奶妈六婶其实也是认识"晨晨"的，只不过一直苦心掩饰着。姜元善想，这些明显的迹象过去为什么他就没有发现呢？尽管他在家逗留的时间很少而且一向不操心家事，但以他平素的敏锐目光总能发现一些异常吧。所以原因只能是：当他在潜意识中主动关闭童年记忆时，也同时关闭了与童年记忆有关的一切。换句话说，如果他曾觉察到某些疑点的话，潜意识中的另一个他会悄悄剪断这些怀疑的枝蔓。

在刚才的交谈中没有一个人提及"牛牛"的童年，家人和乡亲都牢牢地掩藏着他的"邪恶"。这是爱护他，但这种爱意过于沉重，令他不快。

晚饭是在六婶家吃的。饭毕姜元善笑着说：

"六婶你今晚就住你家吧，同家人多亲热亲热。走，这会儿到我小时候常去玩耍的河边看看，咱们五个都去。"

他在所有亲人眼中捕捉到一闪而过的惊悸。老两口儿和严小晨自不必说，他们自从姜元善忽然提出要回家乡起就心生疑窦，这会儿疑虑更甚。甚至连六婶的家人也对"河边"这个词发生条件反射，惊慌地看看姜家二老。严小晨用目光安抚住大家，佯作无事地说：

"好啊，走，到河边玩，你领路吧。"

五个人由姜元善带路来到河边。虽然30多年没回过家乡，但他走得熟门熟路。几位"地质队员"也来河边"玩耍"，不过他们很识趣地待在视线所及的远处。太阳已经落下，晚霞尚未消尽，河边景物沐浴着柔和的金光。姜元善目光沉沉地扫视着周围。他的童年记忆是不久前被打开的，所以非常新鲜，毫不失真。他能清晰地回忆起当时的一切。对岸原是条石护坡，他就是在那儿跳河的，结果脑袋撞到一块花岗岩条石上。现在护坡已经翻新，改成整齐的水泥鹅卵石护坡。河岸这边因为离镇子较远，没有改造过，基本保留着过去的景观。只是河面比过去降低了一些，所以河中水草显得更为茂盛。河滩上仍旧铺着平展的细沙，洁白而柔软，他的视野里忽然闪出一些清晰的画面：四双小脚在沙滩上奔跑着玩耍，留下凌乱的小脚印；两个光屁股男孩在水里游泳，留下两道白色的水花。一个男孩忽然溺水了，两只小手在水面上扬了一下，再也没有出现。另一个男孩水花四溅地游过去寻找，直到筋疲力尽。那时他突然意识到，小冬救不回来了，自己怕是也回不到岸上了……那个刹那间的绝望和恐惧这会儿卷土重来，让他心中烧灼般地疼。然后是一个更让他灼痛的画面：他把"已经死了"的小冬带回深水区，他松了手，又顺手送一把，那具僵硬的身体迅即被河水吞没……再换到另一个场景：五双小手慌乱地扒着一个沙坑，把小冬的衣服埋进去。那个罪恶的沙坑应该就位于他们的脚下吧……

父母在姜元善身后悄悄地用目光向严小晨询问，目光中充满疑虑。严小晨则用目光安抚二老。她眼光敏锐，早就看出丈夫的异常，也大致猜到了原因。不过，在丈夫开口之前她只能佯作不知。

姜元善终于开口了，回过头平静地说："你们不必再瞒我，先祖已经帮我把那段童年记忆打开了。那件事就是在这片河滩上发生的，对吧。"

姜宗周夫妇互相看看，点点头，表情很沉重，但也有如释重负的感觉。

"晨晨，这些年难为你了，心里一直装着这样沉重的秘密。你早该告诉我的。"

严小晨开朗地笑着："真该早早告诉你。真的，并非什么了不得的事，其实当时我也是参与者之一。再说，"她认真地说，"你当时的确曾尽力救过小冬，差点把自己赔进去。直到现在，我还清楚记得你当时累惨了的样子。"

姜元善疲倦地挥挥手，那意思是"不用安慰我"。"小冬爹妈呢，今天与大伙见面时他们在不在场？我没见到。"

姜宗周说："没有在场。小冬出事后，他们全家都搬走了。"

姜元善不再问，继续用凝重的目光环视着河面，另外三个大人也不再说话。姜元善这次特地来河边，来这个童年犯罪的现场，是有意要完成灵魂上的蜕变和重生。过去，从他十六七岁时，他就清醒地认识到"人性本恶"；但另一方面，他又坚定地相信自己的心灵纯洁无瑕。这两种认识本身就是矛盾的，无法长期共存。现在借着童年的罪恶，他终于打碎了那个浮沙之塔。这虽然非常痛苦，非常失落，其实也是好事——现在可以把他的世界观放到更为牢固的感性基础上了。过了一会儿，他回头对父母和妻子说：

"从现在开始,把那件事打个包扔到这条河里吧。"

三个人都觉得无比轻松,笑着响应:"对,打个包,扔到河里,一辈子再不想它了。"

回家后屋里气氛非常轻松,特别是姚明芝,心上常年坠着的一块石头终于落地,轻松得都要飘起来了。小晨的外公外婆都过世了,但这儿有小晨的一大堆表亲。之前为了隐瞒那个秘密,小晨一直对这层关系守口如瓶,就连今天进镇后也是如此。这样的隐瞒虽然并不是特别困难,但常年如此确实也是沉重的负担。现在总算可以把它卸下来了,扔到河里了。姚明芝笑着对儿子说:

"其实晨晨有不少表亲都在姜营,要不明天咱们办几桌,把他们都请来,补一补礼数吧。"

姜元善说:"应该的,爸妈你俩操持吧。"

姚明芝笑着说:"能有今天我太高兴了,知道不,你爸那个老牛筋当年还找过何所长,非要你回家当平头百姓哩。"

她忽然注意到丈夫在瞪她,目光非常严厉和焦灼,似乎能把她点着。儿媳也在用焦灼的目光制止她。尽管一时不能理解丈夫和儿媳的用意,她还是立即噤口,感觉到自己恐怕说了大错话。好在儿子没有注意到异常,平淡地说:

"不过何所长肯定没同意,是不?"

严小晨笑着打岔:"咱们休息吧,跑了一天,二老该累了。"

姜元善也说早点睡吧,今天都累了。便带上妻子去东屋了。这边姜宗周夫妇也熄灯睡觉。妻子惴惴不安地压低声音问:"老头子,我刚才是不是说错话了?"姜宗周没办法回答。如果能把一切都"打包扔到河里",那老伴儿把那件事说透并不为过。问题是,有关牛牛童年秘密的一切能否真的"打包扔到河里"。比如他们找何所长说过的话,还有后来同前主席关于牛牛本性中的三个层面的谈话,都过于锋利,过于诛心,即使在多年之后仍有很大的杀伤力。如果让牛牛知道——知道连父母都曾对他的"邪恶本性"百般提防——恐怕不是好事。

更为关键的是：牛牛已经"长长发粗"了，已经握有天下之权柄了。现在，他的任何小善细恶都会经由他的权力而千百倍地放大。那么当父母的就该千百倍小心，尽可能让牛牛远离阴暗。姜宗周想，自己的这些担心老伴不一定能理解吧，她是个标准的家庭妇女，政治智力早就完全退化了。这就是男人和女人的区别，男人们中总会有那么一类人，比如他，比如牛牛爷，虽然一生都属于草根阶层，还是忍不住要操心那些精英们才该去操心的问题。而草根阶层的女人们都是凭本能生活，对超出她们世界的事绝不会瞎操心。明芝小声辩解：

"可我看牛牛根本没在意我说的话。"

姜宗周长叹一声，也压低声音："你以为他还是当年的牛牛啊。他就是在意，也不会表露出来。"下面的话他压到舌头底下了，"兴许他越是显得不在意，心里才越是在意。"他想和老伴儿说这些没用，就想办法安慰她，也安慰自己：

"牛牛越来越成熟了，跟那位外星上帝待了一年之后，更是完全成熟了。用句迷信话，现在他已经修炼得头顶罩有佛光。咱们根本不用再为他操心了。对了，那个上帝虽然是外星人，可我总感觉他特别亲切，特别知道操心，就像咱中国人的一个老族长。有他在上边罩着，牛牛不会出错的。"

"你又没见过他。"

"感觉吧，对他干的事没有目睹也有耳闻嘛。"

他不知道，那位"老族长"已经进入一个20年的长觉，不能再"罩着"牛牛了。

两人一边闲聊，一边侧耳细听东屋的动静。那边还没熄灯，有唧唧哝哝的低语声，还有压低的笑声。这让老两口儿多少放心了。后来那边熄了灯，这边也慢慢入睡。

东屋的小两口儿则很晚才睡，久别胜新婚，自打姜元善当上执政后，两人在一块儿的时间实在太少，这会儿当然不会错失良辰。他们说着夫妻间的私房话，也可着劲儿地颠鸾倒凤。后来两人都累了，相拥着进入梦乡。

但在梦中严小晨仍能感觉到尖锐的疼痛。她不安地发现，这次把疖子挑破，并不一定能把伤口的脓全部挤净。尽管丈夫已经修养得深沉不露，但知夫莫如妻，小晨还是能摸到他心中的那枚硬刺——他一向站在道德制高点上俯视众生，却忽然得知自己童年就有原罪，而且他的乡人一直用怜悯和疑虑的目光来看他。这样的失落感太重了。

更大的问题是：她无法安慰丈夫，因为很多话还是不能说透——仍然和疖子没有挑破之前一样。而且在她心中还另有一个尖锐的疼点——猛子。猛子已经离家四年，被丈夫送到一个秘密基地接受训练。丈夫没告诉她有关内情，但她猜到这是为那个最严酷的时刻做准备的。她完全能想象到，十岁的儿子此刻正经受着怎样严酷的训练。她熟悉的那个猛子也许早就不存在了，新生了一只狼牙尖尖的吃生肉喝鲜血的小狼——从贵州十万大山中流传出来的某些传言恐怕不是无源之水，而且这些骇人的传言其实脱胎于一个平实的内容：训练这些孩子的目的就是唤醒他们基因深处的野性，以便人类社会完全崩溃后他们还能活下去，因为生存是复仇的基础。

对这些十岁左右的孩子来说，这种生活太残酷，但理智告诉他，丈夫的决定是对的。她在梦中悄悄叹息着，把丈夫搂得更紧。

四

一个月前，一个黑衣人来到贵州的这片深山。周围是拔地而起的险峻的高峰，它们围出了一个幽深的天井，天井里是繁茂的树林。此刻正是午夜，一弯月亮努力从山凹处探出脑袋，把稀薄的月光洒在幽暗的山坳里。月光大都被浓密的枝叶所阻挡，等到达地面时，只剩下零星的光斑。

这儿是贵州十万大山的腹地，人迹罕至。几年前，一个神秘的组织来这儿落户后，更把这儿变成了完全的禁区。偶然走入禁区的山民会被突然击昏，等他们清醒后已经身处禁区之外了。时间长了，一些神秘的传说不胫而走。据说占领这儿的是一群小野人，从他们的身量看都是些十岁左右的小男孩。他们浑身赤裸不着寸缕，在嶙峋的山石甚至在茂密的树枝中纵跳如飞。他们吃野果啖生肉，骑在高高的树杈上睡觉，每天夜里他们出来猎食，附近山民的小家畜就丢了不少，白天则隐伏在深不见底的岩洞里。这些传说自然有虚构和夸大的成分，但不管怎样，它们一直在向外扩散，从省内到省外，从国内到国外，直到引来这位大洋彼岸的客人。

这是一名四十岁左右的男子，身材瘦小，穿着夜行衣，戴着夜视镜，背后挎着一个不大的黑色背囊，里面装着各种必要的行头。他的容貌像是普通的中国人，在此前下榻的旅馆中留的也是一个普通的中国名字，但他的真实姓名藏在美国国安局的秘密档案中，世上没有多少人知道。十年前，也就是"上帝"现身并导致七人执政团上台后，全球掀起一波"世界化"的浪潮，国界被弱化，边防军取消，各国军力大幅度削减……在这波浪潮中，触动最少的恐怕要属各国的情报部门了，因为它们在星际战争中少有用武之地，而在弱化了国界的人类社会中其作用也急剧萎缩，所以七人执政团的改革一时顾不上它们。自那之后，这位黑衣人差不多坐了十年的冷板凳，对一个业界高手来说，实在让他技痒难熬。所以，他很乐意自己能够接到这件活儿——弄清中国贵州深山中这个秘密基地的内情。同时被派遣的还有两位同伴，分别去委内瑞拉和尼日利亚。

他的眼前是一片宁静的山林，似乎没有任何人迹。但他锐利的目光发现了很多蛛丝马迹：树身阴面苔藓上留下的轻微擦痕、角度不大自然的枝叶、隐藏在落叶之下的脚印等。这儿显然是那个基地的一条秘密交通线，他只用潜藏在这里守株待兔就行了。

山口的月亮慢慢沉下去，这儿完全沉入夜色中。他调高了夜视镜的灵敏度，密林中的一切仍旧十分清晰，只是山石树木的边缘变得模糊一些。忽然他听到了轻微的动静，他屏住气息，仔细观察声响的传来处。声响渐渐走近，一个小小的身影出现在夜视镜的镜面上。正如传说所言，这是个十岁左右的男孩，从身高和面容上都能判断出他的年龄。他浑身赤裸，体形健美，但肤色相当苍白，显然是长期不见阳光的缘故。在夜视镜的视野中，他的一双眼睛特别亮，当他机警地四顾观察时，眼睛的亮光在夜视镜的镜野中拉出一条流动的光带。他显然习惯了在漆黑的夜色中行路，虽然没有戴夜视镜，但步伐轻灵，从容地躲避着途中的枝叶，行走起来像一只脚上带着肉垫的山猫——黑衣人看清了，小男孩连鞋子也没穿。

黑衣人屏住气息，悄悄看着小男孩从眼前经过，两人相距最近处不足15米。赤身的小男孩好像没带任何武器，不过他行进中右手常常贴在胯边，估计手中扣着一把匕首。男孩走远了，消失在前方黑黝黝的枝叶之中。黑衣人没有急于跟踪，在这样寂静、漆黑的深夜是很难跟梢的，对方能轻易听到身后的动静。他一直等男孩的动静消失才站起身，打开夜视镜上的"蛇眼"功能，立时，在小男孩经过的地方出现一条淡淡的红色光雾走廊，清楚地指明了小男孩的行迹。

"蛇眼"功能模拟非洲某种毒蛇的机能。这种毒蛇捕获动物的方法是：潜伏、突袭，把毒液注入猎物体内，然后迅速放开毒牙免得宝贵脆弱的毒牙受伤，然后任由猎物逃逸。它不用担心猎物走失，因为猎物每踏一步都会留下微量的生物蛋白，而在蛇眼可以观测到的紫外波段里，它们就像闪着磷光的路标。黑衣人的"蛇眼"装置使用红外光，能显示出空气中恒温动物在五分钟内留下的温度场。

黑衣人沿着这条淡红色光雾悄悄追踪。光雾很均匀，这说明被跟踪者大部分时间在匀速前进。有时光雾的亮度会加强，甚至能模糊显示出一个小小的身影轮廓，这是小男孩曾驻足观察的地方。然后光雾又变成亮度极淡的"走廊"……忽然前边有较大的动静，似乎有一声动物的惨叫，但它很快消失，夜景又归于平静。黑衣人小心地停了几分钟后继续前进。前边又是一个身影的轮廓，比此前的光度要强。身影半伏于地，显然男孩在这儿蹲伏了较长时间。他在这儿干什么？黑衣人发现，红色光雾有分叉，一个较小的"走廊"从这里分出去，贴着地面，消失在侧方的夜色中。黑衣人随即明白了这是怎么回事，"蛇眼"装置能显示恒温动物在五分钟内留下的温度场，但并不能显示先后次序。所以眼前的景象并非光雾的"分叉"而是"合流"——有一只小动物从这里经过，被小男孩以闪电般的手法擒获，然后猎人带着猎物继续前行。

光雾在前方的一棵大树旁停住。黑衣人等了一会儿，光雾仍未向前延伸。黑衣人小心地恢复了夜视镜的夜视功能，现在前边不再是小男孩留下的温度场，而是他本人。他这会儿蹲在树旁，低着头，两手无声地动作着。黑衣人看清了，他在用匕首扒开猎物的毛皮，然后啖食生肉——关于小野人们吃生肉喝鲜血的传说并非误传！有时小男孩会回头机警地察看，眼睛的亮光仍旧在镜野中拉出一条流动的光带，而他的嘴巴周围则明显发暗，那应该是淋漓的血迹吧。

这场生肉的盛宴持续了很长时间，黑衣人待在原地耐心地等着——直到他发现身后的异常，但为时已晚了。黑衣人回头察看，十几个小身影伴着轻微的声响出现在夜色中。他们慢慢包抄过来，堵住了黑衣人的退路。黑衣人转回身，蹲着的那个男孩已经站起来，面向这边，目光冷静，手中握着一把闪着寒光的匕首。黑衣人知道自己上当了，看来自己的跟踪早就被对方发现，但对方不动声色继续前行，甚至还好整以暇地抓了一只小猎物。他刚才停下来吃东西是缓兵之计，是为了他的伙伴能从容赶到。至于他是用什么隐秘方法通知同伴的，黑衣人就不知道了。

夜视镜中，前后十几双发亮的眼睛闪烁着，就像是非洲荒野中一群合作捕食的小个子土狼。他们的目光冷静而专业，不带一点感情色彩——最多带一点顽皮和好奇。黑衣人在心中叹息一声，他知道对这样的目光而言，什么样的花招都不会起效的。现在前方的防线比较薄弱，眼下他只有一个办法：擒住前面这个孩子，因为他显然是这群小狼的头领，用他来交换一条回家的路。这群身手敏捷的小狼肯定不好对付，但他自信以自己的身手，以突袭方法抓住其中一只不会太难。这时位于正面的小男孩说话了，声音带着未褪尽的童声：

"伯伯你好，这一路你辛苦了。"

黑衣人难为情地说："小家伙，别让我脸红了，你们让一只老鸟大大地掉了一回面子。"

"有一句话真不好意思告诉伯伯——我们最讨厌被跟踪。"

黑衣人心中一凛，笑着说："好啦，我心甘情愿地认输，我缴械投降。来，把这只老菜鸟铐上，送给你们的军训老师当礼物吧。"

他褪下身后的背囊，伸直臂膀拎着，向前面的小男孩走去。他离男孩不远，在对方还没做出什么反应时，他已经进入可以近身搏斗的圈子。他突然动手，左手把背囊甩过去，右手去钳对方的匕首。匕首几乎到手了，但对方一个铁板桥仰面躺倒，避开了他的进攻。然后黑衣人听到身后的破空之声，他疾速伏身，躲开了几把飞刀，但仍有四五把飞刀刺入他的体内。他的身体摇晃一下，看到正面的男孩一个鲤鱼打挺跳起来，一把匕首带着寒光飞向他的左胸。然后，世界就在他的面前消失了。

五

为确定这次秘密执政会的召开地点，赫斯多姆考虑了很久，最后定在中国西北新城鄂尔多斯附近的成吉思汗王陵。这儿相对偏僻，容易保守秘密；但交通也很便利，傍着高速公路，离赫斯多姆常驻的中原之地相距不是太远，可以开车前往，如果坐飞机的话很难藏住一个执政的行踪。又有相对红火的旅游人流，便于藏住几个人的行踪。

按照赫斯多姆的要求，除姜元善和布德里斯之外的五个执政都设法支开了秘书和安保人员，单身一人，或自己开车，或杂在旅游团中，从各自所在地赶往鄂尔多斯，并于这天中午在成吉思汗王陵前聚齐。王陵前人流如潮，众多年轻女导游举着旗子，手持话筒，用普通话或英语高声介绍着王陵的景观。游客步入大门就能感受到气吞山河的王者之气，成吉思汗骑着骏马，立在21米高的石柱上，睥睨着如蚁般的后人。左右两边是造型别致的三角形岩雕，两条三角形的斜边棱线交叉在大帝手中的苏勒德即著名的黑神矛上。这把黑神矛在魔国神界肯定具有最高的神力吧，因为它曾接受过数千万甚至数亿死者的鲜血的供养，纵观人类史，没有哪件神器能有如此的福祉。大门之后是极为壮观的"铁马金帐"群雕，近四百尊雕像散布在五座金帐的周围。再往后的休闲广场里布置着亚欧版图，显示着包括中国在内的横跨亚欧的五大蒙古汗国。如果把五个汗国合在一起，它无疑是人类史上国土最为广袤的国家，前无古人后边也不会有来者。除非地球在这场星际战争后走向统一，但那时也不再有国家的概念了。

世界范围的备战毕竟大大影响到经济的景气，这儿的旅游虽然还算红火，但国外游客不多，主要是中国国内的短线游，而且以汉族游客占绝大多数，当年蒙古铁骑践踏下的"汉人"和"南人"的后代，如今虔诚地瞻仰着一代天骄的圣容。历史就是这样反讽。

五位执政随人流匆匆浏览一番，午饭时在一幢挂着"全国重点文物保护单位""全国中小学爱国主义教育基地"牌子的房子后边会齐。五人席地而坐，面对着著名的甘德尔草原。不过草原已经退化，远不是"天苍苍，野茫茫，风吹草低见牛羊"的景象了。旅游团提供的是手抓羊肉等蒙古特色饭菜，五个人一边吃饭一边开会。赫斯多姆直奔正题，说：

"这次秘密执政会的召开不合章程，事急从权，请大家谅解。大家都知道，九年前，即第一位在飞球上轮值的布德里斯回地面上不久，执政长姜元善通知我们说，他准备让布德里斯专门处理一些秘密事务，以后两人将单线联系。"他冷笑道，"坦率地说，从那时起，我就用第三只眼睛盯着销声匿迹的布德里斯，还有——盯着执政长本人。有赖于美国情报部门的助力，我得到了一些秘密情报。其详细内容我将提供给大家，这会儿先说说大致内容：布德里斯在世界各地建了至少十个绝密基地，包括中国贵州、巴基斯坦和阿富汗边境、非洲尼日利亚、南美的委内瑞拉等。它们都类似于恐怖分子训练营，专门培养少年杀手，人数总计为十万人左右。执政长姜元善以巨资资助布德里斯的训练营，这些资金的使用一直瞒着其他执政。"

他说："据说这些吃生肉喝鲜血的少年冷血杀手是为20年后的星际战争准备的，为的是一旦我们精心准备的突袭失败，他们将担起地下抵抗的重任。我相信姜执政长的本意是善良的，只是这些情况似乎没必要瞒着其他执政。何况，这支类似私家军队的十万人大军太强大了，如果星际战争幸而取胜，我担心，某些人恐怕很难拒绝在人类内部使用这支武力的诱惑。当然这只是怀疑，但我想它应该算是合理怀疑吧。顺便说一句，姜执政长的儿子姜猛子就是其中一员，而且是其中的头领。"

其他四个执政认真听着他的披露。当初大家选姜为执政长大半是受先祖的诱导，甚至可以说是受先祖的逼迫，但这几年来姜元善确实干得不错，大家已经从心里接受了他的执政长地位。人类正在全力准备这场星际大战，各项工作有条不紊，而姜元善在其中的贡献是有目共睹的。现在赫斯多姆突然向执政长发难，四位执政认真掂量着他的指控……谢米尼兹吃完饭，用餐巾纸擦擦手上的油腻，凝重地说：

"我赞赏赫斯多姆的责任心。你的怀疑无疑是合理的，但你也知道，如果你打算让执政团采取某种行动的话，它很可能意味着——在与外星人的战争之前先来一场人类的内战。鉴于这件事的分量，单是合理怀疑恐怕分量不够。"

赫斯多姆语气沉重地说："对，你说的完全对。单是合理怀疑分量不够。不过最近出了一些新情况，这也是我召开此次会议的近因。两个月前，我通过美国情报部门，秘密派遣了三个情报界外勤人员，到中国贵州、委内瑞拉和尼日利亚等地调查那里的秘密基地——这次行动事先没有向你们通报，请谅解。这三个人都是业界的一流好手，但后来全部无声无息地失踪了。"他摇摇头，"据迹象分析，确实是那些少年杀手干的，活干得非常漂亮，看来他们学的杀人技巧至少在用于人类内部时非常有效，真希望他们将来对付五条腕足的恩戈星战士时同样能干。"

这件事在其他四人心中造成了足够的震动。布德里斯组建的娃娃兵部队严重违反了联合国的有关公约，如果是为了20年后的星际战争，大家会勉强接受它；但……这些少年杀手太可怕了，他们还没来得及建立足够的是非善恶观念，只会盲目服从上级的命令，如果他们的剑尖指向人类？四人用目光交流，沉默着听下去。

"还有一点情况，我确实非常不愿意向你们披露。因为，在正常情况下，我绝不会披露一个人在六七岁时的隐私，也不认为六七岁时的一件错事就能确证一个人的本性。但兹事体大，不容半点闪失，我不得不做这件卑鄙的事。"

他讲述了姜元善少年时的"恶行"，这也是神通广大的美国情报界挖出来的。正是最后这一点成了压垮驴背的最后一包稻草，最终说服了其他四位执政。毕竟世界领袖的私德并非无关紧要的小事。这次秘密执政会最终通过了一项秘密决议，决定以武力为后盾，同姜元善与布德里斯摊牌。

各位执政没有耽误时间，饭后即匆匆离开这儿，返回国内。他们要同各自的国家进行秘密磋商，取得母国的支持。不久他们接到赫斯多姆的通知：应执政长要求将召开一次执政团全会，地点在联合国大厦。这无疑是一个机会，摊牌的时间到了。

六

正如姜元善所预料的，赫斯多姆没有把会议地点放在中国，而是定在纽约的联合国大厦。他肯定怀疑中国政府是参与密谋的，那么，打算"摊牌"的会议当然不能在中国召开。

赫斯多姆说要安排会议，提前乘飞机去美国了。第三天，从姜营返回北京的姜元善同妻子和何副主席在机场拥别，准备乘空军零号飞往纽约。对即将面临的风险，他对妻子和何副主席没有丝毫透露。倒是何副主席给了他一个意外的消息：联合国秘书长哈达尔德已经乘专机赶来北京，半个小时后飞机就要降落。秘书长要求姜执政长在机场等候，他有紧急情况通报。秘书长此次来华过于突兀，究竟是什么样的紧急情况不能使用保密电话，一定要当面来通报？何副主席和严小晨的目光中都透出担心，姜元善笑着说：

"你们二位请回吧，我在飞机上等秘书长。"他平静地补充一句，"不必担心，我能猜到他的来意。"

何副主席和严小晨没有再问，同他告别后走了。

半个小时后，哈达尔德匆匆走进空军零号。他摒除了姜元善的随从，直截了当地问：

"从昨天起美国军队有异动，包括向纽约调兵，战略核武器进入一级战备，这些情况执政长知道吗？"

姜元善摇摇头，平静地说："我不知道，不是出于我的命令。不过据我猜测，眼下至少还有四个国家在做同样的战备：日本、印度、以色列和俄罗斯。"

哈达尔德的目光中，有什么东西在刹那间坍塌了。他悲凉地说："难道我真不幸而猜中了？在与恩戈星战争的前夕，人类还要先来一次内战？"

姜元善笑着摇头："你太悲观了。不必担心，这些国家的军事准备只是出于一场误会。现在让飞机起飞吧,你跟我同机出发,途中我再详细解释。"

哈达尔德惊奇地看看他,觉得他的决定实在不可理喻:"不,我的执政长阁下,在把这件事弄清之前,我想你不该自投罗网吧。"

姜元善大笑:"谢谢你的忠告。请放心,我不会拿这种事开玩笑的。"他下令让飞机起飞。等飞机完成爬高,乘客的听力恢复正常后,他向秘书长解释了这个误会,他保证这个误会很快会消除的。哈达尔德基本放心了,但仍然闷闷不乐。十年前,当执政团第一次会议顺利通过那七条政令时,哈达尔德非常喜悦,人类精英们数千年不能实现的大同世界的梦想,竟然因外星入侵的压力而一朝实现!现在他才知道那仍然只是一个梦。纵然这次的事变只是出于误会,但人类毕竟又恢复了以往的邪恶天性——在黑暗的丛林中竖起颈毛,互相猜疑互相提防,时刻准备先下嘴咬断对方的喉咙。他长叹一声:

"姜,希望明天的执政团会议上,这个误会能顺利消除。"

"一定会的。"

"人类之间的信任实在太脆弱了,如果将来的某一天,出现了一个不能消除的误会?"

姜元善直视着他:"在战胜恩戈人这个大目标之下,没有解释不清的误会。"

这句话的内在含意让哈达尔德打了一个寒战:"那么——战后呢?要知道,为了准备这场终极决战,地球已经变成了一个大兵营,一个武器库,这可不是培养善之花的适宜土壤。"

姜元善简单地说:"尽力避免外战之后的内战,这正是政治家的责任。不过现在顾不上,等战后再说吧。"

像第一次去见先祖一样,布德里斯这次仍是最后一个赶到,这是近几年来他第一次在其他执政前露面。他的模样有了很大改变:瘦多了,但浑身筋腱像铁一样硬,行走举止间带着猫科动物的弹性,身上则散发着触手可摸的野性。黝黑的皮肤有些苍白,那是多年生活在密林溶洞所造成的。他同先到的六人依次握手,没有坐在原来的位置,而是拉了一把椅子,坐在姜元善和赫斯多姆之间。赫斯多姆等五个执政注意地看看他，然后心照不宣地交换着目光。

会场中与第一次会议一样，每人面前摆着两瓶纯净水，一些茶点，秘书长哈达尔德列席会议。姜元善通知布德里斯来开会时简单吹了点风，所以布德里斯一走进会场就感受到了异常。他再次感受到横亘在七人之间那条无形的鸿沟，不过这回被隔在鸿沟这一方的不是他一人了，执政长姜元善也在其中。坐在首席的姜元善此刻言笑平和，似乎没有感受到会场中的异常。他笑着说：

"正式开会前我先扯几句闲话吧。我刚回故乡——中国中原的姜营——一趟，到我小时候常常玩耍的河边去看了看。自我六岁多随父母离开那儿，这是我第一次回乡省亲。诸位想听听我为什么回去吗？这虽是件私事，但和先祖有关，说不定和今天的会议也有某种关联呢。"

赫斯多姆触到了他话中隐含的讽刺，但不动声色，笑着说："行啊，我们洗耳恭听。"

姜元善心平气和地讲了有关的一切，一点儿都没隐瞒，包括父母早年如何企图限制他"长长发粗"，以及先祖如何帮他打开那个黝黑坚硬的思维包。已经知情的五位执政不动声色地听着。布德里斯对此事不知情，也不理解姜元善为何要在执政会上披露个人隐私，但他同样不动声色地听下去。列席会议的哈达尔德因为已经知道了大部分内情，能轻易揣摩出与会人员的心理。他不禁回想起以往执政会的气氛——坦诚亲切，如家人般融洽。各人的心灵是完全敞开完全透明的，因为他们都被同一个目标感化了。哈达尔德不无讽刺地想：毕竟像现在这样，各位与会者喜怒不形于色，默默地玩心眼斗心机，才是人类演员的本色演出啊。

最后姜元善笑道："所以我回故乡并非衣锦荣归，而是一次自我惩罚，是把童年的邪恶摊到公众眼前。那已经是30多年前的往事了，今天咱们不妨心平气和地分析一下，看看那个六岁半的男孩在那件事中哪一点做错了，哪一点是对的。我来说说吧。第一，"他屈起一个指头，"这个六岁半的孩子那时清晰地认识到：冬冬已经无法挽救了，即使喊来大人也太晚了，所以以后的决策要以这点无情的事实为基础，不要把时间浪费在无用的悲伤上。这一点认识是正确的。对一个六岁孩子来说也很难得。第二点，他认为把冬冬的死隐瞒下来就可以少挨一顿暴打。这个决定的出发点并非十恶不赦，毕竟对自我的保护是所有生物的第一本能。但他大大的错了，因为他没考虑到事情总要露馅的，露馅后那顿暴打反而会加倍。一个六岁孩子的智力毕竟有限啊。第三点，"他屈起第三个指头，"他认为冬冬反正救不活了，即使把这事隐瞒下来也不会对别人造成进一步的伤害。但这点他也错了，没有考虑到这种隐瞒对冬冬家人的附加的感情伤害，尤其是对自己家人的感情伤害。且不说，'已经溺死'的冬冬也许还有复苏的微弱希望。"他苦笑道，"这三点中只有一点对而两点错，所以这家伙理当受到应有的惩罚。不过，这桩色彩阴暗的往事中也能挑拣出一颗珍珠，那就是：这个六岁孩子能够不受感情干扰，冷静地估量事实而迅速做出决断，这种素质非常可贵，只要它用到正确的地方。好啦，我把这段隐私全部摊开了，我想让大家监督我，免得我本性中的邪恶再度复活。说句不算笑话的笑话吧，即使复活也必须限制它的发射角度，让它只指向外星恶魔，来个以恶制恶。"他突兀地转了话题，"好了，我的个人隐私暂且放一边吧。现在开始正题。"

他稍稍停顿，让其他六人能拉回思绪："我要向大家通报一些重要情况。"

他讲述了在他值班的一年中，先祖教他学会驾驶飞球，学会对恩戈人包括对先祖本人隐藏思维，策划在敌方母船中的肉搏等。先祖还同意把另一架飞球拿出来做破坏性试验，以便保证人类的突袭行动万无一失。最后先祖因身体不佳而提前进入冬眠，准备到战前再醒，因为他要把仅剩的寿命用到最需要的关头。讲了这些情况后，他转向布德里斯：

"因此，我们俩的那个担心——担心先祖通过其他执政的脑波探测到那个秘密计划——就没必要了。布德里斯，请把你这几年做的事摊给大家吧。"

他的节奏太快，其他人紧紧追着他的步伐。布德里斯事先已经听了姜元善的吹风，有了心理准备，便定定神，理一理思路，开始讲述姜元善六年前同他的密谈，以及他这六年所做的工作。

其他五个执政认真地听着。赫斯多姆曾向其他人通报过一个"真相"，现在姜元善和布德里斯又端出来另一个真相。哪个真相才是真的？

显然布德里斯的话是真的。尤其是布德里斯复述的那句话，就是姜元善那个坦率的自我定位——姜元善和布德里斯比其他五人有更多的狼性，必要时他们有勇气啃断自己的后腿——让其他五人感到震动。五位执政都是思维敏锐的智者，能感觉到真话的内在力量，所以他们基本接受了布德里斯的解释。加米斯向姜元善问了一个问题：

"你对我们保密，是怕先祖通过我们的脑波探测到这个秘密计划。但你自己呢？你也得去飞球上值班，你刚刚和先祖亲密接触了一年，你学会关闭思维那是后来的事。"

"那是因为我事先已经从先祖那儿得知，我有一种特殊的禀赋，我对童年的失忆其实是我主动关闭的。既然如此，我为什么不能再主动关闭另一个秘密？这是我自认比你们强的地方。"

他又补充道："我对你们的保密还另有一个原因，尽管是次要原因。我觉得，在人道主义蜜糖中泡大的西方人，也许不一定同意那个血腥的终极复仇计划。我担心你们会持如下观点：如果人类真的战败，那么让人类文明的火种在侵略者的淫威下苟延残喘，等待再燃的机会，强过让两种文明同归于尽。这件事我从来没打算瞒着执政团，但我想和布德里斯先独自前行一段，可能有助于你们接受它。"

姜元善和布德里斯介绍完了，五执政和秘书长都沉默着。大家倾向于相信姜元善和布德里斯端出的真相，不过赫斯多姆是上次秘密会议的召集人，大家想等他首先表态。过一会儿，赫斯多姆说：

"也许姜的自我评价很对，他和布德里斯的狼牙确实比我们几个更尖一些，毕竟姜在六岁半时就干过那样特别的事，毕竟布德里斯当过全世界一号恐怖分子。"

这番话当然含着尖刻的讥刺，奇怪的是，会场中并未激起敌意，反倒有放松的感觉。姜元善回头看看列席的哈达尔德，笑道：

"秘书长，我怎么听不出这句话是褒是贬？我把它作为褒辞来接受吧。这么说，你们五位已经相信布德里斯所披露的真相了？"

赫斯多姆淡然一笑:"我们姑且相信吧。"

"不准备弹劾我了?联合国大厦周围的军队也不打算用上了?还有那些已经打开发射井的战略导弹?五个国家已经集结的军力?"

"是这样吧。"

姜元善与秘书长交换一下眼神。姜元善是在用目光说:"这下你可以放心了,人类在外战之前不会出现一次内战了。"他回头问:"那么,你们是否同意布德里斯制订的终极复仇计划?"

赫斯多姆同其他人交换目光后平静地说:"你放心,我们也长有狼牙,至少具有狼牙基因,哪怕它们已经沉睡多年,危难时刻也能苏醒的。你们两位尽管放心,必要时我们都有勇气啃断自己的后腿。"

"那好,这个计划就算在执政团获得追加批准了。布德里斯,以后你可以公开进行,你急需的恩戈人的身体细胞马上就能给你。当然,那支秘密别动军的领导权要交还执政团,否则赫斯多姆他们五位仍会睡不着觉的。我建议由七位执政轮流担任别动军的指挥,两年一换。你们觉得呢?"

赫斯多姆略为沉吟:"这样吧,由布德里斯任别动军的常任副指挥,其他六执政轮流任指挥长,两年一换。这样可以保持别动军的稳定和高效。"

"好!这样安排确实比较稳妥。我替布德里斯谢谢啦,谢谢你对他的信任。"

小野一郎忽然说:"姜,你说先祖教会你隐藏思维——恰恰是你最需要对他隐藏思维的时候,是不是太巧合了?"

这个疑问有些突兀,但大家马上猜到他的话中之意。秘书长迟疑地问:"你是怀疑——也许先祖早就猜到姜关闭了某个秘密,从而以教他隐藏思维的名义,实际探知了姜的内心秘密?"他歉然说,"这句话如果冒犯了先祖,我表示抱歉。"

姜元善说:"依我的感觉并非如此。先祖应该不知道我那个秘密计划,但他有十万年岁月锤炼出来的睿智,世事洞明。他肯定能料到儿子成年后的行事不一定完全符合父亲的心意,也不强求如此。他教我隐藏思维,又提前20年进入冬眠,实际是默许我们照自己的想法走下去。所以,我对先祖隐瞒这个秘密计划实际带点作秀的性质,双方'尽量不捅破窗户纸'而已。"

会场的气氛明显轻松了。赫斯多姆探过身,跟坐在首席的姜元善握握手,歉然说:

"对不起,我们误解了你。"

"不必道歉——其实你们内心里并不认为需要道歉,因为你们那是完全合理的自卫。我说的对不对?"

谢米尼兹大笑:"对!以后我们照样会紧紧盯着你。"他纠正道,"我们互相盯着。"

秘书长也笑了,他觉得尽管留了这点小尾巴,但执政团内部基本回到了初期的坦诚融洽,已经很难得了,他为此十分庆幸。赫斯多姆说:

"正事已毕,说句闲话吧,社会上流传着一种称呼,称我们是'男人执政团'。当然,这是先祖的选择,是历史造成的。但无论如何,执政团中连一位女性都没有的确是个遗憾。"

"也不算遗憾,战争这种残酷的事还是全让男人顶起来吧,女人不合适。等战争结束后再把权力交还给女性也不为迟。"姜元善笑着说。

"其实你妻子就是合适的执政人选。姜,我与严小晨共事多年,对她非常敬佩,无论从她的人格魅力、技术素养,还是她过人的天才,都是如此。"

这番话过于突兀,但姜元善敏锐地理解了他的话中之意——对妻子的褒扬暗含着对丈夫的贬抑。看来,他对姜元善"本性中的邪恶"还是不能完全释怀。姜元善干脆地说:

"她是个好女人,好科学家。但她绝对不适合坐到咱们的位置上。她太纯洁,而咱们的活儿难免离不开污秽和邪恶。"停停他又说,"如果有那么一天她真的坐在我这个位置上,那将是一个双重灾难:她个人的灾难和人类的灾难。"

大家没有想到他会把话说得这样重,一时无语。姜元善向秘书长侧过身,感慨地说:

"经历了今天的误会和猜疑,我更是由衷佩服先祖的睿智。当年他得到外星入侵的消息后没有立即向人类公布,让大家同心协力对付外敌;而是先挑起各国的疑忌，让各国各自全力发展反隐形系统。他的做法太英明了，充分利用了人类最强大的本性——恶的本性，否则我们也不会有今天的进展。用句中国的话说：知子莫若父。又一句话：欲擒故纵，先抑后扬。"

几个人默默点头。加米斯笑着说："我要抽时间学习汉语。我发觉汉语中有很多关于巧智机谋的格言。"

姜元善忽然沉下脸："是吗？那我今天就给你上一课吧。"他面向大家，"其实在这次会议前我已经知道了你们的密谋，但我仍赤手空拳来到纽约。这是缘于我的自信，我和布德里斯秘密组建别动军没有任何私心，我相信把事实摆出来后肯定能说服大家。但你们五位呢？你们处心积虑想搞一次宫廷政变，但干得太不专业啦，太让我失望！会前我对布德里斯稍微吹了点风，并没有进行过进一步的密商。但依我对他的了解，他肯定事先做了足够的准备。我估计，他今天挨着赫斯多姆坐并非无意之举。"他转向布德里斯，"布德里斯，不妨把你的准备摊给大家吧，给他们上一课。"

布德里斯点点头，平静地解开上衣，赫然现出腰间的一排炸药。他简单地介绍："只是普通的 C-4。我想它的外形最为人们熟悉因而也最具威慑力。再说，这几筒普通 C-4 的威力足以保证我俩全身而退了。我手下那十万名小狼当然也做了必要的部署，可惜他们还太年幼，接受训练的时间也太短，他们此后的反击恐怕难以致命。"

五位执政盯着他腰间的炸药，既尴尬也后怕。谢米尼兹苦笑道："该死，我怎么忘了，当自杀人弹——这是布德里斯的老本行啊。"

其他人没有响应他的笑话。姜元善冷冷地说："是的，他在当了政治家后还没忘掉老本行，还能在必要时干一些政治家不屑干的事，这正是他，还有我，比你们强的地方。你们在和平主义和人道主义的蜜糖水中泡的时间太久，骨头都泡酥啦。难怪先祖不放心把世界的领导权交给你们，连我也不放心。"

赫斯多姆尴尬地摇摇头，拍拍旁边的布德里斯的肩膀："谢谢二位了，我们都会记住这一课。"

"布德里斯，把起爆程序解除吧，免得出现意外。还有，尽快给你手下发安全信号吧。"

七

姜元善带上布德里斯返回那个野战训练场，进入飞球，打开右冬眠室，在冬眠的土不伦夫妇身上采集了足量的细胞。其实最好的办法是让这两位复苏，直接进行病原体试验。但姜元善不想违背对先祖的承诺——不要为难他的直系后代。而且布德里斯说，用细胞来验证病原体的毒力也足够可靠。所以——就让这对新婚夫妇继续沉迷于梦中吧。

关闭右冬眠室后，他俩站在左室门前，透过透明的舱门默然向先祖致敬。布德里斯已经有九年没见过先祖，他低声说：从外貌看先祖确实明显衰老了。两人都不免有些黯然。因为，就连采集细胞这件事实际也违背了姜元善对先祖的承诺。他们背着先祖，策划着对其子孙斩尽杀绝，这对先祖而言未免残忍。但是——生存是最高的道德，先祖会理解的。

布德里斯带着采取的细胞返回他的秘密基地。

先祖原先那架飞球正在这儿做破坏性试验。布德里斯虽然曾想当这个神风队员，但他事务繁忙，肯定不能如愿。姜元善早早挑选了一个合适的人选，是一位技术高超的中校试飞员，名字叫姬国栋——在中国人的姓氏中，这个姓氏和"姜"姓同样古老。姬中校在报名应聘时曾平淡地说：

"我主动报名只是出于一个很自私的小心愿：让我这个古老姓氏能在地球上继续传承下去。"

姬中校很快精熟了飞球的驾驶技术。他驾着隐形飞球数十次突入天眼系统的防空圈，凭着精湛的飞行技术和超人的机敏，一次又一次逃过了致命的激光束。赫斯多姆和严小晨则相应地一次次改进。这是一场死亡游戏，因为为了不破坏隐形性能，飞球无法加装弹射逃生装置。所以飞球被击毁的那天也就是姬中校献身的日子。不过到那时，天眼系统就可以最后定型了。

姬中校身材瘦小，貌不惊人，属于外拙内秀那种人。他隶属于该基地而不属于天军，所以穿着中国空军军服。他马上就要去穿抗荷服了，这种抗荷服是专门为他精心设计的，寄望于在飞球坠毁时能保护驾驶员。但姜元善知道这大半是心理安慰，以飞球做规避飞行时的速度，一旦坠毁必然是人机同毁，姬中校本人也非常清楚这一点。

中校看见了姜元善一行人，在原地立正敬礼。姜元善快步走过去，紧紧握住他的手。昨天严小晨告诉他，在姬中校以生命为赌注的多次死亡对抗中，天眼系统得到了有效的改进。她估计，这次姬中校恐怕躲不过天眼系统的攻击了。姬中校曾私下说过，他希望死前能见执政长一面。小晨今天带丈夫来满足他的愿望。

中校双目平视，面容平静。姜元善没有说那些官面话，这样的硬汉子是不用安慰的。他只是说：

"姬大哥，我看过录像，你的驾驶技术真是了得！要知道我是最有资格评论的，因为我坐过先祖驾驶的飞球，我的驾驶技术还是先祖亲自教授的。我敢说你比先祖驾驶得还好，你的两只手比他的五条腕足更管用。"

中校自得地笑了："谢谢一个内行的夸奖。不过你这样的比较对先祖可不够公平，毕竟他比我大了整整十万岁。"

"但他也比你多了十万年的驾驶经验啊。"

两人哈哈大笑。中校看看周围，除了严小晨别人都离得较远，便低声问："执政长，想问一个问题。可以吗？"

姜元善皱起眉头："执政长那个官衔留给别人叫吧，你要是看我没那么官腔官调地惹人厌，就喊我元善兄弟。"

这位即将赴死的硬汉子很感动，痛快地说："好，我叫你元善兄弟。老哥能不能问一个问题？"

"当然。老哥尽管问。"

"我想听真实的回答。请你放心，我会把答案带到坟墓里。"

这句话让姜元善心中锯割般地疼，他认真地说："我一定如实回答，你问吧。"

"我想问，这场战争中人类的胜算究竟有多大？我是看不到结局了。"

姜元善毫不犹豫地说："90%。如果把同归于尽也算做一种胜利的话，那就是100%。"

他没有说实话，按他估计，人类的胜算能有60%就不错了。自古以来为战之道必须奇正共用，以正为主。但在这次战争中地球人只能把全部赌注押在"一击得手"上。这样的战争设计非常危险，任何一处小小的错误都能让它全盘倾覆。但没有办法，两者的实力太悬殊了。二十几年来他全力推动着全球的备战，但有时中夜梦醒，怀疑也会悄悄啮食他的信心：人类的努力真的会成功吗？他们是不是在推西西弗斯的石头上山？但这种阴暗心绪只在独处时出现，只要有外人在场，他的目光就是明朗坚定的。现在同样如此。只要能让这位慷慨赴死的英雄含笑而去，说句谎话他不会于心不安的。中校的脸色发亮了，微笑道：

"同归于尽当然也算是一种胜利。人类就是战败，也决不能做那些恶魔的'高智力肉用家畜'，决不能让他们安然享用我们的地球。执政长，啊不，元善老弟，谢谢你。你把我心中的疙瘩解开了，这么说，这些年我没有白忙活。我该去穿抗荷服了，再见——不，希望是永别，"他微笑着，"那就说明天眼系统已经完善了。"

他同"元善老弟"握握手，步履轻松地走了，去同家属做最后的话别。这些天，他的父母、妻子和女儿一直守候在这里，时刻准备为他送行。姜元善看看严小晨，心头十分沉重。这位视死如归的英雄，这位神风队员，原来也一直在怀疑中煎熬啊，就像姜营的乡亲一样。今天很可能是最后时刻，在生命的最后时刻，他也没能了解真相。严小晨摇摇头，没有说话，转身去指挥大厅了。姜元善要留在地面。这是最重要的一次试验，姜元善一定要观看它的全过程。试验仍采用"盲试法"，飞球可能在三天内的任一时刻闯入防空圈，而天眼系统得随时准备开火，所以严小晨在三天中不能离开指挥大厅半步，而姜元善也可能在这儿逗留三天。

姜元善独自待在地面观察所，只有秘书和保卫人员远远陪着他。他盼着这次能击中飞球，那样天眼系统就可以定型并大批生产了；当然他也强烈希望那位硬汉子能活着回来，虽然希望十分渺茫……

这次他没有等多久。凌晨时分，几十道光剑倏然射出，警报声响成一片。空中传来一声爆炸，十几秒钟后，又有沉闷的坠地声。几架直升机立即升空，雪亮的灯光轮番扫射着地面……一个小时后姬中校的尸体被运回基地，遗体上覆盖着联合国旗和中国国旗。他面容平静,脸上没有伤痕或烧灼的痕迹,只是七窍中有残留的血渍。烈士家属包括死者十岁的女儿都早有心理准备,遗体送回后他们默默地告别,无论大人小孩都在垂泪,但没有号啕大哭。小女儿低声抽泣着,用小手帕细心地擦干净爸爸鼻孔里的血迹。

姜元善向烈士三鞠躬,同家属默默拥抱。他该返回纽约了,同妻子告别时,他说:

"天眼系统已经定型了,你在基地的工作也基本完成。如果工作上能脱身就尽量回北京吧。抽时间多陪陪两边的爹妈,有可能的话也多陪陪我。"

严小晨从话语中触摸到入骨的孤独和感伤,沉默着点头答应。丈夫没有提到儿子,而当妈的最挂心的就是他。"好的,我先回家陪陪老娘吧,我等着你和猛子。"

第八章 喋 血

一

63岁的姜元善在纽约开完执政团会，连夜赶往北京。这是战前的最后一次执政团会议了。在飞球上值班的赫斯多姆三天前发来消息，飞球上的反隐形装置已经发现了恩戈星远征军的母船，它离地球只有20天的行程了。执政团颁布了秘密动员令，全世界30万天军和9999套天眼系统立即进入一级战备。但有关消息对社会严格保密，执政团担心，如果民众陷入战争恐慌，亿万人的异常脑波累积起来，也许足以让恩戈人探测到。

人类已经准备了30年，天眼系统也进行过多次实战演练。现在，30年的努力就要开花结果了——或者人类文明之花就要被恶风骇浪一举摧残，再无复苏的可能。邪恶将永存天地。

现在姜元善要到飞球上值班，他要唤醒冬眠的先祖，然后与先祖共同准备那场在敌人心脏里的肉搏战。这是大战背景下的小角斗，同样凶险万分胜负难料。如果失败，那就不必操心埋骨何处这样的问题了。先祖还要唤醒土不伦夫妇，"解释"他们沉睡的原因，让他们出现在迎接远征军的队伍中。上飞球之前姜元善还有两件事要赶着处理：回家探望家人，也许这是同家人的最后一面了；还要到布德里斯的秘密营地去，有些重要的事情要办。

空军零号在北京国际机场降落，按照他的吩咐，今天没有官方欢迎，只有妻子在舷梯边等着。两人紧紧拥吻，然后匆匆上车赶往家里。妻子开车，路上姜元善问：

"猛子已经走了？"

"对，他们已经'入洞'了。"

布德里斯建立的复仇别动军秘密基地都位于地下数千米的地方，如南非金矿、中国贵州的地下溶洞等。这些地方足以躲过入侵者第一波次的脑波袭击。在纽约开会时布德里斯告诉姜元善，他给特别行动队的成员放了假，让他们回家探亲，三天内返回营地——不愿回的则请自便，军队不会予以惩罚。布德里斯本人在会后也匆匆赶回位于中国贵州的营地了。妻子说：

"猛子刚刚走，是昨天回来的，在家待了一天，一直陪着奶奶，陪着我。他也期待着同你见一面，但嘴上没说。元善，咱们的猛子变化很大，几乎是个陌生人了。"

姜元善沉默地看着前方，霓虹灯光在他脸上连续地闪烁着。"没关系的，我马上就要到贵州去，还能见到他——此刻他可能已经知道我要去了。"他笑着告诉妻子，"告诉你一个消息。你知道吗，实际上咱们已经有儿媳了。"

"'实际上有儿媳'？你这话什么意思？"

"布德里斯干的好事。你知道他的复仇别动军是纯雄性的，这些年来一直封闭训练，与世隔绝，所以队员们个个都是光棍。这次入洞前他为所有人办了一件大事——让他们留下种子。"

妻子立即应道："就像先祖离开恩戈星之前那样？"

"对的。布德里斯在网上发了启事，有几十万名女性志愿者报名，随后用电脑为每位队员匹配了一个妻子，当晚便合房了。当然还要采取一些刺激排卵等医学措施，以确保每位妻子一次就能怀孕。"

严小晨沉默片刻。这样草率的男女结合，虽然是在战前的特殊情况下，也仍然带着点儿男性沙文主义的臭味，让她心里不舒服。但在眼前的形势下这其实是最人道的做法，她只有接受现实。她轻叹一声：

"这臭小子！在家整一天，对我一句也没提。不知道咱们这位儿媳是什么样子。"

"不知道。连猛子也不知道。"

严小晨笑了："怎么可能呢，虽然过去素不相识，至少有过一晚的相处吧。"

姜元善在心中叹息一声。猛子确实不知道"妻子"的相貌、声音，连名字也不知道。儿子这样做用心良苦——可能过于苦涩了。这会儿他不想对妻子细讲，换了话题：

"他确实不知道,这事以后再给你细说。咱妈呢?还是那样糊涂?"

"咱妈可不糊涂!思维敏捷着呢,刻薄话张嘴就来。"说起婆母,严小晨颇有点哭笑不得,"真没想到,妈到晚年会变成这样的性格。自从爸去世,她的性格就完全变了。"

姜元善用力握握妻子放在挡位杆上的右手:"这一年你受委屈了。"

虽然姜元善早在20年前就想让严小晨从工作中脱身,但实际她去年才办了退休回到北京。天眼系统已经遍布全球,可以有效监测地球大气层的每一个角落。作为设计者,她反倒没有太多的工作了,或者说,她对这个世界应尽的责任已经尽到了。她退休回家,以便多陪陪亲人。但实际上她只是陪了婆母,因为其他三位老人都已相继去世,猛子和丈夫也几乎没回过家。令她始料未及的是:88岁的婆婆完全变了性格,与她相处这一年可不是什么愉快的经历——这么说未免太轻巧了,实在说来,与婆母的相处令她压抑。这位老太太已经成了家里的黑洞,时刻把阴暗情绪辐射到周边,连一直陪伴她的六婶都受不住了。她安慰丈夫:

"没什么。四个老的已经走了仨,这一位再怎么糊涂,我也会笑着把她送走,不会和她一般见识的。"

她所说的老人的"刻薄话",姜元善很快就领教了。老娘坐在轮椅里,在客厅里巴巴地盼着儿子回来,保姆六婶陪着她。姜元善进了屋,声音发哽地喊了一声"妈",老娘却讥诮地说:

"咱们的世界领袖总算回来了,真难得呀。"

"妈……"

"你还记得这个妈?算算这辈子你在家待了几天,连你爸过世时你也只停了几个小时。"她狠罗罗地说,"这个儿子我算是白养了,算是我为世界人民养的。"

姜元善被这当头一桶冷水浇得哭笑不得。严小晨和保姆则努力绷住笑——她俩是笑老人最后一句刻薄话的大气派。严小晨笑着说:

"妈,没看你儿子都快哭啦!别刻薄他了,抓紧时间说点亲热话。"

"哼,啥时候走?又是只能在家待一个时辰?"

姜元善没办法回答，他真的只能待一个时辰。对于他来说，战前的时间是以分钟来计算的。老人的火马上又被勾起来：

"哼，我就知道！你还不如猛子，那头小野驴还陪了我一整天呢。早知今天，当时就不该让你长长发粗。那时该找何所长硬把你要回来，好歹我还能落个囫囵儿子。"

姜元善心中一寒，从这句话中他知道老娘是真糊涂了，否则她不会拿刀子往人心口里捅。严小晨脸色一沉，对婆婆放了重话：

"妈你真糊涂啦？看你说的什么话！往年你和我爸是咋教育孩子的？"

姜元善生怕闹得不愉快，忙向妻子使眼色。妻子则轻轻摇头，连六婶也摇着头。这一年多她俩已经摸清了老太太的脾性，知道不能一味顺着她来，必要时呛她一次还是很见效的。果然，老娘也意识到这句话很不恰当——牵涉到牛牛小时候那些不该提起的回忆——便软了下来，不再和儿子"斗志昂扬"了。

姜元善同老娘拉一会儿家常，该走了，但他真无法张口说出这个"走"字。老娘看出来了，气哼哼地说：

"看你神不守舍的样子！走吧走吧，这是咱娘儿俩最后一面，等你再回来，我这把老骨头早就当鼓槌了！"

姜元善鼻子一酸。老娘虽然糊涂，但这句话并不假。此去吉凶难料，确实有可能是最后一面了。保姆忙来打岔：

"姚姐看你说的，你老肯定能活120岁！"

老人别过脸，沉下脸，不再理儿子。保姆示意姜元善别管她，该走就走吧。姜元善只好狠下心同老娘的背影告别，用手势向六婶道了辛苦，心情沉重地出门。路上他一直心情沉重，倒不是因为老娘的糊涂话，而是因为老娘的爱——她的刻薄正是因为太看重儿子了。妻子劝解他：

"别往心里去，这一年多我都已经习惯了。何副主席来看过她，事后也劝我别跟老人一般见识。他说军工界的陈老，一个人品高尚的前辈，到晚年也变得非常自私，与原来的他判若两人。这位陈老咱们见过一面，是在刚刚发现飞球后的那次特别会议上，是他为反隐形研究奠定了基础。"

姜元善点点头。

"心理学家说，三岁以前的孩子和意识糊涂后的老人都是自私的。特别是有些女人，一生付出太多，老了之后心理不平衡，会表现得更为乖戾。"

姜元善叹息道："妈骂得对，这一生我欠她太多，欠你们太多。"

"没什么欠不欠的，我们都是在尽各自的责任。"

姜元善把手放在妻子的右手上，不再说话。他去贵州后就要直接上飞球，与妻子也是战前最后一面——或者是人生最后一面了。诀别之际有千言万语要说，但又觉得夫妻之间十分相知，没必要再说。赶到机场时严小晨扭头看看他，轻声唤道：

"元善。"

姜元善没有等到下文，轻声问："怎么？"

"活着回来。"

他搂住妻子，"嗯，我会的。"

"替我向布德里斯问好。再替我抱抱猛子。"她摇摇头，"那个臭小子！已经不耐烦爹妈和他亲热啦。"

直升机掠过贵州西部的群山。这儿的景色比较特异，因为山势异常险峻，山尖环抱之中就像是一口口深井，每口井底坐落着一个小村庄，有一些人类活动的痕迹，但被群山与外界隔绝。再往前飞，连这些小村庄也不见了，机翼下方是无边无涯的蛮横的绿色。直升机盘旋着，找到一处人工修建的平台，一个人孤零零地立在平台上等候他们。直升机降落了，机组人员和姜元善跳下直升机。平台上那人全身赤裸不着一丝，头发、胸毛和阴毛全都白了，浑似一个白毛野人。这是 74 岁的布德里斯。机组人员中有一位女医生，对眼前这一幕缺少心理准备，多少有些尴尬。布德里斯则神色安然，迎上来同姜元善和众人握手，简短地说：

"姜，建议你也穿上我这样的军装。"他微微一笑，"这是别动军的统一军服，算是一个象征吧，象征着你脱去文明世界的一切束缚。不过你最好留下鞋子，你的脚板恐怕没有我这样厚的老茧。"

姜元善立即照办，脱光衣服，留下鞋子。布德里斯看看他肌肉强健的身体，赞赏地点点头。姜元善对机组人员说：

"你们返回吧，七天之后到这儿接我。"

他随布德里斯走进旁边的一个洞口。这是一个没有开发的深洞，全长近80千米，超过了此前为国内深洞之冠的73千米的双河洞。洞底与地面的垂直深度超过五千米，足以挡住外星远征军最高强度的脑波发射。其他秘密基地也都如此。按先祖的计划，他将诱骗远征军发射低强度的不致命脑波，对远征军讲的理由是要留下有一定智力的家畜，但别动军这边必须按最坏情况做准备。

在战前的宝贵时间中，姜元善为溶洞之行安排了七天时间，可见其重视程度。他要在这儿完成身体上的训练和心理上的浴火重生。当然，这些年来他从未在心理上有过片刻懈怠，但他毕竟当了30年的世界元首，习惯了生活在明亮安全照顾周全的世界里，难免有潜意识的怠惰。他将借这次训练逼迫自己彻底跳出文明世界，恢复野性，学会像一头孤狼那样应付危险的丛林。

要知道，他将对付的是葛纳吉大帝这样可怕的对手！

布德里斯行进的速度很快，在凹凸不平的洞壁上跳来跳去，就像一只敏捷的猴子，一点儿不像74岁的老人，显然这是他20多年来练就的功力。开始时姜元善跟得非常吃力，但他身体素质很棒，有深厚的武术根底，不久就能从容地跟上了。洞中光线越来越暗，空气也越来越阴冷。很快，前方的道路完全被黑暗吞没。不过洞中配有生物光的光源，两人经过时附近的光源被激活，用幽幽的绿光照亮脚下的道路，他们离开后光源就自动熄灭。山洞时而狭窄时而宽阔，有时绿光照亮的是一个无比宽阔的厅堂，有时是一条暗黑的地下河，河水异常清澈，行进中带落的小杂物会在水底淤泥中激起一小朵蘑菇云状的烟雾。河水漫过的岩石表面都附有薄薄一层淤泥，又光又滑，行走其上需要高度的平衡技巧。不过这是习武之人的强项。布德里斯看着他轻松的步伐，不时赞赏地点头。

两个小时后布德里斯停下脚步。前面，幽幽绿光映照着一个巍峨的大厅，厅内有一处宽阔的乱石堆成的高台。上面是穹隆状的洞顶，乱石都是从洞顶崩落下来的。映着幽光，高台上伫立着一个赤裸的身影。布德里斯指指上边，说：

"那就是姜猛子，贵州别动军的首领。这七天中由他负责训练你。你去吧。"

姜元善爬上高台，父子两人裸体相对。猛子方下巴，脸部轮廓分明，肩膀宽阔，肌肉鼓突，与姜元善心目中保留的猛子形象已经判若两人了。这些年来，他同儿子几乎没见面，连通话也很少。此刻猛子平静地直视着父亲：

"学员姜元善。"

猛子的声音浑厚低沉，而留在姜元善记忆中的还是儿子变声前的声音。他收拢心神，立正回答：

"到。"

"从现在起由我负责对你的训练，包括搏击、野外求生和心理训练三个科目。今天先进行搏击训练。"

"是。"

没有任何先兆，姜猛子骤然一翻手腕，一把短剑向姜元善喉部迅猛地刺来。姜元善瞥到了短剑的冷光，完全是凭着本能，凭着多年习武的敏捷反应迅速侧身躲避，短剑带着风声从他脖颈处掠过。皮肤被割破了，一股热流涌出来，显见猛子的攻击绝不是虚招。此时猛子的第二波攻击已经来到，与上次一样凶狠，这次是指向心脏，姜元善再次闪身避开。此后猛子的攻击源源不绝，但姜元善已经从最初的支绌中缓过劲来，在闪身躲避中还能有一两次反击，用空手夺白刃的招数抢夺猛子的短剑。猛子突然停止进攻，平静地说：

"好！学员姜元善，你的反应很敏捷，武术根底也很深厚。但是，如果我的短剑上带有毒药，这会儿你已经死了。所以第一局判你输。"

姜元善喘息着："是。"

"现在请你接过短剑，由你向我进攻。"

猛子用右手平托着短剑递过来，姜元善快要接到时，猛子突然一翻手腕抓住剑柄，把剑锋切向父亲的腕部。这回姜元善事先已经有了警惕，侧身闪过猛子的攻击，左手同时切向对手的喉部。猛子向后一纵，跳出了父亲的攻击范围。"好！学员姜元善有进步，第二局是平局。"他点点头，"训练暂停，你可以先包扎伤口。在你后边就有急救箱，喏，在那儿。"

姜元善摸摸自己的伤口，感受到黏稠温热的血液——同时警惕地盯着对方，并不去看身后。他摇摇头说："不用，伤口不深，会自己凝结的。而且，"他坦率地说，"我怕你在我包扎时发动袭击，还怕你的急救药品中含有毒药或麻醉剂。"

猛子在眼睛中笑了，但脸上仍是冷若冰霜："好，第三局你赢。"圈外的布德里斯微笑着点点头，悄悄离开这里。

……

第二天是虚拟搏击训练，姜元善戴上虚拟头盔和手套，他今天要对付的，是一个"真正"的五条腕足的恩戈人武士。猛子介绍着：

"这个虚拟系统花费了我们多年的心血，它完全是依据两架飞球中'与吾同在'系统里的资料建立的，应该相当可靠。依据系统中已有的资料，少部分也依据推断，可以确定以下情况：恩戈人的肌肉力量只有地球人类的一半，反应速度比地球人稍快，但相差并不显著。他们虽然有五只腕足，但不管是在平地直行还是空中荡行，都有两足起'脚'的作用，而第五足，即性足，动作起来比较笨拙，所以他们大致相当于人类有两条半手臂。作为软体动物，他们的大脑和心脏没有坚硬的外骨骼保护，比较容易受攻击，而且性足也是其致命之处，又大面积暴露在外，易受攻击，可以说这是该物种进化中的失误。从以上情况看，在人类和恩戈人的肉搏战中他们并不是可怕的对手。"他敏锐地发现父亲有情绪反应，问：

"怎么啦？"

姜元善摇摇头，赶走片刻的走神："没什么。你说起搏斗中他们的性足是致命处，我忽然想起我看过的黑猩猩的战争。在它们的战争中，那些雄性军人下手凶狠，也常常揪断敌手的生殖器。"

猛子冷冷地说："学员姜元善请不要多愁善感。战争就是这样残酷，所有星球或物种概莫能外。但你如果在搏斗中再这样走神，就会把命送掉。"

姜元善庄容答道："我错了。"

"我刚才说过,恩戈人并不是可怕的肉搏对手,但也不能轻视。他们的腕足是柔性的,因而能够从你不习惯的地方攻击你,比如正在对面相搏时突然攻击你的后背。还有,恩戈人善于使用冷兵器,虽然在恩戈星上现代武器高度发展,但由于他们的一个特殊习俗——战败者临死前要用冷兵器同战胜者决斗——搏击技能仍被发扬光大,其威力应该不低于地球上的各种搏击术。尤其是恩戈星皇族成员,包括你要面对的葛纳吉大帝、提义得和土不伦皇子,都是一流的搏击好手。"

"知道了。"

"现在进入虚拟世界。"

姜元善面前出现一个敌人。尽管在心理上已经有了充分的磨砺,姜元善仍不由得心中一紧——这个敌人的形象和先祖一模一样,仅比先祖年轻一些,所以说他是土不伦也未尝不可,因为那两人的外貌十分相像。姜元善一面做好生死相搏的准备,一面仔细打量面前的敌人。不,这不是土不伦,依据某些熟悉的细节,可以断定这个虚拟恩戈人正是依据先祖的形象建立的,猛子猜中了他的思路,平静地解释:

"没错,这个虚拟恩戈人完全是以先祖为模特建立的,毕竟先祖是我们了解最深的恩戈人。学员姜元善,相信你在搏杀中不会有感情上的干扰。"

姜元善摇摇头:"我不会有的。开始吧。"

虚拟的恩戈人开始了绵绵不绝的进攻。姜元善先用两个时辰的时间熟悉对方的进攻套路,尤其是来自自己身体后方的进攻和"第两条半手臂"的进攻。对手的进攻凶猛而凌厉,几乎招招都是绝杀,逼得他狼狈支绌。但姜元善数十年的练武没有白费,他很快掌握了对方的搏击术,可以从容应对了。然后他发动一波凌厉的反攻,一剑砍断了敌手的性足。

那个恩戈人用一只腕足捂着命根儿,浑身抽搐着缩成一团。临死前他用悲凉的目光盯着姜元善——那目光和先祖的目光何其相似!姜元善沉默不语,把心中的阴郁深藏起来。他知道姜猛子还有布德里斯恐怕是有意选用先祖的形象。他们是用这样的道德折磨来逼他早日跳出感情上的软弱,完成向"丛林恶狼"的蜕变。

搏击训练持续了三天。训练结束时,姜元善已经能从容应对三个"先祖"的合击。他发现猛子教练说得对,在搏杀中割断对手的性足常常是最有效的办法。而且,他这样干时已经没有道德上的不安了。

下面是野外求生训练,训练的目的是让他在"人类社会完全崩溃后"还能继续生存。训练科目包括辨认可食用菌果和有毒菌类、受伤后或被动物咬伤后的自救、无医药状态下生病的自救等。野外求生训练第二天,姜猛子说:

"求生训练当然包括恩戈人全面占领地球的假想情况。此时传统的人类食物可能越来越难于寻找,但不要忘了一个有利条件——恩戈人和地球人的身体相容度极高。换句话说,你努力要杀死的占领者正好可以充作食物,一举两得。"

在洞内幽幽的绿光中,他从身后拖出一堆东西。姜元善心中突然一下剧烈的跳疼——那是一具恩戈人的身体,仍是以先祖的形貌为模特。当然它是人工制造的仿品,但做工逼真,外形酷似,就像是先祖突然现身。一时间他对儿子和布德里斯萌生出恨意。看来他俩决心用残忍把自己的心灵填满,不留一丁点儿空地。这次战争的起因是地球人不甘心做外星人的肉用家畜,但为了胜利,他不得不做同样的事,不得不恢复先民时代的食人习性……他咬紧牙关抽出佩剑,割下那个恩戈人的一截腕足生啖起来。肉味带着浓重的海腥味儿,但还算可以食用,不至于让他呕吐。猛子解释着:

"资料中无法查到恩戈人人肉的味道,只能想当然了。我们用章鱼肉来做代用品。"

姜元善冷淡地说:"没关系,我在口味上不挑剔。真的恩戈人人肉即使比这难吃我也能将就。下面该干啥?还有什么更残忍的事要我去干吗?"

猛子感受到他话中的冷意,同样冷淡地说:"多着呢。我们是用毕生精力来落实姜执政长的复仇大计,当然会做得尽善尽美。"

姜元善看看儿子,和解地说:"是吗?你说的那个姜执政长是个难伺候的家伙,但我相信这次他挑不出毛病。"

第六天,猛子宣布三个训练科目都已结束。"心理训练呢?"姜元善问,但他随即明白了。"我知道了,你的搏击和求生训练都包括了心理训练。"

"对。"猛子脸上很难得地浮出微笑,"你是我训练过的学生中最优秀的之一。祝贺你顺利毕业。"

"谢谢。名师出高徒嘛。"

"不客气,现在我要把你交还给布德里斯了。"

布德里斯把姜元善带到一个小型洞中洞。这儿灯光明亮,是一个现代化的手术室。一个中年医生微笑着迎过来,把姜元善安顿在牙医手术椅上。他动作娴熟地为姜元善拔掉一颗大牙,再种上一颗假牙。布德里斯说:

"假牙中藏有我创造的病毒,是感冒病毒和狂犬病毒的杂交。传染力极强,对地球人和恩戈人都同样致命,恩戈人的死亡率估计应达到100%,地球人的死亡率为99.9%。没有疫苗。"他苦笑道,"也许,也是我的希望,两个人类的最终命运会取决于这小小的0.1%。病毒在假牙内能长期存活,需要用它时,用力咬破假牙的齿面就行。"他补充道:"十支别动军的首领都嵌有同样的假牙,再加上你和我。这是十二件活的终极武器,但愿我们最终不使用它。"

姜元善说:"但愿即使使用,也限我一人用——用在远征军的母船内,那样可能不会祸及人类。"情绪上又突然袭来一波黯然——即使仅在外星人母船内使用,他个人也是躲不掉的,还要殃及另一个他最不愿伤害的人——年迈的先祖。当然,到不得不使用时,他绝对不会犹豫的,尤其是经过这六天"割伤口撒盐"式的训练。

明天就要离开这里了。姜元善觉得不虚此行,可以说,他已经从人类文明的欣快剂中清醒过来,充分唤醒了基因深处的狼性。现在,他的每根神经末梢都在尖锐地疼痛着,警觉着。他体内的潜力已经被100%地调动起来。

在洞内六天他基本只见过猛子和布德里斯两人,其他队员只是幽幽绿光中一晃而过的黑影。最后一天下午,布德里斯带他回到那个乱石高台。大灯忽然开启,近万名队员静静地伫立在强光里,都穿着一样的肉色"军装",就像一群古希腊的裸体群塑。猛子在最前边,在他后边是年迈的哈利德和本伊萨,他们是别动军的搏击总教官和爆炸总教官。队伍中还有几个布德里斯当年带到伊朗去的人,也都是担任教官。

因为乱石嶙峋,这一万人没有列出队形,但他们用铁一样硬和冰一样冷的目光排出了无形的队列。学员姜元善此刻恢复了执政长的身份,立在一块巨石上检阅这支队伍。一万双目光与他的目光汇成怦然的撞击。姜元善不打算来一番主旋律的讲话,他觉得对这些人来说,那些话语已经多余了。他向队伍挥手,高呼道:

"弟兄们好!"

下边轰然回应:"执政长好!"

"谢谢你们!"

"谢谢执政长!"

"人类万岁!"

"人类万岁!"

呼声在密闭的洞厅内久久回荡。远处听见铿然一响,那是声波震落了洞顶的一根钟乳石。随后这声巨响又在洞中激起更久的回声。

布德里斯宣布队伍解散。一万人像流水一样悄无声息地分开,消失在乱石缝中,只余下排头的猛子。布德里斯说:

"姜,我的老伙计,在这样的时刻,很想同你来个彻夜长谈,但我还是把这点儿时间留给你们父子吧。"

他拍拍姜元善的肩膀,离开了。高台上的强光也随即熄灭,仍留下幽幽的绿光。姜元善把儿子招来,对面坐下。作为父亲,在这样的生死诀别之际,他很想把儿子搂到怀里,感受儿子的体温和心跳。妻子还交代他替当妈的搂搂儿子呢。但儿子身上有太多的东西,有无形的坚硬和冷漠,让他做不出这样柔情的举动。他也想和儿子谈谈"儿媳"。在纽约时布德里斯告诉姜元善,那位志愿者是一个中国女性,她看来知道姜猛子这个人,因为她点名要留下姜猛子的"种子"。猛子执意不答应。他说那些事等战争胜利再干不迟,如果失败,他在同敌人拼命时不想带有任何牵挂。但那位姑娘和猛子同样执拗,最后在布德里斯的强力干涉下猛子勉强同意了,条件是暂且不要知道对方的姓名、外貌和声音,这一切都必须封存到战后再披露给他。对这个近乎冷酷的条件女方痛快地答应了。于是,这对男女在绝对黑暗中度过了沉默的一晚——那同样该是激情的一夜吧。经过这样难忘的一夜,儿子真的能"不留任何牵挂"?

不过,姜元善最终没有同儿子谈这个话题,儿子既然那样行事,必然想把这一切作为个人的秘密珍藏起来,他要尊重儿子的意愿。他们只是聊了聊家人,聊了猛子的奶奶、妈妈、奶奶,已经去世的爷爷、外公外婆,还聊到他早夭的姐姐。既然说到这儿,姜元善说:

"知道吗?同样在那条小河,也埋着你爸爸的童年。你想听听吗?"

猛子看爸爸一眼,他的目光似乎穿透到父亲心灵深处,冷静地说:"你是不是指那件所谓的童年恶事?我知道,布德里斯伯伯早就告诉我了。"

"是吗?"姜元善多少有些遗憾,类似的事最好还是由他亲口告诉儿子。"这老家伙!不给我留一点儿隐私。"他笑着说。

儿子沉默片刻,忽然问:"爸爸,你是否至今仍很看重这个'道德上的污点'?"姜元善没料到儿子会这样直率,一时不知道该如何回答。"爸爸,知道布德里斯为什么对我说这个吗?他认为那恰恰表现了你天性中的狼性,是可贵的。这也正是七天训练中我努力做的事——激活你基因深处的野性。爸爸恕我直言,在这点上,你的境界不如布德里斯。你应该向他学,抛掉一切道德上的软弱,全力专骛于人类的生存,那样才能把事情做到极致。在远征军母船中的搏斗中,可容不得一毫秒的迟疑!要知道,你的对手,那些五条腕足的恶狼,在做事时绝不会有道德上的犹豫。"

姜元善有点惊讶地打量着儿子。"知道啦,谢谢姜教官的教诲。"他心中释然,如今可以肯定,儿子在生死关头也有勇气啃断后腿的。当然光有这一点也不行,其实狼群中同样有善良、仁爱、利他、互助这些天性,否则世界上就不会有狼群这种共生圈。布德里斯在这方面"过"了一点,偏了一点。等有机会他会好好和儿子唠唠这个话题——如果还有机会的话。"猛子,咱爷儿俩就在这儿告别吧,相信我们还有见面的机会。"

来接他的飞球因故没有停在贵阳而是改到北京。这样也好,姜元善还能同几位亲人再见一面。姜元善乘机赶回北京机场时,飞球已经候在那里。舷梯旁站着已经退休的何副主席、妻子和匆匆赶来的"十一圣斗士"的其他几位，是姜元善让妻子通知的。姜元善同妻子和何副主席紧紧拥抱，把要说的千言万语浓缩为一句：

"保重。"

他依次同老伙伴们拥抱，时间仓促，每人也都是简单的两个字："保重。"只有同媛媛拥抱时，媛媛笑着说：

"保重，我的亲家。"

姜元善反应很快："那个女志愿者……是你们的女儿？"

媛媛和林天羽笑着点头。此时不及多说什么，姜元善匆匆给妻子留了一句话："小晨你代我登门认亲去！"

严小晨喜不自胜："当然，不用你交代。"

赫斯多姆在飞球里迎候，两人简单地做了交接。姜元善告诉他，这次执政团会议决定由赫斯多姆代理执政长，地球上的事就全委托给他了。两人告别，姜元善关闭舱门，驾驶飞球升空。他俯瞰着地面逐渐远离，直到变成舷窗中一颗硕大的蓝色星球。他挥挥手，同人类世界作了最后的告别。

飞球进入自动驾驶后，他来到冬眠室旁，隔着透明的室门端详着。土不伦夫妇在右室，因为空间狭小，两具身体塞得紧紧的，十条腕足交叉在一起。先祖在左室里睡着，面容安详。相处这么多年，姜元善对他的面容已经非常熟悉，能够看得出他的喜怒哀乐和更细微的表情变化。现在，他端详着这位守护了人类十万年的先祖，一道溪流从心底汩汩流出，充盈了他的全部身心。这道溪流中包含有感激、亲情和敬仰，也有无法驱走的内疚之潮——尤其是想到七日训练中所杀死和吃掉的"先祖"。

他把脑海中所有不该让先祖知道的部分主要是布德里斯的秘密计划——关闭，自打先祖教会他"关闭思维"的技能后，他已经做得很熟练了。等他确认该关闭的都已经关闭，就按下了左冬眠室的复苏开关。

先祖从20年的冬眠中慢慢醒来。姜元善则像多次做过的那样，绷紧神经，努力接收先祖的"记忆回放"，这是窥测先祖内心秘密的好机会，姜元善当然不会放过。

他所熟知的各个记忆画面依次闪过。马上该是近期的记忆回放了，他听得更为专注。还好，一切正常，先祖的记忆中没有瞒着他的人类子民的东西，所有画面都显示先祖如何为这场战争做布局。姜元善放心了，也更为内疚。他在内疚中结束了对先祖思想的窃听。

先祖完全清醒了。他的反应依旧敏捷，一眼便看到姜元善已经半白的鬓发。"孩子，你也老了。"他送来一段感伤的脑波。

"是的先祖，我已经是花甲之人了。"

"远征军已经到了？"

"马上就要到。"

他扶着先祖从冬眠室左室里出来，把早已备好的一个格式塔放出来，让先祖在一瞬间了解了全部情况：远征军将在九天内到达近地空间，这是用飞球上的反隐形装置探测的，不会造成敌方的怀疑，对方会认为是土不伦在探查，他肯定要准确掌握远征军的抵达时间；地球上的天眼系统已处于最高级别的备战状态，但为了不引起敌人的警觉，探测激光不会打开，它们将以敌人的脑波袭击为信号而自动开启。外星人即将到达的消息对公众保密，以免大量异常脑波汇集起来被远征军觉察。

"先祖，现在万事俱备，该让土不伦夫妇复苏了。我先把阿托娜移出来，仍放回左室中。"

先祖微笑道："好的。排演了30年的大戏，马上就要正式上演了。孩子你怎么样，紧张吗？"

"不紧张。有你在身边呢，而且你是主角，我只是一个哑巴配角。"姜元善笑着说。

"好，那就把幕布拉开吧。你按计划躲起来，我去唤醒这两位。"

姜元善完成了对阿托娜的移置。"是否吃过饭再开始？你已经20年没吃饭啦。你看，我又给你带来了很多中国美食美酒。我陪你喝几杯，算是战前的壮别吧。"

"好的。战前的壮别——就如十万年前的壮别，尔可约大帝赐我的那杯图瓦汀，我至今还没忘记味道呢。"

二

土不伦和阿托娜几乎同时从长眠中醒来，也几乎同时看到了冬眠室门外一个欣慰的面容。先祖的脑波透过冬眠室传进来：

"谢天谢地，总算赶在远征军到来前把你们弄醒了。谢天谢地，否则我的罪孽就大了。"先祖打开两个冬眠室门，把两人扶起来，一边怀着歉意匆匆地解释，"是地球人的酒饮料让你们进入了深度麻醉，就像图瓦汀能让哈珀人深度麻醉一样。在没找到解药之前，我只好让你们进入冬眠。都怪我，地球人的酒饮料对我无害，我就大意了，没想到你们会对它过敏。"

土不伦已经完全清醒了："你是说我们已经沉睡了，"他算了一下，吃惊地说，"47个地球年？"

阿托娜也清醒过来："远征军马上就要到了？"

"对，九天后到达。所以你们要赶快进入状态，立即开始工作。记住！千万不能让葛纳吉大帝知道你们沉醉了这么多年，只需说你们曾短期冬眠过。"他盯着两人的眼睛，言简意赅地说，"当然，万一大帝知道，我会把责任全揽过来，但这关系到王储的甄选。"

这对年轻夫妇悚然惊觉。如果让葛纳吉大帝知道他们贪杯误事，纵然责任不在他们，但他们在这47年内一直酩酊大睡，那他们的下场就很悲惨了，至少说帝后之位是甭想了。达里耶安连忙安慰：

"不必担心，你们沉睡期间我做了充分的安排，远征军那边不会起疑心。"他苦笑道，"是我该做的，我得为自己该死的粗疏赎罪呀。"

他说，这47年来他一直以土不伦的名义同远征军联系，此前土不伦已经把那个建立一个能自动运行的豢养高智力家畜社会的伟大构想报给大帝了，那边回电表示激赏。此后双方在通信中反复讨论了基于此种构想的入侵方案，把它完善了。地球人这边没有大的变化，没有人觉察到危机，也没有发展出隐形和反隐形技术。现在远征军舰队离地球只有九天航程了，地球人仍丝毫没有觉察。他又说，他还抓了几十个地球人反复做测试，找到了"使地球人智力退化到仅能维持简单生产"的最佳发射值。"不过，关于这一点，还需要你们两位做最后的验证。所以说，时间已经很紧了，你们必须在这几天内熟悉所有情况，以便面见大帝时不至于露出破绽。快点开始工作吧。还有一件事——"

他迟疑着，目光显得忧心忡忡。土不伦和阿托娜心中忐忑，阿托娜小声问："先祖，怎么啦？"

"孩子们，刚才你们苏醒时我接收到你俩的记忆回放，其中都有一些非法记忆。"两人心中一凛，"尤其是你，土不伦殿下。你的那些记忆如果被大帝得悉，足以让他做出对你不利的决定。"他有意把此事点破，这样能转移两人的注意力，免得他们有时间去怀疑这场长达47年的睡眠。看两人的惊惧表情，这个计谋是成功的。"孩子们，也不必过于担心，我当然会守口如瓶的，你们以后小心就是。幸亏，至少在若干年内，你们不用再进入冬眠了。"

土不伦放下心来，他不愿多谈这件事，只是对先祖点点头。阿托娜感激地挽起先祖的腕足。

在先祖的督逼下，两人匆匆吃了冬眠后的第一顿饭，然后迅速进入工作状态。他们紧张地通读和记忆了47年的来往函件、工作日志、对地球人的观察记录，等等。当然达里耶安是有意这样做的，他是用这些东西把两个脑袋塞满。阿托娜在闲聊中问道："先祖的飞球在哪儿？"达里耶安说："很可惜，它不久前出了故障，掉到海里了，毕竟那是十万年的老装置。"两人没有再问，土不伦笑着说：

"先祖不要心疼。等远征军到达，我为你置备一辆最新型号的座驾。"

"谢谢，我的孩子。"

到第三天，达里耶安把两人领到一个房间：

"今天要做一个重要测试。这是我为你们准备的一个试验品。"他把观察口打开，在这个锁闭严密的房间里，一个地球人正闭目端坐，身旁放着简单的饮食。"这是地球人的一个领袖，也是一位出色的科学家。用他来做智能退化的测试应该最具典型性。"

他打开门，领着两人进屋，对土不伦说："你先感受一下他的原始脑波。"

那个地球人听到了开门声，睁开眼睛，看到了来人。他仍然安坐不动，但他的镇静显然是表象,因为他的脑波强烈而紊乱,透露出他内心的恐惧和绝望——以及仇恨。显然他已经知道自己被外星人绑架了,而且也预料到自己的悲惨下场。土不伦仔细感受了他的脑波强度,点点头,示意先祖可以继续。达里耶安取出脑波发射器,熟练地调到某个强度水平,对土不伦说:

"我已经试验过,调到这个强度,既足以对地球人的智力造成不可逆损坏,又不致要了他们的性命,也能保持最低度的智力。你来操作吧。"

土不伦按下操作钮,姜元善像挨了当头一棒,尖声嘶叫着,双手紧抱脑袋。这是先祖与他商定的苦肉计,以便姜元善能以"试验品"的身份留在这儿,并设法进入远征军的母舰。脑波发射器的强度是精心选定的,不会对他造成不可逆的损害。但不管怎样,强脑波造成的疼痛是真的,它几乎超出一个人所能忍受的极限。他全身抽搐,口吐白沫倒在地上,进入半休克状态。

三个外星人耐心地等着,直到地上那个"高智力家畜"从休克中醒来,用迷茫愚钝的目光看着三个主人。他随即看到了土不伦手中的脑波发射器,显然他对这玩意儿有强烈的印象,即使智力严重受损后还能记得它,于是他的全身又是一阵强烈的抽搐。达里耶安说:

"现在你们再感受一下他的脑波。"

两人认真探测着,那儿只剩下低强度的脑波,而且混沌一片,这是无智能动物的脑波模式。土不伦问:

"是不是让它退化得过分了?我没探测出任何智慧的迹象。"他笑着说,"你说过的,至少得让他们保留能够造酒的智力。"

"不过分,稍后他的智力会有复升,恢复得正好符合'高智力家畜'的水平。然后隔三天重复一次'棒击',重复三四次后这个水平就会固定下来。这个结论很可靠的,我已经重复了多次试验。"他显得非常疲乏,"你们认真验证吧,等葛纳吉大帝驾临时,可以把这个试验品带去让大帝亲眼看看。至于我,恐怕该休息了,这47年来我只冬眠了很短时间,我一直担心熬不到那一天。那就太遗憾了。"

"先祖你去休息吧,余下的事我们全接过来。"

阿托娜也真诚地说:"先祖,我会全心照料你,绝不让死神过早登门。"

在"棒击"十几秒之后,姜元善的神智就恢复了正常。但他以先祖授予的技能有效地关闭了脑波。在土不伦和阿托娜的探测中,他此时只相当于家畜的智力水平。第二天,他小心地适度加强了脑波的外泄,也开始正常吃喝休息,干一些"高智力家畜"能够干的事情,比如试探着开门,吃饭时打开食物的包装,等等。第三天他表现得有些焦躁,用肩膀撞门,口齿不清地喊"救命",等等。他表演得很有分寸,相信能骗过那两个外星人的眼睛。

第四天,土不伦按先祖的交代来进行第二波"棒击"。那头"高智力家畜"一看到脑波发射器就不由自主地开始抽搐。这种抽搐是自发的,用不着姜元善刻意表演,因为"棒击"留下的恐惧实在太强烈了。

然后,等他从剧痛中恢复神智,表演又重新开始。

土不伦和阿托娜显然把他当成了家畜,开始当他的面谈论一些敏感的事情,有时用脑波交谈,有时使用语音。姜元善凭着这些年的学习,能听懂其中大部分内容。

土不伦:"快了,再有三天母船就要进入地球的同步轨道。"

阿托娜:"见了父王,你打算怎样公开咱们的关系?别忘了先祖为咱们举行过正式的婚礼。你不会一见到那位妻子就把我扔一边吧。"

"哼,这种女人心思大可往后放一放。现在最重要的是别让父王看出破绽,说我酗酒误事,那样一切都完了。说来怪先祖,婚礼那天让咱们喝了那么多酒!"

"别怪先祖,他不知道咱俩会过敏啊,你看他到现在还是每天饮酒,每顿饮的量比咱们那天还多,可从来不醉。不过你放心,先祖在父王面前会尽力帮咱们遮掩的。再说父王一向疼爱你,从近几年的来往函件中看,父王对你的才干非常满意,特别是对你那个设想。"

"我知道。但你别忘了我那位长兄!他是舰队司令,比我更接近权力中枢。"

"父王雄才大略,只要他拿定主意,提议得影响不了他。我只祈求父王的身体能熬过这漫长的航程。以生理年龄来说,父王和先祖一样年迈啊。"

与吾同在

"不会的，最近一封来电中还说——"土不伦忽然顿住，直视着阿托娜的眼睛，"你是担心父王已经过世，而提义得一直对我们封锁消息？我想不会。"

"怎么不会？咱们不是也对他封锁了一些信息？反正咱们要小心提防，宁可把事情考虑复杂一些。对了，你认真回忆一下，在恩戈星期间，还有在这趟旅程中，有没有人能窃听到你的记忆回放？"

土不伦认真回想一下："肯定不会。在恩戈星期间我从未进入过冬眠，在这趟旅程中，我也很早就与母船分手了。"

"这我就放心了。殿下，"她开玩笑，"你该庆幸，只有一位最忠于你的女人听过你的非法记忆。"

姜元善从这句柔情蜜语中似乎听到了暗藏的威胁。

两人交谈着离开了，姜元善欣慰地想：只要这两位把心思用在宫廷权谋上，就没有余暇对这边的计谋产生怀疑了。

地球上的天眼系统一直没有开启，但人们一直用光学望远镜密切观察着飞球附近的空域，等着飞球同远征军的母船会合。虽然飞球处于隐形状态，但地球观察哨一直掌握着它的经纬度和高度参数，是先祖悄悄通报的。三天后，飞球急剧爬高进入同步轨道，那意味着远征军的巨型母船到了。次日，地球观察哨的大口径望远镜忽然发现，在暗黑的太空背景中出现一个小小的璀璨的"光洞"。从光洞里射出的光线浑厚而均匀，是光线经多次反射而形成的。那是因为远征军母船为飞球打开了舱门，舱门打开的瞬间船内的光芒倾泻而出，母船的隐形就暂时失效了。等先祖的飞球进去，舱门重新关闭后，光洞瞬间消失，那儿又变得一无所有。

飞球飘飘摇摇进入母船。母船内部广袤得就像一个小宇宙，明亮的灯光充盈着每一寸空间，照亮了内部的复杂结构。在舱内停机坪上，几个穿戎装的恩戈人在迎候着。飞球内的土不伦和阿托娜同样戎装笔挺。土不伦停稳飞球，打开舱门，一位年迈的军人首先迎来，伸出腕足抱住土不伦：

"欢迎归来，我的好兄弟。作为先遣部队你们辛苦了。"

土不伦热烈地回应了他的拥抱："提义得兄长，很高兴与你重逢。这些年你作为舰队司令比我更辛苦。"他心疼地说,"兄长你老了。"

从外貌上看,提义得确实已经老迈,皮肤皱折很深,表层角质化,黑色皮肤已经变成银白色。提义得叹息道:

"是啊。舰队司令的日常工作太多,我不能过多进入冬眠,所以从生理年龄上说,我与父王已经相差无几。依我说,父王还是偏爱他的小儿子啊,给你派了个相对轻松的工作。"他开玩笑地说。

"能者多劳嘛。父王知道我胜任不了你的工作。"

"阿托娜小姐,让我抱抱你。1200年过去了,你还像出发时那样年轻美貌,是不是土不伦殿下的爱情滋润了你?"

阿托娜笑着说:"谢谢殿下的夸奖。虽然我明知这是客套话,作为女人还是很爱听的。"

"这一位就是咱们的先祖吧。先祖,请接受后代的跪拜。"

他走到先祖面前,按照恩戈人最隆重的礼节,把五条腕足平铺在地上。以他的年龄,做这个动作已经颇为勉强了。先祖忙把他扶起来:"殿下不必多礼。殿下,我没想到有生之年还能看到你们。我太幸运了。我对土不伦说过,我对你们由衷感激。"

"能见到先祖也是我的幸运。先祖,陛下在指挥舱恭候你,咱们去吧。这个地球畜生,"他用腕足指指姜元善,"是怎么回事?"

土不伦笑道:"这是地球人的一个样本,是我为陛下准备的一个小礼物。他曾经是一个杰出的科学家和政治家,但眼下已经进行过智力弱化,成了我在函电中说过的高智力家畜。"姜元善痴痴呆呆地站着,此刻似乎知道别人在谈论他,便在脸上挤出讨好的笑容。提义得厌恶地转过目光,不再注意他。

土不伦问:"兄长,我的妻子呢,怎么不来迎接我?"

"吉美王妃已经出发了。除了陛下和两个侍卫,舰队所有人都已经驾着飞球离开了母船。这会儿他们已经悄悄抵达地球各主要城市,等待总攻令。很遗憾,你们只能在胜利后相见了。"

土不伦没有再问,心中荡起一波怀疑的涟漪。也许提义得说的是实情,但不管怎么说,不让一位妻子先来见见分别一千多年的丈夫,于情理上说不过去。也许提义得有意不让他俩见面？也许在这1200年中，妻子已经被提义得拉过去了？他谨慎地关闭了脑波，没让这些怀疑泄露出去。他也"倾听"了先祖的脑波，那边平静如常，但他想以先祖的睿智，肯定也有同样的怀疑吧。阿托娜的脑波中则出现了一个小小的尖峰，大概吉美王妃没有出现在迎接队伍中让她暗自高兴吧。

提义得说："见陛下之前，是否由我给先祖介绍一下这艘母船？它与十万年前那艘传教团母船采用同样的驱动方式，但内部结构有相当大的区别。"

先祖高兴地说："谢谢，这正是我的愿望。"

提义得接过驾驶权，驾着这架飞球离开停机坪。他们先游览了中舱。这儿空间十分宽阔，但此刻空荡荡的。原停泊的1200架飞球都出发了，只留下1200个船坞，酷似一个巨型的蜜蜂空巢，或者像一只巨型的昆虫复眼。虽然这儿一片死寂，但自有迫人的气势。他们又来到后舱，这儿的景象与中舱截然相反，说白了就是一个巨大的贮藏罐，或者是一个巨大的集体子宫。提义得介绍道：罐中冷藏着一千万枚受精卵，在几个月前启动了孵化程序。现在绝大多数卵已经变成幼体，只等远征军占领地球，马上就要播撒到各地，成为各个地球城市的新主人。这些新孵出的个体柔软丰腴，在黏稠的营养液里蠕动着，缠绕着，挤挤扛扛，争着吞食残破的卵囊，有些干脆吞食尚未孵化的受精卵。想到这些东西就要成为地球的新主人，姜元善忍不住恶心，忽然泄露出一个强烈的脑波波峰。飞球内的几个恩戈人都感觉到了，把怀疑的目光转向他。姜元善指着储藏罐里的白色肉体，口齿不清地说：

"蛆，蛆。"

先祖机智地向三位恩戈人解释："他说的'蛆'是一种昆虫的幼虫，能在地球人的粪便中大量繁殖，其表观现象有点儿类似眼前的景象。在地球人的心理定式中，那是一种很让人恶心的画面。所以这家伙尽管智力受损，还是能激起强烈的反应。"

这种联想当然是对恩戈人的侮辱，土不伦十分恼火，沉着脸，取出脑波发射器按了一下。那头"高智力家畜"立即尖叫起来，抱着头，浑身抽搐着倒下去。土不伦冷冷地说：

"估计等他醒来，就不会再有这种可恶的联想了。咱们是否继续参观？"

"不，现在咱们到指挥舱，父王等着同先祖见面呢。也在殷切地等着你，我的土不伦兄弟，他想让你亲自发出总攻令。"

土不伦连忙拒绝："这应该由你来做，你是远征军司令啊。"

提义得微笑着："但这确实是陛下的意思，也许他有别的考虑吧。"几个男人的脑波平静如常，只有阿托娜泄露出一个小小的喜悦波峰，几个男人都佯作没有注意到。提义得诚挚地说：

"兄弟，我已经太老了，刚才我说过，依生理年龄来说，我与父王相差无几。在这个年纪，什么都看开了，可以说与世无争了。所以，如果待会儿父王宣布什么重要的决定，比如册立王储，我会第一个向你贺喜。"

土不伦吃一惊，非常干脆地说："兄长我感谢你的情意，但那是不可能的，绝对不可能。你是父王的长子，不要说父王不会做出这样的决定，即使有，我也会坚决拒绝。"

提义得微微摇头，转向先祖："先祖，还是请你老劝劝他吧。"

先祖谨慎地置身事外，圆滑地说："提义得殿下，我看你是个非常称职的司令，也是个非常友善的好兄长。"

提义得微微一笑，不再说这个话题。他们闲谈着，驾着飞球飞向母船前部的指挥舱。从剧疼中清醒过来的姜元善听到了他们的谈话，也感受到阿托娜那个喜悦的波峰。其他三人的脑波虽然都很平静，不过他能猜度到三个恩戈星男人的机心。但这一回他接受了刚才的教训，谨慎地关死了脑波。

指挥舱也是一个独立的飞球，只是个头要大几倍。此刻它停泊在一个富丽堂皇的专用底座上。姜元善心潮激荡。马上就要见到那位可怕的对手、大地和天空之王葛纳吉大帝了。这位在战火中淬透脏腑的战神会不会察觉先祖的计谋？从提义得的言谈举止来看似乎没有，但那也许只是假象。不管是吉是凶，地球人的命运很快就会决定。姜元善绷紧了全身每一根神经，同时小心维持着痴痴呆呆的外部表情。

两个卫兵在指挥舱入口处向他们行礼，然后客气地说：请交出所有武器。

提义得带头交出军人魂短剑，卫兵仔细检查了他的身上，让他进去。土不伦和阿托娜看看先祖，顺从地交出短剑，接受了搜身。先祖身上没有武器，当卫兵开始对他搜身时，土不伦淡淡地说：

"也许二位不知道他的身份？这位是葛纳吉皇族的祖先，是我父王2003代的先祖。"

卫士住了手，回头看着舰队司令，等候命令。没等提义得发话，先祖笑着说：

"但我却并非皇族而是平民身份，我更要遵守入宫的规矩。来吧，请检查吧。"

卫士检查后再次向他恭敬地行了军礼，算作道歉。后边的姜元善傻笑着接受了搜身。一行人走过甬道，葛纳吉大帝独自在殿前迎候他们。达里耶安正要同其他人一样大礼参拜，大帝已经哈哈大笑着把他拥在怀里：

"莫要折杀朕，朕的先祖，按说朕该向你跪拜才是，不过咱俩都把这些繁文缛节省了吧。能见到你，朕太高兴了，太高兴了。这是朕当上大帝后最后一个心愿。"

"陛下，母星的情况我都听土不伦殿下说了，感谢你把恩戈人从哈珀人的暴政下解放出来。"

"朕更该感谢你，感谢你为恩戈人立下的两个殊勋。第一个是为恩戈人找到这么好的一个备用星球，第二个殊勋，"他有意停顿一下，笑着说，"十万年前，也就是光明传教团临行之前，你在一位16岁女人身上留下了种子，这才有今天的葛纳吉皇族。"

"啊，第二个功勋我倒是受之无愧的。当我从土不伦殿下那儿知道这个消息后，你可以想见我是多么欣慰。"

两人大笑。葛纳吉把仍拜伏于地的土不伦拉起来，抱到怀里："也很高兴见到你，朕1200年未曾谋面的小儿子。你在函电中提出的那个构想甚合朕意。知道为什么吗？也许你还没想到更深的一层，因为你的来函中未见提及。更深的一层意义是：有了这些高智力家畜为我们从事生产，恩戈人无论男女，可以全员成为英勇的战士！要知道，恩戈星军队绝不会在地球这儿止步，还要向更远的宇宙扩展，迫切需要尽可能多的武士。"

土不伦和阿托娜非常惊喜，从这句话中看出，提义得刚才透露的话——大帝可能马上就会宣布立储，而且储君是幼子而非长子——有可能是真的。土不伦抑制住喜悦，恭谨地说：

"父王，你比我看得更远。"

先祖插话："地球生物中有同样的社会结构。有一种掠夺蚁就是全员武士，族群所需要的食物全部依靠俘虏们提供。"

"朕已经按你送来的计划作了战争部署，总攻马上就要开始。等一会儿，由你亲手发出总攻令。"

他没有明言立储，但土不伦完全清楚这个决定的含义。此刻他不再谦让，也不说"绝无可能"了。他看看提义得，那一位微笑着，没有什么可见的情绪反应。土不伦说：

"遵命，陛下。"

"来，让朕看看漂亮的阿托娜。你们未得我的允许竟敢私自举行婚礼？"

阿托娜心中一跳，但看大帝的表情不像动怒，便撒娇道："我愿用一生的忠诚来弥补这桩罪责，我知道父王一定会原谅我们的。"

"哼，依朕的脾气，绝不会原谅你们的胆大妄为——但既然是先祖为你们主持的婚礼，朕只好认可了。快去谢谢先祖。"

阿托娜笑面如花，亲热地挽住先祖："谢谢先祖，也谢谢父王。"

葛纳吉忽然说道："吉美那小蹄子呢，她为什么不来欢迎丈夫？"

垂手侍立的提义得恭敬地说："陛下知道，人手不够，所有人都参战去了。"

葛纳吉不满地说："那也该先让他们见一面，时间来得及。好，不说这件事了。至于这位地球畜生，是你们带来的样木？"

"对。我已经用'棒击'把他的智力减退到设定水平，陛下可以探测一下。"土不伦说。

大帝走过来，他没有接收和探测姜的脑波，而是突然把三条腕足搭到姜元善身上，三只吸盘吸住他的左右太阳穴和脑后延髓。此刻姜元善不自主地颤抖一下,又像回到了20年前——那时他在入定的恍惚中发现了那个黝黑光滑、坚硬如牛宝的思维包,先祖用五条腕足吸住它,帮他努力打开。所不同的是,姜元善此刻不是尽力配合,而是尽力抗拒。抗拒方式是彻底关闭一切思维,他运用内功功力进入禅定,脑中如宇宙外层空间般一片空无。但葛纳吉的力量很大,比先祖当年的力量更大。他关闭的思维眼看就要打开了,他和先祖的秘密计划就要被大帝洞悉了,随之地球将是一片血雨腥风……忽然之间,那些力道全部消失。葛纳吉大帝收回腕足,评价道:

"你们的棒击也许过分了一点。朕在他的大脑里没有探测到任何智慧迹象。"

先祖一直保持着外表的平静,此刻悄悄松一口气:"他刚刚,就在进入母船之后,受了一次额外的棒击,是土不伦殿下惩罚他的不敬。过后他的智力会稍有恢复的。"

大帝随即把这个低贱的"肉用家畜"撇到一边,不再注意他。"好了,咱们该开始那个伟大的时刻了。指挥舱现在要脱离母船,后舱里那一千万个儿孙该去找新家了。至于这只家畜,"大帝指指姜元善,"是不是关起来?"他向先祖解释,"我们已经准备了一只笼子。"

"不妨让他留在这儿,让他以仅存的智力见证地球改换主人的时刻。"先祖笑着说。

葛纳吉大帝对此无可无不可:"也好,那就留下吧。"

门外两个卫士走进来,关闭舱门。提义得操纵指挥舱脱离底座,飞离母船,停留在地球同步轨道。母船连同留在它腹内的土不伦的飞球则启动主机,进行着反喷制动,缓缓向地球降落。至于早先出发的1200架飞球则早已到达战位,正在蓄势以待。所有这些飞球连同母船都处于全隐形态,地球上没有任何反应。此刻它仍是一个安谧的星球,正带着它蓝色的海洋、白色的云层,以及同步轨道上的卫星和飞球,平静地转动着。有时云层上会拉出一条细线,那是民航机在照常飞行。有时透过云眼可以看到海面上漂浮着几个小小的黑点,那是正在航行的远洋商船。

葛纳吉大帝亲昵地拉着小儿子来到指挥屏幕前,亲自打开一个安全锁,指着露出来的红色按钮说：

"土不伦，朕的好儿子。你可以发出总攻令了。"

土不伦把一只腕足缓缓放到红色按钮上。在这个历史性的时刻，对他的个人命运也是如此，他难免心潮激荡。他回头扫视着：阿托娜亢奋不安，先祖面容平静，提义得此刻已经收去微笑，目光阴沉，他对父王的安排肯定不满啊，两个卫士则不安地关注着提义得的表情，他们一定是提义得的心腹，那头地球畜生则仍是一脸傻笑。父王含笑看着他，他向父王最后问了一次：

"可以开始了？"

父王点头。土不伦用力按下去。一道强电波带着其中的密码从他手下射出，在十五分之一秒的时间里传遍全地球，于是，1200架飞球同时开始发射强力脑波。在同一瞬间，地球上90亿地球人同声惨叫。

此时没有人注意姜元善。在姜元善痴痴呆呆的假面之后，他的内心之弦紧张得要绷断。他一面小心关闭着脑波，一面紧张地思维。到目前为止一切顺利。他最担心的对手，那位英明神武的战争之神，看来完全没有对先祖起疑心。而且，从这位大帝竟临时才注意到吉美王妃未被安排同丈夫见面，还有他对此次战争的过分自信这些细节可以看出，这位曾经的伟人枭雄明显老迈颠顶了，更重要的是头脑膨胀了，轻敌了，把一场生死之战看成是皇家园林里的一次狩猎。姜元善此刻最担心的已经不是他，而是——先祖。先祖苦心经营47年，帮他的地球子民设下这个超级陷阱，现在就要到收网的时候了。但是，当先祖与他的皇家后代以随意的口吻共叙天伦时，恰恰是姜元善最紧张的时候。他怕先祖屈服于这种亲情，屈服于对后代的内疚心理，在最后时刻站到另一边去。设身处地地为先祖想想，即使有这样的举动也是人之常情啊。

另外，指挥舱内还隐隐浮动着某种诡秘气氛。提义得目光阴鸷，两个卫士躁动不安。也许远征军已经洞悉了先祖的陷阱，并精心安排了反陷阱，此刻对方正不动声色地操控着事情的进程？不大像，因为提义得及两个部下的表情与其他人显然不合拍，那更像针对内部的一场阴谋……

与吾同在

他用看似痴呆的目光严密监视着指挥舱的一切。直到土不伦按下按钮后,没有什么意外发生。强力脑波瞬间覆盖了整个地球,他能想象出那儿的画面: 90亿人在同一瞬间尖声惨叫,捂着脑袋,从他们的住室或办公室里跑出来,口吐白沫,浑身抽搐着倒在地上。不过不要紧,脑波强度是按先祖提供的数据而设定的,对人类大脑不会造成不可逆损害。这个场景是用来麻痹入侵者的。十分钟后,全球的天眼系统会同时开启,射出复仇的光剑。

1200个飞球发射的强力脑波同时也向上发散到同步轨道,传到这儿时仍有相当的强度。指挥舱内的恩戈人没有反应,姜元善则抱紧脑袋开始惨叫。身边的几个恩戈人淡然看他一眼,没人理他。尽管剧烈的头疼几乎让姜元善神智错乱,他仍然努力凝聚神智,观察着指挥舱内的动静。他看到了葛纳吉大帝未注意的隐秘一幕:提义得和两个卫士的三双目光突然汇聚到一块儿,提义得狞笑着点点头,于是三人同时闪电般出手!

两个卫士拔出短剑,同时扑向葛纳吉大帝,葛纳吉大帝的惊叫还没出口,白光一闪,一把短剑割断了大帝的性足,另一把插入大帝的头颅。但那位大帝不愧是沙场老将和搏击高手,在他生命的最后一息,他拔出长剑用力一挥,两个卫士的脑袋和腕足齐齐分开。两具残躯的冲力未卸,仍冲到大帝身上,三人纠缠着倒在地上。

一代枭雄临死前发出了极度震惊和狂怒的脑波,让其他人为之颤抖。那边,提义得也拔出了短剑。他的短剑是藏在军装里边的,所以拔得稍慢一些,但此时剑锋已经逼近土不伦的脑袋。先祖和阿托娜同时喊一声:

"土不伦小心!"

一直偎在土不伦身旁的阿托娜飞身跃起,朝那柄短剑舍命扑去。白光一闪,她的生命之脉也被割断。不过,她以自己的生命赢得了宝贵的时间,让土不伦得以闪开提义得的剑锋。提义得跨前一步再次进攻,土不伦急忙闪避,但因动作过猛破坏了平衡,身体向一方倾倒。眼看他躲不过兄长的剑锋了,就在此时,姜元善已经弯腰抄起卫士的一把短剑和大帝的长剑,右手一扬,短剑插进提义得两眼正中的位置。提义得惨叫一声,仰面倒下。姜元善没有耽误,一个纵跳,右手揽过土不伦将要倾倒的身体,左手握着长剑,插向土不伦的脑袋。听见身后先祖短促地喊一声：

"不要！"

先祖的喊声让姜元善顿了一下。姜元善事先并未料到这场宫廷喋血，先祖也是如此。那位"年纪老迈与世无争"的提义得王子在得知父王决定立幼子为储后，悉心安排了这场政变，弑父杀弟，妄图夺权自立。他实际上帮了地球人的大忙，让先祖的计谋能顺利实施。现在葛纳吉和提义得都已经毙命，只剩下志大才疏的土不伦，应该不致为害，何况先祖正在为他求情。先祖定定地看着他，目光苍凉。他一直想为土不伦留下一线生路，也为恩戈人留下一线血脉。刚才他能下意识地喊出"土不伦小心"，表明他内心深处仍对土不伦有深厚的亲情。但姜元善歉然对先祖苦笑着，仍然持剑向下刺去。

刚才阿托娜，那个权力欲过强的浅薄女人，在危急时刻竟然挺身护夫，实在难得。而土不伦呢，姜元善看得很清楚，在阿托娜扑向短剑的同时，他也非常敏捷地顺手扯过阿托娜的身体去挡那把短剑。两个动作殊途同归，天衣无缝地融为一个动作，但没能骗得过姜元善的眼睛。这位土不伦太卑鄙了。当然他的卑鄙是指向恩戈人内部的，不需要姜元善来为阿托娜义愤。但不管怎么样，姜元善无法克制对他的厌恶和恨意……眼前闪过一幅完全无关的画面：一套衣服躺在沙坑里，五双小手正慌慌张张地扒沙盖它。这个画面出现得毫无来由，也毫无来由地燃起他的怒火。他狠狠挥剑向土不伦刺去，享受着利刃入肉的快感……忽然他的脑袋遭到重重一击，身体晃了晃，昏晕过去。

他因此没能看到随后出现的绚丽景象。地球上同时射出万束光剑，交汇到天空中1201个点上。在这一瞬间，明亮的激光把地球变成了超新星。几秒之后，光剑交汇处同时迸放出光之花，共有1200朵之多，燃烧的飞球碎片从1200个中心向四处迸射，在重力作用下向地球坠落，划出美丽的弧线，使天空更为绚烂。这些弧线中，应该包括一位工妃战士所驾驶的飞球吧。更为绚丽的是这场焰火的压轴之作。在某个坐标点上汇聚的光剑最多，有一二百条吧。汇聚点附近一无所有，但汇聚点外围有密集的闪光，这些闪光拼出一艘巨型太空母船的大致形状。然后，这一点忽然发生了极强烈的爆炸，爆炸惊天动地，在空中形成一个无比巨大的光的喷泉，无数光束从喷泉中射出，划着弧线坠向地面。在这些碎片中，裹带着一千万"小章鱼"的尸体。

姜元善只休克了不长时间，等他醒来时地球的天空仍然有残存的闪光，恩戈星远征军已经全部覆灭。90亿地球人肯定已经结束了痛苦的抽搐，相互扶持着起身，指点着天空中的残光，满怀胜利的狂喜。战争结束了，结束得干脆利落。

三

一架飞球停在联合国大厦广场。这是一架新飞球，比人们曾见过的那两架要大得多，也远为富丽堂皇。这是恩戈星远征军的指挥舰，是那位什么狗屁大帝乘坐的专用飞球。不过人们已经知道，现在先祖和姜执政长在上面，所有恩戈人入侵者都被杀死了，一个没留。先祖和姜执政长亲自参加了敌人指挥舰内的肉搏，同样取得完胜。广场上人头攒动，欢声雷动。几十万人汇在这里，等着人类的救世主和英雄凯旋。

但飞球停在那里很久了，舱门一直没有打开。人们感到奇怪，一种茫然的情绪在广场上空弥漫。然后一个消息悄悄传开，据说执政团已经向先祖报了捷，先祖也通报了指挥舱内肉搏战的胜利。但交谈时先祖的声音非常悲伤。他此刻躲在飞球里，想一个人静一会儿。消息还说，姜执政长在搏斗中受伤休克，但此刻已经醒来，没有生命危险。人们非常理解先祖的悲伤，毕竟，在这场战斗中全军覆没的是先祖的同胞啊，甚至他的直系后代也在其中。先祖大义灭亲，帮人类战胜了入侵者，但这会儿痛定思痛，痛苦会是百倍的强烈。

人们悄悄坐下来，安静下来。非常的安静。几十万人的广场上只有旗帜飘扬的声音。人们耐心等着，等先祖从悲伤中走出来，然后与姜执政长携手从飞球的舱门出来。人们想向上帝和他的儿子捧出满溢的感恩之心。

苏醒的姜元善看着满天彩花逐渐落下，地球恢复了沉静。他把目光收到飞球内，看见先祖独自悬挂在天花板上，一动也不动。他的眼睛睁着，但里面是空的，没有"目光"。姜元善努力站起来，环视四周。所有恩戈人的尸体：那位大地与天空之王葛纳吉大帝、阴鸷的提义得王子和两个手下，在生死关头显示了各自善恶天性的土不伦夫妇，都不见了。肯定是先祖按恩戈人的礼仪，对死者实施了空葬。只有地板和墙壁上荧光闪闪的紫色血迹，昭示着这里发生过的喋血。真该庆幸啊，恩戈人的骨肉喋血和葛纳吉的老年昏聩是两项意外的助力，帮助人类轻易取得了胜利，一场非常漂亮的完胜。姜元善走近先祖，低声唤：

"先祖。"

没有回答。

"先祖。"

没有回答。

姜元善苦涩地说："先祖，那会儿我没有遵照你的吩咐，无颜请你原谅。但我想你也看见了，那一刻土不伦是扯过阿托娜的身体来挡剑锋的。"

先祖总算说话了，脑波低沉而缓慢。"我没有怪你。土不伦已死，不必说了。"停停他说，"你离开这里回到地面吧，执政团和人们都在等着你呢。我想独自待几天。"

姜元善不忍留下先祖一个人舔心中的伤口，但他知道这会儿劝不转，便叹息着说："好吧，你先休息几天，过后我回来陪你。"

飞球靠近联合国办公大厦，姜元善走出舱门，仍从窗口越过去走进大楼。飞球关闭了舱门快速升空，很快融化在蓝天里。先祖走了，悲伤中的先祖不愿现身接受民众的感恩，民众很遗憾，于是把所有感情都转到执政长身上。姜元善先是从窗户里探出身子向民众致意，但在一波高过一波的欢呼声中，他只好下了楼，来到民众之中。人群中爆发出海啸般的欢呼，四周的人向这里挤过来，就像海水涌入海洋肚脐眼。姜元善知道自己错了，不该贸然来到人群中，这样的狂热再不制止就要出乱子了，他果断地让周围人把他高高抬起，以便远处的人能看到和听到他。然后，他就这样"以肩为舆"巡行了整个广场。在他的反复劝说下，人群终于安静下来，慢慢散去。

在同一时刻，在两万千米之外的北京城内，严小晨正陪婆母看电视节目，是对联合国广场的直播。战争结束了，而且结束得如此顺利，甚至超过此前最乐观的估计。大举进犯的恩戈星远征军除了在地面上留下一些残骸碎片外，几乎没能对人类历史之车产生任何影响。当然，深层面的影响还是有的，比如遍及全球的战时体制，比如这会儿联合国广场的狂热。广场上的民众来自世界各国，当然其中美国人最多。看看他们对姜元善的狂热崇拜，就像是虔诚的中世纪民众对待教皇。也许只要姜元善一句话，就能让他们虔诚拜伏在他的脚下。真的，这并非不可能。美国人尽管已经沐浴了 400 年的共和光辉，但别忘了，他们在宗教信仰上可是坚定的一神教，他们在礼拜堂里向上帝下跪远比中国人对玉皇佛祖下跪来得虔诚。而现在呢，耶和华、先祖和姜执政长已经是三位一体了。

年迈的婆母现在更糊涂，她对战争不战争的事早就不关心了，唯一关心的是——

"小晨，是不是仗打完了？"

"对呀，咱们胜利了！"

"那牛牛不用当啥子执政长了？他能回家了？"

严小晨不敢全用空话安慰她，只能含糊地说："应该是吧。当然，肯定不会明天就回来，总得做完善后工作吧。"

"哼，善后善后，你能等得，我这把老骨头可等不得了。当年真不该让他长长发粗，那时候该去找何所长硬把他要回来。"

她又开始恨歹歹地重复那些"戳人心窝子"的话，不过这回严小晨没有对她放重话，她的心思在别处。看了联合国广场上的狂热，她隐隐有不安的感觉。当然，她完全相信丈夫的胸怀境界，相信他不会被胜利和崇拜冲昏头脑。但是，权力的腐蚀是非常厉害的，就像天行者卢克父亲所受制的那种"黑暗的力"。何况丈夫的人生中还有那么一段……

她突然警醒，责备自己不该再拣起这些陈年旧谷，47 年来丈夫已经把全部身心奉献给"世界人民"了，如果再念念不忘那件童年恶事，对他太不公平。电话铃响了，是猛子的。"儿子你出洞了？什么时候能回来？"她惊喜地喊，回头对婆母说，"是你宝贝孙子的电话！"

屏幕上猛子的表情很平静，但当妈的能看出他内心的喜气。他说，他们还没"出洞",但保密已经取消,可以随便给家里打电话了。上边说特别部队有可能解散,但得等执政团做出决定之后。"我现在已经开始操心今后的职业了,活了20多年只学会了如何杀人,这种屠龙之技没用处了。"猛子笑着说,又问,"老爹这会儿在哪儿?听说他受了伤,要紧不要紧?"

"伤不要紧。你没看直播?这会儿他正在联合国广场上接受万民朝拜呢。"

婆母急着和孙子说话,严小晨把位置让给她。老人照例开始骂"小王八羔子",说:"你再不回家看我,你奶的骨头都磨成扣了。"猛子自有办法对付她,笑着说:"看你老人家骂人那个劲头儿,一时半会儿的保证吹不了灯!安心等着吧,过不了几天我就回家,还给你带个漂亮孙媳妇!"哄得老太太乐呵呵地不骂人了。严小晨接过电话:

"战争结束,该去找那个姑娘了吧,你不知道名字不知道长相声音的那个。"

儿子那边顿了一下,然后平静地说,肯定要找的。战前他的行事太绝情,现在他肯定会表现得主动一些。严小晨心里痒痒地想告诉他这姑娘的情况,她是他林叔叔和徐阿姨的女儿,叫林风徐来,小名叫来来,童年时和猛子在一起玩过。但她忽然萌生了强烈的童心,想把这个谜多捂几天,让儿子自己去发现。发现后儿子肯定会佯装恼火地喊一声:"原来你们早知道啊。"于是她克制住揭破谜底的欲望,同儿子告别,挂了电话。

现在她就等着丈夫的电话了,但一直没等到。这些年来严小晨不想干扰丈夫的工作,极少主动给丈夫打电话。但这会儿,既然战争已经结束,她还是忍不住要通了丈夫的手机。手机里传来熙熙攘攘的声音,她问:"这么热闹,这会儿你在哪儿?"丈夫说:

"在联合国大厦。这会儿六个执政加上秘书长正在喝香槟庆祝呢。等布德里斯赶来就要开执政团会,随后我给你打过去。"

电话挂断了。

四

执政团会议最终没有在联合国大厦召开,而是应姜元善的建议改到布德里斯此刻所在的贵州溶洞。他说:"布德里斯组织的十万名死士,20多年来一直住在黑暗的山洞里,为人类最黑暗的未来做了艰苦卓绝的准备。现在,蒙上帝、佛陀、安拉诸神保佑,人类不必经历这个未来了,但这些死士的努力不应该被忘记。我们到那儿开一个会,算是一种告别吧。"执政们都同意,于是他们立即乘空军零号飞赴贵州。

执政们还都是30年前那几位。因为这是战争年代,执政团一次也没有改选。现在他们都是六十岁以上、鬓发苍苍的老人了,此刻在贵州山洞等候他们的布德里斯年岁最大。只有联合国秘书长恩古贝是新当选的,是一位40多岁的年轻黑人。空军零号降落在贵阳附近一个军用机场,要在这儿换乘直升机。姜元善走下空军零号的舷梯时,注意到警戒圈外一片姹紫嫣红,大概有上千个年轻姑娘挤在那里,熙熙攘攘的,与机场的空军服形成鲜明的反差。他笑着对来迎接的主人说:

"怎么,还动用了这么多美女来迎接?执政团从来没享受过这样的待遇。"

主人苦笑着说:"莫说了,这群不请自来的美女让我头疼死了。"就在这时,一位姑娘冲破警戒圈跑过来,一边大喊着"姜叔叔姜叔叔",两名警卫在后边追上她,硬把她拉住。姜元善忽然猜到这姑娘是谁,示意警卫松手。那姑娘高兴地跑过来,扑到姜的怀里。

"是小来来?林风徐来?"

"姜叔叔,是我!"

"女大十八变,我几乎认不出来了。真高兴啊,我有一位这么漂亮的儿媳。"

"姜叔叔,我想马上见到猛子!那些伙伴,"她指指警卫线外那片鲜花,"都是别动军战士的妻子,我们不约而同聚到这儿的。姜叔叔求求你啦,带我们去吧。"

姜元善摇摇头:"这上千个姑娘得多少架直升机啊,何况这个队伍肯定还会急剧扩大。再说,你们要见面,最好等那些小伙子们换下军服啊。"

"干吗要换下军服?我喜欢猛子穿军服的模样,一定非常帅。"

姜元善笑了:"你还没见过他们的军服吧。来来,眼下我真的无法带你去,我们还有一个重要会议。我保证明天就让他们赶到这儿见你们。耐心等着,好吗?"

他安抚住来来,匆匆登上直升机。其他执政都笑着拍拍来来的肩膀,或者同她拥抱。赫斯多姆同她父母熟识,多聊了几句,问了她父母的近况。执政们都上了直升机,来来退到直升机机翼风力范围之外,用力挥动手臂同机上人员告别。然后她飞快跑回姑娘群中,向她们报告喜讯去了。

布德里斯带着猛子等六名队员在老地方迎候,仍然是一色的肉色军装。姜元善对其他执政说:

"这就是别动军的统一军装。"

加米斯笑道:"原来是这样的军装啊,难怪你说要他们换下军服才能同那支女性大军见面。看来,过去对这支别动军的传言没错。"

"对,20年来一直如此。这样既是一种体能上的训练,也是心理上的象征——象征着在同恩戈星侵略者拼命时,要抛掉一切文明的束缚。咱们是否也穿一次这样的军装?尽管战争已经结束。"

其他执政包括秘书长都爽快地同意。好在这是一个纯雄性的世界,没有什么不便。他们随布德里斯走进崎岖黑暗的深洞,每位客人后边跟着一个护送的队员。这次布德里斯走得很慢,因为其他客人都不年轻了,也没有姜元善那样好的体力和体能,有几位走得相当艰难。几个小时后他们来到洞的深处,走进一个洞中之洞。姜元善对布德里斯说:

"咱们要在这儿开几天会。会前我先提个建议,让你的队员马上出洞吧。安排直升机尽快把他们送到贵阳,那儿已经聚了上千个望眼欲穿的姑娘,而且会很快增加到一万名。猛子,小来来也在那儿,就是你林天羽叔叔和徐媛媛阿姨的女儿,大名叫林风徐来的。知道她是什么身份吗?"猛子吃惊地看看父亲,随即猜到了谜底,笑着点头,目光中是按捺不住的欣喜。"带你们的弟兄去吧,"姜元善开着玩笑,"但务必注意不要认错人啊,毕竟所有夫妻都只有短短一夜的相处。再者,你们出洞时总得换掉这身军装吧。"

猛子笑着说:"你放心,绝不会认错,闻着味儿就能认准。可是,我们还为执政团安排有一次检阅。"

赫斯多姆说："这个虚礼就免了，你们快点走吧，我想不只那些姑娘望眼欲穿，这边的小伙子如果知道消息，同样会弹压不住的。"

猛子看看布德里斯，后者点点头。猛子说："那好，我带六个人留下，以便会议结束后护送你们出洞，其他队员立刻放走。"

加米斯说："一个人也不用留，这段路程虽然难一点，我们自己能出去的，有布德里斯领路就行。"

布德里斯说："只把几个教官留下就行了。"他向其他执政解释，"都是我曾带到伊朗的老伙伴，他们都一直是单身。"他转向姜猛子，"但七天后所有人必须返回这里，那时再决定这支军队的去向。"

猛子向各位执政行了一个军礼，转身离开这里。片刻之后，一万个人影像流水一样无声无息地流过这里，消失在上方的黑暗中。七执政目送他们离开，感觉到他们的欣喜之情伸手可掬。

别动军战士们离开了，溶洞陷入完全的寂静。姜元善上次来的那七天中，洞中就一直保持着静谧，但那是一万名战士刻意保持的，从那静谧中能感受到战士的训练有素，能感受到这支军队铁一样的坚硬。现在的寂静则是真实的，是复现宇宙洪荒时的状态。不过寂静之上也有八个人的欣喜之情在跳动。布德里斯为大家准备了茅台酒，大家拥抱亲吻，举杯庆贺，频频干杯。最后姜元善说："好了，请大家把酒杯放到一边，开会吧。"

八个赤身裸体的政治家坐在乱石上，开始了这次重要会议。这种景象大概是前无古人后无来者。姜元善说：

"首先请大家起立，向先祖致敬。尽管我们是在一千米深的地下会议室，先祖肯定接收不到我们的脑波，但我们还是要向先祖表达我们的感恩之情，也祝他老人家早日恢复内心的宁静。"

"可能这是执政团最后一次会议了，"姜元善笑着说，"七人执政团本来就是特殊年代的产物，可以说是先祖硬塞给人类的。现在战争已经胜利结束，人类社会应该恢复正常了。再说咱们都已经年过花甲甚至年过古稀，该歇一口气，享受享受天伦之乐。你们说对不对？"

"当然，既然我们坐上这个位置，那就要善始善终，把扫尾工作做好。昨晚我考虑了一下,在这场超乎意料的完胜之后,我们还有两项小小的未完之事,如果能把它们完成,这一届执政团就算功德圆满了。我先说一说,大家补充。

"第一件,你们都已经接受了那个观点:生物的所有物种,当然包括人类,本性是邪恶的,但各物种在进化之路上前行时,也会逐渐建立一个共生的圈子。圈内的主流是和谐和利他,圈外的主流是杀戮和竞争。这个态势一千万年之后也不会变,只是看共生圈扩大到哪个范围而已。人类社会的共生圈还没有发展到涵括全人类,是一场星际战争硬把我们'箍'到一块儿了,它只是特殊条件下的特殊现象。现在,外面的压力已经消失,怎样才能使这个'箍'不至于破裂?人类已经有的这个共生圈,即使它来自拔苗助长,从根子上带着先天不足,仍是弥足珍贵的,我殷切祈望它能够维持下去。只要它能勉强维持,就会在时间的流淌中逐渐稳定并自我完善。如果不能……不要忘了,地球现在已经是一个大军营,一个大军火库,据计算,人类文明的自杀系数已经大于 1.8 了。我真诚地也带着惧意地希望,各国间的军备竞赛不再恢复,已经弱化的国界不再复原,已经消失的种族屠杀、宗教圣战或任何人类内战不再复现。还有,我们几个之间曾经出现过的猜疑和提防也永远成为过去。

"第二件,土不伦曾说地球是恩戈星最好的备用星球,其实这句话反过来同样适用。领土扩张欲是所有生物的本性,现在,如果地球想向外扩张,有一个现成的最佳星球在等着我们。天予不取,必受其咎!我们不去,也许一两千年后,恩戈星第二批远征军就会来到地球。当然,我们去那儿并非想把恩戈人变成"高智力肉用家畜",即使单单因为对先祖感恩也不会这样做。我们将向他们展示地球人的仁爱。当然,初期的武力征服恐怕是不可避免的——对这一点,我想咱们都过了天真的年龄了。但我们随后会努力促进两个人类的文化融合,以文化之同来弥合血统之异。甚至也不排除以下的可能:科学家们发明一种办法,能让两个人类交配繁衍,从而建立两个星球及两个人类的真正共生。

"好,目前我只想起来这两件小事。请大家发表意见。"

会场沉默很久，他们现在才知道姜元善到这儿开执政会的动机——今天的会议内容是不能让先祖听见的。赫斯多姆苦笑着说：

"你说的可真是'小'事。想完成它们，至少需要一千年吧。"

"但它们确实应该去做。"加米斯说，"姜执政长说得对。人类由于特殊机遇，有幸得到先祖的恩赐，才有了今天这个不太牢固的共生圈。如果不说我们针对圈外的暴力，单就圈内而言，它完全是人类精英们所梦想的大同社会。现在如果放任它自生自灭，放任它崩溃，那我们就是历史的罪人。"

"对不起，我想说一点私人话题。"布德里斯说，"大家都知道，我在加入执政团时曾有一个承诺：在与外星人的战争结束之前，暂时放弃在人类内部的仇恨。换句话说，现在我该把仇恨重新拾起来了。但是坦白说吧，这些年我已经被惯坏了，习惯于代表全人类了，不想回到过去那个我——我想，就在刚才，姜执政长已经给了我放弃仇恨的最好理由。"

新秘书长反应也很敏锐，插了一句："那么，眼前的权力结构还要保持下去？"

"如果要维持大一统的人类共生圈，它当然得保持下去。"谢米尼兹说。

姜元善说："但不会一点儿不变，毕竟已经不是战时政府了。比如，执政团应该有换届选举，有任期限制，等等。"他开玩笑地说，"也最好有女性加入，以便扔掉那个'男人执政团'的恶名。但不管怎样，它首先应该是一个高效政府，而不是战前那个只会说空话的联合国沙龙。当然现在说这个未免太早，因为首先得确定的是：那两件事该不该干。"

班纳吉平静地说："对于该不该干，我想大家不会有异议。"

"姜，你是个刻薄的监工，战争结束后我们还没来得及睡上一觉呢，你的鞭子又抽起来了。"加米斯苦笑着说。

"我也同意干。不过我本人不得不卸下这副担子，我已经74岁了。"布德里斯说，"顺便提一点，我手下那支特别部队原定要解散，看来不大可能了。"

"对，不可能了。我想它会成为未来太空军的骨干。虽然技术上两者并无太多的延续性，但别动军的军魂应该延续到太空军中，那是比技能更宝贵的东西。"姜元善说。

"如果不解散,请执政团尽快遴选新的指挥官来接我的班。"

小野一郎:"我也同意做那两件事,但我本人也想提出辞呈。"

"个人进退大可放到以后再说。"姜元善的口吻不大客气,"至少到此刻为止,执政的担子仍在我们肩上放着呢。我促请大家认真讨论,对人类下一个千年的道路搭出一个大致的架子,并形成正式决议。"

……

第三天的会议上,姜元善说:

"好的,新千年计划全票通过,那我就要提出一些操作性问题了,它对我们的计划至关重要,而且迫在眉睫。人类要想远征恩戈星,目前有两个大的技术难题。第一个是相关军用设备的研制,包括飞船驱动喷焰的隐形、亚光速飞船和脑波发射器的研制。但只要我们能得到葛纳吉大帝的指挥舰和那台最新的'与吾同在'系统,也就有了各种现成样本,有了详尽资料。研制虽然很难,但最终成功没有问题;第二个难题是获得恩戈人的大脑固频,它决定了地球远征军能否突袭成功。咱们原来计划中曾设想最好抓几个俘虏,但战势进展太快,恩戈人远征军没留下一个活口。"他向大家解释,"中原基地曾过细地研究了两台'与吾同在'智能装置,在那里查到了有关恩戈人的各种详尽资料,布德里斯正是依据这些资料,建立了恩戈人的逼真虚拟模型。但有一点例外——其中查不到任何有关恩戈人大脑固频的资料。根据电脑专家的检查,它们都被人仔细地删除了,删除操作是在30年前执行的。删除得非常彻底,不可复原。现在仅剩下葛纳吉大帝指挥舰上这台'与吾同在'系统,还没有机会做过检查。但我不妨做一个大胆的估计,其中有关恩戈人大脑固频的资料也已经被删除了,就是这两天删除的。"

他停下来,看着与会者。众人默然,都知道这句话中隐含的意思。这个删除者只可能是先祖本人,30年前——那正是他在子民中第一次现身的时间。如此说来,他在尽力帮地球子民筹划如何战胜侵略者的同时,也在不声不响地做着反向的预防工作,防着地球人胜利后入侵恩戈星。他的深沉心机让人畏惧。姜元善接着说:

"好在第二个难题也有方便的解决途径,但这个机会稍纵即逝,我们必须及时动手。就看我们能否战胜,"他长叹一声,"内心的懦弱了。"

会议室内没有一丝声音。其他六位执政都不约而同地朝天上斜睨一眼,尽管他们现在是在一千米深的地下,先祖听不见这番话的。新秘书长恩古贝的修炼毕竟欠火候,他面色苍白,声音战栗地问:

"执政长,你是说……趁先祖在世的机会绑架他,然后测得他的大脑固频?"

这个陈述很不恰当,也太幼稚,姜元善冷冷地瞥他一眼,但并未斥责他。毕竟他的"孩子话"与姜元善上述话语的实质含义并没有差别。姜元善诚恳地说:

"我与先祖的感情恐怕不在任何人之下。先祖一生的最大功业就是拯救了地球人类文明,我们现在要做的,其实是继续他的事业并做到极致。如果能把共生圈扩大到恩戈星,那就是对先祖的最好感恩。先祖老了,余生无几,我们该尽快把他从飞球上接下来,在地球上为他建造一个舒适的养老居所。时间已经很紧迫了,如果在我们行动之前先祖就已去世,我们将抱恨终生。"

会场沉寂下来,大家没有就这个问题深谈。这件事太明白,根本用不着掰开了细说。为了弄到飞球作逆向工程的样本,尤其是为了获得先祖的大脑固频,肯定得采取一些对先祖而言不高尚的手段。但天平另一端是人类的未来,是整个人类共生圈的核心利益,孰轻孰重是不言而喻的事。所以说,这样做是"不得不做的恶行",上帝也会原谅的。即使"火候稍欠"的恩古贝也想明白了,毕竟他也是用政治奶水喂大的,刚才只是一时失态。

沉默良久,布德里斯说:"我同意这样做,建议执政团授权给姜,让他可以便宜行事。"

这句"便宜行事"是很好的指代,可以免去那些不好说出口的字眼。其他人陆续说:

"我同意。"

"我同意。"

……

只剩下赫斯多姆了。他久久沉默，大家耐心等着。最后他苦涩地说："我很想弃权，但我不能逃避执政的责任。我也投赞成票吧。"

这次会议最后通过的决议是：接受布德里斯、赫斯多姆和小野一郎的辞呈，到继任者确定之后正式交棒。继任者由本届执政团在下一次全会上定出等额的推荐名单，报联合国大会批准。今后执政任期为五年，连选可以连任。

五

姜猛子及手下弟兄们"脱下"军装换上便衣，分批乘直升机来到贵阳附近那个军用机场。正如他父亲曾预料的，姑娘大军已经扩充到近万人。这些军属们秩序井然，排成蜿蜒数千米的一字长蛇阵，每人手里举着一个牌子。牌子做工粗糙，但显然是统一制作的。上面的内容则由各人自拟，所以千人千面：

"我叫李月娥，等一个叫何明然的男人。"

"王晨，陈长生的妻子！"

"来自蒙古的布赫尔，你的卡佳在这儿！"

"我是日本的麻生良子，我曾接受了哈里斯播下的种子。"

……

一位年轻女工作人员跑前跑后地维持秩序，显得精明强干。姜猛子看着秩序井然的女人队伍，对这位指挥员蛮佩服的，因为历史早已证明女兵比男兵要难带，兵神孙武还不得不用上杀人立威那样的极端手段哩，何况是一大群思夫心切的妻子们。姜猛子指挥着手下也排成一排，沿着那个一字长蛇阵依次走过。每当一个男人在木牌上发现自己的名字，这对男女就欢呼着抱成一团，然后双双离开队伍。其后的队列迅速往前移动，补住新出现的缺口。两支长长的队伍在此起彼伏的欢呼声中迅速变短。这就像是一种叫"抽寡妇"的扑克游戏，但今天不会有寡妇的，所有女人都会找到自己的另一半，最多只会留下几百位不幸的丈夫，因为他们的妻子还没赶到。军人们出洞前，姜执政长曾笑着警告他们"不要认错人"，而猛子说"闻着味儿都会认准"，父子俩的话全都应验了。一个弟兄在行列中找到了自己的名字，同那位女子热切地拥抱亲吻。但片刻之后，两人都犹疑地停下，后退，打量着对方，喃喃地问：

"你不是……"

"你不是……"

原来真弄错了。这位姑娘刚才离队小便，回来后和邻近女伴弄错了牌子。此时真正妻子已经认出丈夫，大呼小叫地扑到他怀里，两人怀着幸福的歉意同头一个姑娘告别，匆匆离开队伍。

姜猛子一边维持着男队的秩序，一边也在寻找自己那一位。虽然已经知道她是谁，但两人只在童年时相处过，他不敢保证自己能一眼认出对方。两支队伍迅速缩短，他一直没有看到林风徐来的名字。那位年轻的女工作人员一直忙于维持女队的秩序，这时才走过来，对姜猛子嫣然一笑，背过身去——她也有一个牌子，不过是背在身后的。上面写的是：

"我在等一个不知道我的名字、相貌和声音的男人。"

姜猛子一把抓住她，把她的身体扳过来紧紧拥在怀里，然后是令人窒息的亲吻。"你说错了，来来，我已经知道了你的名字！"

两人没打算马上离开，要先把伙伴们全部送走。但两支队伍一同起哄，逼他们马上离开。两人最后屈服了，歉意地向剩下的男女告别，相拥着匆匆离开队伍。林风徐来开车，带着猛子来到附近一个农家旅馆，她早在这儿定好了房间。然后是床上的狂风暴雨……徐来抚摸着猛子的裸体，笑着说：

"原来这就是别动军的统一军装？难怪姜叔叔说，你们必须换了军装才能出来与我们见面。"

"是的。我们一直被训练着面对那一天：人类社会彻底崩溃，我们只能孤身与敌人作战。所以，布德里斯让我们早早脱下文明的外皮，算是在心理上提前进入角色吧。"

"他的训练太成功啦，从你身上就能看得清清楚楚。你这个石头心肠的家伙，同一个女人欢爱，却拒绝知道她的相貌、声音和名字！"

猛子笑着："相信你能理解。"

"猛子我理解你，真的能理解。你这半生太难了。训练的严酷且不说，心灵上也是一片黑暗，因为你们的人生只有一个血淋淋的目标：在人类灭亡之际尽力多拉几个垫背的。"

猛子默然。来来能说出这样的话，说明她至少在一定程度上理解他，理解他的人生，这很难得。"其实你们也很勇敢啊，"他和来来开玩笑，"甘愿接受这样的包办式速配，配给一个根本不认识的男人，说不定这人是个丑鬼或大恶棍呢。"

"丑也好恶也好，这些都不重要。"来来干脆地说，"重要的是在人类生死关头，这些人干了男人该干的事，把女人孩子护在他们的身后。我不满意的是另一条：今天的社会被男子沙文主义浸透了。其实我也不怕穿上这样的军装，也能干你们准备要干的事。"

猛子认真地说："来来，你这样说，我确实对你刮目相看了。"

"算不了什么。生物学家说，在面临种群灭绝的压力时，该种群的个体都会自动改变其行为方式。我肯定已经改变了，这些年来我的心大大地变硬了。"

猛子笑了："良宵苦短，不说这样沉重的话题了，那些都已经成为过去了。说点别的吧。"

林风徐来活泼地说："好，说点别的。知道吗？我妈这辈子最先看中的男人就是你父亲，咱们的姜执政长。可惜你妈下手快，把他抢走了。"

"真的？"

"绝对可靠。我妈亲口对我说的，当着我爸的面，我爸也没否认。"

"我可是一点儿都不知道。徐阿姨真是快人快语啊。不过站在咱俩的立场该感谢我妈的，要不咱俩都不会出生，而是换成某个'林猛子'和'姜风徐来'。那就太遗憾了。"

来来笑着吻吻他："对，站在咱俩的自私角度，还是眼下这种安排好。"

"来来，我只有七天假期。我很想在这儿度过七天的二人世界，但我还得见爹娘呢。"

"好的，咱们这就回北京。告诉你，战前严阿姨已经到我家去过了，商量咱们的婚事——如果人类胜利的话。不过，那时我们都没料到战事会这样顺利。猛子，我们和你们一样，那时也都做了最坏的打算。"

猛子从她的话中听出苍凉和悲壮,他没有多说,只是把那具身体搂得更紧一些。

六

几位执政在贵阳分手,各自乘机回国。赫斯多姆没有回美国,而是立即动身赶往北京。他知道姜元善忙完这边的事,肯定会尽早回家探望的,姜元善多次说过,这一生他对家庭亏欠太多了。机场上空军零号已经在做起飞准备。但赫斯多姆没有等着搭乘空军零号,而是另要了一架专机立即起飞。他想抢在姜元善之前,与严小晨见上一面。

从贵阳飞往北京的两个小时中,赫斯多姆一直在闭目沉思,他的秘书罗切尔和机上人员都识趣地不打扰他。在这一生中,赫斯多姆还从来没有像现在这样迷惘。他急着要去见严小晨,但见到严小晨究竟要说什么,该怎么说,他其实并未理出清晰的脉络。

在对"天眼系统"定型化的过程中,赫斯多姆与严小晨打了30年交道,可以说他与严小晨相处的时间,比严小晨与丈夫相处的时间多得多。赫斯多姆对严小晨评价极高。这是位完美女人,专业精湛,智力过人,思路清晰。但赫斯多姆更为看重的其实是她的另一些特质,是上述的"完美骨架"中填充的丰满肌肉,是她的善良,是她的温润淡泊,是她的母性。所以,尽管有迷惘,赫斯多姆还是毫不犹豫地来了,权作是来看心理医生吧。

到北京国际机场后他给严小晨打了电话,对方手机里是一片嘈杂人声。严小晨大声说:

"丹尼?你已经到北京了?不是和元善同机?他说一两天内也要回来——真不凑巧,我这会儿不在家。我在坠落现场,离市区150千米。而且看车流情形,一两天内恐怕回不去啦!是我儿子开车来的,我婆母也在,还有我的儿媳来来。"

赫斯多姆知道她说的"坠落现场"是怎么回事。那次战斗中,远征军的母船在空中爆炸,一块最大的残骸落在北京昌平。亢奋的民众纷纷自发赶去,相约带上木柴,要在那儿开一个人类史上最盛大的篝火晚会。赫斯多姆大声说：

"你在那儿等着吧，我乘直升机赶过去！"

听了这句话，严小晨已经敏锐地猜出他此来并非礼节性拜访了。她立即回答：

"那好，你来吧。我在大篝火正南方弄一个独立的火堆给你作为指示。记住，是在大火堆的正南方！"

秘书罗切尔并不知道赫斯多姆这趟北京之行是何用意，但现在他也知道不是礼节性拜访。他没有等指示，立即和中国政府联系。十几分钟后，一架直十带着强风停在他们面前。

他们赶到坠落现场时是傍晚。那堆胜利篝火太好找了，相当于几个足球场那么大。熊熊火焰烧红了整个夜空，映照得那块太空船残片闪闪发光。那块残片也异常巨大，有20多层楼高，斜斜地插在地下。从一个角度看它像是航船上的风帆；转过90度它又像一柄斜插青天的长剑。从它近乎平直的曲面可以看出那条母船的巨大。现场大概有二十万人吧，衬着这巨大的篝火和风帆，人们如密集的蚁群，在篝火之外做着忙碌的布朗运动。在他们之外则是无边的秋庄稼，在夜色中显出一派墨绿。直升机在篝火上空盘旋时，能听到下面隆隆的声浪，它十分强劲，犹如地震之前的地声，那是由二十万人的嘈杂汇成的。

大篝火之外，在它南端确实有一堆小小的篝火。赫斯多姆不由佩服严小晨的急智，如果没有这堆指路篝火，很难在几十万人中找到他们。直升机盘旋落下，吹得篝火火星四射。周围是农田，但大片秋庄稼都被踩平了。严小晨和一对推着轮椅的年轻男女用力向他们招手，秘书罗切尔留在直升机上，赫斯多姆急步赶过去，同严小晨、猛子和来来拥抱，向轮椅上的老人问好。严小晨指着那块插入夜空的残片给他看，刚才在空中赫斯多姆已经惊叹它的巨大，这会儿站在地上仰观，它更是大得不可思议。弧形残片与地面成斜交，似乎马上就要倒下来。严小晨告诉他，他们此行是婆母的主意，她说非得亲眼看看坠落现场，才相信真有外星人！赫斯多姆逗老太太：

"伯母，这下你相信了吧。这次把外星侵略者完全消灭，你儿子的功劳最大，严小晨也不差！"

老太太很高兴外人夸儿子媳妇，但仍撇着嘴说："牛牛晨晨忙了一辈子，就弄到这块大铁皮？白忙活了。"

众人大笑。

严小晨说，刚才当地政府和一些艺术家已经在商量把这块太空残片加固，作为一个永久的胜利纪念碑。加固时不会改变残片的现有角度，它仍将保持这种"摇摇欲坠"的样子，保持这种危险的、锐利的美。有人提议把它也建成对先祖的感恩碑，但多数人不赞成，不愿把对先祖的感恩寄托在这件"凶器"上。赫斯多姆说：

"你丈夫进过这艘太空母船，也是人类唯一接触过它的人。据他说，母船上装载有一千万小章鱼，即已经孵化的恩戈人幼体。母船爆炸后，它们已经全部丧生。"

姜猛子和来来都说"大快人心"，严小晨则有点黯然：

"想想他们都是先祖的后代，真替先祖难过。他们也是智慧生物啊，如果两个人类能共处——"她摇摇头没有把话说完。"我倒有一个建议，把这块太空船残片建成纪念碑，悼念横死的一千多万恩戈星生灵，尤其是那些还没有名字的幼体。"她摇摇头，"我这个建议肯定行不通，民众不会赞成。"

"看见这堆欢庆篝火，我不由想起人类的先民时代。"赫斯多姆说，"那时如果捕到俘虏，人们要生起一堆篝火来欢庆，同时把俘虏烤来吃。从严格意义上说，今天这堆篝火也是一场人肉的盛宴。十万年过去了，人类的天性并没有变。"

姜猛子与妻子不由得互相对视——这番话听起来怎么颇不顺耳。虽然对方是父执辈，是权高位重声名显赫的执政，猛子仍忍不住反驳：

"丹尼叔叔，你这个比喻不大合适吧。那是人类相残，是同类相食，所以那时的欢庆本质残忍；而我们今天杀死的是穷凶极恶的外星侵略者，是想把人类当成肉用家畜的东西，我们的欢庆是高尚的。"

赫斯多姆平心静气地问："是吗？"

"当然！"

严小晨知道赫斯多姆乘直升机来找她必有重要事项——而且大半和丈夫有关，便笑着说："猛子来来，你俩照护奶奶，我同你丹尼叔叔说点工作上的事。"

小两口儿推着奶奶回到人群中去。严小晨含笑看着赫斯多姆，用目光示意：有话请讲吧。赫斯多姆苦笑着说：

"我下面要说的话，可是违反了执政团的纪律。但我还是想讲给你听。好在有一点可以自慰：在这样嘈杂的脑波背景下，先祖即使在附近上空，也无法分辨出咱们的谈话，不至于对他泄密。"他叹道，"而且我知道，战争结束后先祖在心理上已经自闭了，不会在意尘世间的事。"

严小晨不好表态，她已经猜到，赫斯多姆下面要讲的肯定涉及他与丈夫的分歧，而且涉及先祖。她只是含笑听下去。赫斯多姆简要讲了姜在执政团会议上提到的"两件小事"，以及为完成这些目标，从技术上必须要做的那件事。严小晨静静地听完，问：

"执政团已经全体通过了'绑架先祖'和向恩戈星进军的计划？"

赫斯多姆感受到她强烈的不满，唯有苦笑："通过了，包括我也投了赞成票。严，在你面前我想敞开心扉。当一个人坐上执政这个位子后，他就不由自主地变成一个政治机器人。他在思考问题时只能依据某种冰冷的甚至冷酷的逻辑。你丈夫提议的两件事都完全正确，可以说是高瞻远瞩，对人类今后数千年的生存发展至关重要。我相信几千年后的人类历史书上将以金字记载这个里程碑，记载由姜所开创的千秋伟业。作为执政，我只能投赞成票。"

"但在你内心深处，某个叫作良心的区域内，还是感到不安。"严小晨淡淡地说。

"对，没错。所以我急急赶来，想听听你的意见。"

"我的意见简单明了：我决不会赞同这种忘恩负义的决定，我反对向外星球黩武，我不愿让人类从受害者转变为加害者，步恩戈星远征军的后尘。我会尽一切力量来阻止它。"

赫斯多姆从她的话中听出铁一样的决心。他素知严小晨外柔内刚，言不轻发，她说出这句话，相当于已经公开扯出了对执政团的反旗。"我料到你会是这样的态度。"赫斯多姆叹道，"严，我并非缺少作出同样决定的良心上的勇气，问题是我的良心战胜不了理智，因为理智告诉我，姜的做法才符合人类的核心利益，而你的做法有可能导致人类内乱，导致人类错失千载难逢的发展良机。如果真的如此，你难道不后悔？"

"如果你们执行这个计划，而先祖为此愤而自戕——依我对先祖的了解，他肯定会这样做——你们难道不后悔？再核心的利益，也不能把人类重新变成野兽。"

赫斯多姆叹道："看来你也没有接受你丈夫的人生观。他认为，对于共生圈外的生物，人类只能是狼。"他看看严小晨，没等对方逼问，主动说道，"我基本上同意你丈夫的这个观点，只是——在良心上还留下一根硬刺。"

"我不会勉强你的。咱们各按自己的良心行事吧。喂，丹尼，请用直升机把我和婆母送回城里。元善说他明天就要回来探家的，我想尽早见到他。"

"好的。"

严小晨把儿子和来来叫来，招呼着两人把老太太连同轮椅抬到机舱里，直升机上坐不下全家，她让两人和赫斯多姆的秘书先留在此地，等交通恢复后开车回去。"妈，咱们赶快回家，你儿子可能马上就回来啦。"老人嘟囔着"我才不稀罕见他"，实则是满脸喜气。机舱门关上了，猛子拉上来来退到旋翼风力之外。来来低声问：

"赫斯多姆叔叔跟阿姨说了什么？你看她走得这样急。"

猛子看看身边的罗切尔，摇摇头，没有回答。不用来来提醒，他已经有了不祥的预感。赫斯多姆执政的突兀前来和妈妈的急急返回，都暗示着某种异常，而且肯定和父亲有关。他只对来来说了一句：

"走，咱们也立即返回。"来来为难地眺望来路，路上塞满了汽车，"没关系，总能闯出一条路，实在不行就弃车步行，到能够通车的地方再弄一辆汽车。咱们走吧。罗切尔先生，你是否和我们一块儿走？"

"好的，我也加入你们的冒险。"

夜空中的直升机迅速爬高，严小晨透过舱窗看到，地上的三人没有依她的安排在此地等候，而是坐上车，一头扑进逆向的汽车洪流，很快消失不见。直升机转为水平前行，巨大的篝火连同银光闪烁的"风帆"被抛在机后，很快变小变暗，变成无边黑暗里一团小小的火光，现在，它更像原始食人部落的篝火了，就像燃烧在漫漫的历史长夜中。

航程前方，京城的灯海已经扑面而来。

严小晨与赫斯多姆在首都机场告别，后者乘专机返回美国，严小晨带上婆母回家。她回来得很及时，两个小时后，丈夫就赶回来了，此时已是凌晨。战争胜利结束，他也急不可耐地想同亲人会面，因为——战争有更大可能是另一种结局，那时他与家人的匆匆一晤也就成为永别。秘书和警卫安排在楼下住，猛子不在家，六婶回家探亲，老娘在她房间已经入睡。卧室里只剩下夫妻二人。姜元善把妻子紧紧拥抱在怀里，这是几十年来两人第一次有足够的时间从容相对。姜元善嬉笑着说：

"事先说一句：不许你指责男人的自私。我知道久别重逢有很多话该说，但我迫不及待想干点男人爱干的事。不知道你有没有欲望？知道你已经闭经了。"

严小晨闭经之后确实没有性欲了，想起年轻时的夫妻缠绵就像前生之事，难以理解当时为什么会醉心于那套"可笑的动作"。她不想拂丈夫的兴头，笑着说：

"你们男人啊。不说了，我舍命陪君子吧。"

这一番云雨当然比不上年轻时，但也算尽兴。严小晨发现63岁的丈夫仍相当生猛，这就是男女的区别吧，女人韶华易逝而男人的青春甚至能保持到暮年。不过也许这并非仅仅因为生理因素，而和丈夫的心境也大有关系，他不会老的，他刚刚开始了一番新事业，一番需要奋斗千年的事业，那个事业需要充沛的野性和……狼性。从某种角度上说，那番事业是男人的兴奋剂，可以高效地激发男人的勇猛。事毕，严小晨偎在丈夫的怀里。姜元善问：

"老娘身体还好吧，这两年辛苦你了。"

"老娘结实着呢。别看已经糊涂，保准还能活二十年。"

"还是那个样子：刻薄话张嘴就来？"

"没错。老人的心思很让人感慨，她既恋儿孙，又怨恨儿孙对不起她，没有时刻陪在她身边。"

"你不是已经陪她两年了嘛。"

严小晨不由笑了："这又是让人感慨的一面。在她心里，儿子和孙子才真正是她的宝贝，媳妇再亲也是外人。所以，我代替不了你。怎么样，战争已经结束，你也退下来陪陪老娘吧。"

姜元善沉吟片刻："我不一定马上就能退下来的。家里只有辛苦你啦。"

严小晨叹息一声，不再说这个话题。她知道丈夫绝不会从那个近乎"上帝"的位置上主动退下。你说这是对人类的使命感也行，说是他个人对权力的眷恋也行，以他现在"天下独尊"的位置，使命感和权力欲并没有太大的区别。有一段时间两人都没说话，姜元善温柔地搂着妻子的裸体，轻轻捋着妻子的柔发，在舒适和慵懒中任时间一分一分地度过。严小晨笑叹道：

"真是老啦，这些天老是想起往事……知道不，你父亲去世后，我爸爸和我有过一次长谈，他对这位亲家评价极高。"

"是吗？"

"嗯。他说，很多人在人生中尽管长得高大挺拔，但都是人工栽培的；而这位济世堂的老中医却是一棵野生的酸枣树，树根深深扎在故土的岩石缝中。又说，他此生虽然没干出什么伟业，但如果有机会，他完全可能成为历史上的忠烈英雄，像咬碎钢牙骂敌而死的张巡、断臂救国的王佐，等等。对了，我前些天无意中看到他的一个记事本，可能是给猛子讲故事的备课本吧，上面确实包含很多忠烈故事，像头颅被砍掉后仍执干戚而舞的刑天，剔肉还父的哪吒，独守边塞十九年的苏武，还有张巡、王佐、比干、介子推、屈原、方孝孺等。我甚至觉得，给五六岁的猛子讲这些故事，有点太暴烈太沉重了。"

"这些故事在我小时候也都听他讲过。"他叹息一声，"可惜我没能赶上见老人最后一面。"

"我赶上了。知道老人的最后嘱托是什么吗？他说，'我把牛牛托付给你了。'"

说完这句话，严小晨等着丈夫的反应。不，没有她期望的反应。丈夫在默默咀嚼父亲的情意，但他没有意识到这句话的深层含意——公公没有托她看护年迈的婆母、年幼的猛子，他肯定认为这些事不必嘱咐，却托她看护地位至尊的丈夫！此中含意是显而易见的，他的意识深处仍埋有对儿子的天性的担忧。

但一向反应敏锐的丈夫没有意识到这些。几十年天下至尊的地位，可能让他的嗅觉迟钝了。严小晨原想从侧面引出话头，现在只好正面进攻，但开启这场谈话并非易事。就在这时婆母来帮她忙了。这两年为了便于晚上照顾婆母，她一直把婆母的卧室安排在隔壁。这会儿听见隔壁有说话声，而且声音相当大。姜元善马上坐起来：

"是不是妈醒了？我去见见她。"

严小晨笑着把他按下去。"安心睡你的。妈不是醒了，是在说梦话。看来老娘这辈子是当不了间谍了，白天有什么心事，晚上笃定会在梦里说出来。"

"她说梦话？过去从来不说。"

"所以说，你已经不是这家人啦。她这个习惯已经有年头了。而且梦话很清晰，甚至能在梦中同我或者六婶对话。"她笑着说，"她的梦话一说就是一大串，你仔细听听，看能否听清她说的是啥。"

两人屏息听着。果然那边的梦话又开始了，大概是在骂人，口气狠歹歹的。听了一会儿，能辨出其中的两句是：白养这个儿子了！不该叫他长长发粗！严小晨平静地说：

"听见没？还是上次骂你的话。今天她在梦中骂你我一点儿都不奇怪，因为她今晚一直不睡觉，想早点见到你，但最终没等着，正憋着一肚子气呢。"

虽然这只是糊涂老娘儿的梦话，但因为牵涉到"童年牛牛的邪恶"，屋里的气氛还是有点儿不自然。严小晨微笑道：

"咱们别在意老娘的糊涂。她的理智世界已经大部崩塌，儿孙便是残余的全部，所以她非常在意晚辈能不能在家里陪她。以咱们的角度很难体会她的心情。所以嘛，她的自私其实是母亲的大爱，换个角度而已。"

姜元善重新躺好，枕着双臂，笑道："我不会在意。"

严小晨也重新躺好。"又想起何副主席说过的那位陈老，就是晚年性格乖戾的那位。也许真的是人性本恶？只要理智没有足够的控制力，恶的本性就会表现出来。你看陈老老年昏聩时是这样，妈是这样，还有咱们童稚时期干的那件事，也属于这种情况。"

这是严小晨在一生中，尤其是结婚三十多年来，第一次主动提到"童年的邪恶"。这一生她曾一直相信，或者是努力说服自己相信，牛牛哥童年的那件错事是偶然为之，并不代表他的本性。但在知道丈夫要对先祖干的事情之后，她很难维持这个看法了。今天她下了决心，准备把事情摊开了说，哪怕——这导致她与丈夫的彻底决裂。以她对丈夫的了解，这种结局并非不可能，甚至可以说是不可避免的。37年的夫妻却落得这样的结局，她心中是锥刺般的痛，但事关大节，她的决心无可逆转。说了这一句她暂时停顿，看丈夫的反应。丈夫沉默着，表情上没有任何波动。停一会儿他说：

"赫斯多姆来过了？我在机场见到他的专机，我降落时他刚起飞。"

"嗯，来过了。"

姜元善不想就这个话题往下谈，也许先祖此刻还在头顶上巡视呢。但他忽然看到一样东西——先祖的脑波放大器，是他与先祖第一次见面时先祖赠予的。这些年来它一直由值日的执政轮流保管，眼下应该在赫斯多姆手里，但此刻它却卧在妻子那边的床头柜上。姜元善悲苦地叹息一声。从这一刻起，他知道自己呕心制订的千年计划已经完蛋了，是被自己的爱妻一手破坏的。严小晨平静地说：

"赫斯多姆说，战争结束后先祖就陷入心理上的自闭，不再关心尘世间的事。但愿他能从忧伤中走出来。元善，我想在最近见见他。我知道以一个平凡人的分量无法慰解他深沉的痛苦，但尽尽我的心吧。"

姜元善又沉默片刻。"小晨，不必遮遮掩掩了，不妨把话摊开吧。我知道你外柔内刚，你决定的事别人无法劝转的。"他苦笑着，尽管他是权高位重的执政长，但妻子若想在这件事上和他作对，自己是稳输无赢。原因很简单：先祖已经成了人们心目中的上帝，自己的威望其实附着在他身上。如果民众知道有人想绑架上帝，哪怕这人是他们心目中的盖世英雄，他们也要对其食肉寝皮！而且妻子要破坏这个千年计划实在太容易了，她只需设法比如用这个脑波扩大器让先祖知道"姜元善的阴谋",整个计划就会完全坍塌。除非——趁她和赫斯多姆还没有采取行动之前就杀了二人。为了人类的将来,他真该这样办。可惜自己的心还不够硬。

严小晨把丈夫的手握在自己手里,苦涩地喊一声:"牛牛哥。"

姜元善没有被她的温柔所软化,身体僵硬,声音也是冷硬的:"你尽可率性而为,做你认为高尚的事,只是不要后悔。我说一句话绝非大言:人类的安危就在你的一念之间。"

严小晨温和地反驳:"倒不如这样说:人类的善恶在你我的一念之间。"

"善与恶?"姜元善冷笑着,懒得同妻子争辩。善与恶并非什么确定的概念,其实只是人类为了维护种族生存而玩的文字游戏。在经历了这么多的生死与沧桑之后,妻子还执着于这样一个迂腐的观念,他真是无话可说了。也许这就是上天的安排吧。上天为女性多配备了一双沉甸甸的乳房,一份沉甸甸的母爱,却用它们坠住了女性的理智,以至于连高智商的妻子也不能真正"看透"。

想到自己的千年计划要毁于妻子的高尚,她还把这个计划同自己的"童年邪恶"连在一起,真令人欲哭无泪。他的心情十分灰暗,正如刚才他分析的那样,如果妻子铁了心要反对他,自己是稳输无赢的,除非这会儿就杀了她和赫斯多姆,堵住他们的嘴,也许她还没有使用这个脑波放大器同先祖联系。在执政团会议上,姜元善已经洞悉赫斯多姆在道德上的犹豫,那时如果采取果断措施就好了,哪怕这个果断措施要涉及妻子。尽管这个念头相当残忍,但它却在姜元善心中勃勃跳动着,推也推不走。

当然最终是推走了。这是他的爱妻,是猛子的母亲,他无法对她以恶相加,哪怕有一万个正当的理由,而且即使做了也于事无补——以妻子的智商,她在这次摊牌前肯定已经做了足够的准备。但他知道,夫妻之间的情分自此就要斩断了。虽然这个变化太突然,其实并不奇怪,根子是他同妻子在人生观上的深刻分歧,这种分歧是贯穿两人终生的。他平静了自己,坐起身来:

"把那些闲事抛开吧。天已经亮了,我把老娘唤醒,陪她多说会儿话。你给猛子和来来打个电话,如果他们今天能赶回来,全家人找个地方痛痛快快玩一天。"

严小晨知道丈夫实际是在计划"最后的晚餐",心中刀剜似的疼。这会儿她最大的愿望是能继续躺在丈夫怀抱里,就那么静静地躺着,感受着男人的温暖和心跳,但这种幸福已经失去了,一去不复返了。她也平静了自己,笑着响应:

"难得你能陪陪家人,妈还不乐疯了。走,把老娘唤醒吧——还是先和猛子来来联系一下。"她打通了猛子的电话,"猛子说他们最多三个小时后就能赶回来,咱们全家好好玩一天,是不是把天羽和媛媛也喊来?"

"可以的,你来安排吧。"

游玩的地方是秘书安排的,是在一处非常僻静的山区。在这儿,警卫可以远远待在一边,不影响家人的玩兴。天羽和媛媛也来了,媛媛一见姜元善就扑上来,来了一个"箍碎骨头"的拥抱。她贴着姜元善的脸,泪水刷刷地流淌。"不许吃醋。"她扭头对严小晨说,"战前,咱们送他上飞球那次我是强忍着泪的,那时我想这肯定是最后一面了。"

严小晨笑着:"我和天羽都不吃醋,你尽情拥抱吧。"

"来来也没少为猛子流泪,特别是经历了那一夜之后。猛子你个小王八羔子,够绝情的,与一个女人欢爱,竟然拒绝知道她的名字和相貌!你不妨想想,那晚来来是啥心情。"

猛子尴尬地笑着。

林天羽说:"那时我们全家做了认真的筹划:如果那些外星畜生真的占领了地球,该如何把猛子留下的骨肉养大。幸亏这些筹划用不上了。"

猛子觉得林叔叔的话骨子里太伤感,笑着打岔:"徐阿姨,来来给我透露过一个秘密,说你年轻时最先看中的是我爸,但让我妈抢走了。"

徐媛媛爽快地承认:"没错啊,你爹妈都能作证。"

"你可是冤枉我妈了,她和我爸是同乡,五六岁时就在一起,青梅竹马之交。要说抢那也是你来抢。"

"真的?"媛媛是第一次听说这个惊人的消息,来劲了。"快点坦白,这里面一定有非常曲折的故事。你俩该不会在五六岁时就一见钟情了吧。这事姚阿姨一定清楚的，"她转向牛牛奶，"姚阿姨，给我讲讲牛牛和晨晨小时候的事，行不行？"

她从严小晨手中接过轮椅，同老太太热烈地攀谈着。这边严小晨低声问来来："已经有了？"

来来喜悦地点头："嗯，已经检查确认了。"

严小晨对媛媛说："喂，亲家，该为两个孩子办婚事了。"

林天羽笑道："对呀，这才是眼下的头等大事，年轻时的风流账以后再算吧。"

两家人开始商量婚礼的事，主角是两位亲家母，林天羽不时插上一句，只有姜元善话不多。猛子和来来执手立在圈外，小声说着自己的情话，不过猛子一直注意着父亲——尽管父亲言语平和，他还是看出了父亲情绪的异常。很难形容这种异常，它就像是在静谧的旷野之夜里，远处传来的悲凉的埙声，埙声微弱，几近于无，但它是确实存在的。

无疑，这和赫斯多姆昨天对妈妈的突兀拜访有关。

亲家母们谈论得很热烈，他瞅机会把父亲叫到一边。"爸，"他直视着父亲的眼睛，"来一场男人间的谈话吧。我不光是你儿子，还是一名受过20年特殊训练的别动军战士。"

姜元善神色苍凉，叹道："我知道，你有资格知道内情。只是，局势已经无可挽回了。"

"说说看。"

姜元善简洁地讲了这件事。姜猛子的脸色刷地变了："真是个蠢女人！"他看着远处的妈妈，粗鲁地说。"爸爸你是对的，我站在你这一边，相信来来也会这样。"

姜元善点点头，虽然欣慰，但更多的是悲凉。

猛子稍稍思考一下，果断地说："爸爸，我这就返回贵州与布德里斯商量，看有没有什么补救措施。"

虽然知道于事无补，但姜元善没有拦儿子："好的，你去吧。"

猛子走过去，同来来低语几句后决然离去，没有同三位长辈告别。那边几位亲家把婚事的细节敲定后，才发现猛子消失了。"咦，猛子呢？"

自猛子走后一言不发的林风徐来恼怒地说："他已经返回贵州基地了。他说婚事肯定要推迟了。"

徐媛媛不满地说："这小王八羔子！你没问他有什么急事？"

来来先是摇头，想了想突然说："我问了，他说这不该是你们这帮蠢女人管的事。"

她尖利地瞥了婆母一眼。这句话是她编造的，是代丈夫表达对严小晨的强烈不满。林天羽和媛媛很茫然。猛子突然离去，又留下这句令人费解的粗鲁话，还有女儿的表情也很不正常，她的恼怒似乎不是针对骂她蠢女人的猛子，而是对着别处，这中间肯定有蹊跷。但两人一时猜不出究竟是什么。严小晨自然是清楚的。她心中苦涩，知道自己在失去丈夫之后，又失去了儿子和儿媳。她平静地说：

"既然猛子走了，咱们也散了吧，看来他俩的婚事肯定要推迟了。"

第九章 终极一搏

等北京飘下第一场雪花,先祖回应了现任执政长严小晨的要求,同意接见她和她的"罪人"丈夫。先祖允许联合国秘书长恩古贝陪同,甚至还加上一条严小晨没想到的恩惠:姜猛子也可陪父母一起去。

这半年来形势大变,正如姜元善所分析的那样,当严小晨振臂而起,揭穿"男人执政团"针对先祖的卑劣阴谋之后,全世界90亿民众立即群情激愤。其后先祖也从自闭状态中走出来,公开表达了他对执政团的愤怒,明确表态支持严小晨,于是,原执政团的统治一朝崩解,"女人执政团"顺利地夺了权。赫斯多姆在严小晨的影响下改变了立场,加入反对派队伍中,后来成为"女人执政团"的一员。其他执政一直站在姜元善这边,布德里斯是其中最坚决的。但在90亿民众的洪流中,他们的反抗不过是一朵小小的浪花。

所谓的"女人执政团"里其实只有两名女性,另一名是严小晨的老伙伴庄敏,但相对于原来的纯雄性而言已经大大改变了,何况执政长还是女性。于是这个民间名称一经出现便不胫而走,差不多成了官称。

那架原属葛纳吉大帝的飞球飞来了,降落在北京机场,舷梯车同它接合。四个人依次进去:严小晨、恩古贝、姜猛子,最后是戴着手铐的姜元善,由四名武警押送着。四名武警在飞球的舱门处止步、立正、敬礼、转身,沿着原路返回。姜猛子代替武警扶着父亲走进去,来到飞球的正厅。

先祖仍用腕足悬挂在天花板上,显得非常憔悴。深陷在皱折里的小眼睛看了姜元善一眼,平静地吩咐道:

"把他手上那玩意儿去掉吧,用不着。"

手铐钥匙在秘书长这里。新执政团决定把姜元善铐来见先祖是一种姿态,既是对先祖的交代,也是对民众的交代。秘书长打开手铐,连钥匙扔到角落里。下边的事情进展出乎四人的预料。先祖把一只腕足翻到前面，腕足中有一件小小的机器。他按了一下，姜元善立即惨叫一声，双手抱着脑袋，身体慢慢溜下去。严小晨和猛子都短促地惊叫一声，同时伸手扶他。但姜元善的身体已经完全"崩溃"，扶也扶不住，还是溜到了地上。

猛子坐到地上，把父亲的头揽在臂弯里，仇恨地瞪了先祖一眼，也怨恨地瞪母亲一眼。他一直坚定地站在父亲一边。在民众起来推翻旧执政团时，他曾和布德里斯一起秘密组织特别行动队的伙伴用武力抵抗，被父亲制止了。父亲说：不要做无谓的牺牲和流血。他大哭一场，遣散了伙伴。

严小晨看着丈夫的痛苦，无奈地摇摇头，用目光向先祖求情。先祖已经停止了脑波发射，冷淡地说：

"你背叛了我，辜负了我对你的苦心栽培，这是对你的小小惩罚。好了，你们把他扶起来吧。"

姜元善推开妻子的搀扶，在儿子帮助下站起来，喘息逐渐平稳，失神的目光也慢慢凝聚。他把目光凝聚到先祖身上，沉默不语。严小晨悄悄叹一口气，对先祖说：

"先祖，你的身体还好吧，几个月得不到你的消息，我们非常挂念。"

"我的身体很好。"先祖干脆地说，"不要看我表面的憔悴，我在新飞球的电脑中找到了一种延寿方法，并刚刚把它用于自身。也许我还能再活一百年呢，我是指生理年龄。"

严小晨和恩古贝都一愣，然后是由衷的惊喜："太好了！真高兴能听到这个喜讯。我们回去就向民众公布，民众也会乐疯的。"

先祖直视着姜元善："姜元善，你重重地伤了我的心。好在人类没有受你的教唆，连你的妻子也反对你，这对我是很好的安慰。倒不是庆幸我免于被绑架，而是庆幸我守护人类十万年，总算在你们的邪恶天性中培育出一点儿善良和感恩。现在，你愿意向你的先祖诚心忏悔吗？"

姜元善说了进飞球后的第一句话："我愧对先祖，但我不忏悔。"

先祖冷笑一声："好，正如我所料，你是个冥顽不化的家伙。"他转向其他人，"咱们先把这个家伙放一边吧。严小晨，秘书长，你们推翻了姜元善控制下的执政团,新执政团打算怎么做?"

严小晨说:"新执政团还没有理出清晰的脉络,我正想来聆听先祖的教诲。不过有几点是已经确定的:我们不会绑架你,不会向恩戈星主动发起进攻。我们愿同你的母族和平相处,按我丈夫一直宣扬的共生圈观点,把共生圈扩大到两个星球。当然,我们也会大力强化地球的防御能力,要足以消灭可能会卷土重来的恩戈星远征军。"

"我很欣慰。我已经把两个星球的战争推迟了两千年,相信在这段时间里,如果咱们打紧一些,能完成共生圈的这个飞跃。"他动情地说,"真能这样,多少能弥补我对母族的愧疚。"

他们把姜元善姜猛子撇到一边,大致讨论了以后要做的事,或者说是制订了一个新的千年计划。首先要和恩戈星建立联系,表达地球的善意。之后,当恩戈星接受地球的善意之后,两边要互派亲善使团,进行下一轮的互动。双方电波往来一次是 204 年,使团往返一次至少是 2400 年,所以这是一个漫长的过程——更为漫长的是彻底化解双方的敌意!好在有先祖做桥梁,相互沟通会容易一些。先祖苦涩地说:

"这次战争中,恩戈星远征军的覆灭非常快速,可以肯定他们没来得及向母星发出情报。所以那边至今不知道远征军的覆灭,也不知道我是恩戈星的叛徒。我就觍着脸继续利用他们的信任吧。争取在我有生之年,让双方的善意往来至少迈出第一步。不过,"他冷厉地说,"我已经很对不起母族了,希望你们不要在我的心上再割一刀。我要你们保证,决不会再瞒着我对我的母星策划什么阴谋,违反者必须处死。"

严小晨庄容说:"我们保证。我们打算对此进行世界性的公投,如果通过——肯定会通过的——执政团将以书面形式向你做出承诺。对违反者要严厉镇压。"

"好的,这我就安心了。"

姜元善与儿子相偎着,一直沉默不语,旁听着这边的讨论。先祖用一只腕足指指这边:

"这家伙你们打算如何处置?"

"我们尊重先祖的意见。当然,他毕竟有大功于人类,还是我亲爱的夫君,"严小晨委婉地说,"我想——"

先祖打断她的话:"让他留在我这儿吧。我想把那种延寿的办法用到他身上,让他再活 100 年。再加上适当安排冬眠,让他活 2400 年。"他淡淡地说,"这可不是对他的奖赏。让一个罪犯长命千岁,亲眼看到他不愿意看到的事情成为事实,应该是对他最严厉的惩罚。"

严小晨看着丈夫,心情复杂。先祖要把他监禁在这里,以免他再生枝节,他的晚年就要在这座豪华监狱里度过了。但这样也好,如果丈夫能活 2400 年,亲眼看到两个星球的和平,也是求之不得的好事。先祖一向对丈夫有偏爱,虽然这次对他薄施惩罚,以后肯定会善待他的。她说:

"我们尊重先祖的意见。我想问一句:我和儿子,还有他老母亲,可以来探望他吗?我婆母已经 89 岁,与他见不上几面了。"

"适当时候可以见一面。"

"谢谢先祖的宽仁。那我们走了。"

她苦涩地走过去,同丈夫紧紧拥抱,姜元善平静地做了回应。严小晨拉拉儿子,叹息着说:和你爸告别,咱们走吧。姜猛子抬头看着先祖,忽然说:

"我想留在这里陪伴父亲。"

他没有称呼先祖。经历了这半年的事变后,他不想再用这个称呼。先祖冷淡地瞥他一眼:"不行。"

这是猛子估计到的回答,没等他说话,姜元善笑着劝他:"你留在这儿干什么?我说过,不要做无谓的牺牲。回去吧,尽快和来来结婚。"他警告道,"不要因为我影响你们的婚事,否则我不会原谅你。我还等着看到孙子呢。"

姜猛子没有多话,点点头,跟母亲往外走。先祖忽然说:

"姜猛子,你作为别动军的骨干成员,这些年学的全是杀人技艺,对不对?"姜猛子停下脚步,没有回头,只是点点头。"赶快改行吧,那些技艺没用了,希望你不要成为社会的废人。"

"谢谢你的教诲。"姜猛子淡淡地说。

走到门口,严小晨回头对丈夫说:"等把执政团的事安排好,我们仨尽早来看你。"恩古贝也伤感地说："执政长你多保重。"猛子没有说话，但眼圈发红。姜元善平静地同三人挥手告别。

三个人走出飞球，舱门缓缓关上。

早在姜元善从"棒击"中逐渐聚拢神智之时，他心中立即激起了怀疑之波。当然，以他对先祖犯下的"罪行"，并不奢望得到先祖的夸奖。但先祖一定会理解他，知道这是作为地球人不得不干的事。先祖不会用"棒击"这种粗鲁的方法来解恨，十万年的阅历已经让先祖修成肉胎真神，头顶罩有佛光，他的心态别人是装不来的。

那么，这个满腹戾气的家伙是一个冒牌货？

他用先祖教给他的技能尽力屏蔽脑波，不动声色地观察着。尽管他对先祖非常熟悉，但从外貌上和声音上看不出明显的异常。后来先祖很动感情地说，他守护人类十万年，"总算在人类的邪恶天性中培育出一点儿善良和感恩"。听到这儿姜元善立即断定：这个形貌憔悴的家伙肯定是冒牌货！先祖有十万年的睿智，已经参透天道，参透"善"与"恶"的本质，绝不会做出这样感情用事的浅薄评语。

那么这个冒牌货是谁？最大的可能是那位远征军特使土不伦。因为在那次宫廷喋血中，只有这家伙的生死未定。当时自己刚刚把剑锋插入这家伙的肉体中，先祖就把自己击晕了。而且他的外貌和先祖最为肖似。

就在这时，假先祖用脑波送来恶狠狠的耳语：

"你猜透了我的身份？闭紧你的嘴巴，否则我就杀死这三个人。"

假先祖的腕足中还握着那架脑波发射器，此时不为人觉察地朝他晃了一下。姜元善知道他的威胁并非空言，只要他手中握着那玩意儿，绝对能轻易杀死飞球内所有人。他曾在猛子的训练中轻松对付三个恩戈人武士，但那些对手是没有脑波发射器的。于是他真的闭紧了嘴巴。

他闭紧嘴巴，听严小晨、秘书长与"敬爱的先祖"商讨两个星球如何建立共生，如何化敌为友。这些蠢话简直是在他心中割了一刀又一刀，但他只能佯装平静地听下去！假先祖显然读懂了他的愤懑，在与两位人类代表的亲切交谈中，时不时得意地瞥来一眼。

好在有一条让他多少宽心。在讨论中，无论双方把前景设想得多么美好，严小晨和秘书长都坚持地球要大力发展武器，必须要赶上恩戈星的水平，至少是这次远征军的水平，因为"只有同等实力下的和平才更牢固"。那位假先祖大概不想引起两人的怀疑吧，也假惺惺地赞同这个观点。

猛子一直在扶着他。在先祖"棒击"父亲后他对先祖有强烈的敌意，但显然没有对先祖的身份产生怀疑。姜元善不敢对猛子传递某种暗示，那样太危险。猛子尽管受过20年特殊训练，但城府尚浅，关键是他没有屏蔽脑波的技能，一旦他的表情或脑波引起假先祖的怀疑，他们三位就别想活着走出飞球了。姜元善权衡了形势，只能把秘密深埋心底。

三人走了，舱门关上。先祖恶狠狠地瞪着他，立即来了一次新棒击。这次比上次更凶猛。姜元善再次惨叫一声，抱着脑袋委顿于地。飞球疾速升空，假先祖一边操纵机器，一边冷冷地观察着姜元善。等后者从剧痛造成的昏厥中逐渐恢复神智，他心平气和地说：

"这是一次警告。你必须老老实实地待在飞球中，不许给我捣鬼。只要发现一次，我就用这玩意儿彻底毁了你的智力，让你像只蠢猪一样活着。听清我的话没有？"

姜元善喘息着回答："听清了。"

"不过，即使你不捣鬼，每天一次的轻棒击是少不了的。这是一种善意的提醒，提醒你别干蠢事，甚至可以说是对你的成全。"先祖讥讽道，"以你对人类的责任感，简直不亚于普罗米修斯那样的殉道者。但殉道者都要受点苦的，否则就难以感动信徒了。我是用脑波的棒击来代替高加索山上那只饿鹰的啄食。"

姜元善已经基本恢复正常了，尽量平静地说："你想怎么干就怎么干吧。但据我估计，你肯定会让我在棒击后还保持清醒的神智，否则我怎么能充分体味痛苦呢。我没说错吧。"

土不伦格格笑了："当然，当然。我会控制棒击的强度，让你有能力充分体味痛苦。站在你的角度想，你肯定也期盼保持清醒以便同我玩下去。咱俩在这个问题上很一致，对不对？"

"是的，很感激你的相知。那么我的先祖呢？是你杀了他，还是他因年迈去世了？"

"我怎么会杀他呢，尽管他背叛了母星，罪在不赦，但他也在最后一刻救了我，救了他的直系玄孙——你当时已经把剑锋插到我的要害，我现在的憔悴就是拜你所赐。幸亏先祖出手敏捷，用强脑波把你击晕。所以我不会杀他的，只是把他骗到冬眠室了。哪天赶上我心情好，也许会把他唤醒，让你们两位见一面，老朋友叙叙旧。"

姜元善不敢确信他说的是真话，但只有祈求如此了。只是，以先祖的机智和深沉，怎么会上土不伦的当呢。依自己原来的观察包括先祖的介绍，这家伙是个志大才疏的家伙。姜元善在这样想的时候，有效屏蔽了自己的脑波，但土不伦大致猜到他的思路，冷冷地说：

"那位先祖并非呆瓜，不过那天他的神智可不怎么清醒——在目睹了他造成的深重罪孽之后。所以我很容易就把他骗倒了。"

这么说倒也可信，他回想起那天，当自己清醒时先祖确实处于精神半崩溃状态。姜元善心平气和地说：

"你说的先祖的罪孽，恰恰是他对地球子孙的大恩。而且，杀死葛纳吉大帝和阿托娜的罪孽不能算在他头上吧。那大半是你兄长的功劳，少半是你的功劳——我看见你扯过阿托娜来挡你兄长的剑锋。我衷心佩服你的机敏和果断，你在那样做时没有丝毫犹豫啊。其实就连你的性命还是我从提义得手中救出来的呢，我杀了那个坏种，为你，为忠心的阿托娜，还有葛纳吉大帝，报了仇。"

土不伦听出他话中的刻薄，眼中冒出怒火，下意识地把脑波发射器举起来。不过他很快克制了冲动，冷冷地说：

"对，你说的都是事实。"

"只可惜先祖功亏一篑，没能巩固地球人的胜利，留下你这个祸胎。他像我一样，败在妇人之仁上。"

"你也会有妇人之仁？我以为你对善良、仁义、博爱、高尚这类杂耍早就完全免疫了呢。"

"可惜没有。我没能狠下心对妻子和赫斯多姆采取断然措施。"

"是吗？那我太幸运了。至于我，请你放心，经过这场失败和受骗，我绝不会再发呆气。"

他在天花板上往这边移移，凝视着姜元善，目光要穿透对方的内心。姜元善平静地与他对视。过了很久，土不伦说：

"姜元善，我很佩服你。你是地球上最清醒的人，是恩戈星最可怕的敌人，你的千年计划如果真能执行，对恩戈人是致命的。只是很可惜，你的计划被你最亲近的人亲手破坏了。不知道刚才你在旁听那个新千年计划时心里是什么滋味？有时我甚至想，我已经不用再设法复仇，因为你妻子已经替我复了仇，而且是非常完美的复仇，再精心的策划都达不到这样的效果。姜元善，我说得对不对？"

姜元善坦率承认："你说得一点儿不错，你已经借我妻子之手把一把刀捅到我心里。"

"很好，很好。我很满意这一幕的结局，以后你一定会看到更多精彩场面。现在说说如何安置你吧。很遗憾，我这儿并没有什么延寿术，那是骗他们的。但我会安排好你的冬眠时段——还有我的冬眠时段，保证你和我都能活到恩戈星第二批远征军抵达地球的那一刻。"他狞笑着说。

"看来我没办法反对，我接受命运的安排。"

"我知道你不会死心的，那咱俩就玩一玩吧，看最终谁能玩过谁。说实话，我对你在这种状况下还能想出什么鬼主意很感兴趣的。"

"我很可能没咒念了，但我会尽力，以满足你的好奇心。"

"现在请你去你该去的地方吧。那边有个笼子，本来就是为地球人领袖预备的。"

姜元善朝他指示的方向走了一步，又停下来。"土不伦阁下，能否让我看一眼冬眠中的先祖？"

土不伦冷冷地盯着他，盯了很久，说："跟我来。"

那间冬眠室原是葛纳吉大帝在航程中用的，空间宽敞，装饰豪华。以其为背景，先祖的身体显得很瘦小。土不伦说先祖还活着，姜元善不敢相信这家伙的话。但不管怎样，先祖的面容很平静，可以看出他在进入冬眠前心态不错，这让姜元善的心里好受一些。看着先祖的面容，姜元善心中非常酸楚。先祖操劳一生，是长达十万年的人生。现在无论是哪个结局，是地球人获胜还是恩戈人获胜，对他都是残酷的。包括自己的千年计划，同样是往先祖心中扎的刀子。他默想着，几颗泪珠悄悄溢出来。

土不伦一直在观察他的表情，这时讥讽地说："你这个妄图绑架先祖、抢夺他祖庭、灭绝其子孙的恶棍，忘恩负义的家伙，这会儿竟然会为先祖流泪？用地球人的语言，这应该叫'鲸鱼的眼泪'吧。"

姜元善走出默思，心平气和地说："正确的说法是鳄鱼的眼泪。但先祖如果此刻还活着，绝不会给出这样浅薄的评价。土不伦阁下，你的思想层次比较低，无法理解我与先祖的相知。好在时间长得很，我会慢慢讲给你听，帮助你提高修养。或者建议你再读读'与吾同在'系列里的记载——据我所知，先祖那套装置里的资料已经传到这台飞球上——也可以摸清先祖的思想脉搏。我是认真通读过的，我估计你没有吧。"

土不伦很想再来一次"棒击"，教训教训这个狂妄的家伙。不过——这家伙说得对，他确实没有读完那个系列里的记载。他捺住怒火，冷淡地说："好的，以后你讲给我吧，我会洗耳恭听。"

用来关押俘虏的是个圆形栅栏状笼子，没有门，栅栏间隙很大，可以容犯人自由出入。土不伦把姜元善的脑波固频输入，打开警戒。以后只要犯人离开笼子就会遭受强烈的"棒击"，直到昏死过去。不过姜元善丝毫没有要捣蛋的意思，进入笼子后就蜷在地板上，很快进入熟睡。土不伦对他在如此状况下还能随遇而安，倒是颇为佩服。

土不伦离开这里就去打开"与吾同在"系统。他确实想弄清先祖的思维脉搏，弄清先祖为什么背叛母族而保护邪恶的地球人——以他曾读过的那部分记载，先祖对地球人的邪恶是深恶痛绝啊。那时正因为这一点，他才放心向先祖全盘托出远征军的计划——结果酿成如此大错！他当时就该把先祖的

"守护日记"读完。

第二天,犯人吃过早饭后,他照例对他实施了棒击,然后心平气和地观察着他在痛苦中慢慢复苏,就像医生观察精神病人。姜元善逐渐凝聚了神智,平静地问:

"是否像昨天说的,我为你讲讲先祖?"

这家伙的平静最让土不伦恼怒,但他决心同姜元善比一比涵养。"请讲。我洗耳恭听。"

笼中的姜元善真的开始了对笼外人的授课。他冷静地剖析了先祖内心的演变过程。他说,先祖初来地球时满怀纯洁的理想主义,当理想主义同人类子民的邪恶迎面碰撞时,他曾愤怒地使用过地狱火;但在此后十万年的守护中先祖慢慢明白了一点:善与恶只是一种人为的概念,所有种族的最高道德是生存,为了生存的恶行是可以原谅的。另外,在恶行充斥天地时,也有一株孱弱的共生利他主义的小苗在艰难生长,并越来越茁壮。它的宏观表现,就是各种生物尤其是智慧物种的共生圈会缓慢地扩大。圈外的主流仍是恶、利己和残杀,但圈内的主流则是共生、利他、和谐、爱心。

姜元善又说,尽管人类天性邪恶,但十万年的守护已经让先祖从感情上成了他们的父亲。恩戈星远征军的到来把先祖摆到十分痛苦的境地。他唯一能接受的结局是两个人类的共生,但他也清楚地知道,以两个人类目前的心智水平绝不可能。那么,在自己的母族和自己的子民中,他选择哪一边呢?这确实是异常痛苦艰难的选择。也许他最初比较倾向于前者,但是,"你关于'高智力家畜社会'的天才构想,最终把先祖推到了另一边。"姜元善平静地说。

"为什么?"土不伦冷笑着问,"按你说的,为了生存的恶行是可以原谅的,我的设想就是为了最有效地拓展恩戈人的生存空间。"

"不,你的设想超出了生存的必需,类似于地球哺乳动物中的'过杀'习性。它会把你的种族变成全员的战争机器,这正是葛纳吉大帝激赏这个计划的原因!这种'全物种军队'比原来的'雄性军队'更邪恶。就是从那个时候起,先祖决定站在地球子民这边。当然,他的真实目标只是阻止恩戈人的这一波邪恶,等两个人类在两千年时间中成熟,就有可能走进同一个共生圈。"

"不错啊,你的剖析很有条理。继续说下去。"土不伦讥讽地说。

其实土不伦心里已大致认可了姜元善对先祖心理的分析。昨晚他通宵未眠,又阅读了先祖守护日记的很大一部分,知道姜元善的分析与先祖的思维脉络是吻合的。想到正是自己的设想促成了先祖的背叛——而且当时自己还对先祖的"激赏"沾沾自喜,他不由十分郁怒。那老家伙背叛母族,反而去保护异族的"子民",真是糊涂透顶。但这个老糊涂又城府极深,把自己轻松地玩弄于腕足之中,这让他羞怒交并。

"讲啊,请继续讲啊,我仍在洗耳恭听。"

"老实说,开始我曾鄙视你,认为你是个志大才疏的公子哥儿,看来我错了。你学得很快,在大败之后立即醒悟过来,竟然利用先祖的负疚心重新掌握了局势。那次重伤没有摧垮你的意志,反而让你变坚强了。此前先祖几乎凭一人之力帮助地球人战胜了恩戈人,现在,也许你也能凭一己之力帮恩戈人赢得两千年后的战争,成为功勋彪炳的土不伦大帝——不过并非凭一己之力,你有严小晨那些善良君子的悉心帮助呢。"姜元善苦笑着。

"没错,你妻子是我最好的同盟军。我很想知道,如果有一天她终于明白,她虔诚膜拜的先祖原来是个假货色,是地球人最凶恶的敌人,那时她该是什么心情?可惜她活不到那一天。"

"不过,土不伦大帝也有另一种当法。"姜元善说。

"另一种当法?"土不伦冷笑着,"请不吝赐教。"

"经过这场战败,恩戈人不一定能很快恢复元气。而地球人再发展两千年后,完全有实力与恩戈人抗衡。那时的战争,即使你们能实施偷袭也是胜负难料。最大的可能是双方同归于尽。但是,'同归于尽'的前景其实意味着:建立两个星球共生圈的条件已经成熟了。如果某位先知先觉者能引领潮流,他也许能成为,"姜元善顿一下,"两个星球共同的大帝。"

"多么诱人的前景!我差一点就被你诱惑啦。"

"我说的是不是事实,相信你自会作出判断。当然我不奢望能马上说服你,依你当下的思想境界不大容易一下子接受。反正时间长得很,咱们至少要相处一千年哩。"姜元善心平气和地说。

此后几天中，姜元善在经受了棒击的痛苦之后，一直认真进行着这样的讲课。他确实不奢望说服土不伦，但多说几遍有益无害，至少能减轻土不伦心中的戾气。设身处地想一想，土不伦有这样强烈的戾气是正常的：他被自己的直系先祖欺骗，导致母族全军覆没，父王和两个妻子死亡，只剩下他孤身一人在策划和等待两千年后的复仇。而且姜元善所说并非虚言。两千年后，两个星球的发展态势确实已经到了走向共生的临界点，究竟出现哪一种结局，是战争还是共生，已经是人力可以改变的了。

新执政团的工作抓得很紧，一个月后就完成了世界性公投，通过了对恩戈星的和平宣言。严小晨将带领全体执政来拜谒先祖，请先祖对宣言过目并转发给恩戈星，"走出两个人类永久和平的第一步"。同来的还有牛牛妈和姜猛子，他俩只是单纯的探亲。来来也想同来，但未获先祖恩准。这天早上，土不伦照例对姜元善实施了棒击。等这位"普罗米修斯"艰难地凝聚神智，土不伦问：

"今天他们就要来了。你想在哪里见你的母亲和儿子？你如果愿在笼外会见，可以向我恳请这个恩惠。"

姜元善立即回答："是的，我恳请这个恩惠。"

土不伦对他的"服软"多少觉得意外，在几个月的相处中，这家伙一直以"平静的强硬"来应对所受的折磨，包括肉体折磨和精神折磨。他的平静常常激起土不伦满腔恨意。这次他总算服软了，至少是表面上的服软。"那好。学会感恩，记住这次恩惠！"

早饭后飞球停在联合国广场，严小晨及其他六名执政仪容庄严，衣冠楚楚，鱼贯进入飞球，除了留任的丹尼·赫斯多姆和秘书长恩古贝外，新执政中还有一位是姜元善的熟人：当年十一名圣斗士之一的庄敏。他们之后是推着轮椅的姜猛子和轮椅上的牛牛妈。"先祖"仍悬吊在大厅天花板的正中央接受朝觐，牛牛妈喊着"牛牛，牛牛"，让孙子把轮椅推到姜元善身边。她把儿子搂到怀里，流着泪细细察看。儿子从外表上看不出受苦，白发没有增多，人甚至白了一些胖了一些，精神也很好。老人放心了，含泪道：

"牛牛你没受苦吧。我知道,这条五爪老乌贼别看长得丑,心眼蛮好。你爹说他像一个爱操心的老族长。听说他打过你一次,那不怨他,谁让你干过对不起他的事呢。"

姜元善笑着:"没错,他对我很好,老娘你放心吧。"

"牛牛,今儿个娘见你这一面,以后怕是再也见不到啦,娘这一灯油眼看就熬干啦。当时真该把你从那个基地硬要回来,不让你这辈子长长发粗。"

猛子制止了奶奶的啰唆,握着爸爸的手说:"爸,来来托我问你好,布德里斯执政也托我问好。"

姜猛子在说第二句话时,手上加大了力度。布德里斯早就被解除了执政职务,但猛子没有称呼"布德里斯伯伯"而仍称呼"布德里斯执政",是有用意的。上次,即女人执政团把姜元善押送到飞球后不久,布德里斯即同猛子秘密做了交接,让猛子接替他成为特别部队的总头领。女人执政团上台时别动军曾经历过一次大分裂,但多数留下来了,现在在全世界还有八万名死士。部队已经转入地下,扛起了反对女人执政团和外星人太上皇的大旗。眼下他们正在策划的大动作是设法把姜执政长救出来。

姜元善理解了儿子的暗示。他担心被土不伦觉察,因为猛子可没受过屏蔽脑波的训练,便赶忙把话题拉开。那边,新执政团正在向先祖递交国书,七位执政站成一排庄重地行礼,严小晨捧着《地球人和平宣言》献给"先祖"。"先祖"显得慈爱而喜悦:

"谢谢我的子民,谢谢你们的善意。我立即把它发给母星,相信那边会有同样善意的回复,当然我们得耐心等待204年。现在,你们可以去看望姜元善了。"

几个人过来,依次同姜元善拥抱。在姜元善的面前赫斯多姆多少有些愧意,虽然他现在已经完全接受了严小晨的立场,但毕竟他曾投票赞成过另一个千年计划。庄敏在拥抱这位小老弟时带着怜悯,姜元善是一代雄杰,是十一名圣斗士中最杰出的一位,在那场星际战争中功勋彪炳。最终却因天性中的恶而弄得众叛亲离,令人唏叹。严小晨伤感地对丈夫说:

"先祖说,他把这份宣言发走后就要让你进入冬眠,时间预定为204年,即那边的回复到达地球之日。元善，这是妈和我最后一次见你了，甚至对于猛子来说也一样。"

牛牛妈哭起来，抱紧了儿子。猛子忍着泪水紧紧拥抱父亲。严小晨知道此刻丈夫最担心的是什么，她说：

"元善请你放心。尽管新执政团在努力促成两个星球的和平与共生，但在和平没有真正降临之前，我们会全力发展防御武器，决不会把希望寄托在一厢情愿上。"

那位"先祖"正慈爱地看着这儿，姜元善把万千思绪埋在心底，笑着说："和平降临后也不能放松，还有其它星球上的危险呢。不过有你们的领导我很放心，我会一觉睡它204年。"他叹息道，"回去替我劝劝布德里斯，我知道他最固执，也最担心他。请务必向他转达我的话，就说我在经历这次挫折后已经认识到，唯有善心与大爱才是人类的终极武器。"

这是一句非常隐晦的暗示，传话人是不会懂的。但如果这句话能如实传给布德里斯，相信他肯定能从中读出姜元善的真意。因为只有他知道，"终极武器"此刻仍藏在姜元善的假牙里。到局势彻底绝望的时候，他会用它来与假先祖同归于尽。在飞球中使用这件武器不会连累人类，只要人类社会做好必要的预防措施。

人们恋恋不舍地离开，老娘抹着泪在门口回望。飞球舱门关闭，平稳升空。没等土不伦开口，姜元善自动走回那个笼子，盘腿打坐——他是在尽力抵制心潮的激荡。土不伦仍像过去那样，冷冷地斜睨着他。过一会儿他说：

"我就要把这份感人的和平宣言发走了，你是否愿意过过目？我给你发一个格式塔。"

他发过来一个格式塔，《地球人和平宣言》是其中一部分。这份宣言像是严小晨执笔写的，因为其文风姜元善非常熟悉：思维清晰，语言简约，不尚华丽但典雅清纯。文中既有冷静的逻辑，也有缓缓流淌的情感之河。如果恩戈星的现任大帝是尔可约或古印度那位阿育王，一定会被感动的。但土不伦显然没有被感动。这份宣言只是作为他的第二号情报的附件，情报中说：

尊贵的罗比让叔皇陛下或后任者：

  附上《地球人和平宣言》，以便你们能掌握敌人的思想脉络。现在我仍借"先祖"达里耶安的名义操控着人类社会的航向，请亲人们放心。可惜的是，地球人至今不放弃发展防御武器，一时无法说服他们。我打算慢慢来，力争在几百年至多一千年内，让和平主义完全腐蚀掉人类的强悍和野性，以期恩戈星第二批远征军不战而胜。

  如果未能做到这一点，那么在你们抵达前，我会向你们通报有关地球防御系统的所有细节。

  切盼你们早日到来，以血来洗刷第一批远征军的耻辱。

孤臣　土不伦

地球纪年 2073 年 4 月 5 日

恩戈星纪年某年某月某日

土不伦显然对事态进展非常满意，他心情愉悦，微笑地看着笼子里的姜元善。姜元善读完格式塔，淡淡地说：

"确实是一个完美的计谋。我佩服你。"

"谢谢你的夸奖。"

"看过你给母星的信件，我有一点猜测，但不知道对不对。你能否满足我的好奇心？"

"请讲。"

"我猜，关于你在这场失败中应负的责任，你一直没有告诉母星吧？这样做很对，如果让母星知道你的罪责，即使你一力促成了第二次远征的完胜，也不可能被选中做大帝的。"

土不伦凶狠地瞪着姜元善，想再次按下脑波发射器的按钮。不过他克制住冲动，冷淡地说：

"你说得不错。我的一切努力首先要确保我当上大帝，为此说一点儿谎话，隐瞒一点儿事实算不了什么。因为我深信，只有我，一位在失败中谙熟了狼性的猎人，才能引领恩戈人战胜阴谋多端的地球人。我的命运和恩戈人的命运牢不可分，用句地球人的老话：朕即国家。"他以玩弄的目光看着笼中人，"噢，忘了说一点，此前你对我的几十次授课非常有效，你的共生圈理论从逻辑上说非常有力。而且，说句自私的话，'两个星球的共同大帝'这个头衔相当诱惑啊。只是，我在你的理论中发现了一个小小的漏洞，一个逻辑上的黑洞。"

"请不吝赐教。中国一位圣人说，受业无先后。我乐意听我学生的教诲。"

"你说，邪恶是生物进化的最大原动力；又说，在物种间的生存竞争中，某种程度的共生利他主义更有利于群体从外界环境中攫取资源，因而也是进化的原动力，尽管它是后发的。这些我非常相信，也很想让恩戈星和地球走入同一个共生圈。但是很可惜啊，我们没有共同的外敌，曾占领恩戈星的哈珀人基本被杀光啦。这并不是一个可有可无的次要因素。你知道，没有外界压力就没有共生的动力。恰如你曾说过的，如果没有恩戈星的威胁，被勉强'箍'到一块儿的人类共生圈就会散架，人类会重新开始自相残杀。这个估计也能很现成地搬到地球和恩戈星的关系上。请我的老师点评一下，我这个说法有无道理？"

姜元善在心中悄悄叹息一声。他从不奢望用"两个星球共生"的前景来说服土不伦，因为——他自己也不全信。睿智的先祖曾说过，两千年后两个人类的心智已经接近共生的临界点，所有地球政治家都相信先祖的话，但姜元善从内心讲是不以为然的。原因恰恰是土不伦刚刚指出的这一点：共生圈能否建立并非取决于什么心智成熟，而是取决于至少是主要取决于有无客观需要。说白了，共生是放大的私，是联合起来的恶，是为了联手向外界攫取资源。没有这个客观需要也就没有共生的动力。他在战争取得完胜后急于向恩戈星扩张，就是因为他深知，人类现存的脆弱共生圈要想坚持，光靠人类心灵的自我完善是不行的，必须得有外界的压力。

他一直把这个真实想法深深隐藏，从未让其他人知道，包括妻子和其他执政，甚至包括布德里斯——总得为人类和人性留下一丝光明吧，哪怕这点光明只是海市中的蜃楼。没想到土不伦竟然也看出了这个逻辑上的黑洞。看来自己真的低估了这个纨绔子弟。土不伦本质上智慧过人,他的智慧曾被皇子的尊贵身份拖累,但这次人生惨败让他蜕变重生了,迅速成熟了。姜元善仍隐藏着自己的脑波,淡淡地说:

"你的观点非常新颖,似乎也有道理。我会好好想一想。"

"好的,你尽可在204年冬眠中好好想它。相信你醒来后会比现在聪明一些。哎,自己到冬眠室去吧,就躺在先祖旁边。真羡慕你们两位啊,眼下我是没时间冬眠。"

姜元善顺从地走近冬眠室,打开门。浓重的白雾从室中冒出来。姜元善走进去,自己关上门,与先祖并排躺下。在这204年中,地球会发生什么事情?他实在不放心。但眼下他无法可想,还找不到杀死土不伦的机会,只有遵照土不伦的命令进入冬眠。指示灯亮了,弥漫而来的寒意渐渐麻痹了他的意识。但有一点意识一直清醒到最后,有如漫漫冬夜中最后熄灭的一豆孤灯。没有证据说人类在冬眠复苏时也有"记忆回放"现象,但他要做最坏打算。他要努力关闭那个有关"终极武器"的秘密,绝不能在复苏时让土不伦察觉。

他的假牙中藏有布德里斯培育的杂交病毒,它们在低温下能轻松存活204年,直到用得着的一天。当然,那也是姜元善的终极一搏了。

第十章　新的敌人

一

弥漫而来的温暖融化了意识的坚冰，激起思维的小火花。当万千火花汇成明亮的网络状天空时，他从冬眠中慢慢醒来。第一眼看到的，是假先祖"慈祥"的笑脸。这张脸他已经非常熟悉了，警觉和敌意立即被激醒。他以最快的速度关闭了脑波，防止自己的意识被对方探测到。看来假先祖没有觉察到什么，他"慈祥"地说：

"我的孩子，你醒啦？"

姜元善对这个称呼非常反感，冷冷地说："我醒了。204年这么快就过去了？"

"啊不，没有204年，只过去了八年。有一点突发情况，必须提前唤醒你。"

姜元善活动着滞涩的关节，从冬眠室中爬出来。只有八年？忽然他想到同在冬眠室中的先祖，回头望望，冬眠室中并没有另一具身体。他急迫地问：

"先祖呢，你把他弄哪儿了？"

面前那位笑了："我就是啊，我只比你早醒了两天。"

姜元善愕然看看面前，再向远处扫视。果然，在先祖身后不远，有另一只外貌相同的章鱼。那么，后边那家伙才是土不伦？那一位此刻正冷漠地盯着他，目光复杂，似乎很无奈，很不情愿，但显然对眼前的事态是认可的。姜元善一时不敢相信，但他此时面对的目光确实是他非常熟悉的，明亮、坦诚、亲切。慢慢地，他的眼眶中溢出泪水：

"真的是你吗？先祖你真的没有死？"

"我没有死，八年前，在你想杀死土不伦时，是我击昏了你。"他沉重地叹息着，"以后的事，我慢慢告诉你吧。"

"我仅仅冬眠八年?"姜元善马上想到家人,"那我的妻子应该还活着。我的老娘呢?她恐怕已经去世了。"

"不,你老娘仍健在,只是已经相当糊涂了。但我要难过地告诉你,你妻子去世了,是因为猛子的死。"

妻子去世?!猛子的死?!突然而至的双重噩耗几乎令姜元善休克,这种心理上的剧痛不比土不伦的棒击来得轻。"她……死了?猛子……也死了?"

先祖责备地望望土不伦,回头对姜元善说:"都是因为土不伦啊。在你冬眠前,姜猛子曾两次来探望你,对吧。他毕竟太年轻,尤其是没有关闭思维的能力。在第二次探望中,土不伦从他的脑波中窥知,他和布德里斯在秘密组织对这架飞球的劫持。当然,这个行动确实违反那份刚获通过的《地球人和平宣言》,于是土不伦逼迫执政团处死了所有涉案人员,包括布德里斯、姜猛子及12名秘密部队军官。他威胁说:不处死这些人,两个星球就要重新进入交战状态。你妻子作为执政长,不得不亲手签署了处决令。两年后她就去世了,肯定死于内心的折磨。"先祖摇摇头,"为了大局,你妻子只能这样做。而且在她心目中是先祖让她做的,她无法违抗先祖的意愿。唉,土不伦把血染到了我的腕足上。"

姜元善怒视着土不伦,难以克制扑过去扼死他的冲动。他在土不伦的淫威下苟活,只是寻找机会做最后一搏。这会儿公仇加上私恨,仇恨的烈火更为炽烈。在他的怒视下,那位仇敌沉默不语,但并不慌乱,甚至可以说相当镇静。先祖叹息道:

"姜元善,我的好儿子。我无法替土不伦求取你的宽恕,我只能说一句:他这样做是出于公心,并非私愤。昨天他还说,从私德上他非常佩服你、你儿子和布德里斯等人。"

姜元善警觉了,立即克制住愤怒。从先祖这番话的语气看,他显然仍对土不伦有偏爱,而且他比自己早醒两天,肯定土不伦与他是就某件事达成共识后才唤醒自己的,自己不能因感情用事而误了大计。先祖突然被土不伦唤醒,又紧接着唤醒了自己,肯定局势有突变,恐怕——很可能是有利于人类的突变!于是他努力平静了自己,问:

"私仇先放一边吧。先祖你唤醒我,发生了什么大事?"

"土不伦,把母星的急件给他。"他回头对姜元善说,"这些急件是 102 年前从恩戈星发出的,那时恩戈星远征军已经出发 996 年,但尚未到达地球。土不伦是不久前才陆续收到的,三天前收到最后一份。"

土不伦用脑波默默地送来一个格式塔。其中包括几十封急件,是当时留守恩戈星的罗比让监国的后代小罗比让大帝发来的。它们比较凌乱,很多地方语焉不详甚至前后矛盾,从中可推想当时形势的混乱。恩戈星的覆灭很快,从第一份到最后一份急件的时间段仅相当于地球的一个月。姜元善迅速浏览完毕,去掉重复的内容,对相互矛盾的内容进行判误,最后对这场战争有了大致的概念:

恩戈星附近突然出现外星隐形舰队,发现时它距恩戈星已经不足十天路程。

敌舰突袭恩戈星的近太空防线。恩戈星的太空舰只全部被击毁,敌方只有轻微损失。

据对被毁敌舰的检查,他们是阿略塔星人,星际坐标不详。但应该在距恩戈星 100 光年之内。敌人对恩戈星的内情知之甚详,所以不排除有残余哈珀人参与的可能。

在近太空防线失陷后,小罗比让大帝倾全球之力组织地面防御。

敌方很快攻陷恩戈星,小罗比让大帝殉国。

尽管局势极其危殆,但所有急件中一直没有请求远征军回师救援,显然谁都清楚那样于事无补。发送这些急电的通信官坚持到了最后,直到敌方攻陷太空通信站时才自杀。他在最后一封急电中说,小罗比让大帝在殉国前下达了"全面停止抵抗"的命令,以便能为恩戈人保留一些种子。这位通信官还以私人身份提出建议,远征军仍应执行原计划占领地球,并在充分消化战果、羽翼丰满后,再择机回师母星,拯救苟活的恩戈人;或者,如果恩戈人已经在本星球上灭绝,那就把远征军所保留的恩戈人血脉重新播撒回去。

那位无名军官最后说：

  敌人已经攻破太空通信站。永别了，我的族人！葛纳吉陛下或继任者，为我们复仇啊！

姜元善阅读之后想说的第一句话是："你们也有今天啊。"不过他忍住没说，毕竟被夷灭的是先祖的母族，他不想在先祖的心上再割一刀。他冷静地说："小罗比让大帝殉国前下令停止抵抗，以便为恩戈人留一点种子。从这个命令看，也许阿略塔人没有实行'高智力肉用家畜'的社会结构？所有急件中都未涉及这一点。"

他只是询问，当然这句话本身就包含有极尖刻的讽刺。土不伦面无表情，没有回答。先祖沉重地说：

"应该没有——但也可能是我方尚不了解殖民者的政策。"

"但愿没有吧，我是以情理推测，因为两个外星物种之间一般不会有很高的生物相容度，地球人和恩戈人的相似只是特例。再说，"他心平气和地说，"并非每支远征军里都有土不伦这样高瞻远瞩的战略家。"

土不伦仍然面无表情。姜元善讥讽地想，这家伙真是天才的战略预言家啊，土不伦曾指出，地球和恩戈星形成共生圈的必要条件是有外部压力，现在这种压力果然出现了，实际是在他的预言之前就出现了。不过，姜元善强迫自己迅速平息了愤怒和幸灾乐祸，开始了政治家式的冷静思考。如果眼前这一切都是真实情况，那么，具有讽刺意味的是，这恰恰是建立两星球共生的最佳态势。人类应该尽快组建强大的太空舰队，配合恩戈人消灭侵略者，真正建立两个星球的共生圈，不用说，地球文明肯定为主导一方。如果那个星球上的恩戈人已经被屠戮净尽，那就只好由地球人单独来干了。这对恩戈人来说当然很悲惨，但对地球人来说也许更好。

当然对先祖而言，最好是第一种前景。

这显然也是他们两位唤醒他的原因。

他在快速思考时照旧屏蔽着思维，但先祖能摸到他的思维脉搏，甚至土不伦也大致能做到。土不伦其实同姜元善非常相像，是姜元善在另一个人类中的翻版。他曾与地球人不共戴天，但在看清大势后迅速放弃仇恨，作出了非常理性的选择——借助于地球人的力量来拯救母星，哪怕其后果是恩戈人只能做二流伙伴。姜元善阅读完了，三人几乎没有进行讨论，没有讨价还价，没有欲擒故纵。他们面前只有一条路可走，关于这一点他们看得太清楚了。姜元善很干脆地说：

"好！先祖你领着，两个人类合力干这件事。"

先祖很欣慰："好，我知道你会作出这样的决定。如果幸而胜利，请你或你的后代善待恩戈人，这是我和土不伦的最大愿望。"

这番话实际意味着这样的政治盟约：两个人类捐弃前嫌，赶走侵略军，建立横跨两个星球的共生文明——地球文明必须为主导一方。先祖看着土不伦，后者点点头，这是土不伦在这场谈话中第一次作出明确表态。这种前景肯定不符合土不伦的意愿，而是现有局势下不得不作出的选择。姜元善干脆地说：

"请放心。先祖你对地球子民恩重如山，地球人也会善待你的后代。只是该如何处置这家伙？"他指指土不伦，"我就不说砍他的脑袋来祭奠英灵了，总该让他到死者坟前跪拜，求取死者的宽恕。"

对那位满手鲜血的凶手来说，这已经是非常宽大的处置了，但先祖叹息着说：

"不必这样吧。我已经老了，精力不济，即使当一个名义上的统帅也难以胜任。我想最好的办法是不要戳破真相，让土不伦继续充当先祖这个角色，这样可以避免一些无谓的风波。至于我，已经该准备到天堂的行程了。"

姜元善从感情上难以接受这样的安排：放弃妻儿的血仇，让这个满手鲜血的家伙人模狗样地霸在祭坛上，继续享受人类的膜拜。但没有办法，先祖说的确实是最佳方案。为了尽快促成此事就要尽量避免节外生枝。如果戳破真相，人类社会中肯定会掀起仇恨的海啸。当然最终平息它是没有问题的，只是要大大耽误正事。先祖补充道：

"想让土不伦对死者忏悔当然可以，私下里进行吧。我知道你不会在乎形式。"

土不伦淡漠地直视着姜元善，分明是说："我的做法都是为了恩戈人的利益，于心无愧。如果你非要对我来点什么折磨才能出气，那就请便吧。"姜元善长叹一声，下了狠心。现在不是意气用事的时候，还是办正事要紧。他冷笑着说：

"好吧，那就让这家伙继续坐在神坛上吧。土不伦，希望你今后的作为能够符合你僭居的身份，别把这个身份演砸了。"

"我会尽力演好这个角色。执政长可以放心。"

一个月后，以赫斯多姆为召集人，召开了执政团特别会议。执政团来了一次大换血，赫斯多姆、庄敏等旧执政全部辞职，重新遴选了六个年轻人，65岁的姜元善被再次推举为执政长。新执政团仍包含两名女性，其中一位是姜猛子的未亡人林风徐来。联合国秘书长恩古贝留任。

二

两个星期之后，在严格保密的情况下，先祖达里耶安、姜元善、恩古贝、土不伦、姜母、林风徐来及她的一对孪生儿女，一行八人乘飞球来到姜元善故乡的河边。严小晨的骨灰就洒在这条河里，这是她生前留下的遗愿。河边还有14座坟茔，排列得整整齐齐，里面埋着布德里斯、姜猛子和他俩的12个部下。这些人来自世界各地，来自不同种族，但他们在被处死前表达了一个共同心愿：他们的尸骨要埋在一块儿，以便14个灵魂在地狱中能保持生前编制。他们要瞪大眼睛盯着世间，时刻准备着从坟墓中跳出来列队前进。

除了这些新增的坟墓外，河边景色同往年一样，甚至比上次所见更接近于姜元善的童年记忆。这些年全世界都被拖在飞奔的战车上，百业凋零，这儿也明显缺乏维护，显得十分荒凉。这片平坦荒凉的沙滩曾是童年伙伴的天堂，也是——六岁的牛牛和四个小女友埋下小冬衣服的地方。现在这儿长满野草，深可及膝，在萧瑟西风中摇曳着，河水平静地淌过，无声无息，无悲无喜，似乎还要这么流淌千百万年。在姜元善眼里这一切就像虚幻的梦境，世界已经经历了如此的剧变，这儿怎么竟然丝毫没有被触动？

他推着轮椅，轮椅上坐着 97 岁的老娘。她的白发非常稀疏了，露出红色的头皮。面色还不错，只是神智更糊涂，而且是真正的糊涂。她的内心世界已经完全封闭，连"牛牛"的回来也不能把她唤回现实。大部分时间她陷于休眠状态，耷拉着眼皮，任凭别人怎么喊她她都不理。有时又热烈地自语，说得没完没了，姜元善必须侧耳细听，才能半听半猜地明白她说的是什么。她初次听到牛牛回来了，也曾喜悦地问：

"牛牛你从天牢里放回来了？娘可把你盼回来了！"

但几分钟后她又忘了眼前这位是谁，疑惑地问："你来找牛牛吗？他去蹲天牢了，这辈子回不来啦。我孙子你也见不到啦，是他狠心的妈下令枪毙的，真是世上最毒妇人心啊。虎毒不食子！虎毒不食子！"她反复念叨最后这几个字，停一会儿又伤心地说，"死了没脸见我男人啦。姜家绝户了，儿子蹲天牢，孙子遭横死。绝了，连根儿绝了。真后悔没听我男人的话，不该让牛牛长长发粗。"

这些话语让姜元善心里异常灰暗。他能理解妻子为什么会抑郁自杀了。林风徐来走过来，从他手里接过轮椅，轻声说：

"爸爸，让我推奶奶吧。"

她是想让爸爸离老太太的唠叨远一点儿，心里清静一会儿。奶奶真糊涂，姜家并没绝，猛子留下的一对孪生遗腹子已经五岁多啦。她常领俩孩子回家陪老奶玩，但老人到这个年纪似乎感情之门已经关死，对这俩重孙她不大疼爱，也一直记不住。俩孩子此刻跟在身后，黑眼珠滴溜溜地来回睃着大人。他们知道今天是一个悲伤的日子，是来祭奠爸爸叔叔爷爷的，但他们太年幼，还不能理解大人的哀伤。

他们身后是那位假先祖。真先祖也很想来河边亲自祭奠，但为了维持有关"先祖"的秘密，他只得躲在飞球里，委托土不伦代为祭拜。飞球停在岸边，土不伦步行到那排坟墓前，对于擅长攀缘行走的恩戈人来说，这几十米路径相当艰难。当他用五条腕足在土路上缓慢挪行时，姜元善俯下身来观察老娘的表情——看老娘能否认出这就是杀害他孙子的仇人。不过正如他预计的那样，老娘没有一点儿反应。她分明看到了那个奇怪的生物，但漠然视之。

她很可能早就忘了曾见过一面的"先祖",也许在她此时的理智中,妖魔鬼怪也是尘世的正常成员吧。

土不伦到了坟墓前,先是匍匐在地,然后五条腕足聚拢,身体缓缓升起。这样周而复始地做了三次。这是恩戈人祭拜死者最隆重的大礼,他在每座坟前做得一丝不苟。姜元善看着他的背影,心绪复杂。这是杀害猛子、布德里斯和间接杀害妻子的凶手,从感情上说姜元善恨不得对其食肉寝皮;但从理智上又恨不起来,甚至越来越有惺惺相惜的感觉。土不伦和自己很相像,他俩都完全抛弃了个人的情感,成了种族的抽象代表,他们的善举恶行都是为了种族的生存。这个初期显得志大才疏的皇家子孙在经历了惨痛的失败后学得很快,比如,他在听到母星的噩耗后果断地放弃仇恨,改变复仇和合作的对象,能做到这样突然的转折就很不易。再看他此时的表现也算得上能屈能伸。在今后的合作与倾轧中,这是个又敬又可怕的伙伴和对手。

其他人也都祭拜了坟墓里的死者,两个小家伙为父亲和父亲的战友们献了花。林风徐来带着孩子来到河边,对婆母严小晨做了祭拜。她对严小晨一直不能原谅,现在想通了。严小晨亲自签署对儿子的死刑令并非心狠,而是真诚履行她坚守的信念。实际上,她此后经受的内心折磨不比任何人轻,否则她不会走上绝路。林风徐来领着儿女三鞠躬,在心中同婆母做了和解。土不伦也要到河边祭奠严小晨,他在松软的沙地上艰难地挪行。姜元善推着老娘跟在后边,在沙地上留下两条深深的车辙。老娘虽然糊涂,但对这片沙滩却似曾相识——它在姚明芝的记忆中留下太深的伤痕——她拍着轮椅扶手让停下,痴痴呆呆地盯着沙滩发愣,忽然恐惧地颤声说:

"报应啊,都是报应啊。俺可明白猛子为啥遭横死了,都怪他小时候干过缺德事啊。他把小冬活埋了,就在这处沙滩上。"

她把儿子的罪孽极度夸大了,而且错记到孙子身上,可见真是糊涂了。但这句糊涂话击中了姜元善的某个死穴,理智世界在一刹那间崩溃,被理智禁锢的感情喷涌而出,一时间泪流满面。

两个小家伙听不明白老奶说的话,但爸爸的名字是清楚的,死去的爸爸干过什么缺德事?他活埋掉的小冬是谁?爷爷,后来又加上妈妈,为什么流泪流得这么凶？两人很害怕，藏到妈妈身后。恩古贝听不懂这位老太太的中国话，也不知道那些陈年旧事，不知道姜元善的"童年邪恶"，所以对执政长突兀的流泪非常震惊。在他这代政治家心目中，姜元善一直是先知，是上帝代言人，是肉身的神祇。纵然后来他因为妄图绑架上帝而被愤怒的民众推翻，但这丝毫不影响恩古贝的敬畏。而且在得知真相后——唯有姜元善识破那个先祖是冒牌货，但他甘愿保持沉默，在假先祖的淫威下忍辱求生以待时机——他对这位殉道者的敬畏更深了。但此刻，这位先知放纵着感情，不怕众人看见他的泪水。远在飞球中的先祖感受到了姜元善的感情溃决，用脑波向恩古贝传话：

"恩古贝，请你劝执政长回来吧。"

恩古贝柔声说："执政长，先祖劝你回飞球。"他接过姜元善手中的轮椅，推着老太太往回走。在换手的一刹那，把一个纸卷悄悄塞到姜元善手里。那是严小晨死前委托他转交的遗书，交代他要设法避开先祖，秘密交到她丈夫手里。那时姜元善已经进入为期204年的冬眠，恩古贝原以为在几代人后才能办到，没想到仅仅八年后就做到了。

三人走进飞球，土不伦在祭拜后也回来了。先祖没有说话，只把一条腕足搭在姜元善肩上，送去无声的安慰。这会儿姜元善已经擦去泪水，迅速恢复了惯常的冷静。他不在乎先祖看到自己一时的软弱，但不愿让土不伦看到。刚才，在登上飞球的途中他快速浏览了妻子的遗书，信中实际暗含着对先祖的强烈怀疑。当然，那时她还不知道那是个冒牌货。看恩古贝刚才的诡秘行事，这封遗书是要瞒着先祖的，这多半是妻子的吩咐。现在没这个必要了。姜元善把遗书交给先祖，先祖看后还给他，没有说什么，只是把姜元善揽得更紧一些。

等土不伦进来，姜元善把遗书交给他，冷淡地说：

"你看看吧，我妻子的遗书。"他担心土不伦不懂汉字，就用一个格式塔把遗书的译文送过去。"在你的罪孽中再加一条吧。你不但逼死了我的妻子，还毁了她一生的信仰。因为，当你假借先祖名义冷酷地逼她处决那14个人时，你让她对世间是否真有善与爱产生了怀疑。"

土不伦看后把遗书还给姜元善，默然不语。姜元善没再理他，等恩古贝上来，他驾驶飞球升空，准备返回联合国大厦。林风徐来在地面挥手告别，她要带着两个孩子，陪奶奶回姜营住几天，这肯定是老人同家乡的最后一面了。林风徐来很快要接手执政工作，以后没时间陪老人了。姜元善在河面上空盘旋片刻，与这片土地告别，也与它所承载的记忆告别。新的千年计划已经开始，这是两个人类的计划，事务繁忙，时间紧迫——谁知道哪一天，阿略塔远征军会循着葛纳吉的足迹来到地球？可以肯定他们不会在恩戈星止步的，一定会继续扩张的步伐，那是生物的天性使然。执政团要带领全人类加速前行，一定要走到阿略塔人前面。

此生他没时间回这儿了。

河边景色迅速变小，消失。他把飞球变为自动驾驶，过来对舱内三人说：

"想起一件事。我想给恩戈星的死者建一个纪念碑，把葛纳吉、提义得、阿托娜、吉美等人的名字都铭刻在上面。这个碑要建在哪儿我有两个初步的考虑，或者建在这处河边，或者建在那块太空船残片的附近。恩古贝你把这件事策划一下，对民众恐怕得有一番艰难的说服工作。"他叹道，"民众的反对是可以想见的，既然这些家伙都是些吃人肉喝人血的恶魔。但对我来说，他们也是可敬的至少是值得同情的对手。"

"好的，我来策划这件事。"

先祖很感激，但没让感激之情外露，只是简单地说："谢谢。"

"几天后要开新执政团第一次全会，先祖和土不伦都参加。这算是两个人类第一次联席会议吧。咱们这会儿抓紧时间，先把有关事项碰一下。"

他的口吻是纯事务性的，完全摒弃了感情色彩，恩古贝不由看了他一眼——姜执政长已经非常干脆地抛掉旧怨轻装前行了。往日的仇敌从今天起就变成同事了。当然这是意料中事，是大势所趋，但恩古贝仍觉得突兀，至少感情上有点儿接不上茬。土不伦那家伙倒是面容平静，似乎这是理所当然的事。先祖摇摇头：

"让土不伦参加吧，我此后就不再参与了。姜元善，我已经嗅到了死神喷在后颈上的气息，真的该打点行装了。"

这个决定正合姜元善的意愿。先祖退休,由土不伦做恩戈人的代表,更有利于在合作中推行"以地球人为主导"的宗旨。否则碍于先祖的面子,有些事推行起来会多一些顾虑。而且为先祖考虑,他也确实该休息了。姜元善没有再作礼节性的挽留,果断地说:

"也好,从今天起你彻底休息吧。你操劳了十万年,早该颐养天年了。"他动情地说,"先祖务必保重!你只要活着,就是我们心理上的强大倚靠。"

先祖笑着:"你们已经成人,不再需要父亲的肩膀啦。不过我会尽量争取多活几年,恩戈星的光复我是看不到了,至少要看到两个人类的合作走上正路。你们开始工作吧,我要去休息了。"

"那好,我们送送你。"

姜元善率众人送先祖离开正厅,来到葛纳吉的书房,在门口与先祖郑重拥别。这相当于一个非正式的告别仪式。在这个时刻,谋略心计之类的政治杂耍全部被自动筛除了,只剩下真挚的别情。几个人依依不舍地离开书房,轻轻带上房门。

现在书房里只留下达里耶安一人,他悬吊在天花板上凝神入定,很长时间一动不动,任十万年的人生从脑海里水一样流过。宽仁慈爱的尔可约大帝……16岁少年飞扬的激情……仅仅与他有过几天欢娱的年轻妻子……他精心挑选并加以提升的地球子民……初次发现子民有邪恶天性时的狂怒……漫长的守护……与土不伦相见后他艰难的抉择……恩戈人全部覆灭后的心灵痛苦……

现在,肩负十万年的担子正式卸下,他感到从未有过的轻松,心灵上突然进入全然的宁静。姜元善和土不伦今后要走的路无疑非常艰难,他今后仍会默默地关注,仍会有喜有悲有忧。但此后将是旁观者的心态,旁观者与主事者的心态是大不一样的。

正式退休之后他还有少许善后工作要做,现在就要做。岁月不饶人,他真的要为去另一个世界"打点行装"了。在漫长的十万年岁月后,现在他的残年是以小时计算的。在这把年纪,活着已经不是诱惑但离去仍是痛苦。他舍不得离开他的地球子民和恩戈人子孙。他要抓紧时间,把十万年获得的经验和感受录入"与吾同在"智能系统，留给姜元善和土不伦，留给所有后人。当后人在生存之路上披荆斩棘、胼手胝足、蹒跚前行时，一个十万岁老人的经验多少会有点儿用处的。

他走出沉思，睁开眼睛，攀缘过来，打开了"与吾同在"的脑波记录装置。

准备录入的内容包括他对"生物共生圈"的思考。这个理论的基调远非赏心悦目，比不上尔可约时代流行的玫瑰色理念。但是，当"天道酬善"的美好理念在现实的顽石上碰碎之后，共生圈理论算得上是勉强的补救，可以帮助文明种族在阴暗漫长的历史隧道中眺望到远处的微光，帮他们在恶的粪堆上尽早发现和尽力呵护那株孱弱的善之花。

还有一样东西，录不录入呢，就是他曾承诺要在有生之年完成的研究报告——关于地球上那个唯一没有全民宗教信仰又能维持最大族群的独特文明，究竟是靠什么维持着向心力，保持着乱世中由恶入善的动力。他对此曾思考了近万年，但结论却十分简单，几乎不值得记录下来：地理因素加上一点人文因素，如此而已。那片广袤的平原足以供养一个大的农耕文明，而在这样超大型的共生圈中，共生利他因素天然要强韧一些，不会在乱世的邪恶横流中连根灭绝，从而能逐渐复苏。至于有无宗教做凝聚力并不重要，华夏民族是用良心操守上的磨砺来代替宗教上的心灵救赎，方式不同而已。这些天达里耶安常常忆起姜元善的父亲和爷爷，这两棵"扎根在故土石缝中的酸枣树"。他俩对良心操守的磨砺近乎自虐，可以作为这个族群的典型。他想了想，决定还是写一个简化版的报告，录入"与吾同在"系统。

还准备录入姜元善至今尚不知道的一个小秘密：八年前的战争期间，达里耶安并非是被土不伦诱骗进冬眠室的。不是这样的，他那时尽管悲怆疚痛感情激荡，但一直保持着清醒的头脑，也清醒地控制着局势。在姜元善不听他的制止执意要杀死土不伦时，他果断出手击昏了姜元善，对重伤的土不伦进行了急救并藏起来，又处理了其他人的尸体。等姜元善清醒过来，他借口心情哀伤想要独处，让姜元善离开了飞球，以便自己能全心照顾土不伦，使其尽快康复。这期间他还为今后做了有条不紊的安排：让土不伦伪装"先祖"

与吾同在

潜伏下来，伺机破坏地球人对恩戈星的远征。因为依他的估计，地球人，尤其是地球人的杰出代表姜元善，在赢得此次完胜后肯定不会止步，接下来的事态会是上一个历史画面的反向重演。他曾帮地球子民战胜了过分贪狠的恩戈人远征军，现在该为恩戈星同胞干一点事了。聊可自慰的是，他所干的这两件事虽然目标截然相反，而且都伴随着痛苦的感情折磨，但都符合他的信仰，并非违心之举。土不伦基本康复后，他还抓紧时间对其进行了速成培训，内容包括伪装先祖所应知道的细节、两千年潜伏生活所必需的生活准备以及对地球人天性和姜元善性格的详细介绍。后来，等土不伦完成了必要的准备，达里耶安就进入了冬眠，为的是能多活几年，尽量扶土不伦多走一程。

所以说，此后的事件进程都是由他一手策划的。虽然他不知道土不伦逼严小晨处死14名反叛者的事，但这归根结底是他造成的。如果说他腕足上有鲜血，那并非土不伦所染。他为那15个人的不幸而疚痛，不过站在物种之争的高峰上俯察，个体层面上的这类小小不幸根本无法避免——想想那一千万在懵懂中死去的恩戈人幼体吧！这些情况眼下他不打算告诉姜元善，而是存入"与吾同在"系统留待姜元善日后查阅。姜元善刚刚有过一次剧烈的感情激荡，这不奇怪，每个人都有感情冲动、理智软弱的片刻，即使是姜元善这样意志如铁的强者。但不管怎样，等姜元善心灵平静后再去读这些东西会更好一些。

令人欣慰的是他可以肯定一点：至少在目前孱弱的恩戈人对地球人不可能构成威胁的客观形势下，姜元善肯定会善待恩戈人，善待土不伦，哪怕他对土不伦的仇恨永远不会消解。确信这一点，自己可以放心西归了。

他还想录入一份背景资料，就是他刚才看到的严小晨的遗书。遗书中暗含对"先祖"的强烈不满，但它却激起达里耶安强烈的心灵共鸣，因为——他也经历过同样的信仰破碎时刻啊，那是九万年前，一个年轻传道士的玫瑰色理念与地球子民的邪恶天性劈面相撞而怦然破碎。一个人的终生信仰一朝破碎是非常痛苦的事，但其实不必惋惜，因为这样的信仰本来就是虚幻的海市蜃楼，能让其早日破碎其实是一种善行。经过漫长的守护生涯，现在他已经能平静达观地对待此事了。严小晨的遗书凄婉动人，可以从反面帮人们接受"生物共生圈"理论,毕竟这个理论不会契合善良人的口味。

做完这几件琐事,他就可以安心告别尘世了,他漂泊了十万年的游魂也可以回归故土了。尽管年轻时的信念早已破碎,但此时此刻,他心目中的故土仍是尔可约时代那颗玫瑰色的星球,是那个激情飞扬、充溢着大爱和大善之光的时代。那个时代违背生物本性,注定是脆弱的,只能昙花一现。但无论如何,那是严小晨苦苦寻找、魂灵萦绕的地方,而他衰老的心灵同样希冀这样的归宿。

牛牛哥:

　　我要走了。曾盼着再见你一面,现在肯定不能如愿了。

　　命运对我太残酷。这一生我力求做个好人,做个好女人、好妻子、好媳妇、好母亲,但最终事与愿违。我把丈夫送到外星人的监牢中,亲手杀死了自己的独子,被年迈的婆婆视若寇仇,守寡的儿媳拒不认我。当我狠下心做这些事时,有坚定的信仰支持着我。但在死亡将至时,信仰也已风化破碎。

　　你知道我一向是无神论者,但此刻我宁愿相信天上有天堂,天堂里有上帝。他不是圣经里那个糊涂老头儿,他是真正大爱、至善、万能的。他真心爱护向善的子民;他赏罚分明,从不把今生的惩罚推到虚妄的来世,从不承认邪恶所造成的既成事实。在那个天堂里,善者真正有善报,而恶者没有容身之地。

　　牛牛哥,茫茫宇宙中有这样的天堂吗?如果我能找到,我会在那儿等你,等猛子,等我们的小孙孙。

永远爱你的晨晨
绝笔